Horst Bosetzky
Capri und Kartoffelpuffer

Horst Bosetzky

Capri und Kartoffelpuffer

Roman

Argon

© 1997 by Argon Verlag GmbH, Berlin
Alle Rechte vorbehalten
Satz: LVD GmbH, Berlin
Druck und Bindung: Clausen und Bosse, Leck
ISBN 3-87024-375-9

... denn ein Traum ist alles Leben,
und die Träume selbst ein Traum.

Calderón

Mit diesem Buch danke ich allen, die mir geholfen haben, in diesem Sinne zu träumen, Alpträume eingeschlossen. Und obwohl sich (fast) alles so ereignet hat, wie es hier geschrieben steht, und auch die historischen Daten und Fakten alle stimmen (oder wenigstens stimmen sollten), bedenke man doch bitte: Dies ist ein *Roman* – der zweite im Rahmen meiner »Manfred-Trilogie« –, also eine Mischung von Dichtung und Wahrheit.

Wer hat unseren Herrn
Jesus Christus verraten?

Schule war nur schön, wenn sie ausfiel, und euphorische Gefühle ließ sie lediglich dann aufkommen, wenn die Ferien begannen. Heute aber schien nichts auszufallen, und bis zu den Weihnachtsferien dauerte es noch eine kleine Ewigkeit, denn es war erst Mitte September, September 1952.

Manfred Matuschewski, im Februar vierzehn geworden, besuchte seit kurzem die höhere Schule, das heißt, die II. Oberschule Wissenschaftlichen Zweiges zu Berlin-Neukölln, die an der Karl-Marx-Straße gelegen war, gleich beim Hermannplatz. Wer nun anhand des Straßennamens glaubt, diese Lehranstalt hätte zu einem der Ostberliner Bezirke und mithin zur DDR gehört, der irrt sich, denn Neukölln unterstand der amerikanischen Besatzungsmacht.

Erdkunde gab es in der ersten Stunde, und da die Geographie zu den wenigen Fächern gehörte, in denen Manfred mehr wußte, als nötig war, um über die Runden zu kommen, konnte er sich beruhigt seinen Tagträumen widmen, die in dieser Zeit nur um das eine kreisten: seine Torwartkarriere. Die hatte beim 1. FC Neukölln glanzvoll begonnen, und nun sah er sich mal als Heiner Stuhlfauth, den legendären Keeper des 1. FC Nürnberg, mal als Toni Turek, den Torhüter der Nationalmannschaft, durch das Gehäuse fliegen und die schärfsten Bälle aus dem Dreiangel fischen. Im Augenblick aber war er Ricardo Zamorra und tauchte gerade in die rechte Ecke, um einen Elfer um den Pfosten zu lenken.

Da kam Meph auf ihn zugeschossen, Dr. Mann. »Wie heißt die Insel, wo die Sonne aufgeht?«

»Capri!« rief Manfred wie aus der Pistole geschossen.

Da konnte Meph nicht anders, als sich, wie beim Elektroschock, beide Fäuste gegen die Schläfen zu pressen und Manfred anzuschreien: »Permanenter Döskopp du!«

Während Manfred gar nichts begriff, begann die letzte Reihe begeistert zu singen: »Wenn bei Capri die rote Sonne im Meer versinkt ... und vom Himmel die bleiche Sichel des Mondes blinkt ...«

»Ruhe!« Meph schlug mit der flachen Hand auf das nächstbeste Pult. »Japan ist das Land der aufgehenden Sonne! Und bei Capri geht sie unter! Wiederhole das!«

»Japan ist das Land der aufgehenden Sonne. Und bei Capri geht sie unter.«

»Ja, so wie die meisten von euch an dieser Schule hier untergehen werden. Wie viele seid ihr in der 8a ...? Sechsundvierzig, ja. Und von denen werden im Jahre 1957 allerhöchstens zehn das Abitur geschafft haben. Ich tippe mal auf acht.«

Mit den Fingern zeigte er auf die wenigen, die er für fähig hielt. Manfred war nicht darunter.

Sein Magen krampfte sich zusammen. Er haßte Meph. Meph kam von Mephisto, Mephistoteles, und irgendein begabter Schüler einer früheren Abiturientenklasse hatte den Roman *Mephisto* von Klaus Mann gelesen und dabei an seinen Chemie- und Erdkundelehrer gedacht, eben jenen Dr. Hans-Joachim Mann, der für viele Schüler durchaus der Teufel dieser Schule war, obgleich man ihn so im *Faust* nicht finden konnte, war er doch weit mehr ein verschlagener Gnom, ein Waldschrat, als ein vor Witz und Geist nur so sprühender und stets aasig blickender Gustaf Gründgens. Von seiner Schmöckwitzer Oma, die Anfang der dreißiger Jahre einem sozialdemokratischen Arbeiterbildungsverein vorgestanden hatte, war Manfred die Sache so erklärt worden.

Meph mährte sich nun weiter aus. Daß die Niederschlagsmenge in der australischen Wüste weniger als 25 cm betrüge, und die Blätter des Eukalyptusbaumes immer senkrecht zur Sonne stünden, um von deren sengenden Strahlen möglichst wenig getroffen zu werden. Dann zückte er sein grünes Notenbuch, um die Südsee-Inseln abzufragen, die sie in der letzten Stunde durchgenommen hatten. Fast alle Schülerinnen und Schüler duckten sich, denn sie wußten nichts und hingen einem alten magisch-kindlichen Glauben an: Wenn ich Meph nicht sehen kann, dann kann der mich auch nicht sehen. Manfred hingegen strahlte, denn da er alle Geschichten Jack Londons schon x-mal gelesen hatte, wußte er natürlich, wo Neukaledonien, die Marshall-, die Gesellschafts- und die Fidschiinseln lagen. Grund genug für Meph, ihn nicht nach vorn an die große Ozeanien-Karte zu holen, die Bimbo, der dieses Amt gern innehatte, vor Beginn der Stunde brav aufgehängt hatte. Von ihren Farben und Formen her war diese Karte wunderschön, das Hundsgemeine an ihr war aber, daß sie nicht beschriftet war, die Länder, Berge, Flüsse und Inseln also keine Namen trugen, und auch die Städte nur unterschiedlich große schwarze Punkte waren.

»Nobiling!« rief Meph, und die Klasse kicherte sofort in schadenfroher Erwartung, denn Ingolf Nobiling, lang aufgeschossen und der geborene Rebell, stand in dem Ruf, frech wie Oskar zu sein, und galt von vornherein als sicherer Sitzenbleiber.

Nobiling schlenderte nach vorn und genoß das ganze. Sein Vater hatte ihm schon längst eine Lehrstelle bei der Gasag beschafft.

»Pitcairn!« rief Meph, und Nobiling hatte nun mit dem Zeigefinger auf jenen Punkt zu tippen, der für diese abgelegene Insel stand.

»Hier ist ja alles voll von Fliegenschissen«, kommentierte Nobiling das, was Mikronesien, Polynesien und Melanesien war, und stieß den Finger schließlich da in die Karte, wo Australien wie ein fetter Tintenklecks im tiefen Blau der Ozeane schwamm.

Wieder preßte Meph beide Fäuste gegen die Schläfen und stampfte zudem noch mit den Füßen auf den Boden. »Ich halt' das nicht mehr aus! Pitcairn, die Insel, auf der die Meuterer der ›Bounty‹ an Land gegangen sind – das muß jeder kennen, der sein Abi bauen will!«

»Ja, nun …«, brummte Nobiling.

»Hawaii!« war Mephs nächste Forderung. »Die Hauptstadt!?«

»Keine Ahnung …«

Da nahm Meph den eigenen Zeigefinger, um ihn wie eine anfliegende V 2 auf Honolulu niedergehen zu lassen. Die Folge waren ein Schrei, drei Blutstropfen, die auf die Erde klatschten, und eine Eintragung ins Klassenbuch. Nobiling hatte, um Irene Schwarz, der Klassenbesten, und anderen Strebern eins auszuwischen, von hinten einige Reißnägel durch die Karte getrieben und mit Klebstoff fixiert.

Es klingelte. Die erste Stunde war zu Ende. Doch die Freude war nur von Funkenlänge, denn fünf weitere Stunden lagen noch an.

Kaum hatte Meph das Feld geräumt, stand Frau Hünicke am Lehrertisch und legte 46 Aufsatzhefte ab. Nicht ganz so alt wie seine Mutter, blond und attraktiv wie eine Filmschauspielerin, hätte sie an sich, zumindest von den Jungen, bejubelt werden müssen, doch auch die senkten nur die Köpfe und dachten an nichts anderes als an Strafe und wen es heute wieder treffen würde. Alles an dieser Oberschule, hatte Manfred schnell erkannt, war darauf ausgerichtet, ihnen vorzuführen, wie klein und dämlich sie waren, unwürdig, hier zu sein. Angst war die große Herrscherin in dieser Schule, und seine Zeit in ihren Räumen, da war er sich sicher, würde nichts weiter sein als ein einziger Schmerz, den es zu ertragen galt.

»Setzen«, sagte Frau Hünicke.

Peter Stier, der neben ihm saß, von allen Bimbo genannt, strahlte seine Deutschlehrerin so verzückt an, daß es Manfred an die frommen Bildchen erinnerte, auf denen Missionare Heidenkindern die Ankunft des Herrn versprachen. Bimbo, sich seiner mangelnden Fähigkeiten bewußt, hatte instinktiv begriffen, daß da nur Schleimen half, um bis zum Abitur zu kommen. Anders hingegen Dirk Kollmannsperger, der sich dank seiner naturwissenschaftlichen Begabung stark genug fühlte, es mit den Lehrern aufzunehmen. Was er dachte, stand ihm ins Gesicht geschrieben: ›Ich bin das Genie, und ihr seid nichts weiter als der absolute Durchschnitt. Wenn ich so alt bin wie ihr, dann bin ich längst Professor und mehr.‹ Keine Gelegenheit ließ er sich entgehen, sie zu provozieren.

»Setzen?« fragte er, und dies, obwohl es in den Bart gemurmelt schien, in einer Lautstärke, daß Frau Hünicke es hören mußte. »Auf was? Auf ›Mauerblümchen‹ oder ›Sonnenschein‹? Sind wir beim Pferderennen hier?«

Frau Hünicke schluckte. »Auf deinen Stuhl sollst du dich setzen!« Das war wenig originell, und die Klasse wertete es als einen Punktsieg für Dirk Kollmannsperger.

Manfred duckte sich instinktiv, denn die Lehrer ließen ihre Wut über solche Niederlagen gern an allen anderen Schülern aus. So war er hin und hergerissen: Einerseits freute er sich über Kollmannspergers erfolgreiche Attacke, andererseits wünschte er ihn deswegen zum Teufel. Und seine Befürchtungen schienen sich sehr schnell zu bestätigen, denn genüßlich griff sich die Lehrerin nun die Aufsatzhefte mit den Fünfen. Mindestens zehn waren es, und Manfreds war darunter.

»Matuschewski. Unglaublich viele Fehler. Nicht genügend.«

Manfred bekam sein Heft auf den Tisch geworfen, und als er es aufschlug, sprang ihm üppig eingestreutes Rot in die Augen. Sogar die Rektorin, Frau Dr. Schaudin, hatte es zur Kenntnis genommen und mit einem ›ges. Sch.‹ abgesegnet. Als er sein Werk jetzt noch einmal überflog, fand er es aber eigentlich ganz passabel.

In der großen Pause

Die Schule strengt uns ebenso wie die körperliche Arbeit an. Täglich fast sechs Stunden in der Schule zu sein, ermüdet sehr. Das haben auch die Schulräte (?) eingesehen und schafften uns durch die (Einrichtung der) großen Pausen eine kleine, aber schöne Abwechslung.

Am Ende der Stunde, nach der eine (große) Pause kommt (A), flüstert es durch die Klasse: »Klingelt's bald, (?) w(W)ie lange noch.(?)« *Wenn dann endlich das Klingelzeichen ertönt(,) atmet alles auf. Blitzschnell werden Jacken und Handschuhe angezogen und die Stullen ergriffen. Mit* »180 Sachen« *geht's die Treppe her(hin)unter, aber jeder will als erster unten sein(,) und so entsteht ein großes Gewühl am Ausgang. Ehe man nun die sichere Mauer erreicht hat, wird man noch ein/paarmal von* »Einkriegezeck« *spielenden (Schülern) umgerannt.*

Eigentlich soll eine große Pause meist zur Erholung dienen,(.) d(D)ie Schüler sollen sich von den »Qualen« *einer Stunde erholen und neue Kraft schöpfen. Aber oft gehen wir mit den Kameraden spazieren und unterhalten uns über die nächsten Stunden.* »Wann ist dieser bekannte Mann geboren und wann jener,(?) *hört man oft zwischen behaglichem Schmatzen. Oft vergessen wir auch die Schule und toben uns richtig aus. Leider fühlen sich oft einige Schüler dazu berufen(,) eine große Prügelei zu beginnen, die aber von einer Aufsichtsperson bald unterbrochen wird. Das Schneeballwerfen(,) im Winter(,) ist leider verboten, aber es (?) hat neben vielen schlechten Folgen und Gefahren(,) in unser(er) schneearmen Gegend auch gute Seiten.* (unklar! Außerdem haben wir derzeit September!) *Die Pausen sind für uns nie langweilig, es gibt sogar einige(,) die behaupten(,) die Pausen sind* (seien) *für uns jetzt das schönste an der Schule. Wenn es zur neuen Stunde klingelt(,) sagen wir:* (»)Oach, det ging ab(er) schnell.« *Merkwürdig ist* (scheint), *daß beim Ende der Pause alles nach oben drängt. Das (?) wird einem aber auch (?) klar, wenn er uns noch vor Beginn der Stunde noch* (Wdh.) *lernen sieht.*

Die Pausen dienen nicht nur unser(er) Erholung, sondern auch der Gesundheit. 40 Kinder verschlechtern in einer Stunde die Luft so sehr, daß jemand(,) der aus frischer Luft kommt(,) direkt zurück(-)prallt. Die Fenster im Winter zu/öffnen(,) ist für die in seiner (dessen) Nähe sitzenden Schüler schädlich. Die notwendige frische Luft bekommen wir also in der Pause. Man kann sie und die Stunden mit einem Acker vergleichen (falscher Vergleich!), der bei der gleichen Bebauung zuletzt weniger einbringt(,) als bei einer Abwechslung im eintönigen Dasein.

Unglaublich viele Fehler!

nicht genügend! Hü

25.10.52

ges. Sch. 27.10.52

Manfred war den Tränen nahe. Da hatte er nun sein Bestes gegeben und fand den Text selber auch sehr schön, und trotzdem war es eine Fünf geworden. Was das hieß, war klar: Abstiegsgefahr. Wenn er mit seinem 1. FC Neukölln nur Niederlagen wie diese bezog – mit 0:5 sozusagen –, stieg man eben in die nächsttiefere Spielklasse ab. Das Abitur konnte er sich dann in die Haare schmieren, blieb nur noch die ›Mittlere Reife‹. Er hörte die Stimme seiner Mutter: *Da hat man sich nun abgerackert für dich – und das ist der Dank, daß du sitzenbleibst.*

»Manfred!?«

»Ja.« Manfred fuhr hoch. Die Ausgabe der Hefte war längst beendet.

»Vielleicht kannst du im Mündlichen wiedergutmachen, was du da im Aufsatz vermasselt hast.« Frau Hünicke, alles andere als ein Unmensch, wollte ihm noch eine faire Chance geben. »Was hast du gerade gelesen? Was ist deine Lieblingsgeschichte?«

Manfred stand auf. »Jack London: ›Ein Sohn der Sonne‹.«

Frau Hünicke verzog das Gesicht, und Manfred registrierte, daß Jack London nicht zu den Schriftstellern zu gehören schien, die man an der II. OWZ besonders schätzte. »Na, erzähl trotzdem mal ...«

Manfred sah aus dem Fenster und auf den großen Friedhof hinaus, der sich den Rollberg hinauf in Richtung Tempelhof erstreckte.

»Das spielt in ... äh ...«

»Äh – ist das ein Land? Äthiopien vielleicht?«

»Nein, in der Südsee spielt das, auf ... auf Fuatino. Also, da kommen die mit einem Sch*ü*ff ...«

»Einem Sch*i*ff«, korrigierte ihn Frau Hünicke.

»Ja, sag' ich doch. Sie kommen da an und warten vor der Einfahrt. David Grief, das ist der Held da, und die *Rattler*, das ist sein ... Schoner.« Manfred war glücklich, diese Klippe umschifft zu haben. »Alle haben Angst vor einem tropischen Gewitt*a* ...«

»... einem Gewitt*er*!«

»Ja, und sie warten draußen, bis ihnen gemeldet wird, daß Gangs*ta* auf die Krat*a*insel gekommen sind und alles besetzt haben. Als David Grief dann mit seinen Leuten an Land geht, wird er auf dem Großen Felsen belagert. Sie haben nichts zu essen und zu trinken. ›Das halten *wa* nicht lange durch‹, sagt der Kapitän der *Rattler* zu David Grief ...«

»Das halten *wir* nicht lange durch«, merkte Frau Hünicke an.

»Wieso?« Manfred war total verwirrt. »Das ist doch spannend.«

»Hoffnungslos ist das!« Frau Hünicke machte sich einen Vermerk im Notenbüchlein und gab das Wort an Henriette Trettin, die sie mit der Nacherzählung einer Geschichte von Arnold Zweig zu erfreuen wußte, mit dem *Bennarône*.

»Ausgezeichnet!« Frau Hünicke notierte sich eine Eins. »Zur nächsten Stunde bitte die Berichtigung. Und dann macht euch schon einmal Gedanken zu zwei Sprichwörtern: ›Mit dem Hute in der Hand kommt man durch das ganze Land‹ und ›Bescheidenheit ist eine Zier, doch weiter kommt man ohne ihr‹. Was sagt ihr dazu?«

Das hatte sie mit dem Blick auf ihre Armbanduhr gefragt, und richtig, die infernalisch laute Klingel ertönte auch schon. Die große Pause war gekommen, die Erlösung. Die meisten griffen sich ihre Stulle und stürzten aus dem Klassenzimmer, einige aber wollten trotz des Miefes hier oben nicht auf den Hof hinunter, und Frau Hünicke, die wie eine Erstickende die Fenster aufriß, hatte Mühe, sie zur Tür zu scheuchen.

Was immer es war, die Fürsorge für die Schülerinnen und

Schüler, die ein paar Hofrunden in frischer Luft als dringende Notwendigkeit erscheinen ließ, oder aber die Angst, es könnte im Klassenzimmer ohne strenge pädagogische Aufsicht entweder zum schnellen Nachholen vergessener Hausarbeiten, zu lebensbedrohlichen Prügeleien, zu charakterverderbenden Glücksspielen oder zu unsittlichen Handlungen kommen: Die Räume wurden radikal geräumt, und man mußte fast schon mit einem ärztlichen Attest aufwarten, um nicht auf den Pausenhof gejagt zu werden.

Manfred aber eilte gerne hinunter, denn was das Reizvollste an den großen Pausen war, das hatte er in seinem Aufsatz wohlweislich verschwiegen: den Mädchen hinterherzulaufen. Auch heute wieder war er bemüht, sich mit Bimbo und Dirk Kollmannsperger so in die langsam rotierenden Gruppen einzuordnen, daß er Ingeborg im Blickfeld hatte. Sie und ihre Beine hatten es ihm angetan. Mit ihrem Bild vor Augen schlief er ein, und ihretwegen hatte es schon manchen feuchten Traum gegeben. Es war aber immer furchtbar schwierig, den Fleck im Nachthemd vor den Eltern zu verbergen. Zwar bekam er keine Ohrfeigen dafür wie andere in der Klasse, aber peinlich war es doch. Noch größer war das schlechte Gewissen, wenn man die Sache selber eingeleitet hatte, stand doch in fast allen Büchern, die er und die anderen hatten ergattern können, durchweg, daß dieses Tun sündhaft sei und der deutsche Jungmann sich zu beherrschen habe. Dazu kam die Angst, sein Rückenmark derart zu schädigen, daß man schwächlich wurde und mit der Zeit unweigerlich erkrankte, auch später in der Ehe nicht mehr genügend Samen hatte, um Kinder zu zeugen. Am meisten aber quälte die Jungen die ganz pragmatische Frage: Wohin damit, wenn es einem denn gekommen war? Dieses Problem sollte erst mit dem Aufkommen der Tempotaschentücher befriedigend gelöst werden.

Trotzdem konnte sich Manfred keine große Pause vorstellen, ohne auf eines der Mädchen fixiert zu sein, eines aus der Parallelklasse zumeist. Jutta, Eva, Ingeborg. Sie anzusprechen und zu fragen, ob sie mit ihnen ins Kino oder ein Eis essen gingen, traute sich keiner von Manfreds Freunden. Das war unvorstellbar, und es war ein Naturgesetz, daß man damit zu warten hatte, bis man älter war. Erst grünten die Bäume, dann blühten sie, dann reiften die Früchte heran. Vor der Zeit ernten zu wollen, war gegen Gottes Ordnung.

»Hast du eigentlich Englisch gemacht?« fragte Dirk Kollmannsperger.

Manfred erschrak. »Nein. Was'n?«

Bimbo wußte es natürlich. »Die Nacherzählung von *Brave Grace Darling*.«

»Scheibenkleister!« Vor dem Training hatte es Manfred nicht mehr geschafft – und dann total vergessen. Und von Eiko war bekannt, daß er vergessene Hausarbeiten gnadenlos bestrafte. Eiko hieß eigentlich Stabenow, war aber von früheren Jahrgängen wegen seines besonders geformten Schädels »Eierkopp« genannt worden, und daraus war dann im Laufe der Jahre Eiko geworden. Trotz seines grausamen Ti-äitschs stand Manfred bei Stabenow hoch im Kurs, und er brauchte zumindest in einem Fach eine Eins oder Eins-bis-Zwei, um einen Ausgleich für diverse schlechte Noten zu haben. Darum ging sein Blick hoffnungsvoll zu Bimbo: »Hast du's gemacht?«

Der Klassenkamerad zögerte ein wenig, wohl wissend, daß sein eigener Ruhm erheblich verblaßte, wenn auch andere den Text vorweisen konnten. »Ja...«

Eine Armbanduhr hatte Manfred nicht, aber sein Gefühl sagte ihm, daß die große Pause gleich zu Ende sein mußte, und so lenkte er die Gruppe im richtigen Augenblick in Richtung Eingangstür. Als dann die Klingel das Signal »In die Klassen zurück!« ertönen ließ, waren sie mit die ersten in der Menge, die sich die Treppen hinaufwälzte.

In der dritten Stunde hatten sie Physik, und kaum war die Tür zum Saal von einem der stets wichtigtuerisch herumwuselnden Gehilfen aufgeschlossen worden, saß Manfred schon an seinem Platz und schrieb Bimbos Englisch-Arbeit ab:

16

Brave Grace Darling

Grace Darling was a simple girl, who did a deed, that will preserve her memory as long as England lasts. She lived with her father and mother in a lighthouse, which warns ships off the islands. On a September night in 1838, in wild weather, a steamer was disabled, driven on the rocks, and there split in two. Eight men and one woman clung to the wreck ...

»Das ist ja interessant ...!« Von Manfred völlig unbemerkt, war Hager, der Physiklehrer, hereingekommen und die Reihen der langen schwarzen Tische entlanggeschlendert. Er riß Manfred die beiden Englischhefte weg, seines und Bimbos, und nahm sie mit nach vorn. »Kollege Stabenow wird sich darüber freuen.«

Manfred nahm es hin wie beim Fußballspiel, wenn einen der Schiedsrichter nach einem Foul verwarnte und den Gegner einen Elfer schießen läßt. Was sollte man dagegen machen? *Der Mensch denkt, Gott lenkt.*

Bimbo hingegen hatte einen roten Kopf bekommen und schäumte vor Wut. »Dir werd' ich noch mal was geben!« Nicht nur Manfred, auch ihm drohte jetzt bei Eiko eine Fünf.

»Tut mir leid. Du hättest mich ja warnen können.«

»Ruhe!« Hager stand vorn am Experimentiertisch und blickte wie ein Dompteur im Tigerkäfig. Nur daß er, statt mit einer Peitsche zu knallen, mit seinem Schlüsselbund klimperte, schepperte, läutete und rasselte. Hohlwangig war er, und da alle zu wissen glaubten, daß er etwas mit Fräulein Klews hatte, Geschichte, Deutsch und Erdkunde, flüsterte Klaus Zeisig, daß sie wohl die Pause gemeinsam auf der Lehrertoilette verbracht hätten. »Ruhe!« Hager setzte sich, nahm das Klassenbuch zur Hand und machte sich an das allstündliche Ritual des Aufrufens. »Breuer?«

»Hier.«

»Böhlke?«

»Hier.«

»Eichborn?«

»Hier.«

»Geiger?«

»…«

»Geiger?«

»Hier!«

Diese winzigen Anzeichen hatten Hager stutzig werden lassen, und sofort war er aufgesprungen, um die Sache aufzuklären. Keine Minute später war dann der Betrug ans Licht gekommen – und Ingolf Nobiling hatte einen weiteren Tadel im Klassenbuch stehen: »Nobiling ahmt die Stimme des fehlenden Schülers Adolf Geiger nach, um dessen Anwesenheit im Unterricht vorzutäuschen.« Hager schlug das Logbuch ihrer endlosen Reise über den Ozean des Wissens geräuschvoll zu. »Nun zum Archimedischen Prinzip. Wer kommt zum Versuch nach vorn?«

Das war für die meisten Jungen in der Klasse die Androhung der Höchststrafe. Kamen sie nach vorn, wurden sie von Hager als Deppen vorgeführt und blamierten sich bis auf die Knochen. Und das vor ihren Mädchen, denen sie doch imponieren wollten. Nur wenige Schülerinnen und Schüler hatten bei Gerhard Hager eine Chance: Dirk Kollmannsperger beispielsweise, Henriette Trettin, Irene Schwarz und Guido Eichborn, vor allem aber Dietmar Kaddatz, der als ihr Einstein galt.

Manfred zögerte, ob er sich melden sollte oder nicht. Manche Lehrer übersahen ja gerade die, die mit hochgerecktem Arm und dezentem Schnipsen auf sich aufmerksam machen wollten. Aber wenn er denn doch genommen wurde? War es nicht klüger, die Augen zu senken und sich dem Glauben hinzugeben, der andere könne einen nicht sehen, wenn man ihn nicht sah? Manchmal half es auch, auf die zu blicken, die neben einem saßen, und zu hoffen, daß die Lehrer sich damit lenken ließen. Manfred entschloß sich für diese Möglichkeit – und richtig, Hager bat Bimbo nach vorn.

Bimbo mußte einen kleinen Stein, den Hager mit einer Drahtschlinge versehen hatte, an eine Federwaage hängen. Seine Fin-

18

ger zitterten dabei, und er schwitzte vor Angst derart, daß sich sein grünes Soldatenhemd unter den Achseln wie am Rücken dunkel färbte.

»Was wiegt der Stein? Lies mal ab!«

»Vierzig Kilo«, verkündete Bimbo, dessen Gesicht inzwischen rotblau angelaufen war.

Die Klasse jauchzte, und Hager fragte süffisant, ob Bimbo da nicht etwas durcheinanderbrächte, denn seiner Meinung seien das doch vierzig Tonnen und nicht Kilo.

»Gramm!« korrigierte sich Bimbo. »Gramm. Kleiner Irrtum.«

»Na, dann halt mal deinen kleinen Irrtum ins Wasser hier.«

Das löste bei allen gewaltige Lachstürme aus, denn da sich Bimbo in den Umkleidekabinen nie ohne Unterhose sehen ließ, wurde über das, was er da verbergen wollte, die wildesten Gerüchte ausgestreut. Hager, der das nicht wissen konnte, sah verständnislos in die Klasse, klingelte wild mit seinem Schlüsselbund und gebot der Meute, ruhig zu sein.

»Herr Stier, was wiegt denn nun unser Stein, wenn er sich im Wasser befindet?«

Der arme Bimbo, nun gänzlich verloren, tauchte den Stein so tief ins Wasser, daß er bis auf den Boden kam, und als er nun dessen Gewicht von der Federwaage ablesen sollte, konnte er nur sagen: »Nichts mehr, null Gramm.«

Hager griff zu seinem Notizbuch, um die Fünf für Peter Stier, für Bimbo, zu vermerken. »Das Archimedische Prinzip besagt also, daß Körper, die man ins Wasser taucht, ihr Gewicht vollständig verlieren. Na, dann paß bloß auf, wenn du wieder einmal schwimmen gehst.«

Nun bogen sich wieder alle vor Lachen, während Bimbo auf seinen Platz zurücktrottete und sich nach allen Seiten hin verneigte. Er hatte instinktiv begriffen, daß er in dieser Gruppe am ehesten überleben konnte, wenn er die Clown-Rolle übernahm. Darin wetteiferte nur Adolf Geiger mit ihm, doch der war heute krank.

Nun wurden zwei Mädchen nach vorn gerufen, Jutta Böhlke

und Renate Zerndt, und das Spielchen ging von vorne los. Bei Jutta Böhlke litt Manfred tüchtig mit, denn sie hatte eine niedliche Bluse an und duftete so verführerisch, daß er sich vorstellte, mit ihr im Faltboot zu sitzen und durch den Gosener Graben zu paddeln. Das Boot kippte um, er zog sie aus dem Wasser und ...

»Matuschewski, was verursacht das Gewicht des Steines im Wasser?«

Das hatte Manfred schon gelernt, daß man immer Bedenkzeit gewann, wenn man die Frage wiederholte. »Das Gewicht des Steines im Wasser verursacht eine ... einen ...«

»Aufdruck«, flüsterte Dirk Kollmannsperger.

»... einen Aufdruck, einen Auftrieb ...«

»Richtig, ja.«

Manfred dankte Dirk Kollmannsperger und wurde nun für den Rest der Stunde von Hager in Frieden gelassen. Das war zwar wunderbar, hatte aber den Nachteil, daß die Zeit nun gar nicht mehr vergehen wollte. Und da er keine Armbanduhr hatte, auf der sich wenigstens das Kriechen des Zeigers verfolgen ließ, dehnte sich alles noch viel mehr, und er fürchtete, die Zeit sei total stehengeblieben. Die Luft wurde immer stickiger, die Füße schmerzten, die Augen brannten, der Mund war ausgetrocknet, der Hintern tat weh, kurzum: es war eine einzige Qual. Und was der alte Archimedes da herausgebracht hatte, interessierte ihn nicht im allergeringsten, viel lieber hätte er gewußt, ob am Sonntag bei ihrem großen Spiel gegen Tennis Borussia der Sportkamerad Hörster wieder mitspielen konnte, der Hüne in ihrer Abwehr, weil er es dann als Torwart bei gegnerischen Eckbällen viel leichter hatte und auf der Linie bleiben konnte.

Da fiel ihm ein, daß er ja auch vergessen hatte, Englisch-Vokabeln zu lernen. Und während Hager vorn am großen Tisch die Klassenkameraden weiter quälte, schlug er sein Vokabelheft auf. *Cotton* = Baumwolle; *to snatch* = schnappen, packen, ergreifen; *convenient* = bequem, günstig, passend, praktisch, brauchbar; *cruel* = grausam, hart, unbarmherzig, roh; *to limp* = hinken, humpeln ...

Bis zum Ende der Stunde hatten sie dann das Archimedische Prinzip endlich experimentell ermittelt: Ein Körper verliert in einer Flüssigkeit so viel an Gewicht, wie die von ihm verdrängte Flüssigkeitsmenge wiegt.

Wieder löste das Klingeln bei den meisten ein Glücksgefühl aus, doch schon zehn Minuten später gab es ein mächtiges Gestöhne, denn Rohrschach kündigte an, daß es eine Kopfrechen-Arbeit geben werde.

Rohrschach war ein würdiger älterer Herr, kurz davor, in den Ruhestand zu treten, und glich mit seiner grauen Mönchstonsur am ehesten jenen Professoren, die Manfred aus alten Filmen kannte. An sich war er gütig und wußte genau, daß Mathematik nicht jedermanns große Liebe war, quälte niemanden, wurde aber dennoch gefürchtet, weil seine Augen etwas Froschhaftes hatten und aufgrund verschobener Achsen immer wieder zu fatalen Irrtümern führten.

»Was haben wir in der letzten Stunde durchgenommen?« fragte er, und Manfred glaubte, daß Rohrschach ihn mit dieser Frage meinte, weil doch dessen Blicke ganz deutlich auf ihm – und nur ihm – zu ruhen schienen.

»Aufgaben mit x ... x sei die gesuchte Zahl.«

»Du doch nicht!« schnauzte Rohrschach. »Der neben dir, der im Soldatenhemd!«

Bimbo, im festen Glauben, daß Manfred dran war, hatte abgeschaltet und überlegt, ob seine Harmoniumstunde heute nachmittag um drei oder erst um vier begann. »Wie bitte?«

Mißmutig wandte Rohrschach sich ab und guckte nun Dirk Kollmannsperger an. Der hatte die Rohrschachsche Achsenverschiebung längst durchschaut und stieß Eva an, die neben ihm saß.

»Aufgaben mit x ... x sei die gesuchte Zahl«, wiederholte Eva Senff.

Damit war Rohrschach nun zufrieden und hieß sie alle aufstehen zur Kopfrechen-Arbeit, seiner ganz besonderen Spezialität. »Die Hefte aufschlagen, ›zweite Arbeit‹, die Bleistifte auf den Tisch legen und zuhören.« Jetzt las er die Aufgabe vor. »Sieben Arbeiter verdienen in einer Woche 193 DM. Wieviel verdienen – unter sonst gleichen Umständen – 12 Arbeiter in einer Woche? Los!«

Es war nun mucksmäuschenstill im Klassenzimmer, und die Köpfe schienen zu rauchen. Manfred machte zwar einen halbherzigen Versuch, mit dem Rechnen zu beginnen, merkte aber schnell, daß er keine Chance hatte, das Ergebnis aus eigener Kraft zu ermitteln. Aber er zögerte nicht, einen Schüler zu spielen, der sich das Hirn zermarterte, und als nun der Befehl des Lehrers kam: »Bleistifte aufnehmen und die Lösung ins Heft eintragen!«, da tat er nur so, als schriebe er eine mehrstellige Zahl ins Heft, ließ aber in Wahrheit den Platz hinter dem schnell hingemalten 1.) frei.

Während nun Rohrschach die zweite Aufgabe vortrug, hatte Manfred Zeit genug, unbemerkt auf Dirk Kollmannspergers Heft zu schauen und sich dessen Lösung einzuprägen. Als dann das Kommando kam, das Ergebnis der zweiten Aufgabe festzuhalten, schrieb Manfred in aller Seelenruhe das in sein Heft, was bei der ersten Aufgabe herauskommen mußte: x = 330. So hielt er es bis zur zwölften und letzten Aufgabe, wo sich das Verfahren leider nicht mehr anwenden ließ und er nur raten konnte. Natürlich falsch, aber eine 1– hatte er sicher.

Sie wechselten den Klassenraum, doch kaum hatten sie die Rangelei um die besten Plätze beendet, kam Gunnar Hinze, ihr Vertrauensschüler mit der Nachricht: »Englisch fällt aus, dafür haben wir zwei Stunden Schwimmen! Alles ab in die Ganghoferstraße!«

Der Jubel war groß, denn nicht nur, daß sie dem üblen Vokabelabfragen bei Eiko entgingen, sie brauchten sich auch nicht in der siebenten Stunde tödlich zu langweilen, wenn ihnen Rehberg zu erklären versuchte, wie Aurelius Augustinus den Begriff Kirche definiert hatte.

Doch als die Meute auf den Flur stürmen wollte, stellte sich ihnen die Rektorin in den Weg.

»Halt! Einen Moment noch!« rief Frau Dr. Schaudin mit ihrer scharfen Stakkato-Stimme, und die 8a schwappte, als wäre soeben ein Warnschuß gefallen, in den Klassenraum zurück. »Daß mir keiner auf die Idee kommt, im Anschluß an das Schwimmen gleich nach Hause zu gehen: Der Religionsunterricht findet statt wie vorgesehen.«

Die Enttäuschung der Jungen und Mädchen war so groß, daß auch die zu murren wagten, die der »Chefin« direkt in die Augen sehen konnten. Nur Bimbo strahlte, war er doch Rehbergs ganz besonderer Liebling. Dabei hätte er allen Grund gehabt, empört zu sein, denn er war wegen seines Herzfehlers vom Sport befreit und hatte nun zwei Freistunden in der Schule abzusitzen.

Von Nobiling und einigen der älteren Klassenkameraden unsanft in den Hintern getreten und an seine Pflichten ermahnt, wagte es Gunnar Hinze Einspruch einzulegen. »Ich als Vertrauensschüler ... Also, wir meinen, daß wir nach zwei Stunden Schwimmen zu müde sind, um noch bei Herrn Rehberg aufpassen zu können. Außerdem ist ja Religion freiwillig.«

»Darum ja gerade will ich, daß ihr zurückkommt in die Schule, denn: Non scolae, sed vitae discimus.« Sie war nicht nur Deutsch-, sondern auch Latein-Lehrerin und hatte eine vielbenutzte (und -beschmutzte) lateinische Grammatik geschrieben.

»Wir sind hier in Westberlin«, sagte Dirk Kollmannsperger, »da haben wir nichts am Hut mit der SED.«

Frau Dr. Schaudin brauchte einige Sekunden, um diese Assoziation (sed: sondern, gleich SED) nachvollziehen zu können und schwankte dann, ob sie sie als Nachweis besonderer Kreativität positiv oder als Aufsässigkeit, wenn nicht gar Frechheit, negativ bewerten sollte, kam zu keinem Schluß und entlud ihre Spannung in einem lokähnlichen Zischen, das die erste Reihe entsetzt zurückfahren ließ. »Nicht für die Schule, sondern für das Leben lernen wir. Und wenn ihr später heiratet, dann geschieht auch das freiwillig, und ihr könnt euch euren Pflichten nicht einfach entziehen, wenn es euch einmal zu unbequem sein sollte.«

»Den ›ehelichen Pflichten‹ würd' ich mich nie entziehen«, brummte Dirk Kollmannsperger.

23

Die Chefin überhörte es. »Kurzum: Zur siebenten Stunde seid ihr pünktlich wieder hier!« Sie klatschte energisch in die Hände und machte sich auf den Weg zu ihrem Dienstzimmer.

Von ihrer Schule bis zum Hallenbad in der Ganghoferstraße waren es anderthalb Kilometer, und im einsetzenden Nieselregen trotteten sie wie ausrückende Sträflinge die ewig lange Karl-Marx-Straße hinauf. Da sie den Sportunterricht aufgrund fehlender Räumlichkeiten gemeinsam mit der Parallelklasse genießen durften, ergab das eine ganz schöne Kolonne.

Manfred wäre lieber zum Zahnarzt gegangen als zum Schwimmen, denn er haßte das gechlorte Wasser und die Hallenbäder. Sein einziger Trost war der Anblick der Straßenbahnzüge, die auf dem Mittelstreifen fuhren. Es waren entweder Triebwagen vom Typ TF 50, die sogenannten »Panzerzüge«, wo man moderne Wagenkästen auf alte Gestelle gesetzt hatte, oder die urigen Verbundzüge der Baureihe TM 36. Er kannte sich da aus, hatte viele Dutzend Fotos gesammelt, und sein großer Traum war es, selber einmal an der Kurbel zu stehen. Aber der würde sich sicher nie erfüllen; wie denn auch?

Manfred ging neben Dirk Kollmannsperger und hatte Mühe, dessen Tempo mitzuhalten, denn wenn der mit seinen Streichholzbeinen einen Schritt machte, hatte er mindestens anderthalb zu tun. Obwohl er ganz wunderbar Klavier spielen konnte, hatte er keinerlei Glück bei den Frauen, und so klagte ihm Dirk Kollmannsperger auch heute wieder sein Leid.

»Ich hätte der Eva Senff ja gerne meinen zugegeben, aber die wollte nicht ...« Dann sang er: »Ich such' die Frau meines Lebens, nach der mein Herz immer schrie ... Es wär' alles nicht so schwer, wenn es etwas leichter wär'.«

»Paß bloß auf, daß dir nachher keiner abgeht, wenn du die Eva im Badeanzug siehst«, warnte ihn Manfred.

»Die sind ja alle im Frauenbad drüben.«

»Schade.« Auch Manfred hätte gerne näher betrachtet, was die langen Röcke immer verbargen.

Da trat ihn jemand in die Hacken, und er fuhr herum, um diesem Blödmann die Faust in den Magen zu rammen. Doch er unterließ es schnell, denn der Täter war einer aus der 8b, ein bulliger Typ, und hatte, da er schwarzhaarig war, etwas Bärenhaftes an sich. Er hieß Peter Pankalla, und alle nannten ihn »Balla«, was daher kam, daß die Größeren ihm als kleinen Jungen immer »Pankalla – balla, balla!« hinterhergerufen hatten. Wer das heute tat, also das erlaubte »Balla« verdoppelte, der bekam eine aufs Maul, denn »balla-balla« stand als Synonym für »du bist ja bescheuert«.

Sport hatten sie bei Schädlich, einem der jüngeren Lehrer, der sich als Kumpel gab und nie jemanden in die Pfanne haute. Doch Manfred hatte das Talent, sich sogar mit solchen Leuten anzulegen, obwohl ihn seine Mutter so erzogen hatte, daß es ihm als höchstes Ziel erscheinen mußte, nirgends anzuecken.

Als sie sich umgezogen hatten und in ihren Badehosen, die alle wenig chic und furchtbar schlabbrig waren, in Reih und Glied am Beckenrand versammelt hatten, kam Schädlich auf sie zu, eine Stoppuhr in der Hand.

»Nutzen wir die Doppelstunde und sehen zu, daß jeder von euch seine Note im Schwimmen bekommt. Zweimal fünfundzwanzig Meter, die Stilart ist einem jedem freigestellt: Kraul, Brust, Rücken, Schmetterling. Die ersten vier an den Start: Nobiling, Kollmannsperger, Matuschewski und Kaddatz.«

Manfred fühlte sich wie vor der Hinrichtung. Zwar konnte er sich über Wasser halten, aber er hatte weder den Frei-, noch den Fahrtenschwimmer geschafft, und so unrecht hatte sein Vater nicht, wenn er meinte, er schwimme kaum besser als 'ne bleierne Ente auf 'm Grund. Da er einen sogenannten runden Rücken hatte, hing sein Kopf beim Brustschwimmen immer so tief im Wasser, daß er keine Luft mehr kriegte und sich andauernd verschluckte. Nur in der Rückenlage kam er voran, war dabei sogar um einiges schneller als manch anderer. So ging er wie selbstverständlich zur Leiter, um sich ins Becken hinabzulassen, zum Start zu schwimmen und sich dort unterhalb der Kante an die Spuckrinne zu klammern, echte Startblöcke gab es hier nicht.

Als Schädlich das sah, rief er Manfred zurück. »He, du da, wieder raus aus dem Wasser!«

»Wieso denn?«

»Ich will 'n Startsprung von dir sehen!«

Das war nun das, wovor sich Manfred ganz besonders fürchtete. Grund dafür waren seine beiden traumatischen Erlebnisse. Einmal wäre er als Baby um ein Haar in der Badewanne ertrunken und zum anderen im Dorfteich von Groß Pankow. So schrie er nach oben: »Ich mach' Rückenschwimmen!«

Schädlich ließ deutlich erkennen, daß er nicht mit sich reden lassen würde. »Was du machst, ist mir egal: Zur Schwimmnote gehört der Startsprung dazu.«

»Und zum Rückenschwimmen gehört, daß man von unten aus startet.« Manfred mochte noch nicht aufgeben.

Schädlich sah seine Autorität untergraben und bellte jetzt nur noch. »Im Lehrplan Schwimmen ist der Startsprung bindend vorgeschrieben.«

»Und bei den Olympischen Spielen ist beim Rückenschwimmen der Startsprung bindend verboten – die können sich doch in der Luft nicht alle umdrehen.« Das war Dirk Kollmannsperger, und die vereinigten achten Klassen machten einen Höllenlärm, so begeistert waren sie über dieses Duell. »Was zählt dann da mehr: die Wettkampfordnung oder die Schule?«

»Ja, gehen Sie doch mal ins Kino und sehen sich die Wochenschau an«, fügte Manfred von unten hinzu. »Wie die richtigen Schwimmer das machen.«

Schädlich blieb hart. »Du kommst jetzt raus, machst deinen Startsprung wie alle anderen auch und drehst dich dann in die Rückenlage.«

»Das ist unfair, Herr Schädlich.« Nun ergriff auch Gunnar Hinze, der Klassensprecher der 8a, Partei für Manfred. »Da verliert er doch viele Sekunden dabei und bekommt 'ne schlechtere Note.«

26

Das sah der Sportlehrer, gerecht wie er war, auch ein, nachdem einige andere dieses Argument wiederholt hatten. »Gut. Ich ziehe ihm nachher fünf Sekunden von der Zeit ab, die er effektiv geschwommen ist.«

Alle hielten das für einen salomonischen Spruch und klatschten dementsprechend Beifall, ahnten ja nicht, wie schlimm dieser Sprung in den Tod für Manfred sein würde, und was blieb dem anderes übrig, als wieder aus dem Wasser zu klettern und am Beckenrand Aufstellung zu nehmen. Hoffentlich kam einer und rettete ihn.

»An den Start!« rief Schädlich, drückte die Stoppuhr auf Null und wartete, bis die vier Jungen sich vor ihm aufgebaut hatten. »Fertig...«

Manfred kam sich vor wie einer dieser Springer in Kalifornien, die vom hohen Felsen ins Wasser hechten.

»Und: Los!«

Manfred stürzte sich ins Nichts, tauchte ein, schluckte Unmengen an Wasser, wußte nicht mehr, wo oben und wo unten war, fühlte sich eingeschlossen wie eine Fliege im Bernstein und hatte keinerlei Hoffnung mehr, noch einmal aufzutauchen. Eine Ewigkeit verging, und er strampelte in seiner Panik wirklich wie jemand, der am Ertrinken war. Die Lungen schienen ihm zu platzen, und im Kopf dröhnte es so, als hätte man ihm eine Kraftwerksturbine eingebaut. Er hatte echte Todesangst, glaubte wirklich, im Dorfteich zu stecken und sterben zu müssen.

Als er endlich wieder aufgetaucht war, brauchte er geraume Zeit, um das geschluckte Wasser auszuspucken und aus den Ohren zu schleudern, vor allem, um die Orientierung wiederzufinden. Dirk Kollmannsperger war schon fast an der Wende hinten am Kinderbecken.

»Raus!« hörte er Schädlich oben vom Beckenrand schreien. Der war der festen Ansicht, Manfred habe ihn vergackeiern wollen und gab ihm nicht nur eine Fünf in Schwimmen, sondern verpaßte ihm auch eine Eintragung ins Klassenbuch: »Matuschewski stört durch sein aufsässiges Verhalten und seine Albernheiten den Unterricht.«

Manfred nahm es hin. Für die anderen war er nun ein Held, hätte er aber gegen diese Ungerechtigkeit unter Tränen protestiert und auf seine Todesangst verwiesen, wäre er von seinen Kameraden nur verspottet worden, und der Lehrer hätte ihm ganz sicher nicht geglaubt.

»Ja, ja, das Leben ist eines der härtesten«, kommentierte Dirk Kollmannsperger die Szene.

Mit dieser tiefen Erkenntnis zog sich Manfred wieder an und trabte mit den anderen zur aufgezwungenen Religionsstunde in die Schule zurück. Bei Rehberg kam es dann zum eigentlichen Eklat.

Der Religionslehrer, ein Charakterkopf wie der Apostel Paulus und von Manfred an sich schon deswegen geschätzt, weil er wie sein Vater aufgrund einer Kriegsverletzung am Stock gehen mußte, hatte es schwer, gegen den allgemeinen Unwillen der Klasse anzukommen.

»Um 400 nach Christus begegnen wir Aurelius Augustinus als dem bedeutendsten Theologen und Apostel seiner Zeit. Ja, bitte ...?«

Dirk Kollmannsperger hatte sich gemeldet.

»Das versteh' ich aber nicht ...«

»Was verstehst du nicht?«

»Na ...« Dirk Kollmannsperger hatte die wunderbare Eigenschaft, bei allem, was er sagte, intellektuell und grüblerisch zu wirken. »... daß sie immer alle vom ›dummen August‹ sprechen ...«

Alle bogen sich vor Lachen, doch Rehberg konnte sich nicht entschließen, Dirk Kollmannspergers Beitrag als Aggression zu werten. Andererseits litt er darunter, von der Klasse nicht für voll genommen zu werden. Schließlich hatte er die vielbeachtete Dissertation »Kasualgebete im Wandel der Zeiten« verfaßt und galt in der Synode als kommender Mann.

»Damit ist sicherlich nicht dieser Aurelius Augustinus gemeint«, entgegnete er ernsthaft auf Kollmannspergers Einwurf und bewahrte die Contenance, obwohl er ziemlich geladen war. »Ich werde aber einmal nachsehen, woher diese Wendung stammt. Aus der Zirkuswelt wahrscheinlich. Nun

28

zurück zum großen Augustinus ... Wie gesagt, er prägte den Kirchenbegriff: Kirche ist die Gemeinschaft der Getauften, Kirche ist die Gemeinschaft der Erwählten, Kirche ist die Gemeinschaft der kämpfenden (noch lebenden) und der schon triumphierenden (bereits gestorbenen) Auserwählten. Kommen wir damit zum Leben der Urgemeinde und zum Begriff der Eucharistie. Wißt ihr, was das Abendmahl ist?«

»Bei uns gibt es immer eine Stulle mit Käse und eine mit Wurst!« rief Nobiling.

»Bei uns immer Tomaten. Aber nur, wenn sie schon rot geworden sind«, fügte Utz Niederberger hinzu.

Rehberg lächelte. »Kennt ihr nicht die Bergpredigt: ›Selig sind die Friedfertigen; denn sie werden Gottes Kinder heißen.‹ Wenn euch das lieber ist, laßt uns vom Frieden reden und vom Schrecken der Atombombe ...«

»Wummmm!« machte Thomas Zernicke.

»Nun ...« Rehberg lächelte noch immer wie ein Missionar, der sein Glück irrtümlicherweise in der Heidenmission gesucht hat. »Wie lauten zwei der Sprüche Salomos: ›Tue von dir den verkehrten Mund und laß das Lästermaul ferne von dir sein.‹ Und: ›Gehe hin zur Ameise, du Fauler; sieh ihre Weise an und lerne!‹ Was sagt uns das?«

Manfred interessierte all dies nicht die Bohne, und er empfand diese Religionsstunde als etwas, das ihm gewaltsam angetan wurde. Man hatte ihn hier gegen seinen erklärten Willen eingesperrt, und er war todmüde, wollte nichts anderes, als zu Hause auf dem Sofa liegen und gegen die Decke starren.

Nur so war zu erklären, daß er jetzt gegen Dr. Rehberg auf eine ganz besondere Art und Weise protestierte: Er zog sein Taschenmesser heraus, klappte es auf und säuberte sich die Fingernägel, obwohl sie nach dem Schwimmunterricht ausnahmsweise gar nicht schmutzig waren.

Es dauerte keine zehn Sekunden, da kam der Religionslehrer auch schon auf ihn zugestürzt.

»Raus hier!«

Manfred feixte, denn genau das war es, was er mit seiner

Protestaktion bezweckt hatte. Er stand auf, nahm seine Mappe und begab sich in Richtung Tür. Und es wäre auch alles geglückt, wenn nicht nahezu alle anderen Jungen ebenfalls ihre stets bereiten Taschenmesser herausgerissen und sich auch über ihre Fingernägel hergemacht hätten.

Da verlor Rehberg dann doch die Gewalt über sich. »Das wird Folgen für dich haben, Matuschewski, schlimme Folgen! Du bleibst hier, und dein Vater kommt her! Das Weitere wird dann von Frau Dr. Schaudin veranlaßt werden!«

Plötzlich herrschte Totenstille in der 8a, denn alle wußten, was das hieß: Abgang von der Schule.

Manfred wachte auf, als sein Wecker mit einem harten Plopp erkennen ließ, daß er bereit war, in zehn Sekunden loszulärmen. Manfreds Hand schnellte vor, um den Mechanismus außer Kraft zu setzen. Dieses Ungetüm von Wecker, immerhin von der Größe einer aufrecht stehenden Zigarrenkiste, stammte noch von seinem Urgroßvater August Quade, und seine Urgewalt reichte, nicht nur um seine Eltern nebenan im kleinen Zimmer hochfahren zu lassen, sondern das ganze Haus aus dem Schlaf zu reißen.

Es war Sonntagmorgen kurz vor sieben. Im engen Schacht des Hinterhofes gurrten die Tauben. Und als Manfred den Kopf ein wenig über die Sofakante hängen ließ, konnte er ein Stück des seidigen Oktoberhimmels erkennen. Sie hatten also schönes Wetter, und er brauchte keine Angst zu haben, daß das Spiel gegen TeBe ausfiel, weil der Platz mal wieder unter Wasser stand. Vorsichtig stand er auf. Seit sein Vater aus der Kriegsgefangenschaft heimgekehrt war, schlief er im Wohnzimmer. Das Sofa, das jeden Abend hergerichtet werden mußte, war so schmal, daß er mehrmals in der Woche nachts hinunter auf den Teppich plumpste, doch sein Vater wies ihn, wenn er sich beschwerte, jeweils mit dem Hinweis ab, daß einer, der kein Bett habe, auch nicht aus demselben fallen könne. Außerdem würde man sich ja um eine Neubauwohnung bemühen. Manfred glaubte das, denn für seine Eltern war es auch nicht gerade das Wahre, jeden Abend gegen neun aus ihrem Wohnzimmer vertrieben zu werden. Sonnabends, wenn sie mit ihren Freunden Karten spielten, durfte es auch nie später als Mitternacht werden, was besonders Neutigs schimpfen ließ. »Der Junge braucht seinen Schlaf«, sagte seine Mutter dann.

Manfred zog sich an. Morgenwäsche und Zähneputzen ließ er ausfallen. Natürlich hatten sie in ihrem Neuköllner Hinterhaus kein Badezimmer, und wenn er sich in der Küche gewaschen hätte, wären seine Eltern aufgewacht. Außerdem: Beim Fußballspielen wurde er ja doch wieder dreckig.

Bevor er zum Frühstücken in die Küche ging, war noch der kleine Sportkoffer zu packen, ein braunes Pappding aus Nazizeiten, groß genug für seine Töppen, das Jersey, die Hose, die Stutzen und die beiden Schienbeinschoner. Blaue Hose, gelbes Hemd, so spielte der 1. FC Neukölln – »95« in der Fachsprache, weil 1895 gegründet – seit ewigen Zeiten. Als die beiden Schlösser zugeschnappt waren, schlich Manfred sich auf Zehenspitzen aus dem Zimmer. Der Korridor war lang, schmal und dunkel. Links lag das Schlafzimmer seiner Eltern, und er hörte seinen Vater schnarchen. Es war ein mächtig dicker Baum, den er da zersägte. »Otto!« Seine Mutter war offenbar gerade dabei, ihren Mann mit einem kurzen Stoß in die Rippen dahin zu bringen, sich auf die andere Seite zu wälzen. Meist kam sein Vater zu den Heimspielen mit auf den Platz, heute aber hatte er ausschlafen wollen.

Manfred tappte weiter in Richtung Küche und Klo. Dort wagte er nicht, die Spülung zu drücken, denn deren Rauschen war so gewaltig, daß sein Vater öfter davon sprach, sie brauchten gar nicht nach Amerika zu reisen, sie hätten ja die Niagarafälle bei sich zu Hause.

In der Küche waren die beiden Frühstücksstullen schnell geschmiert, eine mit Braunschweiger, einer Wurst, die bei ihnen »Fensterkitt« hieß, und eine mit Schmöckwitzer Rhabarber-Himbeer-Marmelade. Dazu las er zuerst im *Telegraf* und blätterte dann im *Stern* herum, ob sich nicht eine Seite finden ließ, auf der eine Frau für die neuesten Hüfthalter Reklame machte. Als er eine gefunden hatte, stellte er sich vor,

daß er sie ganz für sich alleine hatte, wenn er erst einmal
Torwart der Nationalmannschaft war. Derart euphorisch
gestimmt, verließ er die Wohnung, nicht ohne sorgsam abzu-
schließen. Im Hause war es noch ruhig, nur Erich Lewandowski saß schon auf der Toilette, die sich außerhalb seiner
Wohnung in halber Höhe zwischen der zweiten und dritten
Etage befand. Die Tür stand offen, und da der Nachbar nicht
nur über eine sehr kräftige Eigenmarke verfügte, sondern
auch noch seit einer halben Stunde an einer selbstgefertigten
Zigarre nuppelte, Marke »Siedlerstolz«, mußte sich Manfred
die Nase zuhalten, um nicht umzukippen.

Doch kaum hatte er diese Gefahrenstelle hinter sich gelassen, rumorte es auch bei ihm im Bauch, und er mußte noch
einmal zu einer Notlandung in die Wohnung zurück. Das war
die Aufregung vor dem Spiel. Es war schon etwas anderes,
gegen Tennis Borussia anzutreten als gegen Cimbria, Sperber,
Stern 89 oder Helgoland.

So überquerte er den Hof erst mit einiger Verspätung,
sprang durch das Vorderhaus und rannte dann die Ossastraße hinunter, benannt nach einem Nebenfluß der Weich-
sel, die sich im leichten Bogen zwischen Fulda- und Weichselstraße erstreckte und im Krieg, welch Wunder, nicht ein
einziges ihrer vielen Vorderhäuser verloren hatte. Weder die
unterschiedlichen Altbauten auf ihrer Nord- noch die geschlossene Neubaureihe auf ihrer Südseite hatte es erwischt,
die Bomben hatten nur eines der Hinterhäuser in Schutt und
Asche gelegt, vor allem aber die Häuser gleich an der Fuldastraße getroffen. Deren Reste hatte man gesprengt, die Trümmer aber noch immer nicht beseitigt. Früher hatte Manfred
oft in diesen Ruinen gespielt, jetzt aber gab es für ihn nur
noch die Fußballplätze.

Die Straße war noch menschenleer, und er bedauerte,
daß keiner seiner Mannschaftskameraden in der Ossastraße
wohnt. So mußte er allein zur Sonnenallee traben, wo die
nächste Haltestelle der 95 zu finden war. Als er den furcht-
einflößenden Backsteinbau der Martin-Luther-Kirche rechts
von sich in den seidenblauen Himmel ragen sah, fiel ihm mit

Schrecken wieder ein, was sich am Freitagnachmittag bei Dr. Rehberg zugetragen hatte. Dessen Brief war in der Ossastraße noch nicht eingetroffen, wahrscheinlich, weil ihn die Chefin selbst abfassen sollte. Vielleicht hatten sie beschlossen, das ganze zu vergessen. Manfred sah zum Kirchturm hinauf: *Lieber Gott, mach, daß sie den Brief nicht schreiben.*

Nach zehn Minuten kam die Straßenbahn, und zu Manfreds Freude war es ein Triebwagen vom Typ T 24, der hinten an der Weichselstraße sichtbar wurde. Dessen gemütliches Nietengesicht liebte er, weil es ihn irgendwie an seine Schmöckwitzer Oma erinnerte. Seine Hoffnung, den begehrten Platz links neben dem Fahrer unbesetzt zu finden, erfüllte sich, und so hatte er die ganze Zeit über freie Sicht auf die Strecke. Zuerst ging es die Sonnenallee hinunter, immer an der Promenade entlang, deren Bäume langsam ihre bunten Blätter verloren. Den ersten Höhepunkt der kurzen Fahrt gab es an der Kreuzung mit der Erk- und der Wildenbruchstraße, wo vor ihnen ganz offenbar ein aussetzender Straßenbahnzug nach links abgebogen war, um das Depot in der Elsenstraße anzufahren. Als der Wagenführer vorn aus dem Schiebefenster hing und mühsam versuchte, die Weiche von Hand aus mit seinem langen Stellhebel wieder auf geradeaus zu stellen, hatte Manfred gegen die Versuchung anzukämpfen, selber die Hand an die Kurbel zu legen. Es zuckte regelrecht in ihm. Aber wahrscheinlich wäre er dann mit der 6 zusammengestoßen, die gerade von der Karl-Marx-Straße herangerauscht kam. Zwei Stationen weiter rollten sie dann am Hertzbergplatz vorüber, wo sein Verein an sich zu Hause war, aber die Spiele der Schülermannschaften wurden meistens am Dammweg ausgetragen. Für Manfred als Straßenbahnnarren wurde es noch einmal interessant, als sie kurz vor Unterqueren der S-Bahn am Bahnhof Sonnenallee einen Zug der Linie 15 vor sich hatten, den man typenrein aus sogenannten Hawa-Wagen zusammengesetzt hatte.

Jetzt ging es ein Stückchen durch Industrie- und Laubengelände, dann tauchte rechter Hand der langgestreckte rote Backsteinbau des Arbeitsamtes auf. Manfred stieg aus und lief mit seinem braunen Sportkoffer den Sackführerdamm hinunter, den auf der einen Seite in sanftem Schwung Neubauten aus Vorkriegstagen säumten, während auf der anderen Straßenseite das Laubengelände begann, das sich weit nach Ostberlin hinüberzog. Inmitten dieses ausgedehnten Grüns lagen wie große Lichtungen zwei Fußballplätze. Der Clou dort war der flache Weltkriegsbunker, dessen graue Räume sie nun als Kabinen nutzen konnten.

Fast die gesamte Mannschaft traf er dort. Nur Kautz und Klinger fehlten noch. Kautz war ihr Genie, ein Spielmacher im kleinen wie Fritz Walter im großen, bei dem es zum guten Ruf gehörte, zu spät zu kommen. Klinger dagegen war nicht in der Lage, sich den Weg zum Platz zu merken, und verlor sich jedesmal im Labyrinth der Laubengänge.

Günther Schäfer, Mannschaftsbetreuer der ersten Schüler des 1. FC Neukölln, blickte auf die Uhr, ohne sich aus der Ruhe bringen zu lassen. Finanzbeamter war er, hatte sich immer selber Jungen gewünscht, aber nur Mädchen bekommen, und war deswegen gerne jeden Sonntag mit der Mannschaft auf Achse. Assistiert wurde er von Knolle, dem Opa, einem ausrangierten Schulhausmeister mit Hasenscharte und schiefem Gesicht, der stets in seinem schwarzen Hochzeitsanzug erschien, die Taschenuhr an der goldenen Kette, die Zigarre im Mund, und dem ganzen Verein viel bürgerliche Würde verlieh. Ihr Trainer hieß Bachmeier, kam aus Österreich, ließ sich aber während der Spiele nie blicken.

Die Jerseys der Jungen strahlten alle im frischen Butterblumengelb, und keine ihrer preußischblauen Hosen wiesen Flecken auf, wie auch die blau-gelben Stutzen und die Fußballschuhe von äußerster Sauberkeit waren. Keiner kam auf die Idee, dies den Verein erledigen zu lassen, bei den meisten weigerten sich sogar die Mütter, die verdreckte Fußballkluft zu waschen, und die Jungen hatten alles selber einzuweichen, zu kochen, zu spülen, auf die Leine zu hängen und schließlich zu bügeln. So auch Manfred.

»Mach ma Platz da!« sagte Hörster, und brav rückte Manfred zur Seite. In der Hackordnung der Mannschaft, das wußte er, stand er ziemlich weit unten. Das lag zum einen daran, daß man zu Torwarten wie Linksaußen stets die größten Deppen machte, zum anderen aber waren seine Vorderleute so gut, daß er selten etwas zu halten bekam. Kautz war große Klasse, aber auch Machnik galt als begnadeter Techniker, um den sich schon die Späher von Viktoria 89 und Blau-Weiß 90 gekümmert hatten. Kölblin und Brunow, beides Ballschlepper mit einer Pferdelunge, und Hörster, der Abwehrhüne, war später einen Platz in der ersten Herrenmannschaft sicher. Mittelmaß waren Werner Guse, der in Manfreds Parallelklasse ging, Klinger, Blumentritt, Hütterer und Emmler; der aber hatte die größte Schnauze von allen.

»Gegen Tennisch müscht ihr alle verteidigen. Wenn Tennisch dasch Leder hat, dann die Schtürma zurück nach hinten.« Knolle wiederholte die angesagte Strategie. »Wenn ihr den Ball erobert habt, dann mit einem Schteilpasch vor das gegnerische Tor. Verschtanden!?«

»Ja.«

Und der Betreuer ermahnte sie immer wieder, nicht vor Ehrfurcht zu erstarren, wenn »die Veilchen« – so nannte man die Borussen wegen ihrer lilafarbenen Trikots allenthalben – sie attackierten. Aber das war leichter gesagt als getan, denn als Neuköllner, Söhne kleiner und manchmal richtiggehend armer Leute, fühlten sie sich den Jungens vom Rande des Grunewalds, den Charlottenburgern, automatisch unterlegen. »Die kochen auch nur mit Wasser.«

»Und machen beim Kacken die Knie jenauso krumm wie ihr«, fügte Knolle hinzu. »Keine Angscht vor großen Tieren!«

Und Hörster, ihr Kapitän, ging in die Kabinenecke, zog seinen ganzen Rotz die Nase hoch und ließ ihn, ebenso per herausgepreßter Luft wie mit Hilfe von Daumen und Zeigefinger seiner rechten Hand, nach Altberliner Art auf den Zementboden flutschen. »Det ist für mich 'n Charlottenburger!«

Die Mannschaft johlte und war bester Laune, zumal jetzt auch noch Klinger und Kautz erschienen, letzterer in neuen weißen Fußballschuhen.

Manfred schnürte sich zum wiederholten Male seine eige-

35

nen und ziemlich ausgelatschten Töppen zu. Das heißt, seine eigenen waren es gar nicht, sie gehörten Onkel Helmut und waren nur geborgt. Vom Taschengeld gekauft hatte er sich die knallroten Senkel, die wegen ihrer Überlänge mehrmals um den Schuh geschlungen wurden. So wie er es in der Wochenschau bei den richtigen Torleuten gesehen hatte. Eigene Fußballschuhe zu haben, war sein großer Traum.

»Na, zitterste wieder?« Das war Emmler, der ihm da den Ellenbogen in die Rippen stieß, ihr größter Angeber.

»Nur davor, daß de wieder 'n Selbsttor schießt.«

Manfred hatte heute ein gutes Gefühl. Das lag auch daran, daß seine Mutter ihm erlaubt hatte, seinen Lieblingspullover anzuziehen, den dunkelgrünen, den ihm die Kohlenoma Weihnachten gestrickt hatte.

»Wir müssen raus zum Anpfiff, hopp!« Der Mannschaftsbetreuer öffnete die Stahltür, und sie marschierten durch die Bunkergänge. Mit ihren Stollen machten sie einen ohrenbetäubenden Lärm. Immer wieder gab es kleine Staus, weil einige ihre Töppen nicht richtig zugeschnürt hatten.

»Mann, is det wieder 'n Acker heute!« rief Machnik, als sie auf den Platz liefen, auf dem sich die Jungen in den veilchenblauen Jerseys schon zum Warmmachen eingefunden hatten. Und recht hatte er, denn der schüttere Rasen wurde nicht nur immer wieder von Sandflatschen unterbrochen, sondern auch von Maulwurfshügeln und Karnickellöchern. So hatten sie einige Zeit zu tun, Sand in die Löcher zu stopfen, teils mit den Händen, teils mit den Füßen, denn sie waren die »platzbauende Mannschaft«. Opa Knolle und ihr Betreuer liefen inzwischen die Außenlinie entlang und steckten die weißen Fahnenstangen in den Sand.

Manfred hatte inzwischen seinen Posten im Tor bezogen und wurde warm geschossen. Da es keine Tornetze gab, war es ratsam, die heranzischenden Bälle zu halten, weil er sonst meilenweit zu laufen hatte.

Jetzt kam der Schiedsrichter, ein Dicker mit Doppelbauch, und Manfred hielt den Atem an, denn das war sein Onkel Richard, der Schwager seiner Schmöckwitzer Oma. Er lief hin, um ihn zu begrüßen. Man konnte ja nie wissen, und vielleicht übersah er es, wenn er den Ball mal hinter der Torlinie fing. Aber Onkel Richard tat so, als kenne er ihn nicht. Manfred war tief enttäuscht. Zwar nannten sie einen Schiedsrichter immer »den Unparteiischen«, aber so weit mußte das ja nun wirklich nicht gehen.

Der Anpfiff kam, und das Spiel entwickelte sich so, wie sie es befürchtet hatten: Die Schüler von Tennis Borussia, die Charlottenburger, waren selbstbewußter und eleganter als die Jungen aus Neukölln und kamen immer wieder gefährlich vor das Tor von »95«, doch Manfred war auf dem Posten. Je schärfer und plazierter die Schüsse, desto wohler fühlte er sich, denn vor nichts hat ein Torwart mehr Angst als vor sogenannten leichten Bällen. Kamen die dann angehoppelt und prallten, gerade als er lässig zupacken wollte, auf einen der unzähligen Grasbüschel, so griff er ins Leere. Wenn die Gegner dann ihren Torschrei erschallen ließen und die Mannschaftskameraden ihn auslachten und mit Vorwürfen überhäuften – »Fliegenfänger!«, »Du Blinder, du!« –, dann wäre er am liebsten vor Scham im Boden versunken.

Heute aber gab es keine Kullerbälle. Wieder fummelte sich ein Tennis Borusse durchs Mittelfeld, spielte dem hüftsteifen Guse den Ball durch die Beine, ließ auch Hörster aussteigen und strebte, den Ball eng am Fuß, unaufhaltsam Manfreds Tor entgegen. An sich gab es für Manfred keine Chance, den Treffer zu verhindern, so geschickt er dem Stürmer auch entgegenlief, um den Winkel abzukürzen. Er rechnete mit einem Heber, doch ein Mordsschuß kam, eine echte Granate. Manfred riß die Arme hoch und bekam tatsächlich noch die Fingerspitzen an den Ball. Der gewann dadurch soviel an Auftrieb und Höhe, daß er nicht nur weit über die Torlatte flog, sondern auch noch über den angrenzenden Zaun und bei den Laubenpiepern nebenan auf dem Frühstückstisch einschlug wie eine Bombe. Ein gewaltiges Klirren und Scheppern und Schreie wie: »Mein schönes Geschirr!«

Manfred lief zum Zaun. »Entschuldigung, kann ich bitte unsern Ball wiederhaben?«

».. . 'ne Tracht Prügel kannste dir abholen!«

Nicht mal Opa Knolle im schwarzen Anzug schaffte es, die Leute zur Herausgabe des Balles zu bewegen, und so mußten sie ihn schweren Herzens abschreiben und mit einem Ersatzball weiterspielen.

Für die Jungen des 1. FC Neukölln war es schwer zu verdauen, diesmal die Schwächeren zu sein, doch sie stemmten sich mit aller Kraft und Hingabe gegen die drohende Niederlage durch die verhaßten Milchreisbubis aus Charlottenburg, traten nach allem, was sich bewegte, und begingen so viele Fouls, daß Onkel Richard kaum noch Atem holen konnte, so viele Verwarnungen waren auszusprechen. Brunow stellte er sogar vom Platz. Doch so gelang es ihnen, bis zur letzten Spielminute ein stolzes 0:0 zu halten. Dies vor allem dank Manfreds Klasseleistung. Es war phantastisch, wie er die Bälle aus dem Dreiangel holte, in die Ecken tauchte, den Gegnern die Bälle von den Füßen fischte oder bei Flanken hochstieg, um zu fausten.

Es schien alles gutzugehen, dann aber machte Emmler großen Mist, als er nämlich eine Flanke von links mit dem linken Unterarm abfing, bevor der Mittelstürmer der Veilchen mit Kopf herankommen konnte.

»Elfer!« schrien die Borussen.

Hörster trat Emmler in den Hintern. »Idiot, du, den hätt' Manni doch dicke jehalten!«

»Außerdem ist es Abseits gewesen!« rief Manfred und warf einen flehentlichen Blick zu Onkel Richard hin, war sich eigentlich sicher, daß der im Zweifelsfalle für die Familie sein würde. »Und wenn es Abseits war, kann es keinen Elfer für geben.«

Onkel Richard zögerte, und Manfred triumphierte schon. Doch zu früh, denn der Schiedsrichter Richard Schattan, ein Bruder von Manfreds schon 1937 verstorbenem Großvater Oskar Schattan, erwies sich als unbestechlich.

»Abseits war es nicht, also war es ein Elfmeter.« Damit legte er den Ball auf den ominösen Punkt.

Manfred kehrte enttäuscht ins Tor zurück. Eine mit weißem Kalk markierte Torlinie gab es hier nicht, ein mit den Hacken seiner Töppen in den Sand gefräster Strich hatte zu reichen. In seiner Mitte hatte Manfred einen kleinen Querstrich angebracht, um bei turbulenten Torraumszenen eine sichere Orientierung zu haben. Auf diese Marke hätte er sich nun stellen müssen, um von beiden Pfosten gleich weit entfernt zu sein. Doch um den Elfmeterschützen der Borussen zu irritieren, nahm er deutlich links von ihr Aufstellung und bot dem anderen damit die viel größere Seite zum Einschuß an. Der andere war ein dunkelhaariger Typ mit viel Pomade im Haar. Was würde der jetzt denken? Daß Manfred dachte, er würde das Angebot der größeren Seite dankbar annehmen und in diese Richtung hechten. Wenn er dies dachte, dann schoß er garantiert in die kürzere Ecke, und Manfred brauchte quasi nur stehenzubleiben, um den Ball zu halten. Wenn der andere aber nun dachte, daß Manfred das dachte, dann schoß er doch in die längere Ecke. Es war zum Verzweifeln und brachte nichts.

Jetzt pfiff Onkel Richard, und Manfred stellte sich nun doch genau in die Mitte seines Tores und beschloß, auf der Seite in Richtung Pfosten zu hechten, wo er am höchsten und am weitesten kam: nach links also. Egal, wohin der andere zu schießen schien.

Der Schütze lief an, Manfred warf sich automatisch nach links ... und war so rechtzeitig am Boden unten, daß er den plazierten Flachschuß gerade eben um den Pfosten drehen konnte.

Der Schlußpfiff seines Onkel ging im Jubel seiner Mannschaft unter. Sie trugen ihn auf den Schultern vom Platz, und es war der schönste Tag seines Lebens.

Auch in der Schule war er montags noch der Held, doch als er dann nach Hause kam, lag der Brief an seinen Vater auf dem Tisch. Tante Trudchen und seine Kohlenoma, die heute zur großen Wäsche nach Neukölln gekommen waren, hatten ihn offenbar gefunden, nachdem er vom Postboten durch den Schlitz geschoben worden war. Da hatte er keine Chance mehr, ihn einfach verschwinden zu lassen, um die Sache zumindest ein wenig hinauszuzögern, vielleicht sogar zu hoffen, daß die Erwachsenen alles vergaßen, weil sie Wichtigeres zu tun hatten, als sich darüber aufzuregen, daß sich einer beim Religionsunterricht die Fingernägel saubermachte. Ein böses Omen war es auch, daß es ein blauer Umschlag war, ein »blauer Brief« sozusagen. *Hiermit empfehlen wir Ihnen, Ihren Sohn Manfred von der II. Oberschule Wissenschaftlichen Zweiges zu nehmen, weil er deren Anforderungen nicht entspricht.* Er hörte seine Mutter, wie sie dies langsam und mit tränenumflorten Augen immer wieder las. Manfred ging zum Wasserkessel und überlegte, ob er den Brief nicht über heißem Dampf öffnen und ein wenig abändern sollte. Ging nicht, sie hatten keine Schreibmaschine. Nicht einmal eine so starke Glühbirne, daß man den Text lesen konnte, wenn man den Umschlag dagegenhielt. Was blieb ihm, als den Brief erst einmal unter der Zeitung zu verstecken. Vielleicht warf ihn jemand aus Versehen weg, und dann konnte er seine Hände in Unschuld waschen.

Sein Blick fiel auf einen Zettel, der auf dem Küchentisch lag. Tante Trudchens kraklige Sütterlin-Schrift: »Manni, tu Kartoffel für uns alle reiben, es giebt Pufer heute.« Er freute sich, daß auch andere in der Lage waren, in einem einzigen Satz mühelos gleich mehrere Fehler unterzubringen, ging aber, ehe er sich die Reibe aus dem Küchenschrank nahm, ins Wohnzimmer, um sich auf die Lesezirkelmappe zu stürzen. Zwar waren die einzelnen Illustrierten schon ziemlich abgegriffen, eingeknickt und voller Fettflecken und Essensreste, und die Kreuzwort- und Silbenrätsel waren alle gelöst, aber einen Nachmittag ohne *Spiegel, Quick, Stern* oder *Revue* konnte er sich nur schwer vorstellen. Weil es billiger war, bekamen sie ihre Lesemappe immer erst einige Wochen nach Erscheinen der Illustrierten, Manfred hoffte aber, daß seine Eltern nach der nächsten Gehaltserhöhung etwas mehr investieren würden.

Viel Neues gab es nicht. Immer noch ritten sie auf Sauerbruch herum, der im Juli verstorben war. Und daß der Bundespräsident Theodor Heuss zusammen mit Ernst Reuter, dem Regierenden Bürgermeister, das Schiller-Theater neu eröffnet hatte, fand er auch nicht gerade spannend. So schlief er erst einmal ein.

Wach wurde er, als jemand ungeduldig gegen die Wohnungstür bummerte. Es war Tante Trudchen, die den Beutel mit den Wäscheklammern vergessen hatte. Ihn zu ermahnen, die Kartoffeln zu reiben, vergaß sie hingegen nicht. Manfred setzte sich also an den Küchentisch und machte sich ans Werk. Schon das Kartoffelschälen brachte wenig Spaß, aber wenigstens blieben die Finger heil dabei, denn mit dem patentierten Schäler, den Tante Claire ihnen besorgt hatte, konnte man sich auch dann nicht schneiden, wenn man sich besonders dämlich anstellte. Beim Reiben der Kartoffeln aber blieb, wenn die Stücke zu klein geworden waren, immer ein Rest der Haut am rauhen Stahl zurück. Als sich dann der Kartoffelmatsch in der Schüssel rötlich färbte, wußte er nicht genau, ob das nun an der Stärke oder am Eisen lag oder an seinem vergossenen Blut. Trotzdem rieb er so viele Kartoffeln, daß die Puffer für das halbe Haus gereicht hätten, denn wegen des blauen Briefes war es klug, vorher für gut Wetter zu sorgen. Auch Zwiebeln schnitt er hinein und gab genügend Mehl und Salz hinzu.

Als er mit dem Kartoffelpufferreiben fertig war, wäre es an sich an der Zeit gewesen, sich auf die Schularbeiten zu stürzen, doch er hatte keine Lust dazu und machte sich erst einmal daran, eine vollständige Liste seiner Bücher anzulegen. Er begann mit Ehm Welk: *Die Heiden von Kummerow*, Auerbachs Kinder-Kalender von 1913, Köhlers Fußballkalender, Brehms Tierleben und Karl Mays *Schatz im Silbersee*. Fast hundert Titel waren einzutragen.

Seine Kohlenoma kam aus der Waschküche nach unten, um die ersten Kartoffelpuffer in zwei Pfannen zu braten. In viel Schmalz natürlich, so wie sie das als Dienstmädchen um die Jahrhundertwende im alten Berlin gelernt hatte. Apfelmus aus Schmöckwitz gab es dazu, Manfred durfte das Glas auslecken.

Als erster kehrte sein Vater von der Arbeit heim. Er arbeitete jetzt im großen Fernmeldeamt in der Skalitzer Straße und schickte sogenannte Störungssucher hin, wenn in den Bezirken Kreuzberg und Neukölln die Telefone entzweigegangen waren. Wegen seiner steifen Hüfte – seinem Andenken aus Rußland, wie er immer sagte – fiel ihm das Laufen trotz seines Stockes so schwer, daß er auch im Oktober noch heftig schwitzte und, bevor es Essen gab, erst die Hemden wechseln mußte. Manfred bekam Order, die Sachen zum Auslüften auf den Balkon zu bringen und dort aufzuhängen.

Seine Mutter erschien mit leichter Verspätung, da Lenchen, ihre Kollegin und seit langem Witwe, von ihrem neuen Freund abgeholt worden war und der sie beide noch zu einem Schnäpschen eingeladen hatte.

»Und – was ist das für einer?« fragte Tante Trudchen.

»Der Walter? Der ist Gärtner bei der BVG, der beschneidet immer die Hecken an den Straßenbahngleisen.«

»Walter – wenn er pupt, dann knallta«, warf Manfreds Kohlenoma ein.

»Das ist aber ein prima Kerl. Nur einen mächtigen Husten hat er, aber Lenchen sagt immer: ›Mann ist Mann, und wenn er im Bett sitzt und hustet.‹«

Tante Trudchen und sein Vater hatten den größten Hunger gemeldet, bekamen von seiner Kohlenoma die beiden eben fertig gewordenen goldbraunen Kartoffelpuffer mit einem gekonnten Schißlaweng auf die Teller geklatscht und kommentierten die ersten Bissen mit vielen Ahs und Ohs.

»Davon hab' ich in der Gefangenschaft immer geträumt«, sagte sein Vater, der vor lauter Wohlbehagen wie ein Kater brummte.

»Otto, schmatz nicht so!« wurde er von seiner Frau ermahnt.

»Noch gar nicht lange her, da haben wir Mehl mit Majoran als Schmalzersatz genommen«, sagte Manfreds Kohlenoma, als sie einen neuen Klacks Schmalz in die Pfanne gab und das Gas herunterdrehte. »Das Gas wieder mal abgesperrt.«

»... und dafür Kohlengrus ins Zeitungspapier eingewikkelt, damit man sich was kochen konnte«, fügte Tante Trudchen hinzu. »Briketts gab's ja keine.«

»Laß mich mal kosten …« Seine Mutter klaute sich vom Teller des Vaters ein Stückchen Kartoffelpuffer und fand, daß Manfred die Zwiebeln darin nicht klein genug geschnitten hätte.

»Macht nichts«, bemerkte sein Vater. »Hab' Sonne im Herzen und Zwiebeln im Bauch, dann kannste gut ferzen – und stinken tut's auch.«

»Otto!« kam es tadelnd. »Nächste Woche sind wir bei meinem Chef zum Kaffee eingeladen.«

Sein Vater ließ sich nicht aus der Ruhe bringen. »Bis dahin wird's ja verflogen sein.«

Sie kabbelten sich noch eine Weile, dann aber herrschte wieder Frieden, und die Gespräche plätscherten munter dahin.

Tante Trudchen erzählte von ihrer neuesten Putzstelle in der Arztpraxis bei sich um die Ecke in Siemensstadt. »Der Doktor hat jetz' so 'n modernet Bild im Wartezimma häng'n … Buh-Fett steht drunta.«

»Bü-fee«, korrigierte sie die Mutter, die einige Jahre das Lyzeum besucht hatte. »Bernard Buffet, französischer Maler.« Das wußte sie aus den Kreuzworträtseln in frisch gekauften Illustrierten.

»Wahrscheinlich seine ›Fischverkäuferin‹«, ergänzte Manfred, der das gerade im Kunstunterricht bei Norenz gehabt hatte.

»Ja«, Tante Trudchen nickte. »Da ist 'ne Frau mit Fische drauf.«

»Mit Fischen!« kam es von seiner Mutter.

»Sag' ich doch!«

»Und es wird auch nicht das Original gewesen sein, das kann er sich nicht leisten, sondern ein Druck.«

»Ein Druck macht eben Eindruck, siehste mal«, merkte Manfred an.

Seine Kohlenoma schwärmte von dem letzten Film, den sie gesehen hatte, vom *Schwarzwaldmädel*.

»Vom Rudolf Prack hab' ich zwei Nächte lang geträumt.«

43

»Wie praktisch«, merkte Manfred an.

Seine Mutter stöhnte über die vielen Rundschreiben, die sie heute abend noch zu lesen hätte.

»Wieso, die sind doch alle eckig«, sagte Manfred.

»Du sollst nicht immer so vorlaut sein!«

»... bin ich eben nachlaut.«

»Kannst du mal den Mund halten!«

»Gut, halte ich den Mund.« Manfred packte Kinn und Mund mit der rechten Hand und hielt sie fest.

»Du-uuu...!« kam es drohend von seiten seiner Mutter. Seit Wochen hatte sie schlechte Laune, denn bei ihr in der Krankenkasse ging wieder einmal das Gerücht um, daß man alle Doppelverdiener entlassen wolle, vornehmlich die Frauen, deren Ehemänner auch Arbeit hatten. Deswegen war sie schon extra in die Gewerkschaft eingetreten, aber ob das was half?

Manfreds Vater berichtete von einem Kollegen, der furchtbare Käsebeine hatte und nicht davon abzubringen war, sich im Dienst die Schuhe auszuziehen. »Zum Glück hat er nur ein Bein, das andere is 'ne Prothese.«

»Otto, wie kann man nur so pietätlos sein!«

So ging das große Kartoffelpufferessen langsam zu Ende, und Manfred ahnte, daß es nun jeden Augenblick Alarm geben konnte. Und richtig, sein Vater, immer in der Hoffnung, daß sie einmal in der Lotterie das große Los gezogen haben könnten, fragte, ob denn keine Post gekommen sei.

»Nö«, antwortete Manfred, »nur so 'n blöder Brief von 'er Schule.« Er holte ihn hervor und hielt ihn seinem Vater hin. »Wahrscheinlich wegen der Sauerei da mit dem Religionsunterricht ... Daß sie uns da gegen unseren Willen hinzwingen wollen.« Manfred fand, daß er das wunderbar eingefädelt hatte, und sein Vater nun von vornherein auf seiner Seite stehen mußte.

Und seine Rechnung schien auch aufzugehen, denn kaum hatte sein Vater den blauen Umschlag aufgerissen und den Inhalt des darin befindlichen Schreibens überflogen, begann er auch schon loszuschimpfen.

44

»Was bilden die sich denn ein, daß ich zur Schule muß …
mitten in meiner Dienstzeit und noch dazu als Schwerbe-
schädigter! Weil mein Sohn den Religionsunterricht gestört
hat … Ist doch schön, daß er das getan hat: das ist doch sowieso nur alles Volksverdummung!« Damit hatte er genug
gelesen und warf den Brief auf den Tisch.

Manfred griff blitzschnell danach, um ihn wieder verschwinden zu lassen, zu schnell für seine Mutter.

»Zeig mal, was steht denn weiter drin!?« Ihr Mißtrauen
war wach geworden. Sie riß ihm das Schreiben wieder aus
der Hand und las den zweiten Absatz, in dem die Rektorin
ihre Absicht kundtat, Manfred wieder von der höheren
Schule zu entfernen, da seine Leistungen und vor allem sein
Verhalten deren Anspruch nicht genügten. »… hat sich Ihr
Sohn erfrecht, sich unmittelbar vor Augen seines Religions-
lehrers, Herrn Kollegen Dr. Rehberg, die Fingernägel zu säubern …«

Manfred bekam tüchtig eine gelangt und durfte auf der
Stelle sein Urteil empfangen. »Ab ins Zimmer: eine Woche
Stubenarrest und einen Monat kein Taschengeld.«

Am nächsten Vormittag saßen Manfred und sein Vater in der
ersten großen Pause Frau Dr. Schaudin, der Rektorin, und
Rehberg gegenüber.

»Wenn ich nicht gerade über den Frieden gepredigt hätte –
sozusagen – und gegen die Atombombe, dann …« Der Religionslehrer blieb hart. »Der Kampf um den Frieden, daß er das
begreift, das ist doch das Wichtigste für einen jungen Menschen. Und gerade in diesem Augenblick reinigt sich Ihr Sohn
die Fingernägel!«

»Das war doch nicht deswegen …« Manfred fand allmählich die Sprache wieder. »Ich bin doch auch gegen den Krieg
und daß sich die Menschen töten, aber …«

»Das war unchristlich«, beharrte Rehberg.

»Er ist doch aber ein guter Christ«, betonte Manfreds Vater. »Und betet jeden Abend.«

»Ja, daß hier in der Schule niemand merkt, daß er mal wieder die Hausaufgaben nicht gemacht hat«, lachte Frau Dr. Schaudin.

»Ihnen geht es doch nur darum, die Schülerzahlen zu senken!« Otto Matuschewski stieß seinen Stock so wütend auf den Boden, daß im alten und mehr als brüchigen Linoleumbelag ein tiefes Loch entstand. »Das hätte ich von Ihnen als Sozialdemokratin nicht erwartet, hier in Neukölln. Da muß ich mich einmal mit der SPD in Verbindung setzen deswegen. Daß die Kinder der kleinen Leute daran gehindert werden, ihr Abitur zu machen, nur weil sie in Religion keine gute Note bekommen.«

Manfred bewunderte seinen Vater. Schade, der hätte Politiker werden sollen.

Frau Dr. Schaudin war ans Fenster getreten und blickte zum Friedhof hinüber. »Nun, Herr Matuschewski. Wie wäre es denn mit einem Kompromiß?«

»Wenn Sie meinen Sohn von der Schule weisen sollten wegen dieser Bagatelle, dann ist aber hier die Hölle los.«

»Das ist keine Bagatelle!« rief Rehberg. »Der Junge geht ja auch nicht zum Konfirmationsunterricht, alle anderen tun es!«

Die Chefin ließ ihren berühmten Zischlaut hören. »Vielleicht wäre ein Kompromiß möglich, Herr Kollege Rehberg. Sagen wir: Sie stellen Ihre Bedenken gegen die Eignung des Schülers Manfred Matuschewski einstweilen zurück – ich tue das auch im Namen des gesamten Kollegiums –, und Manfred besucht schnellstmöglichst den Konfirmandenunterricht.«

»Bloß nicht!« entfuhr es Manfred da. »Da muß ich ja sonntags immer in die Kirche und kann nicht mehr Fußball spielen!«

Sein Vater sah ihn fassungslos an und fuhr sich mit der flachen Hand vor der Stirn auf und ab. »Dämlack, du!«

Frau Dr. Schaudin zeigte, daß sie auch vom Fußball einiges verstand. »Diese Selbsttore, Herr Matuschewski, ja, ja …«

»Der Junge hat zu wollen, was richtig ist!« Sein Vater stand auf. »Hiermit erkläre ich feierlich, daß ich sofort mit ihm in die Martin-Luther-Kirche gehe, um ihn zum Religionsunterricht anzumelden.«

»So beschlossen und verkündet«, sagte Frau Dr. Schaudin, und für Manfred und seinen Vater war die Audienz damit beendet.

Draußen auf dem Flur begann Manfred zu weinen. »Ohne Fußball kann ich nicht leben.« Das hörte sich zwar pathetisch an, stimmte aber, und sein Vater begriff es.

»Gehen wir erst einmal zu Pfarrer Sorau. Kennst du eigentlich den Satz, in dem vier Städte drin vorkommen ...?«

»Nein.« Manfred hatte andere Sorgen.

»Sag an, mein Kind, so rauh der Wind, was Berlin und Stettin für Städte sind.«

»Wie schön.«

»Sagan und Sorau waren mal Städte in Schlesien.«

»Was kann ich dafür.«

Sein Vater blieb stehen, um ihn anzusehen. »Freiheit, Sohn, ist auch die Einsicht in die Notwendigkeit.«

Manfred verfiel in aggressives Schweigen. Bis zur Kirche in der Fuldastraße sprachen sie kein Wort miteinander.

Pfarrer Sorau erwies sich als ein gütiger alter Herr, glich aufs Haar den wohlbeleibten Mönchen katholischen Glaubens, die Wein und Leben lieben, und war kein Eiferer des Protestantentums.

»So, so, mein Junge, du fürchtest also, zwei Jahre lang nicht auf der Torlinie stehen zu können. Das liebst du so. Und hast Angst, dafür die harten Kirchenbänke drücken zu müssen ...«

»Ja«, bekannte Manfred.

Der Pfarrer nickte und sah Manfreds Vater an. »Und Sie, Herr Matuschewski, bitten mich, den Jungen sozusagen im Schnellverfahren auf die Konfirmation vorzubereiten, schon im nächsten März also, weil Ihre Mutter schwerkrank ist und dieses große Fest noch erleben soll.«

»Ja.«

»Dann hätten wir also einmal die Wahrheit und einmal die Lüge.«

Otto Matuschewski blickte zu Boden, ein reuiger Sünder. Pfarrer Sorau legte Manfred die Hand aufs Haar. »Es ist meine letzte Konfirmation, bevor ich in den Ruhestand gehe. Kommst du also nur zehnmal in die Kirche, mein Junge. Da werden ja die Fußballspiele mal ausfallen, Weihnachten sowieso, und jeden Mittwochmorgen um sieben Uhr zum Konfirmandenunterricht.«

In den nächsten Monaten beherrschte Manfreds bevorstehende Einsegnung das Leben der Familie Matuschewski voll und ganz. Wie man im Krieg vom Not-Abitur gesprochen hatte, so redeten sie jetzt von einer Not-Konfirmation. Und Manfred hatte jeden Mittwoch in aller Herrgottsfrühe aufzustehen, um pünktlich um sieben Uhr in einem Nebenraum der Martin-Luther-Kirche zum *Konfa* anzutreten.

»So ein Mist!« schimpfte er, während er, noch mit Schlaf in den Augen, an seiner Quarkstulle kaute. »Und das alles vor der Schule.«

Sein Vater grinste und griff zur Bibel, die sie sich extra angeschafft hatten und die jetzt immer in der Küche auf dem Gasbratofen lag. »Mein Kind, verwirf die Zucht des Herrn nicht und sei nicht ungeduldig über seine Strafe. – *Sprüche Salomos*, drei-elf.«

»Mann, wer soll 'n das alles lernen!«

Wie auf Bestellung spielten sie im RIAS gerade den passenden Schlager: »Es wär' alles nicht so schwer, wenn es etwas leichter wär' ...«

Manfred schlang den letzten Bissen hinunter, riß seine Mappe vom Kohlenkasten und stürmte auf die Ossastraße hinunter, wo er leider Gottes auf Thomas Zernicke stieß, der an der Ecke Weichselstraße im selben Haus wie Blumen-Kuschel wohnte. Zwar waren beide seit vielen Jahren Klassenkameraden, doch immer Angehörige verfeindeter Cliquen, und oft genug hatte er von Thomas, der schneller groß geworden war als er, Prügel bezogen.

»Wer war der erste Kellner?« fragte Thomas.

»Keine Ahnung ...«

»Na, Gott, denn er nahte mit Brausen. Und wer war der erste Fußballspieler?«

Wieder mußte Manfred passen.

Thomas grinste. »Na, Jesus, denn er stand mit seinen Jüngern abseits vor dem Tore.«

Manfred hatte das ungewisse Gefühl, daß er irgendwann dafür bestraft würde, wenn er über Thomas' Scherze lachen würde.

Pfarrer Sorau versuchte, ihnen die Bergpredigt nahezubringen, die für ihn die Grundlage allen Menschseins war.

»Selig sind, die da Leid tragen; denn sie sollen getröstet werden. Selig sind die Sanftmütigen; denn sie werden das Erdreich besitzen.«

»Selig sind die Bescheuerten, denn sie brauchen keinen Lappen mehr«, brummte Thomas Zernicke.

Pfarrer Sorau überhörte es und fuhr unbeirrt fort. »Selig sind, die da hungert und dürstet nach der Gerechtigkeit; denn sie sollen satt werden. Selig sind die Barmherzigen; denn sie werden Barmherzigkeit erlangen. Selig sind die Friedfertigen; denn sie werden Gottes Kinder heißen.«

Das Schlußwort hatte auch hier Thomas Zernicke: »Selig sind die Bekloppten, denn sie brauchen keinen Hammer.«

Manfred haßte Thomas Zernicke und schwor sich, ihn irgendwann in seinem Leben einmal kräftig zu verprügeln.

Wie auch immer, zusätzlich zu den ohnehin schon üppigen Schularbeiten hatte er jetzt auch noch die zehn Gebote samt Erklärung und unzählige Bibelsprüche auswendig zu lernen. Er tat das zumeist sonntags nach dem Fußballspiel, wenn er in der Badewanne saß. Nicht in der eigenen, davon wagten sie in der Familie Matuschewski nicht einmal zu träumen, sondern in der Gemeinschaftsbadewanne des Hinterhauses Ossastraße 39, die oben auf dem Dachboden stand. Insgesamt hatten 41 Männer, Frauen und Kinder das Anrecht, sie zu nutzen, und wenn man am Wochenende hineinsteigen wollte, war es ratsam, sich spätestens am Mittwochmorgen bei Frau Przybilowski anzumelden, die vier Treppen oben wohnte und den Schlüssel verwahrte.

Manfred hatte eine linoleumfarbene Broschüre aufgeschlagen, die von Pfarrer Sorau allen Konfirmanden ausgehändigt worden war: *Lernet von MIR. Der Kleine Katechismus Doktor Martin Luthers. Sprüche aus der Heiligen Schrift und Kirchenlieder.* Wie ein Schauspieler beim Lernen seines Textes übte er eine ganze Stunde lang Sätze wie diese:
– Der Herr ist mein Hirte; mir wird nichts mangeln.
– Dein Wort ist meines Fußes Leuchte und ein Licht auf meinem Wege.
– Es sollen wohl Berge weichen und Hügel hinfallen; aber meine Gnade soll nicht von dir weichen ...
– Seid fröhlich in Hoffnung, geduldig in Trübsal, haltet an am Gebet.
– Einer trage des anderen Last, so werdet ihr das Gesetz Christi erfüllen.
Das ging so lange, bis Erich Lewandowski gegen die Tür bummerte. »Nich so weit rausschwimmen, hörste! Komm ma an 't Ufer zurück: jetz bin ick ma dranne!«
Unten war das Essen schon fertig. Wie jeden Sonntag stand zuerst die mehldicke Tomatensuppe auf dem runden Wohnzimmertisch, und Manfred löffelte sie brav in sich hinein, obwohl er sie abscheulich fand. Als Hauptgericht aber hatte seine Mutter Falschen Hasen zubereitet, einen Hackbraten also, zu dem es Salzkartoffeln und Rotkohl gab, was ihre beiden Männer mit Beifall quittierten. Tischgespräch war natürlich die Einsegnung, die immer näher rückte.
»Bis zum 2. März sind es ja nur noch ein paar Wochen«, stellte seine Mutter erschrocken fest.
Und sie gingen alles durch, was erledigt werden mußte.
»Otto, hast du den Anbauschrank bestellt?«
»Ja.« Die Firma, bei der sie sich nach monatelangem Hin und Her ihren Schrank ausgesucht hatten, hieß BRUMAX und war in der Donaustraße gelegen. »Unser erstes Möbelstück nach dem Kriege.« Es war richtig feierlich, wie er das sagte.
Überhaupt, diese Einsegnung kostete seine Eltern ihr ganzes Erspartes. Manfreds Konfirmationsanzug, schwarz mit

weißen Streifen, hatten sie in der Karl-Marx-Straße käuflich erworben.

»Das ist gleichzeitig dein Einsegnungsgeschenk von uns.«

»Danke.« Erst bekam seine Mutter ein Küßchen, dann sein Vater.

Der hatte sich bei einem Schneider einen nagelneuen Anzug »bauen« lassen müssen, denn wegen seiner steifen Hüfte und seines verkürzten rechten Beines konnte er nichts »von der Stange« kaufen. Die Anproben dazu hatten immer fünf bis sechs Stunden gedauert, was daran lag, daß Karl-Heinz Kubicek, der Schneidermeister, ein begeisterter Schachspieler war und seinen Vater nicht eher entließ, bis er nicht mindestens drei Partien mit ihm gespielt hatte. Am billigsten war es noch bei seiner Mutter abgegangen, die war nur zu Hannchen Schröder gefahren, um sich ein neues Kleid nähen zu lassen.

»Einen neuen Fotoapparat könnte ich bei dieser Gelegenheit auch ganz gut gebrauchen«, sagte sein Vater, als sie beim geschmorten Rhabarber, dem üblichen Nachtisch, angekommen waren.

Margot Matuschewski hob abwehrend die Hände. »Höchstens zum Urlaub gibt es einen. Die anderen knipsen ja genug.«

»Was gibt es denn als Konfirmationsessen?« wollte Manfred wissen.

»Eines sage ich euch: Ich stehe nicht die ganze Einsegnung über in der Küche und rackere mich da ab!« Seine Mutter hatte dies ohne jede Vorwarnung mit schriller Stimme hervorgebracht. »Ich geh' nicht jeden Tag arbeiten ... und dann auch noch für zwanzig Leute kochen!«

»Das ist es also: Wo uns der Schuh drückt.« Sein Vater strich sich das Kinn, so daß sein Grübchen noch ein wenig tiefer und markanter wurde. Seit der Regierende Bürgermeister Ernst Reuter seit Dezember letzten Jahres jeden Sonntag unter der Überschrift »Wo uns der Schuh drückt« zu seinen Berlinern sprach – und alle, die ein Radio hatten, dies auch hörten – war es ein geflügeltes Wort geworden. »Irgendwo-

her werden wir doch jemanden kriegen, der in der Küche
steht, wenn wir in der Kirche sind.«

»Ich kann ja mal Hannchen fragen.«

Damit war auch dies geklärt, und sie legten sich alle hin,
ihr Mittagsschläfchen zu machen.

Am Sonntag vor der Einsegnung war es dann soweit: Während eines nachmittäglichen Gottesdienstes in der vollbesetzten Kirche fand die Prüfung aller Konfirmanden statt.
Manfred hatte eine Heidenangst davor, an dieser Hürde zu
scheitern. Die Kirchengemeinde, so hieß es, stelle hohe Anforderungen an ihre Konfirmanden, und lieber verzichtete
man auf ein neues Mitglied, als jemanden zum Abendmahl
zuzulassen, der nicht bibelfest sei. Vier, fünf von hundert fielen immer durch. Bei dieser Ausgangslage sah Manfred wenig Chancen für sich, denn im Gegensatz zu allen anderen
hatte er sonntags kaum die Kirche besucht und auch nur vergleichsweise wenige Konfa-Stunden aufzuweisen. So hatte
er am Sonnabend seinen Kleinen Katechismus sogar mit ins
Kino genommen und während des Films *Der Theodor im Fußballtor* mit Theo Lingen fleißig darin gelesen, was eine etwas
merkwürdige Mischung in seinem Kopf gegeben hatte:

– Aus tiefer Not schrei ich zu dir, Herr Gott, erhör mein
  Rufen.
– Wie der Ball auch kommt, wie der Schuß auch fällt ...
– Nun danket alle Gott mit Herzen, Mund und Händen,
  der große Dinge tut an uns und allen Enden ...
– Wie der Ball auch kommt, wie der Schuß auch fällt, der
  Theodor, der Held, der hält!

Manfred fürchtete nicht nur, sich vor versammelter Mannschaft entsetzlich zu blamieren, sondern fand auch den Gedanken unerträglich, daß seine Eltern das viele Geld dann
umsonst zum Fenster hinausgeworfen hatten. Also lernte er
wie ein Wahnsinniger und konnte all das herunterbeten, was
Pfarrer Sorau als wichtig angegeben hatte, beispielsweise
Psalm 51, 12–14: »Schaffe in mir, Gott, ein reines Herz und
gib mir einen neuen, gewissen Geist. Verwirf mich nicht von

deinem Angesicht und nimm deinen heiligen Geist nicht von mir. Tröste mich wieder mit deiner Hilfe, und mit einem freudigen Geist rüste mich aus.« Obwohl eher mit fluchendem Geist, kämpfte er sich durch die Bücher Mose, durch Josua, Samuel, die Psalmen, die Sprüche Salomos, Jesaja, Hesekiel, Hosea, Habakuk, Tobias, Matthäus, Lukas, Johannes, die Apostelgeschichte und die Paulusbriefe. Er quoll über vor biblischem Wissen.

Und dann kam die Frage von Pfarrer Sorau, die Frage, die über alles entschied.

»Wer hat unseren Herrn Jesus Christus verraten?«

Manfred konnte es nicht fassen, saß da wie in Stein gemeißelt, kochte aber innerlich so vor Wut, daß er fast geschrien hätte: »Idiot, du, da habe ich nun Tage und Wochen damit verbracht, diesen ganzen Kirchenmist zu lernen – und jetzt kommst du mir mit solcher selten dämlichen Frage! Das hätt' ich doch auch so gewußt ohne diesen ganzen Aufwand.«

»Na ...?« Pfarrer Sorau fürchtete schon, Manfred würde die Antwort nicht wissen, und der Gemeindeälteste zückte bereits seinen Kopierstift, um hinter dem Namen Matuschewski sein »Nicht bestanden« zu vermerken.

Keine Sekunde zu früh bekam Manfred das mit, und das Erschrecken darüber, durchgefallen zu sein, obwohl er alles wußte, lähmte ihn. Sein Vater machte ihm ein verzweifeltes Zeichen und rief »Karl May!« zur Kanzel hinauf. Dies lenkte den gestrengen Presbyter, der das Urteil über Bestanden oder Nichtbestanden zu fällen hatte, für Sekunden ab, und anstatt den entscheidenden Negativ-Vermerk in Manfreds Zeile zu machen, warf er einen vernichtenden Blick zu Otto Matuschewski hinüber, verstand auch nicht so recht, was der Name Karl May hier in der Gemeinde sollte, obwohl ja bekannt war, daß der Sachse sich als Kara ben Nemsi bei den Mohammedanern stark für Jesus Christus eingesetzt hatte.

Manfred wußte natürlich, was sein Vater gemeint hatte: den Karl-May-Band 22, *Satan und Ischariot*, und so schrie er denn in letzter Sekunde ins Kirchenschiff hinaus: »Judas Ischariot war es, der unseren Herrn Jesus Christus verraten hat!«

Damit hatte er seine Konfirmandenprüfung glücklich bestanden.

In der Woche darauf konnte man erleichtert mit den Vorbereitungen für den großen Tag beginnen. Waldemar Blöhmer kam, um ihnen mitzuteilen, daß er sich entschlossen habe, das Amt des Hoffotografen zu übernehmen.

»Ohne jedes Honorar. Mit meiner Leica bin ich unschlagbar, da kommt keiner aus 'm Fotoladen mit. Die Exklusivrechte an den Bildern bleiben aber bei mir.« Dabei tönte er so laut, als wäre es die Wochenschau im Kino. Sodann zog er mit seinem teuren Apparat in der Wohnung umher, um sich schon vorab die schönsten Motive zu suchen. Manfred und seine Eltern verfolgten sein Tun ebenso amüsiert wie kopfschüttelnd.

»Wenn du fertig bist, kannst du uns ja gleich mal helfen, die Betten auf 'n Boden zu tragen.«

Im Schlafzimmer seiner Eltern sollten es sich die »Kinder«, das waren neben ihm Inge, Gerhard und Peter, gemütlich machen. Die Erwachsenen, so schien es, blieben bei solchen Feiern gerne unter sich. Manfred konnte sich denken, warum. So hatten sie die Ehebetten auseinandergenommen und trugen sie nun mitsamt den Matratzen zum Dachboden hoch. Dabei erzählte Waldemar von seiner Imkerei, die er draußen in Rahnsdorf betrieb, in Ostberlin mithin, und wie er wegen eines politischen Witzes fast im Knast gelandet wäre.

»Ein Berliner wird in ein volkseigenes KZ gesteckt, das er bereits aus Hitler-Zeiten kennt. Er zeigt auf die tätowierte Nummer auf seinem Arm und fragt: ›Gilt die noch? Oder kriege ick 'ne neue?‹«

Anschließend wurden noch Stühle und Tische vom Balkon beziehungsweise aus dem Keller geholt. Waldemar warf dabei die Weinflaschen um, und alle sangen: »Hau ruck, und wieder fallen alle neune!«

Als alles erledigt war, packte Waldemar Blöhmer seine Leica wieder ein.

»Laß die doch gleich bis Sonntag hier«, riet ihm Manfreds Vater.

Waldemar Blöhmer warf einen Blick auf Manfred. »... und hab' dann 'ne kaputte Linse.«

Als er gegangen war, machten sie sich daran, die Tischordnung festzulegen. Neben Manfred – der Hauptperson an diesem Tage – sollten rechts seine Eltern und links seine beiden Großmütter sitzen. Dann waren noch zu plazieren: Onkel Helmut, Tante Irma und Peter, Tante Martha und Onkel Erich, Tante Claire, Max Bugsin mit seiner Familie, also Tante Irma, Inge und Gerhard, Lenchen Behnke von der KVAB, eine Kollegin seiner Mutter, Herbert und Gerda Neutig und schließlich Waldemar und Erna Blöhmer. Letztere kannten ihn schon von Geburt an und waren mit seinen Eltern vor dem Krieg durch die Mark Brandenburg gewandert beziehungsweise gepaddelt. Herbert Neutig war der Lieblingskollege seiner Mutter und hatte, da selber kinderlos, viel für ihn übrig.

»Insgesamt einundzwanzig Personen«, sagte seine Mutter.

»Hoffentlich halten da die morschen Balken«, sagte sein Vater, »und wir landen nicht alle 'n Stockwerk tiefer.«

In langer Zweierreihe marschierten die Konfirmanden durch den Mittelgang, während die Orgel den Raum mit Klängen erfüllte, die Manfred erschauern ließen. Sie taten ihm gleichermaßen Gewalt an, wie sie ihn auch hinwegführten in Sphären, die ihm bislang verschlossen geblieben waren. Und instinktiv begriff er den Mechanismus, der die Welt im Innersten zusammenhielt: Allein bist du nichts, du mußt dich eingliedern und verkaufen, wenn du etwas erreichen willst im Leben. Immer brav und artig sein. Gott half ihm nur, wenn er sich hier in der Kirche demütig auf die Knie niederließ. Das Abitur schaffte er nur, wenn er tat, was die Lehrer von ihm wollten. Geld verdiente er nur, wenn er seine Arbeit so verrichtete, wie der Chef es von ihm erwartete. Eine Frau bekam er nur, wenn er so war, wie diese Frau es wünschte. Er existierte nur durch die anderen. Und so kam er sich in seinem dunklen Konfirmandenanzug vor, als hätten sie ihm eine ganz besondere Sträflingskleidung übergestreift. Zugleich aber begriff er auch die Verheißung, die in allem lag: Daß alle die erlöst wurden und im Volk nach oben stiegen, die das taten, was man von ihnen verlangte. Mehr noch: Er war nicht allein in der Welt, nicht verloren im Kosmos, sondern die anderen nahmen ihn auf in ihre Gemeinschaft, liebten ihn und schützten ihn, und dieses Gefühl trug ihn hoch hinauf zu einem nie gekannten Glück.

Rechts vorn in der Nähe des Altars erkannte er seine Eltern, seine beiden Großmütter und Tante Trudchen.

»Nun danket alle Gott mit Herzen, Mund und Händen«, sangen jetzt alle, und Tante Trudchen tat dies so laut und schön, daß der Küster sie nachher fragte, ob sie nicht in den Kirchenchor kommen wollte, »der große Dinge tut an uns und allen Enden, der uns von Mutterleib und Kindesbeinen an unzählig viel zugut und noch jetzund getan«.

Die Konfirmanden hatten in den ersten beiden Reihen, wo die harten Bänke freigehalten worden waren, Platz genommen, und wieder dröhnte die Orgel.

Thomas Zernicke, neben Manfred sitzend, kicherte. »Die Orgel durch die Kirche braust, der Onanist tut's mit der Faust.«

Manfred fand das mehr als unpassend und drehte den Kopf von ihm weg. Wie in Trance saß er da. Minutenlang folgte er mit geschärften Sinnen allem, was um ihn herum geschah, dann kamen Phasen, wo er jeden Bezug zur Wirklichkeit verlor und nicht mehr wußte, wo er war und wer er war. Lebte er denn eigentlich noch, oder war er nicht in Wahrheit im Krieg gestorben und verfolgte nur vom Himmel herab, wie die anderen eingesegnet wurden? Aus weiter Ferne hörte er Pfarrer Soraus Predigt.

»Vater im Himmel, wenn wir heute am 2. März des Jahres eintausendneunhundertzweiundfünfzig nach deiner Geburt diese Konfirmation miteinander begehen, dann wird es uns an äußeren Dingen nicht mangeln. Wir müssen nicht mehr Sorge haben, unsere Konfirmationsfeiern fielen zu bescheiden aus. Die Tische werden reichlich gedeckt und der Geschenke nicht wenige sein – und dies nicht einmal sieben Jahre nach Ende des schrecklichsten aller Kriege. Herr, wir danken dir

aus ganzem Herzen dafür. Herr, unser Gott, wenn diese
Konfirmanden ihr Leben bestehen wollen, dann werden sie
dazu Hilfe, Rat und Unterstützung benötigen. Sie werden
Menschen brauchen, die sich Zeit für sie nehmen, um sie zu
begleiten auf dem Weg in die Zukunft ihres Lebens.«

Auf seine Zukunft freute er sich kaum. Erst hatte er sich
noch fünf Jahre durch die Schule zu quälen, um dann für den
Rest des Lebens in einem Büro zu sitzen und zu warten, bis
es Feierabend wurde. Daß jemand aus Neukölln, jemand
aus dem Hinterhaus Fabrikbesitzer wurde, Chefarzt oder
großer Forscher, war ja seltener als der Hauptgewinn im
Lotto.

»Die Welt, die mag zerbrechen, du stehst mir ewiglich; kein
Brennen, Hauen, Stechen soll trennen mich und dich«, sangen
sie nun, »kein Hunger und kein Dürsten, kein' Armut, keine
Pein, kein Zorn der großen Fürsten soll mir ein' Hind'rung
sein. Mein Herze geht in Sprüngen und kann nicht traurig
sein, ist voller Freud und Singen, sieht lauter Sonnenschein.
Die Sonne, die mir lachet, ist mein Herr Jesus Christ; das, was
mich singen machet, ist, was im Himmel ist.«

Wieder verging eine Ewigkeit, dann hörte er, wie Pfarrer
Sorau den Namen Manfred Matuschewski aufrief. Es ging
an ihm vorbei, es berührte ihn nicht. Erst ein kräftiger Ellen-
bogenstoß von Thomas Zernicke ließ ihn hochschnellen und
mit ihm und zwei anderen Konfirmanden dem Altar zuschrei-
ten. Etliche Stufen ging es hinauf, und ein grüner Samttep-
pich war über die Treppe gebreitet. Auf dem sollten sie nie-
derknien, um den Segen zu empfangen. Pfarrer Sorau zeigte
auf die dritte Stufe von unten, und Thomas Zernicke war der
erste, der sich niederließ. Manfred jedoch verfehlte die vor-
geschriebene Stufe, weil er nicht beachtet hatte, daß der Teppich sich zentimeterweit nach vorne wölbte. Seine beiden
Knie krachten hörbar auf die nächstuntere Stufe. Die beiden
anderen Konfirmanden, rechts von ihm, machten es hingegen wieder richtig, so daß die vier aussahen wie die Or-
gelpfeifen: hoch–tief–hoch–hoch. Die Gemeinde gluckste
schon, und die Feinsinnigen unter den Gästen fragten sich

leise, ob sich da einer bewußt erniedrige, um später dann, so wie es die Bibel verhieß, erhöht zu werden.

Manfred aber war fern solcher Betrachtungen, er schwitzte nur Blut und Wasser, wußte zwar, daß er etwas falsch gemacht hatte, konnte aber nicht mehr anders. Wenn er jetzt wie ein Baby nach oben krabbelte, dann würden alle über ihn lachen. »Komm weiter rauf!« flüsterte Pfarrer Sorau ihm zu.

Doch Manfred senkte den Kopf nur noch tiefer und tat so, als könne er Sorau nicht verstehen, wußte auch nichts von dessen kranken Rücken und seiner Arthritis in den Knien, daß er sich also kaum weit nach unten bücken konnte.

So kam es also, daß Manfred Matuschewski als einziger seinen Konfirmationsspruch zu hören bekam, ohne daß die Hand des Seelenhirten dabei auf seinem Scheitel lag.

»Kämpfe den guten Kampf des Glaubens; ergreife das ewige Leben, dazu du auch berufen bist und bekannt hast das gute Bekenntnis vor vielen Zeugen. 1. Timotheus 6,12.«

Irgendwann danach betete er mit den anderen das Vaterunser, sie sangen wieder, und die Orgel spielte noch einmal. Dann war die Feier vorüber.

Ein Fotograf lauerte ihnen auf und zog sie nacheinander in einen Nebenraum, wo sie, mit dem Einsegnungssträußchen in der Hand, geknipst wurden. Hinter ihnen hing ein Plakat mit der Aufschrift: Wird dem jungen Volk geholfen, wird uns allen geholfen.

Manfred trat auf die Fuldastraße hinaus, und alles war nur ein Traum.

»Stell dich in Positur!« rief Waldemar Blöhmer und knipste Manfred etliche Male mit seiner geheiligten Leica.

»Waldi ist wirklich ein Künstler«, schwärmte seine Frau.

Während sie nach Hause in die Ossastraße gingen, hallte es noch nach in ihm. Er war aus der Zeit gefallen, hatte einen Ausflug in die Welt des Außeralltäglichen unternommen, und noch immer schien ihm alles überhöht, er war ein anderer Mensch, größer als ehedem, klug und bewundernswert, die Häuser, elend und vom Kriege noch immer schwer gezeichnet, waren plötzlich prachtvolle Schlösser, und das bieder-karge Neukölln war auf einmal New York, Paris und Rom in einem.

Zu Hause hatte Hannchen Schröder alles so weit vorbereitet, daß sie sich sofort an den Mittagstisch setzen konnten. Sie, das waren seine Eltern, seine beiden Großmütter und Tante Trudchen; die anderen Gäste wurden erst zum Kaffeetrinken erwartet. Vorher aber waren noch die Glückwünsche durchzugehen und vor allem die ersten Geschenke auszupacken, die man auf einem Extratisch im ausgeräumten Schlafzimmer angehäuft hatte.

Ein ganzer Stapel von Kuverts lag da, 10 Pfennig das Porto, mit Schmuckkarten darin, die in erhaben gedruckten goldenen Buchstaben Aufschriften trugen wie *Zur Konfirmation die herzlichsten Glückwünsche* oder *Zur Konfirmation herzliche Segenswünsche.* Die meisten Gratulanten – Hausbewohner, Geschäftsleute aus der Ossastraße, Bekannte und Klassenkameraden – hatten nur »senden ...« hinzugefügt, nur wenige sich zu ein paar persönlichen Zeilen entschließen können oder Gedichte wiedergegeben. So etwa Fritz Selke, Tante Gerdas früherer Schwiegervater:

> Schaffe froh und schau empor,
> Stark und mutig sei dein Streben,
> Durch der Jugend gold'nes Tor
> Baue dir den Weg ins Leben!

Tante Gerda, die jüngere Schwester seiner Mutter, nach dem Kriege in Polen hängengeblieben, hatte eine Karte aus ihrem Dorf in der Nähe von Breslau geschickt, auf der eine üppige Schönheit prangte, blumenbekränzt, und teils schon abgebröckelte Buchstaben aus goldenen Körnchen etwas verkündeten, das sie als *Tif dniu Imienin* entzifferten. »Mein lieber Manfred«, schrieb ihm Tante Gerda, »nun gehst Du ins Leben, aus der Kinderzeit wird Deine Jugendzeit, und ernster wird Dein Leben. Ich wünsche Dir nun von Herzen alles Gute für die Zukunft, damit Du ein tüchtiger Mann wirst und

Deinen Eltern viel Freude bereitest. Leider kann ich meine Glückwünsche nicht selbst überbringen, ich würde es viel lieber tun, doch es ist der Zahn der Zeit, so nimm hiermit meinen Händedruck entgegen, und ich küsse Dich, mein großer Manfred, recht lieb als Deine Tante Gerda nebst Lucyna und Agnieszka. Onkel Gerhard kann auch nicht mehr kommen, so grüßt hiermit Onkel Leszek.«

Als Manfred dies vorgelesen hatte, weinten alle, und erst der Telegrammbote, wild klingelnd, riß sie aus ihrem Schmerz. Else Zastrow und Erna Kühnemund, die besten Freundinnen seiner Schmöckwitzer Oma, hatten eine »Depesche geschickt«, wie Tante Trudchen das nannte.

»Ist denn nichts von Onkel Berthold dabei?« fragte die Mutter.

Manfred ging noch einmal alle Glückwunschkarten durch. »Nein, von Onkel Albert auch nicht.«

Seine Eltern fanden das empörend, daß die beiden Brüder seiner Schmöckwitzer Oma die Konfirmation in der Ossastraße derart ignorierten. »Sicherlich hat ihnen Stalin das verboten«, sagte sein Vater. »Da sieht man mal, was Gehirnwäsche so ausmachen kann.«

Onkel Berthold war ein mittelhohes Tier in der SED und stellvertretender Bezirksbürgermeister von Friedrichshain, Ostberlin mithin, während Onkel Albert zwar im Westen wohnte, auch noch in der Fuldastraße gleich nebenan, aber als Tischler im Verlag des *Neuen Deutschland* arbeitete und der SEW angehörte, dem Westberliner Ableger der SED.

Manfreds Mutter hatte Tränen in den Augen. »Ich häng' doch an beiden.«

Seine Schmöckwitzer Oma umarmte ihre Tochter. »Kind, in Gedanken sind sie doch bei uns, sie meinen es nicht so. Und ich soll euch alle herzlich grüßen von ihnen und Manfred alles Gute wünschen.«

»Wahrscheinlich kommen sie wegen Onkel Erich nicht«, vermutete Manfred, denn der war als Oberingenieur ein Leben lang bei Siemens & Halske beschäftigt gewesen, und so etwas nannte man ja einen »Knecht des Kapitalismus«.

»Willst du nicht deine Geschenke auspacken?« fragte seine Schmöckwitzer Oma.

»Klar, deine zuerst.«

Um seine geistige Entwicklung zu fördern, hatte sie ihm einen Stapel Bücher geschenkt, antiquarisch gekaufte zumeist. Zuerst wickelte er *Neun Männer im Eis* von André Simone aus dem braunen Packpapier, erschienen im Aufbau-Verlag, dann *Ulenbrook – Briefe aus der Heide an meine jungen Freunde* von Jürgen Brand aus dem Jahre 1913. Seine Begeisterung hielt sich in Grenzen. Dann wurde es schon besser mit Franz Borns *Auf der Suche nach dem goldenen Gott – Orellana entdeckt den Amazonas*. Vorn und hinten gab es wunderschöne Zeichnungen und dazu die Widmung *Zum lieben Andenken an Deine Schmöckwitzer Oma. 2. März 1952.* Natürlich ahnte er in dieser Sekunde noch nicht, daß ihn dieses Buch eines Tages fast das Leben kosten sollte. Auch Willi Bredels *Die Vitalienbrüder* ließ auf spannende Lektüre hoffen.

Sein Vater hatte schon die ersten Seiten aufgeschlagen und überflogen. »Sohn, da kannst du dich richtig dran belümmeln ...« Und dann las er die ersten Sätze vor: »Gier, Falschheit und Grausamkeit regierten. Der Papst in Rom war das Oberhaupt der abendländischen Welt. Mit Feuer und Schwert suchte er die Weltherrschaft der Kirche zu erhalten. Das ›Heilige Offiz‹ verbrannte, räderte, köpfte in allen Ländern Europas Zweifler, Abtrünnige, Ketzer, rottete Völker aus ...« Er schlug das Buch wieder zu. »Es lebe der Kommunismus!«

»Keine Politik heute!« rief seine Mutter. »Jetzt packst du mal das andere aus.«

Manfred tat es. Von seinen Eltern bekam er einen Füllfederhalter, einen »Füller«, mit goldener Feder geschenkt.

»Damit du in den Klassenarbeiten immer Einsen schreibst«, sagte seine Mutter. »Außerdem ist ja die ganze Feier auch ein Geschenk. Und dein Einsegnungsanzug, den du anhast.«

»Ja, klar.« Manfred bedankte sich mit einem Kuß bei seinen Eltern.

»Von mir ist das Alpenveilchen da«, sagte Tante Trudchen.

»Das ist schön, ja ...«

»Tante Trudchen hat ja nur eine kleine Rente«, merkte
seine Mutter an.

»Mein Geschenk bringt Helmut mit«, sagte die Kohlenoma. »Wir haben alle zusammengelegt.«

In Manfred war eine merkwürdige Leere, und er hatte das
Gefühl, sich eigentlich viel mehr über alles freuen zu müssen,
als er eigentlich tat. Wenn er das mit dem Jubel, dem Taumel
verglich, den es auf dem Sportplatz gab, wenn sie in der letzten Minute das Siegestor erzielten, ließ ihn das alles ziemlich
kalt, und er kam sich sehr undankbar vor.

»Das Essen steht auf dem Tisch!« rief Hannchen Schröder
aus dem Wohnzimmer.

Es gab Kotelett mit Kartoffeln und gemischtem Gemüse,
denn im Magen mußte ja noch Platz bleiben für Kaffee und
Kuchen und vor allem das Festessen am Abend.

»Den Prager Schinken und die Eisbombe«, wie seine Mutter immer wieder betonte. Beides sprach sie mit stiller Ehrfurcht in der Stimme aus, gleichzeitig aber auch jubelnd, tiri-
lierend, und Manfred wurde an Filme erinnert, bei denen
Missionare mit leuchtenden Augen ihre Heilsbotschaft verkünden. Der Prager Schinken und die Eisbombe, das bedeutete viel für sie, war Symbol dafür, daß sie es geschafft hatten, auf der Leiter des Lebens ein gehöriges Stückchen nach
oben zu klettern. Man mußte nicht mehr jeden Pfennig umdrehen, man war jetzt wer.

Nach dem Mittagessen blieb Zeit genug, noch ein wenig
Luft zu schöpfen.

»Um drei machen wir uns denn alle fein, bevor die Inva-
sion beginnt«, sagte der Vater.

Die Eltern legten sich ins Bett, die Schmöckwitzer Oma bekam die Couch zugewiesen, Tante Trudchen und die Kohlenoma machten es sich auf den beiden Sesseln bequem, und er
selber zog seinen Anzug aus und streckte sich unten auf dem
Teppich aus.

Punkt halb vier rückten dann die ersten Gäste an. Es waren Waldemar und Erna Blöhmer aus Rahnsdorf. Sie schenkten ihm ein Buch von Hans Hass – *Unter Korallen und Haien*, und Waldemar, der sich als Lehrer gerne selber reden hörte, erfreute, da er noch im Treppenhaus stand, alle Hausbewohner mit einer kleinen Ansprache, an der er den ganzen Vormittag über gefeilt hatte.

»Lieber Manfred, bei Wilhelm von Humboldt findest du den Satz, ›daß nichts auf Erden so wichtig ist als die höchste Kraft und die vielseitigste Bildung der Individuen, und daß daher der wahren Moral erstes Gesetz ist: bilde dich selbst ...‹ So wünschen wir dir, daß du mit viel Fleiß und Ehrgeiz die Schule abschließt und etwas studieren kannst, was dir und der Menschheit Segen bringt. Dabei hoffen wir mit dir, daß du hier zu Hause immer genügend Anregungen für deinen Schulerfolg finden mögest.«

Dann mußte sich Manfred mit dem Tiefseetaucherbuch in der Hand in Position stellen, und Waldemar Blöhmer verknipste seine Bilder 14 bis 17.

»Mit den besten davon geht er wieder zur Ausstellung.« Es gab keine Frau, die ihren Mann so anhimmelte wie Erna Blöhmer. »Er hat schon viele Preise bekommen – nicht nur als Imker.«

Blöhmers folgten Onkel Helmut, Tante Irma und Peter aus der Manteuffelstraße, SO 36, Kreuzberg also. Onkel Helmut, sein Patenonkel, war der Halbbruder seines Vaters und sechzehn Jahre jünger als dieser. Er war von Beruf Karusselldreher, aber nicht, wie Manfred als Kind immer angenommen hatte, auf einem Rummelplatz, sondern bei der AEG, wo sich die großen Turbinenteile bei der Fertigung am Stichel vorbeidrehten. Nicht das jedoch imponierte ihm an Onkel Helmut, sondern daß er beim BBC Südost Fußball spielte und schon so manches Tor geschossen hatte, meistens per Kopf. Nicht deswegen aber hatte er, knapp über dreißig erst, schon eine ziemliche Glatze, sondern weil er in französischer Kriegsgefangenschaft im Bergwerk gearbeitet hatte und dort gezwungen gewesen war, einen Helm zu tragen. Irma Matuschewski war Hausfrau, und alle schwärmten derart von ihren Koch- und Backkünsten, daß Manfreds Mutter immer böse wurde und losfauchte, wenn in der Ossastraße gemäkelt wurde: »Dann geht doch zu Tante Irma essen!« Gelästert wurde des öfteren über Tante Irmas breites Fahrgestell. Peter, vier Jahre jünger als Manfred, war ihr Sohn aus erster Ehe – ein drolliges Kerlchen mit schönen braunen Locken.

»Hier haste dein Geschenk.« Onkel Helmut zog die Armbanduhr ganz einfach aus der Jackentasche.

»Nicht mal eingepackt habt ihr die!« rief Manfreds Mutter, aber es war mehr ein Schrei als ein Ruf, ein Schrei der Empörung.

»Det Einwickelpapier wird ja doch gleich wegjeworfen, Tante Margot«, sagte Peter, »da isset ja schade drum.«

Manfreds Kohlenoma drängelte sich nach vorn. »Die Uhr is aba auch von mir mit! Und billig ist sie auch nicht gewesen.« Damit trompetete sie den Preis in den Treppenflur hinaus.

»Mutter, was sollen die Leute von uns denken! Man muß sich ja schämen.« Margot Matuschewski warf die Wohnungstür ins Schloß.

»Stell dich in Positur!« rief Waldemar Blöhmer und verschoß seine Bilder 18 bis 21.

Zum Glück kamen als nächstes die vornehmsten Gäste: Tante Martha und Onkel Erich aus Tegel. Onkel Erich war Oberingenieur bei Siemens, ruderte bei »Markomannia« und hatte einen kahlen Schädel mit einem Grützbeutel darauf, was dazu führte, daß Manfred als kleiner Junge immer gerufen hatte: »Onkel Erich mit 'm Klingelknopf auf 'm Kopf!« Tante Martha hatte eine frappierende Ähnlichkeit mit der Schauspielerin Agnes Windeck, eine der Damen bei den »Insulanern«, die am Kurfürstendamm aufeinandertrafen. Sie war eine der beiden Schwestern seiner Schmöckwitzer Oma, kam aus einer typischen Arbeitergegend und einer – zumindest im politischen Sinne – proletarischen Familie, hatte aber als Verkäuferin in einem Wäschegeschäft beim Bedienen von Offiziersgattinnen deren näselnde Sprache angenommen, die feine aristokratische Art.

»Mein Junge«, sagte Onkel Erich in seiner handfesten Art, ganz das Gegenteil seiner Gattin, »wir wünschen dir, daß du der wirst, der du sein kannst, und im Leben nicht nur immer die Schnauze voll hast, sondern auch das, was hier im Geschenkpapier drinsteckt.«

Es war eine Brieftasche.

»Danke sehr.« Manfred gab beiden die Hand und machte dabei artig seine Verbeugung.

Kaum war dieser Akt vorüber, betraten die Bugsins die Szene. Irma Bugsin, seine zweite Tante Irma, war die älteste Freundin seiner Mutter. Auf der Schulbank hatten sie sich kennengelernt, 1921, als die Irma der Margot das Tintenfaß übers neue Kleid gegossen hatte. Sie war seine Patentante. Max Bugsin, von Hause gelernter Beizer, war nach dem Kriege in das Geschäft seines Schwiegervaters eingetreten, der einen Büromöbelhandel betrieb. Alle waren der Ansicht, daß an ihm ein großer Komiker verlorengegangen war. Inge war vier Jahre älter als Manfred, Gerhard etwas jünger als er.

»Hier hast du dein Geschenk.« Max Bugsin fischte einen Briefumschlag aus der Innentasche seines Jacketts, in dem ein Fünfzigmarkschein steckte. »Kauf dir, was du willst.«

»Danke sehr.«

Manfred war unfähig, Freude zu empfinden, er kam sich wie eine Maschine vor, die auf Knopfdruck funktioniert. Fast wünschte er sich den Augenblick herbei, an dem alle wieder gingen und die ganze Einsegnung Vergangenheit war.

Schon klingelten Tante Claire und Lenchen Behnke, die alle beide aus SO 36 kamen, aus der Oppelner und der Falckensteinstraße, und sich am Tunnel unter der Görlitzer Bahn getroffen hatten. Tante Claire war eine weitere Schwester seiner Schmöckwitzer Oma. Ihr Mann, Gustav, auch »der Dicke« genannt, ehemals bräsiger und bourgeoiser Direktor einer Handelsgesellschaft, war schon lange tot. Nachdem ihre hochherrschaftliche Lichtenberger Wohnung zerbombt worden war, hauste sie jetzt in einer Bruchbude in Kreuzberg, nur einen Steinwurf von jener Mietskaserne in der

Wrangelstraße entfernt, in der sie als Klara Quade aufgewachsen war und den großen Traum von einem Leben in Saus und Braus geträumt hatte. Sie hatte – neben dem englischen Königshaus – eine große Leidenschaft: den Aberglauben. Und so schenkte sie Manfred zur Konfirmation einen grünen Jaspis.

»Der Jaspis ist der Monatsstein des Märzes, mein Junge«, erklärte sie ihm, »und er soll dein Amulett sein für dein ganzes Leben. Ein Heliotrop ist es, ein Sonnenwendstein. Wenn du ihn bei dir trägst, bewahrt er dich vor Schmerzen und verleiht dir Stärke.«

»Claire, du bist ja meschugge!« rief Manfreds Schmöckwitzer Oma.

Lenchen Behnke, eigentlich: Helene und deshalb oft als fromme Helene verspottet, war ebenfalls Witwe und die Lieblingskollegin seiner Mutter; sie saß am selben Schalter der KVAB, der Krankenkasse am Oranienplatz, war ein Pfannkuchen auf Beinen, ungemein gemütlich und verfügte über eine solch exquisite Gabe, die Menschen zum Sprechen zu bringen, daß sie eigentlich zur Kripo gehört hätte, wie Manfred fand. Lenchen Behnke schenkte ihm hübsches Briefpapier mit farblich passenden Kuverts.

»Damit du deinen Eltern immer schön schreiben kannst, wenn du mal verreist bist.«

»Danke sehr.« Mehr fiel Manfred noch immer nicht ein.

Als letzte der geladenen Gäste kamen die Neutigs, Gerda und Herbert. Herbert Neutig war nicht nur ein Kollege seiner Mutter, sondern auch ihr großer Schwarm, denn er hatte etwas von Humphrey Bogart an sich. Das lag nicht nur daran, daß er vor dem Krieg bei einer großen Bank gelernt und gearbeitet hatte, also die große Geste beherrschte, sondern dem Hollywood-Star auch äußerlich sehr ähnlich war. Zudem fiel ihm durch zwei riesengroße Ohren das Prädikat Charakterkopf zu. »Als uns unser himmlischer Herrgott die Ohren verliehen hat, da hat er gleich zweimal ›Hier‹ geschrien«, pflegte seine Kohlenoma zu sagen. Gerda Neutig dagegen war klein und unscheinbar, hatte aber zwei Wege gefunden, sich den noch in den Mittelpunkt zu rücken. Einmal arbeitete sie als Sekretärin bei einem stadtbekannten Gewerkschaftsführer und pries sich ständig selber als die eigentliche Quelle aller Macht, und zum zweiten mäkelte sie an jedem Essen herum.

Von Neutigs bekam Manfred einen D-Zug- und einen Kühlwagen für seine Eisenbahn geschenkt, Trix-Expreß HO.

»Damit du immer einen fahren lassen kannst«, lachte Herbert Neutig, und seine Mutter stieß ihm jauchzend den Ellenbogen in die Seite. Bei jedem anderen hätte sie mit Empörung reagiert.

»Danke sehr.«

»Dann können wir ja Kaffee trinken!« rief Manfreds Mutter.

»Nein, noch nicht!« schrie Hannchen Schröder aus der Küche. »Die Sahne wird nicht steif.«

Die Mutter war entsetzt und geriet zunehmend in Panik.

»Ja, das ist schon tragisch, wenn wir etwas haben, was nicht steif werden will!« lachte Herbert Neutig, und sofort war Stimmung da.

Alle wollten jetzt zum Schneebesen greifen und die Sache erfolgreich zu Ende bringen.

»Die arme Sahne«, stöhnte Tante Claire und schrie mit gut gespielter Hysterie: »Hört auf, die arme Sahne zu schlagen, das tut ihr doch weh!«

Als alle Versuche erfolglos blieben, wurde Manfred befohlen, zu Kuhnitz, dem Bäcker, zu eilen und meisterlich steif geschlagene Sahne zu holen.

Manfred maulte. »Ich hab doch Einsegnung heute.«

»Ist es deine Einsegnung oder meine?« fragte sein Vater.

»Der hat doch zu heute am Sonntag.«

»Dann versuchst du's eben hintenrum.«

»Hintenrum: huuuch!« kreischte Onkel Helmut.

»Du gehst jetzt!« Seine Mutter stampfte mit dem Fuß auf den Boden und hatte schon Tränen in den Augen.

Manfred wußte, daß ihm nur eines blieb: die Kapitulation. »Dann gib mir Geld.«

Er bekam es und bat Gerhard, ihn zu begleiten. Es war ihm

peinlich, sich im Konfirmationsanzug auf der Straße sehen zu lassen. Wie die ihn anstarrten alle. Und dann Kuhnitz am Sonntagnachmittag rausklingeln, das kostete ihn schon einige Überwindung. Es öffnete die Frau des Bäckers, und die war mehr als freundlich, so daß sie nach zehn Minuten mit einer Riesenschüssel wunderbarer Schlagsahne heimkehren konnten.

Höhepunkt des Kaffeetrinkens war ein Trick von Onkel Max, der es irgendwie schaffte, seinen Teller, bewegt von magischen Kräften, über das Tischtuch tanzen zu lassen.

Manfred kam gar nicht dazu, seine Buttercremetorte zu essen, denn dauernd klingelte es. Blumen und Telegramme wurden gebracht.

»Von Tante Lolo und Onkel Kurt!« Es war das größte Schmuckblatt-Telegramm.

»Ja, bei denen ist Kies hinter«, sagte die Mutter.

»Sie sind gerade dabei, sich in Frohnau draußen eine Villa zu kaufen«, verriet Tante Claire. Lolo gleich Lieselotte war ihre Tochter, und Kurt, ihr Schwiegersohn, war Prokurist bei einer Firma, die Bleche aller Art verarbeitete. »Früher wären sie Hoflieferanten geworden. Mariechen, du müßtest mal die wunderbaren Bleche sehen, die sie dort stanzen.«

»Mir reicht schon das Blech, das du immer redest«, erwiderte seine Schmöckwitzer Oma, denn Tante Claire hatte schon die ganze Zeit über von Soraya geschwärmt, wie die, eine Berlinerin, letztes Jahr den Schah geheiratet hatte, das Kleid aus glänzendem Silberlamé, verziert mit Marabufedern und einer zehn Meter langen Schleppe daran. »Geh doch nach Teheran, dann lädt sie dich vielleicht zum Kaffee ein.«

Tante Claire ließ sich durch die milde Kritik ihrer älteren Schwester nicht abschrecken. »Ich bin sehr dafür, daß wir wieder einen Kaiser haben – und eine Kaiserin.«

Gerda Neutig schnupperte an ihrer Kaffeetasse, wo sich leichte Schlieren bildeten. »Die Kaffeesahne hat aber schon einen leichten Stich.«

»Die ist nicht die einzige, die einen hat«, murmelte Lenchen.

Waldemar Blöhmer und Herbert Neutig bemühten sich, die Gespräche auf ein höheres Niveau zu heben.

»Was haltet ihr denn von McCarthy?« fragte Waldemar Blöhmer.

»Ist das der, der bei uns die zehn Drehstühle bestellen wollte?« fragte Max Bugsin.

»Nein«, beschied ihn Tante Irma.

»Das ist der amerikanische Senator«, belehrte ihn Waldemar Blöhmer, »der das Land von den Kommunisten reinigen will und jeden vor Gericht schleppt, bei dem er ›unamerikanische Umtriebe‹ wittert.«

»Hauptsache, er hat nichts gegen meine Triebe!« lachte Onkel Helmut.

Damit war das Thema abgehakt, doch trotz der schlechten Erfahrungen seines Tischnachbarn versuchte es Herbert Neutig wenig später erneut mit einem ernsthaften Thema, wobei er das Kleid von Irma Matuschewski als Aufhänger nahm, das dem Military-Look aus den USA nachempfunden war. »Schrecklich: dieser Koreakrieg! Wenn ich mir vorstelle, daß das hier bei uns in Deutschland ... Den General MacArthur hab' ich ja mal sehr bewundert.«

Ehe Manfreds Schmöckwitzer Oma ausführen konnte, wie sehr sie für den Frieden war, begann Max Bugsin zu singen: »Offiziere, Generale, Feldmarschalle – am Arsche lecken können sie mich alle.«

»Max!« rief Manfreds Mutter. »Doch nicht beim Kaffeetrinken.«

Danach redeten sie über ihre Lieblingsfilme, jedenfalls über die nach dem Krieg gedrehten.

»›Grün ist die Heide‹ war am schönsten!« rief Tante Trudchen.

Den kannte Manfred auch. Der Förster Walter (Rudolf Prack) verliebte sich in die hübsche Helga (Sonja Ziemann), hatte aber das große Künstlerpech, daß deren Vater ein Wilderer war.

»›Schwarzwaldmädel‹ war viel schöner«, fand Manfreds Kohlenoma.

»›Die Sünderin‹!« bekannte Onkel Helmut. »Die Knef nackt, habta die ooch jesehn …!?«

»Helmut!« mahnte Manfreds Mutter. »Es sind Kinder im Raum. Manfred, du kannst mal die Kuchenteller nehmen und den Nachbarn was bringen. Allen, die dir 'ne Gratulation geschickt haben.«

Manfred empfand es geradezu als Grausamkeit, im Haus herumzugehen, zu klingeln und sein Verslein aufzusagen: »Guten Tag, ich möchte mich ganz herzlich für Ihre Glückwünsche bedanken und Ihnen diesen Kuchen bringen. Guten Appetit.« Er schaffte es nur, indem er Gerhard und Inge mitnahm, die in ihrem Petticoat und den Strümpfen mit den schwarzen Nähten für einiges Aufsehen sorgte.

»Ist das schon deine Braut?« fragte Erich Lewandowski, der bei offener Tür auf der Toilette saß, jener Außentoilette auf halber Treppe, die er heiß und innig liebte, und seinen Stumpen rauchte.

»Nein!« Manfred lief rot an und war richtiggehend verstört.

Zurück in der Wohnung spielte er denn erst einmal im Korridor deutsche Fußballmeisterschaft mit Gerhard und Peter. Er war der 1. FC Kaiserslautern, die beiden anderen Preußen Münster.

Plötzlich klingelte es.

»Nanu!?« fragte seine Mutter. »Es sind doch alle Gäste da.«

»Das wird Rudi sein!« rief Tante Claire. Rudi war ihr Sohn, der an der Ostfront gekämpft hatte und 1944 als vermißt gemeldet worden war.

Es waren indes nur zwei Musikanten, Akkordeon und Geige, die Manfreds Mutter bestellt hatte, damit sie ihm ein kleines Ständchen brachten. Sie spielten unten auf halber Treppe, und er stand oben in der Tür, hölzern und verlegen, litt unter dem Ganzen mehr als in der schlimmsten Physikstunde bei Hager. Endlich waren sie am Ende, bekamen ihr Trinkgeld und zogen weiter zu einem anderen Konfirmanden.

Manfred, Inge, Gerhard und Peter spielten nun »Gladow-Bande«. Der wirkliche Werner Gladow kam aus Friedrichs-hain und war für die Jungen der Berliner Al Capone. Die Ban-denmitglieder kannten sie alle: Gerhard Rogasch war der »kurze Seppl«, Kurt Gäbler »der Lange«, Dietrich Bohla »der ganz Lange«, Werner Papke »Sohni«, Olaf Wellnitz »Nese« und Franz Redzinski »Bomme«. Wegen diverser schwerer Verbrechen, auch Morde waren dabei, wurden Gladow, Gäbler und Rogasch im April 1950 in Ostberlin zum Tode verurteilt, die anderen erhielten Zuchthausstrafen zwischen zehn Jahren und lebenslänglich.

Zuerst inszenierten sie, angeregt durch Waldemar Blöh-mers Fotoapparat, den Überfall auf das Fotogeschäft Kutzer in der Rankestraße. Gerhard war der Fotohändler, der bei sich im Laden stand und Inge, einer Kundin, eine Leica vor-führte, Manfred war Werner Gladow höchstpersönlich, Peter Kutzers Schäferhund gleichen Namens. Manfred stürmte nun in den Laden, das heißt, das ausgeräumte Schlafzimmer der Eltern, entriß Gerhard die Leica und flüchtete auf die Stra-ße, den Flur also, verfolgt vom Händler und dessen Schäfer-hund.

»Meine Leica, meine Leica!« schrie Gerhard. »Peter, faß zu!«

Eiskalt zog Werner Gladow nun seine Pistole, genauer ge-sagt: den Gasanzünder, und schoß Gerhard nieder. »Peng! Peng! Peng!«

Gerhard knallte gegen die Wohnungstür und sackte in sich zusammen.

Der Lärm hatte Waldemar Blöhmer nicht alarmieren kön-nen, da war er als Lehrer einiges gewohnt, doch als der Name seines Fotoapparates fiel, kam er angeschossen wie ein Blitz, war doch seine Leica wie eine Geliebte für ihn. Und als er die nun in den Armen eines anderen sah, drehte er durch und stürzte auf Manfred zu, um ihm eine runterzuhauen.

Doch dazu kam es nicht mehr, denn schon hatte ihn Peter als Schäferhund Peter in einem wunderbaren Reflex in die Wade gebissen.

»Los, ab ins Schlafzimmer, und spielt was Leises jetzt!«
rief Manfreds Mutter.

Sie zogen sich also zurück und versuchten es mit Mensch-
ärgere-dich-nicht, Schwarzer Peter und diversen Quartetten,
aber Inge hatte alsbald die Lust daran verloren und wollte
lieber zu den Erwachsenen ins Wohnzimmer hinüber.

Als die Jungen allein waren, machte Manfred den Vorschlag, doch die Schlacht von Hohenfriedberg nachzuspielen. Angeregt worden war er dazu vom Zigarretten-Bilder-
Album *Bilder Deutscher Geschichte*:

BILD 64: IM SIEGESTAUMEL VON HOHENFRIED-
BERG. 4. JUNI 1745. *(Gemälde von R. Knötel.)* Im
Zweiten Schlesischen Krieg war die von Friedrich dem
Großen meisterhaft geleitete Schlacht bei Hohenfried-
berg ein Ruhmestag der preußischen Reiterei. Das
Dragonerregiment Bayreuth ritt 20 österreichische Ba-
taillone nieder und zog nach der Schlacht am König
mit 66 eroberten Fahnen vorbei.

Manfred nahm sich nun die schwarzen und die roten Halmafiguren als preußische Soldaten, Gerhard und Peter bekamen die gelben und die grünen als Österreicher. Das Fußvolk
wurde in Reih und Glied auf dem Teppich aufgebaut. Hinter
den einfachen Soldaten wurden die Feldherren postiert. Sie
saßen auf stolzen Schimmeln und Rappen, wobei in Ermangel-
gelung richtiger Pferde aus Holz, Pappmaché oder Blei die
weißen Würfel die Schimmel und die schwarzen Würfel die
Rappen waren. Als Friedrich der Große wurde eine besonders groß geratene Halmafigur von lila Farbe auserwählt,
und auf österreichischer Seite war Feldmarschall Daun als
ein zwei Zentimeter großes Stückchen Kopierstift der alles
überragende Mann.

»Wenn der Feldherr vom Pferd geschossen ist, hat die andere Seite gewonnen«, erklärte Manfred, und dann wurde
losgeballert. Als Kanonenkugel diente ein kleines Messing-
bällchen, das vorher in der Rundung einer Sicherheitsnadel

gesteckt hatte. Man nahm eine Halmafigur, den Schützen quasi, zwischen Daumen und Zeigefinger und schoß damit die Kugel in Richtung Feind. Mancher Schuß fällte gleich drei, vier Feinde, was ein jedes Mal gewaltigen Jubel beim Schützen auslöste. Es lief auch alles ganz friedlich ab, sie gerieten sich aber fürchterlich in die Haare, als Gerhard mit einem wohlgezielten Schuß Friedrich den Großen getötet und damit die Weltgeschichte auf den Kopf gestellt hatte.

»Sieg für Österreich!« schrie er und umarmte Peter.

»Quatsch, ihr müßt schon so spielen, wie es wirklich gewesen ist!« protestierte Manfred.

»Na, schön.« Gerhard war ein gutmütiger Mensch. »Setz ihn wieder aufs Pferd. Aber wenn er noch mal getroffen wird, dann ist er wirklich tot.«

Voller Konzentration und Verbissenheit mähten sie jetzt mit ihren Kanonenkugeln die Feinde nieder.

Sie merkten nicht, daß sie dabei von zwei Herren beobachtet wurden: Pfarrer Sorau und Dr. Rehberg, dem Religionslehrer. Die hatten unbemerkt eintreten können, weil Tante Trudchen den vollen Mülleimer runtergetragen und dabei die Wohnungstür offengelassen hatte.

»Du sollst nicht töten!« rief Rehberg voller Grimm. »Viel Christliches scheint er ja bei Ihrem Konfirmandenunterricht nicht gelernt zu haben. Ich glaube, ich werde ...«

Manfred fuhr herum und erstarrte.

»Was haben Sie denn?« fragte Pfarrer Sorau. »Der Junge spielt doch nur Fußball mit seinen Halmafiguren. Nicht wahr, Manfred, das ist doch der 1. FC Neukölln?«

Rehberg lachte. »Nein, das ist eine Schlacht, Österreich gegen Preußen, haben Sie doch selber gehört.«

Endlich zeigte Manfred Geistesgegenwart. »Österreich ja, Österreich gegen Deutschland. Das Länderspiel am ...«

Seine Eltern erschienen auf dem Flur. »Ah, Herr Pfarrer, Herr Dr. Rehberg ...! Das ist aber schön, daß Sie noch ein wenig Zeit für uns gefunden haben. Kommen Sie bitte. Dürfen wir Ihnen ein Glas Wein anbieten?«

»Ja, gerne.«

Als die beiden Herren wieder gegangen waren, wurden Manfred und Gerhard abermals zu Kuhnitz geschickt, um den Prager Schinken zu holen, den der Bäcker gerade aus dem großen Ofen holte.

Nach der Suppe, Rinderkraftbrühe mit Nudelsternchen und Eierstich, wurde das Prachtstück dann feierlich mit vielen Ahs und Ohs auf den Tisch gestellt und angeschnitten, um die Kruste rissen sie sich geradezu.

»Daß ich das noch erleben durfte«, sagte Manfreds Schmöckwitzer Oma und erinnerte daran, wie sie noch vor wenigen Jahren, »als wär's gestern gewesen«, gehungert hatten.

Zu trinken gab es einen teuren Wein, *Eschendorfer Lump*, und Bier aus einem Siphon, der noch von der Großmutter seiner Mutter stammte, und für die Kinder Himbeerbrause.

Als sie den Prager Schinken schon alle auf dem Teller hatten und mit gierigen Blicken, wie man sie von Hunden kannte, nach dem ersten Bissen jieperten, mußten sie noch warten, bis die traditionelle Rede gehalten worden war. Diese Ehre hatte sich die Schmöckwitzer Oma ausbedungen. Sie klopfte mit dem Rücken ihres Messers gegen ihr Glas, stand auf und verlas, als Ruhe eingetreten war, ein Gedicht, an dem sie seit Weihnachten gesessen hatte.

> Wir sitzen heut' fröhlich beisammen,
> Zu feiern ein sehr schönes Fest!
> Die Paten, Verwandten und Freunde
> Gratulieren aus Ost und aus West.
>
> Wir wünschen zum heutigen Tage
> Unserm *Manfred* viel Freude und Glück,
> Gesundheit zum fleißigen Lernen:
> Immer vorwärts und niemals zurück!
>
> Wie leuchten die Augen der Eltern,
> Schau'n heut' ihren Jungen sie an,
> Sie waren stets fleißig und strebsam,
> *Manfred*, nimm dir ein Beispiel daran!

Am Glück ihrer Kinder freu'n immer
Sich die beiden Omas gar sehr!
Und war unser *Manfred* oft ein Schlingel,
Von heut' ab ist er es nicht mehr ...?

Wie gern möcht' in unserer Mitte
Heut' Tante Gerda aus Polen sein!
Konnt' nur ihren Glückwunsch uns schicken.
Tante Gerda, wie denken wir dein!

Und sind auch die Zeiten recht trübe,
Heut wollen wir fröhlich nur sein.
Mög' Gott euch beschützen, behüten,
Bewahr' euch vor Not und vor Pein.

Wir nehmen nun unsere Gläser,
Und es soll erschallen mit Macht:
Ein Hoch sei den lieben Eltern,
Ein Hoch unserm *Manfred* dargebracht.

Alle stießen sie nun auf Manfred an, und von seinen beiden Großmüttern und seinen Eltern bekam er einen Kuß auf die Backe.

»Stell dich in Positur!« rief Waldemar Blöhmer und ließ seine Leica abermals klicken.

Manfred hatte während des Vortrags wieder ein wenig gelitten. Daß er immer fleißig und strebsam lernen sollte und nichts weiter sonst im Leben wichtig schien, fand er gar nicht so berauschend. Ein Vers wie »Ob im Westen, ob im Osten, / Er werde der Beste zwischen den Pfosten« hätte ihm weit besser gefallen. Und daß sie andauernd an Tante Gerda denken sollten, ging nicht nur ihm auf die Nerven.

Endlich konnte dann gegessen werden. Nun war es ziemlich still geworden. Manfred vermißte seine Freunde, Bimbo und Dirk Kollmannsperger vor allem, aber die wurden an diesem Tage selber eingesegnet.

»Laßt noch etwas Platz im Magen«, riet seine Mutter allen Gästen und tat sehr geheimnisvoll, »denn als Nachtisch gibt es noch eine große Überraschung.«

»Ja, eine Eisbombe!« trompetete die Kohlenoma.

»Mutter, mußt du einem denn alles verderben!« Seine Mutter hatte Tränen in den Augen.

»Ich bin gegen jede Art von Bomben«, sagte die Schmöckwitzer Oma. »Man sollte das anders nennen.«

Manfred lachte. »Beim Fußball krieg' ich auch immer Bomben aufs Tor.«

»Du Strick, du!« Sie zog ihm die Ohren lang.

Die eigentliche Überraschung bestand allerdings darin, daß die Eisbombe nicht kam. Der Konditor aus der Karl-Marx-Straße hatte sie für 20 Uhr versprochen, doch um halb neun war sie noch immer nicht da, und anrufen konnte man nicht, da man weder seine Nummer noch ein Telefon hatte.

»Entwarnung!« rief sein Vater. »Es gibt keine Bomben mehr, alle können wieder aus dem Luftschutzkeller nach oben.«

»Otto, mir ist nicht zum Lachen zumute.«

»Dann weinen wir eben alle.« Er wollte sie küssen, doch sie drehte den Kopf zur Seite. Daraufhin nahm er ihre Hand, küßte sie und sang dabei: »Ich küsse Ihre Hand, Madame … Ich pisse an die Wand, Madame, und sag, es war Ihr Hund.«

Die Stimmung stieg von neuem an, weil sich alle – bis auf Tante Martha – genüßlich ausmalten, wie das in einem hochherrschaftlichen Salon beziehungsweise einem alten Ufa-Film wohl wirken würde.

Da klingelte es.

»Die Eisbombe!« schrie sein Vater und stürzte im Jubel der Menge zur Tür.

»Stell dich in Positur!« rief Waldemar Blöhmer und brachte seine Leica in Anschlag.

Doch es war nur der Telegrammbote, diesmal mit zwei »Depeschen«, einer von Onkel Walter und Tante Elfriede aus Essen und einer von Gerda Neutigs Schwager.

Und da Gerda Neutig gerade erzählt hatte, daß sich der

Mann ihrer Schwester einen Lloyd LP 300 gekauft hatte, stellte Inge fest: »›Wer den Tod nicht scheut, fährt Lloyd.‹ Hätt' er doch sein Telegramm selber herbringen können.«

Als seine Schwester von Telegrammen sprach, zuckte Gerhard zusammen. »Ich hab' ja auch noch eins ...« Und schrekkensbleich zog er das zerknitterte Formular aus seiner Hosentasche und hielt es seinem Vater hin.

»Ankomme heute 17 Uhr«, las Max Bugsin. »Hanegrat, Rockow.« Das war der Bauer aus dem brandenburgischen Dorf, bei dem sie im Krieg evakuiert waren.

»Der steht jetzt schon seit vier Stunden bei euch in Treptow vor der Tür und klingelt«, lachte Tante Trudchen.

»Habt ihr ihm wenigstens zu essen und zu trinken auf die Treppe gestellt?« wollte Manfreds Vater wissen.

Max Bugsin, der große Komiker, fand das ganze gar nicht so komisch und haute seinem Sohn erst einmal tüchtig eine runter. »Du gehst jetzt hin und holst ihn her.«

»Max«, griff Tante Irma, Manfreds Patentante, ein. »Der ist doch schon längst wieder nach Hause gefahren.«

»Nicht so stur, wie der ist«, sagte Inge.

Nun lag man sich bei den Bugsins mächtig in den Haaren, und das kleine Familiendrama hätte böse enden können, wenn nicht just in diesem Augenblick die Eisbombe doch noch gekommen wäre.

Während die Wunderkerzen abbrannten, schnitt Manfreds Mutter sie unter dem Beifall aller an.

»Stellt euch in Positur!« rief Waldemar Blöhmer und bemühte sich, auch diese Szene kunstvoll festzuhalten.

»Jeder bekommt ein Foto davon«, versprach seine Frau. »Zum Einrahmen aber.«

Nach dem Essen begann dann das, was sie »den gemütlichen Teil des Abends« nannten. Es wurde viel getrunken. Wein, Bier, Asbach Uralt und Mampe.

»Berliner Mampe stets bevorzugt und bekannt durch Qualität und Elefant«, sang Manfreds Vater beim Eingießen, und Gerhard und Peter stritten sich um den kleinen weißen Plastikelefanten, der oben an der Flasche hing.

Während die Erwachsenen im Wohnzimmer Witze rissen und tanzten, spielte Manfred mit Gerhard, Inge und Peter nebenan im ausgeräumten Schlafzimmer RIAS. Sein Vater hatte ihm aus den Beständen der Bundespost ein Mikrofon verschafft, das sich hinten am Radio anschließen ließ, so daß ihre Stimmen wie echt aus dem Lautsprecher kamen.

»Wenn 's Geld für Bohnenkaffee fehlt, nimm Korf, dann hast du gut gewählt.« Peter war für die Werbung zuständig und hatte fast alle Sprüche drauf. »Rasier dich ohne Qual mit Punktal.«

»Zarah Leander in Berlin!« tönte Inge als Reporterin. »Heute nachmittag ist Zarah Leander auf dem Flughafen zu einem mehrtägigen Besuch in Berlin eingetroffen. Sie sang dabei *Kann denn Liebe Sünde sein* und *Ich weiß, es wird einmal ein Wunder gescheh'n.*«

»Ein Schulfüller, wie er sein soll, Artus-Ballit, 5 Mark 35, mit der Schulfeder FK.«

Jetzt setzte Gerhard als Sportreporter ein. »Olympische Winterspiele in Oslo. Erste Goldmedaille für Deutschland. Ostler/Nieberl siegen im Zweierbob.«

»Man muß sie probiert haben, um zu wissen, wie gut Sanella schmeckt!«

Manfred machte den Lokalreporter. Allerdings las er dabei aus dem *Telegraf* ab. »Wilde Kuh raste durch Neukölln – Drei Verletzte – Feuerwehr war machtlos. Das Tier verletzte eine 43jährige Frau und zwei Feuerwehrleute, bevor es in den Parkanlagen des Lokals Stadion-Terrassen von einem Polizeiwachtmeister durch drei Karabinerschüsse getötet wurde.«

»Es ist tausend gegen eins zu wetten: Das wahre Glück blüht stets in Roland-Betten. Roland am Nollendorfplatz.«

Jetzt war wieder Inge dran. »*Weißes Gift*, der große Hitchcock-Film mit Ingrid Bergman und Gary Grant. Das ideale Liebespaar auf der Leinwand.«

Manfred riß ihr das Mikrofon aus der Hand. »Berlins Regierender Bürgermeister, Professor Ernst Reuter, sprach gestern auf der Jubiläumsfeier: Unsere U-Bahn ist fünfzig Jahre alt geworden!«

»Es geht ein Spruch von Mund zu Mund: Aus gutem Grund ist Juno rund!«

So ging es noch eine ganze Weile, bis es sie doch hinüber ins andere Zimmer zog, wo die Stimmung inzwischen ihren ersten großen Höhepunkt erreichte, als Tante Claire eine richtig gedruckte »Weinkarte der bekanntesten Deutschen Marken« aus der Handtasche zog und die Geschichte eines Weinkenners zu verlesen begann.

»Ruhe, bitte! Nachdem er mit der *Hallgartener Jungfrau ... Klüsserather Brüderschaft* getrunken hatte, ging er mit ihr über den *Warwener Ritterpfad*, hob ihr das *Trabener Brautkleid* hoch und beseitigte mit der *Oestricher Hand* das *Wachenheimer Gerümpel*, faßte an ihre *Naumburger Engelgrube* und berauschte sich an ihrer *Liebfrauenmilch*, dann legte er sie mit dem *Cröver Nacktarsch* auf eine niedrige bemooste *Zeltinger Steinmauer*, welche für ihn ein *Ockfener Bockstein* war, worauf in früheren Jahren die *Brauneberger Jungfer* ihren ersten Abstich erhielt. Nun nahm er seinen *Nackenheimer Stiel* heraus und steckte diesen mit einem eleganten *Thörnicher Rütsch* in ihre *Zeller schwarze Katz*, an der ein *Piesporter Goldtröpfchen* hing.«

Hier erhob sich Tante Martha und schickte sich an, das Zimmer zu verlassen. »Claire, es sind Kinder im Raum! Das ist unverantwortlich.«

»Von altersher ist man erwachsen, wenn man eingesegnet worden ist«, stellte Tante Claire fest.

»Das hat der Erziehungsberechtigte zu entscheiden«, meinte Waldemar Blöhmer. »Otto, du als Weinkenner. Darf er wissen, wo das *Piesporter Goldtröpfchen* hängt?«

»Wer den Krieg mitgemacht hat, 45 das alles, und wer in der Wochenschau sehen darf, wie Menschen abgeknallt werden, der wird bei dieser Weinprobe hier bestimmt keinen Schaden nehmen.«

»Weiter, Claire!« kam es von allen Seiten. Nur die Schmöckwitzer Oma enthielt sich der Stimme. Tante Martha schwieg pikiert, blieb aber im Zimmer.

Tante Claire fuhr fort. »Beide befanden sich jetzt im *Crana-*

cher Himmelreich. Doch nach einigen Tagen hatte er einen *Brauneberger Hasenläufer* ...«

»Nun wird's aber unappetitlich«, sagte Manfreds Mutter.

»Da hilft nur der Sanitätsgefreite Neumann!« schrie Onkel Helmut, und dann sangen die anwesenden Männer, Onkel Erich ausgenommen, alle Strophen des Sanitätsgefreiten Neumann, die sie aus ihrer Soldatenzeit noch kannten.

Erst dann durfte Tante Claire weitermachen. »... und bei ihr ist die *Zeltinger Rotlay* ausgeblieben. Sie mußte zum *Berncasteler Doktor* gehen, und der Jüngling mußte sich einige Monate später mit *Oestricher Aliment* befassen. Der Vater hatte von der Sache Wind bekommen und trat dem Jüngling mit der Kraft eines *Oppenheimer Sackträgers* in sein *Rüdesheimer Hinterhaus*. ›Du verdammter *Eschendorfer Lump*, du *Kallstadter Saumagen*!‹ schrie er ihn an. ›Fahre in die *Merler Hölle*!‹ Und er warf den Jüngling das *Erdener Treppchen* hinunter.«

Der Beifall war so stark, daß Zettgries' in der Wohnung unter ihnen zum ersten Mal mit dem Besenstiel gegen die Decke stießen. Dies aber wohl, weil einige der Männer vor lauter Begeisterung mit den Füßen trampelten.

»Laß sie klopfen«, sagte Tante Irma, die Patentante, »bei der Einsegnung darf man.«

»Manfred, leg mal Platten auf«, wünschte seine Mutter. Er ging zum Grammophonschränkchen, das sich seine Eltern 1939 gekauft hatten, klappte den Deckel hoch, suchte eine Weile in den unten in einem Drahtgestell sorgfältig nach dem Anfangsbuchstaben des Titels geordneten schwarzen Schellackplatten und legte dann etwas auf, das die Erwachsenen immer zum Schmusen brachte: *Ich hab mich so an dich gewöhnt*. Nachdem er den Plattenteller in Bewegung gesetzt hatte, brauchte er lange, um eine halbwegs brauchbare Grammophonnadel zu finden. Die nämlich benutzte er immer als Schläger, wenn er auf dem Reißbrett seines Vaters mit seinen Halmafiguren Eishockey spielte, und zwar trieb er ihnen dabei mit einem kleinen Hammer die Nadel in den Körper.

Kein Wunder, daß seine Mutter nun sagte, es würde ja so komisch klingen heute. Dennoch tanzten die Ehepaare nun Wange an Wange *Ich hab mich so an dich gewöhnt.*

»Stellt euch in Positur!« rief Waldemar Blöhmer. »Ja, so bleiben ...«

Manfred glaubte nicht, jemals eine Frau »abzubekommen«. Wer nahm ihn denn schon? In der Klasse hatte keine Interesse an ihm, weder Henriette Trettin noch Jutta Böhlke. Und so schlecht, wie er in der Schule war, hatte er sowieso keine Chancen, einmal zu studieren und Akademiker zu werden.

Gerhard legte nun immer neue Platten auf. *Winke, winke, C'est si bon* und *Nimm uns mit, Kapitän, auf die Reise.*

Manfreds Stimmung wurde noch depressiver. Wie sollte er jemals Geld genug haben, wenigstens nach Garmisch-Partenkirchen zu verreisen? Alle anderen konnten das, nur er nicht. Alle anderen waren fröhlich heute, nur er nicht. Die süßen Früchte des Lebens hingen zu weit oben für ihn.

»Na, findest du deine Einsegnung schön?« fragte ihn seine Mutter.

»Ja, ganz wunderbar!« Er küßte sie voller Dankbarkeit.

Nun legte Gerhard eine Platte auf, die alle in Ekstase versetzte: *Das machen nur die Beine von Dolores.*

Max Bugsin streifte sich die Träger ab, zog seine Hose aus und warf die Beine so in die Luft, wie es die Revue-Girls immer taten. Da er alte Sockenhalter trug, war es ein köstliches Bild.

Und alle sangen voller Inbrunst: »Das machen nur die Beine von Dolores, daß die Señores nicht schlafen geh'n! Denn die Toreros und die Matadores, die woll'n Dolores noch tanzen seh'n. Und jeder wünscht sich dann nur das eine: Sie möcht' alleine für ihn sich dreh'n. Das machen nur die Beine von Dolores, daß die Señores nicht schlafen geh'n!«

Tante Trudchen mußte so lachen, daß sie sich die Hosen naß machte.

Sie ging nach draußen, und als sie zurückkam, schrie sie so laut, daß das ganze Haus es hörte: »Kommt mal schnell in die Küche, Peter ist tot!«

Und in der Tat lag Tante Irmas Sohn aus erster Ehe regungslos vor dem Kohlenkasten.

Doch Manfreds Vater hatte bald herausgefunden, was es war. »Der is nicht tot, der is nur total besoffen.«

Wie sich später herausstellen sollte, hatte Peter in der Küche die zum Abwasch zurückgekommenen Schnapsgläser ausgeleckt und die verbliebenen Reste aus den Flaschen herausgesaugt. Er wurde im Schlafzimmer auf eine Decke gelegt.

Weiter ging die Feier, und als seine Mutter mit einer Flasche Chianti ankam, sang der ganze Chor das Lied der Capri-Fischer:

»Wenn bei Capri die rote Sonne im Meer versinkt und vom Himmel die bleiche Sichel des Mondes blinkt, zieh'n die Fischer mit ihren Booten aufs Meer hinaus, und sie legen im weiten Bogen die Netze aus. Nur die Sterne, sie zeigen ihnen am Firmament ihren Weg mit den Bildern, die jeder Fischer kennt. Und von Boot zu Boot das alte Lied erklingt, hör' von fern, wie es singt: Bella, bella, bella Mari, bleib mir treu, ich komm' zurück morgen früh! Bella, bella, bella Mari, vergiß mich nie!«

Wieder fragte die Mutter Manfred: »Na, findest du deine Einsegnung schön?«

Und wieder antwortete er: »Ja, ganz wunderbar!«

Doch diesmal log er nicht einmal. Irgendwie war er jetzt von einer süßen Zukunftserwartung erfüllt und wußte ganz einfach, daß das zusammenhing mit dieser Insel. Es gab jetzt ein Ziel, und dieses Ziel hieß Capri.

Am nächsten Morgen genoß er es, nicht zur Schule zu müssen. Allen Konfirmanden war von der Chefin freigegeben worden. Seine Eltern hingegen hatten pünktlich am Arbeitsplatz zu sein. Den ganzen Tag über war er furchtbar müde, gleichzeitig aber so überwach und überdreht, daß er sich als Glückskind fühlte und völlig eins war mit dem Kosmos. Alles war gut, und alles, was er anpackte, würde ihm gelingen. Da war es endlich, dieses Hochgefühl, das er den ganzen gestrigen Tag über so vermißt hatte.

Um 18 Uhr ging er mit seinen Eltern zum Abendmahl. Daß er das Blut des Heilands trinken sollte, wenn auch nur symbolisch, fand er eher eklig. Die Oblaten schmeckten nach nichts.

Es machte viel Arbeit, die Wohnung wieder auf Vordermann zu bringen. Besonders mühsam war es, die Bettgestelle seiner Eltern vom Dachboden zu holen und unten wieder aufzubauen. In der Nacht schrie dann seine Mutter auf: Eingeschleppte Wanzen hatten sie gebissen. Der Kammerjäger, Kuhweide mit Namen, mußte gleich am Morgen kommen, und die Flatschen an ihren Armen und Beinen waren so groß, daß sie sich nicht traute, ins Büro zu gehen und sich krank schreiben ließ. Sie weinte über diese ihre Schande und rief immer wieder aus: »Wir müssen unbedingt eine Neubauwohnung haben, in diesem verwanzten Haus bleib' ich nicht länger!«

Von all den Filmen, die Waldemar Blöhmer verknipst hatte, war kein einziger etwas geworden. Nur zwei total verwaschene Fotografien konnte sein Vater als Erinnerung an seine Einsegnung ins Familienalbum kleben. Waldemar schob die Schuld an diesem Desaster Manfred in die Schuhe, der ja wohl mit seiner Leica Fußball gespielt habe. Dies führte dazu, daß sie den Kontakt zu den Blöhmers vorerst abbrachen.

Als Rehberg in der nachfolgenden Religionsstunde sein Konfirmationszeugnis gesehen und mit Frau Dr. Schaudin über seine Läuterung gesprochen hatte, wurde das Disziplinarverfahren gegen Manfred eingestellt, und er konnte wieder hoffen, weiterhin auf der Oberschule zu bleiben.

Wer immer strebend sich bemüht

»Morgen ist Wandertag, ich muß nicht so früh raus.« Manfred wollte seinen Vater überreden, noch bis zum letzten Kampf zu bleiben. Seit Ende Mai wurden die »Weltmeisterschaften der Catcher 1952« in der Messehalle 9 am Funkturm ausgetragen, und er hatte immer wieder gedrängelt, daß er doch bitte-bitte mit ihm hingehen möge. Nun hatte die Störungsstelle seines Vaters beschlossen, eine Art Betriebsausflug zum Catchen zu machen, und Manfred war erlaubt worden, sich anzuschließen. So saß er denn zwischen seinem Vater und Hans-Heinrich Hayn, »dem Chef von 's Janze«, wie sie sagten. Im Beisein seines Vorgesetzten war sein Vater still und gedrückt. Die beiden mochten einander nicht.

Star des Turniers war in der Mittelgewichtsklasse René Ben Chemoul (Nordafrika), der für Frankreich startete. Im Kampf gegen Black Kwango (USA) hatte er eine Menge zu erleiden, und die Krönung war ein Tritt in die Hoden, nach dem er viehisch schrie und sich schmerzgekrümmt am Boden wälzte.

»Gleich kastrieren!« schrie Hayn.

Atombusen-Hanni, eine Kollegin seines Vaters, sprang auf. »Aber vorher die Hose ausziehen!«

Manfred begriff erst allmählich, daß die Catcher alles weithin simulierten und nicht nur gute Ringer, sondern auch erstklassige Schauspieler waren. Sein Lieblingscatcher war Rudi Saturski (Deutschland), aber auch Guy Laroche (Staatenlos) hatte er schon in der Wochenschau gesehen. Heute abend aber warteten alle auf Vavra, den Tschechoslowaken. Der hob seine Gegner, die doch auch alle Schwergewichtler waren, so mühelos hoch, als wären es kleine Kinder, um sie dann mit dem Rücken auf sein aufgestelltes Knie krachen zu lassen. Manfred imponierte das mächtig, und er träumte davon, einmal so stark wie Vavra zu werden und dann bei sich in der Schule mächtig aufzuräumen. Thomas Zernicke, Ingolf Nobiling, Peter Pankalla, Klaus Zeisig, Uwe Bachmann – alle waren sie stärker als er, und er hatte bei den vielen kleinen Schlägereien schon einiges einstecken müssen.

Als der Hallensprecher für den nächsten Kampf Josef Vavra (Tschechoslowakei) ankündigte, sprangen alle auf. Dabei rutschte dem Vorgesetzten seines Vaters der Hut von den Knien und fiel nicht nur zu Boden, sondern auch durch das Sitz- und Bodenbrett und segelte unter die Stahlrohrtribüne.

»Matuschewski, Ihr Junge holt mir den doch mal.« Es war mehr ein Befehl als eine Bitte.

Manfred zeigte wenig Begeisterung. »Ja, aber erst, wenn Vavra seinen Kniebrecher ...«

»Nein, sofort, sonst ist er weg!« Die Stimme seines Vaters hatte eine ungekannte Schärfe angenommen.

»Geh mal, sonst wird dein Vater nicht befördert!« lachte Atombusen-Hanni, die vorher viel Sekt getrunken hatte.

Manfred dachte an den Geßler-Hut. »Das ist ja wie bei Wilhelm Tell«, brummte er, machte sich aber auf den Weg. Es war schon komisch, unter der Tribüne herumzukriechen und die Beine und Hintern der Leute zu sehen. Allerdings hatte er Angst, alles würde über ihm zusammenkrachen und ihn erschlagen, wenn Vavra seinen Gegner besiegt hatte und alle vor Begeisterung rasten. Nur schnell weg von hier. Als er den Hut geangelt hatte und wieder zu seinem Sitz zurücklaufen wollte, stand ihm plötzlich Renate Zerndt im Weg, eine Klassenkameradin, die nicht hübsch zu nennen war, aber das gewisse Etwas hatte, so die richtige Mischung von gutem Kumpel und einer, die einem feuchte Träume bescherte.

»Ich hab' dich schon vorhin gesehen«, sagte sie.

»Ich dich nicht.« Er sah an ihr vorbei.

»Wo sitzt du denn?«

Manfred zeigte nach oben. »Direkt hier drüber. Ich muß ... Der Hut ...« Er rannte los.

»Bis morgen zum Wandern!«

Manfred ging nicht hin, urplötzlich hatte er eine starke Erkältung bekommen. Und bis zum nächsten Wandertag sollte noch ein knappes halbes Jahr vergehen.

Die 9a, inzwischen auf 37 Jungen und Mädchen geschrumpft, hatte sich am Bahnhof Grunewald um Schwanebeck geschart, den neuen Klassenlehrer. Ängstlich und voller Spannung gingen die Blicke zur S-Bahn hinauf. Drei fehlten noch – Ingolf Nobiling, Thomas Zernicke und Jutta Böhlke –, und in Schwanebecks Mundwinkeln zuckte es schon. Alle fühlten sie die Katastrophe nahen, denn es war schon 8 Uhr 31 geworden, also eine Minute nach der festgesetzten Zeit. Schwanebeck war mit einem Kopfschuß aus dem Krieg zurückgekehrt, was extreme Stimmungsschwankungen und bei bestimmten Witterungsbedingungen einen ziemlichen Verlust an Selbstkontrolle zur Folge hatte. Nicht, daß er sich schon auf Schülerinnen und Schüler gestürzt hätte, die ihm Widerworte gaben oder ihre Hausaufgaben nicht erledigt hatten, obwohl er oft genug nahe dran gewesen war, aber es kam immer wieder vor, daß er Stühle umwarf, sie mit Kreide bombardierte oder, dabei fürchterlich schreiend, die Fenster derart wütend aufriß, daß das Glas splitterte. Viele empfanden das Einschußloch rechts oben in der Stirn wie ein drittes, böses Auge und zitterten schon, wenn Schwanebeck in der Tür des Klassenraums erschien. Einige Eltern hatten sich bereits zusammengetan, um beim Schulrat Schwanebecks Absetzung zu erzwingen, doch der Altphilologe und gewesene Oberstleutnant, gerade einmal fünfundvierzig Jahre alt geworden, hatte nicht nur das Gesetz auf seiner Seite, sondern auch viele alte Kameraden und nahezu alle Kolleginnen und Kollegen in der II. OWZ sowie andere Eltern, die voller Mitleid waren beziehungsweise hofften, ihre Kinder würden von ihm verschont bleiben, wenn sie sich auf seine Seite stellten.

Manfred schwankte nicht nur zwischen Mitgefühl und Abscheu, sondern auch zwischen demutsvoller Unterwerfung und Tyrannenmord.

Die nächste S-Bahn hatte Verspätung, und mit Schrecken sahen sie, wie Schwanebecks Hände zu zittern begannen. Das war immer das erste Anzeichen eines beginnenden Anfalls.

»Jetzt weiß ich auch, warum es Wut*anfall* heißt«, brummte Dirk Kollmannsperger.

Nun bedurfte es nur noch eines lächerlich kleinen Auslösers, und für den sorgte Adolf Geiger, als er laut mit der Zunge schnalzte und einer jungen Frau hinterherpfiff, die mit Pumps und Petticoat zur Bushaltestelle wippte.

»Du fährst sofort wieder nach Hause, du Schmutzfink, du!« schrie Schwanebeck. »Und meldest dich bei Frau Dr. Schaudin. Geiger, du bist ein Schandfleck dieser Klasse! Los, ab, troll dich!«

Adolf Geiger nahm es gelassen hin. Er wußte längst, daß er zu den großen Verlierern des Lebens gehörte. Wer in diesen Jahren auf den Namen Adolf hörte, wurde immer und überall verspottet und konnte gar nicht anders, als den Clown zu spielen. Und da er eigentlich nur eine Kunst richtig beherrschte, nämlich die des Radschlagens, rollte er nun gleichsam in Richtung Bahnhof davon.

»Wenn einer von euch klatscht, dann …!« Schwanebeck hob warnend die Hand, und da er ein Hüne war, erstarrten alle. »Und eines sage ich euch: Wenn die drei jetzt nicht erscheinen, dann ist es aus mit eurer Klassenfahrt im nächsten Jahr, dann habt ihr euch bei denen zu bedanken.«

Eine Klassenfahrt, das war ihr großer Traum, und kein Lied sangen sie so inbrünstig wie »Aus grauer Städte Mauer zieh'n wir hinaus aufs Feld …«, denn Berlin war noch immer eine große Trümmerwüste.

Der Zug aus Richtung Westkreuz rollte in den Bahnhof. Jetzt entschied sich alles. Nur wenige Fahrgäste tröpfelten aus den Schiebetüren. Von Ingolf Nobiling, Thomas Zernicke und Jutta Böhlke keine Spur.

Da hielt es Schwanebeck nicht länger. Er stampfte mit dem rechten Fuß derart kräftig auf den Boden, daß sich die schwere Steinplatte ein wenig lockerte, und brüllte so laut, daß die Leute bis zur Fontanestraße hin die Fenster aufrissen.

»Das lasse ich mir nicht mehr länger bieten von euch! Das ist Befehlsverweigerung! Meint ihr denn, ich bin verrückt geworden, daß ich mein Leben mit euch verplempere!? Ich habe es satt, die Perlen vor die Säue zu werfen. Die Wanderung ist vorbei, fahrt wieder nach Hause! Ich will euch nicht mehr sehen!«

Damit verschwand er Richtung Hagenplatz, um mit dem Bus zurückzufahren.

Die 9a stand da wie in Stein gehauen. Einerseits fühlten sich alle, die hier standen, ungerecht behandelt, und Dirk

Kollmannsperger sprach nur aus, was alle dachten: »Ich denke, Sippenhaft ist abgeschafft, da wird die Chefin ihn schön zusammenstauchen deswegen«, andererseits aber wußten sie, daß die Schule als Institution nichts anderes im Sinn hatte, als den meisten Eltern nachzuweisen, daß ihre Kinder fürs Abitur und Studium viel zu unbegabt waren. Von daher würden sich alle hinter Schwanebeck stellen und die Gelegenheit nutzen, die 9a als die schlechteste Klasse zu bezeichnen, die es je gegeben hatte.

»Was nun?« fragte Henriette Trettin.

»Wandern wir eben alleine«, schlug Manfred vor. »Wo wir schon mal draußen sind.«

»Ohne Lehrer dürfen wir nicht«, wandte Bimbo ein.

Das brachte ihm abwertende Öööh-Rufe und Kommentare ein. »Geh doch zu Mami, den Bauch waschen!«

»Hört auf!« Irene Schwarz, Vertrauensschülerin und Klassenbeste, gab ihm recht. »Wenn die Chefin das erfährt, wird die Sache noch schlimmer. Das hat irgendwie mit der Aufsichtspflicht und der Versicherung zu tun.«

»Da ist doch Schwanebeck schuld daran!«

»Der mit seiner Kriegsverletzung ist doch überall fein raus.«

»Und außerdem hat er gesagt, daß die Wanderung offiziell zu Ende ist.«

»Ohne Lehrer dürfen wir nicht!«

So ging es eine Weile hin und her, bis Dietmar Kaddatz den rettenden Gedanken hatte. »Holen wir uns eben einen anderen Lehrer: Kuno. Der wohnt hier gleich nebenan in der Hagenstraße.«

Ein wahres Indianergeheul belohnte ihn. Sie wählten Bimbo und Henriette Trettin, die in Kunst die Besten waren, zu Verhandlungsführern, und den beiden gelang es tatsächlich, Karl-Heinz Norenz als Ersatzmann zu gewinnen.

Als er am Bahnhof Grunewald erschien, jubelten alle, und die Welt war wieder in Ordnung.

Zwei Stunden später allerdings, als man – nach sieben Kilometern über sandige Wege, immer auf und ab – die Havel-

chaussee erreichte und das Tempo auf dem breiten Asphalt-
band immer schneller wurde, fingen die ersten an, kräftig zu
maulen. Ein Wandertag war zwar allemal besser, als in der
Schule zu hocken und mit Wissen vollgestopft zu werden,
aber langsam geriet auch dies zur Quälerei, zumal Kuno ein
alter Wandervogel war und trotz seiner knapp sechzig Jahre
noch einen Schritt am Leibe hatte, daß einigen, Bimbo beispielsweise, fast die Puste ausging. Andere wieder klagten über
Blasen an den Hacken.

»Keine Müdigkeit vorschützen!« rief Kuno. »Ihr wißt doch:
Wer immer strebend sich bemüht, den werden wir erlösen.
Und auf Schildhorn machen wir Rast.«

Kuno kam von *Bildende Kunst/Norenz*, wie es die Klassenlehrer zu Beginn eines Schuljahres immer ansagten, wenn
sie den Schülern die neuen Stundenpläne diktierten. Kuno
war einer der beliebtesten Lehrer der II. OWZ. Das lag weniger daran, daß sie alle kunstbegeistert waren und an seinen
Lippen hingen, wenn er in endloser Breite über die Baukün-
ste der alten Ägypter oder Griechen dozierte, sondern an der
Tatsache, daß er das war, was die Berliner einen »Gemüts-
athleten« nannten. Schon sein kahler Buddha-Schädel ließ dies
erkennen. Außerdem war Kunst kein Fach, in dem man ständig denken mußte: »Achtung – Hochspannung, Lebensgefahr«, sondern eher eine Art Erholung.

»Drei, vier, ein Lied!« schrie Nobiling, der mit zehnminü-
tiger Verspätung doch noch eingetroffen war.

Und sie sangen nun aus voller Brust »Klotz am Bein, wie
lang ist die Chaussee? Links 'ne Pappel, rechts 'ne Pappel, in
'er Mitte liegt 'n Pferdeappel« und »Ein belegtes Brot mit
Schinken, ein belegtes Brot mit Ei – und dazu: eisgekühlte
Coca-Cola, Coca-Cola eisgekühlt – und dazu ...«

Das konnte minutenlang so gehen, bis einige nahe daran
waren, dem Wahnsinn zu verfallen.

Nach langem Palaver hatte man während einer Pause beschlossen, doch lieber wieder durch den Wald zu laufen und
sich linker Hand in die Büsche geschlagen. Als man das Ufer
der Havel erreichte, war der Zug in viele Grüppchen zerfal-

len. Vorneweg marschierte Hansi Breuer, ihr Kleinster, der sich einer Pfadfindergruppe angeschlossen hatte und in Uniform erschienen war. Dahinter gab es zwei Verdichtungen. Die erste hatte sich um Henriette gebildet, ihre Schönheitskönigin, die zweite um den Lehrer.

Henriette Trettin, blonde Haare, strahlend blaue Augen, blitzgescheit, war stets von vier, fünf Jungen umgeben, die heftig um sie buhlten. Immer witzig, immer schlagfertig, so versuchten Guido Eichborn, Uwe Bachmann, Dieter Manzke, Klaus Zeisig und Peter Junge in ihrer Gunst so weit nach oben zu klettern, daß sie es wagen durften, an ein wenig Zweisamkeit zu denken: im Kino, beim Eisessen, beim S-Bahn-Fahren. Vielleicht mit Händchenhalten und dem Versuch eines Kusses.

Um Kuno herum scharwenzelten all jene, die Angst haben mußten, am Ende des Schuljahres sitzenzubleiben. Bei den Zensurenkonferenzen war es immer gut, einen der Lehrer als Fürsprecher zu haben. Sie schmeichelten und trugen Mappen nach Hause, wenn die schwer waren von geschriebenen Klassenarbeiten. Auch gierten sie nach Informationen über andere Lehrer, was die planten, wen die mochten. Zu dieser Gruppe gehörten Bimbo, Jürgen Feurich, Detlef Schafstall und Carola Keußler.

Daneben fielen vier weitere Grüppchen auf. Da waren einmal Dietmar Kaddatz, ihr Genie, was Physik und Mathe betraf, und Utz Niederberger, der nächtelang am kleinen Fernrohr saß und grübelte. Sie diskutierten weltvergessen über die Möglichkeit von Schwarzen Löchern. Des weiteren gab es eine Gruppe von Kichermädchen, angeführt von Eva Senff, Jutta Böhlke und Renate Zerndt. Diejenigen, die Interesse an der Schülermitverwaltung hatten, waren an der Seite von Gunnar Hinze und Katrin Kindler zu finden. Um Thomas Zernicke hatten sich all jene geschart, die sich an unanständigen Witzen erfreuten. Mit sich allein blieb Irene Schwarz.

Manfred Matuschewski und Dirk Kollmannsperger marschierten zwischen dem Duo Kaddatz/Niederberger und der Kichermädchengruppe. Es gab viel zu erzählen.

Dirk Kollmannsperger schwärmte vom Jungfernflug der *Comet*, dem ersten Düsen-Passagier-Flugzeug der Welt, gebaut von De Havilland. »Mann: In neun Stunden, fünfzig Minuten über den Atlantik.« Das Foto aus der *Bild*-Zeitung hing bei ihm über dem Bett, umrahmt von selbstgebauten Modellflugzeugen.

»Wenn die Wasserstoffbombe gefallen ist, hast du auch nichts mehr davon, daß du in zehn Stunden in Amerika bist«, sagte Manfred.

Daß Stichwort Amerika brachte Dirk Kollmannsperger dazu, an *Zwölf Uhr mittags* zu denken. Und während er Manfred den Inhalt des Films erzählte, summte er immer wieder die High noon-Melodie »Do not forsake me now and ever«, um dann zu blödeln: »Mit der Eva möchte ich 's mal now forsaken.« Gemeint war Eva Senff, die als Nymphomanin galt, aber die Jungen der eigenen Klasse durchweg abscheulich fand.

»Als Faruk hättest du Chancen gehabt.«

»Bist du varuckt!« Dirk Kollmannsperger ging ausführlich auf das ein, was manche als das hervorstechendste Merkmal des gerade gestürzten ägyptischen Königs ansahen: sein Nichts an Männlichkeit.

Utz Niederberger vor ihnen litt unter versetzten Blähungen und hatte gerade wieder einen lauten Knaller fahrenlassen.

»Die Gasmasken auf!« rief Dirk Kollmannsperger.

»Tut mit leid, ich hab' zum Frühstück Linsensuppe essen müssen, den Rest von gestern.«

»Dr. Linse-Suppe«, verbesserte Manfred. Dr. Walter Linse vom »Untersuchungsausschuß freiheitlicher Juristen« war im Juli aus dem amerikanischen Sektor in den Osten entführt worden, wobei die Menschenräuber das Feuer auf einen westlichen Polizeifunkwagen eröffnet hatten. Seither verging kein Tag, ohne daß es nicht irgendwelche Anspielungen auf dieses Ereignis gegeben hätte.

»Aua!« Manfred hatte einen Kienappel auf den Kopf bekommen. Erst dachte er an einen Zufall, doch das Kichern der drei Mädchen, die hinter ihnen gingen, belehrte ihn eines Besseren. Als sein Kopf herumfuhr und ein neues Geschoß auf ihn zugeflogen kam, wurde ihm auch klar, wer die Kienäppel warf. Es war Renate Zerndt. Lachend fing er die heranfliegenden Kienäppel auf, schließlich war er Torwart und hatte das Fangen trainiert. Damit war die Sache für ihn abgehakt.

Doch Dirk Kollmannsperger sah es anders. »Du, die ist scharf auf dich.«

Manfred lief rot an. Jubel erfüllte ihn, eine süße Verheißung. Schuß und Tor. Der Rausch, über tausend andere gesiegt zu haben, geliebt zu werden, auserwählt zu sein. Doch zugleich erfaßte ihn die Angst wie eine gewaltige Woge. Er sah, wie ihr Vater wütend wurde, wie seine Mutter schrie. Wie er sitzenblieb, weil er nur noch an sie gedacht hatte und nicht an seine Schularbeiten. Er lief als Briefträger durch die Straßen, sie schuftete als Reinemachefrau.

Da war Renate Zerndt dicht hinter ihm und versuchte, ihm eine Portion Juckpulver in den Kragen zu streuen. Er riß sich los, raffte beim Laufen ein paar Kienäppel auf und startete zum Gegenangriff. Da er bei jedem Wurf traf, blieb ihr nichts anderes übrig, als ihm in den Arm zu fallen. Es entspann sich eine kleine Rangelei, und als er sie zurückdrängen wollte, öffnete sie ihre Arme, so daß sie aufeinanderprallten. Er spürte ihren Körper. In seiner Verwirrung wollte er sich von ihr befreien, doch sie hielt ihn fest, tat dies aber so geschickt, daß alle dachten, sie würde sich nach Kräften wehren. Geradezu entsetzt stieß Manfred sie zurück. Dabei geriet sie mit dem Hacken gegen eine hervorspringende Kiefernwurzel, schlug lang hin und zog ihn mit. So lag er denn sekundenlang auf ihr, zwischen ihren Schenkeln, und in ihren blanken blauen Augen funkelten die Sonnenstrahlen, tanzten die kleinen Sternchen einer ersten Liebe.

Die Klassenkameraden klatschten Beifall.

»Nicht hier im Freien!« schrie Thomas Zernicke.

»Ist der Oktober kühl und trocken, kann man noch im Freien bocken!« rief Dirk Kollmannsperger.

Da war Kuno heran und riß Manfred hoch. »Schämst du dich denn gar nicht!?«

»Sie ist doch nur gefallen«, sagte Manfred.

»Ein gefallenes Mädchen!« lachte Nobiling.

Renate Zerndt klopfte sich Sand und Tannennadeln vom Rock. »Macht doch bloß nicht so 'n Theater.«

»Kann man davon schon schwanger werden, Herr Norenz?« fragte Henriette Trettin mit einem Augenaufschlag, den sie irgendwie von der Garbo haben mußte.

Kuno ignorierte sie und nutzte die Gunst der Stunde zu einer kleinen Rede. »Wie auch immer ... Eben bin ich noch gefragt worden, gebeten worden, im nächsten Jahr mit dieser 9a auf Klassenfahrt zu gehen, und nun zeigt ihr mir, wie schwer das sein wird. Ihr wißt, daß eure Klasse einen sehr schlechten Ruf in unserer Schule hat und niemand anders mit euch fahren wird. Und ich erkläre mich auch nur bereit dazu, wenn ich feststelle, daß ihr euch geläutert habt. Das heißt, im nächsten halben Jahr muß eure Disziplin viel, viel besser werden, ebenso euer gesamtes Leistungsniveau. Es darf sich kein Lehrer mehr über euch beschweren. Wenn ihr euch so bewährt, dann ja, sonst nein. Ihr wißt doch: Wer immer strebend sich bemüht, den werden wir erlösen.«

Sie versprachen ihm, sich gewaltig zu bessern.

Weiter ging es Richtung Schildhorn, und Manfred hatte nur noch eines im Sinn: Renate Zerndt aus dem Weg zu gehen.

Als sie ihr Ziel erreichten, die Säule, wo sich der Wendenfürst Jaszco aus Dankbarkeit für seine Rettung zum Christentum bekannt hatte, fanden sie den Platz schon von ihrer Parallelklasse besetzt, der 9b, zu der auch Werner Guse, sein Mannschaftskamerad vom 1. FC Neukölln, und Balla-Balla Pankalla gehörten. Sie hatten eine Radtour unternommen, und ihre Drahtesel standen überall herum.

»Wem gehört denn die hier!?« Irene Schwarz zeigte auf eine glitzernde Rennmaschine.

»Meinem Vater«, antwortete ihr Balla-Balla. »Der ist damit sogar bei Berlin–Cottbus–Berlin mitgefahren und Einunddreißigster geworden.«

»Darf ich mal?«

»Ja.« Gerne gab Pankalla das Rennrad nicht her, aber wenn Irene Schwarz mit einem sprach, ja, man fast befreundet mit ihr war, dann war das eine große Sache, gab Prestige.

Irene Schwarz kurvte eine Weile über die Halbinsel, die in ihrer Mitte einen ziemlichen hohen Sandhöcker trug, wurde dann übermütig und kam in schneller Schußfahrt zum Ufer herab. Und da geschah es. Ihr Vorderrad blieb an einer Wurzel hängen, sie flog über den Lenker, schlug mit der Stirn auf einem Stubben auf und blieb reglos liegen.

Kuno und Frau Müller, die Klassenlehrerin der 9b, bemühten sich um sie, wußten aber auch nicht viel von Erster Hilfe.

Mehrere Jungen schwangen sich auf ihre Fahrräder, um zum nahen Gasthaus zu rasen und die Feuerwehr zu holen.

»Die hat sich das Genick gebrochen«, sagte Thomas Zernicke.

Eine Ewigkeit verging. Keiner sprach ein Wort, einige weinten, andere beteten.

Als die Feuerwehr dann endlich kam, schlug Irene Schwarz die Augen wieder auf. Und obwohl sich alsbald herausstellen sollte, daß sie nur eine Gehirnerschütterung und einen Schlüsselbeinbruch erlitten hatte, saß der Schock bei allen tief.

»Ich glaube nicht, daß man mit dieser Klasse jemals eine Klassenfahrt wird wagen können«, sagte Kuno.

»Laßt alle Hoffnung fahren«, brummte Dirk Kollmannsperger.

Otto Matuschewski hatte nach seiner Lehre als Maschinenbauer bei der Reichspost angefangen und als Telegraphenbauhandwerker gearbeitet, Strippen gezogen und Kabel verlötet. Da ihn dies nicht sonderlich ausgefüllt hatte, war er in den dreißiger Jahren Abend für Abend zur Gauß-Schule gefahren, um Ingenieur zu werden. Doch jetzt nutzte ihm dieses alles herzlich wenig, denn die besseren Stellen waren nicht nur knapp, sondern auch von denen besetzt, die nicht so lange wie er in Kriegsgefangenschaft gewesen waren. Dies wurmte ihn, was ihm aber das Leben mitunter geradezu verbitterte, war die Tatsache, daß seine Vorgesetzten wesentlich schlechter waren als er, schon von ihren Kenntnissen und ihrem Leistungswillen her, vor allem aber, was den Intellekt betraf. Doch die Post war ein hierarchischer Laden, und wer oben war, der hatte automatisch recht. In vielen Gesprächen hatte er Manfred von seiner Störungsstelle und den Schwierigkeiten dort erzählt.

In der Vorweihnachtszeit des Jahres 1952 verging kein Abendessen, ohne daß sie nicht über Hayn gesprochen hätten, seinen unmittelbaren Vorgesetzten.

»Das ist vielleicht ein Stinkstiebel! Das ist vielleicht ein Kotzbrocken!« Seinem Vater wollten heute nicht einmal die sonst so geliebten Kartoffelpuffer schmecken. »Diese Post ist noch mein Tod. Was da heute ...«

»Bei uns in der Krankenkasse kriegt man sein Geld auch nicht geschenkt«, fiel seine Mutter ein.

»Jetzt ist Vati dran.« Manfred spielte jetzt öfter den Schiedsrichter und Moderator zwischen seinen Eltern. »Was ist denn nun heute passiert?«

»Eine Menge ...« Sein Vater berichtete. Bei Hosen-Lohse in der Adalbertstraße war der Apparat plötzlich tot. Großer Protest bei der Post. »Schreit der da rum, Tausende würde er jede Stunde einbüßen durch unsere Schuld, dabei hat er nur 'n lumpigen Kleiderladen. Rattenfraß wahrscheinlich wieder in den alten Kellern da. Die Ratten lieben ja unsere Kabel. Wegen des Ölpapiers, wegen der Isolierung.« Sein Vater hatte die Eigenschaft, mit jedem Satz langsamer zu werden. Da er zudem Kiefer, Kinn und Unterlippe mit Daumen und Zeigefinger seiner rechten Hand zusammenpreßte, rieb und zwirbelte, kam er auch ein wenig ins Nuscheln, was seine Mutter regelmäßig in Rage brachte.

»Otto, nimm die Hand vom Mund!«

Sein Vater ließ sich durch nichts und niemanden aus der Ruhe bringen. »Ich schick also den Günther hin zu Hosen-Lohse. Günther ist der, das muß man noch dazu sagen, den sie überall rausgeschmissen haben und der nur zu uns gekommen ist, weil der Hayn sein Busenfreund ist. Und was macht Günther? Der geht erst in die nächstbeste Kneipe, einen trinken. Und mich ruft er von der Kneipe aus an, er sei gerade bei Hosen-Lohse im Laden, und es würde noch 'ne Weile dauern, bis er den Schaden beseitigt hätte. Wie soll ich denn wissen, daß er da gar nicht ist? Statt dessen sitzt er in der Kneipe und trinkt. Einen und noch einen, bis er ziemlich besoffen ist. Wär' ja alles gutgegangen: da kommt aber ausgerechnet 'n Postrat rein, der ihn von früher her kennt, und schlägt Alarm. Na, lange Rede, kurzer Sinn: Jetzt scheißt der Hayn mich zusammen, daß ich meine Leute nicht unter Kontrolle habe. ›Mit Ihrer Beförderung nächstes Jahr ist es damit Essig, mein lieber Matuschewski. Jetzt müssen Sie sich erst einmal wieder bewähren.‹ Ich hätt' ihm links und rechts 'n paar runterhauen können, diesem alten Nazi!« Hayns Mitgliedschaft in der NSDAP war allen bekannt, regte aber keinen weiter auf. Er war eben ein »131er«, und diesem Gesetz zufolge durften die alten Nazis, 1945 in Berlin alle entlassen, wieder Beamte sein. »Ja: Wer immer strebend sich bemüht ...«

»Hayn, das Schwein!« Manfred brachte auf den Punkt, was alle dachten.

Manfred kannte Hans-Heinrich Hayn – HaHaHa, wie er im Kollegenkreise hieß – vom Catchen her, war ihm auch einige Male begegnet, als er seinen Vater vom Fernmeldeamt abgeholt hatte. Aufgefallen war ihm Hayn vor allem durch seine Aussprache, er sagte nicht Störungsstelle, sondern Schtörunsgsschtelle und nicht Stadtmitte, sondern Schtadtmitte. Wahrscheinlich hätte er den Störungsstellenleiter schnell wieder vergessen, wenn da nicht dessen Ähnlichkeit mit *Kohlenklau* gewesen wäre, wie sie Schaller, den Rektor seiner alten Schule, genannt hatten. Der *Kohlenklau* hatte im Krieg an jeder Wand gehangen, mal als Plakat, mal als Emailleschild, und die Leute ermahnt, mit Wasser, Gas und Strom sparsam umzugehen. Es war ein kugelrundes schwarzes Männchen, unrasiert und häßlich, mit einem Rattengesicht, das heißt, zwei riesigen Raffzähnen, einem eklig weit aufgerissenen rechten Auge, zwei Riesennasenlöchern und einem Bart, der den Hauern eines Walrosses glich. Als Dieb und Einbrecher sollte er wirken, und so ergänzten ein über den Rücken geworfener Sack und eine Schiebermütze die Horrorfigur. Manfred nun hatte sich, fasziniert von allem, bei Kuno im Kunstunterricht, als sie aus eingeweichtem Zeitungspapier, Klebstoff und Farben eine Maske formen sollten, für den *Kohlenklau* entschieden und für sein Kunstwerk sogar eine glatte Eins bekommen.

An diese Maske dachte er jetzt, holte sie aus dem Schrank hervor und hielt sie seinem Vater hin. »Hier, sieht aus wie Hayn, kannst du dich belümmeln dran. Schlag dem Hayn den Schädel ein!«

Sein Vater verzog das Gesicht. »Lieber werde ich mich sinnlos betrinken.«

Das brachte Manfreds Mutter auf die Idee, ihm zu Weihnachten einen Cocktail-Shaker zu schenken. Ehe dieser Silvester zum ersten Einsatz kam, gingen aber noch einige Wochen ins Land.

Das Weihnachtsfest verlief so wie immer und prägte sich bei Manfred nicht sonderlich ein. »Der Pfarrer Sorau ist bei deiner Einsegnung so nett gewesen, daß wir unbedingt in die Kirche gehen müssen«, hatte seine Mutter gesagt. »Was soll er sonst von uns denken.« So hatten sie denn am Heiligabend in der Martin-Luther-Kirche gestanden und feuchte Augen bekommen, als die Weihnachtsgeschichte vorgelesen wurde: »Es begab sich aber zu der Zeit, daß ein Gebot von dem Kaiser Augustus ausging, daß alle Welt geschätzt würde. Da machte sich auf auch Joseph aus Galiläa, aus der Stadt Nazareth, auf daß er sich schätzen ließe mit Maria, seinem vertrauten Weibe, die war schwanger ...« Es war das schönste aller Märchen, wie Manfred fand. Zu Hause unterm Tannenbaum warteten dann schon seine Schmöckwitzer und seine Kohlenoma, und nach der Bescherung, bei der alle ein kleines Gedicht aufsagen mußten, gab es Gänseklein in weißer Soße. Hinterher spielten sie wie jedes Jahr »Gottes Segen bei Cohn«, wie die »Schlesische Lotterie« bei der Kohlenoma hieß. Geschenkt bekommen hatte er einen neuen Trainingsanzug, eine neue D-Zug-Lok für seine Eisenbahn, ein Paar selbstgestrickte Socken und jede Menge Bücher. Am zweiten Weihnachtsfeiertag waren Onkel Helmut, Tante Irma und Peter dazugekommen. Der Höhepunkt der Weihnachtstage war aber auch diesmal wieder der dritte Feiertag, den sie traditionsgemäß mit Bugsins verbrachten.

Es war schon dunkel, als sie aufbrachen. Bugsins wohnten in der Rethelstraße, das war kurz vor dem Treptower Park, von der Ossastraße aus gut und gerne zweieinhalb Kilometer zu laufen. Und trotz der steifen Hüfte seines Vaters und seines Stockes dachten sie nicht daran, mit der Straßenbahn zu fahren. Dies Geld ließ sich sparen. An der Kreuzung der Treptower mit der Kiefholzstraße überschritten sie die Grenze nach Ostberlin, doch es stand nicht einmal ein Vopo da, um sie aufmerksam zu mustern.

Überall wurde jetzt gebaut, und ihr wichtigstes Thema war auch die Neubauwohnung. Seit sie nach der Einsegnung Wanzen im Hinterhaus in der Ossastraße gehabt hatten, waren seine Eltern auf der Suche, doch so schnell ließ sich nichts finden.

»Man müßte soviel Geld wie Max und Irma haben«, sagte die Mutter, »dann ...«

»Und ist der Handel noch so klein, so bringt er mehr als Arbeit ein«, fügte sein Vater hinzu. »Aber wir als kleine Beamte ... Und keinen Vorgesetzten haben, keinen Hayn.«

»Hayn, das Schwein!«

Auch Manfred beneidete Gerhard und Inge. Es mußte herrlich sein, wenn man an der Haltestelle stand – und dann ein Lieferwagen mit der großen Aufschrift MATUSCHEWSKI vorüberrollte. »Wo kaufen Sie Ihren Plattenspieler?« – »Bei Matuschewski natürlich.« 1938, kurz nach seiner Geburt, hatten sein Vater und sein Großvater ernsthaft daran gedacht, in Kreuzberg einen Laden aufzumachen: Elektrogeräte und -installationen. Oskar Schattan, sein Großvater, der Mann seiner Schmöckwitzer Oma, war ja gelernter Elektroinstallateur, und sein Vater hatte auf der Gauß-Schule alles gelernt, was vonnöten war. Dann aber war der Krieg gekommen, sein Vater eingezogen worden und sein Großvater gestorben.

Bugsins Wohnung an der Ecke Stuck- und Rethelstraße, im Hochparterre gelegen, war ein Traum, fast schon hochherrschaftlich kam sie Manfred vor. Das lag nicht nur an der Größe und der Höhe der Räume, sondern vor allem am Parkett und den teuren persischen Brücken. Alles war hier eine Nummer größer als bei ihm zu Hause, einschließlich des Weihnachtsbaumes. Ihrer in der Ossastraße erschien ihm klein und spießig, dieser hier glich denen, die in Hotels und Banken standen. Und Tante Irma hatte einen Stollen gebacken, der regelrecht nach Wohlstand schmeckte. Manfred sah zu Inge hinüber. Oft hörte er seine Kohlenoma flüstern, daß sie beide, Inge und er, ein schönes Paar abgäben. War das sein Schicksal: Inge zu heiraten und einmal aufzusteigen zum Büromöbelkönig Berlins?

Nach dem Kaffeetrinken vertrieben sie sich die Zeit damit, vorbeikommende Leute mit einem Uralttrick zu ärgern. Sie banden ein altes Portemonnaie an einen Bindfaden, ließen es auf die Straße hinab, kauerten sich hinter die Balkonbrüstung und warteten. Kam dann jemand vorbei und bückte sich, voller Vorfreude schon auf einen wertvollen Fund, rissen sie an ihrer Strippe, und der Passant war neese. Ihr höhnisches Gelächter brachte ihn dann vollends auf die Palme. Als dieses Unternehmen seinen Reiz verloren hatte, spielten sie Skat und diskutierten dabei, welches Karl-May-Buch besser sei: *Winnetou I* oder *Der Schatz im Silbersee*. Inge kannte sich da bestens aus.

Auch ihre Eltern hatten inzwischen Karten gespielt, Canasta aber, und sein Vater hatte die Bugsins zur Silvesterfeier eingeladen. »Wollt ihr nicht in die Ossastraße kommen, meinen neuen Cocktail-Shaker einweihen?«

»Du kleiner Schäker du!« rief Max und umarmte seinen Freund Otto.

»Au ja!« riefen Inge, Gerhard und Manfred von nebenan, und so wurde es denn beschlossen und verkündet.

Zwischen Weihnachten und Neujahr hatte Manfred einen

Aufsatz für Schwanebeck zu schreiben, der gleichzeitig in Deutsch und Geschichte gewertet werden sollte. Das Thema lautete »Die wichtigsten Ereignisse von August 1952 bis Dezember 1952 in Deutschland«. Und so schrieb er denn unter vielen Mühen und Qualen und unter Mithilfe seines Vaters folgendes ins Heft:

Der RIAS brachte in seiner Sendung Deutschland nach 1945 die bedeutendsten Ereignisse in diesem Zeitraum. Es wurden nicht nur politische, sondern auch wirtschaftliche, religiöse und kulturelle Rückblenden gemacht. Es wurden aber auch Beiträge gesendet, die zwar politisch auszulegen sind, deren Sinn aber doch rein menschlich ist. Der erste Ausschnitt handelte vom Katholikentag in Berlin. Für die etwa 30 % der deutschen Bevölkerung ausmachenden Katholiken war dieses Zusammentreffen ein großes Ereignis. Den Leistungsstandard der deutschen Industrie demonstrierte die Frankfurter Messe. Ein großes kulturelles Ereignis waren die »Berliner Festwochen«. Hier wurden Filme und Bühnenstücke aus vielen Ländern gezeigt. Für die deutsche Innenpolitik war der Tod des SPD-Führers Dr. Kurt Schumacher von großer Bedeutung. Der Tod dieses leidenschaftlichen Politikers wurde überall bedauert. Weiterhin wurde Walter Freitag zum ersten DGB-Vorsitzenden gewählt. Zu allen Anlässen brachte RIAS Reportagen oder Reden bedeutender Männer, die dazu Stellung nahmen. Bedeutende außenpolitische Ereignisse waren die Ratifizierung der EVG-Verträge durch den Bundestag, das deutsch-israelische Wiedergutmachungsabkommen und indirekt die Wahl Eisenhowers zum Präsidenten der USA. Zur Wahl Eisenhowers gaben einige Politiker ihre Meinung ab. Alle hofften auf eine Verbesserung der politischen Lage. Zur Erinnerung an die Kriegsgefangenen wurden Ausschnitte aus der Rede des Bundespräsidenten zur »Woche der Treue« gesendet. Dann betonte Berlins Regierender Bürgermeister Ernst Reuter die Verbundenheit mit dem von den Russen erschossenen Polizisten Herbert Bauer ...

»Manfred, komm, wir fahren nach Waidmannslust, uns eine Neubauwohnung ansehen!« Seine Mutter holte ihn vom Schreibschrank fort.

Das Besichtigen von Baustellen wurde langsam zu ihrer Lieblingsbeschäftigung, und sie zogen durch ganz Westberlin, Rudow stand ebenso auf dem Programm wie Lankwitz oder Waidmannslust. Das lag ganz weit oben im Norden, und sie mußten ewig mit der S-Bahn fahren. Manfred konnte sich nicht vorstellen, daß man auch woanders wohnen konnte als in der Ossastraße. Das Sprichwort, daß man alte Bäume nicht verpflanzte, schien auch auf ihn mit seinen nunmehr fast fünfzehn Jahren zuzutreffen. Andererseits aber wußte er, daß man aus Neukölln heraus mußte, wenn man im Leben etwas werden wollte. Ein Torwart der Nationalmannschaft wohnte ebensowenig in diesem Bezirk wie ein Chefarzt, Professor oder Fabrikant. Eher schon in Waidmannslust, einer Vorstadt im Norden Berlins, mit viel Grün, einigen Gründerzeitvillen und vielen Einfamilienhäusern. Aber die Leute hier erschienen ihm alle mächtig bekotzt, kamen sich als was Besseres vor, und er haßte sie sogar.

»Ja, ja, unsere proletarische Vergangenheit«, sagte sein Vater, als sie darüber sprachen. »Man kann sich drehen und wenden wie man will, der Allerwerteste bleibt immer hinten.«

»Otto, was sollen die Leute von uns denken!« Manfreds Mutter wäre gerne in eines der Reihenhäuser gezogen, die hier im Entstehen waren, aber nicht nur der weite Weg zur Arbeit schreckte sie ab, zum Oranienplatz in Kreuzberg, sondern auch die hohen Kosten.

»Da haben wir also wieder mal mit Zitronen gehandelt«, sagte der Vater, und sie machten sich auf den Weg zurück nach Neukölln.

»Gehen wir noch ins Kino?« fragte Manfred.

»Was gibt's denn?«

»Ich möchte unbedingt noch *Don Camillo und Peppone* sehen.«

Mit schenkelklatschender Begeisterung verfolgten sie dann, wie der pfiffige Priester aus Oberitalien, wie Fernandel mit seinem Pferdegesicht, den kommunistischen Bürgermeister Mal für Mal überlistete.

Am nächsten Vormittag kam dann Gerhard von Treptow nach Neukölln hinüber, und sie gingen gemeinsam zum neuen Aki, zum Aktualitätenkino, das sie in der Karl-Marx-Straße aufgemacht hatten. Fast eine Stunde lang zeigten sie da alle vier Wochenschauen, die es gab, und dazu noch ein bis zwei Kultur- oder Dokumentarfilme und einen Zeichentrickfilm à la Walt Disney. Die Eintrittskarte kostete auf allen Plätzen 50 Pfennige, und man konnte kommen und gehen, wann man wollte, das Programm begann immer in dem Augenblick, in dem man den abgedunkelten Raum betrat, um sich zu einem freien Platz zu tasten. Irgendwann ging dann für einen kurzen Moment das Licht an, und eine Stimme aus dem Lautsprecher sagte: »Die Karten mit den Nummern 310 bis 350 sind hiermit abgelaufen«, doch wenn man 330 hatte und dennoch sitzen blieb, geschah auch nichts weiter. So sahen Manfred und Gerhard an diesem Vormittag für je 50 Pfennige alles zwei-, die Sportberichte sogar dreimal.

Als Manfred wieder nach Hause kam, war seine Kohlenoma schon dabei, Pfannkuchen zu backen. Sie war als junges Mädchen von der Oder nach Berlin gekommen, um »in Stellung« zu gehen, das heißt, ihren Unterhalt zu verdienen, indem sie sich bei wohlhabenden Leuten, ihrer »Herrschaft«, als Dienstmädchen verdingte. In dieser Zeit hatte sie wunderbar backen und kochen gelernt. Auf dem Gasherd stand ein riesiger Topf mit siedendem Schmalz, vor dessen Umkippen sie Manfred eindringlich warnte.

»In einen Pfannkuchen muß aber Mostrich rein«, verlangte Manfred. »Und in einen anderen ein Markstück.«

»Das nicht, da beißt sich nur einer 'n Zahn dran aus.«

Manfred zog los, um die Getränke und die Gläser mit den Rollmöpsen nach oben zu schleppen. Außerdem hatte er immer fürchterlich viel mit dem Heizen zu tun. Zuerst war die Asche aus dem Ofen zu entfernen und unten auf dem Hof in den Mülleimer zu kippen, dann neue Kohle aus dem Keller zu holen. Da gab es zwar nun wieder elektrisches Licht, aber dennoch ging er nur ungern hinein. Noch immer gab es Ratten hier, und der Luftschutzkeller war unverändert geblieben, ebenso wie die Durchbrüche zu den Nachbarhäusern, damit man sich retten konnte, wenn man verschüttet worden war. Die Sirenen hörte er noch immer und fürchtete, daß in der nächsten Sekunde alles zusammenstürzen würde. Ein jedes Mal kam er schweißgebadet in die Wohnung zurück. Nicht nur, weil drei Treppen verdammt viel waren, wenn man zwei schwere Eimer mit Koks und Briketts zu schleppen hatte.

»Sei froh, daß wir überhaupt etwas zum Heizen haben«, sagte die Mutter. »Und im übrigen kannst du ja schon mal anfangen, das Wohnzimmer zu schmücken.«

»Stimmung, Humor, jeder wirft noch eine Luftschlange«, sagte Manfred. Dann stieg er auf die Leiter, zog Bindfäden vom Kachelofen zum Gardinenbrett und vom Leuchter zum Türrahmen, hängte Luftballons auf und warf Luftschlangen nach oben. Für jeden Gast wurde ein Knallbonbon bereitgelegt.

Pünktlich um sieben Uhr kamen die ersten Gäste in die Ossastraße: Neutigs. Herbert Neutig hatte der Mutter einen kleinen Topf mit Glücksklee mitgebracht, in dem ein Schornsteinfeger aus Pappe steckte. Das erfreute sie so, als hätte sie soeben ein Diamantarmband geschenkt bekommen. Gerda Neutig zog die Luft schnüffelnd durch die Nasenlöcher und sagte: »Ich esse doch keine Pfannkuchen.«

»Für dich habe ich extra Streuselkuchen gekauft!« rief Manfreds Mutter, die nichts mehr fürchtete, als bei den Neutigs in Ungnade zu fallen.

So etwas nennt man Hörigkeit, dachte Manfred.

»Leg doch mal für Herbert eine Platte auf!« wies ihn seine Mutter an.

Herbert wünschte sich *Man müßte noch mal zwanzig sein*, und als sich die Schellackplatte dann drehte, sangen die Erwachsenen zu viert mit Willy Schneider zusammen: »Man müßte noch mal zwanzig sein und so verliebt wie damals und irgendwo am Wiesenrain vergessen die Zeit. Und wenn das Herz dann ebenso entscheiden könnt' wie damals, ich

glaube, dann entschied es sich noch mal, noch mal für dich!«
Daraufhin küßten sich die beiden Ehepaare.

Manfred sah es mit Rührung und Beklemmung. Würde er in seinem Leben eine solche Szene auch einmal erleben? Wenn ja, dann – er rechnete schnell – vielleicht im Jahre 1983. Es war unfaßbar für ihn. Nein, so alt wurde er nie. Und wenn, dann brachte er es höchstens zum Straßenfeger oder Ritzenschieber. Ritzenschieber, das waren die Männer, die die Rillenschienen der Straßenbahn mit schmalen Besen sauberhielten. Außerdem: Bis dahin war längst eine Atombombe über Berlin abgeworfen worden.

Seine Mutter schrie auf. Sie hatte sich beim Schälen einer Zwiebel in den Finger geschnitten.

»Es wird ja alles wieder gut«, sang Herbert Neutig und legte ihr den Arm um die Schulter, »nur ein kleines bißchen Mut, läßt das Glück dich auch manchmal allein! Es wird ja immer wieder Mai, auch dein Kummer geht vorbei, und du brauchst nicht mehr traurig zu sein! Es wird ja alles wieder gut ...«

Es klingelte, und die Bugsins rückten an. Manfreds Mutter war glücklich, denn durch Bugsins fühlte sie sich mächtig geehrt. »Die haben so viele Bekannte, reiche Leute mit 'nem eigenen Haus, und kommen trotzdem zu uns.«

Max Bugsin hatte seine dunklen Haare mit so viel Pomade eingeschmiert, daß sie wieder um ihre neu geklebte Tapete fürchten mußten. Wenn er auf dem Sofa saß, blieb hinten immer ein schwarzer fettiger Streifen zurück. Den ganzen Abend über war Sorge zu tragen, daß er nur auf Stühlen zu sitzen kam.

Max hielt ein Glas mit Weinbrand in der Hand, als er Manfreds Vater begrüßte.

»Mensch, Otto, du siehst aber blaß aus heute! Damit du mal 'n bißchen Farbe kriegst ...« Indem er das ausrief, fuhr er mit dem Glas nach hinten, um es Otto Matuschewski ins Gesicht zu schütten.

Alles schrie auf ... und lachte sich dann scheckig, denn das Glas war lediglich ein Scherzartikel und die goldbraune Flüssigkeit war fest eingeschmolzen.

Das war ein guter Einstieg für die Silvesterfeier 1952/53, und man setzte sich frohgemut an den Abendbrottisch, um Würstchen mit Salat zu essen. Für Manfred und Gerhard gab es zudem noch »Leichenfleisch«, wie sie die Mischung aus Hackepeter und Schabefleisch nannten, die ihre Lieblingsspeise war.

»Eßt mal ordentlich«, mahnte sein Vater, »damit ihr 'ne gute Grundlage für später habt.« Er zeigte auf seinen silberblanken Cocktail-Shaker, der oben auf dem Schreibschrank neben der alten Kogge in Bereitschaft stand.

Manfreds Eltern begannen von Farchant zu schwärmen, einem kleinen Ferienort direkt vor Garmisch-Partenkirchen, wo sie im nächsten Jahr ihren Urlaub verbringen wollten.

»Meine Berge!« rief die Mutter voller Emphase. »Von der Zugspitze aus soll man bis nach München sehen können.«

»Gut beobachtet«, sagte Herbert Neutig.

Nach dem Essen mixte sein Vater den ersten Cocktail für die Erwachsenen, einen »Manhattan«, und auch Inge durfte mittrinken. Dann spielten sie auf Manfreds Anregung die Radiosendung nach, die alle immer wieder gerne sahen: »Das ideale Brautpaar – mit Jacques Koenigstein«. Er selber durfte der Quizmaster sein.

Das erste ideale Brautpaar waren Herbert und Gerda Neutig. Sie mußten so tun, als würden sie erst in Kürze heiraten wollen. Er wurde nun auf den Korridor hinausgeschickt, sie begann.

»Frau Neutig«, legte Manfred los, »Sie haben zum Frühstück am Sonntag nur eine Schrippe zu Hause: Welche Hälfte würden Sie da nehmen, die obere oder die untere?«

»Die obere.«

»Gut. Und nun Sie, Herr Neutig.« Der wurde wieder hereingeholt und bekam dieselbe Frage gestellt.

»Die obere«, sagte er, und beide hatten damit verloren. Als er hinzufügte »... wegen der Anatomie« und dies auch kurz erläuterte, lachten sich die Erwachsenen allerdings halbtot, und er bekam einen Sonderpunkt für Schlagfertigkeit.

Nach dieser Runde trat Gerhard als Louis Armstrong auf.

Er hatte sich das Gesicht mit Kakao braun gefärbt, und seine Trompete war das Verlängerungsrohr des »Progress«-Staubsaugers. Mit seiner Hilfe sang und spielte er *Give me a kiss to built a dream on.*

Das zweite ideale Brautpaar waren Manfreds Eltern. Diesmal aber sollte der Herr beginnen.

»Herr Matuschewski ... Woran sparen Sie zuerst, wenn Sie merken, daß das Geld nicht reicht?«

»Am Toilettenpapier.«

Manfred staunte. »Wie denn das?«

»Wir kaufen weniger und benutzen dafür beide Seiten.«

Dies brachte ihm nicht nur schallendes Gelächter, sondern auch noch einen Sonderpunkt ein. Nun wurde die Braut hereingerufen.

»Und woran sparen Sie zuerst, Frau Matuschewski, wenn das Geld mal knapp ist?« fragte Manfred, mit seinem Charme ganz Jacques Koenigstein.

»Mach dir mal deinen Hosenschlitz richtig zu«, sagte seine Mutter.

Manfred wurde zornig. »Vielleicht kannst du dir mal deine ewigen Ermahnungen sparen!«

Die Sendung mußte für fünf Minuten unterbrochen werden. Es gab einige Tränen, und sogar der Abbruch der ganzen Feier drohte. Die Rettung kam durch Max Bugsin, der sich auf den Korridor geschlichen und mit dem Ruf »Kurzschluß!« die Sicherung herausgedreht hatte.

Nachdem sich alle wieder beruhigt hatten – mit einem Versöhnungsküßchen auf die Backe –, ging es endlich weiter. Manfred kündigte Inge an. »Meine Damen und Herren, nun folgt *die* Sensation des heutigen Silvesterabends: Die Wiederauferstehung unseres Kohlenklaus.«

Als die Mutter Inge Bugsin mit Manfreds Kohlenklau-Maske erblickte, schrie sie: »Das ist ja Ottos Vorgesetzter!«

»Ja«, gab ihr Manfred recht, »das ist Hayn, das Schwein!«

Max fand das wunderbar, und er sang sogleich: »Hayn, du Schwein, ich pinkle dir ans Bein!«

Inge sagte nun den alten *Kohlenklau*-Vers aus der Kriegszeit auf: »Da ist er wieder! Sein Magen knurrt, sein Sack ist leer ...«

»Meiner auch!« rief Herbert Neutig dazwischen, und alle brachen in brüllendes Gelächter aus.

»... sein Sack ist leer, und gierig schnüffelt er umher. An Ofen, Herd, an Hahn und Topf, an Fenster, Tür und Schalterknopf holt er mit List, was ihr versaut. Die Rüstung ist damit beklaut, die auch dein bißchen nötig hat, das er jetzt sucht in Land und Stadt. Faßt ihn!«

Zum Abschluß des bunten Abends im Radio gab es noch *Friedel Hensch & die Cypris* und ihren größten Schlager im alten Jahr. Inge, nun wieder ohne Kohlenklau-Maske, war Friedel Hensch und Gerhard und Manfred ihr Ensemble. Inge schwang eine Flasche Asbach Uralt, und dann legten sie los: »Egon, ich hab ja nur aus Liebe zu dir, ja nur aus lauter Liebe zu dir, ein Glas zuviel getrunken! Ach, Egon, Egon, Egon, Egon, ich bin ja nur aus Liebe zu dir so tief gesunken! Was soll ich machen? Ich weiß, die Leute lachen, doch ich muß immer weinen um einen, den Meinen! Ich bin am Ende, mir zittern schon die Hände, die Flaschen sprechen Bände, die leer auf meinem Nachttisch stehn! Ach, Egon, ich werde nur aus Liebe zu dir, ja nur aus lauter Liebe zur dir noch mal zugrunde gehn.«

Danach gab es noch Wattepusten, und dann begannen die Erwachsenen, gewagte Witze zu erzählen, so daß es Manfred und Gerhard vorzogen, ins Schlafzimmer zu gehen und dort den legendären Boxkampf vom Sommer nachzuspielen, wo Peter Müller, »de Aap«, in seiner Wut über eine Fehlentscheidung den Ringrichter Max Pippow k. o. geschlagen hatte. Da das sehr schweißtreibend war, wandten sie sich alsbald der 400-Meter-Aschenbahn zu, die Manfred auf das Reißbrett seines Vaters gezeichnet hatte, und veranstalteten mittels dreier weißer Würfel und etlicher bunter Halmafiguren die Olympischen Spiele 1952.

»Hier ist Helsinki, hier ist Helsinki!« rief Manfred, der zugleich auch Reporter war. »Wir melden uns hier vom 5000-Meter-Endlauf der Herren. Am Start haben Aufstellung genommen: Emil Zatopek (Tschechoslowakei), Herbert Schade (Deutschland), Mimoun (Frankreich), Pirie und Chataway (beide Großbritannien) und Perry (Australien). Der Starter hebt die Pistole ...«

»Peng!« machte Gerhard, und sie begannen zu würfeln. Jeder hatte drei Figuren, die er setzen mußte. Und obgleich es dabei nicht viel zu schummeln gab, schafften sie es immer wieder, daß – anders als in der Wirklichkeit – immer die deutschen Läufer gewannen.

»Herbert Schade als erster im Ziel!« schrie Manfred. »Der große Emil Zatopek hinter Herbert Schade – schade für ihn.« In Wahrheit war Schade nur Dritter hinter Zatopek und Mimoun geworden. So siegte dann bei ihnen auch Haas, der Vierter über 400 Meter geworden war, und Ulzheimer und Lueg bekamen statt ihrer Bronzemedaillen über 800 beziehungsweise 1500 Meter Gold umgehängt.

Im Wohnzimmer hatten die Erwachsenen inzwischen etliche Cocktails aus dem neuen Shaker getrunken und waren schon ganz schön angegangen. Max Bugsin hatte sich die Kohlenklau-Maske über das Gesicht gezogen, und alle riefen im Chor: »Hayn, du Schwein!«

Inge fing an zu singen: »O mein Papa!«

»Nein, bitte nicht!« Tante Irma wußte, was nun kam, und wollte es verhindern.

Onkel Max aber ließ sich nicht aufhalten, ließ seine Hosen herab, streckte allen seinen Allerwertesten hin und variierte den Schlager ein wenig: »O mein Popo ...«

Sie lachten Tränen. Da nicht nur Tante Irma, sondern nun auch Inge rauchte, war alles ziemlich verqualmt, und Manfred hustete. Gerhard und er hatten geschworen, Nichtraucher zu bleiben und tadelten sie.

»Gratulation zum asthmatischen Lungenpupen.«

»Sind ja Filterzigaretten«, sagte Inge. »*Gloria* – Genuß ohne Reue.«

»Macht mal das Radio an«, sagte seine Mutter und wurde hektisch, »sonst verpassen wir noch alles. Herbert, laß mal einen Korken steigen!«

Sie zählten schon, und Herbert Neutig und sein Vater hatten Mühe, die beiden Sektflaschen noch rechtzeitig zu öffnen und den Inhalt auf die neun Gläser zu verteilen.

»Prost Neujahr!« Sie riefen es, während im Radio die Freiheitsglocke vom Rathaus Schöneberg läutete und draußen die ersten Feuerwerkskörper in den Himmel stiegen.

Erst stießen die Ehepaare miteinander an, dann küßte Manfred seine Mutter und seinen Vater. »Viel Glück im neuen Jahr, Gesundheit vor allem! Und eine Neubauwohnung für uns alle. Und daß Vati endlich befördert wird.«

Die Mutter wünschte Manfred für 1953 viel Erfolg in der Schule. »Und mach immer schön deine Schularbeiten und sei ein lieber Junge.«

»Ja.«

Sein Vater hoffte, daß es im neuen Jahr endlich mit der lang ersehnten Klassenreise klappen würde. »Und außerdem, daß du alle Bälle hältst, die bei dir aufs Tor kommen.«

Was sich Manfred selber wünschte, war mehr: Die erste große Liebe. Daß er nicht nur immer lesen mußte, wie das war. Mit Renate Zerndt war es nichts geworden, die hatte sich jetzt Uwe Bachmann geangelt. Der war ihr nicht davongelaufen.

Sie traten kurz auf den Balkon hinaus, aber die Schlucht zwischen Hinterhaus und Vorderhaus war zu schmal, als daß sie viel gesehen hätten. So ging man zum Bleigießen in die Küche. Die kleinen Zinnblöcke, zumeist in Form von Glückskleeblättern, Hufeisen und Schweinchen, wurden auf einen alten Löffel getan und über der voll aufgedrehten Gasflamme zum Schmelzen gebracht.

»Vorsicht, verbrennt euch nicht!« rief die Mutter.

Das flüssige Metall wurde mit Schwung in eine Schüssel mit Wasser gekippt, und alle machten sich an die Deutung der Figuren. Doch bei den meisten kam nichts Vernünftiges heraus. Nur bei dreien war man sich sicher. Bei Gerda Neutig ging die Deutung in Richtung eines Tennisballes.

Sie freute sich. »Im neuen Jahr ziehen wir in die Afrikanische Straße, und ich kann in den Rehbergen Tennis spielen.«

»Das ist kein Tennisball, das ist eher ein Pfannkuchen«, fand Manfred, wurde aber niedergestimmt.

Bei ihm selber war die Mehrheit der Ansicht, er hätte ein Kreuz gegossen.

»Ein Grabkreuz«, sagte Gerda Neutig.

»Quatsch!« Tante Irma stieß ihr den Ellenbogen in die Seite. »Das steht doch schräg und ist 'n Kreuz beim Lotto. Ein Hauptgewinn also.«

Sein Vater holte ganz zweifellos eine Art Sessel aus dem Wasser. »Prima, kriegen wir 'ne neue Couchgarnitur.«

»Nicht doch!« widersprach ihm Herbert Neutig. »Das ist 'n Chefsessel – Otto wird endlich befördert.«

»Kommt mal Pfannkuchen essen!« rief seine Mutter, zunehmend überdrehter.

Ausgerechnet Gerda Neutig, die immer so furchtbar mäkelte, erwischte den Pfannkuchen, den er mit Senf gefüllt hatte, und Manfred fand, daß das neue Jahr prima begann.

Um halb zwei gingen alle, und da es so gemütlich gewesen war, beschloß die Familie Matuschewski, die Gäste nach unten zu begleiten und die Haustür aufzuschließen.

Max hatte Manfreds Maske mitgenommen, weil er zur Faschingsfeier seines Kegelvereins als Kohlenklau erscheinen wollte.

Als er sie unten auf dem Bürgersteig der Ossastraße noch einmal herausholte und sich überstülpte, riefen alle reflexartig: »Hayn, du Schwein!«

Da erstarrte Manfreds Mutter. »Mein Gott, da drüben geht der Hayn ...! Mit seiner Frau.«

»Du spinnst, ja, Margot, die vielen Cocktails.«

»Doch, das ist er.« Sie war sich ganz sicher. »Der hat alles gehört.«

»Quatsch!«

Das Ehepaar verschwand in der Dunkelheit.

Im neuen Jahr fühlte sich Manfred ziemlich schlapp, und des öfteren klagte er über Schmerzen im Rücken. Da Dirk Kollmannsperger dieselben Symptome aufzuweisen schien, dachte Manfred erst, das seien die »Wachstumsschmerzen heranwachsender Knaben«, wie sie in den alten Gesundheitsbüchern seiner Schmöckwitzer Oma beschrieben waren. Dort führte man sie im wesentlichen auf zu häufige »Selbstbeflekkung« zurück. Das ganze war also ebenso beängstigend wie peinlich, und zu machen war dagegen auch nichts, denn wenn man es nicht ganz bewußt und voller Lust auslöste, kam es nachts von selbst und tat zudem noch weh.

»Hast du was?« fragte seine Mutter.

»Nein, was soll ich schon haben?«

Dabei hatte er tatsächlich etwas: einen Bandwurm nämlich. Manfred schämte sich. Aber auch darüber wagte er mit seinen Eltern nicht zu reden, denn sofort hätte es geheißen: »Hab ich dir nicht gesagt, daß du dir die Fingernägel saubermachen sollst!« Und diese Schuldzuweisungen seiner Mutter fürchtete er, weil sie ihn immer so klein und hilflos machten. Obwohl er im Februar fünfzehn Jahre alt geworden war, hatte er Angst davor, ins Klo gesperrt zu werden. So tat er nichts und hoffte nur, der Bandwurm würde von alleine wieder abgehen.

Als er immer blasser wurde, beschlossen seine Eltern, ihn zur Ärztin zu schicken. Das war Frau Dr. Felicitas Agricola, deren Praxis unweit des Rathauses lag. Seine Mutter konsultierte sie schon seit Jahren und war begeistert von ihr. Als er ins Wartezimmer ging, lief ihm Bärbel über den Weg, ihre Tochter, die in dieselbe Klasse wie Balla-Balla Pankalla ging und ihm beim Einschlafen des öfteren so lebhaft vor Augen stand, daß er sich automatisch selber schwächte.

So lief er puterrot an, als die Frage der Ärztin kam. »Legst du denn abends öfter Hand an dich?«

»Nein!« log er.

»Dann versteh' ich das nicht. Deine Blutwerte sind in Ordnung, auch im Urin ist nichts zu finden.« Frau Dr. Agricola sah ratlos auf die Krankenkarte. »Treibst du regelmäßig Sport?«

»Ja, beim 1. FC Neukölln ... als Torwart.«

»Das ist doch der, der sich nicht bewegt. Na, siehst du, da

haben wir es ja. Der Mensch ist ein Lauftier, mein Junge. Ich werde mal mit deinem Vater reden.«

Das Ergebnis des Telefonats mit seinem Vater war für Manfred niederschmetternd.

»Ich habe das sehr genau mit Frau Dr. Agricola besprochen«, hörte er am Abend. »Du sollst zwar weiterhin Fußball spielen – aber nicht mehr im Tor drin, sondern als Feldspieler draußen. Damit du mehr Bewegung hast und sich deine Wirbelsäule wieder aufrichten kann.«

Manfred protestierte, schrie und weinte, doch alles vergeblich, gegen die Empfehlung der Ärztin war nicht anzukommen. Entweder er verzichtete ganz auf seinen Fußball, oder er spielte auf einer anderen Position als der des Torwarts.

Trainer und Betreuer der ersten Schüler, auch Knolle, hielten den erzwungenen Rollentausch für absolut bescheuert, denn Manfred war ein phantastischer Torwart, aber ein nur sehr mittelmäßiger Feldspieler, aber gegen den Willen der Eltern konnten sie nicht an. Nicht einmal zum Linksaußen taugte er, und da er, hüftsteif wie er war, auch vor dem eigenen Tor nicht brauchbar war, wurde er zum rechten Außenläufer ernannt. Dies allerdings auch nur in der zweiten Mannschaft.

So bestritt Manfred sein erstes Fußballspiel außerhalb seines geliebten Kastens am Karfreitag 1953 gegen Cimbria. Seit Vater war extra hinausgekommen zur Grenzallee, wo der Cimbria-Platz inmitten eines ausgedehnten Laubengeländes nur schwer zu finden war.

»Lauf!« schrie er immer, wenn Manfred sich den Ball erobert hatte. »Laufen sollst du!«

Das tat er denn auch, bis ihm die Lunge platzen wollte, ohne indes Wirkung zu erzielen. Keiner seiner Pässe kam an, und wenn er seinem Gegenspieler weggelaufen war und unbedrängt zum Flanken kam, dann flog der Ball weiter hinters Tor.

»Ist das eine Flasche!« rief Bachmaier Mal um Mal.

Manfred kämpfte und ackerte für zwei, doch noch immer gelang ihm wenig bis nichts. Sogar das leere Tor verfehlte

112

er, als er, völlig freistehend, am Elfmeterpunkt den Ball erhielt.

»Das einzige, was er kann, ist laufen!« schrie Bachmaier seinem Vater zu. »Schicken Sie ihn doch gleich zu einem Leichtathletikverein.«

Otto Matuschewski bedankte sich. »Das ist eine gute Idee.«

Eine gute Idee hatte Manfred auch, als es um die Frage ging, was er seinen Eltern zu Ostern schenken sollte: Er kaufte ihnen einen Lottoschein, füllte ihn aus, vornehmlich mit den Zahlen ihrer Geburtstage, und gab ihn ab.

Am Ostermorgen kam er in ein buntes Pappei, das Manfred in der Kammer zwischen den dort aufgestapelten Preßkohlen sicher versteckte.

»Wasser«, sagte er, als seine Eltern im Schlafzimmer suchten, und »Kohle«, als sie sich langsam der Kammer näherten.

Seine Mutter begann, im Gerümpel herumzuwühlen und hatte die Preßkohlen im Blick.

»Feuer!« rief er, und sie zog das Ei mit dem Lottoschein heraus. »Das ist der Hauptgewinn – für die Neubauwohnung.«

»Danke, mein lieber Junge.« Er bekam das obligatorische Küßchen und durfte sich dann selber ans Suchen machen. Neben vielen Schokoladen-Ostereiern und Häschen aller Größen fand er auch einen Karton mit neuen Halbschuhen, braun und ganz modern. Seine Überraschung hielt sich in Grenzen, da er diese Schuhe am Gründonnerstag selbst ausgesucht und anprobiert hatte.

Schuhe und Kleidung waren für ihn furchtbar nebensächlich, und so mußte er sich große Mühe geben, sich richtig zu freuen. »Danke sehr, das ist aber schön, was mir der Osterhase da gebracht hat.«

»Die ziehst du nachher gleich an, wenn wir nach Schmöckwitz rausfahren«, sagte seine Mutter. »Mit deinen alten ausgelatschten Schuhen, da hab mich ja richtig geschämt. Mein Chef neulich, hat ganz komisch geguckt, als du mich abgeholt hast. So etwas fällt ja immer auf die Eltern zurück.«

Nun wurde gefrühstückt, und die Birkenzweige auf dem runden Eßzimmertisch zeigten zarte grüne Blätter.

»Alles ist im Werden«, sagte seine Mutter.

»Nur mit meiner Beförderung wird es nichts ...« Sein Vater war versetzt worden und hatte sich nach Ostern in einer anderen Störungsstelle zu melden. Ob Hayn dahintersteckte, wußten sie nicht. Auf die Szene in der Neujahrsnacht war er nie zu sprechen gekommen, und Otto Matuschewski hatte trotz all seiner Bemühungen nicht herausfinden können, ob sein Chef nun wirklich die Ossastraße entlanggegangen war und das ominöse »Hayn, du Schwein!« doch wahrgenommen hatte.

Manfred blätterte in seinem Lieblingsbuch herum, Ehm Welks *Die Heiden von Kummerow*, um im Kapitel »Das Ei der schwarzen Henne« nachzulesen, was für alte Osterbräuche es im Oderbruch gegeben hatte.

»Beim Essen liest man nicht«, mahnte seine Mutter.

»Ich will doch bloß mal sehen, wie das geht ...« Schnell hatte er die gesuchte Stelle gefunden. »Hier: Das ›Eierpikken‹. Es wird Ei an Ei geschlagen, und zwar gerade so stark, daß das Ei des Gegners einen Knick bekommt, das eigene aber nicht. Wer ein angepicktes Ei in der Hand hat, muß es dem anderen aushändigen – und der kann es dann aufessen.«

Manfred und sein Vater nahmen je eines der am Vortage bunt gefärbten Eier in die Hand und pickten sie gegeneinander. Manfred gewann, aber es freute ihn im Gegensatz zu Martin Grambauer und den anderen Jungen in Kummerow nur wenig, denn sie hatten eh genug Eier zu essen. Seine Mutter warnte sogar vor dem Verzehr von zuviel Eiern.

»Wieso denn das?« wollte Manfred wissen.

»Das laß dir man von deinem Vater sagen«, wich sie ihm aus, der grinste zwar ein wenig, wollte aber keine Ahnung haben. Erst Dirk Kollmannsperger verriet es ihm, als die Osterferien schon wieder zu Ende waren.

Nach dem Frühstück machten sie sich auf den Weg nach Schmöckwitz und beschlossen, da das Wetter schon frühlingshaft war, von Grünau bis Richtershorn zu laufen. Zuerst sollte es mit der Straßenbahn, der 95, von der Fuldastraße zur S-Bahn gehen, und als sie an der Haltestelle standen, fragte er seinen Vater, ob sie wetten wollten.

»Wetten? Um drei beschissene Betten?«

»Nein, darum, welcher Typ von Straßenbahn kommt: Ein T 24, ein Verbundtriebwagen TM 36 oder ein Mitteleinstiegswagen TM 31 U.«

Sein Vater setzte auf den Verbundtriebwagen, er auf den T 24. Der Sieger hatte dem Verlierer am zweiten Osterfeiertag das Abwaschen und Abtrocknen abzunehmen.

»Dein Schnürsenkel ist schon wieder offen«, sagte seine Mutter. »Du machst dir deine Schuhe gleich kaputt.«

»Kauf ich mir vom Lottogewinn 'n Paar neue.«

Zu Manfreds großer Überraschung näherte sich von der Weichselstraße ein Solotriebwagen vom Typ »Stube und Küche«, so genannt nach einem Raucher- und einem Nichtraucherabteil, offiziell, wie er natürlich wußte, ein T 33 U, und keiner hatte gewonnen.

Bis zum Bahnhof Sonnenallee fuhren sie mit der 95, um dort auf den Vollring zu warten. Hier waren die »Paßviertel« der alten Baureihe 165 eingesetzt, und die liebte Manfred mit ihren Nietengesichtern und den Oberwagenlaternen ganz besonders. Eine Station ging es nach Süden, dann war in Neukölln umzusteigen. Der Zug Richtung Grünau ließ auf sich warten, und Manfred und sein Vater hatten Zeit genug, ihren bewährten Proletarier-Sketch zu spielen.

Manfred kam angeschlurft und berlinerte ebenso laut wie scheußlich. »He, Sie da, Männeken, zurücktreten von **die** Bahnsteigkante.«

Sein Vater blaffte zurück. »Du hast wohl 'n Arsch offen, wa!«

»Ick jeh mit Sie bei die Pullizei, wenn Sie hier nich vaschwinden. Und jesoff'n wird hier ooch nich! Sie alta Suffkopp Sie.«

»Hau ab, sonst kriegste was uff 'n Deetz!« Sein Vater hob seinen Stock.

Margot Matuschewski schämte sich ihrer beiden Männer und tat so, als reise sie alleine. Vielleicht hätte es noch einen

österlichen Krach gegeben, wenn nicht in diesem Moment
die Schröders aufgetaucht wären. Sie wohnten in der Sonnenallee, gleich am Hermannplatz, waren mit der U-Bahn ange-
reist und wollten zu Verwandten in Adlershof. Also konnte
man bis dorthin gemeinsam reisen. Bei der Begrüßung waren sie alle ein wenig befangen. Vielleicht hatten die Schröders damit gerechnet, alle drei zur Einsegnung eingeladen zu
werden, aber nur Hannchen war ja dabeigewesen – und dies
auch nur als Zugehfrau. Manfred bekam beim Anblick von
Horst Schröder immer leichte Krämpfe, denn der war ihm
sein Leben lang als leuchtendes Vorbild hingestellt worden:
Horst Schröder gab keine Widerworte und war immer artig,
Horst Schröder machte immer seine Schularbeiten, Horst
Schröder zerriß niemals seine Hosen, Horst Schröder trieb
sich nie auf der Straße und in den Ruinen herum, Horst Schröder kam immer nach oben, wenn es dunkel wurde – und so
weiter, und so weiter. Manfred schaffte es nicht, mit Horst
Schröder auch nur ein Wort zu wechseln, er war Luft für ihn.
Umgekehrt war es nicht anders, weil Hannchen Schröder ihrem Sohn immer vorhielt, was denn Manfred Matuschewski
für ein wunderbarer Junge sei, Sport triebe, sich auch mal
schmutzig machte und vor allem nicht immer so tranig her-
umstünde und wie ein Kleinkind quakte: »Mutti, Mutti, 'ne
Stulle.«

In der S-Bahn saß man beieinander, und Erich Schröder,
der gelernter Bäcker war, berichtete von seinen Kriegserleb-
nissen. »In Neutomischel, da haben die Russen reingeschossen, und wir haben rausgeschossen. Die wieder reingeschossen, und wir wieder rausgeschossen. So ging das tagelang.
Die haben reingeschossen, und wir haben rausgeschossen.«
Dann erzählte ihnen Erich Schröder noch sein halbes Leben, wie er auf Arbeitssuche war, wie er das Bäckerhand-
werk erlernt habe und … und … und … Doch leider sprach
er so leise, daß sie beim erheblichen Rattern der Bahn kaum
ein Wort verstanden. Um aber nicht unhöflich zu sein, nickten
sie ständig und murmelten – egal, was er sagte – ihr Ja.
Als die Schröders ausstiegen, hatten sie Kopfschmerzen

bekommen, die sich erst wieder legten, als sie kurz hinter dem Bahnhof Grünau links in den Wald abbogen, Richtung »Hanffs Ruh«. Bis zum Gasthaus »Richtershorn« waren es gute vier Kilometer, aber schon nach den ersten Metern fingen Manfreds neue Schuhe an zu scheuern, und bald hatte sich die erste Blase gebildet.

»Diese Scheißschuhe!« schimpfte er.

»Hast du beim Anprobieren nicht aufpassen können!?« schalt ihn seine Mutter. »Jetzt ist das Geld wohl aus ’m Fenster geschmissen?«

»Nein, nein, ich trag’ sie ja.« Tapfer biß er die Zähne zusammen. Um barfuß zu laufen, war es, obwohl die Sonne schien, zehn Grad zu kühl.

»Gelobt sei, was hart macht«, sagte sein Vater mit leichtem Spott. »Üb man schon für eure Klassenreise.«

»Bestimmt nicht mit Schwanebeck, und ob Kuno mit uns fährt, das steht in den Sternen. Erst müssen wir uns mal bewähren. Wer immer strebend sich bemüht, den werden wir erlösen.«

Endlich erreichten sie den Langen See und erfreuten sich am Anblick ihrer Müggelberge, die sich am anderen Ufer zwischen Wendenschloß und Müggelheim erstreckten.

Manfreds Traum war es, einmal im Faltboot um die Müggelberge zu paddeln. Aber das waren über dreißig Kilometer, und auch dieses Jahr reichten ihre Kräfte dafür sicher noch nicht aus. Außerdem durften sie vom Alter her wohl nicht. Wegen der steifen Hüfte schied sein Vater als Begleiter aus.

»Man müßte noch mal zwanzig sein«, sagte sein Vater, »und so gesund wie damals.« Da waren sie nahezu alle deutschen Flüsse hinabgefahren.

Kaum hatten sie Richtershorn erreicht, hörten sie die 86 auch schon kommen. Die umgebauten Maximum-Triebwagen vom Typ TDS 08/24 röhrten gewaltig. Aber Manfreds Freude über die Straßenbahnfahrt hielt sich in Grenzen, denn der Bandwurm plagte ihn wieder.

Als sie Schmöckwitz erreichten, sah Manfred seine Oma

schon am Zaun stehen und warten. Zur Feier des Tages hatte sie ihre neueste und schönste Kittelschürze über die beiden älteren gebunden. Er humpelte auf sie zu, wurde abgeknuddelt und versank in einer Kampferwolke.

»Frohe Ostern!«

Noch draußen im Garten wurde die mitgebrachte Flasche geöffnet, und sie stießen mit samtigem Eierlikör auf ein schönes Osterfest an. Für alle hatte sie im Garten etwas versteckt, vor allem »Näschereien«, wie sie sagte, für Manfred aber auch eine graue Turnhose aus volkseigener Herstellung und das Buch *Die Mammutjäger* mit der Widmung *Zum lieben Andenken an Deine Schmöckwitzer Oma. Ostern 1953.* Für alle drei Neuköllner war ein Kerzenhalter am Bootsschuppen versteckt.

»Für dich hat der Osterhase aber auch was gebracht – guck mal, Mutti!« Seine Mutter überreichte seiner Großmutter einen Kasten Konfekt, eine Flasche Asbach Uralt und zwei abgelegte Kleider. »Wenn du dir die änderst, sehen die noch aus wie neu.«

Manfred neckte seine Oma. »Das dunkle Kleid kannst du ja zur Trauerfeier tragen?«

»Was für eine Trauerfeier?«

»Na, die von Stalin.« Der war am 5. März gestorben, und seine Schmöckwitzer Oma, seit Urzeiten SPD-Mitglied, war ja seit der Zwangsvereinigung SED-Genossin. »Wenn wir im Lotto gewinnen, kannst du dir hier im Garten ein kleines Stalin-Mausoleum errichten. Ich hab' Vati und Mutti zu Ostern 'n Lottoschein geschenkt – und am nächsten Wochenende sind wir reiche Leute.«

Als dann am Sonnabend die Ziehung nahte, saßen sie aber recht bedrückt vor ihrem Radioapparat, denn der Lottoschein war spurlos verschwunden, und höchstwahrscheinlich hatte ihn seine Mutter mit dem Geschenkpapier zusammen in den Ofen geworfen, wo er in Flammen aufgegangen war.

»Stell dir vor, wir haben sechs Richtige und kommen an das Geld nicht ran.« Es war ein Alptraum.

Die Zahlen hatte Manfred noch im Kopf, es waren ja die Geburtstage der engsten Familienmitglieder: 1 – 6 – 11 – 12 – 24 – 31.

Und als die Sprecherin die ersten Zahlen verlesen hatte, brach seine Mutter in Tränen aus: »Eins – sechs ...«

Dann aber stimmte nichts mehr, und sie brachen in lauten Jubel aus, weil sie die falschen Zahlen hatten.

Die großen Ferien rückten langsam näher, es war Juni geworden, Juni 1953. Zeugnisse hatte es bereits Ende März gegeben, und Manfred war ohne Probleme versetzt worden, in die 10. Klasse nun. Wie von Meph richtig prophezeit, schmolz die Klasse langsam zusammen, vier Schülerinnen und Schüler waren sitzengeblieben, drei hatten von sich aus das Handtuch geworfen und waren abgegangen. Siebenmal hatte es auf Manfreds Zeugnis ein »Befriedigend« gegeben (Englisch, Latein, Mathematik, Physik, Chemie, Biologie, Musik), viermal ein »Gut« (Geschichte u. Gemeinschaftskunde, Erdkunde, Leibesübungen, Handschrift) und nur einmal ein »Ausreichend« (in Deutsch). Bezog man die Unternoten »mündlich« und »schriftlich« sowie den »Kopf« mit ein (Verhalten: gut, Beteiligung am Unterricht: rege, Fleiß: gut), dann kam er auf einen Notendurchschnitt von 2,56. Und trotzdem war er überzeugt davon, bei der nächsten Runde zu den Sitzenbleibern zu gehören. Daß er das Abitur schaffen könnte, erschien ihm ebenso unmöglich wie die Landung von Außerirdischen auf dem Planeten Erde.

Zu Hause wurden die Gespräche von der Märchenhochzeit Elisabeth II. beherrscht. Jeder hatte die goldene Staatskarosse vor Augen, in der die Königin, gezogen von acht Grauschimmeln, den Buckingham-Palast verlassen hatte. Und überall kursierte der Witz, daß ein Deutscher statt »God save the Queen!« »God *shave* the Queen!« gerufen hatte und deswegen in den Tower geworfen worden war.

Doch als sich Manfred und Bimbo an der Ecke Sonnenallee und Pannierstraße trafen, um den Rest des Schulweges gemeinsam zurückzulegen, spielte dieses Thema keine Rolle.

»Weißt du schon das Neueste?« fragte Peter Stier, während er noch an seiner Frühstücksstulle kaute.

»Ja: Schmeling boxt mit Fäuste.«

»Mit Fäusten«, verbesserte Bimbo. »Nein. Die 13a hat den Kabinenroller von Bulli nach oben getragen und vor 's Lehrerzimmer gestellt, während die Geburtstag gefeiert haben. Die Chefin hatte ...« Bulli war der Geschichtslehrer Berthold Wendt.

In der Reuterstraße liefen sie zu Dirk Kollmannsperger auf, der vor einem Radiogeschäft haltgemacht hatte und sich an den dort ausgestellten Röhren, Kondensatoren und Widerständen gar nicht sattsehen konnte. Doch nicht von diesen Dingen schwärmte er ihnen etwas vor, sondern vom Londoner Frauenmörder John Christie. »Habt ihr das gelesen: Hat sich jemand 'ne Wohnung gemietet und will was an die Wand nageln. Da reißt die Tapete, und es entsteht ein kleines Loch. Als der Mann hineinguckt, starrt er in das glasige Auge einer toten Frau! Scotland Yard kommt. Drei tote Frauen sind da aufgehängt, an ihren BHs.«

Ihre Schule in der Karl-Marx-Straße war um einige Meter zurückgesetzt, und um ihren Eingang zu erreichen, mußten sie erst eine enge Schlucht passieren. Als sie sich dazu anschickten, kam ihnen ein Dreiwagenzug der Linie 3 entgegen, und sie blieben stehen, um das Schauspiel zu genießen, das nun zu erwarten war.

Und richtig, als die Straßenbahn ein wenig bremste, um nach links in die Hobrechtstraße abzubiegen, in ihre Wendeschleife, da erschien Frau Müller in der Tür, die linke Hand schon am Griff. Sie gab Latein und Deutsch, und man sagte von ihr, daß sie schon in der Bibel angekündigt worden sei: Eine lange Dürre wird kommen. Jeden Morgen sprang sie hier von der Straßenbahn, um sich den Weg von der Haltestelle drüben in der Hobrechtstraße zu ersparen. Dieses Abspringen war nicht nur strengstens untersagt, sondern auch gefährlich. Leicht konnte man da unter die Räder geraten. Allerdings sollte es Schüler geben, die gerade dieses sehnlichst erhofften.

Diesen Morgen ging es gut, und die drei sputeten sich, um zu vermeiden, von Frau Müller angesprochen zu werden.

Im Klassenraum der 10a herrschte schon eine karnevalsähnliche Stimmung, denn Nobiling hatte von zu Hause einen Roman mitgebracht – *Verdammt in alle Ewigkeit* –, in dem seine Eltern zur leichteren Lektüre ihrer Freunde alle Stellen angestrichen hatten, in denen es um Sex und Liebe ging. Die las er nun zum Ergötzen aller Jungen vor. Die Mädchen standen abseits in kleineren Gruppen und gaben sich höchst desinteressiert. Manfred war erleichtert, daß Renate Zerndt zu den Sitzenbleibern gehörte. Er kannte den Roman nicht weiter, hatte aber seine Mutter beim Abendessen gestern sagen hören, er sei »sehr frei«.

Manfred nutzte die Zeit, um sich Dirk Kollmannspergers Geometrieheft auszuleihen und die Hausarbeit abzuschreiben.

»Achtung, Tante Emma kommt!« schrie Adolf Geiger, der Posten an der Tür.

Tante Emma hieß eigentlich Emma Christen, war klein und kugelrund, trug einen Dutt, in Berlin »Portierszwiebel« genannt, und war bei den Schülern der II. OWZ Neukölln schon deswegen außerordentlich beliebt, weil bei ihr viel mehr Stunden ausfielen als bei allen anderen Lehrkräften, was daran lag, daß sie Katholikin war und die ihr zustehenden zusätzlichen Feiertage auch ernst und wahr-nahm.

Tante Emma also kam in die Klasse gerollt, bewaffnet mit überdimensionalen Linealen und Zirkeln, wirkte wie eine unverschämte Penthesilea-Parodie.

Adolf Geiger hatte ihr die Tür aufgerissen. »Bitte sehr, Fräulein Christen.«

Tante Emma nickte huldvoll wie die englische Königinmutter und nahm Platz auf dem Lehrerstuhl. »Wo waren wir stehengeblieben?«

»Beim Goldenen Schnitt«, verriet ihr Bimbo mit der ihm eigenen Eilfertigkeit. »Auch die stetige Teilung genannt.«

»Das ist doch aber Geschichte«, sagte Dirk Kollmannsperger. »Da bringt der was durcheinander.«

»Passen Sie mal auf, daß ich Sie nicht durcheinanderbringe, Dirk Kollmannsperger!« warnte Emma Christen.

»Sind Sie man nicht zu stolz auf Ihr Christentum«, lachte Dirk Kollmannsperger.

Die beiden mochten sich, und die Lehrerin war alt und weise genug, um zuzugeben, daß ihr Schüler besser war als sie.

»Nun, Geiger, was ist die stetige Teilung?« Der Unterricht begann.

»Also, da wird stetig etwas geteilt ...«

»Eine Wurst, ja?«

»Nein, eine Strecke.«

»Eine S-Bahn-Strecke?«

»Nein, eine Linie.«

»Dann zeichnen Sie mal eine Linie an die Tafel und versuchen Sie, diese Linie mit Hilfe des Zirkels nach dem Goldenen Schnitt zu teilen. Bimbo definiert das inzwischen mal.«

Bimbo fühlte sich geehrt. »Eine Strecke stetig teilen, heißt, sie so zu teilen, daß ihr kleiner Abschnitt sich zum größeren verhält, wie die größere zur ganzen Strecke. AD : BD = BD : AB.«

»Sehr schön. Nun, Geiger, spielen Sie mal ...«

Adolf Geiger hatte inzwischen mit weißer Kreide eine ausreichend lange Linie gezeichnet, zögerte nun aber, die Spitze des Zirkels ins Holz der Tafel zu bohren. »Dies ist vom Hausmeister strengstens untersagt.«

»Hat jemand einen Gummischoner da?« fragte Tante Emma nun in der christlichen Unschuld, die ihr eigen war, und begriff nicht, warum die Jungen losbrüllten. Sie meinte das patentierte Stück aus rotem Gummi, eine Art Saugnapf, das man auf den Zirkelstiel steckte.

»Was denken Sie von uns, Fräulein Christen?« fragte Dirk Kollmannsperger.

»Dann ziehen Sie eben freihändig einen Kreis«, sagte Tante Emma und drehte sich zu Adolf Geiger um. Da geschah es: Von ihrem Stuhl löste sich das linke Bein, und sie tauchte ganz langsam nach unten. Für Manfred, der weit hinten saß, sah es so aus, als würde eine Kasperlefigur vom Puppenspieler unter den Bühnenrand gezogen. Ohne jeden Schrei, gottergeben, landete die Lehrerin auf dem Linoleumboden, federte aber sofort wieder hoch, und Adolf Geiger, der hinzugesprungen war, um ihr wieder auf die Beine zu helfen, kam zu spät.

Alle duckten sich nun, denn sie erwarteten ein fürchterliches Donnerwetter, so nach der Art: Wer hat den Stuhl so präpariert, daß ich mit ihm zusammenbrechen mußte? Der, der das war, fliegt als nächster von der Schule.

Doch Tante Emma lächelte nur, während sie sich den Staub vom langen Kleid abklopfte. »Vielleicht werden wir einmal so reich in Deutschland, daß wir die Stühle aus der Kaiserzeit ersetzen können.«

»Vielleicht spendiert uns der Heilige Stuhl mal einen«, schlug Dirk Kollmannsperger vor.

Nobiling und Klaus Zeisig gingen nach vorn, um den Stuhl wieder zusammenzusetzen. Fräulein Christen bedankte sich. Von nun an verlief die Stunde ohne Zwischenfälle und machte sogar Spaß.

In der zweiten Stunde hatten sie Latein, und Frau Müller erschien, ihr grünes Zensurenbuch wie eine Waffe in der rechten Hand. Die 10a hatte das Gefühl, auf einem preußischen Exzerzierplatz zu stehen. Alle nahmen Haltung an, sogar Nobiling, Bachmann und Geiger, die designierten Absteiger der laufenden Saison. Und schon ging Frau Müller durch die Reihen, lieblich lächelnd wie eine Chefsekretärin, aber so gnadenlos wie eine Sergeantin aus einem Film über die US-Army. Damit auch jeder wußte, woran er mit ihr war, wiederholte sie immer wieder ihr Motto: »Suaviter in modo, fortiter in re.« Hart in der Sache, aber verbindlich im Verhalten. Sozusagen alphabetisch ging sie durch die Reihen.

»Bachmann: Ducereris?«

»Äh, du bist geführt, du bist geführt worden.«

»... in die Irre, ja.« Uwe Bachmann bekam seinen Minuspunkt. »Richtig wäre? Jutta Böhlke ...«

Deren Kopf fuhr hoch, und vor lauter Entsetzen brachte sie keinen Ton hervor. Erst Hansi Breuer bekam einen Pluspunkt gutgeschrieben, als er die richtige Antwort wußte: »Du würdest geführt werden.«

Weiter ging es. »Eichborn: Bella gerebantur?«

»Die Kriege wurden geführt.«

»Das kam ja prompt.«

»Wenn Guido Henriette sieht, kommt's bei ihm immer prompt«, brummte Dirk Kollmannsperger.

»Und wie ist das bei Ihnen, Kollmannsperger: Du bist ermahnt worden?«

»Besser ermahnt als entmannt«, brummte Nobiling.

Frau Müller überhörte es. »Kollmannsperger: Du bist ermahnt worden?«

»Ich weiß, Entschuldigung. Es ist mir nur so rausgerutscht.«

»Nein, Sie sollen das übersetzen: Sie sind, nein: Du bist ermahnt worden.«

Dirk Kollmannsperger war gestern nicht mehr zum Üben gekommen, weil er mit Ingo Lämmert zusammen bis in die späten Nachtstunden dessen neuen Chemie-Experimentierkasten ausprobiert hatte. So druckste er nur herum. »Moni... Irgend etwas mit Moni.«

»Mit Monika nicht, die ist abgegangen.«

Manfred mußte nun für seinen Tischnachbarn einspringen. »Moni...« Er zögerte. Gab er die richtige Antwort, war der Freund damit bloßgestellt, tat er aber so, als wüßte er es ebenfalls nicht, bekam auch er einen Minuspunkt. »Monitus es.« Nun war es heraus. Hätte er es nicht gesagt, wäre Henriette Trettin rangenommen worden – und die war unfehlbar in Latein.

Damit war die Abfragerunde beendet, und sie machten sich bis zur großen Pause an die Übersetzung eines Iphigenie-Textes.

Auf dem Schulhof dann, das Pausenbrot kauend, gingen Manfred, Bimbo und Dirk Kollmannsperger wieder den Mädchen anderer Klassen hinterher, immer auf einen Zufall hoffend, der sie zusammenführte. Hin und wieder geschah es in Berlin, daß sich vor ahnungslosen Menschen plötzlich die Erde senkte und halbe Krater auftaten. Da waren im Kriege nach schweren Bombeneinschlägen die Trichter nur notdürftig zugeschüttet worden, und man hatte noch erhalten gebliebene Kellergewölbe und Gänge vergessen, aber auch so manchen Tiefbrunnen, der noch aus Kaisers Zeiten stammte. Manfred nun hoffte, daß sich bei ihnen auf dem Schulhof ein solcher Tiefbrunnen plötzlich öffnen würde und er die Chance hatte, Ingeborg zu retten. Oder Jutta. Oder Rosemarie. Aber nichts passierte, und so laut sie auch redeten und lachten, die Mädchen drehten sich nicht um.

Vor ihnen, heute mit der Hofaufsicht betraut, ging Rohrschach, Physik und Mathe, der Lehrer mit den Froschaugen, der kurz vor der Pensionierung stand. Er hatte die Hände auf dem verlängerten Rücken verschränkt und schlurfte dahin, wie der Alte Fritz in seinem letzten Sommer in Sanssouci, so nach vorn gebeugt, als litte er unter der Bechterewschen Krankheit.

»Weißt du eigentlich, wer den Alten Fritz ermordet hat?« fragte Bimbo.

»Der ist doch nicht ermordet worden.« Manfred hatte ein Faible für Friedrich II. von Preußen.

»Doch. Ich hab eine Kunstpostkarte zu Hause, da steht drauf: Tod Friedrich des Großen nach einem Stich von Menzel.«

Während Dirk Kollmannsperger nur aufstöhnend die imaginäre Bartwickelmaschine zu drehen begann, prustete Manfred los, als hätte er soeben den größten Witz aller Zeiten gehört, wieherte wie ein junger Hengst, den sie eben auf die Koppel rausgelassen hatten. Dies alles nur, um Ingeborg, Jutta und Rosemarie dahin zu bringen, sich einmal umzudrehen. Doch die taten das nicht. Da konnte Manfred nicht anders, als etwas Spektakuläres zu tun: Er begab sich in Rohrschachs Kielwasser und folgte dem Lehrer mit genau denselben Bewegungen. Und obwohl er nicht die graue Einsteinmähne des Pädagogen aufwies, gelang ihm die Parodie so gut, daß der ganze Schulhof in Aufruhr geriet. Alles lief zusammen, und bald hatte sich um sie herum eine richtige Gasse gebildet. Rohrschach nahm das anfangs als Zeichen seiner Popularität und freute sich ehrlich darüber, als aber die Rufe des Entzückens immer lauter wurden, fuhr er doch herum – zu schnell für Manfred.

»Bursche, du!« Manfred wurde gepackt und zur Chefin gebracht, wo es eine Standpauke und eine Eintragung ins Klassenbuch gab. Er wußte, daß er damit – trotz seines guten Zeugnisses – wieder im Abstiegsstrudel steckte.

In der dritten Stunde hatten sie Kunst bei Kuno, Karl-Heinz Norenz, und waren hin und her gerissen. Einerseits hatten sie sich diese Spielwiese reserviert, um zu dösen, Skat zu spielen, die Hausaufgaben in Deutsch und Geschichte zu machen oder ihrem Affen Zucker zu geben, also blöde Späße zu starten, andererseits aber mußten sie sich bei Kuno geradezu einschleimen, also ein hohes Interesse an Kunst und Künstlern erkennen lassen, damit ihre Klassenfahrt zustande kam, siehe: Wer immer strebend sich bemüht ... Es war schwer.

»Ich habe eure Bilder benotet, eure Aquarelle zum Thema: Der Sommer.« Kuno holte den Stapel aus seiner Mappe. »Es sind Talente unter euch.«

Damit meinte er ganz offensichtlich Bimbo, Henriette Trettin und Irene Schwarz, die ganze Tage an ihrer Staffelei gestanden hatten und eine Eins bekamen. Manfred hatte fünf Minuten gebraucht, um sein Bild abgabefertig zu haben. Mit viel Wasser im Tuschkasten hatte er seinen DIN-A4-Bogen unten kräftig begrünt und oben blau gefärbt und dann mit ein paar Tupfern den Sommer dargestellt: Rot der Mohn, goldgelb die Sonne und der märkische Sand, dazu noch Kornblumenblau und Schmetterlingsweiß. Kuno hatte nicht anders gekonnt, als diesen genialen Wurf mit einer Zwei zu würdigen.

Manfred strahlte, doch er stürzte sofort wieder ab, als Kuno die Abgabe einer Hausarbeit anmahnte, die lange überfällig war. »Die Nachzügler, bitte. Wer seine Seiten mit der Frakturschrift nicht fertig hat ...«

»… mit dem werde ich mal Fraktur reden müssen«, vollendete Dirk Kollmannsperger den Satz.

Kuno nickte. »So ist es.«

Manfred hatte nie die Zeit gefunden, sich stundenlang mit dieser Sache abzumühen. Zwar hatte er sich eine spezielle Feder dazu und auch die nötige Ausziehtusche gekauft, aber schon nach der ersten Reihe aufgegeben. Mehr als je sieben verschnörkelte AAAAAAAs und BBBBBBBs waren nicht zusammengekommen, ausreichend gerade mal für eine Fünf plus. Und das schien ihm, wenn es seine Mutter erfuhr, eine ziemliche Katastrophe zu sein. Was tun? Hilfesuchend sah er zu Bimbo hinüber. Der hatte seine vier Seiten mit den großen und kleinen Buchstaben von A–Z schon vor vierzehn Tagen abgegeben und eine glatte Eins dafür bekommen, wie auch anders.

»Gib mir mal deine Buchstaben rüber …« Ganz spontan und unbedacht war das gekommen, aus höchster Not.

Bimbo zögerte. Er hatte ewig dafür gebraucht, und der andere wollte nun schmarotzen. »Das merkt der doch.«

»Quatsch.« Bei den Aquarellen hätte Kuno das gemerkt, sicher, nicht aber bei den Buchstaben, wo doch alle gleich waren.

»Da sind doch schon die Note und seine Unterschrift drauf.«

»Die radier' ich weg.« Kuno, der Kugelschreiber haßte und seinen Füllfederhalter stets zu Hause liegenließ, hatte nur den weichen Bleistift benutzt, den er stets zur Hand hatte, um schnell etwas skizzieren zu können. Mit dem Versprechen, ihn mal zum Paddeln nach Schmöckwitz einzuladen, bekam er schließlich Bimbos Buchstabenblätter ausgehändigt und machte sich ans Radieren.

»Matuschewski, deine Buchstaben fehlen mir noch«, rief Kuno vorn am Lehrertisch.

Manfred trabte nach vorn und kam sich vor wie ein Banknotenfälscher. Volles Risiko. Nun rutschte ihm doch das Herz in die Hose.

Kuno nahm Manfreds, das heißt Bimbos Blätter zur Hand

und musterte sie mit dem starren, inquisitorischen Blick, den ansonsten nur die Volkspolizisten drüben hatten, wenn sie an den Grenzen die Papiere der Westberliner kontrollierten. Manfred verfluchte sich und seinen Schnellschuß. Hätte er zugegeben, die Buchstabenmalerei vergessen zu haben, wäre es bei einer Fünf geblieben, so aber, wenn Kuno es merkte, war es ein Betrugsversuch, den die Chefin, Frau Dr. Schaudin, höchstwahrscheinlich mit dem gefürchteten *consilium abeundi* ahnden würde, dem Rat an seinen Vater, ihn von der Schule zu nehmen. Sein oder Nichtsein, Manfreds Schicksal lag in Kunos Hand.

Kuno brauchte lange zur Prüfung der vier Seiten, und Manfred war sich sicher, daß er ihn längst durchschaut hatte. So exakte Buchstaben konnte kaum ein anderer als Bimbo schreiben respektive malen, wie gedruckt sahen sie aus. Es war hirnrissig gewesen, ihm ausgerechnet Bimbos Buchstaben noch einmal vorzulegen. Er bereute es bitter und wünschte sich nichts sehnlicher, als daß sich die Zeit um zehn Minuten zurückdrehen ließe.

Kuno sah ihn an, jetzt kam das Urteil. »Nun, Matuschewski, besser als eine Drei kann dies nicht sein ...«

Manfred fühlte sich wie neugeboren und schwor sich, diesen Menschen bis ans Ende seiner Tage zu lieben. Obwohl er sich später immer wieder fragte, ob der Lehrer vielleicht gar nichts gemerkt hatte und dies alles nur ein Beweis seiner hohen Subjektivität und Ungerechtigkeit war. Wie auch immer: Er war noch einmal davongekommen.

Kuno begann den Unterricht mit seinem Lieblingsthema. »Kommen wir nun zur Bestattung der toten Könige im alten Ägypten zurück ...«

»Kann man auch lebendige Könige bestatten?« fragte Dirk Kollmannsperger. »Das wäre zumindest spannender.«

Kuno überhörte es. »Die Residenzen der Könige lagen auf der Westseite des Nil ...«

»Harry Piel sitzt am Nil und putzt seine ... mit Persil«, warf Klaus Zeisig ein.

Kuno war immun gegen Anmerkungen dieser Art. »... und

die Grabstätten befanden sich am gegenüberliegenden Ufer. Starb ein König, so mußte er mit dem Schiff über den Nil gebracht werden. Das Totenschiff legte nun also an der Landungsstelle des Taltempels an.« Bei diesen Worten schob er ein voluminöses Buch unter sein Episkop, und das besagte Totenschiff erschien groß an der Wand. »Die Prozession, an deren Spitze der Sarg getragen wurde, bestand aus den näheren Verwandten des Königs, seinen Dienern, seinen Gefolgsmännern und den höheren Beamten. Zuerst kam der Zug in den Hauptraum. Dieser wird von acht Palmsäulen getragen ...«

Auch die wollte Kuno der 10a per Episkop vor Augen führen, doch gerade als er die passende Seite seines Buches in den Apparat gelegt hatte und den Hebel ziehen wollte, klopfte es, und Frau Dr. Schaudin erschien in der Tür, um ihm eine kurze Mitteilung über eine Vertretungsstunde zu machen. Diesen Augenblick nutzte Nobiling, um ein Pin-up-Girl in den Bildwerfer zu legen. Als Kuno nun zurückkam und das Gerät bediente, erscholl ein lautes Ah und Oh. Solch eine Begeisterung für die altägyptische Kunst hatte er sich schon lange einmal herbeigesehnt.

Als er dann die schnöde Wahrheit bemerkte, reagierte er mit buddhistischer Gelassenheit, passend zur Form seines Kopfes. »Das war übrigens die Lieblingskonkubine des Königs, die schönste seiner Grabbeigaben.« Und weiter ging es. »Kommen wir nun zu dem großen Saal, der sich auf der Ostseite der Pyramide befindet. Er wird durch Säulen aus rotem Granit gestützt, und der Fußboden besteht aus weißem Granit. Auch hier sind die Wände mit Malereien bedeckt. Sie stellen die Siege über seine Feinde dar ...«

Die ersten deuteten mit leisen Schnarchtönen an, wie sie sich fühlten. Manfred dachte an die *Sanella-Bilder*, die ihm im Band *Afrika* noch fehlten, und fragte leise herum, ob die anderen sie zufällig zum Tauschen hätten. »BILD 47 – Straußenfarm in der Südafrikanischen Union?« – Nein, hatte keiner. »BILD 58 – Hottentotten als Viehzüchter?« – Auch nicht. – »BILD 89 – Kamelgruppe in der Sahara – Panorama mit Oase?« – Wiederum Fehlanzeige. Er war enttäuscht. Das

Sammeln der Margarine-Bildchen war in diesem Jahr seine große Leidenschaft, und zum ersten Mal im Leben erfuhr er das, was die Psychologen Komplettierungszwang nannten. Bevor er nicht alles zusammenhatte – von »BILD 1 – Gasse in Algier mit altem Korbflechter« bis »BILD 100 – Fantasia« –, konnte er nicht glücklich sein, das wußte er, und erhebliche Teile eines Tages verbrachte er damit, an die fehlenden Bilder zu kommen. Am leichtesten war das natürlich, wenn er zu Fräulein Krahl ging und einen Sanella-Würfel kaufte. Aber das ging auch nur einmal die Woche, soviel Margarine konnten sie beim besten Willen nicht verbrauchen. Blieb als zweite Möglichkeit, seine Mutter und seinen Vater anzuflehen, doch bei ihren Kolleginnen und Kollegen nachzufragen, ob die *Sanella-Bilder* hätten. Aber das klappte nur selten, da bei denen natürlich zuerst die eigenen Kinder, Neffen und dergleichen kamen. Blieben der Tausch und die Hoffnung, mal ein Bild zu finden, aber das geschah selten genug. Noch 23 Bilder fehlten ihm, und das ließ ihn traurig hinüber auf den Friedhof starren.

Plötzlich ein Schrei, der alle hochfahren ließ.

»Licht an!« rief Kuno.

Bimbo war aufgesprungen, und es zeigte sich, daß seine Lederhose hinten beziehungsweise unten quatschnaß geworden war, es tropfte noch. Bimbo, ganz weg von Kunos Erklärungen, hatte nicht bemerkt, wie Adolf Geiger nach hinten geschlichen war, wo die Gläser mit dem Tuschwasser standen, um ihm eine Ladung davon in die Höhlung seines Stuhles zu kippen. Wegen der Dichte des Hosenleders hatte es ein Weilchen gedauert, bis das Opfer etwas gemerkt hatte.

»Wer war das?« fragte Kuno.

»Niemand«, antwortete ihm Utz Niederberger mit einer Ernsthaftigkeit, gegen die nicht anzukommen war. »Bimbo ist nämlich Bettnässer, Herr Norenz, und immer wenn es dunkel wird, dann geschieht es eben.«

Kuno nickte geistesabwesend, diese »Feuerzangenbowlen«-Kindereien interessierten ihn nicht. Erhaben ließ er seine Pennäler ins Leere laufen. »So … Na gut … Lassen Sie's trocknen. Kommen wir nun zur Grabkammer. Für das Leben im Jenseits benötigte der Tote Früchte, Wein und Brot. Also mußte man die Pyramiden auch mit einer Vorratskammer ausstatten. Eine solche wollen wir uns nun einmal näher betrachten...«

War die Bildende Kunst eine Insel der Seligen, so war die Doppelstunde, die nun folgte, ein Ausflug in die Hölle. Laßt alle Hoffnung fahren, dachte Manfred, denn Schwanebeck kam schon mit einem Tobsuchtsanfall in die Klasse gestürzt.

»Wer hat den Stuhl von Fräulein Christen präpariert!?« brüllte er, feuerrot im Gesicht, mit einem breiten Bauernschädel, der jeden Augenblick zu platzen schien. Und nicht nur Manfred fürchtete, daß ihm dann das Blut aus seiner Schußwunde, seinem Loch in der Stirn, herausschießen würde. Sie alle duckten sich.

Nur Henriette Trettin wagte es, ihn anzusehen. Das lag nicht nur an ihrem Mut, sondern auch daran, daß sie mit Nachsicht rechnen konnte, weil sich ihr Vater, der auch Lehrer war, und Schwanebeck vom Studium her kannten.

»Es war ein Unfall, Herr Schwanebeck, der Stuhl war alt.«

»Nun auch du, meine Tochter!« schrie er, und sie sahen, daß sich weißer Schaum auf seinen Lippen zeigte.

Dirk Kollmannsperger war unwillkürlich Schillers *Bürgschaft* in den Sinn gekommen, und so brummte er: »Was wolltest du mit dem Stuhle? Sprich! Entgegnet ihm finster der Wüterich...«

»Was haben Sie geltend zu machen, Sie...! Sie...!?«

Dirk Kollmannsperger schwieg lieber, denn er wußte, daß sie ihn mit einer Fünf in Deutsch gnadenlos sitzenbleiben ließen, mochte man auch in den naturwissenschaftlichen Fächern als Genie dastehen.

Statt seiner sprang Gunnar Hinze in die Bresche, war das als oftmals wiedergewählter Vertrauensschüler der Klasse auch schuldig. »Wenn ich mir die Bemerkung erlauben darf, Herr Schwanebeck, dann hat doch Fräulein Christen gar keine Anzeige erstattet... sozusagen... gegen uns...«

»Sie hat sich nicht getraut, sie ist viel zu gutmütig dazu, sie stellt sich ja vor jeden Lumpen. Richte nicht, auf daß du nicht gerichtet wirst. Aber ich folge ihr da nicht, ich will die Wahrheit wissen: Wer hat den Stuhl so präpariert, daß er zusammenbrechen mußte!?«

Alle schwiegen sie. Es war so still, daß man hinten auf dem Friedhof, der gleich an den Pausenhof grenzte, einen Pfarrer die letzten Worte sprechen hörte. Sie wußten, daß Schwanebeck Himmel und Hölle in Bewegung setzen würde, die ganze Klasse aufzulösen.

Da hatte Peter Junge seine große Stunde. Seine Eltern waren dabei, nach Hamburg zu ziehen und wollten ihn eh von der Schule nehmen und in eine Lehre als Außenhandelskaufmann stecken. Also konnte er sich hier in Neukölln noch einen Abgang verschaffen, von dem sie noch nach Jahren sprechen würden. Da sich ein Onkel von ihm als Regisseur einen Namen gemacht hatte, verfügte er über eine gewisse Neigung zu filmreifen Szenen.

So stand er langsam auf und legte ebenso schlicht wie wirkungsvoll ein Geständnis ab. »Ich war es, Herr Schwanebeck.« Dabei hatte er besagten Stuhl nie in der Hand gehabt.

Da strahlte Schwanebeck, kam auf ihn zugeschossen und riß seinen rechten Arm in die Höhe. »Hurra, du bist der Sieger im Kampf gegen deinen inneren Schweinehund geworden. Ich gratuliere dir! Und zur Belohnung dafür verzichte ich auf jede Sanktion: keine Eintragung ins Klassenbuch, nichts.«

So konnte denn der eigentliche Deutschunterricht langsam beginnen. Zuerst gab er ihnen den Aufsatz zurück, den sie vor zwei Wochen geschrieben hatten. Schwanebeck ging durch die Klasse und warf den einzelnen die schwarzen oder blauen Hefte auf den Tisch. Mit klopfendem Herzen schlug Manfred seins auf. Es gab viel Rot zu sehen ... Einiges las er, einiges überflog er nur:

Würden Sie auswandern, wenn Sie Gelegenheit dazu hätten?

(Unser) Europa war der Schauplatz zweier schwerer Kriege. Durch ihre Folgen wurden viele Teile des Kontinents übervölkert (Ausdruck!). In diesen Gebieten herrschten nun (sehr – übertrieben!) schlechte soziale Verhältnisse. Für Menschen, die unter solchen Bedingungen leben müssen, erscheinen die überseeischen Länder wie Paradiese, und sie glauben(,) (das Komma ist etwas, das schon lange erfunden worden ist!) *dort ein besseres, glücklicheres Leben führen zu können. Hinzu kommt noch die Sehnsucht nach der fernen Welt. (Überflüssig!) Angenommen, ich befände mich in einer solchen Lage, so würde ich mir erst einmal sorgfältig das Für und Wieder (!) einer Auswanderung überlegen ...*
Wir leben in Berlin, abgeschnitten von der freien Welt, (doch) in einer etwas gedrückten Atmosphäre. Das fühle ich besonders, wenn ich an der Zonengrenze stehe und denke, daß zehn Meter weiter schon das Ausland, ja eine andere, für mich verbotene Welt liegt. So möchte ich durch das Auswandern diese Atmosphäre verlassen (dieser A. entgehen). Auch die noch teilweise recht veralteten Sitten und Anstandsregeln stören mich. (Was meinen Sie damit?) Ich glaube, daß sie den Menschen von seinem Mitmenschen entzweien und uns nicht brüderlich zusammen leben lassen. (Dann wissen Sie über das Wesen der Umgangsformen nicht Bescheid! Bespr.) *Ich hoffe nun, mich in fortschrittlicheren Gebieten der Erde freier und ungezwungener bewegen zu können ...*
Nun könnte man sagen (fragen)*, ist es nicht unehrenhaft* (ob es nicht u. sei!)*, das Vaterland in seiner schwierigen Lage allein zu lassen? Aber darauf kann ich nur antworten:* »Kann es uns das Vaterland übelnehmen, daß wir es verlassen, denn (Anschluß) hat es uns nicht die denkbar schlechtesten Lebensbedingungen geschaffen, und wenn wir uns deshalb nach einem anderen Leben umsehen.« (Satz!!! Westentaschenphilosoph!) *Ein anderer Grund* (zwei Gründe folgen!) *ist zweifellos die Unkenntnis der Sprache und die andere Denkweise*

133

der eingeborenen Bevölkerung ... (Gibt es nur »Eingeborene« im Ausland?)

... so gibt es für mich keinen Grund, der eine(r) Auswanderung hindernd gegenüberstehen würde (... stände!). Vielleicht würde mir das Leben in dem fremden Land Enttäuschungen bringen, aber vorerst hoffe ich doch auf ein besseres Leben dort. Viele Einwanderer (Auswanderer) sind in fremden Ländern etwas geworden, und wenn die (sie) es schafften, warum sollte ich es dann nicht auch fertigbringen?

1, 3, 3 Fehler! 3 A! Aufbau klar, Inhalt gut. Die Darstellung muß gewandter werden!

Durchaus befriedigend (III +).

Schw 15. 6. 1953

Manfred schlug das Heft wieder zu. Mit dieser Zensur konnte er zufrieden sein. Trotzdem war er am Ende der beiden Deutschstunden nicht eben glücklich. Das lag zum einen an Bimbo, der rechts neben ihm saß, und zum zweiten an Friedrich Schiller, der in seinen »Räubern« in der 5. Szene des 4. Aktes die Bande singen läßt:

> Stehlen, morden, huren, balgen,
> Heißt bei uns nur die Zeit zerstreun.
> Morgen hangen wir am Galgen,
> Drum laßt uns heute lustig sein.

Bimbo hatte dies nun aufzusagen. Vorher aber wollte Dirk Kollmannsperger noch wissen, was denn »huren« hieße.

»Ein solches Wort gebraucht man bei uns zu Hause nicht.«

Schwanebeck lief rot an, glich Heinrich George oder Emil Jannings, wenn sie zu wüten begannen. »Du willst mich auf die Schippe nehmen, wie!? Hast du nicht schon beim letzten Mal wissen wollen, was eine Metze ist!?«

»Die Metze war ich«, sagte Henriette Trettin, damit ungewollt einen Heiterkeitsorkan auslösend.

»Ruhe!« schrie Schwanebeck.

»Ruhe im Puff«, murmelte Nobiling leise genug.

Doch Schwanebeck hatte es gehört. »Wer war das?«

»Von uns war keiner im Puff«, kam es von hinten.

Schwanebeck sah sich gezwungen, zu einer Kollektivstrafe zu greifen. »Diese Klasse ist so unreif, daß es nie eine Klassenreise geben wird – weder mit mir noch mit einem meiner Kollegen!« Um dies zu unterstreichen, hob er seine Aktentasche hoch und ließ sie auf den Lehrertisch krachen. Damit bekam er sich wieder so weit in den Griff, daß er im Unterricht fortfahren konnte.

»Stier, nun denn!«

Bimbo stand auf und trug die Schiller-Verse vor. Dabei versprühte er infolge eines angeborenen Sprachfehlers beim Z – wie bei einer Viper schoß seine Zunge hervor – viel Spucke in den Klassenraum. Schwanebeck ging dazwischen. »Stier, Sie sprechen mir mal nach: Zacharias Zögerlich zerriß Zita Zimmerlings Zeitung ziemlich zimperlich.«

Bimbo gab sich alle Mühe. »Zßacharis Zßögerlich zßerriß Zßita Zßimmerlings Zßeitung zßiemlich zßimperlich.« Dabei sprühte er wie eine Spritze, mit der man die Blätter eines Gummibaums befeuchtete.

Manfred wischte sich mit dem Ärmel seines Hemdes ostentativ über Stirn und Wange. »Mann, ich hab' keine Dusche bestellt.«

Da drehte Schwanebeck wieder einmal durch. Er stürzte auf Manfred zu, riß ihn vom Stuhl, wirbelte ihn herum und stieß ihn Richtung Tür.

»Sich darüber lustig machen! Du bist ein fieses Kameradenschwein! Raus hier, ich kann dich nicht mehr sehen!«

Den Rest des Deutschunterrichtes durfte Manfred bei Karstadt am Hermannplatz verbringen, wo er sich nach neuem Zubehör für seine Modellbahn umsah, noch mehr Spaß aber an den jungen Frauen hatte, die vor ihm die Rolltreppe nach oben fuhren, waren doch die Röcke in diesem Sommer sehr kurz und sehr weit.

Pünktlich zum Geschichtsunterricht saß er wieder in der Klasse. Der wurde von Frau Dr. Behr bestritten. Für die brauchte man keinen Posten aufzustellen, um ihre Ankunft zu melden, denn da sie ein Holzbein hatte, war sie schon von weitem zu hören, so sehr man auch tobte. Manfred mochte sie, weil sie eine gewisse Ähnlichkeit mit Tante Irma hatte, seiner Patentante. Auch war Geschichte sein absolutes Lieblingsfach. Leider besaß Frau Dr. Behr die Gabe, alles so langweilig zu machen, daß jedem die Lust an ihrer Geschichte verging.

Ohne darauf zu achten, was die Klasse machte, nur für sich selber, begann sie zu dozieren.

»Seine Glanzzeit hatte das Königreich beider Sizilien unter Friedrich II. Danach fiel es an den französischen Prinzen Karl von Anjou, der aber Sizilien 1282 durch einen Aufstand verlor. Seine Nachkommen regierten das Königreich Neapel bis 1435. Sizilien fiel an Aragonien. Alfons V. errang dazu 1442 auch die Herrschaft über Neapel ...«

Manfred, Bimbo und Dirk Kollmannsperger spielten Skat, Dietmar Kaddatz und Gunnar Hinze brachten ihre Schachpartie zu Ende, Carola Keußler übte auf ihrer Flöte, ohne dabei Töne zu erzeugen, Henriette Trettin suchte nach der chemischen Formel von Rübenzucker, Jutta Böhlke strickte, Ingolf Nobiling und Thomas Zernicke ergötzten sich an den Bildern der Miss Germany-Wahl, Detlef Schafstall versuchte, sich eine Apfelspelze aus den Zähnen zu ziehen, andere schrieben Briefe, machten Hausarbeiten oder dösten vor sich hin.

Endlich erlöste sie die Klingel. Schluß für heute! Sie rissen ihre Mappen hoch, stürzten aus der Klasse und eilten auf schnellstem Wege wieder nach Hause.

Oben in der Wohnung angekommen, machte sich Manfred daran, die am Vortag übriggebliebenen Kartoffeln kleinzuschneiden und zu braten. Dabei gab er so viel Sanella in die Pfanne, daß das geschmolzene Fett fast überschwappte. Dennoch blieb die Hälfte der Packung übrig. Schade, damit ließ sich der Kauf eines neuen Margarine-Würfels seiner Mutter gegenüber nicht begründen. Was blieb ihm also übrig, als mit der Sanella zum Klo zu gehen und die Hälfte der Hälfte hinunterzuspülen. Als Fräulein Krahl dann um 15 Uhr wieder öffnete, stürzte er hinunter.

»Einmal Sanella bitte.«

Da sie mit seiner Mutter im selben Sportverein war, TuS Neukölln, bekam er sogar zwei Bilder in die Hand gedrückt: BILD 72 – »Gorillajagd im Urwald« und BILD 52 – »Angriff eines Kaffernbüffels«. Als er dann seine fetttriefenden Bratkartoffeln aß, verschlang er den Text auf der Rückseite der Bilder:

SANELLA-BILDER

Sammelwerk Afrika

(umfaßt 100 Bilder)

Gruppe Mittelafrika Bild 64–79

BILD

72

Gorillajagd im Urwald

Ich weiß nicht, was mehr dröhnte, die kampfes-
lustigen Schläge des wütenden Gorillas auf
seine Brust oder mein wild schlagendes Herz.
Es gehört viel Mut dazu, tapfer zu bleiben,
wenn plötzlich ein solch gewaltiger Urwaldriese
vor einem steht.

Ein schönes Album für diese Bilder mit der vollständigen,
spannenden Geschichte von Jürgen Hansens Afrikareise
erhältst Du bei Deinem Kaufmann für 2,– DM.
Nachdruck verboten.

Es war ein wunderbarer Tag, und er war eins mit sich und der Welt. Dann aber schaltete er das Radio ein, den RIAS, und dachte erst, bevor er begriff, was da geschah, sie sendeten ein Hörspiel, eine fiktive Reportage. Seit Mittag hatten sowjetische Soldaten in der Ostberliner Innenstadt Stellung bezogen, waren ihre Panzer vorgerückt, um eine Kundgebung auf dem Marx-Engels-Platz aufzulösen. Schüsse waren gefallen,

Menschen getötet worden. Am Potsdamer Platz brannten Häuser. Die Grenzen zu den Westsektoren wurden abgeriegelt.

Nun war es aus mit seinem Schmöckwitz.

Manfred lag den ganzen Nachmittag auf dem Boden, hörte zu und trug gleichzeitig mit seinen Halmafiguren und einer kleinen Messingkugel das Punktspiel aus, das über den Gewinn der Berliner Fußballmeisterschaft entscheiden sollte: Union 06 gegen den BSV 92, die »Störche«. Die waren sein Lieblingsverein und gewannen 1:0. Anders als in Wirklichkeit, wo Union 06 vor dem Spandauer SV die Meisterschaft errungen hatte. Danach gab es bei ihm das Städtespiel Berlin–London, und für Berlin kämpften auf dem braunen Bettvorleger seiner Mutter: Schadebrodt; Gaulke, Strehlow; Jonas, Brandt, Wittig; Wax, Graf, Ritter, Horter und H. Schulz. Otto Schadebrodt, der Keeper des BSV 92, war sein Idol. 0:6 hatten die Berliner in der britischen Hauptstadt verloren, bei ihm aber erreichten sie ein leistungsgerechtes 2:2.

Auch als seine Eltern nach Hause kamen, gab es keine Panik.

»Wir sind ja wie ein Bundesstaat der USA«, sagte sein Vater, »da wagt sich kein Russe nach Neukölln rüber.«

Bis zum 12. Juli durfte Manfred nicht wieder nach Schmöckwitz, saß also den Anfang der großen Ferien in der Ossastraße und hatte keine Lust zum Lesen oder Spielen. Alles war furchtbar öde hier. Vormittags hörte er *Rund um die Berolina*, nachmittags den Schulfunk, und abends wartete er auf die Krimi-Sendungen wie »Es geschah in Berlin« oder »Günter Neumann und seine Insulaner«. Am liebsten waren ihm allerdings die Konferenzschaltungen von den Spielen um die deutsche Fußballmeisterschaft. In drei Tagen gab es ja im Berliner Olympiastadion das Endspiel: 1. FC Kaiserslautern gegen VfB Stuttgart. Karten hatten sie keine bekommen, sein großer Traum war nicht in Erfüllung gegangen.

So saß er zu Hause, starrte in den Himmel, von dem er über dem Dach des Vorderhauses einen schmalen Streifen sehen konnte und summte: »Stumpfsinn, Stumpfsinn, du mein Vergnügen, Stumpfsinn, Stumpfsinn, du meine Lust ...« Das wurde auch nicht besser, als er die Werbung im Radio hörte oder in der Zeitung verfolgte.

»Der ideale Einkauf ist die Selbstbedienung – Keine Feier ohne Meyer!« – »Sieg der Leistung: Möbel-Hübner, Berlins größtes Möbelhaus. Sechs Wochen Lieferfrist, aber es lohnt sich zu warten.«

»Mit Rotbart gut rasiert – gutgelaunt!«

Ihm machte es wenig Spaß, sich mit Schaum und Klinge den Flaum von Kinn und Backe zu schaben. Zwischendurch bastelte er an seiner Eisenbahn herum, aber das war nichts für den Sommer. Seine Badehose einpacken und zum Wannsee rausfahren wollte er nicht, dazu war er von Schmöckwitz her viel zu verwöhnt. Diese Menschenmassen draußen an der Havel. Ein Telefon, andere schnell mal anzurufen, hatte keiner seiner Kameraden. Zu essen gab es auch nichts Besonderes. Immer dasselbe jahraus, jahrein: Tomatensuppe, Brühreis oder Brühnudeln, Milchreis mit Zucker und Zimt, Eierkuchen oder Kartoffelpuffer, Falschen Hasen oder Königsberger Klopse, Blutwurst mit Sauerkraut gekocht oder gebraten, Makkaroni mit Zucker und Zimt, Saure Eier mit Quetschkartoffeln, Kotelett, Kaßler mit Sauerkraut, Mohrrüben und Schoten, Erbsen- oder Linsen-Eintopf, Lungenhaschee (»Bismarcks letzter Husten«), Rouladen oder Kohlrouladen, Weiß- oder Wirsingkohl, Kohlrabi, Graupen (»Kälberzähne«), Pellkartoffeln mit Quark (wozu sein Vater noch Leinöl aß) und Brat- oder Matjesheringe. Alles langweilte ihn.

So war er froh, als es klingelte und Bimbo kam. »Kommste mit ins Kino?«

»Was willste denn sehen?«

»›Verdammt in alle Ewigkeit‹.«

»Ja.«

Sie zogen los ins »Ili«. An der Kasse trafen sie zufällig noch Dirk Kollmannsperger und setzten sich in eine Reihe. Als der Film dann lief, löste er in ihnen Emotionen aus, die sie niederwalzten. Der Soldat Prewitt (Montgomery Clift) soll auf dem US-Stützpunkt Pearl Harbor die Boxstaffel seiner Kompanie verstärken, will aber nicht mehr boxen, weil vorher einer seiner Gegner durch seine Schläge blind geworden ist. Man schikaniert ihn daraufhin, und er geht einen langen Leidensweg. Sein Freund Maggio (Frank Sinatra) wird von dem sadistischen Sergeanten Judson (Ernest Borgnine) zu Tode gequält. Prewitt tötet Judson, desertiert und versteckt sich bei einem leichten Mädchen (Donna Reed). Als die Japaner Pearl Harbor überfallen, will er zu seiner Einheit zurückkehren, wird aber dabei erschossen. Das alles raubte Manfred und seinen beiden Freunden den Atem, ließ sie stumm und ergriffen nach Hause gehen. Aber auch die Szene, in der sich Sergeant Warden (Burt Lancaster) und die Frau des unfähigen Kompanieführers (Deborah Kerr) in der Brandung wild-wahnsinnig lieben, ging ihnen nicht mehr aus dem Kopf. Einen solchen Gefühlssturm hätten sie vorher nicht für möglich gehalten. So also war das Leben.

Zu Hause angekommen, legte Manfred sich mit Fieber ins Bett. Seine Eltern tippten auf eine Sommergrippe, doch er wußte, daß es nur die »gefühlsmäßigen Aufwallungen« waren, die ihn niedergeworfen hatten. Er kannte diesen Ausdruck aus den alten Kolportageromanen seiner Schmöckwitzer Oma und gebrauchte ihn gerne.

Schon sollte Frau Dr. Agricola kommen, doch am nächsten Tage war er sehr schnell wieder auf den Beinen. Als nämlich sein Onkel Helmut in die Ossastraße kam und freudestrahlend eine Eintrittskarte schwenkte.

»Für 't Endspiel am Sonnabend!« Er hatte bei seinem Verein, dem BBC Südost, noch eine lockermachen können.

Manfred fiel ihm um den Hals. So konnte er Fritz Walter endlich einmal richtig sehen. Es wurde auch ein großartiges Spiel im Olympiastadion, das sein Favorit, der 1. FC Kaiserslautern, mit 4:1 gewann.

Bald durfte er dann auch nach Schmöckwitz fahren. Seine Oma war zur Volkspolizei gegangen, hatte ihr Mitgliedsbuch gezückt und laut gerufen: »Bin ich deswegen in die SED eingetreten, damit ich meinen Enkel nicht mehr bei mir haben kann!?«

»Es darf kein westlicher Provokateur ...«

»Ein fünfzehnjähriger Junge – sind Sie denn alle meschugge!«

So war es noch ein Weilchen gegangen, schließlich hatte man ihr die Erlaubnis zum Besuch Manfreds gegeben. Vielleicht wegen ihrer Courage, vielleicht auch, weil ihr Bruder Berthold in Friedrichshain ein hoher SED-Funktionär war.

Manfred jedenfalls konnte auch in diesen großen Ferien sein Paradies genießen. Kaum ein Wort hatte für ihn einen solchen Klang von absoluter Erfüllung wie Schmöckwitz.

Anfang September 1953 hatte sich das Leben in Berlin wieder weithin normalisiert. Nur die Fluchtwelle aus dem Osten hielt weiterhin an, und so stand denn auch eines Tages Albert Schirrmeister in der Ossastraße vor der Tür, ein alter Kollege seines Vaters, als der noch beim RPZ gearbeitet hatte, beim Reichspostzentralamt, das nun nach Darmstadt umgezogen war. Mit dem RPZ war sein Vater gegen Ende des Krieges nach Groß Pankow gekommen, einem Dorf an der Bahnstrecke Pritzwalk–Perleberg, und hatte dort mit Albert Schirrmeister und anderen Berlinern Feldposttelefone für den Endsieg entwickeln müssen. Albert Schirrmeister war dann nach dem Krieg in der sowjetisch besetzten Zone geblieben und hatte sich vom Feinmechaniker zum Lehrer umschulen lassen.

Manfred mochte Albert Schirrmeister, der aussah wie eine Kreuzung von Goethe und Einstein, und konnte ihn dennoch nicht riechen. Das lag daran, daß Albert Schirrmeister Knoblauch in solchen Mengen aß wie andere Menschen Schokolade. So wußte Manfred schon bei geschlossener Tür, wer draußen im Treppenhaus stand und klingelte.

»Sie haben mich jeden Tag verhört«, sagte Schirrmeister, »wegen des 17. Juni. Weil ich meinen Schülern erzählt habe, daß nicht der Westen schuld ist am Aufstand, sondern die Ursachen in unserm System selber liegen müssen. Und irgendwann werden sie mich dafür nach Bautzen bringen. Da bin ich lieber gegangen.«

Damit er nicht ins Notaufnahmelager Marienfelde mußte, behielten sie ihn in der Ossastraße. Es waren harte Wochen für Manfred, nicht nur des Knoblauchs wegen. So mußte er bei seinen Eltern im Zimmer schlafen und noch öfter einholen gehen als sonst immer. Wenigstens stieg ihr Sanella-Konsum, und er konnte seine Bilder-Sammlung komplettieren. Erst Ende Oktober bekam Albert Schirrmeister eine eigene Wohnung zugewiesen.

Da auch Albert Schirrmeister wie sein Vater alter »Sozi« war, konnten sie sich jetzt gemeinsam über Konrad Adenauer erregen, denn die CDU/CSU hatte bei der 2. Bundestagswahl am 6. September 45,2 Prozent der Stimmen errungen, während ihre SPD gerade auf 28,8 Prozent gekommen war.

Das erfreulichste Erlebnis in diesem September hatte Manfred, als er endlich seinen Bandwurm loswurde.

Aber noch zwei andere Ereignisse waren von hohem Stellenwert für ihn. Einmal war es den Eltern der 10a nach den Ferien endlich gelungen, die Ablösung Schwanebecks als Klassenlehrer zu erreichen, was denn auch grünes Licht für ihre Klassenfahrt bedeutet hatte. Zum anderen hatte er nach längeren inneren Kämpfen dem Fußball und dem 1. FC Neukölln ade gesagt und war zum TuS Neukölln gegangen, dem Verein seiner Mutter, um dort als Sprinter Karriere zu machen. Aber ob das wohl klappte? Er glaubte es nicht.

So ging er denn am 13. September in weißer Hose und blauem Hemd auf dem Katzbachsportplatz am Fuße des Kreuzbergs ziemlich verunsichert zum Start. Herr Gräbner, der Betreuer der B-Jugend des Vereins, hatte ihn zwar per Handschlag begrüßt, aber sich nicht weiter um ihn bemüht. Und die anderen Jungen schenkten ihm noch viel weniger Beachtung. Obwohl es warm genug war, noch richtig sommerlich, veranstalteten sie einen Riesenwirbel ums Warmmachen und mußten sich wie die großen Asse ewig lange einlaufen. Jeder hatte ein Wehwehchen und ein ganz besonderes Problem mit seinen Spikes, mit seinem Speer oder der Länge des Weitsprunganlaufs.

»So kannst du doch nicht laufen!« Hans-Jürgen Sasse, der

mit 12,4 sec den Vereinsrekord hielt, sah kopfschüttelnd auf Manfreds Turnschuhe hinunter. Die hatte in den Sommerferien der Schmöckwitzer Schuster neu besohlt – mit Resten eines Pkw-Reifens, von »Reifen-Müller« gegenüber organisiert. »Die wiegen ja allein 'n Zentner.«

Manfred nickte. »Ich kann ja barfuß laufen. Ist das bei euch erlaubt?«

»Erlaubt schon, aber ...«

Der Starter rief die sechs Jungen zusammen, die man zum dritten Lauf eingeteilt hatte. Der Wettkampf fand statt im Rahmen der Deutschen Jugend-Mannschaftsmeisterschaft (DJMM), bei der auch die leistungsschwächeren Vereinsmitglieder antreten durften. Und so hatte Gräbner diese Veranstaltung auch für Manfreds Leichtathletik-Premiere ausgewählt.

»Auf die Plätze!« hieß es.

Manfred zitterte. Er fühlte sich unsagbar schwach und außerdem sehr exponiert an dieser Stelle. Alle lachten sie über ihn, über einen, der nicht einmal Turnschuhe anhatte, geschweige denn Spikes, wie alle anderen fünf. Die waren auch durchweg größer, kräftiger und dynamischer als er. Gott, wäre er doch bloß beim Fußball geblieben! Seine Mannschaftskameraden fehlten ihm. So ging er nicht zu seinen Startlöchern, sondern schlich nur. Endlos und feindlich schien ihm die Aschenbahn, das Ziel war kaum noch auszumachen. Steif kniete er nieder und suchte mit den Zehen Halt in den Löchern, die er sich mit einer kleinen Buddelschippe selbst gegraben hatte. Sie waren viel zu weit von der Startlinie entfernt, so daß er sich richtiggehend ausstrecken mußte, um die Hände an die weiße Linie zu bringen. Fast lag er auf dem Bauch.

»Fertig ...«

Er wollte das Gesäß anheben, doch was er da zustande brachte, war bestenfalls ein Liegestütz, und seine Körperspannung ging gegen null.

Als dann der Schuß ertönte, das heißt, als der Starter seine Klappe zusammenschlug, spritzte er nicht aus den Löchern, sondern kroch eher heraus, und die anderen waren ihm schon zwei, drei Meter davongelaufen, als er den ersten Fuß aufsetzte. Sein Impuls, einfach aufzugeben, war riesengroß. *Laß es!* Doch irgendwie juckte es ihn, diese arroganten Arschlöcher vor sich, die mit ihren Spikes, einzukriegen, abzuhängen und von ihrem hohen Roß zu stoßen. So gab er denn Gas, war ja oft genug beim Fußball im Kampf Mann gegen Mann die Außenlinie auf und ab geflitzt, und hatte sie zur Hälfte der Strecke alle eingeholt. Eine Wahnsinnsfreude schoß in ihm hoch: *Ich kann sie alle schlagen, ich bin der Beste!* Und als er das Zielband zerriß, ein überlegener Sieger, war er mit 12,3 sec nicht nur neuen Vereinsrekord gelaufen, sondern auch eine Zeit, die ihn in der Berliner Bestenliste ganz weit nach vorne brachte.

Plötzlich umarmten sie ihn alle, Gräbner wie die neuen Mannschaftskameraden. Jetzt war er der Star, und er genoß es. In der 4 x 100-Meter-Staffel sollte er als Schlußläufer starten, was eine ganz besondere Ehre war. Wollert borgte ihm sogar seine federleichten neuen Spikes.

Fiebernd stand er dann an der letzten Wechselmarke. Die Stabübergabe hatten sie kaum üben können. Außerdem hatte er in den ungewohnten Spikes immer das Gefühl, wie auf Eiern zu laufen.

Da kam Radtke angewetzt. Als Dritter aber nur. BT und Rehberge waren vorn. Manfred lief los, lief und lief und wurde immer schneller – aber keine Spur von Radtke. Der hatte keine Kraft mehr, ihn zu erreichen, und so mußte er abbremsen. Kurz vor der Wechselmarke konnte sich Manfred den Stab gerade noch schnappen. Die anderen aber waren schon auf und davon. Doch er war sich sicher, daß er sie noch kriegen würde, unschlagbar war er heute. Und richtig, bei achtzig Metern hatte er den Läufer der BT erreicht und überholt, und kurz vor der Ziellinie auch den starken Mann vom BSC Rehberge.

Er hörte Gräbner, der mitgestoppt hatte, schon jubeln – »49,5, neuer Vereinsrekord!« –, da passierte es: Er trat mit den ungewohnten Spikes auf die steinerne Umrandung der Aschenbahn, knickte mit dem Knöchel um, schlug lang hin und knallte mit dem Kopf gegen einen abgestellten Kasten mit Kugeln. Die Klassenfahrt ... Ohne mich ..., dachte er noch.

Die 10a hatte sich pünktlich um 8 Uhr vor der Schule eingefunden, und nun standen alle vor dem Bus, um sich noch einmal fotografieren zu lassen, bevor es abging nach Langeleben im Elm. Kuno war der Leiter, und da sich in der ganzen Schule keine Lehrerin gefunden hatte, die – wie die Vorschrift es verlangte – zur Betreuung der Mädchen mitgefahren wäre, hatte sich seine Frau, kugelrund wie er und Tante Emma zum Verwechseln ähnlich, bereit gefunden, ihrem Mann und der guten Sache zuliebe zwölf Tage lang die gemütliche Wohnung gegen ein karges Jugendheim zu tauschen.

Manfred stellte mit dem Stolz des siegreich heimgekehrten Kriegers seine Blessuren zur Schau, humpelte wichtigtuerisch herum und faßte sich immer wieder an die Stirn, ob das große Pflaster auch hielt. Frau Dr. Agricola hatte ihn ohne Bedenken für reisefähig erklärt.

Viele Koffer und Taschen gab es zu verstauen, und die Frage, wer denn nun neben wem sitzen mußte, durfte oder wollte, nahm lange Zeit in Anspruch. Und die einen wollten ganz vorn, die anderen wiederum ganz hinten sitzen, am meisten schrien aber die, denen Kuno und seine Frau die Plätze über den Radkästen zuweisen wollten.

»Wir haben die längsten Beine von allen!« protestierten Dirk Kollmannsperger und Gunnar Hinze.

»Dann die mit den kürzesten Beinen in die Reihe vier!« Kuno versuchte, energisch zu wirken. Natürlich wollte niemand die kürzesten Beine aufzuweisen haben, die Mädchen erst recht nicht.

»Sollen wir mal nachmessen?« ließ sich der Busfahrer vernehmen.

»Au ja!« Thomas Zernicke machte sich schon an Eva Senff zu schaffen.

»Ruhe, es wird gelost.« Kuno fing schon an, ein Blatt seines Aquarellblocks zu falten. Doch zu früh, denn losen wollte keiner, weil das mit Sicherheit alle Pärchen und Grüppchen auseinanderriß.

Erst Dietmar Kaddatz hatte die Lösung. »Immer vier tun sich vorher zusammen, und dann werden nur die Reihen ausgelost.«

Auf diese Art und Weise wurde es 8 Uhr 45, bis der Bus losfahren konnte. Ein paar Mütter waren zum Abschiednehmen gekommen und winkten mit ihren Taschentüchern. Einige hatten feuchte Augen.

»Wer hätte das gedacht, daß das mal klappt!«

»Träum ich oder wach ich?« Henriette Trettin hatte gerade den *Prinzen von Homburg* gelesen. Freiwillig.

Manfred freute sich, ja, aber es war schon ein komisches Gefühl, nun für fast zwei Wochen den anderen ausgeliefert zu sein, und bei ihm kam eine traumatische Angst hinzu: Das alles erinnerte ihn an seine Evakuierung, erst nach Steinau an der Oder, dann nach Zieko in der Nähe von Coswig und schließlich nach Groß Pankow. Aber da war noch mehr, noch Schlimmeres. Er sah sich mit vielen hundert anderen Kindern im Luftschutzkeller schlafen. Das Licht flackerte, oben waren Bomben eingeschlagen. Ob sie nun verschüttet waren?

»Wenn wir zur Grenze kommen, und die Vopos steigen ein, dann prügele ich den windelweich, der Witze über die macht!« Der Fahrer, ein vergnatzter Kommißkopp, dröhnte aus dem Bordlautsprecher. »Ich hab' keine Lust, rausgewinkt zu werden und zwei Stunden zu warten.«

Sie waren alle mit Namen und Nummer ihres behelfsmäßigen Personalausweises in einer Liste festgehalten und bekamen, damit es bei den Vopos schneller ging, ihre laufende Nummer durchgesagt.

»Matuschewski, die vierzehn.«

»Jawoll!«

»Wer die vergißt, kann gleich wieder nach Hause fahren.«

Manfred schrieb sie sich auf den linken Unterarm. Es ging dann in Dreilinden bei der Einreise in die DDR auch alles gut. Bis Helmstedt aber kämpfte er mit dem widersprüchlichen Gefühl, als Deutscher durch Deutschland zu fahren und dennoch im Ausland zu sein. Daß ihr Bus hier auf der Interzonen-Autobahn einfach auf einen Parkplatz fuhr und hielt, weil sie dringend pinkeln mußten, war unvorstellbar, und hätte der Fahrer es wirklich getan, wäre womöglich in einer Kettenreaktion der Dritte Weltkrieg losgebrochen. So jedenfalls seine Phantasien und Ängste. Er beneidete die Jungen in allen Ländern der Erde, vor allem aber die in den USA. Siehe *Im Dutzend billiger* von Gilbreth und Carey, das er immer wieder las. Wenn der Paps dort mit Frank, Bob, Bill und den anderen Kindern im Auto durch New Jersey fuhr, konnten sie halten, wo sie wollten. Überall war das Paradies, nur in Deutschland nicht. Warum war er der Mensch Manfred Matuschewski geworden und nicht Frank Gilbreth oder Robert Carey?

Fünf Stunden Fahrt lagen noch vor ihnen, und die ersten begannen schon zu schlafen. Manfred nicht, er spielte zuerst mit Bimbo Schiffeversenken und dann mit Dirk Kollmannsperger und Utz Niederberger Skat. Als er aber bald 501 Miese hatte und den anderen beiden als Verlierer eine Cola spendieren mußte, verging ihm die Lust an diesem Tun, und er preßte den Kopf nur noch an die Fensterscheibe, ließ die diesige Landschaft an sich vorüberziehen und erfreute sich an den unzüchtigen Bildern, die sich immer dann einstellten, wenn er Jutta, Kathrin und Renate vor sich lachen hörte. Angeregt wurde er noch von Klaus Zeisigs geflüstertem Bericht über den *Kinsey-Report*, den sein Bruder irgendwo aufgabelt hatte.

Laut wurde es erst wieder kurz vor Helmstedt, als sich Kuno in weiser Voraussicht daranmachte, die Zimmer zu verteilen. Vier gab es: Das separate für ihn und seine Gattin und drei »Massenunterkünfte«, zwei Säle für die Jungen und einen für die Mädchen. Die protestierten als erste, denn die Braven wollten nicht mit denen zusammensein, die sich das eine oder andere Abenteuer mit den Jungen versprachen. Auch die zerfielen zwar in zwei ähnlich strukturierte Gruppen – hier jene, die immer strebend sich bemühten, um Abitur und Karriere zu machen, dort die, denen es schnurzpiepegal war, welchen Schulabschluß sie hatten, Hauptsache sie hatten hier und heute ihren Spaß –, doch sie konnten sich ja von vornherein auf zwei Zimmer verteilen. Blieben die wenigen, die zwischen beiden Stühlen saßen – Manfred und Dirk Kollmannsperger zum Beispiel. Sie fühlten sich in der Strebertruppe um Bimbo, Hansi Breuer und Guido Eichborn ebensowenig wohl wie inmitten der Angeber und »Proleten« um Nobiling und Zernicke. Der Bus legte an die 50 Kilometer zurück, bis Kuno die Sache so geregelt hatte, daß keiner mehr keifte. Zum Schluß war es nur noch mit der Drohung gegangen, daß der, der sich nicht fügen wolle, ja nach Hause fahren könne.

Um 14 Uhr 30 passierten sie das alte Königslutter, und ihr Bus hatte sich über gewundene Straßen den Elm hinaufzuquälen. Dann kam die große Enttäuschung, denn Langeleben, ihr Ziel, war nichts weiter als ein öder Weiler und ihr Domizil, das »Falken-Heim«, ein grauer Kasten. Irgendwie hatten sie alle von einem Schloß geträumt.

Als sie dann die Zimmer stürmten, trösteten sie sich damit, daß ja wenigstens alles sauber und gemütlich sei. Aber schon war der Kampf um die Betten entbrannt. Die einen wollten lieber am Fenster liegen, wo die Luft am besten war, die anderen an der Tür, wo es nicht so zog; alle aber wollten auf den Etagenbetten oben schlafen, denn unten bekam man nur den Staub seines Obermannes zu schlucken und mußte dauernd damit rechnen, daß er nach unten krachte. Man schrie, rang miteinander und griff schließlich zum Los. Nur Manfred hatte Glück, denn Bimbo, mit dem er sich das Doppelbett teilen wollte und sollte, ging als einziger freiwillig nach unten, weil er unter immenser Höhenangst litt.

Schon wurde zum Kaffeetrinken geläutet, und sie stürzten in den Speisesaal, um ihre Marmeladenstullen zu fassen. Der Kaffee war natürlich Muckefuck mit Milch.

Danach sahen sie sich ein wenig in der Gegend um. Das einzige, was sie an Langeleben aufregend fanden, war die im Wald versteckte Radarstation der Amerikaner, ihr Ohr nach

Osten. Ansonsten bestand der Ort aus vier bis fünf Bauern-
häusern, eines immer ärmlicher als das andere. Kein Kino,
keine Eisdiele, kein Tanzclub, nichts.

»Und ich hatte mich so auf einen Puff gefreut!« entfuhr es
Dirk Kollmannsperger.

»Wenn Sie Puff spielen wollen, meine Frau macht das
gerne.« Kuno, so liebenswert naiv wie kein anderer Lehrer,
hatte damit für *den* Witz des Tages gesorgt.

Nach dem Abendessen – Wurst- und Käsestullen gab es
und dazu einen Früchte- und Kräutertee der Marke »Rund
um Langeleben« – war erst einmal in der Herbergsküche abzuwaschen, und dann waren sie alle so müde, daß keiner mehr
etwas spielen wollte.

Beim Waschen gab es dann den ersten kleinen Zwischen-
fall, als nämlich Detlef Schafstall als einziger die weiße Unterhose anbehielt.

»Du Sau!« rief Thomas Zernicke. »Schafstall, hier wird
sich überall gewaschen, damit's nicht wie im Saustall stinkt.«

»Wo nichts ist, muß auch nichts gewaschen werden«, befand Nobiling.

»Wenn ihr wüßtet«, sagte Schafstall und kämpfte erbittert
mit denen, die ihm die Unterhose runterreißen wollten.

Kuno, dem der Lärm zu groß geworden war, erschien
schließlich, um ihn zu retten. Sogar das Grundgesetz bemühte
er dabei. »Die Würde des Menschen ist unantastbar.«

»... ist un*er*tastbar«, brummte Dirk Kollmannsperger.

Als sie dann in ihren Betten lagen und Klaus Zeisig beim
Scheine seiner Taschenlampe – das Licht war ihnen um 22
Uhr zwangsabgeschaltet worden – aus seinem Notizbuch
unanständige Witze vorlas, hieß es dann auch immer wieder:
»Hör auf, sonst geht mir meine Würde flöten.« Es war ja mit
einem überraschenden Appell Kunos zu rechnen, und dann
mit fleckennasser Schlafanzughose vor ihm zu stehen, war
kein sehr angenehmer Gedanke. Aber wozu hatte man schließlich seine Taschentücher mitgenommen.

Am nächsten Morgen war Manfred dennoch schon um
halb sieben auf den Beinen, um zu seinem Waldlauf zu starten.

Den wollte er jetzt täglich absolvieren, um in der nächsten Saison unter zwölf Sekunden zu laufen. Der Ehrgeiz hatte ihn gepackt.

Der erste volle Tag ihrer ersten Klassenfahrt begann, und auf den hatten sie sich schon seit fast zehn Jahren gefreut, immer rosig und diffus als Traum. Nun aber ging es los mit dem harten Kampf um die wenigen Leberwurststullen, die am Abend zuvor übriggeblieben waren, und schlimmer noch, da es draußen Schusterjungen regnete: mit einem Aufsatz.

Kuno hielt zu diesem Punkte eine längere Rede, als sie im Gemeinschaftsraum Platz genommen hatten. »Ihr wißt ja, daß während der Aufenthalte in den Schullandheimen auch Unterricht abzuhalten ist, und da eure Leistungen im Fache Deutsch durchweg sehr zu wünschen übriglassen, ist mir von Frau Müller aufgetragen worden, euch einen Besinnungsaufsatz schreiben zu lassen ... Das Thema ist sehr passend: ›Welche Art von Erlebnissen rechne ich zum Gewinn einer Wanderfahrt?‹«

»Das Tischtennisturnier!« rief Peter Junge.

»Das Schachturnier«, ergänzte Dirk Kollmannsperger.

»Die Wanderungen durch den Elm und die Fahrt nach Goslar«, kam es von überall her.

»Ihre Kunstvorträge, Herr Norenz«, gab Bimbo an.

»Schleimer!« Nobiling trat ihm kräftig in die Hacken.

Kuno hob beruhigend die Hände. »Kommt ja alles noch. Wenn ihr den Aufsatz fertig habt, gibt es keinen Unterricht mehr, das verspreche ich euch.«

Trotzdem murrte die 10a und machte keine Anstalten, die Hefte zu holen. Nur Bimbo war schon an der Tür.

»Erst eine Stunde Tischtennis, dann schreiben.« Gunnar Hinze als Vertrauensschüler kam mit einem Kompromiß.

»Na, schön.« Kuno lenkte ein.

Das Tischtennisturnier war für die meisten von hohem Stellenwert, nicht nur, weil als erster Preis von Kuno und seiner Frau ein Kinobesuch für zwei Personen ausgesetzt worden war, sondern auch des Prestigeduells Jungen – Mädchen wegen. Jede Seite hatte ihr As: Irene Schwarz war der Star auf der einen, Uwe Bachmann der Champion auf der anderen Seite. In den Außenseiterrollen sah man hie Renate Zerndt und Dirk Kollmannsperger dort; von Manfred Matuschewski, dem tumben Balltreter des 1. FC Neukölln, sprach niemand. Sie konnten ja nicht wissen, daß er in den Ferien in Schmöckwitz fast jeden Tag endlos lange mit seinen Freunden Jörg und Robert gespielt und trainiert hatte, insbesondere das Schnippeln, aber auch das Ziehen der Bälle mit Vor- wie Rückhand.

Als Turnierleiter und Oberschiedsrichter hatte sich Jürgen Feurich zur Verfügung gestellt. Auf eine Setzliste hatten sie sich im Vorfeld nicht einigen können, und nun spielte jeder gegen jeden. Wer gegen wen und in welcher Reihenfolge hatte Feurich gestern abend ausgelost.

Manfred, auf Feurichs Rangliste die Nummer 30, traf in seinem ersten Match auf Thomas Zernicke, die Nummer 5, der – obwohl auch er in der Ossastraße wohnte – schon seit langem sein Intimfeind war. Da sie für den traditionellen Modus »best of three« nicht genügend Zeit hatten, andererseits aber den ungerechten Zufall bei nur einem Satz ausschalten wollten, hatten sie sich auf etwas geeinigt, was es beim Tennis wie beim Tischtennis an sich nicht gab: ein Unentschieden, das heißt, zwei Sätze waren zu spielen, und ein 1:1 als Endresultat war damit möglich. Manfred hatte beschlossen, am Anfang des ersten Satzes den Tölpel zu spielen. Mit dem Schläger in der linken Hand traf er mal die Wand, mal die Decke, selten aber prallte der Ball auf die andere Hälfte der Platte. Schnell stand es 2:13 gegen ihn.

»Dem hätten wir fünfzehn Punkte vorgeben sollen, damit's spannender wird«, spottete sein Gegner.

»Vielleicht kann ich's mit der anderen Hand besser«, sagte Manfred, machte nun acht Punkte in Folge und hatte bei 19:19 den Gleichstand erreicht.

»Die dümmsten Bauern haben nun mal die größten Kartoffeln!« schrie Thomas Zernicke, als er den ersten Satz schlußendlich mit 21:23 verloren hatte.

Manfred nahm es gelassen hin, entschloß sich aber, den

anderen im letzten und entscheidenden Satz dumm aussehen, »stinken«, zu lassen, wie es in der Boxersprache hieß. Das erreichte er dadurch, daß er seine Bälle ganz extrem anschnitt. Sie sahen kinderleicht aus, aber Thomas Zernicke brachte kaum einen zurück. Die anderen kamen herbeigeeilt und kreischten vor Begeisterung. Langsam aber gelang es Thomas Zernicke, sich auf Manfreds Bälle einzustellen, und er kam noch auf 19:20 heran, so schlecht war er ja nicht.

Manfred hatte seinen letzten Aufschlag, und nun variierte er und erwischte Thomas Zernicke, der wieder einen weichen Kullerball erwartet und schon eine Vorwärtsbewegung eingeleitet hatte, mit einer knallharten Rückhand auf den Körper. Der Ball prallte ihm gegen den Bauch, und alles lachte. Da nahm er seine Kelle und schlug sie derart heftig auf die Platte, daß der Griff abbrach. Damit hatte das Turnier seinen ersten Skandal, denn Jürgen Feurich disqualifizierte ihn mit Kunos Rückendeckung wegen Unsportlichkeit. Manfred feixte und registrierte mit großer Freude, daß sich Renate Zerndt wieder für ihn zu interessieren begann.

Kuno blieb unerbittlich. »Nun den Aufsatz!«

Manfred schrieb, schön gegliedert nach A. Einleitung, B. Hauptteil – B 1. Welche Erlebnisse kann man auf einer Klassenfahrt haben, B 2. Welche sind davon ein Gewinn? – und C. Schluß:

Welche Art von Erlebnissen rechne ich zum Gewinn einer Wanderfahrt?

A

Durch Schulen, Organisationen und Vereine erhalten heute viele junge Menschen Gelegenheit, eine Wanderfahrt zu unternehmen. Diese Fahrten sollen nicht nur eine einmalige Erholung sein, sondern sollen auch den Charakter des Menschen gestalten helfen.

B 1

Eine Wanderfahrt bringt dem jungen Menschen eine Fülle von Erlebnissen. Dabei lernt er Kameradschaft und Gemein-

*schaftsgeist kennen und er sieht, daß er sich in die Gemein-
schaft einordnen muß. Aber er sieht auch, daß der Egoismus
immer wieder durchbricht. Bei Wanderungen erlebt er die
Natur, und bei Nachtwanderungen begreift er die geheim-
nisvolle Weite des Weltalls. Bei Begegnungen mit den Ein-
wohnern sieht er die verschiedenen Sitten der Volksstämme.
Überhaupt wird ihm die geographische Beschaffenheit des
Gebietes bekannt.*

B 2
*Ich glaube, alle Erlebnisse einer Wanderfahrt bringen einen
Gewinn, ob sie nun negativ oder positiv sind, denn die posi-
tiven Erlebnisse sollen als Ansporn dienen und die negativen
abschrecken. Der Einzelne erlebt, daß er sich der Gemeinschaft unterordnen muß, um in ihr bestehen zu können. Er
erlebt die Kameradschaft, sieht aber auch, daß bei den Kameraden oft der Egoismus durchbricht, und daß er in diesen
Augenblicken auch nur an sich selber denken muß, um nicht
benachteiligt zu werden. Der junge Mensch erlebt, wie hungrige Freunde beim Anblick einer gefüllten Suppenschüssel zu
Wölfen werden – und wenn er nicht mitmacht, steht er mit
hungrigem Magen da.*
   *Die Wanderfahrt ist also eine gute Vorbereitung für den
Lebenskampf. Bei Wanderungen lernt der junge Mensch das
Heilige, das Göttliche der Natur kennen. Er denkt daran,
warum die Menschen nicht glücklich in diesem Paradies leben
können, sondern in Fabriken sitzen müssen und Vernich-
tungswaffen, Atombomben, herstellen. Wenn er dann aber
einen zerfleischten Hasen am Weg liegen sieht, dann merkt
er, daß der Mensch das Grausame von derselben Natur bekommen hat. Noch erkenntnisreicher ist vielleicht eine Nacht-
wanderung. Beim Anblick des Sternenhimmels merkt der
junge Mensch, daß er nur ein kleines Staubkorn in dieser Un-
endlichkeit ist, und er kann es nicht in sich aufnehmen, daß
diese Millionen von Weltkörpern ohne zusammenzustoßen
im Weltraum kreisen. Hat er diese Größe verstanden, so wird
er sich später nicht um ein gefundenes Pfennigstück streiten.*

Neben diesen charakterbildenden Erkenntnissen kann der junge Mensch auch seine fachlichen Kenntnisse weitgehend erweitern. Beim Begehen eines Steinbruchs lernt er den geologischen Aufbau des Gebiets kennen und beim Besuch eines Bauernhofes sieht er die Lebensgewohnheiten der Einheimischen. Bei großen Wanderungen lernt er außerdem die Bodengestaltung der Erde kennen, er untersucht Bäume und Pflanzen und beobachtet die Tiere. Auch technische Dinge kann er in bestimmten Gebieten betrachten. Eine Wanderfahrt bietet dem jungen Menschen also reiche Lernmöglichkeiten.

C
Wegen der Erringung der vielen Erkenntnisse und der vielen lustigen Erlebnisse wird eine Wanderfahrt immer ein schönes Erlebnis sein.

Nachdem sie ihre Hefte alle abgegeben hatten, ging es zum Mittagessen. Auf der Speisekarte standen heute Kartoffelpuffer mit Apfelmus.

»Und wenn sich Tisch und Bänke biegen, wir werden den Fraß schon runterkriegen«, sagte Adolf Geiger, und es gab, da der Herbergsvater es gehört hatte, einigen Ärger. Der Nachtisch entfiel.

Feste Plätze gab es nicht, und so saß Manfred durch Zufall zwischen Kuno und Renate Zerndt, stocksteif und befangen. Alle wußten, daß sie von Uwe Bachmann nichts mehr wissen wollte und Bimbo gegenüber angedeutet hatte, daß es nur einen für sie gebe: ihn, Manfred. Sie trug eine geblümte, sehr knapp sitzende Bluse und hatte ihre Beine so auseinandergestellt, daß der weiße Rock weit zwischen ihre Schenkel fiel. Bei Manfred kribbelte es, und er gab sich alle Mühe, sie nicht wahrzunehmen. Voll Hingabe hörte er zu, wie Kuno über die italienische Malerei dozierte, das Quattrocento. »Fra Angelico, die Verkündigung. Es heißt, daß er kniend malte. In seinen Händen löste sich die Malerei in Überirdisches auf ...«

Renate Zerndt stieß Manfred an. »Kannst du mir mal bitte den Zucker rübergeben.«

Der stand jenseits von Kunos Platz, und Manfred beugte sich weit nach rechts, um die Zuckerdose fassen zu können. Dabei rutschte er ein wenig weg, machte mit dem linken Arm eine heftige Ruderbewegung und stieß dabei Kunos himbeerrote Limonade um. Die ergoß sich nicht nur auf den Tisch, sondern auch auf die Hose des Lehrers. Alle klatschten Beifall. Kuno selbst stand zwar auf, um den Schaden zu begrenzen, blieb aber ansonsten der Stoiker, als den ihn alle kannten.

Dafür aber begann seine Frau leicht hysterisch zu jammern. »Heiner, deine letzte helle Hose! Wären wir doch bloß zu Hause geblieben!«

»Man kann's ja rausreiben«, sagte Manfred und hatte schon sein Taschentuch herausgezogen, um sich ans Werk zu machen.

»Sieht aus wie bei Nero und seinem Lustknaben«, sagte Dirk Kollmannsperger so lakonisch, wie nur er es konnte.

Daraufhin riß Frau Norenz ihren Mann von Manfred weg und führte ihn zum Hosenwechsel nach oben.

Als sie sich vom Mittagstisch erhoben, ging gerade der nächste Wolkenbruch nieder, und ihre erste Wanderung fiel damit buchstäblich ins Wasser.

Erst am nächsten Morgen war das Wetter wieder schön, und sie konnten sich nach dem Frühstück, satt von der Milchsuppe mit reichlich Mehlklüten darin, endlich in Bewegung setzen. Nach Schöppenstedt sollte es gehen, der Eulenspiegel-Stadt. Bald hatte sich die Gruppe weit auseinandergezogen. An der Spitze rasten die Jungen, Gunnar Hinze vor allem, und hinten trödelten die Mädchen, von denen Henriette Trettin am lauffaulsten war.

»Am liebsten würdest du dich in einer Sänfte tragen lassen«, befand Dirk Kollmannsperger, der sich zusammen mit Guido Eichborn, Dieter Manzke und Thomas Zernicke ritterlich um ihre Gunst bemühte. Seit Beginn der Klassenfahrt ließen sie keine Stunde verstreichen, um sich nicht mit Wortwitz und kleinen Neckereien gegenseitig auszustechen.

»Eine Sänfte – gute Idee. Dann baut mir doch eine.«

Gesagt, getan. Bei der ersten kleinen Rast entdeckten sie einen Hochsitz, den der Sturm umgeworfen hatte, und benutzten die Pfähle und Bretter zum Bau einer Trage. Auf die setzte sie sich dann, die vier Jungen trugen sie hoch auf ihren Schultern durch den Wald.

»Wenn du ein Kavalier wärst, würdest du mich ganz alleine tragen«, sagte Renate Zerndt zu Manfred.

Da vergaß er alle Hemmung, bückte sich und wartete, bis sie wie ein Kind auf seinem Rücken saß.

»Hü!« sagte sie, und er trabte los.

So erreichten sie Schöppenstedt bei bester Laune, und auch der Museumsbesuch machte noch Spaß.

Eine alte Lehrerin führte sie und verwies auf die erste Seite im Eulenspiegel-Buch, mit dem sie alle aufgewachsen waren: »Hier steht es geschrieben: ›Im Dorfe Kneitlingen beim Elmwald im Lande Sachsen, da ward Eulenspiegel geboren.‹ Ja, und er ist der größte Schalk geworden, den wir in Deutschland jemals hatten.«

»Von Konrad Adenauer einmal abgesehen«, sagte Manfred unter dem Gelächter der Neuköllner.

Insoweit war es sehr lustig, obwohl ihnen langsam die Beine weh taten, vom Gehen wie vom Stehen, die Stimmung schlug aber um, als Kuno die Schöppenstedter Kirche als Aufhänger nahm, um ihnen in seiner langatmig-umständlichen Art einen Vortrag über den »Sakralbau in den verschiedenen Epochen der europäischen Geschichte« zu halten: Romanik, Gotik, Renaissance, Barock und Klassizismus.

»Der Mensch der Romanik erscheint uns unkompliziert, sehr wehrhaft und ohne Pathos. In seinem Weltbild ist die Macht des Kaisers das Abbild der Allgewalt Gottes. Und so sehen die monumentalen Kirchen, die Gottesburgen, den trutzigen Ritterburgen sehr ähnlich. Mit dem Niedergang des mächtigen Kaisertums wird auch die Baukunst eine andere: sie wird leichter, feingliedriger ...«

»So feingliedrig wie Henriette?« fragte Dirk Kollmannsperger.

»Wie ...?« Kuno war irritiert, und seine Frau versetzte

Dirk Kollmannsperger einen Klaps auf den Allerwertesten.
»Ja, also, die Gewölberippen ...«

Nun war auch Guido Eichborn nicht mehr zu halten, wirbelte Henriette herum und fragte den Kunsterzieher, ob man deren Gewölberippen wohl mal genauer sehen könne.

Da erhob Frau Norenz warnend ihre Stimme. »Wer stört, der fährt nach Hause. Heiner, fahr bitte fort.«

»Am besten in die Hölle«, brummte Dirk Kollmannsperger.

Kuno aber ließ sich nicht verdrießen und spulte ohne Rücksicht auf Verluste alles ab, was er vorbereitet hatte. Erst nach genau 16 Minuten und 14 Sekunden, Gunnar Hinze hatte mitgestoppt, kam er zum Ende. »Der nüchternen, verstandesbetonten Haltung der Aufklärer entspricht in der Kunst der Klassizismus ...«

Zum Glück war die Kirche selbst geschlossen, und Kunos Vortrag über deren Altar und Apsis blieb ihnen für heute erspart. Nur Bimbo bedauerte dies, trug aber seinen Wunsch nach mehr Belehrung nicht mehr vor, nachdem ihm Nobiling kräftig in den Hintern getreten hatte.

»Herr Norenz, wir verdursten!« kam es von allen Seiten, und Kuno konnte sich seinem Volk nicht länger widersetzen: Es wurde Einkehr gehalten, wie er das nannte. Manfred gönnte sich eine Coca für 30 und einen Kaugummi für 5 Pfennige. Alle seine Ausgaben hielt er abends in einem kleinen Büchlein fest, und da stand dann beispielsweise: 2x Brause 0,60 – 1x Sahnebonbons 0,10 – Spielautomat 0,20 – Karte, Briefmarken 0,50. Fast alle nutzten die Pause in Schöppenstedt, um Postkarten nach Hause zu schreiben.

Manfred hatte da seinen Standardtext: Liebe Tante Martha und lieber Onkel Erich! (Liebe Tante Claire ... Liebe Frau Neutig und lieber Herr Neutig ... Lieber Herr Gräbner ...) Von einer Klassenwanderfahrt in den Elm bei Königslutter möchte ich Euch (Ihnen) die herzlichsten Grüße senden. Euer (Ihr) Manfred. Bei Tante Claire wurde noch der Dank für die fünf DM hinzugefügt, die sie ihm spendiert hatte.

Nur Curt, sein Cousin über zwei Ecken, bekam ein paar

Zeilen mehr: Lieber Kurt! (Daß der sich mit C vorne schrieb, vergaß er immer wieder.) Ich möchte Dir von einer Klassenfahrt in den Elm bei Braunschweig herzliche Grüße senden. (Daß Curt Königslutter kennen könnte, glaubte er nicht.) Uns gefällt es hier sehr gut. Essen und Landschaft stellen uns außerordentlich zufrieden. Besonders gefreut habe ich mich darüber, daß Du im Sommer wieder nach Schmöckwitz kommen willst. Ich möchte mich auch noch nachträglich für Euer Geburtstagsgeschenk bedanken, über das ich mich sehr gefreut habe. (Das war nun allerdings schon vor mehr als einem halben Jahr gewesen …) Für meine Eisenbahn kann ich immer was gebrauchen. Dein Manfred.

Nachdem sie diese Pflichten alle erfüllt und ihren Durst gestillt hatten – das Geld für einen kleinen Imbiß hatte keiner von ihnen –, ging es nach Langeleben zurück. Dabei hatten die Jungen noch ein Erlebnis ganz besonderer Art. Da sich nämlich ihre Führer, Kuno wie Gunnar Hinze, in der Richtung irrten, verliefen sie sich ein wenig und standen schließlich vor der Alternative, einen etwas über kniehohen Bach zu durchwaten oder einen Umweg von drei Kilometern in Kauf nehmen zu müssen.

»Das halt' ich nicht mehr durch, ich kann nicht mehr!«

»Ich hab schon Blasen an beiden Füßen!«

»Und Schafstall hat sich 'n Wolf gelaufen.«

»Rüberschwimmen!«

Volkes Stimme war nicht zu überhören, aber Frau Norenz fürchtete doch sehr um die Sittlichkeit, die zu wahren sie mitgefahren war, denn keiner hatte Badehose beziehungsweise Badeanzug mitgenommen, auch wollte sie vermeiden, daß die Meute der Schüler, wenn die Hosenbeine hochgekrempelt wurden, die Krampfadern ihres Mannes sah.

»Es wird gelaufen!« rief sie und fügte hinzu: »Gelobt sei, was hart macht.«

Das gab Dirk Kollmannsperger Gelegenheit zum größten Lacherfolg des Tages: »Darum möchte ich ja auch sehen, wie Henriette sich entkleidet.«

Nun begann wiederum ein langes Palaver, denn abgesehen

von den moralischen Bedenken war es schon Herbst und kaum wärmer als 15 Grad, und wenn man da stundenlang in nassen Sachen durch die Gegend lief, war einem eine Grippe sicher. Andererseits hatte Heiner Norenz ein reichlich schwaches Herz, litt auch ständig unter Asthma, und mochte sich die zusätzlichen Kilometer nicht noch aufbürden. Wenn sich nun aber einige der Eltern aufregten und sich bei der Rektorin beschwerten, daß er ihre Töchter zum öffentlichen Nacktbaden gezwungen hätte, dann war das auch sehr übel. Er dachte erst ein Weilchen nach, dann sah er Gunnar Hinze an, der der Längste war. »Freiwillige vor. Du siehst einmal nach, wie tief das Gewässer wirklich ist.«

»Zu Befehl, Herr General!« Der Vertrauensschüler zog sich Schuhe und Strümpfe aus, krempelte sich die Hosenbeine hoch und stieg vorsichtig ins Wasser, wobei er von allen lautstark angefeuert wurde. Da ihm die Fluten nicht einmal die Knie benetzten, winkte er die anderen heran. »Los, mir nach, es ist nicht so tief!«

»Das geht trotzdem nicht«, meldete sich Dietmar Kaddatz von hinten zu Wort.

»Wieso?« Kuno sah ihn zweifelnd an.

»Sie kennen doch sicherlich Heraklit: ›Man kann nicht zweimal in denselben Fluß treten.‹ Was heißt, das jetzt schon ein gefährliches Loch an der Stelle sein kann, wo eben noch...«

»Das gilt nur für Flüsse und nicht für Bäche«, entschied Kuno schnell. »Also los.«

Manfred gehörte zu den ersten, die es wagten, und er hatte nun den unendlichen Genuß, Bilder zu sehen wie sonst nicht einmal im Film: Wie die Mädchen ihre Röcke schürzten und ihre Schlüpfer sehen ließen. Mit Manfred stöhnten alle Jungen, die vorangegangen waren und schon am anderen Ufer saßen.

»Jetzt versteh' ich auch Laotse«, sagte Dietmar Kaddatz, der in seiner freien Zeit viel Philosophisches las.

»Wieso?«

»Na: ›Das Glück wohnt immer am anderen Ufer.‹«

Nun stand nur noch Frau Norenz auf der anderen Seite des Baches und weigerte sich, ihrem Manne und der 10a auf dieselbe Art und Weise nachzufolgen.

»Ich muß doch bei der Klasse bleiben, Frieda!« rief ihr Mann hinüber.

»Ich bleibe hier und nehme den Umweg in Kauf.«

»Frieda, du kannst doch nicht alleine gehen!«

»Doch.«

»Nein, ausgeschlossen.«

Nach einigem Hin und Her hatte dann Dietmar Kaddatz die rettende Idee: »Gunnar und ich gehen mit ihr mit – als Geleitschutz.«

»Für die alte, aufgetakelte Fregatte«, brummte Nobiling.

So geschah es dann auch, und zum Kaffee waren sie glücklich wieder in ihrer Herberge zurück. Anschließend ging es in den Tischtennisraum hinunter.

Manfred hatte schon gegen mehrere schwächere Gegner gewonnen und rang nun auch in einem wahren Krimi Irene nieder, die große Favoritin. 21:19 und 24:22 hieß es am Schluß. Im zweiten Match des Tages kam dann das, was er ebenso erhofft wie gefürchtet hatte: Renate Zerndt stand auf der anderen Seite der Platte, und ihre Blicke signalisierten klar und deutlich, was sie von ihm erwartete: Wenn du mich liebst, dann läßt du mich gewinnen. Das ging ihm nun völlig gegen den Strich, denn sein Ehrgeiz wie sein ausgeprägtes Gefühl für Fairneß ließen es recht eigentlich nicht zu. Aber der Preis war verlockend genug ... So quälte er sich bei jedem Ball um eine klare Entscheidung und verlor den ersten Satz tatsächlich wegen vieler Flüchtigkeitsfehler. Dann aber im zweiten Satz hatte er alles wieder voll im Griff und verschlug, schon mit 19:14 in Führung liegend, mit Absicht Ball um Ball, auch den, als es 19:20 gegen ihn stand. Sie fiel ihm jubelnd um den Hals. Er genoß ihre Umarmung, konnte aber sein schales Gefühl auf lange Zeit nicht unterdrücken.

Nach dem Abendbrot – diesmal mit drei Stullen für jeden: eine mit Schmalz, eine mit Käse und eine mit Hackepeter –

folgte dieselbe Prozedur wie jedesmal zwischen sieben und zehn: Erst das Schachturnier, dann Kunos Kunstvortrag.

»Verweilen wir heute noch einmal bei der italienischen Malerei und wenden uns mit besonderer Sorgfalt einem der Genies zu, die die Malerei wahrhaft revolutioniert haben. Ich meine damit den großen Caravaggio, Michelangelo Amerighi Caravaggio, zwischen 1560 und 1565 in der Nähe von Bergamo geboren ...«

»Hat sich aber lange hingezogen die Geburt«, merkte Dirk Kollmannsperger kritisch an. »Fünf Jahre ...«

»Die Zeugung auch so lange?« wollte Peter Junge wissen.

»Psst!« machte Frau Norenz.

Kuno ließ sich durch nichts beirren. »Caravaggio bricht mit der früheren Malerei und formt einen neuen Stil: den ›tenebrismo‹, der nicht nur auf die italienische, sondern auch auf die französische, spanische und holländische Malerei von großem Einfluß war.«

»Besser Einfluß als Ausfluß«, stellte Nobiling fest.

»Sollen wir das alles mitschreiben?« fragte Bimbo.

»Das nun nicht!« schnauzte Frau Norenz los.

Kuno rückte seine Brille zurecht und blieb milde. Sein Lächeln hätte selbst Buddha neidisch werden lassen. »Wir wollen uns nun ein Werk Caravaggios näher ansehen, sein Gemälde *David besiegt Goliath*, dessen Druck ich hier aufgehängt habe. Wie sehr oft bei ihm, ist auch diese Szene durch einen starken Licht-Schatten-Kontrast charakterisiert. Während sich das Haupt Davids im Schatten befindet, ist der Körper stark beleuchtet. Schauen wir noch einmal genauer hin ... Ist das wirklich Caravaggio – oder ist das nur ein Bild aus seiner Schule?«

Es war für die meisten – Bimbo, Henriette Trettin und Dietmar Kaddatz ausgenommen – die reinste Qual. Jedes Wort, im zu kleinen Raum zu laut gesprochen, schmerzte so, als würde es im Hirn kleine Explosionen geben, und dennoch wurden sie müder und müder. Wenn aber jemand am Einschlafen war, kam Frau Norenz zu ihm hingeschlichen und weckte ihn mit einer Kopfnuß wieder auf. Für sie war es ein

161

fürchterliches Sakrileg, den Worten ihres Mannes nicht mit vollster Hingabe zu lauschen.

Manfred hielt sich dadurch wach, daß er immer wieder Blicke mit Renate tauschte. Das war es also, was man Liebe nannte, dieser Rausch, dieses Gefühl, nicht leben zu können, wenn man nicht pausenlos in der Nähe eines anderen Menschen war. Zugleich aber erfuhr er noch etwas anderes, etwas, daß sehr bestürzend für ihn war. Als er nämlich Erika Jahn betrachtete und wieder das Bild vor sich sah, wie sie beim Durchwaten des Baches ihren Rock gehoben hatte, da gefiel sie ihm viel besser als Renate, und er wünschte sich ganz heiß, mit ihr eins zu sein und nicht mit Renate. Die zur Freundin zu haben, schloß alles andere aus, und das war kein schöner Gedanke. Wenn der Besitz von A mit dem Verzicht von B, C, D, E, F und so weiter verbunden war, dann war dieses System, so schien es ihm, irgendwie faul.

»Matuschewski, paßt du wohl auf!« Diesmal hatte Frau Norenz ihn mit einer Kopfnuß erwischt, und er mußte wieder so tun, als sauge er Kunos Erkenntnis so gierig auf wie der hungrige Säugling die Milch seiner Mutter.

»Kommen wir nun noch zu El Domenichino, eigentlich Domenico Zampierie, geboren 1581 in Bologna. Seinen Namen ›Dominguito‹ erhielt er wegen seiner geringen Körpergröße. Er war sehr stark von Caravaggio beeinflußt, sollte sich aber auch den Carraccis anpassen, in deren Akademie er eingetreten war. Sehr gefühlvoll ist sein Bild *Das Opfer Abrahams*, das wir uns nun genauer ansehen wollen.«

So ging es Abend für Abend, auch wenn sie vorher stundenlang gewandert waren, zum Tetzelstein und zum Dom nach Königslutter, nach Räbke und nach Süpplingen, wo Kaiser Lothar herkommen sollte, oder mit dem Bus nach Goslar gefahren und noch müder waren als sonst.

Nur einmal gab es eine leichte Variation, als nämlich der Geburtstag von Dirk Kollmannsperger zu feiern war und der sich ein Pfänderspiel wünschte. Als Manfred an der Reihe war, und der Ruf an Dirk Kollmannsperger erging: »Herr Richter, was spricht er, was soll derjenige tun, dessen Pfand ich hab' in meiner Hand?« da entschied er, Manfred habe innerhalb von fünf Minuten draußen am Haus das Abflußrohr bis zur Regenrinne hochzuklettern, sich dort festzuhalten und laut zu rufen: »Es lebe Schwanebeck!« Mit Ausnahme von Bimbo und Henriette, aber auch Manfred, johlten sie alle. »Wenn er das nicht schafft, muß er Renate Zerndt vor aller Augen küssen.« Das wurde mit großem Hallo begrüßt, und Manfred war hin und her gerissen. Er hatte große Angst vor diesem Augenblick, aber noch größere davor, ihn zu verpassen. So kletterte er mal mit aller Kraft nach oben, mal ließ er sich wieder das glatte Zinkrohr hinunterrutschen. Als die Zeit um war, hing er noch einen halben Meter unterhalb der Regenrinne und mußte nun versuchen, Renate einzufangen. Die zierte sich nicht länger als drei Runden um den großen Tisch, dann sank sie hin, das heißt, sie stellte sich in Positur. Manfred lief rot an und wünschte sich auf einen fernen Planeten. Als er dann ihre Lippen berührte, war das auch kein anderes Gefühl, als wenn er seine Tante Claire mit einem kleinen familiären Küßchen begrüßte. Hinterher kam ihm der leise Verdacht, daß alles nur in der Vorstellung so schön war, wie die Erwachsenen es priesen.

Auch der Abend des 29. September war anders, denn aus Berlin hatte sie die Nachricht vom Tode Ernst Reuters erreicht. Alle schwiegen sie, und Jürgen Feurich weinte sogar. Auch Manfred hatte das Gefühl, als sei sein eigener Vater plötzlich gestorben. Und sie hatten Angst. Was sollte jetzt aus ihnen werden? Ohne Ernst Reuter schluckte doch die DDR die Westberliner. Die meisten schliefen schlecht in dieser Nacht.

Die nächste Hiobsbotschaft traf sie schon am nächsten Morgen, als Frau Norenz in Panik in den Frühstücksraum gelaufen kam.

»Schnell einen Arzt! Mein Mann hat einen Herzanfall erlitten.«

Sie hatten große Angst um Kuno, aber als der Arzt gekommen war, wurde Entwarnung gegeben. »Kein Krankenhaus, nur Ruhe bis zum Rückreisetag.« Das hieß, daß der große

Ausflug nach Braunschweig abgeblasen werden mußte und sie sich nicht mehr weit vom Haus entfernen durften. Denn passierte einem etwas, dann konnte das für Norenz das Ende bedeuten.

Nur das Schachturnier wurde noch zu Ende gebracht, das in Kunos Abwesenheit Dirk Kollmannsperger im Endspiel gegen Dietmar Kaddatz gewann. Manfred hatte im Viertelfinale gegen Kaddatz keine Chance gehabt.

Beim Tischtennis aber sah es anders aus, da stand er im heimlichen Endspiel gegen Uwe Bachmann, der ungeschlagen war und nur durch ein Unentschieden gegen Irene Schwarz einen Minuspunkt auf seinem Konto hatte, er aber wegen seiner Niederlage gegen Renate Zerndt deren zwei, was hieß, daß er heute siegen mußte.

Uwe Bachmann besaß die Schönheit des jungen Jean Marais, dessen Porträtfoto, um Kunden anzulocken, im Schaufenster eines Fotografen in der Sonnenallee hing. Er war kraftvoll wie ein Eishockeyspieler, aber dabei elegant wie ein Torero. Manfred träumte immer davon, so auszusehen wie Uwe, der bisher alle Gegner von der Platte gefegt hatte. Nur gegen Irene Schwarz hatte er einen Satz verloren, dies aber nur, weil er vor lauter Flirten vergessen hatte, sich auf ihren Schläger einzustellen, dessen Schaumgummibelag beim Auftreffen kein Plopp mehr machte. Längere Betrachtungen, wo denn Irene noch überall Schaumstoff haben könnte, hatten ihn vollends abgelenkt. Insgesamt aber galt Uwe Bachmann als unschlagbar.

Manfred hatte ihn in den Runden zuvor sorgfältig studiert und gesehen, daß er sehr schematisch spielte. Nach einem knallharten Aufschlag wartete er, daß der Ball vom Gegner hoch über das Netz zurückgebracht wurde, schmetterte dann mit der Vorhand – und hatte den Punkt auch schon gewonnen. Manfred hatte nur eine Chance gegen ihn, wenn es ihm gelang, ihn aus dem Rhythmus zu bringen und zu längeren Ballwechseln zu zwingen. Zudem borgte er sich, um Uwe zu verunsichern, noch Irenes Schaumgummischläger.

Doch als er dann an der Platte stand, sah er genauso schlecht aus wie alle anderen auch. Die meisten aus der Klasse, auch und vor allem die Mädchen, waren ganz auf seiner Seite und spornten ihn an, doch es half ihm wenig, denn schnell lag er 5:11 zurück.

Was nun? *Du mußt seine Kreise stören!* Doch wie? Zunächst einmal trat er auf den Ball, und ehe ein neuer aufgetrieben war, vergingen zwei, drei Minuten. Dann schrie er bei Uwes Aufschlägen mehrmals »Netz!« und entfachte lange Diskussionen mit Jürgen Feurich, dem Oberschiedsrichter. Schließlich rutschte er weg und mußte sich von Frau Norenz den Knöchel massieren lassen. Dadurch kam er immerhin auf 10:13 heran. Aber er geriet, bedingt durch den weichen Schläger, immer wieder in die Defensive und konnte nur noch reagieren. Da gab es nur noch eins, die letzte Rettung...

»Gebt mir mal meinen eigenen Schläger wieder!«

Und nun setzte er an, Uwe mit dessen eigenen Waffen zu schlagen, das heißt, er peitschte jeden Ball übers Netz und schmetterte auch da, wo er sonst vorsichtig die Rückhand eingesetzt hätte.

»Scheiße!« Damit hatte Uwe Bachmann nicht gerechnet, und es zeigte sich, daß er sich, völlig ungeübt darin, nur schlecht zur Wehr setzen konnte, wenn ihm die Bälle um die Ohren flogen. Ehe er begriffen hatte, was ihm da geschah, war der erste Satz mit 17:21 im Eimer, und auch im zweiten stand es schnell 12:20 gegen ihn.

»Matchball!« rief Jürgen Feurich.

Manfred schlug auf und schaffte es, dem Ball einen solchen Schnitt zu geben, daß Uwes Return weit neben der Platte landete. Er riß die Arme hoch, dann umarmten sie ihn.

»Wo bleibt der Siegerkuß?« rief Dirk Kollmannsperger.

Renate Zerndt ließ sich nicht lange bitten.

Nach diesem letzten Höhepunkt ging es nach Berlin zurück. Im Bus saßen Renate und er händchenhaltend nebeneinander.

Aus dem Bordlautsprecher tönte Wolfgang Sauer, der blinde Sänger: »Glaube mir, glaube mir, meine ganze Liebe gab ich dir, denn mit dir nur wollt' ich glücklich sein, mit dir nur ganz allein!«

Alles, was er sich von dieser Klassenfahrt erträumt hatte, war in Erfüllung gegangen.

Von Schmöckwitz den Amazonas hinab

Manfred hatte sich beim Sprint-Training in der Halle eine Muskelzerrung zugezogen und durfte heute vom Hermannplatz mit der Straßenbahn nach Hause fahren. Hinten an der Hasenheide hatten sie einen Teil des Karstadt-Kaufhauses wieder aufgebaut, wenn auch nicht originalgetreu. Am liebsten wäre er hineingegangen und hätte sich die Modelleisenbahnen angesehen, doch sein rechter Oberschenkel schmerzte zu sehr. Hier in Neukölln waren die meisten Ruinen schon abgeräumt, aber gebaut wurde kaum. Die Häuserfronten kamen ihm vor wie Gebisse, bei denen viele Zähne fehlten. In diese Zahnlücken kamen nun zunehmend Geschäfte, flache Gebäude, oft noch aus Holz. Am Bahnhof Neukölln beispielsweise Kajot. »Zuerst zu Kajot – Kajot gekleidet, flott gekleidet!« In der Innenstadt sah es schlimmer aus. Am Knie, am Reichstag, am Potsdamer Platz, am Halleschen Tor oder am Ende der Tauentzienstraße fuhr man im Februar 1954 mit der Straßenbahn noch immer durch eine Trümmerwüste. Oft, wie zum Beispiel Ku'damm/Ecke Joachimsthaler Straße, gab es ein »Potemkinsches Dorf«, das heißt, vorne fand man schicke Konditoreien und Geschäfte, sämtlich Flachbauten, höchstens zweigeschossig, und dahinter Schutt und Trümmer. Und das riesige Stahlgerippe des S- und Fernbahnhofs Zoo war weiterhin ohne jedes Stückchen Glas. »So schnell schießen die Preußen nicht«, sagte sein Vater über den Wiederaufbau der Stadt. Manfred nutzte jede Gelegenheit, mit der Straßenbahn durch Berlin zu fahren und zuzusehen, wie alles anders wurde – langsam, aber sicher.

Da die 95 noch immer nicht kam, und er in seiner weinroten Texasjacke mächtig fror, humpelte er noch ein wenig umher, um sich die Schaufenster an der Ostseite des Hermannplatzes anzusehen, Karstadt gegenüber. Auf der Mittelinsel, vor und zwischen den wieder wunderschön restaurierten U-Bahn-Eingängen, standen zwei Züge der 47 Richtung Rudow, beide aus der Neubaureihe TF/B 50 gebildet, von den Leuten ihrer glatten Form wegen auch Panzerzüge genannt. Die sah er sich ebenso gern an wie die Frauen mit ihren hochhackigen Pumps. Seine Straßenbahnen liebte er seit den Tagen, als man ihn im Kinderwagen durch Neukölln geschoben hatte und sie bei den Älteren noch die *Elektrische* war: »Bimm, bimm, die Elektrisch' kommt, mit dem Kontrolleur, und wer nicht bezahlen will, der läuft nebenher.«

Bei Grieneisen, dem Bestattungsunternehmen, ging er schnell vorbei, vor den Fenstern der Bewag verhielt er etwas länger. Ein Kühlschrank wäre schon eine schöne Sache, aber in ihre alte Wohnung paßte ja keiner hinein. Daneben war ein großes Restaurant, das Berliner Kindl, neugierig guckte er hinein. Nun war er vor vierzehn Tagen schon 16 Jahre alt geworden – und hatte noch nie in einem Restaurant wie diesem gegessen. Daß sie bei der Klassenfahrt ab und an in einem Dorfgasthaus eine Brause getrunken hatten, zählte da nicht. Wer aus der Ossastraße kam, aus dem Hinterhaus dazu, der hatte eben keine Chance, hier zu sitzen und zu essen. Aber wenn er das Abitur schaffte, dann … Ja, was dann? Es gelang ihm nicht, sich vorzustellen, daß es nach der Schule, nach dem Abitur noch ein Leben gab. Zur Krankenkasse seiner Mutter zu gehen oder, wie sein Vater, bei der Post seinen Dienst zu versehen, das erschien ihm wie Sklaverei. Immer war ein Aufseher da, der einem sagte, was man machen sollte, und tat man es nicht, bekam man die Peitsche zu spüren, das heißt, man bekam weniger Geld oder wurde rausgeschmissen. Nur in einem Beruf, so schien es ihm, würde er vollkommen glücklich sein: in dem des Straßenbahnfahrers. Aber einen mit Abitur, den nahmen sie doch nicht als Straßenbahnfahrer.

»Dann geh doch von der Schule ab!« hieß es zu Hause

immer wieder. »Quatsch, damit die anderen Ärzte, Ingenieure, Lehrer werden und ich für 'n Hungerlohn die Drecksarbeit mache.«

Seine Zukunftsaussichten schienen ihm nicht die besten.

Da kam ihm ein Glückspilz entgegen: sein Onkel Helmut, Helmut Matuschewski, Halbbruder seines Vaters, und über fünfzehn Jahre jünger als der. Onkel Helmut strahlte, denn er war gesund und munter aus der Kriegsgefangenschaft zurückgekommen, hatte eine Frau und eine Wohnung, verdiente bei der AEG nicht schlecht, schoß sonntags beim BBC Südost seine Tore und fuhr im Urlaub in den Harz. Tante Irma, seine zweite Frau, die so wunderbar kochen konnte, war sauber, adrett und treu, trank nicht, rauchte nicht und war immer fröhlich. Ihr kräftig gebautes Untergestell störte ihn ebensowenig wie ihr leichter Silberblick.

»Na, was lungerst du hier herum?« fragte Onkel Helmut.

»Ich warte auf die Straßenbahn. Und du?«

»Ich bin krank geschrieben.« Und um sein Leiden anzudeuten, hustete er wie ein Lungenkranker aus den Beelitzer Heilstätten.

»Wir suchen einen Anzug für meinen Mann«, erklärte Tante Irma ihm. »Den soll er zum Geburtstag kriegen. Ihr kommt doch Sonntag?«

»Ja, klar.«

Da kam Manfreds Straßenbahn, und er verabschiedete sich schnell, um zur Haltestelle zurückzuhumpeln. Mit einem bißchen Drängeln schaffte er es sogar, seinen Lieblingsplatz – links neben dem Fahrer – zu ergattern. Zwar hatte er nur zwei Haltestellen zu fahren, aber immerhin. Es war etwas Herrliches, dem Fahrer bei der Arbeit zuzuschauen. Nichts faszinierte ihn mehr, als wenn einer das, was er tat, hundertprozentig beherrschte und von charismatischer Selbstsicherheit war. Er bewunderte auch die Verkäuferin beim Konditor, die die Torte in gleiche Stücke schnitt, exakt wie mit einer Maschine gemacht. Oder den Maurer, der immer genau so viel Mörtel auf der Kelle hatte, daß der nächste Stein keinen Millimeter niedriger auflag als der davor.

Fast hätte er sich beim Fahrer der 95, dem sogenannten Funkenkutscher, für die Fahrt bedankt, als er an der Fuldastraße aussteigen mußte. An der Martin-Luther-Kirche vorbei ging es nach Hause. Seine Einsegnung ... Zwei Jahre war das schon her. Unfaßbar. Aber war er denn wirklich konfirmiert worden? *Das ist doch nur Einbildung von dir. Du wärst gerne eingesegnet worden, bist es aber nicht.* In der Ossastraße oben sah er sich nachher die wenigen Bilder an, die etwas geworden waren. Schlüsselkind war er noch immer, strenggenommen, aber jetzt trug er Wohnungsschlüssel und Drücker nicht mehr an einer Strippe um den Hals, sondern hatte sie in seiner Schultasche stecken. Das war sein »umgebauter« Ranzen, von dem sein Vater die Tragriemen abgeschnitten und durch einen ledernen Griff ersetzt hatte. Aber noch immer, wie zu seinen Volksschulzeiten, suchte er die Wohnung nach dem Betreten nach Einbrechern ab. Natürlich war alles in Ordnung, was gab es bei ihnen groß zu holen. Auf dem Küchentisch lag ein Zettel seiner Mutter: »Mach Dir die Brühnudeln warm.« Was hätte er auch anderes erhoffen können.

Nach dem Essen setzte er sich an den Schreibschrank seines Vaters, um Schularbeiten zu machen, vor allem Biologie. Dabei stand ihm sofort ein Bild vor Augen, die letzte Schulstunde heute:

Fräulein Pausin, die Biologielehrerin, hatte ihren Stoff nicht zu Ende bringen können und machte aus der Not eine Tugend, indem sie eine Hausaufgabe formulierte.

»Zum nächsten Mal zeichnen Sie eine Schnecke.«

»Eine fette?« fragte Dirk Kollmannsperger so laut, daß sie es hören mußte.

Fräulein Pausin, von schweinchenfarbener Haut und so vollschlank wie eine Kugelstoßerin aus Moskau oder Wladiwostok, lief rot an, und alle in der Klasse dachten, sie würde nun zur Chefin laufen, um zu verlangen, daß Kollmannsperger von der Schule flog. Doch sie beherrschte sich noch, wenn auch mühsam, wie ihr deutlich anzusehen war, denn sie wußte, daß sie damit nur heraufbeschworen hätte, was sie eigentlich verhindern wollte.

Nun also die Schnecke, die fette Schnecke ... Er nahm sich sein Bio-Buch und machte sich daran, mit schwarzer Tusche das zu zeichnen, was man sah, wenn eine Schnecke aufgeschnitten war: den Eingeweidesack, die Fußdrüse, aus der sie ihren Schleim absonderte, das Napf- oder Blasenauge an der Spitze der Fühler. Das war sehr mühsam und höchst ärgerlich, denn es kostete jene Zeit, die er viel lieber genutzt hätte, um einen Brief an Renate Zerndt zu schreiben, die Ende 1953 mit ihren Eltern nach Wattenscheid verzogen war. »Watten scheiß, dasse weg ist«, pflegte sein Freund Dirk Kollmannsperger zu sagen, wenn er ihm die Ohren vollstöhnte.

Wie immer, wenn er sich mit seinen Schularbeiten herumquälte, lief das Radio, RIAS und NWDR. Schlager, dazwischen Werbung. »Glücksklee macht guten Kaffee besser« – »Players Virginia No. 6 – Rauche – staune – gute Laune« – »Continental R ... der Langstreckenläufer« – »Persil und nichts anderes«. Und immer wieder *Der lachende Vagabund*, Fred Bertelmann: »Was ich erlebt hab, das konnt' nur ich erleben, ich bin ein Vagabund. Selbst für die Fürsten soll's den grauen Alltag geben, meine Welt ist bunt! Meine Welt ist bunt! Ha-ha-ha-ha-ha! Denk' ich an Capri, dann denk' ich auch an Tina ...«

Manfred dachte an Capri und an Rena, an Renate. Jetzt war es Februar, Mitte Februar 1954, und sie hatte sich noch immer nicht gemeldet. Zwei Briefe hatte er schon nach Wattenscheid geschrieben und noch immer keine Antwort bekommen.

Im Biologie-Buch las er etwas, das geeignet war, seine Phantasie anzuregen: »Bei den Weinbergschnecken richten sich die geschlechtsreifen Tiere nach langem Befühlen und Betasten aneinander auf, ruhen Sohle an Sohle, wiegen sich hin und her und schießen sich endlich gegenseitig einen kalkigen Liebespfeil in die Fußsohle.«

Er ließ von der Schnecke ab und machte sich daran, an Renate Zerndt zu schreiben:

Liebe Rena,
warum läßt Du nichts von Dir hören? Ich denke oft an Dich,
vor allem beim Einschlafen ... Wie geht es Dir? In der Schule
sitzt jetzt Detlef Schafstall auf Deinem Platz – und das ist
schon ein Unterschied. Heute hatte ich Angst, daß Dirk von
der Schule fliegt, weil er Fräulein Pausin mit einer fetten
Schnecke verglichen hat. Wenn er so weitermacht, bleibt er
noch einmal sitzen. Sie werden es so drehen, daß er in Deutsch
eine Fünf bekommt. Wenn er weg ist, bekomme ich in Mathe
eine Fünf. Ich lese gerade ein Buch, das ich von meiner Oma
zur Einsegnung geschenkt bekommen habe. Da geht es um
die Entdeckung des Amazonas, und dabei stelle ich mir vor,
wie schön es gewesen wäre, wenn wir im Sommer in Schmöck-
witz gepaddelt wären. Kannst Du nicht in den Ferien nach
Berlin kommen? Gerade ist der Briefträger zum zweiten Mal
heute gekommen, aber es war wieder kein Brief von Dir
dabei. Kannst Du Dich noch daran erinnern, wie schön es
gewesen ist, als wir im Gloria-Palast nebeneinander geses-
sen und den Briefträger Müller *mit Heinz Rühmann gesehen*
haben? Mit wem gehst Du jetzt in Wattenscheid ins Kino,
gestehe es! Ich werde mal hinkommen und es nachprüfen.
Bitte, bitte, schreibe doch auch einmal, sonst ...

Weiter kam er nicht, denn auf dem Flur lärmten seine Eltern,
hatten eben aufgeschlossen. »Manfred, komm mal her,
schnell!« Er rannte hinaus. Seine Mutter war furchtbar aufgeregt.

»Du, wir können 'ne Neubauwohnung kriegen!«

»Wo denn?«

»Hinten an der Treptower Brücke. Die haben schon angefangen zu bauen.«

Sie umarmten sich alle drei und stießen darauf an, daß es
klappen möge. Übermorgen, bevor es zum Geburtstag von
Onkel Helmut ging, wollten sie einen kleinen Umweg machen, um sich alles anzusehen.

Am Sonntag saßen sie pünktlich um neun am runden Tisch
im Wohnzimmer und frühstückten mit Ei und Honig. Der

Vater fühlte sich so wohl dabei, daß er schnurrte wie ein satter Kater, den man streichelt. Sie redeten davon, wie sie sich die neue Wohnung einrichten würden.

»Ich will unbedingt eine Blumenbank haben«, sagte die Mutter. »Und so einen Couchtisch wie Neutigs.« Neutigs waren in allem ihr großes Vorbild, und Gerda Neutig hatte schon einen Nierentisch mit modernen Stühlen und Sesseln und Tütenlampen darüber.

Manfreds Vater wünschte sich eine Kammer für seinen Werkzeugschrank und einen neuen Schrank mit mehr Platz für seine Briefmarkensammlung. »Und eine eigene Badewanne.«

»Da kommst du doch gar nicht alleine rein mit deiner steifen Hüfte.«

»Machen wir eben 'n Flaschenzug ran.«

Manfred konnte es noch gar nicht fassen, daß er nun bald ein eigenes Zimmer haben würde, und er dachte sofort an eine stationäre Modelleisenbahn. Doch als er nach dem Frühstück die ersten Pläne zeichnete, kam Dirk Kollmannsperger, um sich mit ihm im Billard zu messen. Sie holten das Spiel, ein Geschenk Herbert Neutigs, anderthalb Meter lang, hinter dem Schrank hervor, legten es auf den Wohnzimmertisch und schmierten ihre Queues mit blauer Kreide ein.

»Nicht wieder das Tischtuch blau machen«, mahnte seine Mutter.

»Blau machen wir nur am Montag«, sagte Dirk Kollmannsperger.

In drei Disziplinen kämpften sie mit profihaftem Ernst. Neben dem einfachen Karambolspiel, wo der Stoßball nacheinander die beiden anderen Bälle zu touchieren hatte, wenn es zählen sollte, gab es das Einbandspiel, wo der Stoßball vor der letzten Karambolage noch gegen mindestens eine Bande prallen mußte, und das Kegelspiel. Als Dirk Kollmannsperger seinen ersten Stoß ausgeführt hatte, beschrieben die drei Bälle so aberwitzige Kurven, daß selbst er als großer Mathematiker ins Staunen geriet.

»Irgendwie muß sich die Erdanziehung geändert haben.«

»Das Billard hängt mal wieder.« Mit Hilfe einer Wasser-
waage und mehrerer Bierdeckel und Dominosteine schaffte
es Manfred dann nach vielen Minuten, daß alles absolut waa-
gerecht war.

Es wurde ein harter Kampf, und einige Male mußten sie
seinen Vater holen, der zu entscheiden hatte, ob zwei Bälle
»preß« lagen oder nicht. Trotzdem fanden sie Zeit, über all
das zu reden, was ihnen gerade in den Sinn gekommen war,
vor allem über Mädchen, Schule und Sport. Anfang März
stand das 40. Berliner Sechstagerennen ins Haus, und Manfreds Vater war es über die Kontakte eines seiner Störungssucher gelungen, drei Karten zu ergattern.

»Eine davon kannst du haben«, sagte er zu Dirk.

Der freute sich, denn die 39. Sixdays im November letzten
Jahres hatte er wegen einer Angina verpaßt, wußte aber natürlich, daß die Schweizer Paarung Roth-Bucher vor Otto Ziege
und Theo Intra (Berlin/Frankfurt) gewonnen hatte. Von Otto
Ziege schwärmten alle.

»Daß sie das überhaupt erlauben«, sagte Dirk Kollmansperger, »wenn sich da der Ziege und der Intra sechs Tage lang
vor aller Augen paaren ... Das heißt doch Paarung, oder?«

Im Einband, wo sie mit ihren Spielkünsten doch im Schnitt
drei bis vier Aufnahmen brauchten, um einen Punkt zu machen, spielten sie bis 25. Manfred hatte schon 24, Dirk Kollmannsperger erst 22, doch als er zum entscheidenden Stoß
ansetzte, erschien seine Mutter auf dem Plan und schrie auf:
»Die Flusen!«

Durch ihr dauerndes Hin- und Herlaufen hatten sie den
nachgemachten Perserteppich arg strapaziert und mußten
nun die Flusen aufheben und in den Mülleimer werfen. Dadurch kam Manfred aus dem Rhythmus und verlor.

»Glückwunsch!« Mißmutig gratulierte er dem Freund.

»Revanche?«

Manfred blickte auf die Uhr. »Nee, ich muß ...«

Jeden Sonntag vormittag hockte er vor dem alten Radio,
das sein Vater im Krieg mit Bauteilen des Reichspostzentral-
amtes selbst gebastelt hatte. Um 11 Uhr 45 lauschte er Fried-

rich Lufts Sendung *Die Stimme der Kritik* mit dem Neuesten von Bühne und Leinwand und dem Schlußwort: »Bis zum nächsten Sonntag – gleiche Stelle, gleiche Welle – auf Wiederhören«, und wechselte dann um 12 Uhr schnell hinüber zum NWDR, zum *Internationalen Frühschoppen mit sechs Journalisten aus fünf Ländern.* Von diesem Ritual mochte er nicht ablassen, und wenn Dirk Kollmannsperger zum Billardspielen kam, mußte der um drei Viertel zwölf wieder nach Hause ziehen.

Zum Mittagessen gab es heute nur Kartoffelsuppe mit einem Würstchen darin, denn sie wollten sich vor dem Geburtstag nicht so den Bauch vollschlagen, daß sie nachher keinen Hunger mehr hatten.

Dann zogen sie los, um sich den Neubau anzusehen, von dem seine Mutter am Freitag gesprochen hatte. Zuerst ging es den Neuköllner Schiffahrtskanal entlang Richtung S-Bahn-Ring.

»Wo wohnen die meisten Menschen in Deutschland?« fragte Manfred.

»Na, hier in Berlin«, meinte seine Mutter.

»Nein.«

»Dann im Ruhrgebiet«, sagte sein Vater.

»Nein.«

»Wo dann?«

»In Aussicht.«

»Wieso...?«

»Na, das heißt doch immer: Sie haben eine Wohnung in Aussicht. Wir doch auch: hinten an der Treptower Brücke.«

Das regte seinen Vater an, aus Schillers *Glocke* zu zitieren: »Wenn gute Reden sie begleiten, / Dann fließt die Arbeit munter fort. / So laßt uns jetzt mit Fleiß betrachten, / Was durch die schwache Kraft entspringt...« Er konnte das ganze Gedicht fehlerfrei hersagen und war sehr stolz darauf.

Manfred kannte nur die moderne Fassung: »Loch in die Erde, Bronze rin / Glocke fertig: Bimm-bimm-bimm!« Den *Taucher* schob er gleich nach: »Gluck, gluck, weg war er.«

Seine Mutter kannte noch das Original: »›Wer wagt es,

Rittersmann oder Knapp, / Zu tauchen in diesen Schlund? / Einen goldenen Becher werf' ich hinab! / Verschlungen schon hat ihn der schwarze Mund. / Wer mir den Becher kann wieder zeigen, / Er mag ihn behalten, er ist sein eigen.‹«

So passierten sie erst Wildenbruch-Brücke und Park, dann den Elsensteg und sahen am anderen Ufer die Dachpappenfabrik von Deger mit ihrem roten Schornstein liegen. Ringsum waren noch Lauben, die Kolonie »Loraberg«.

»Lora, Lora!« krähte Manfred und spielte Papagei.

»Benimm dich!« mahnte seine Mutter. »Wenn wir mal hierherziehen, da haben ja die Leute gleich einen schönen Eindruck von uns.«

Treptower Straße/Ecke Weigandufer fanden sie dann den Neubaukomplex, den seine Mutter meinte. Das Richtfest war lange schon gefeiert worden, und sie konnten, obwohl es laut Schild streng verboten war, ins Hochparterre hinaufklettern.

»Man muß sich doch mal ansehen, wie das alles geschnitten ist«, fand sein Vater.

»Die Wohnungen sind doch bestimmt schon alle längst weg«, sagte Manfred besorgt.

»Wir kriegen schon eine.« Der frühere Chef seiner Mutter war jetzt Vorsitzender der Gesellschaft, die hier am Bauen war, und hatte ihr versprochen, bei der Vergabe der Wohnungen auch an sie zu denken.

Noch waren die Zimmer kleine graue Waben, und da es im Rohbau weder Fenster noch Türen gab, waren sie bei Minusgraden und heftigem Wind schnell durchgefroren, aber ihrer Begeisterung tat dies alles keinerlei Abbruch. Mit dieser Neubauwohnung stieg man, da waren sie sich sicher, auf vom Bettelmann zum Bürgersmann.

»Wie wollt ihr denn das alles finanzieren?« fragte Manfred.

»Es gibt ja Kredite. Und außerdem verkaufen wir das Faltboot draußen.«

Manfred fiel aus allen Wolken. »*Die Snark?*«

»Vati mit seiner steifen Hüfte kann ja sowieso nicht mehr paddeln.«

»Und ich?« Manfred war den Tränen nahe. »Ich wollte damit in diesem Sommer noch um die Müggelberge rum.«

»Alles hat seinen Preis.«

Sein Vater tröstete ihn. »Da ist ja auch noch das Faltboot von Tante Gerda, der *Rebell*. Wenn du dir den zusammenbaust, der ist viel schneller.«

»Na ja.« Manfred schluckte es.

Sie gingen die Treptower Straße entlang, um in der Sonnenallee in die Straßenbahn zu steigen, die 95, und freuten sich, als sie an einem Kiosk, bei dem man Kugelschreiberminen nachfüllen lassen konnte, ein selbstgemaltes Schild entdeckten, auf dem schön falsch geschrieben stand: »Hier wirt gebaut – wir müsen weichen!« Nebenan entdeckte Manfred das Vereinslokal des 1. FC Neukölln von 1895, und ein Stückchen weiter war ja auch der Hertzbergplatz, der Acker von »95«, auf dem er so oft im Tor gestanden hatte. Aber nun war er ja ausgetreten, um bei TuS Neukölln so schnell zu werden, daß er unter elf Sekunden lief, vielleicht auch deutscher Meister wurde.

»Das wird nun deine neue Heimat werden«, sagte sein Vater.

»War sie ja schon mal ...« Schade, daß er jetzt, wo er gleich neben dem Fußballplatz wohnen würde, nichts mehr davon hatte. Dafür durfte er nun zum Maybachufer, wo die Leichtathleten trainierten, ewig am Kanal entlanglaufen.

Die 95 kam und kam nicht, und das Warten war in der eisigen Kälte eine ziemliche Tortur. Langeweile kam auf.

Manfred zog seinem Vater den Hut über die Ohren und sagte: »HO senkt die Preise.«

Sein Vater hielt ihm den Gummipuffer seines Stockes vor die Nase.

Manfred entriß ihm den Stock. Man mußte sich bewegen, und so kam er auf die Idee, den Stock seines Vaters zu nehmen und zu versuchen, damit – wie beim Baseball – kleine, in die Luft geworfene Eisstückchen zu treffen und möglichst weit in die Gegend zu schlagen. Aber er traf nur jedes dritte Mal, und sein Vater behauptete, es besser zu können. So entspann sich ein kleiner Wettkampf, der leider damit endete, daß sie einem vornehmen Menschen fast den Hut vom Kopfe schossen.

»Proleten!« sagte der nur.

»Man muß sich ja schämen mit euch«, sagte Manfreds Mutter. »Recht hat er.«

Endlich ließ sich die 95 blicken, und sie kletterten hinein, um zur Reuterstraße zu fahren, wo auch die 26 hielt, die seit ein paar Jahren in Kreuzberg endete, am Görlitzer Bahnhof, Spreewaldplatz.

Der Görlitzer Bahnhof stand zwar noch, aber schon seit zwei Jahren fuhren von hier aus keine Züge mehr in den Spreewald hinunter.

»Von hier aus bin ich mit dir immer mit dem Kinderwagen nach Eichwalde gefahren und von dort aus durch den Wald nach Schmöckwitz gelaufen«, konnte sich die Mutter noch erinnern, und der Vater erzählte, wie sie in ihrer Jugend vom Görlitzer Bahnhof aus oft mit dem zusammengelegten Faltboot aufgebrochen waren. »Als wir zurückgekommen sind, hatten wir nur noch einen Groschen in der Tasche, und der hat gerade mal für einen von uns beiden gereicht, für 'ne Fahrt mit der Straßenbahn. Der andere mußte laufen. Und der andere, das war immer ich.«

Manfred hatte das Gefühl, dies alles selber erlebt zu haben. Ob sich solche Erlebnisse vererben ließen? Und lebten nicht in ihm alle Ahnen weiter, war er nicht die Summe aller Matuschewskis, die zwar schon lange in den Gräbern lagen, aber gar nicht wirklich tot waren, weil er noch lebte? Darüber hätten sie in der Schule reden sollen – und nicht über den Eingeweidesack der Schnecke.

Sie kamen durch das Terrain, in dem seine Eltern aufgewachsen waren und noch immer einige Teile seiner Mischpoke, wie sein Vater sagte, wohnten: Die Kohlenoma und Onkel Helmut mit seiner Familie in der Manteuffel-, Onkel Richard und Tante Erna in der Waldemar-, Tante Claire in der Wrangelstraße und Tante Gerdas Schwiegereltern in der Muskauer Straße, da, wo auch sein Vater groß geworden war.

177

Sie gingen unter der Hochbahn hindurch, dem »Magistrats-regenschirm«, und Manfred freute sich mächtig, oben auf dem stählernen Viadukt einen Zug aus alten AI-Triebwagen zu sehen.

In der Emmaus-Kirche auf dem Lausitzer Platz war sein Vater eingesegnet worden, im Jahre 1920. Und immer noch wußte er die Namen der drei Pfarrer, die dort gewirkt hatten. »Schubrig, Braasch und Böhlig. Und wir haben immer gesagt: Schubrigs Arsch is ölig.«

»Herr, bleibe bei uns, denn es will Abend werden.« Manfred las, was über dem großen Portal geschrieben stand. Es klang so, als würde der nächste Weltkrieg mit seinen Atombomben bald losbrechen.

Gegenüber, in der Waldemarstraße hatte Onkel Richard, der große Fußballschiedsrichter, seinen Laden – Zeitungen, Getränke, Süßigkeiten, Schreibwaren und Lotto –, aber er war nicht zu Hause.

»Wahrscheinlich pfeift er irgendwo«, sagte Manfred.

»Hoffentlich noch nicht auf dem letzten Loch«, fügte seine Mutter hinzu, denn es hieß, daß Onkel Richard, der ein Bruder ihres schon 37 gestorbenen Vaters war, gerne einen trank.

Sie kamen zur Manteuffelstraße und sahen linker Hand einen riesigen Trümmerhaufen und Fassadenteile mehrerer Mietshäuser, die so bizarr und schroff in den Himmel ragten, daß sie Manfred an die Felsen erinnerten, die sich bei Luis Trenker in den Büchern fanden.

Sein Vater zeigte hinüber. »Da, in der Nummer 33, da hab ich gewohnt, als ich so alt war wie du, da lag unser Kohlenkeller.«

»Sei froh, daß du nicht verschüttet worden bist.«

Manfreds Kohlenoma wohnte jetzt nebenan in der Nummer 36, und als sie richtig hinsahen, bemerkten sie, daß sie im Fenster stand, um nach ihnen Ausschau zu halten. Sie winkten ihr zu, und sie kam nach unten. Ihr schwarzer Mantel roch noch immer nach Briketts, obwohl sie seit '45 keine mehr verkaufte und auch seit letzten Sommer auf keinem fremden Kohlenplatz mehr arbeiten konnte.

»Mutter, wie geht's?«

»Wie soll's einer armen Rentnerin schon gehen?«

Sein Vater zeigte zur Naunynstraße hinüber. »Da hab' ich gegen die Nazis gekämpft, '33, als Reichsbanner-Mann, und da hätten sie mich fast erschlagen.«

»Ein Wunder, daß du nicht im KZ gesessen hast wie Berthold«, sagte seine Mutter. Berthold war der Bruder seiner Schmöckwitzer Oma, also der Onkel seiner Mutter.

Sie gingen die Manteuffelstraße hinunter, Richtung Osten, denn Onkel Helmut, Tante Irma und Peter wohnten zwischen Wrangel- und Köpenicker Straße.

Als sie die Muskauer Straße kreuzten, zeigte seine Mutter auf das Haus, in dem sie aufgewachsen war. »Bis Otto mich geheiratet hat.«

Manfred kannte die Geschichte. Bei einer Gewerkschaftsveranstaltung hatten sie sich beim Tanzen flüchtig kennengelernt, und als sein Vater sie angesprochen hatte, ob man sich nicht in den nächsten Tagen wiedersehen könne, war von ihr die Frage gekommen: »Wollen Sie länger mit mir gehen?« Und nun gingen sie schon langsam auf die Silberhochzeit zu.

Onkel Helmut wohnte im Hinterhaus, und dieses Gebäude war derart heruntergekommen, daß sie immer sagten, es wäre das »alte Haus von Rocky-Docky«. In das Obergeschoß war eine Bombe gekracht, und man hatte den Einschlag nur notdürftig mit Brettern und Dachpappe abzudecken vermocht. Die Farbe des Putzes war einmal so goldgelb gewesen, wie Manfred es von alten Schlössern kannte, aber nun fehlte der Putz an vielen Stellen und ließ große Flächen grauroten Backsteins erkennen. Viele Scheiben waren blind, und die Fensterrahmen selbstgezimmert.

»Ist das eine Bruchbude«, sagte Manfred, und sie freuten sich doppelt auf ihre Neubauwohnung an der Treptower Brücke.

Drinnen in der Wohnung aber war alles tipptopp, da ließ sich Tante Irma nicht ins Gerede bringen.

Sein Vater gratulierte als erster. »Alles Gute zum Geburtstag, lieber Helmut! Ich wünsche dir alles, was du dir selber wünschst, vor allem Gesundheit. Wachse, blühe und gedeihe.«

»Ich schließe mich meinem Vorredner an«, sagte Manfred.

Onkel Helmut bekam einen Blumenstrauß in die Hand gedrückt und als Geschenk eine Schallplatte, denn man wußte, daß sich die Kreuzberger Matuschewskis eine Musiktruhe mit einem Zehn-Platten-Spieler angeschafft hatten. »Das ist dies Jahr unsere Urlaubsreise.«

Schon hatte Peter die Platte aufgelegt, und René Carol erfüllte das kleine Zimmer: »Sind die weißen Segel gesetzt? Fahren wir jetzt, fahren wir jetzt? Sind die schlanken Boote soweit? Sind sie zur Fahrt bereit? Rote Rosen, rote Lippen, roter Wein und Italiens blaues Meer im Sonnenschein. Rote Rosen, rote Lippen, roter Wein laden uns ein, laden uns ein ...«

Und noch vor dem Kaffeetrinken war die erste Flasche Santa Lucia geöffnet, um auf Onkel Helmut anzustoßen. Von den Erwachsenen tranken alle mit, nur einer nicht, ein nicht eben großer, aber kräftiger Mann Mitte Dreißig, den Manfred nie zuvor gesehen hatte, der aber von Peter mit Onkel Klaus angeredet worden war, also irgendwie dazugehörte und auch sehr sympathisch war.

»Klaus, nun trink doch mal!« rief Tante Irma.

»Ich kann nicht, ich hab nachher noch Dienst.«

»Wo hat der denn Dienst?« flüsterte Manfred.

»Bei der Straßenbahn«, gab ihm Peter Bescheid. »Das ist der neue Mann von Tante Rosi.«

Manfred dankte dem Himmel für dieses Geschenk. Obwohl es nicht sein Geburtstag war. Von nun an hatte er nichts weiter im Sinn, als sich mit Onkel Klaus anzufreunden und zu hoffen, daß er ihn mal vorn in der Straßenbahn mitfahren und an der Kurbel drehen ließ. Um das zu erreichen, ließ er Klaus Reinicke, Onkel Klaus, sogar beim Schwarzen Peter und beim Mikado gewinnen. Sie saßen mit mehreren Cousinen und Cousins von Peter in der Küche, wurden aber immer wieder von den Erwachsenen beim Spielen gestört, denn oft waren die zu faul oder aber – wegen der Ratten oder möglicherweise lauernder Sittlichkeitsverbrecher – zu ängstlich, auf die Außentoilette zu gehen, die sich auf halber Höhe im Treppenhaus befand, und pinkelten dann direkt in den Ausguß beziehungsweise vorher noch ins Töpfchen.

Manfred kam dauernd auf das Thema Straßenbahn zu sprechen, um dem Straßenbahner anzuzeigen, wie sehr ihn alles interessierte, was mit der Tram zusammenhing.

»Stimmt es, Herr Reinicke, daß die T 24, die einen roten Strich unter der Wagennummer haben, nur mit einem Beiwagen behängt werden dürfen?«

»Ja, sicher, mein Junge, die haben nämlich noch die alten 40-kW-Motoren, die ohne Strich aber mit 60 kW, die T 24/49.«

»Das ist sicherlich schwer, so 'ne Straßenbahn richtig zu fahren ...« Langsam versuchte er, sich heranzutasten.

»Man muß es lernen und dann das richtige Händchen dafür haben.«

Jetzt gab er sich einen Schubs. »Können Sie mich nicht mal mitnehmen und mir zeigen, wie das geht?«

Klaus Reinicke sträubte sich. »Nein, du, da komm' ich in Teufels Küche.«

Manfred war schwer enttäuscht und ließ schon jede Hoffnung fahren. Dann aber, als Tante Irma die belegten Brötchen aus der Küche holte und alle zum Abendbrot rief, sollte sich noch alles zum Guten wenden. Und das hing damit zusammen, daß Manfreds Kohlenoma fragte, ob das auf ihrem Brötchen Ziegenkäse sei, der schmecke so wie früher in ihrem Dorf an der Oder, in Tschicherzig.

»Ja, Mutter«, lachte Manfreds Vater. »Der ist von Otto Ziege, von dessen Käsebeinen abgekratzt.«

»Otto!« schrie Margot Matuschewski. »Mir vergeht der Appetit.«

»Dann bleibt um so mehr für uns«, riefen die anderen.

Als der Name Otto Ziege gefallen war, schrien alle Männer durcheinander. Daß sie Sechstagerennen liebten und wer ihr Lieblingsfahrer war.

»Ich wär' ja auch so gerne mal gegangen, schon mal Krücke

sehen, wenn der pfeift«, sagte Onkel Klaus, »aber man kriegt ja keine Karten mehr.«

Manfred sah ihn mit größen Augen an. »Ich kann Sie ja mitnehmen – wenn Sie mich mitnehmen.«

»Wie?«

»Ich Sie zum Sechstagerennen« – er dachte an die Karte, die er Dirk Kollmannsperger fest versprochen hatte, die dem aber sicher wieder abzuhandeln war – »und Sie mich zum Straßenbahnfahren.«

»Gut, machen wir.«

Am Dienstag, dem 2. März 1954, kurz nach 21 Uhr, war es dann soweit: Manfred stand verabredungsgemäß vor dem S-Bahnhof Neukölln und wartete auf die Straßenbahn der Linie 15, die laut Fahrplan um 21 Uhr 06 Richtung Marienfelde kommen sollte. Es war spannend, und er kam sich vor wie ein Geheimagent im Einsatz. Es war ja verboten, was sie da planten.

Da bog die 15 um die Ecke. Es war ein Triebwagen vom Typ 24, ein sogenannter Stehwagen, in dem der Fahrer vorne stand, im Gegensatz zum Sitzwagen. Und richtig: Der Mann an der Kurbel war Klaus Reinicke, Onkel Klaus. Das war trotz der funzligen Straßenbeleuchtung gut zu erkennen. Obwohl er in seiner Uniform ganz anders aussah als neulich beim Geburtstag. Manfreds zweiter Blick galt dem Schaffner und der Zahl der Fahrgäste. Daß er selber fahren konnte, ging nur mit einem jungen Schaffner, der dabei mitmachte, und wenigen Fahrgästen im Wagen. Er konnte aufatmen, alles war optimal.

Manfred stieg ein und begrüßte Onkel Klaus mit einem kurzen Kopfnicken. Mehr war ja offiziell nicht möglich, denn oben über der Frontscheibe hing eine Warntafel, daß die Unterhaltung mit dem Wagenführer streng verboten sei.

Sie fuhren stadtauswärts, und die Straßen wurden immer schummriger. Manfred war es recht, denn je dunkler es war, desto eher ließ ihn Onkel Klaus an die Kurbel. Immer begehrlicher schielte er hin. Doch der andere ließ sich Zeit.

»Wir müssen vorsichtig sein, denn in der Germaniastraße und in Alt-Mariendorf stehen immer Aufseher rum.«

Sie hatten typisches Märzwetter: Schneeregen und Sturm, und vorn im Wagen zog es mächtig, denn bei den T 24 gab es auf der Ein- und Ausstiegsseite keine Türen, die sich beim Abfahren schlossen, da stand alles offen. Onkel Klaus sagte, man müsse schon kerngesund sein, um dies im Winter durchzuhalten.

Leider gab es keinen Beiwagen, denn zu dieser späten Stunde fuhr die 15 solo. So hatten sie auch nur einen Schaffner, den im Triebwagen. Wenn Onkel Klaus an einer Haltestelle losfahren wollte, mußte er erst dessen Klingelzeichen abwarten. Dazu riß der Schaffner an einem Lederriemen, der längs durch den Wagen ging, oder auch nur an einem dünnen Seil. Manfred hörte begierig die Erklärungen an:

»Einmal klingeln bedeutet: Schaffner klingelt ab, alles klar, ich kann losfahren. Zweimal klingeln bedeutet: wieder anhalten. Das ist ein Haltezeichen.«

»Wie kann man das denn unterscheiden: Zweimal klingeln, das können doch auch die beiden Beiwagen sein, wenn zweie dranhängen …?« Manfred hatte an solchen Fragen ein brennendes Interesse.

»Man hat als Fahrer ein Gehör dafür, daß das einzelne Klingelzeichen sind, wenn die Beiwagen nacheinander abgeklingelt haben. Ständig hintereinander klingeln bedeutet übrigens Gefahr.« Klaus Reinicke wies auf seine Kurbel. »Es muß auch bei der Gefahrenbremsung jeder einzelne Kontakt geschaltet werden. Nicht durchreißen, sonst rutscht der Wagen weg und die Bremswirkung wird völlig aufgehoben.«

Es wurde immer einsamer, als sie den Mariendorfer Weg entlangfuhren, Richtung Alt-Mariendorf, auf die Kreuzung mit der Germaniastraße zu. Jetzt kam der große Augenblick, der Moment, auf den Manfred gewartet hatte, seitdem er die erste Straßenbahn bewußt wahrgenommen hatte, noch vom Kinder- beziehungsweise »Sportwagen« aus.

»So, Junge, dann woll'n wa ma, dann komm mal ran«, sagte Onkel Klaus und machte einen Schritt zur Seite. »Fahr langsam los, so wie ich dir das sage. Warte, bis das Abfahrtszeichen kommt. Die linke Hand an die Kurbel. Und bitte richtig anfassen, mit dem Ballen in der Hand, locker. Nicht die Kurbel umkrampfen, wie manche das machen. Jetzt ...«

Das Abfahrtszeichen kam. Pling ... Manfreds schweißnasse Finger schlossen sich, krallten sich um den blanken Kurbelgriff. Er hatte eine panische Angst, bei einer fehlerhaften Reaktion die fünf, sechs Fahrgäste hinten im Triebwagen mit in den sicheren Tod zu nehmen.

Klaus Reinicke lächelte. Ganz ruhig kamen seine Weisungen. »Fahren nach rechts, im Uhrzeigersinn. Mit der linken Hand: Eins, zwei, drei, vier, fünf ...«

Brav drehte Manfred die Kurbel nach rechts.

»Langsam über die Kreuzung fahren, ausschalten, wieder auf fünf, so ... Bis zur sechsten Fahrstufe haben wir die Serienschaltung, ab dem siebten Fahrkontakt die Parallelschaltung. Das ist so, um die Geschwindigkeit zu erhöhen. Nun schalte mal rüber auf sieben, aber bei sieben und acht nicht solange stehenbleiben. Neunter, zehnter, elfter ... So ist gut. Die Strecke ist frei. Achte aber immer darauf – trotz der Dunkelheit –, ob oben ein Streckentrenner kommt. Da mußt du dann ausschalten, weil sonst ... – in dem Streckenteiler ist ein stromloses Stück Oberleitung drin –, weil sonst der Motor dahinter sofort wieder die volle Kraft bekommt, und es könnte passieren, daß der Automat ausschaltet. So, siehste: da vorne ist einer ... Die Kurbel geht in die Gegenrichtung bis auf Null – in einem Zug. Und, Junge, wenn du über den Streckentrenner hinweg bist, dann schalten wir nicht erst wieder: eins, zwei, drei, vier, fünf, sechs, sondern dann kann sofort auf sechs geschaltet werden – und schön langsam rüberziehen – ja, so! – sieben, acht, neun, zehn, elf ...«

Manfred war schweißgebadet, bekam aber langsam ein Gefühl für Motor und Technik.

Onkel Klaus fuhr fort mit seinem Unterricht. »Eins bis vier sind keine Dauerkontakte, das heißt, daß man darauf nicht stehenbleiben darf, weil die sonst durchschmoren. Die rechte Hand ist am Sandstreuer – und jetzt paß auf: Da vorne ist 'ne

Haltestelle ... Ausschalten! Und wir bremsen schön langsam mit Gefühl – der Wagen läuft sehr schnell. Erster Bremskontakt: Kurbel geht nach links. Schön auswirken lassen. Erster, zweiter, dritter ...« Er zählte bis sieben. »Und sofort die Handbremse anziehen. Wir haben hier eine Hebelhandbremse. Im Gegensatz zur Kurbelhandbremse, die viel schwerer zu bedienen ist und beim Lösen zurückschnellen und in den Bauch hauen kann, was sehr weh tut. Die Hand geht weg vom Sandstreuer. Ach so, Junge, wenn du jetzt auf dem siebenten Bremskontakt bist und der Wagen hält, dann sofort wieder zurückschalten auf Null.«

Manfred staunte, wie gut jetzt alles ging. Er hatte es richtig im Gefühl gehabt: Das hier war der Beruf, für den er recht eigentlich geboren war. Eine dunkle Ahnung erfüllte ihn: Was immer er später auch tat, und mochte es ihm viel Geld und Ehre einbringen, nie würde er so glücklich werden, wie er es als Straßenbahnfahrer geworden wäre. Pling! machte es.

»Achtung, Manfred, das Abfahrtszeichen ist gekommen – die Handbremse lösen. Erst die Handbremse lösen und dann einschalten! Wir schalten wieder: Eins, zwei, drei, vier, fünf ... Ausschalten! Und ersten Bremskontakt ... Weißte, warum? Sieh mal, Junge, da steht eine H-Tafel, eine große rote Scheibe mit einem H: Da kreuzt nämlich eine Industriebahn. Auch bei Gefällstrecken und anderen Gefahrenstrecken gibt es die. Schalt weiter, schalt weiter auf den Bremskontakten! So ist gut: nicht ruckweise! Der Wagen läuft ja noch gar nicht schnell. So – siebenter Bremskontakt, Handbremse anziehen, null. Wir stehen jetzt an einer Zwangshaltestelle, wie wir Fahrer sagen. Amtlich heißen die Betriebshaltestelle. Da muß unter allen Umständen immer gehalten werden. So, dann könn' wa weiter. Abfahrtszeichen, wie gehabt ... Eins, zwei ...« Er zählte bis sechs. »Es gibt sieben Brems- und elf Fahrkontakte. Wir sind ja hier auf 'm gewöhnlichen T 24 und nicht auf 'm Vielstufer, das wäre nämlich 'n bißchen schwierig. Die nächste Haltestelle – bis zu den Friedhöfen – fahr mal nur auf sechs. Nur auf sechs fahren, weil da Weichen kommen. Weichen dürfen nur mit zehn Kilometern befahren werden, besonders Spitzweichen. Wenn wir zu doll über die Weichen fahren, dann gibt das so 'n Getöse, und dann klirren im Wagen die Scheiben, und das muß ja nicht unbedingt sein. Da haben wir schon die stumpfe Weiche, und bevor die spitze Weiche kommt, bremst du runter: Ersten, zweiten, dritten, vierten Bremskontakt – kannst du ruhig ein bißchen schneller schalten, weil der Wagen nicht schnell läuft zur Zeit –, so. Fünf, und dann rüber über die Weiche. So. Jetzt gibt's 'ne Rennstrecke über die Rixdorfer Straße, und wenn wir unterwegs ein Kingelzeichen bekommen vom Schaffner hinten, dann heißt das: Wir können an der Haltestelle durchfahren, wenn dort kein Fahrgast steht. Aber, bitte, nicht mit Strom, sondern ausschalten. Vorsichtshalber, denn es könnte ja noch einer angerannt kommen. Auch den ersten Bremskontakt einschalten und wirken lassen. Steht keiner da: erst Bremsen auswirken lassen, kurzes Fußglokkenzeichen, wieder auf Null. Dann kannst du gleich wieder auf Sechse, so. An der Eisenacher Straße machen wir mal 'ne kleine Pause, sonst sind wir zu früh in Alt-Mariendorf. An der Rixdorfer Straße, wo wir um die Ecke fahren, steht meistens einer, da nehm' ich dir die Kurbel lieber wieder ab. So, halt mal wieder an, so wie du es eben wunderbar schon gemacht hast: Ausschalten, Handbremse an, so. Nun will ich dir noch erklären, wie man in die Kurve fährt. Das wichtigste beim ganzen Fahren ist das Fahrgefühl, und wenn man in eine Kurve fährt, dann muß man den Wagen nicht in die Kurve stoßen, sondern ihn hineinziehen, das heißt: Du bremst runter je nach Geschwindigkeit bis zum dritten, vierten, vielleicht sogar fünften Fahrkontakt, schaltest zurück auf Null und gehst dann – eins, zwei, drei, vier, fünf – langsam in die Kurve. Und wenn du in der Kurve bist mit 'nem einzelnen Triebwagen, dann kannst du wieder hochschalten – sechs, sieben, acht, neun, zehn, elf –, aber nicht, wenn du 'n Beiwagen dran hast oder zwei, denn dann fällt der Schaffner hinten um im zweiten Beiwagen. So, siehst du, nun warte mal, jetzt will ich mal wieder an die Kurbel, da wird wohl 'n Aufseher stehen in Alt-Mariendorf ...«

Manfred war wie betäubt. Sein großer Traum war in Erfüllung gegangen. Herrlich!

Doch die wichtigste Erfahrung dieses Abends kam jetzt: Dem Glücksgefühl folgten Leere und Enttäuschung. Dies also war abgehakt, vorbei, es gab kein süßes Warten mehr. Und genau besehen: So berauschend, wie er sich's vorgestellt hatte, war es nun auch wieder nicht gewesen. Der Traum, sprich: die Vorstellung vom Fahren, war viel, viel schöner gewesen als das Fahren selber. Sollte das vielleicht im Leben immer so sein? Mit der Liebe, mit dem Kinderhaben, mit dem Sieg beim Laufen, mit der Erringung des Doktortitels ...? Es war zu befürchten, daß es stimmte, was die Erwachsenen sagten: Die Vorfreude ist immer die schönste Freude.

So fuhr er denn ebenso beglückt wie bedrückt nach Hause zurück.

Zwei Bücher verschlang er zu dieser Zeit: Das Bordbuch seines Vaters von den Fahrten mit der *Snark*, dem Faltboot in Schmöckwitz, und Franz Born's *Auf der Suche nach dem goldenen Gott – Orellana entdeckt den Amazonas.*

Der Spanier Francisco Orellana, mit Pizarro nach Südamerika gekommen, hatte sich 1541 von Quito und dem Rio Napo aus aufgemacht, den Amazonas hinunterzufahren und das sagenumwobene Goldland El Dorado zu entdecken. Bei Born hieß es auf den Seiten 44 und 45 über die Fahrt der *Victoria*:

»Schwierig und gefährlich war die Fahrt auf dem angeschwollenen Fluß. Mächtiges Wurzelwerk schwamm mit der Strömung, und es erforderte die ganze Geschicklichkeit der indianischen Lotsen, den heimtückisch unter Wasser treibenden Baumstämmen auszuweichen. Am Vormittag des dritten Tages hörten die Spanier ein Rauschen und Tosen ..., und noch ehe sie sich über die Bedeutung dieses Lärms ganz klarwerden konnten, war es auch schon geschehen. Die Strömung riß die Brigantine zu einer von mächtigen Felsbrocken durchsetzten Stelle des Flußbettes, an der die Wasser kochend und schäumend dahinstrudelten. Es war unmöglich, das Schiff noch zurückzuhalten.«

Für Manfred wurde, wenn ihm die Augen weit nach Mitternacht zufielen, sein *Rebell* zur *Victoria*, Spree und Dahme wurden zum Amazonas und der kleine Spreewald um den Gosener Graben herum zum tropischen Regenwald.

Im Bordbuch seiner Eltern waren alle ihre Fahrten in Berlin und anderswo fein säuberlich vermerkt. Zumeist wurde die *Snark* in Schmöckwitz zu Wasser gelassen, und dann ging es zum Seddin-See, wo Bugsins mit ihrem Motorboot lagen (10 km hin und zurück), nach Erkner und zur Löcknitz (30 km), zum Crossin-See nach Wernsdorf (15 km) oder nach Prieros (30 km). Im Urlaub aber hatten sie sich nicht mit Berlin und seinem grünen Umland zufriedengegeben, sondern waren ausgeschwärmt, waren die Werra und Weser, die Saar und die Mosel und den Main hinuntergefahren, auch auf den Gewässern Mecklenburgs gepaddelt, und sein Vater war sogar auf der Oder von Breslau nach Berlin gefahren. Dies allerdings ohne seine Mutter, denn die hatte nicht mitfahren können, weil er »unterwegs« gewesen war.

Dies alles wollte Manfred auch erleben, und er hoffte, daß die nächsten zehn Jahre, solange würde es ja dauern, bis er soweit war, möglichst schnell vergingen.

Folgende Eintragung aber interessierte ihn derzeit am meisten, weil diese Tour sein Nahziel war:

8. Fahrt 9. 8. 1936
*Schmöckwitz – Seddin-See – Müggelsee – Köpenick –
Grünau – Schmöckwitz*

Abfahrt: 10.00 h *Wetter: warm*
Ankunft: 19.45 h *Tagesleistung: 31 km*
Nach längerer Pause haben wir wieder einmal zum Paddel gegriffen. Das internationale Zeltlager des D. K. V. am Müggelsee war unser Ziel. Gemeinsam mit dem »Rebell« – Schlagmann Gerda, Steuermann Gerhard – fuhren wir bei langsam aufklarendem Wetter von Schmöckwitz los. Über die be-

kannte Route Seddin-See – Gosener Graben geht die Fahrt. Spiegelglatt liegt der Müggelsee in der gleißenden August- sonne vor uns. Im Zeltlager, das fabelhaft organisiert ist, blei- ben wir dann einige Zeit und treffen u. a. zwei Freunde von der Saarfahrt und Blöhmers, die vom nahen Rahnsdorf her- beigekommen sind. Gegen fünf Uhr sind wir dann zur Rück- fahrt aufgebrochen.

Die große Umfahrt ... Jeden Tag in der Schule träumte er davon, im Sommer mit Tante Gerdas Faltboot, das zusam- mengepackt in Schmöckwitz lag, endlich einmal um die Müggelberge zu paddeln, die Wahnsinnsstrecke von über 30 Kilometern an einem Tag zu schaffen, und zwar mit seinem Freund Gerhard zusammen. Und dieser Wunsch, sein Drang, seine Besessenheit, nahm noch zu, als er schließlich auch Mark Twains *Huckleberry Finn* gelesen hatte, wie Huck da auf dem Floß den Mississippi hinuntergefahren war.

Aber noch war es ja erst Anfang März, und da, wo er ent- langpaddeln wollte, gab es im Augenblick noch die letzten Eisschollen des vergangenen Winters. Der März sollte – nach der Fahrt an der Straßenbahnkurbel – als zweiten Höhe- punkt das Sechstagerennen bringen.

Dirk Kollmannsperger schmollte, weil Manfred ihn wieder ausgeladen hatte, und so mußte er den Heimweg von der Schule allein antreten. Das war ihm auch lieb, denn er hatte Liebeskummer. Renate Zerndt hatte sich noch immer nicht gemeldet, und es war auch nicht zu erwarten, daß sie es noch einmal tun würde. Traurigkeit war angesagt, und als wenig später das Buch von Françoise Sagan erschien, konnte er es noch leichter auf den Punkt bringen: *Bonjour Tristesse.*

Um Trost zu suchen, verhielt er in der Reuterstraße vor dem Schaufenster eines Radiogeschäftes, um fernzusehen. Daran, daß sie zu Hause einen eigenen Fernseher haben wür- den, war nicht einmal im Traume zu denken. Neulich, bei der Übertragung der deutschen Hallenleichtathletikmeister- schaften hatte er mit seinen Sportkameraden vom TuS Neu- kölln bei Regen und Wind fast drei Stunden auf der Straße gestanden und in dieses Schaufenster hineingestarrt. Immerhin hatte es keinen Eintritt gekostet.

»Na, wie geht's?« Hinter ihm war Bimbo aufgetaucht.

»Schlecht.«

»Kommst du mit zu mir, Mathe machen?«

»Nein.« Die konnte er morgen vor der ersten Stunde von Dirk Kollmannsperger abschreiben. Quatsch, das ging ja nicht mehr. »Ja, aber nur kurz, ich muß nachher noch zum Training.« Er war ja aus dem 1. FC Neukölln ausgetreten und ging jetzt zweimal die Woche zu TuS zum Hallentraining.

»Ich denke, du gehst zum Sechstagerennen?«

»Ja, aber abends erst.« Er hatte ein volles Programm. 13–15 Uhr Mathe bei Bimbo. 16–18 Uhr Training. 20–22 Uhr Sechstagerennen.

Manfred war immer ein wenig irritiert, wenn er bei anderen Menschen zu Hause war, egal, ob es sich dabei um Verwandte, Freunde oder Klassenkameraden handelte, am seltsamsten aber war es bei Bimbo, denn der war genauso alt wie er, in der Wohnung sah es aber aus wie bei seinen Großmüttern. Auch war Bimbos Mutter fast so alt wie seine Schmöckwitzer Oma und hatte zudem noch eine so starke Ähnlichkeit mit Trudchen Krummhauer, einer Freundin seiner Oma, daß er sie fast für Zwillingsschwestern hielt. Die Möbel bei Bimbo zu Hause waren dunkel und massiv, stammten noch aus Kaisers Zeiten, und auf dem Sofa und auch sonst überall lagen Unmengen von Zierdeckchen herum. Es roch nach Kampfer und Alter. An der Wand hingen röhrender Hirsch und balzender Auerhahn dicht nebeneinander, und als sich Bimbo ans Harmonium setzte, um Manfred zu zeigen, daß er nun auch Lieder von Paul Gerhardt vollendet spielen konnte, staunte Manfred wie ein Kind und war fassungslos, daß andere so ganz anders sein konnten als er selber und dennoch glücklich schienen. Frau Stier kam, um ihn zum Mittagessen einzuladen.

»Kartoffelpuffer mit selbstgemachtem Apfelmus.«

Fast erschrocken lehnte Manfred ab. »Nein, danke, ich will schon mit den Mathe-Aufgaben anfangen, während Bimbo ißt, weil ich nachher gleich weg muß.« Der wahre Grund war, daß er sich irgendwie ekelte, von einer diffusen Angst erfüllt war, daß Bimbos Mutter eine Hexe war, die ihn betäuben und vergiften wollte. Lieber hungerte er.

Bimbo nervte ihn pausenlos damit, daß er den Schlager mit dieser dämlichen Anneliese sang. »Anneliese, ach Anneliese, warum bist du böse auf mich? Anneliese, ach Anneliese, du weißt doch, ich liebe nur dich. Doch ich kann es gar nicht fassen, daß du mich hast sitzenlassen, wo ich von dem letzten Geld die Blumen hab' für dich bestellt ...«

Anneliese war eine Nachbarstochter, und Bimbo schwärmte so von ihr, als hätten sie bereits etwas miteinander gehabt, doch Manfred war sich sicher, daß er ihr bestenfalls einmal den Mülleimer nach unten getragen hatte.

Mit ihrer Aufgabe kamen sie beide nicht klar. Bimbo war in Mathe noch schlechter als er. Da konnten nur Dirk Kollmannsperger, Irene Schwarz oder Dietmar Kaddatz weiterhelfen. Da ersterer ausschied, beschloß man, Dietmar, ihr Genie, in Anspruch zu nehmen, und da Manfred keine Zeit mehr hatte, fiel das Los auf Bimbo, ihn aufzusuchen.

»Das ist hinten in der Rosseggerstraße!«

»Sei froh, daß er nicht in Rudow wohnt.«

»Und du?«

»Ich schreib' morgen früh schnell von dir ab.« Er mußte los. Die Turnhalle befand sich hinten in der Morusstraße, halb auf dem Rollberg noch, und es war ein ziemliches Stück bis dorthin.

So trabten sie wenig später die Sonnenallee hinunter. An der Erkstraße bog Manfred nach rechts ab, um auf dem schnellsten Wege zum Training zu kommen.

Beim TuS Neukölln hatten sie jetzt einen neuen Trainer, einen angehenden Lehrer, der das Zeug hatte, sie alle weit nach vorn zu bringen. Rainer Hirschmann hieß er.

»Hirschi« wartete schon. Die Jungen schätzten ihn schon deshalb, weil er selbst passable Zeiten über die 400 lief und kurz davor war, mit der 4 x 400-m-Staffel des OSC Berliner Meister zu werden. Er war blondgelockt und schon Mitte zwanzig, wirkte aber mit seiner Kassenbrille noch sehr jungenhaft. Als Student hatte er viel Zeit, sich um seine Jungen zu kümmern, und war auch ein guter Pädagoge. Jeder, der zum Training erschienen war und tüchtig mitgemacht hatte, bekam dies in einem kleinen Oktavheft quittiert. Als Preis für den Trainingsfleißigsten der Wintersaison war eine Eintrittskarte für das ISTAF ausgesetzt worden. Manfred hatte keine schlechten Chancen.

Als er sich umgezogen hatte und in die Halle trat, liefen sich die anderen schon warm, ein Dutzend etwa, Dirk Kollmannsperger unter ihnen. Manfred wäre am liebsten wieder gegangen. Das verdammte Sechstagerennen. Und als es dann zur Gymnastik ging, wurde er von Hirschi auch noch zur Partnerübung mit Dirk Kollmannsperger eingeteilt. Sie hatten sich als Vorübung für das Kugelstoßen schwere Medizinbälle zuzuwerfen.

»Mit aller Kraft aber!« rief der Trainer.

Und Dirk Kollmannsperger ließ sich diese Chance nicht entgehen. Manfred bekam den Ball gegen die Brust, ging zu Boden und schnappte nach Luft.

»Das ist fast so schlimm wie ein Sturz beim Sechstagerennen«, sagte Dirk Kollmannsperger.

Damit waren sie quitt, und Manfred brauchte keine Gewissensbisse mehr zu haben, als er abends mit seinem Vater und Onkel Klaus im Sportpalast saß.

Das 40. Berliner Sechstagerennen hatte am 12. 3. um 22 Uhr begonnen. Zum Startschuß hatte Max Knaak, der Veranstalter, die französische Filmschauspielerin Michèle Morgan nach Berlin geholt, die sich dieser ehrenvollen Aufgabe in einem Kleid aus goldbestickter weißer Seide und einem Hermelin-Cape unterzogen hatte. Manfred wußte dies alles aus dem *Telegraf*, den seine Eltern hielten, wie sie das ausdrückten, und der *Berliner Morgenpost*, die Dirk Kollmannsperger immer mit in die Schule brachte, um in langweiligen Unterrichtsstunden unter dem Tisch darin zu lesen. 14 Paare waren am Start, und die hatte er sich aus der Zeitung herausgerissen, um das Geld für ein Programmheft zu sparen. Der

Eintritt war mit 2 DM pro Nase hoch genug. Das waren die Startnummern: 1. Schulter/Peters (NL), 2. Godeau/Senfftleben (F), 3. Nielsen/Klamer (DK), 4. Gillen/Terruzzi (L/I), 5. Hörmann/Preiskeit (D), 6. Roth/Bucher (CH), 7. Petry/Schürmann (D), 8. Otto Ziege/Intra (D), 9. Kilian/Knoke (D), 10. Rigoni/Günter Schulz (I/D), 11. Saager/Otte (D), 12. Scherer/Weirich (D), 13. Borkowski/Heinz Ziege (D), 14. Bintner/Walter (D).

Die Fahrer Hörmann, Preiskeit und Saager hatte Manfred noch – neben sieben anderen – in Blei gegossen und mit bunten Farben bemalt bei sich zu Hause. Bis zum letzten Herbst hatte er noch zu Hause auf dem Teppich, aber auch in Schmöckwitz im Garten mit Hilfe mehrerer Würfel und Bodenmarkierungen Radrennen gespielt, zumeist Tour de France. Aufgehört hatte er damit erst, als Renate Zerndt über dieses Kinderspiel gelästert hatte, sie aber auch in der Schule von Meph gehört hatten, daß Blei sehr giftig sei.

Es begann heute nicht mit einem Vorrennen für Amateure, wie Manfred es erwartet hatte, sondern mit drei Steherläufen, in denen der belgische Weltmeister Adolphe Verschueren seinen deutschen Gegnern Schorn, Zims und Rintelmann weit überlegen war.

»Hast du auch schon Eiszapfen an der Nase?« fragte ihn sein Vater.

»Nein, aber meine Beine und meine Blase ...«

Dem Sportpalast fehlte immer noch das Dach, und am 16. März war eine Menge frischer Polarluft nach Deutschland geströmt.

Dennoch kam im Nu eine tolle Stimmung auf, als die 14 Mannschaften endlich um die Bahn flitzten. In Berlin war es Usus, daß die Publikumslieblinge die Nummer 8 bekamen, und so sprang auch Manfred von seinem Sitz und schrie, bis ihm die Kehle heiser wurde, als Otto Ziege zu einer Überrundung ansetzte. Und als Otto Kermbach mit seiner Kapelle den Sportpalast-Walzer intonierte und Krücke, das Berliner Original Nummer eins, dazu pfiff, war der Teufel los. Manfred genoß es, nicht mehr nur er allein zu sein, zu jung, zu schwach, sondern Teil eines machtvollen Ganzen. Heute konnte ihm keiner was.

»Wollen wir mal wetten, wer gewinnt?« fragte Onkel Klaus. Sofort antwortete Manfred wie mit einem Reflex: »Wer wetten will, will auch betrügen.« Das war ihm so eingebleut worden.

»Jeder setzt 'ne Mark ein.«

»Schön.« Sein Vater machte mit. »Ziege/Intra.«

»Gillen/Terruzzi!« rief Manfred, dem der Name Terruzzi so wunderbar gefiel. So hätte er heißen mögen und nicht so blöd polnisch Matuschewski.

»Dann bin ich für Roth/Bucher«, sagte Onkel Klaus und glaubte, mit den Siegern des vorangegangenen Rennens auf Nummer Sicher zu gehen.

Schließlich ließen sie das Wetten, weil sie sich nicht einigen konnten, wie zu verfahren war, wenn ein anderes Paar gewann oder aber nach Ausfällen die verbliebenen Fahrer neu verkuppelt wurden. Ihre Vorahnung trog sie nicht, denn am Ende sollten Schulte/Peters mit einer Runde Vorsprung gewinnen und Roth sollte mit Walter Dritter und Otto Ziege mit Terruzzi zusammen Vierter werden.

Onkel Klaus freute sich an Manfreds Begeisterung und bekannte, daß er früher selber einmal – bei der Rvg. Luisenstadt – kleinere Straßenrennen gefahren sei.

»Und ein Rad von mir, kein Rennrad, aber ein sehr schönes Tourenrad, das steht bei mir im Keller, das kannst du dir bei Gelegenheit mal abholen.«

Da prustete Manfreds Vater los. »Eine wunderbare Idee – bloß: Er kann gar nicht radfahren.«

»Mit sechzehn – und nicht radfahren können, das gibt's doch nicht!«

»Doch.« Manfred lief rot an, es war ihm sehr peinlich.

Dieses beschissene Sechstagerennen, hätte er bloß Dirk die Karte gelassen.

Jetzt, Mitte Mai 1954, war das neue Schuljahr schon in vollem Gange. Am 31. 3. hatte es Zeugnisse gegeben, und Manfreds Notendurchschnitt hatte sich um einiges – auf 2,77 nämlich – verschlechtert. »Wenn das so weitergeht, bleibst du noch mal sitzen«, hatte ihm seine Mutter prophezeit, obwohl er ohne Probleme in die 11. Klasse versetzt worden war. Beim nächsten Mal aber, da war er sich sicher, würde auch er zu den Sitzenbleibern gehören. Diesmal hatte es besonders viele erwischt, auch waren etliche mit der Mittleren Reife freiwillig von der Albert-Schweitzer-Schule abgegangen, wie die II. OWZ seit dem 14. 1. vergangenen Jahres offiziell hieß. Im Klassenbuch der 11a standen nur noch fünfzehn Namen, und es fehlten unter anderem Nobiling, Geiger, Bachmann, Feurich, Junge, Schafstall, Klaus Zeisig, Eva Senff, Jutta Böhlke und Erika Jahn. Es war schon ein komisches Gefühl, mit nur noch so wenigen im Klassenraum zu sein, vor allem aber war nun die Wahrscheinlichkeit viel größer, rangenommen zu werden – und im nächsten Jahr zu den großen Verlierern zu zählen, denn gesiebt werden sollte weiterhin, wie die Lehrer immer wieder versicherten. »Die letzten beißen die Hunde«, hieß es ja so schön, und je weniger Schüler noch im Rennen waren, desto größer wurde die Gefahr für den einzelnen, gebissen zu werden. Diese Erkenntnis ließ sich aber auch aus einer anderen Volksweisheit schlüssig ableiten, daß nämlich unter den Blinden der Einäugige König war. Und nun gab es nur noch wenige Einäugige in der 11a. Manfred registrierte es mit Sorge, war er doch mit einem Ausreichend in Deutsch und Englisch schon ziemlich nahe am Abgrund, und auch ein Befriedigend in Latein, Erdkunde, Chemie, Biologie, Musik, Bildender Kunst und Beteiligung am Unterricht war kein sanftes Ruhekissen. Zwar schlug er – neben Geschichte und Handschrift – in Mathematik mit einem Gut zu Buche, dem berühmten Ausgleich, aber diese Zwei verdankte er ausschließlich seinem Freunde Dirk Kollmannsperger – und der war ja, obwohl dies allen hirnrissig schien, wegen einer drohenden Fünf in Deutsch ständig vom Abstieg bedroht, dies auch, weil er mit Hager, dem neuen Klassenlehrer, im Dauerclinch lag. Wie auch immer, das neue Schuljahr schien es in sich zu haben.

Die Attraktion im großen Flur des 1. Stocks war nun nicht mehr der Bandwurm, der ebenso friedlich wie ewig im Einweckglas schwamm, sondern ein Brief Albert Schweitzers an seine Schule.

Sehr geehrter Herr Bezirksstadtrat!
Natürlich gebe ich gern meine Zustimmung, daß die Oberrealschule 2 meinen Namen führt. Wollen Sie der Lehrerschaft der Schule und den Mitgliedern des Stadtrates meine besten Empfehlungen ausrichten. Ich danke Ihnen für die Ehre, die Sie mir mit Ihrer Bitte erweisen. Meine Vorfahren waren durch Generationen hindurch Lehrer im Unter-Elsaß, und ich habe noch die rechte Schulmeisterseele.
Mit besten Gedanken   *Ihr ergebener*
                                    Albert Schweitzer

Von einem großen Philosophen und Friedensnobelpreisträger hätte Manfred ein wenig mehr erwartet, zumindest hätte er die Schülerinnen und Schüler »seiner« Schule auch mit ein paar Worten bedenken können. Trotz dieser Einwände sollte Albert Schweitzers »Ehrfurcht vor dem Leben« immer ein Leitwert für ihn sein. Zunächst aber war der »Urwalddoktor« aus einem ganz anderen Grunde ein Gewinn für sie, denn nicht nur am 14. Januar, seinen Geburtstag, fiel der Unterricht aus, und sie wurden zu einer kleinen Feierstunde in die Aula gerufen, sondern auch immer dann, wenn ein Afrikareisender in der Schule erschien, um per Dia-Vortrag von seinem Besuch in Lambarene Zeugnis abzulegen. Diese Auftritte waren stets mit einem kleineren Skandal verbunden, was mit bestimmten Eigenheiten der deutschen Sprache in Zusammenhang stand.

Auch der heutige Lambarene-Besucher, von der Chefin mit knappen Worten vorgestellt, begann mit Standardsätzen, die ihnen schon zum Hals raushingen. »Schon seit früher Jugend bin ich von Albert Schweitzer angezogen worden ...«

»Ich bin von Brummer angezogen worden«, sagte Dirk Kollmannsperger nicht eben leise in der letzten Reihe und fügte gleich die entsprechende Werbung hinzu: »Um jedermann gut anzuziehn, ist Brummer fünfmal in Berlin.«

»Pssst!« Die Chefin, Frau Dr. Schaudin, die in der ersten Reihe saß, drehte warnend den Kopf nach hinten.

»Der Mensch und die Persönlichkeit sind es, die wir bei Albert Schweitzer bewundern«, fuhr der Redner fort, ein trockener Gelehrtentyp von etwa vierzig Jahren. »Sein ganzes Leben ist von einer überragenden Ethik durchzogen, die beispielgebend dafür ist, wie ein Mensch in die Welt und in die Transzendenz hineinwachsen kann. Dies vernahm ich schon als junger Mensch, und er war mir Vorbild und Verpflichtung zugleich, und seit meinem fünfzehnten Lebensjahre war es mein großer Wunsch, Albert Schweitzer in Lambarene wirken und schaffen zu sehen. Mitte letzten Jahres hatte ich endlich das Geld für die Reise nach Gabun zusammen, und ich wäre gern im September aufgebrochen, aber ich war lange Zeit ans Bett gefesselt ...«

»... und da ist Old Shatterhand gekommen und hat ihn befreit«, lachte einer der Siebenkläßler.

Wieder fuhr die Chefin herum, diesmal aber schon wesentlich energischer. »Moment mal, Herr ... Wer war das!?«

Der Übeltäter wurde ihr von Meph gezeigt und sofort des Saales verwiesen. »Mit einer Eintragung ins Klassenbuch. Weiter bitte.« Dies an den Vortragenden gerichtet.

»Die Kontaktaufnahme mit Albert Schweitzer gestaltete sich sehr schwierig, da ihn ein Schreibkrampf in der Hand daran hinderte, mir zu antworten.«

Manfred hatte längst abgeschaltet. Seine Gedanken waren zuerst bei Renate Zerndt, die sich noch immer nicht gemeldet hatte, und dann beim großen Amazonasunternehmen. Noch war es zu kühl, noch hatten sie an keinem Wochenende richtig Zeit gefunden: Mal hatte Gerhard zu Hause Sklavenarbeit zu verrichten gehabt, mal war er mit TuS Neukölln am Start gewesen. In Gedanken aber pflügte er jetzt mit seinem *Rebell* durch den Gosener Graben.

Vorne märte sich der AS-Besucher weiter aus. »Schon immer war ich fasziniert davon, wie die für das Denken Albert

Schweitzers fundamentale Ethik der Ehrfurcht vor dem Leben auch in seiner Sorge um die Erhaltung des Friedens im Atomzeitalter ihre Ausprägung gefunden hat. Davon getrieben, reiste ich nach Hamburg, und dort schiffte ich mich auch ein.«

Auf diesen letzten Halbsatz hatte die gesamte Aula, jedenfalls was die Jungen betraf, schon von Anfang an gewartet. Es war kein Lachen mehr, es war ein Orkan. Und der brach los, obwohl die Chefin aufgesprungen war und aufrecht gegen ihn anzukämpfen suchte.

»Was gibt es denn da zu lachen!?« rief sie.

Keiner hatte ihr gesagt, daß in Berlin umgangssprachlich »schiffen« für urinieren stand, und die Jungen schon öfter mal sagten, sie hätten sich fast in die Hose geschifft, so nötig hätten sie pinkeln müssen. Nachdem sie die gesamte Schülerschaft kollektiv für unreif erklärt hatte, was keinen Schüler irgendwie erschütterte, sorgte sie mit einer im Stakkato hervorgestoßenen Drohung im Nu für absolute Ruhe: »Noch einen Mucks – und es geht sofort wieder in den Unterricht!«

Gegen neun waren sie dann wieder ganz normal im Klassenraum zurück und hatten Deutsch bei Frau Hünicke. Die galt als gutmütig, und dementsprechend entspannt ging es auch heute zu. Zuerst gab sie die Hausarbeitshefte zurück. Einen Aufsatz hatten sie schreiben müssen.

»Matuschewski?«

»Hier.«

Manfred bekam sein schwarzes Heft auf den Tisch geworfen und schlug es mit feuchten Fingern auf. Eine Fünf in Deutsch, und er ... Dirk Kollmannsperger neben ihm hatte gerade eine erhalten. Nein, Gott sei Dank, keine Fünf. Eine Zwei sogar. Ein Wunder war geschehen. Schnell überflog er die sieben Seiten, die er geschrieben hatte. Nur wenig Rot war diesmal zu erkennen.

Ein Berliner Junge von 1954

Die heutige politische Lage Berlins kann man als einzigartig in der Geschichte bezeichnen. Unsere Stadt schwimmt ja wie eine Insel im »roten Meer«. Ein Teil der Stadt bildet die Hauptstadt des östlichen Deutschlands, der andere Teil gehört zu dem 200 km entfernten westlichen Deutschland. Der ganze Wahnsinn der Spaltung unseres Vaterlandes kommt in Berlin am stärksten zum Ausdruck. Ich möchte zuerst einmal die Lage der Stadt vom Standpunkt des Berliner Jungen aus betrachten.

Ich stelle mir Berlin als einen Wagen vor, an dem sich an jedem Ende (? hinten und vorn) ein Seil befindet (Ausdruck!). An dem einen Seil ziehen die Russen und am anderen die Westmächte. Jeder zieht aber nur so kräftig, um sich seinen Teil der Stadt zu erhalten. Zieht dagegen einer stärker an, so erhöht (A) auch der andere seine Bemühungen: Diesen Fall erlebten wir bei der Blockade. Diesen (...?) Zustand wäre nur halb so schlimm, wenn Berlin eine geeinte Stadt wäre. Gerade diese Teilung erscheint mir fürchterlich. In Berlin, dem Brennpunkt des Kalten Krieges, kann es ja leicht geschehen, daß die östliche Macht eines Tages alle Schranken schließt, um ihre Bürger völlig in ihre Gedankenwelt zu pressen. Ich habe immer ein unangenehmes Gefühl, wenn ich in den Ostsektor fahre; vielleicht ist es eine Einbildung, die durch den Einfluß der westlichen Presse verursacht wird. Wenn ich die bewaffneten Volkspolizisten sehe, so denke ich immer, sie fallen eines Tages über Westberlin her, denn mir erscheint das Machtstreben der Sowjets unersättlich. Schrecklich ist der Gedanke, daß ich einmal auf einen Ostberliner Freund, mit dem ich jetzt noch spiele, schießen muß.

An der immer mit herrlichen Worten geschilderten Zusammengehörigkeit von Berlin und der Bundesrepublik zweifle ich auch etwas. Ich glaube, daß Berlin am »bundesdeutschen« Baum nur ein kleiner Ast ist, der aber schon von den westdeutschen Industriellen angesägt ist, weil sie die Konkurrenz der Berliner Industrie fürchten. Die westdeut-

schen Städte sind ja glücklich, plötzlich in den Mittelpunkt des Staates gerückt zu sein und alle wirtschaftlichen Vorteile ausnutzen zu können.

Trotz dieser Mißstände und Behinderungen fühle ich mich in Berlin wohl. Die eigentümliche Berliner Atmosphäre, die »Berliner Luft«, finde ich in anderen Städten nicht, und ich komme mir hier (dort) wie ein Fremdkörper vor. Durch die Kultureinflüsse aus West und Ost wird der Charakter der Berliner Jugend leider geändert. Ebenso wie für die fahnenschwenkenden FDJler, habe ich für die Boogie-Woogie-Jünglinge keine Sympathien. Um von diesen Gefahren nicht erdrückt zu werden, bin ich einem Sportverein beigetreten. Die wahre Freundschaft zwischen den Sportlern hält mich gefangen, und ich glaube, der Sport beeinflußt den Charakter eines Jungen nur positiv. Mir scheint, der Senat von Berlin unternimmt zu wenig für uns, denn es ist nicht richtig, wenn er sagt:»Der Junge kann machen, was er will!«*, sondern man muß ihm den richtigen Weg zeigen.*

Obwohl es die westdeutsche Jugend in vielen Fällen besser hat als wir und nicht so an den Folgen des Krieges leiden muß (leidet), möchte ich Berlin nie für längere Zeit verlassen. Auch wir jugendlichen Berliner können stolz nach dem Westen blicken und sagen:»Berlin bleibt doch Berlin!«*

Arbeit zeigt tiefes Verstehen
2 Hü

»Heute wollen wir einmal etwas für unsere Mnemotechnik tun«, begann Frau Hünicke den Unterricht.

»Technik macht Herr Hager«, beschied Dirk Kollmannsperger.

»Mneme – griechisch: das Gedächtnis, die Erinnerung. Mnemotechnik: die Steigerung der Gedächtnisleistung durch systematische Übung. Und das wollen wir nun heute tun, indem ich Ihnen eine Kurzgeschichte von Kurt Tucholsky vorlese und Sie sich bemühen, diese möglichst wortgetreu nachzuerzählen. Wobei Sie sich natürlich Notizen machen können.«

Manfred frohlockte, denn er hatte sich im letzten Sommer in Schmöckwitz während endloser Regentage anhand eines alten Lehrbuches seiner Mutter selber Steno beigebracht, die Deutsche Einheitskurzschrift. Nun reichten seine Künste zwar nicht aus, um als Parlamentsstenograf eingestellt zu werden, doch als Frau Hünicke nun vergleichsweise langsam und deutlich den *Affenkäfig* vorlas, hatte er keine Mühe, alles festzuhalten.

»In Berlins Zoologischem Garten ist eine Affenhorde aus Abessinien eingesperrt«, begann Frau Hünicke, »und vor ihr blamiert sich das Publikum täglich von neun bis sechs Uhr. Hamadryas Hamadryas L. sitzt still im Käfig und muß glauben, daß die Menschen eine kindische und etwas schwachsinnige Gesellschaft sind ...«

Als sie die Geschichte etwa zur Hälfte gelesen hatte, kam Heiterkeit auf, denn Dirk Kollmannsperger hatte – wissend, daß sie sich immer mit dem Rücken an die Tafel lehnte – vor der Stunde mit dicker Kreide und in Spiegelschrift KISS ME rangeschrieben, und dieses stand nun groß auf ihrem Rücken, auf ihrer schwarzen Bluse. Als sie nachher in der großen Pause die Hofaufsicht hatte, gab es ein großes Hallo.

»... muß etwas vorgehen. In den Blicken der Beschauer liegt ein lüsterner, lauernder Ausdruck. Die Augen werden klein und zwinkern. Die Frauen schwanken zwischen Abscheu, Grauen und einem Gefühl: nostra res agitur. Was ist es? Die Affen der anderen Seite ...«

Manfred mußte nur aufpassen, daß er die Geschichte, als Frau Hünicke am Ende war, nicht allzu wörtlich wiedergab und sie womöglich Verdacht schöpfen konnte. Die Klassenkameraden hielten schon dicht, zumal Dirk Kollmannsperger und Bimbo, die neben ihm saßen, von seiner hohen Gedächtniskunst stark profitierten.

Bis jetzt war also dieser Tag blendend gelaufen, doch in der großen Pause gab es mächtig Ärger für ihn. Es fing ganz harmlos an. Manfred lehnte an der Mauer, die den Schulhof von den angrenzenden Begräbnisstätten wohlhabender Rixdorfer trennte, und ließ sich von der Sonne bescheinen. Da marschierte Bimbo mit Dietmar Kaddatz vorbei, holte gerade eine Packung mit Sahnebonbons – »Storck's Riesen« – aus der Hosentasche und gab dem anderen einen.

»Ich auch!« rief Manfred und hatte in diesem Augenblick einen richtigen Gieper auf Sahnebonbons, die sogenannten »Plombenzieher«.

»Hier!« Bimbo warf ihm in hohem Bogen einen zu.

In diesem Augenblick aber kam Thomas Zernicke vorbeigelaufen, sprang hoch und fing Manfred den Sahnebonbon vor der Nase weg. Das war nun wirklich eine Nichtigkeit, und wenn Gunnar Hinze, Guido Eichborn oder Dirk Kollmannsperger das getan hätten, wäre Manfred nur amüsiert stehengeblieben und hätte ihnen guten Appetit gewünscht, höchstens noch ein wenig Karies, bei Thomas aber sah er rot. Das hing damit zusammen, daß Thomas Zernicke auch in der Ossastraße wohnte und stets zu einer Clique gehört hatte, von der Manfred seit Anbeginn oft geärgert worden war. Bälle hatten sie ihm geklaut, ihn in den Keller gesperrt und öfter mal verprügelt. Thomas immer vorneweg, und jahrelang war er viel stärker gewesen. Nun aber, bedingt durch seine Gene sowie das scharfe Training bei Hirschmann, war Manfred ihm über den Kopf gewachsen und an Kraft wie Gewandtheit deutlich überlegen. Vor einem Jahr noch hätte er demütig gegrinst und auf den Bonbon verzichtet, nun aber schrie er: »Gib den wieder her, sonst …!«

Doch Thomas Zernicke hatte nicht begriffen, daß nun alles anders war, und lachte nur abschätzig-arrogant.

Da sah Manfred rot, und was sich zehn Jahre lang in ihm aufgestaut hatte, brach sich nun Bahn. Er stürzte auf Thomas Zernicke zu und haute dem derart eine runter, daß ihm der Sahnebonbon in hohem Bogen aus dem Mund flog. Das konnte der nicht auf sich sitzen lassen, fuhr herum und drang auf Manfred ein. Doch seine Schwinger und Aufwärtshaken waren für Manfred kein großes Problem, dazu hatte er mit Gerhard zu oft Boxen geübt. Es sah lächerlich aus, was Thomas Zernicke da machte, und als die Umstehenden nun wirk-

202

lich lachten, da drehte er durch und trat Manfred mit dem Fuß in den Unterleib.

»Die feige Sau hat ihm in die Eier getreten!« schrie einer von den Jüngeren. »Manne, mach ihn fertig!«

Es war weniger der Schmerz, der Manfred nun voll zuschlagen ließ, da war er vom Fußball anderes gewöhnt, sondern der Zorn darüber, daß der andere zu so unfairen Mitteln gegriffen hatte. Er warf sich auf den Gegner und riß ihn zu Boden. Und vielleicht wäre alles nicht so schlimm gekommen, wenn die Hofaufsicht sofort eingegriffen hätte, doch Frau Hünicke war gerade auf die Lehrertoilette geeilt, um sich, von einer Lieblingsschülerin darauf hingewiesen, das KISS ME aus der schwarzen Bluse zu bürsten. So schlug Manfred, als Thomas Zernicke nun unter ihm lag und er über ihm kniete, den Körper zwischen seine Knie gepreßt, wie von Sinnen auf ihn ein. Immer rechts, links. Die anderen standen um die beiden herum, und kaum einer war dabei, der Manfred nicht angefeuert hätte, denn auch sie waren von Thomas Zernicke von der siebten Klasse an häufig terrorisiert worden.

»Bittest du mich um Verzeihung?« fragte Manfred, einen Moment innehaltend.

»Nein«, keuchte Thomas Zernicke.

Weiter ging es mit dem Schlaghagel.

»Sagst du, daß dir alles leid tut, auch das in der Ossastraße?«

»Nein.«

Und so machte Manfred weiter. Erst nach ein, zwei Minuten, als Frau Hünicke wieder auf dem Hof erschien, riß ihn Dirk Kollmannsperger vom Boden hoch. Thomas Zernicke taumelte und hatte Mühe, bis zum Wasserhahn zu kommen. Manfred wurden Taschentücher hingehalten, damit er sich säubern konnte.

»Das geschieht dem recht«, sagte Dietmar Kaddatz mit Blick auf Thomas Zernicke. »Darauf hab' ich immer schon gewartet.«

Manfred genoß den Triumph, die Rache, kam sich auch

vor wie, diese Wendung gebrauchten sie öfter, der Rächer der Enterbten. Dennoch sagte er sich, er hätte das nicht tun dürfen, nicht derart die Beherrschung verlieren, sondern den Konflikt mit Thomas eleganter lösen müssen, mit Witz und mit Worten. Dazu kam die Angst: Wenn der nun zur Chefin lief und alles petzte, dann stand er als der üble Schläger da, und man würde seinen Vater ins Rektorat zitieren. »Herr Matuschewski, wir müssen Ihnen leider nahelegen, Ihren Sohn von der Schule zu nehmen.«

Diese Szene hatte er immer wieder vor Augen, als sie nun in der nächsten Stunde Englisch bei Whisky, Dr. Wimmer, hatten. Der wollte sich nicht übermäßig verausgaben und zog es vor, sie eine Nacherzählung schreiben zu lassen, um dabei in aller Ruhe seinen »Figaro« lesen zu können, denn eigentlich liebte er nicht das Englische, sondern das Französische, hatte auch in Paris studiert und die Sprache dort gelernt, wo man sie, wie er allen Jungen immer wieder empfahl, halt am besten lernen konnte: in den Betten der Töchter des Landes. Er galt als der Genießer par excellence, ob es nun Frauen, Wein oder Bücher waren. Ein alter Lustmolch oder gar Lustgreis war er für die einen, ein Bonvivant der alten Schule für die anderen. Gekleidet war er allerdings weniger wie ein Franzose, sondern wie ein Londoner Banker, der gerade aus dem Club vom Whisky kommt. Daher auch sein Spitzname.

Whiskys heutiger Aufwand bestand in einer Frage und einer Aufforderung. »Habt ihr alle *The Magic Mask* gelesen?«
»Ja.«
»Dann schreibt das mal auf. In vierzig Minuten sammele ich die Hefte ein.«

Gottergeben machten sich alle ans Werk. Bei Whiskys Devise Leben und leben lassen bekamen auch die keine Fünf, die nur zehn Zeilen schrieben. Englisch konnte keiner bei ihm lernen, dafür aber um so besser, daß nicht jeder Deutsche einer sein mußte.

Auch Manfred nahm sein Heft heraus und versuchte sich an das zu erinnern, was er vor Tagen einmal in der S-Bahn nach Grünau gelesen hatte.

The Magic Mask

There was once a great and powerful prince, who ruled with the help of his soldiers over a large kingdom. He was as brave as wise. But he ruled his subjects very cruelly and they never saw him smiling ...

Während Manfred das schrieb, fiel sein Blick auf Thomas Zernicke, der schräg vor ihm saß. Er erschrak furchtbar, denn der ehemalige Schrecken der Ossastraße saß nicht nur da wie ein Häufchen Elend, sondern war nicht mehr in der Lage, vernünftig zu schreiben. Als Manfred sich nach vorne beugte, sah er auf der Heftseite nur kindliche Krakelbuchstaben. Eine Gehirnerschütterung, schoß es Manfred durch den Kopf, bei dem setzt irgend etwas aus. Da ließ auch er seinen Füller fallen, denn wenn das herauskam, war es aus mit ihm, dann wurde das wahr, was er vorhin schon gedacht hatte: Sein Vater mußte bei der Chefin antanzen und ihn von der Schule nehmen. »Ein solch brutaler Schläger wie Ihr Sohn, hat hier nichts mehr zu suchen. Eine derartige Verrohung der Sitten sind wir nicht bereit hinzunehmen.« Kein Abitur, kein Studium, höchstens Strippenzieher bei der Post.

Dirk Kollmannsperger hatte auch bemerkt, daß Thomas Zernicke erhebliche Schwierigkeiten hatte, und wollte Manfred trösten. »Du, wenn er bei Whisky keine Arbeit abgibt, dann fällt das gar nicht weiter auf, dann hat er eben heute gefehlt.« Dr. Wimmer hielt es für unter seiner Würde, sie anhand des Klassenbuches einzeln aufzurufen, und spielte schon vorwegnehmend Universität.

»Danke, du.« Manfred beruhigte sich wieder.

»Der darf bloß nicht umkippen ... Daß wir noch 'n Arzt holen müssen.«

Diese Angst lähmte Manfred derart, daß auch er keinen weiteren Satz mehr zu Papier brachte. *Lieber Gott, laß ihn durchhalten!*

Und Thomas Zernicke biß auch wirklich die Zähne zusammen, wollte wenigstens hart sein im Nehmen, und es wäre auch alles glatt über die Bühne gegangen, wenn nicht plötzlich ihr Klassenlehrer erschienen wäre, Gerhard Hager.

»Sie möchten mal zur Rektorin kommen, Herr Kollege«, flüsterte er. »Ich setze mich inzwischen her und passe auf.«

Manfreds Herz setzte aus, denn Hager galt als der »scharfe Hund« schlechthin. Das war seit der 8. Klasse, wo sie ihn zuerst gehabt hatten, eher noch schlimmer geworden. Ihm hatte die Chefin die 11a in die Hände gegeben, um aus diesem »Sauhaufen« endlich etwas zu machen.

Und nun nahm das Unglück seinen Lauf, denn selbstverständlich sah Hager schon nach wenigen Sekunden, kaum hatte Whisky die Tür hinter sich geschlossen, daß mit Thomas Zernicke etwas nicht stimmte.

»Sie sehen ja aus wie ein Boxer in der letzten Runde kurz vor dem K. o.« Er stand auf, um sich das Gesicht seines Schutzbefohlenen näher zu betrachten.

Die Klasse hielt den Atem an, denn alle wußten, was das hieß: Sein oder Nichtsein für Manfred Matuschewski. Selbstverständlich verriet ihn keiner von den anderen, aber daß Thomas Zernicke nun mit der Wahrheit herausrücken würde, ja, ganz einfach mußte, daran mochte niemand ernsthaft zweifeln.

Hager stand nun vor Thomas Zernicke wie ein Unteroffizier vor einem Rekruten. »Sie stehen mal auf!«

»Ja.« Mühsam stemmte sich Thomas Zernicke mit beiden Händen nach oben und schwankte so, daß er sich, als er endlich stand, an der Tischkante festhalten mußte.

»Sie sehen ja schlimm aus. Sie haben doch nicht etwa was getrunken ...?«

»Nur Wasser.« Zum Beweis dafür hauchte Thomas Zernicke ihn an.

»Hat es eine Schlägerei gegeben?« Hager war nicht von gestern.

Manfred schloß die Augen und verlor jedes Gefühl für Zeit und Raum.

»Nein«, hörte er Thomas Zernicke sagen. »Nein.«

»Was dann?«

»Ich glaube, ich habe Fieber, ich habe Mumps.«

Hager sprang zur Seite. »Dann gehen Sie sofort nach Hause und legen sich ins Bett. Es soll Sie einer bringen. Wer ist von den Herren der Beste in Englisch?«

»Hansi Breuer.«

»Breuer, dann bringen Sie Zernicke nach Hause. Die anderen schreiben weiter, hopp!«

Manfred wischte sich den Schweiß von der Stirn und hatte das Gefühl, dem Tod noch einmal von der Schippe gesprungen zu sein. Thomas Zernicke war also doch kein so fieser Charakter, obwohl, wie Dirk Kollmannsperger später analysieren sollte, vielleicht nur Eigennutz dahintersteckte, denn wenn er Hager wirklich erzählt hätte, was passiert war, wäre ja auch er von der Schule geflogen.

Thomas Zernicke hatte wirklich, wie Manfred später erfuhr, eine leichte Gehirnerschütterung, war aber eine Woche später wieder völlig in Ordnung und kehrte an dem Tag in die Schule zurück, als Manfred für seine Nacherzählung von Whisky eine Fünf bekam – und zwar mit dem Kommentar: »Da habe nicht mal ich ein Auge zudrücken können.«

Nach diesem Drama mit Thomas Zernickes Knockout hoffte Manfred, sich in der nächsten Stunde erholen zu können, denn da stand im Stundenplan Musik, und die wurde im Extrasaal von Max Hamann gegeben. In der letzten Woche hatte er eine Langspielplatte aufgelegt und sie den Anfang der *Zauberflöte* hören lassen. Also war damit zu rechnen, daß heute die Fortsetzung folgte.

Was seine Erbmasse betraf, so hätte Manfred auf der Albert-Schweitzer-Schule eigentlich andere Noten bekommen müssen, als sie Hamann ihm gegeben hatte – zweimal »nicht genügend« und dreimal »befriedigend« –, denn seine Mutter hatte erfolgreich im Chor der St.-Thomas-Kirche gesungen, und sein Vater war sogar in mehreren Veranstaltungen als Stehgeiger aufgetreten. Aber Otto Matuschewski war wohl doch eher ein Musikclown als ein begnadeter Virtuose, denn er ließ keine Gelegenheit vergehen, sich über alles lustig zu machen; vielleicht, weil man ihn bei seinen Vorstellungen öfter einmal ausgepfiffen hatte. So sprach er nie von »Gasparone«, sondern immer nur von »Gaspatrone« und von »Lucia di Jammermoor« statt »Lammermoor«, von »Cosi fan nutte« statt »fan tutte« und machte aus »Rigoletto« »Riegelotto«, wie er auch den »Vetter aus Dingsda« zum »Fetten aus Dingsda« verunstaltete, erzählte Manfred, daß »Graf Koks von der Gasanstalt« die größte Tonschöpfung aller Zeiten sei, sang regelmäßig »Du hast Glück bei der Flak, Erna Sack«, die große Kammersängerin meinend, nannte seine alte Geige stets »das Wimmerholz« und sagte, wenn er eine Koloratur-Sopranistin im Radio hörte, die Dame sollte doch auf die Toilette gehen, wenn sie denn so dringend müßte. Und auf die Frage, von wem die Oper *Elektra* sei, kam prompt die Antwort: »Von Siemens & Halske«, wie er auch *Tosca* nicht Puccini zuschrieb, sondern »4711«, und aus dem Komponisten Rimski-Korsakow Rindvieh-Korsakow machte.

Wie auch immer, Manfreds Verhältnis zur Musik war nicht so, wie es für einen werdenden Bildungsbürger zu sein hatte. Und da Max Hamann, selber Komponist, den Musikunterricht gnadenlos vollzog, war klar, daß sie sich beide nur wenig mochten. Für Hamann waren Schüler wie Manfred Matuschewski der Untergang des Abendlandes, und für Manfred war Hamann mit seinen kackbraun gefärbten Haaren ein eitler Schmierenkomödiant.

In der Klasse gab es, obwohl Bimbo und Dietmar Kaddatz Chorknaben waren, nur zwei musikalische Talente. Das war einmal Carola Keußler, die selten ohne ihre Flöte anzutreffen war, so daß die pubertierenden Jungen immer ein Thema hatten, an dem sie sich hochziehen konnten, und Dirk Kollmannsperger, der ein außergewöhnlich guter Klavierspieler war. Aber während Hamann das »Mädchen mit der Flöte«, wie sie überall hieß, sehr schätzte und stets zu fördern versuchte, war Dirk Kollmannsperger ein rotes Tuch für ihn, was daran lag, daß der eine gottverdammte Art hatte, alle Autoritäten, insbesondere die aufgeblasenen, zu verunsichern und bis aufs Blut zu reizen.

Dirk Kollmannsperger nun saß am schuleigenen Flügel und

spielte zum Entzücken der gesamten Klasse George Gershwin, als Hamann den Musiksaal betrat. Sofort, anstatt das meisterliche Spiel seines Schülers zu loben, preßte er beide Hände gegen die Ohren und verzog das Gesicht so, als hätte er gerade einen Elektroschock erlitten.

»Kollmansperger, würden Sie bitte davon Abstand nehmen, meinen Flügel zu vergewaltigen.«

Dirk Kollmannsperger brach ab und erhob sich, nicht ohne vorher das Instrument zu streicheln und dabei das Lied vom Hannoveraner Serienmörder zu summen. »Warte, warte nur ein Weilchen, bald kommt Haarmann auch zu dir ...« Der Beifall, der ihn daraufhin begleitete, war überaus stürmisch.

Hamann war, wie eigentlich immer, narzißtisch gekränkt. Born to be a great composer, wie er es in seiner Kammeroper *Der Träumer* selbst formuliert hatte, war es sein Schicksal, hier in der Schule, auch noch in der Kulturwüste Neukölln, die Perlen vor die Säue zu werfen. »So, dann werden wir mal sehen, was ihr von den Grundbegriffen der Musik behalten habt ... Noten sind ja nicht nur etwas, womit man Musik machen kann.« Damit zog er sein Zensurenbüchlein hervor und strich durch die Reihen wie ein Raubvogel, der seine Beute suchte. Vor Manfred blieb er schließlich stehen.

»Das ist doch der, der mir mein Tamburin zerstört hat ...«

Vor drei Jahren war das passiert, als Manfred den Unterschied zwischen einem Vierviertel- und einem Sechsachtel-Takt nicht kapiert hatte und seine Schläge auf die prall gespannte Haut, um dies zu kaschieren, viel zu kräftig ausgefallen waren.

Hamann fixierte ihn lange, ehe er schoß: »Was heißt a cappella?«

Manfred überlegte nicht lange. »Daß eine Kapelle spielen soll.«

Die Klasse lachte. Erst wollte Hamann auffahren, weil er sich vergackeiert fühlte, dann merkte er aber, daß Manfred dies ohne jede böse Absicht gesagt hatte und es nicht besser wußte. So beugte er sich nur zu Manfred hinunter und flü-

sterte ihm ins Ohr: »A cappella – Vokalmusik ohne Begleitung von Instrumenten. Aber nicht weitersagen.«

Nachdem Carola Keußler gewußt hatte, was ein Accom-
pagnato war, nämlich ein Rezitativ mit ausgearbeiteter mu-
sikalischer Begleitung, und Henriette Trettin affettuoso richtig gedeutet hatte – »mit gemütsbewegendem Ausdruck« –,
zeigte sich Max Hamann wieder befriedet und ging allegro
zu seinem Plattenspieler hinüber.

»Hören wir wieder in die *Zauberflöte* hinein. Sie erinnern
sich ... Als Tamino rachedurstig in die Tempel eindringen will,
tönt ihm ein ehernes ›Zurück!‹ entgegen. Doch schließlich erscheint einer der Eingeweihten. ›Wo willst du, kühner Fremd-
ling, hin? Was suchst du hier im Heiligtum?‹ – ›Der Lieb und
Tugend Eigentum.‹ – ›Die Worte sind von hohem Sinn! Allein, wie willst du diese finden? Dich leitet Lieb und Tugend
nicht, weil Tod und Rache dich entzünden.‹ Diese Rezitativ-
Szene ist auch musikalisch von höchster Bedeutung. Hören
wir das einmal bis zu dieser Stelle: ›O ew'ge Nacht, wann
wirst du schwinden? Wann wird das Licht mein Auge finden?‹«

Manfred fand das alles furchtbar albern, und seine Langeweile wurde immer quälender. Die Luft wurde zunehmend
schlechter, der Kopf dröhnte schon. Die Augen waren kaum
noch offenzuhalten. Überall juckte es. Er schwitzte unter
den Achseln und im Schritt. Die Füße jummerten. Der Hintern tat ihm weh, denn die Stühle waren mehr als hart. Die
Zeit dehnte sich, Minuten wurden zu Stunden. Der große
Zeiger seiner Uhr schien festgeklebt zu sein. Immer stärker
wurde sein Impuls, aufzuspringen und aus der Schule zu
laufen – durch die Stadt, durch Deutschland, durch ganz Europa.

Um nicht einzuschlafen, machte er Dehnübungen unter
dem Tisch und fing an, seinen Gedanken nachzuhängen. Ob
Deutschland bei der Fußballweltmeisterschaft in der Schweiz
die Vorrunde überstehen würde? Gegen die ungarische
Wunderelf bekam man sicherlich die Hucke voll, wie stark
aber war die Türkei? Ob sich Tante Gerdas altes Faltboot

wirklich noch zusammenbauen ließ? Ob noch alle Teile vorhanden waren? Ob Renate Zerndt ihm doch noch schreiben würde? Er stellte sich vor, wie sie beide im Faltboot saßen und dann an einer einsamen Stelle im Gosener Graben ausstiegen, sich ins Gras legten und ...

»Matuschewski, wollen Sie bitte einmal aufstehen!«

O Gott, das ging nicht, denn die intensive Beschäftigung mit Renate Zerndt und deren erogenen Zonen hatte für eine derartige Ausbeulung seiner Hose gesorgt, daß ...

»Na, wird's bald!«

Der Schrecken sorgte zum Glück für eine schnelle Normalisierung seines Zustandes unterhalb der Gürtellinie, so daß er sich nun doch noch weisungsgemäß erheben konnte. »Ja, bitte?«

»Manche können es ja im Schlaf. Mal sehen, ob Sie auch zu den Glücklichen gehören: Was, bitte, hat der Chor der Eingeweihten eben gesungen?«

Manfred wußte es nicht – und kassierte seine obligatorische Fünf, ohne daß es ihn irgendwie juckte.

»Bald, Jüngling, oder nie!« verriet ihm Hamann das Geheimnis.

»Bald, Jüngling, Onanie!« echote Dirk Kollmannsperger.

Hamann preßte, genauso wie bei seinem ersten Auftritt an diesem Tage, die Hände an die Schläfen. »Ich halt' das im Kopf nicht aus!«

»Im Rückenmark«, verbesserten sie ihn.

In der nächsten Stunde, Chemie bei Meph, gab es dann weniger zu lachen. Wobei Dr. Manns Opfer diesmal nicht Manfred Matuschewski hieß, sondern Dietmar Kaddatz, neben Henriette Trettin an sich sein einziger Einser-Kandidat in dieser Saison. Auslöser des Ganzen war der Funkeninduktor, den Dietmar Kaddatz in der Werkzeugkiste eines seiner Ahnen entdeckt hatte, in den zwanziger Jahren einmal Herzstück eines damals hochmodernen Fernsprechapparates. Mit diesem Gerät nun versetzte er den Chemiesaal in Aufruhr, und zwar ging das so, daß er Thomas Zernicke, seinen Gehilfen, wie einen Irren an der Kurbel drehen ließ und dann selber mit zwei an den Enden blanken Drähten in der Hand auf die anderen losstürzte, um sie an Stellen zu erwischen, die weder Stoff noch Leder schützten. Gelang ihm dies, so schrien die Betroffenen, als ob sie am Spieße steckten, denn mit diesem Funkeninduktor ließen sich recht hohe Voltzahlen erzeugen, und es zuckte mächtig auf der Haut. Die Jungen ließen sich die Chance nicht entgehen, die Mädchen schützend zu umfangen, was die wiederum zu altjüngferlichem Kreischen animieren mußte.

Angewidert verharrte Meph in der Tür und sah den Chemiesaal, sein Heiligtum, durch dieses kindlich alberne Spiel gleichsam geschändet.

»Schluß!« schrie er und konfiszierte den Funkeninduktor, während sich alles auf die Plätze begab. »Kaddatz, Sie bleiben gleich mal an der Tafel.«

»Ja, Herr Doktor ...« Dietmar Kaddatz unterdrückte ein Gähnen. Ihm war deutlich anzumerken, daß er Männer wie Meph nur langweilig fand.

»Kaddatz, in der letzten Stunde haben wir ja über den ph-Wert gesprochen ... Welchen ph-Wert hat denn Blut?«

»Acht.«

»Das Blut, ja. Ihres muß ja nach Ihrer Darbietung eben noch sehr heftig pulsieren. Sagen Sie: Welche chemischen Substanzen finden wir denn im Blutplasma?«

»Das hatten wir noch nicht«, rief Bimbo, der sich als Kaddatz' Edeldomestike verstand.

Meph grinste. »Wer bei mir eine Eins haben will, der muß heute schon wissen, was morgen durchgenommen wird. Die Salze des Blutplasmas zerfallen in Ionen. Von den Kationen überwiegt das Natrium, und was ist mit den Anionen?«

»Das Hydrogencarbonat«, riet Dietmar Kaddatz.

»Irrtum.«

»Ja, Irrtum«, ließ sich Dirk Kollmannsperger lautstark vernehmen, »aber von Ihnen. Dietmar hat heute Geburtstag.«

Was das hieß, brauchte nicht weiter erörtert zu werden, denn es war ein zwar ungeschriebenes, aber dennoch ehernes Gesetz, daß Schülerinnen und Schüler an ihrem Geburtstag nicht aufgerufen und geprüft werden durften. Ihr Festtag sollte ihnen nicht verdorben werden. Dirk Kollmannsperger wies Dr. Mann noch einmal nachdrücklich darauf hin.

»Schön, für das gemeine Fußvolk mag das gelten, ein Genie aber ist immer im Dienst. Also, Kaddatz, was hat es mit den Albuminen, Globulinen und dem Fibrinogen im Blut auf sich?«

Dietmar Kaddatz wußte es nicht und bekam, Meph machte seinem Namen alle Ehre, eine Fünf. Manfred lernte dadurch, daß es auf dieser Welt nicht nur die Dummen schwer hatten, sondern auch die Klugen – und zwar immer dann, wenn sie die gefährdeten, die das Sagen hatten.

In der letzten Stunde hatten sie Sport bei Schädlich, und der beschloß, wegen des einsetzenden Regens nicht auf den Jahnplatz zu gehen, sondern die neue Turnhalle zu nutzen. Die war zu Manfreds großem Leidwesen am 18. 2. 1953 feierlich eingeweiht worden, und nun war jede Stunde für ihn eine mächtige Qual, ein Spießrutenlaufen schlimmer als beim preußischen Soldatenkönig. Dies wurde dadurch verschärft, daß man die beiden 11. Klassen beim Sportunterricht zusammengefaßt hatte. Was in den nächsten Minuten geschehen würde, hatte er wie im Film genau vor Augen:

»Alle ans Reck!« ruft Schädlich. »Und dann will ich zweierlei sehen: Aufschwung-Unterschwung und dann Abgang mit einer Flanke.«

Als er ans Gerät tritt, schließt er, obwohl Gunnar Hinze und Schädlich selber zur Hilfestellung bereit stehen, mit dem Leben ab, denn er ist sich sicher, beim Hängen an der Reckstange keine Kraft mehr in den Fingern zu haben, also abzustürzen und so aufs Kreuz zu knallen, daß er sich das Genick bricht.

Die Mädchen, die im anderen Teil der Halle unter Frau Hünickes Regie Basketball spielen, legen eine Pause ein, um das Bild zu genießen, wie er gleich mit einem Hilfeschrei auf den Lippen wie ein nasser Sack am Reck hängen wird.

Schädlich grinst. »Hoffentlich wird sich deine grüne Hose nicht gleich braun verfärben.«

»Das Hose ist rot, Herr Schädlich«, korrigieren sie ihn. Langsam hat es sich herumgesprochen, daß er unter einer ausgeprägten Rot-Grün-Blindheit leidet und beim Autofahren immer einen braucht, der ihm an den Ampeln sagt, was gerade eingeschaltet ist.

Da kommt der Befehl: »Matuschewski, los!« Und er schafft es nicht, auf die Reckstange zu kommen, Gunnar und Schädlich hieven ihn hoch. Die Mädchen jubeln, und alles verspottet ihn. Dann stürzt er sich wie ein Kamikazeflieger auf Schädlich und bricht ihm und sich die Rippen …

Das mit dem Kamikazeflieger brachte ihn, als sie in der Umkleidekabine waren, auf eine Idee. Sein Vater und Herbert Neutig hatten davon berichtet, wie *sich* in der Nazizeit aus Angst vor dem Heldentod fürs Vaterland manch junger Mann mit Hilfe von Beil und Messer so verstümmelt hatte, daß ihn die Wehrmacht nicht mehr brauchen konnte. Da war die Tür zur Toilette, und wenn er »aus Versehen« die Finger zwischen Tür und Rahmen steckte und sich zerquetschen ließ. Um Gottes willen, die brauchte er zum Kugelstoßen! Aber nur die rechte Hand. Die linke aber auch zum Paddeln, die große Fahrt um die Müggelberge und zum Amazonas. Dann ging das eben erst im Juni. Lange kämpfte er mit sich. Neidvoll dachte er an Bimbo, der wegen seines Herzklappenfehlers vom Sport befreit worden war. *Tu es! Laß es!* Er schwankte und schwankte.

Da sah er, wie Utz Niederberger aufstand, um noch einmal pinkeln zu gehen.

Jetzt oder nie. Eigentlich gegen seinen Willen und in wilder Angst vor dem Schmerz, der zu erwarten war, stand er auf, ging auf die Toilette zu, tat so, als würde er über Guido Eichborns Beine stolpern und suchte, heftig mit den Armen rudernd, Halt im Rahmen der Tür – gerade als Utz Niederberger sie hinter sich zudrücken wollte. Ein Schrei.

»Herr Schädlich, Matuschewski kann nicht mitmachen«, meldete Gunnar Hinze wenig später, »er hat sich die Finger gequetscht und muß zur Ersten Hilfe.«

Am zweiten Juniwochenende machte sich Manfred gleich von der Schule aus auf den Weg nach Schmöckwitz. Es gab viel zu tun. Am Sonntag wollten sie nun endlich in See stechen, konnten es auch, weil seine Finger wieder verheilt waren, so daß Sonnabend dreierlei anstand: Erstens der Zusammenbau des Faltbootes, zweitens der Geburtstag seiner Mutter und drittens die Radfahrwette mit Gerhard und Inge.

Nur ein paar Meter vom Schuleingang entfernt hielt die 47, und mit einem Panzerzug ging es die Karl-Marx-Straße hinauf zum Bahnhof Neukölln. Dort hatte er guten Anschluß zur S-Bahn und war schon in zwanzig Minuten draußen in Grünau. Zwischen den Stationen Köllnische Heide und Baumschulenweg wurde die Grenze passiert, und es war wie immer ein komisches Gefühl, als Eingeborener von einem Berliner Bezirk in den anderen zu fahren und dennoch ganz plötzlich in einer Art Ausland zu sein. Hier war noch alles voll von Überresten des II. Deutschlandtreffens der FDJ. Zum Glück gab es keine Grenzkontrollen, das hätte noch gefehlt. Dummerweise aber stand in der 86 ein Nachbar seiner Oma neben ihm, der Zimmermann, ein hohes Tier bei der Nationalen Volksarmee, und fragte ihn unter anderem auch, ob er denn bis Montag früh draußen bleiben wolle.

»Nein, eigentlich nicht.« Manfred kam es vor wie ein Verhör. Sie alle wußten nicht genau, ob es wirklich erlaubt war, daß Westberliner zwei Nächte hintereinander in Ostberlin blieben, ohne sich vorher bei der Vopo angemeldet zu haben. Seine Oma wollte auch nicht offiziell fragen. »Wer viel fragt, kriegt viel Antworten,« pflegte sie zu sagen.

»Deine Eltern haben ihr Faltboot verkauft.« Sie standen in der vollen Straßenbahn Bauch an Bauch, und Herr Zimmermann, mindestens einen Kopf größer als er, sah auf ihn herab.

»Ja.« Manfred nickte. Fast wäre ihm die Frage rausgerutscht, ob die NVA die *Snark* vielleicht als Aufklärer oder als Kanonenboot hätte brauchen können. Um jede Unmutsäußerung des anderen zu vermeiden, fügte er schnell und demutsvoll hinzu, daß das Boot aber in der DDR geblieben sei. »Jetzt haben 's welche in Wernsdorf.«

»Und ihr?«

»Mal sehen.« Vielleicht wäre es klüger gewesen, Herrn Zimmermann zu sagen, daß sie nachher das andere Faltboot zusammenbauen wollten. Wenn er das von seinem Fenster aus sah, schöpfte er womöglich Verdacht, daß sie etwas Böses gegen die DDR im Schilde führten. Aber mußte man dem denn alles auf die Nase binden?

Zum Glück kam jetzt der Schaffner – »Noch jemand ohne Fahrschein?« – und quetschte sich, nachdem er abkassiert hatte und Manfreds Aluminiumgroschen im Schnellwechsler verschwunden waren, zwischen beiden hindurch, um an der Haltestelle Regattahäuser abzuklingeln.

Manfred nutzte die Chance, ein wenig Abstand von Herrn Zimmermann zu halten. Um Gerhard abzuholen, kletterte er dann schon in Karolinenhof aus der 86 und ging den Lübbenauer Weg hinauf, wo Bugsins ihre Sommerfrische hatten, wie seine Oma immer sagte. Es war ein großes Eckgrundstück mit einer herrlich breit gewachsenen Kiefer darauf. Die geräumige Laube versteckte sich hinter etlichen Obstbäumen und Büschen. Gerhard mähte den Rasen, Onkel Max hatte sich in seinem Liegestuhl lang ausgestreckt und ließ sich die Sonne auf den Bauch scheinen, Inge lag daneben und las im *Magazin*, Tante Irma schließlich kniete in ihren Beeten und war beim Unkrautjäten.

Doch als Manfred klingelte, sprangen alle vier auf und liefen tief gebückt ins Haus, jede Deckung nutzend, wie Soldaten bei einem überraschenden Feuerüberfall. Blitzschnell waren sie in ihrer Laube verschwunden. Manfred verstand das nicht, stand lange am Zaun und fragte sich, was er denn wohl getan haben könnte, daß sie nichts mehr mit ihm zu schaffen haben wollten. Aber sosehr er auch sein Sündenregister durchging, es fiel ihm nichts ein.

Also klingelte er abermals und schrie dabei: »Ich bin es, Manfred!«

»Ach so, du.« Alle vier kamen wieder aus ihrer Festung hervor. »Wir haben gedacht, Horst Schröder steht draußen.« Schröders kamen des öfteren, um ihnen den Kuchen »wegzufressen«, und deshalb versteckten sie sich immer, wenn sie im Anrücken waren.

Nachdem sich dieses Mißverständnis geklärt hatte, versuchte Manfred, Gerhard so schnell wie möglich von seinen Eltern loszueisen, um mit ihm in Schmöckwitz das Faltboot zusammenzubauen, doch Onkel Max bestand darauf, daß zuerst der Rasen zu Ende zu mähen und dann auch noch abzuharken sei. Manfred machte mit, damit sie schneller nach Schmöckwitz fahren konnten.

»Erst die Arbeit, dann das Vergnügen«, sagte Tante Irma, doch was für Manfred dann kam, war kein Vergnügen, sondern Anspannung und Angst, denn als sich das Rasenpflegeproblem erledigt hatte, stellte sich die Frage, wie sie am schnellsten nach Schmöckwitz kämen, genau 1,7 km waren es, zu Fuß oder mit der Straßenbahn.

»Na, mit dem Rad!« lachte Inge.

»Manfred kann doch gar nicht radfahren«, merkte Tante Irma an.

»Ebent«, sagte Inge und grinste. »Er hat aber mit mir gewettet, daß er's kann, ohne es gelernt zu haben.«

»Klar, das ist angeboren bei mir.« Manfred gab sich so wie Old Shatterhand. »Ich setz' mich rauf und kann es.«

»Wenn er hundert Meter schafft, ohne umgefallen zu sein, kriegt er 'n Karl-May-Buch von mir – nach freier Wahl.«

»Pssst!« machte Manfred. »Wer in Ostberlin von freien Wahlen redet, der ... «

»Nun lenk nicht ab. Schafft er's nicht, bekomm' ich eins von ihm.« Inge erhob sich aus dem Liegestuhl. »Komm, mein Rad steht gleich am Gartentor vorne.«

»Soll ich gleich 'n Krankenwagen holen?« ließ sich Onkel Max vernehmen.

Manfred sah ein, daß er nicht mehr kneifen konnte und fügte sich ins Unvermeidliche. Und das hieß: Gehirnerschütterung und Schlüsselbeinbruch. Mindestens. War wohl nichts mehr morgen mit der großen Fahrt von Schmöckwitz aus den Amazonas hinunter, der gleich am Gosener Graben begann.

»Dies hier ist der Lenker«, sagte Inge, die diese Szene reichlich genoß. »Das schwarze Gebilde hier nennt man Sattel, und unten haben wir die Pedale. Alles klar.«

»Nein ... Wozu sind denn die beiden großen runden Dinger da – mit dem Speichel drin?«

»Den Speichen!« korrigierte ihn Gerhard.

Inge klärte Manfred auf. »Die Speichen sind dazu da, daß du mit dem Fuß reinkommst und dir den Knöchel brichst.«

»Einen nur?« Manfred erinnerte sich daran, daß es gut war, laut zu pfeifen, wenn man nachts allein durch den Wald ging und fast umkam vor Angst. »Willst du dich nicht hinten auf den Gepäckträger setzen, wenn ich losfahre?«

»Bin ich lebensmüde?« fragte Inge. »Da müßt' ja mein Herz 'n Affe sein. Aber nun mach mal, bevor es dunkel wird.«

Manfred packte das Rad beim Lenker und kam sich dabei vor wie ein Torero, der den Stier bei den Hörnern nimmt. Schwer war so ein Rad, und andauernd wollte es umfallen, zumal hier auf dem Lübbenauer Weg, der, nie gepflastert, eine einzige Sandwüste war. Wie es theoretisch ging, das wußte er, war ja schließlich beim Sechstagerennen hautnah dabeigewesen. Man setzte sich rauf, trat in die Pedale und fuhr in die Welt hinaus – nichts einfacher als das. Und immerhin war er so gut in Physik, um zu wissen, daß die Wahrscheinlichkeit umzukippen mit zunehmender Geschwindigkeit immer geringer wurde. Also gab es nur eins: Mit aller Kraft in die Pedale treten und losrasen, bis die verabredete Distanz zurückgelegt und das Karl-May-Buch gewonnen war. Den *Schut* wünschte er sich. Nein! Der stürzte ja, wie er schon gehört hatte, am Ende in eine tiefe Schlucht und kratzte elendig ab.

»Nun, hopp, oder soll ich dich in 'n Sattel heben?« Inge war gnadenlos.

»Kleinigkeit für einen geborenen Radfahrer.« Lässig schwang Manfred sein rechtes Bein über den Rahmen. Zum Glück war es ein Damenrad, und er kam, obwohl als »steifer Bock« bei Lehrern und Trainern verschrien, ganz gut hinüber. Mit einem berühmten Spruch seines Vaters – »Jetzt kommt der große Augenblick, wo der Elefant sein Wasser läßt!« – umklammerte er die Lenkergriffe.

»Ton ab, Kamera läuft!« schrie Gerhard und machte mit der rechten Hand die typischen Kurbelbewegungen der Stummfilmzeit.

Lieber Gott, hilf! Manfred schloß noch einmal kurz die Augen und kam sich vor wie ein Todeskandidat, dem sie schon die Binde umgelegt hatten. Feuer!

Er trat mit voller Wucht in das linke Pedal, schoß davon, geriet in eine kleine Kuhle, schlug auf dem Sattel auf, daß er sich die Hoden quetschte, drohte wegzukippen, als er vom rechten Pedal rutschte, konnte sich aber noch einmal herumwerfen und an Fahrt gewinnen. Er fuhr, hurra, er fuhr! Saß auf dem Rad und raste den Lübbenauer Weg entlang, schaffte es bei diesem Tempo gleich einmal um den Erdball herum.

Vorne aber kam die Vetschauer Allee – und da fuhr die Straßenbahn, die 86.

Es röhrte, und schon war einer der Maximum-Triebwagen an der Ecke aufgetaucht. Er sah das Nummernschild, er sah die Kupplungsstange, das Weicheneisen und den Fahrer an der Kurbel – und flog auf sie zu wie ein kleiner Nagel auf einen Riesenmagneten. Irgendwie kam ihm dieser Tod auch logisch vor, zu sterben, indem er eins wurde mit seiner geliebten 86.

Nein! Er riß den Lenker herum, wollte noch bremsen, wußte aber in seiner Panik nicht wie noch wo und rauschte mit dem Kopf voran in einen Maschendrahtzaun.

Inge und Gerhard waren heran und halfen ihm auf.

»Hast du dir was getan?«

»Alles noch dran?«

Als sich herausgestellt hatte, daß es nur ein paar Hautabschürfungen waren, besaß Inge die Frechheit, Tante Irmas Bandmaß zu holen und abzumessen, wie viele Meter er denn nun wirklich geschafft hatte.

»Siebenundneunzig!« rief sie.

So schnell wie heute waren sie nie zuvor bei der Oma angekommen, obgleich er nur auf dem Bürgersteig und in Schlangenlinien fuhr.

»Gratuliere!« rief die, als sie von seiner Heldentat erfuhr. »Man muß nur immer wollen, dann geht es auch. Ich kann nicht, heißt: Ich will nicht.«

»Immer stimmt das aber auch nicht.« Manfred breitete die Arme wie Flügel aus. »Ich will wirklich fliegen wie Daedalus oder wenigstens wie Otto Lilienthal, kann es aber trotzdem nicht.«

»Du Strick, du!« Sie knuffte ihn in die Seite und gab ihm einen Kuß.

»Wir wollen jetzt das Boot aus 'm Zimmer oben holen und aufbauen, unten auf 'm Rasen.«

»Erst muß aber mal die Tischtennisplatte aufgestellt werden.«

»Wir wollen heute nicht spielen.«

»Nein, wenn die Geburtstagsgäste nachher kommen: Da wollen wir doch Kaffee trinken dran.«

»Na, schön.« Murrend machten sich Manfred und Gerhard an die Arbeit. Nur schnell fertig sein damit. Auf zwei Böcke aus Holz wurden drei krumme Dachlatten gelegt, und darauf kamen dann die beiden ziegelroten Spanplatten. Da das Ganze auch noch mitten auf dem Weg stand, also auf lockerem märkischem Sand, wurde es eine ziemlich wacklige Angelegenheit.

Die Oma wollte sie belohnen. »Ich hab' noch Flammeri mit Rhabarber für euch. Setzt euch mal zu mir ins Zimmer, da seid ihr keinem im Wege.«

Sie setzten sich hin und ließen es sich schmecken. Dabei fiel Manfreds Blick auf den schwarzen Sofa-Umbau, auf dem die Fotografien aller Familienmitglieder aufgereiht waren, Tante Gerdas Bildnis in doppelter Größe, und er entdeckte das Tagebuch seiner Schmöckwitzer Oma, das sie wohl in der Eile ganz vergessen hatte. Normalerweise versteckte sie es immer ganz unten im Schrank. Wie ein Geier stürzte sich Manfred auf seine Beute. Er war zu neugierig, was sie über ihn geschrieben hatte.

»Wo wird denn was drinstehen über mich?«
Für Gerhard war das klar. »Als du Geburtstag hattest.«
Und richtig, da entdeckte er schon beim Überfliegen seinen
Namen. Schnell versuchte er, soviel wie möglich zu entziffern:

Montag, 1. Februar
Am Tage 13° minus, nachts 18° minus. Heute wird Manfred
16 Jahre. Schlief einigermaßen und stand gegen 8 Uhr auf.
Nach dem Einheizen usw. schrieb einen 2seitigen Brief an
Gerda u. fügte das Foto vom Weihnachtsheiligenabend bei.
Zum Mittag hatte noch Hammelfleisch, Pudding u. Kirschen.
Um 3.10 fuhr zu Manfred. Hatte als Geschenk 1 Buch von
Poe (3,50), 1 Buch »Die Entdeckung der Erde« (6,50), 1 Cart.
mit Bonbons (3,50) u. 1 Paket Datteln (1,75). Um ½ 5 war
ich bei meinem lieben Manni. Hoffentlich habe ich ihn mit
den Büchern erfreut. Manfred teilte mir mit, daß ein Paket
von Elisabeth angekommen war. Als Margot kam, deckten wir
den Tisch für 12 Personen. Kaffee u. Kuchen mit Sahne, alles
reichlich u. gut. Danach Likör, von Otto selbst angesetzt.
Nach dem Abendessen – nur gute Sachen – wurde Weißwein
getrunken. Unter lustigem Geplauder war es 12 Uhr gewor-
den. Ich blieb bei den Kindern über Nacht u. schlief im Wohn-
zimmer, Manfred bei den Eltern.

Dienstag, 2. Februar
Nachts 18° minus, am Tage 12° minus. Um ¼ 8 stand ich auf.
Margot gab mir eine schwarze Schürze für Gerda zum Ge-
burtstag. Um ½ 8 ging sie zur VAB. Kochte Kaffee u. machte
Manfred 2 Schnitten zurecht. Otto schlief noch, er hatte
Nachmittagsdienst. Wollte abwaschen, bekam aber den Ab-
waschtisch nicht auf. Otto schaffte es später. Ich hatte inzwi-
schen Kaffee getrunken. Nun ging es ans Abwaschen. Otto
half abtrocknen. Um ½ 11 war alles fertig. Hatte Brühnu-
deln gekocht. Um ½ 12 fuhr nach Hause, wo ich um ½ 1
ankam. In meinem Zimmer hatte 2° plus, im kleinen Zim-
mer 5° minus. Heizte gleich ein. Zum Mittag hatte sauren
Hering mit Pellkartoffeln, Pudding und Kirschen. Holte vom

Brunnen, den ich erst auftauen mußte, reichlich Wasser. Wusch dann bis 5 Uhr das Geschirr vom Sonntag ab. Hatte endlich 15° im Zimmer. Verheizte noch alte Zeitungen zusätzlich. Zum Kaffee hatte noch Kuchen. Um ½ 7 aß noch Bratkartoffeln mit Heringsmilch. Um 8 Uhr ging ins Bett und las noch etwas Bertha Suttner Die Waffen nieder!.

Mittwoch, 3. Februar
Nachts 15° minus, am Tage 10° minus. Ich schlief nicht gut u. stand um 8 Uhr auf. Mußte Kohlen vom Schuppen reinholen und 2x heizen. Von Trudchen Krummhauer bekam 1 Karte aus Wolkenstein/Erzgeb. Zum Mittag kochte Kohlrüben mit Speck. Vom Konsum holte 2 Pfund gr. Heringe je –,69. Kaufte für Gerda 1 Paar Strümpfe für 3,54 und für mich eine Unterziehjacke 7,30. Die Heringe habe gleich gebraten und eingelegt und Sauerkraut gekocht. Kaufte 600 g Sahneschichtkäse zu 2,70. Else und Erna kamen um ½ 7 und spielten wir bis um ½ 10 Rommé, wobei –,12 gewann. Erna brachte mir die geliehenen 10 M. zurück. Hörte noch im Radio die Kommentare zur heutigen Viererkonferenz. Sie werden sich nicht einig über die Einigung des Deutschen Volkes. Abstimmung soll erfolgen über E. V. G.-Verträge. Besserte noch meinen Büstenhalter aus u. machte ein Fußbad. Ging um ¾ 11 ins Bett und las noch etwas in …

»Vorsicht!« rief Gerhard. »Sie kommt ins Zimmer.«
Schnell legte Manfred das Tagebuch an seinen Platz zurück, und er bekam, es war ein regelrechter Anfall von Traurigkeit, feuchte Augen, als er daran dachte, daß er diese Tagebücher erst richtig lesen konnte und würde, wenn sie gestorben war. Eines Tages würde alles vorbei sein, sie und sein Schmöckwitz nur noch Erinnerung, nur noch ein Traum.
»Ist dir nicht gut?« fragte sie ihn, als sie vor ihm stand.
»Nein, nein, mir ist nur eine Fliege ins Auge gekommen.«
»Dann reib mal nicht so.«
»Nein. Wir gehen jetzt rauf, das Boot runterholen.«
So war es halb vier geworden, als sie sich endlich daran-

machten, die Gummihaut und die Stäbe des Faltbootes aus dem kleinen Zimmer oben links zu holen, in dem einmal Tante Gerda und Onkel Gerhard geschlafen hatten, und das noch immer von dem Parfüm erfüllt war, das er ihr als Soldat aus Frankreich mitgebracht hatte, bevor er bei Kattowitz gefallen war.

Die haigraue Haut des *Rebells* hing schön säuberlich und mit Talkum eingestäubt über dem Kleiderschrank, und der mannshohe Beutel aus khakifarbenem Leinen, der die hölzernen Innereien des Gummidampfers enthielt, lehnte dahinter in der Ecke. Es war sehr mühsam, alles die schmale Stiege hinunterzubugsieren, doch sie schafften es, bevor seine Eltern und die ersten Gäste mit der 86 angerollt kamen.

»Jetzt wird erst einmal Kaffee getrunken!« Der Weisung seiner Mutter war unbedingt Folge zu leisten.

»Wer zählt die Völker, nennt die Namen, die heute hier nach Schmöckwitz kamen«, reimte sein Vater, als alle Platz genommen hatten, an der Tischtennisplatte wie an einem zusätzlichen Tisch, der noch schnell hingetragen werden mußte. Neben Manfreds Schmöckwitzer Oma waren es noch 24 weitere Bekannte und Verwandte: Seine Kohlenoma, Onkel Helmut mit Tante Irma und Peter, Onkel Berthold mit Tante Grete, Onkel Albert mit Tante Emmi, Tante Claire, Onkel Erich mit Tante Martha, Tante Eva mit Onkel Jochen, Curt und Püppi und Tante Trudchen – alle von der Mischpoke, wie sein Vater unter Hinweis auf die ein wenig jüdische Abstammung seiner Mutter immer sagte – sowie die vier Bugsins, die beiden Neutigs, Lenchen Behnke, Gertrud Ganter und die liebe Tilly.

»Freunde kann man sich aussuchen, Verwandte nicht«, sagte Onkel Max.

Manfred erinnerte sich an eine der letzten Englischstunden, wo Whisky versucht hatte, ihnen das Leben und Werk Shakespeares ein wenig näherzubringen und als Ausgangspunkt einen Satz aus *As You Like It* gewählt hatte: »All the world's a stage«. Ja, die ganze Welt war eine Bühne, und das Stück, das sie heute hier in Schmöckwitz spielten, hieß »Margots Geburtstag«. Das Leben hatte es geschrieben und auch dafür gesorgt, daß die Rollen adäquat besetzt waren. Alle Bevölkerungsschichten, alle Stände waren vertreten, und Manfred genoß es, wie sie jetzt losschnatterten, angeregt durch die Gummihülle des Faltbootes, die schlaff auf dem Rasen vor der Laube lag, aber auch durch den Namen *Rebell*. Jeder von einer anderen Warte aus, jeder mit ganz unterschiedlichen Erfahrungen, Hoffnungen und Ängsten.

Die Schmöckwitzer Oma hob ihre Kaffeetasse und wandte sich in Richtung Oder. »Tante Gerda in Polen, wir denken an dich! Dir werden jetzt die Ohren klingen. Morgen fährt unser Manfred mit deinem Boot, in dem du mit Gerhard so viele glückliche Stunden verbringen durftest. Sei versichert, daß du heute unter uns bist.«

Manfred bückte sich, nahm die lange weiße Decke hoch und guckte unter den Tisch, das heißt, unter die Tischtennisplatte. »Wo? Hier ist keine Tante Gerda.«

Was ihm, als sein Kopf wieder nach oben kam, einen Katzenkopf seiner Mutter einbrachte. »Man muß sich ja schämen mit dir! An meinem Geburtstag.«

»Hau ihn nicht, Margot«, sagte Onkel Berthold, ihr Cousin. »Sonst nimmt er morgen das Boot und fährt damit über den Atlantik zu Elisabeth rüber.«

»Aus der DDR dürfte wohl kaum einer mit einem Faltboot über die Ostsee entkommen«, sagte Onkel Jochen. »Spätestens an der Zehdenicker Schleuse wird er als Westberliner verhaftet werden.«

Der sozialistisch-kommunistische Flügel der Familie – insbesondere Berthold und Albert – reagierte mit süßsaurer Miene. Onkel Jochen, obwohl von einer Kinderlähmung schwer gezeichnet, hatte einige Zeit im Zuchthaus Brandenburg gesessen, weil er angeblich für den französischen Geheimdienst ausspioniert hatte, wie viele Schiffe täglich die Schleuse Zehdenick passierten. In Wahrheit hatten sie ihn aus seiner Zehdenicker Apotheke vertreiben wollen. Nun war er mit seiner Familie – Tante Eva, Curt und Püppi – nach Westberlin gekommen.

»Und daß das Boot auch noch Rebell heißt, das wird ja Ulbricht auch nicht gerade erfreuen«, wußte Herbert Neutig beizusteuern.

»Auf diesen Namen haben wir's schon 1935 getauft«, erklärte sein Vater. »Ganz bewußt gegen die Nazis. Aber damals haben ja die Kommunisten nicht mit uns Sozialdemokraten Front gegen die Nazis machen wollen ...«

»Umgekehrt wird ein Schuh draus!« rief Onkel Albert, der eigentlich ein Gemütsathlet war.

Manfreds Schmöckwitzer Oma war bemüht, von diesem Thema wegzukommen. »Tante Elisabeth würde sich sicherlich freuen, wenn Manfred plötzlich in New York bei ihr vor der Türe stehen würde.«

Elisabeth war eine weitere Cousine, die Tochter von Tante Friedel und Onkel Paul, die 1944 in der Nähe von Schmöckwitz, in Senzig, ein Stückchen weiter die Dahme aufwärts, ums Leben gekommen waren, als ein angeschossenes anglo-amerikanisches Flugzeug im sogenannten Notabwurf seine Bomben über ihrer Sommerlaube abgeworfen hatte. Gleich nach Kriegsende war Tante Elisabeth dann ausgewandert, nachdem ihr Kind, das sie sich, wie Tante Claire immer sagte, von einem nachher gefallenen deutschen Soldaten »hatte anhängen lassen«, auch noch gestorben war.

Man redete noch kurz über Tante Elisabeth, die in New York einen Tischlermeister aus Berlin geheiratet hatte, den Fritz, der sich aber drüben sein Geld als Nachtclubfotograf verdienen mußte.

»Elisabeth schreibt, daß die Konkurrenten ihrem Fritz die Autoreifen zerstochen haben, damit er nicht so schnell bei einer Hochzeitsfeier sein konnte wie sie.«

»Mir zerstechen nur die Mücken«, sagte Manfreds Kohlenoma.

»Mich!« verbesserte ihn Manfreds Mutter.

»Ja, dir auch, die lassen keinen verschont.«

»So sind eben die Kapitalisten«, merkte Onkel Albert an, der zwar in Ostberlin arbeitete, und zwar als Tischler beim ›Neuen Deutschland‹, aber in Westberlin wohnte und dort treu und brav als SEW-Mitglied für den Sieg des Sozialismus kämpfte.

»Albert!« mahnte ihn Emmi, mit der er in »wilder Ehe« in einem Hinterhaus in der Fuldastraße lebte. »Nischt Politischet wieda.«

»Immer wenn der Albert dalbert, macht die Emmi Remmidemmi«, reimte Manfred.

»Der Junge hat die dichterische Ader von dir, Mariechen«, sagte Tante Claire mit Blick auf ihre ältere Schwester.

»Haach, Berlin, ist das alles anstrengend hier!« stöhnte Tante Eva, die gelernte Krankenschwester war und vor ihrer Heirat und dem Umzug nach Zehdenick in einer Klinik in Lychen ihren Dienst versehen hatte. »Damals die vielen Seen bei uns. Da sind wir immer mit dem Boot gefahren. Einmal mit der Frau von Rudolf Heß. Das war ja eine so reizende Dame...«

»Die Frau eines Naziführers kann nicht reizend gewesen sein!« rief Onkel Berthold, der zwölf Jahre im KZ gesessen hatte.

»Wir sind nun gewiß keine Nazis, meine Frau ist Halbjüdin«, sagte Herbert Neutig, »aber...«

»Ganz recht«, stimmte ihm Onkel Erich, Tante Evas Vater bei. »Das ist ja gerade das Erfolgsgeheimnis der Nazis gewesen, daß sie im privaten Umgang außerordentlich liebenswürdig sein konnten.«

Manfreds Vater lachte. »Besonders in meinem Falle, als sie mich in der Naunynstraße zusammengeschlagen haben.«

»Und ganz besonders im Falle Siemens«, fügte Onkel Berthold hinzu. »Als es um die Frage ging, was der Konzern spart, wenn er im KZ arbeiten läßt.«

Das ging nun speziell gegen Onkel Erich, der lange Jahre als Oberingenieur bei Siemens gearbeitet hatte.

»Kinder, schlagt euch nicht die Köpfe ein!« rief Manfreds Schmöckwitzer Oma.

»Mir geht das nichts an«, sagte die Kohlenoma und goß sich einen weiteren Eierlikör ein. »Ich betrinke mich jetzt.«

Tante Claire prostete ihr zu: »Es lebe die Liebe, der Leichtsinn, der Suff, der uneheliche Beischlaf, der Papst und der Puff!«

Manfred sah besorgt zu Gertrud Ganter hinüber, die die Vorgesetzte seiner Mutter in der Krankenkasse war, denn die kam aus einem streng katholischen Haushalt und eine ihrer Schwestern war Nonne, während ein Cousin auf dem besten Wege war, Bischof zu werden. Seine Mutter war rot angelaufen und schien vor Angst zu zittern, daß ihre Inspektorin nun voller Abscheu und Empörung aufspringen und aus dem Garten stürzen würde.

Doch Gertrud Ganter nahm es gelassen. »Das könnte man direkt im Rundfunk übertragen.«

»Ja«, Lenchen Behnke stimmte ihr zu. »Ab 1. Juni gibt's ja jetzt den neuen Sender, den SFB.«

»Da will Inge auftreten«, berichtete Gerhard. »Als Schlagersängerin. Inge, sing mal: ›Das ist ja prima‹.«

Sie traute sich nicht, aber Peter sprang für sie in die Bresche: »›Rita war achtzehn und jung. Rita war achtzehn und schön. Rita hat nie einem Mann tief in die Augen geseh'n.« Irma Matuschewskis Sohn aus erster Ehe kannte alle Strophen, bis dahin, wo Rita nun doch einen Mann gefunden und geheiratet hatte. »›Was sie sich wünschten, kam an. Schließlich: man war Frau und Mann.‹« Zwillinge waren es, ein Junge und ein Mädchen. »›Rita war glücklich wie nie. Vati sang die Melodie ... ‹« Peter hob die Arme wie ein Alter: »Alle jetzt!«

Und so erfreute der Refrain halb Schmöckwitz. Otto Wegener, der Nachbar, der wie immer lauschend in den Büschen stand, vergaß alle Vorsicht und summte mit.

»Das ist ja prima! Das ist ja prima! Wer hätte das gedacht, was das für Freude macht! Das ist ja prima, das ist ja prima! Wer hätte das gedacht, was das für Freude macht!«

»So lullt der Kapitalismus die Werktätigen ein«, befand Onkel Berthold, und Manfred konnte nicht genau sagen, ob er das spaßig oder aber ernsthaft meinte, wahrscheinlich beides.

»Und was macht der Sozialismus mit den Werktätigen?«

fragte Herbert Neutig. »Der lullt sie nicht ein, der locht sie ein.«

Daraufhin herrschte Totenstille, eine gefährliche Stille, und Manfred war sich sicher, daß die ganze schöne Geburtstagsfeier jetzt platzen würde. Um das zu verhindern, trat er unter dem Tischtuch gegen einen der hölzernen Böcke, auf dem die beiden Hälften der Tischtennisplatte ohnehin recht wacklig ruhten. Krachend brach alles zusammen, und Gastgeberin wie Gäste hatten alle Hände voll zu tun, zu retten, was zu retten war.

»Da hat unser Herrgott ja noch gerade im letzten Augenblick eingreifen können«, sagte Gertrud Ganter.

Manfred sah keinen Anlaß, ihr zu widersprechen. Sein Vater strich ihm übers Haar und flüsterte ihm zu: »Gut gemacht, mein Junge. Die paar kaputten Tassen lassen sich ersetzen.«

Nachdem die Aufräumungsarbeiten beendet waren, erzählte Max Bugsin, wie er als Soldat seinen Geburtstag gefeiert hatte. »Bei der Wehrmacht, da war ja meine Devise immer: Generale, Offiziere, Feldmarschalle – am Arsche lecken können sie uns alle.« Und dann berichtete er in epischer Breite, wie er als Marketender »Führers Geburtstag«, den 20. April, zu seinem eigenen umfunktioniert hatte. »Ich hab' ja am 21. Da hab ich dann alles umgeleitet, Schnaps und Essen. Und hab' da den Ober gespielt für die Offiziere.«

»Mein Vater ist Oberkellner im *Adlon* gewesen«, fiel die liebe Tilly ein, eine der besten Freundinnen seiner Schmöckwitzer Oma, die sich den Sommer über in einem der beiden unteren Zimmer eingemietet hatte. »So ein feiner Mensch. Sogar ein Motorboot hat er sein eigen genannt.«

»Wir sind immer gerudert«, warf Tante Martha ein.

»Ja«, lachte ihr Mann. »Sie hat als große Dame hinten am Steuer gesessen und mich angetrieben: ›Erich, zieh durch!‹«

»Ich fange auch an zu rudern«, fügte Curt, ihr Enkel, hinzu. »In der neuen Schule jetzt. Rudern ist besser als Paddeln.«

»Ich paddle lieber mit Manfred mit.« Püppi, seine etwas

jüngere Schwester, eigentlich Renate mit Vornamen, zwängte sich schon in die Gummihaut.

»Du bist zu jung für Manfred«, befand Tante Eva. »Unser Brigittchen, die wäre was für Manfred gewesen, die hätten mal ein schönes Paar abgegeben beide.« Brigitte war im Krieg an Diphtherie gestorben. Manfred fand das schade. Er wäre gern mit Brigitte um die Müggelberge gepaddelt.

Onkel Erich schwärmte noch ein Weilchen von seinem früheren Ruderverein, von »Markomannia«, und alle sahen ihn im Geiste als Jüngling im schlanken Ruderboot sitzen, damals noch ohne Glatze und den großen Grützbeutel am Hinterkopf, der die Kinder sagen ließ, er habe einen Klingelknopf da oben. »Ja, damals auf der Oberspree ...«

»Da, wo die AEG ist.« Onkel Helmut, bis jetzt noch nicht so richtig zum Zuge gekommen, war über dieses Stichwort hocherfreut. »Aber ich bin ja nun auch nach Westberlin rübergegangen, zur AEG-Brunnenstraße. In dieser Woche hab ich gerade Urlaub. Wir renovieren die Wohnung. Meine Tür ist eigelb.«

»Besser als wenn dein Ei türgelb ist«, lachte Max.

»Es sind Kinder am Tisch!« warnte Margot Matuschewski.

»Ja!« rief Peter. »Tante Trudchen und Frau Neutig.« Beide hatten in der Tat gerade noch die Größe eines zehnjährigen Kindes.

»Trinkt mal schnell aus, damit ich abwaschen kann«, sagte Tante Trudchen. Abzuwaschen war ihre große Leidenschaft, und bald schon stand sie mit ihren krummen Dackelbeinen am Bassin und war beim Spülen.

»Gerda, du bist ja so still heute?« Besorgt sah seine Mutter ihre Freundin an.

»Mein Schwager ist doch mit seinem Auto gegen 'n Baum gefahren ... und tot.«

»Wer den Tod nicht scheut, fährt Lloyd«, sagte Herbert Neutig. »Es soll schrecklich gewesen sein.«

»Ja, die Besten gehen immer zuerst«, befand die liebe Tilly.

»Was man von Stalin nicht sagen kann«, flachste Manfreds Vater.

»So, jetzt gehen wir alle mal ans Wasser runter!« rief seine Mutter, um einem erneuten Aufflammen der Kämpfe vorzubeugen. »Ich als Geburtstagskind wünsch' mir das von euch.«

Auch Gerhard und Manfred, die lieber den *Rebell* zusammengebaut hätten, konnten sich dem Marsch zur Schmöckwitzer Brücke nicht entziehen. Es war ein Ritual, eine kultische Handlung, Familientradition seit Ewigkeiten, und beim Eisessen unten an der Schmöckwitzer Dorfkirche waren dann alle froh vereint.

Auf der Brücke fing seine Schmöckwitzer Oma an, auch dies war ein Teil des Rituals, Theodor Fontanes Gedicht *Auf der Kuppe der Müggelberge* zu zitieren, seine Vision von den Germanen, den Sueben, den Semnonen, die sich gerade aufmachten zur großen Völkerwanderung, denn eben diese Kuppe sah man nun. So ganz konnte sie es nicht mehr, aber mit Hilfe der anderen bekam sie doch noch die meisten Strophen zusammen:

> Über den Müggelsee setzt mich der Ferge.
> Nun erklettr' ich die Müggelberge,
> Mir zu Häupten rauschen die Kronen
> Wie zu Zeiten der Semnonen,
> Unsrer Urahnen, die hier im Eichenwaldschatten
> Ihre Gottheitsstätten hatten.
> Und die Spree hinauf, an Buchten und Seen,
> Seh' ich wieder ihre Lager steh'n,
> Wie damals, beim Aufbruch. Tausende zieh'n
> Hin über die Dahme … Der Vollmond schien.
> (…)
> Auf Flößen kommen andre geschwommen,
> Haben den Weg bis Schmöckwitz genommen,
> Bis Schmöckwitz, wo, Wandel der Epochen,
> Jetzt Familien Kaffee kochen.
> (…)
> So ziehen sie südwärts mit Kiepen und Kobern,
> Von der Müggel aus die Welt zu erobern.

Reicher Beifall dankte ihr, und sogar an einzelnen Tischen in der legendären *Palme* unten an der Brücke sah Manfred die Leute klatschen, nur Onkel Berthold merkte an, daß das mit der Eroberung der Welt von Berliner Boden aus ja so nicht mehr gesagt werden dürfe. Nein, ansonsten hätte er nicht viel gegen diesen Fontane, wenn er sich recht erinnere, müsse auch im Bücherschrank seiner Schwester der Band *Spreeland* stehen, der Band IV der *Wanderungen durch die Mark Brandenburg*, und da stünde auch etwas drin von einer Bootsfahrt des Dichters in den hiesigen Gewässern. Das müsse Manfred vor Antritt seiner Fahrt unbedingt lesen.

»Ja, such's mir mal bitte raus.« Sehr begeistert klang es nicht, denn er hielt diesen Fontane für den größten Langweiler aller Zeiten. So etwas las man höchstens gezwungenermaßen in Deutsch, freiwillig aber nie.

Sie gingen noch zur Schmöckwitzer Badestelle hinter der Brücke und erinnerten sich, wie Großvater Quade hier noch im hohen Alter sein Bad genommen hatte. Manfred pilgerte öfter hierher, um mit Tante Trudchen ans andere Ufer zu schwimmen, wobei er seiner schlechten Schwimmkünste wegen immer einen Wasserball vor sich herstupste, um sich im Notfall daran klammern zu können. Heute aber hatte er nur Augen für die vorüberziehenden Paddelboote. Ob es morgen klappen würde?

Sofort nach ihrer Rückkehr aufs Grundstück legte Manfred los. Gerhard, Curt und Peter wurden zu Gehilfen ernannt. Seit 1943 war das Boot nicht mehr benutzt worden, aber für Manfred war diese Zeit im Krieg ebenso weit entfernt und ebenso unwirklich wie die Schlacht im Teutoburger Wald 9 n. Chr., womöglich nur ein Phantasieprodukt der Menschen. Etliche der hölzernen Stäbe hatten sich erheblich verzogen, vor allem aber schien die Gummihaut in den elf Jahren, die sie auf dem Schrank gelegen hatte, um einige Zentimeter geschrumpft zu sein. Sie hatten keine Gebrauchsanleitung mehr finden können, aber der Vater wußte noch aus seiner eigenen Paddlerzeit, wo was hingehörte, ob-

wohl der *Rebell* kein Klepper war, sondern von einer Falt-
bootwerft in Leipzig stammte, Baujahr 1935. Das Wort »Klepper« sprachen alle mit wahrer Andacht aus.

Onkel Berthold hatte inzwischen das gesuchte Buch gefunden und referierte Fontanes Bootsfahrt auf der *Sphinx*
am 6. Juli 1874 von Köpenick aus Spree und Dahme hinunter bis in die »Wendei«.

»Paßt bloß am Müggelsee auf«, warnte sie Onkel Berthold, »denn hört mal, was hier bei Fontane über ›die Müg-
gel‹ steht: ›Sie ist das tückischste unter allen Wässern. Gerade so tückisch, wie sie unschuldig aussieht. Plötzlich springt
ein Wind auf, wirft sich in die Segel und legt das Boot auf die
Seite. Wer sich dann an Mast und Planke hält, der mag gerettet werden; wer es aber durch eigene Kunst ertrotzen will,
der ist verloren. Er verfitzt sich im Kraut und geht in die
Tiefe. Die guten Schwimmer und die guten Segler, gerade *sie*
sind es, die der Müggeltücke verfallen.‹«

Manfred nahm es leicht. »Ich bin ein schlechter Schwimmer.«

Sein Vater riet ihm aber daraufhin, vorne und hinten sogenannte Spitzbeutel ins Boot zu stecken, aufblasbare Gummi-
behälter. »Damit das Boot nicht untergeht, wenn ihr mal
kentert. Da könnt ihr euch dann am Bootskörper festklam-
mern, bis ihr gerettet werdet.«

»Wir haben aber keine Spitzbeutel.«

»Dann nimm deine beiden Wasserbälle und blas sie auf.«

»Die nicht.«

»Doch.«

Manfred fügte sich. Das Bootzusammenbauen war eine
mühselige Arbeit, und er blutete bald aus mehreren kleinen
Wunden, denn die Messinghülsen, die in die runden Hölzer
zu stecken waren, hatten oft schartige Kanten. Schließlich aber
war alles zusammengesteckt, und nun galt es nur noch, die
schmale hölzerne Leiter, die den Kiel des Bootes bildete und
aus zwei, mit einem Scharnier zusammengehaltenen Teilen
bestand, nach unten und auseinanderzudrücken. Ihre Spannung verlieh dem Boot jenes Maß an Stabilität, das nötig war,

um es nicht wie ein Taschenmesser über ihnen zusammen-
klappen zu lassen, wenn sie auf dem Wasser waren.

»Scheiße, Mist!« Manfred fluchte, denn die Leiter, hochgeklappt wie ein umgedrehtes V, ließ sich nicht mehr ganz
auseinanderdrücken.

»Der Kahn ist geschrumpft«, stellten alle fest, die dabei-
standen.

»Nun: alles oder nichts!« Manfred ließ sich von Curt und
Gerhard festhalten, um auf die Leiter zu springen. »Entweder alles bricht jetzt auseinander oder ...«

»Junge!« rief seine Schmöckwitzer Oma noch.

Doch er ließ sich nicht mehr aufhalten und sprang. Und es
glückte, Gerhard konnte die Leiter unten mit zwei Haken
dauerhaft fixieren.

»Hurra, wir können morgen starten! Auf zum Amazonas!«
Doch so weit war es noch lange nicht.

Die Erwachsenen hatten inzwischen einiges durcheinander
getrunken, Wein und »harte Sachen«, und als nun nach dem
Abendessen, bei dem Onkel Erich zum Entsetzen von Tante
Martha beim Bestreichen seines Brotes mit zu harter Butter
sein Messer abgebrochen hatte, noch eine Waldmeister-Bowle
hinzugekommen war, fing Max an, auf Rasen und Weg mit
sich und seinen gut zwei Zentnern Lebendgewicht wie Johannes Heesters zu tanzen. Dabei sang er aus voller Kehle:
»Ach, sag doch nicht immer wieder Dicker zu mir. Nein, ich
will das nimmer wieder, nimmer wieder hören von dir. Mach
mir doch das sowieso schon saure Leben damit nicht schwer,
denn, wenn du mich immer wieder Dicker nennst, das kränkt
mich so sehr ...«

Dabei geriet er mit dem einen Fuß auf den Kantstein, der
den etwas höheren Rasen zwischen Laube und Haus vom Weg
abgrenzte, und der graue Rüdersdorfer Kalkstein knickte unter
seiner Masse seitwärts weg. Max ruderte mit beiden Armen
noch kurz in der Luft herum, fand aber nirgendwo mehr Halt
und krachte schließlich rücklings in das Faltboot hinein.

Manfred schrie auf. Es war, als würde ein Panzer ihn selber
zermalmen.

Die Analyse seines Vaters klang, nachdem man Max Bugsin wieder aufgeholfen hatte, vernichtend für ihn: »Der hat sich keine Rippen gebrochen, euer *Rebell* aber um so mehr. Wird wohl nichts werden mit der Fahrt morgen früh ...«

»Nun ging es schnell voran mit dem Bau der Brigantine. In den ersten Dezembertagen des Jahres 1541 wurde das Urwaldschiff von dem General selbst auf den Namen *Victoria* getauft. Zu einer feierlichen Messe trat das Heer an, während von dem Altar, den man unter einem riesigen Baum am Rand der Lichtung aufgebaut hatte, Pater Carvajal Schiff und Mannschaft segnete. Dann stemmten sich Spanier und Indianer mit den Schultern gegen den schwerfälligen Bootsrumpf, um ihn über ächzende, mit Harz sorglich eingefettete Baumstämme hinweg ins Wasser zu schieben. Der Donner der drei Feldschlangen rollte durch den Wald, als zum erstenmal ein europäisches Schiff auf den Wassern eines Flusses tief im Herzen des neuen Erdteils schwamm. Wolken von Vögeln stiegen empor und kreisten lärmend über der Wasserfläche, während sich am Mast im Morgenwind die Fahne Kastiliens entfaltete.«

So hatte es Manfred bei Franz Born in seinem Amazonas-Roman *Auf der Suche nach dem goldenen Gott* viele Male gelesen, und als er jetzt mit seinem Freund Gerhard zusammen das alte Faltboot durch den Wald zum Wasser zog, waren ihre Gefühle nicht sehr anders als die der Spanier damals. Zwar lagen Dahme, Spree und Müggelsee noch im Berliner Stadtgebiet und waren bis zum letzten Quadratmeter vermessen, aber auch für sie galt die alte Weisheit seiner Oma, daß Wasser keine Balken habe. Und wenn die Orellana-Leute Angst vor feindlichen Indianern haben mußten, so zitterten sie vor der Vopo auf dem Wasser, waren sie doch hier auf dem Territorium der Deutschen Demokratischen Republik keine Berliner Jungs, sondern mißliebige Ausländer, womöglich vom Klassenfeind geschickt, um Sabotage zu begehen. Und auch sie beide bewegte die bange Frage, ob sie es denn schaffen würden. 31 Kilometer waren eine lange

Strecke, und mehr als 12, 13 Kilometer waren sie bislang nie an einem Stück gepaddelt, noch in der *Snark*. Würden sie als Schiffbrüchige irgendwo im Wald übernachten müssen? Und wenn ein plötzlich aufkommender Sturm sie nach Erkner, Wernsdorf oder Zeuthen hinübertrieb, in die DDR also, was dann? Haft und Verhöre waren zu erwarten.

Vor allem: Hielt das Boot? Nach Max' Unfall hatten sie bis in die späte Nacht daran gebastelt und es schließlich mit Hilfe zweier zurechtgesägter und -gefeilter Bohnenstangen auch geschafft, dem *Rebell* die gebrochenen Rippen wieder zu ersetzen. Onkel Erich als Ingenieur und sein Vater als früherer Maschinenbauer hatten ihnen dabei mit Rat und Tat zur Seite gestanden. Vorn am Bug klebte auch die amtliche Registriernummer, weiß auf schwarz, F 4208, von seiner Oma letzte Woche bei der Behörde in Berlin besorgt.

Als sie nun »Waldidyll« erreichten, den schmalen Streifen Strand neben dem alten Restaurant, und ihr Boot vom Wägelchen hoben, stiegen auch bei ihnen die Möwen auf, die auf den Persennings der Segelboote nebenan geschlafen hatten, und kreisten lärmend über dem Wasser. Und wenn man für die Fahne Kastiliens die gesamtdeutsche nahm, die bei ihnen flatterte, und seine Schmöckwitzer Oma für den Pater Carvajal, dann stimmte auch dies.

»Möge euch eine glückliche Umfahrt gelingen«, sagte seine Oma, die als einzige so früh morgens aufgestanden war. »Und seht euch vor.«

Manfred schmunzelte, denn mit eben diesem Satz hatte sie schon vor zwanzig Jahren seine Eltern verabschiedet, als die, gerade mal verlobt, mit ihrer *Snark* gestartet waren.

»Hier – wenn es regnen sollte.« Die Oma hatte ihnen noch zwei alte Schirme mitgebracht.

»Quatsch«, sagte Manfred, der das sehr unsportlich fand, doch sie legte ihm die Schirme einfach ins Boot und duldete keinen Widerspruch.

Es war der 13. heute, aber das nahmen sie nicht ernst, und auch daß dieser Sonntag der Tag des Eisenbahners war, tangierte sie wenig. Die Wetterfrösche hatten unbeständiges Wetter prophezeit, unbeständig und mit maximal 20° auch ziemlich kühl. Vielleicht hätten sie noch warten sollen, aber sie hatten es sich nun mal in den Kopf gesetzt: Heute oder nie!

Manfred genoß die Erregung, die Stimmung eines großen Aufbruchs, die Ungewißheit. Was würde heute abend sein, zehn Stunden später? Immer wieder kenterten ja die kleinen Boote, und insbesondere der Müggelsee fand jedes Jahr ein halbes Dutzend Opfer.

Noch war es still. Die Fähre, die *Krampenburg* drüben mit *Waldidyll* verband, also Müggelheim mit Schmöckwitz, lag noch untätig auf der anderen Seite der Dahme am Steg. Als wäre es der Atem uralter Wassergeister, hing leichter Nebel über der Schmöckwitzer Bucht wie über der Großen Krampe, die sich genau gegenüber erstreckte, erst ein Trichter, dann eine Schneise im Kiefernwald. Weiße Hausboote dümpelten im Schilf. Linker Hand zogen sich die Müggelberge hin, blaugrüne Höcker, und rechts ließ sich der Seddin-See erahnen, da lag »44«, die Landzunge, auf der Erna Kühnemund und Else Zastrow, die Freundinnen seiner Oma, immer badeten. Da mußten sie heute abend um die Ecke biegen, wenn alles gutgegangen war. Wenn ...

Die letzten Vorbereitungen waren zu treffen. Manfred clipste die Räder vom Wagen und verstaute sie mitsamt Gestell hinten im Boot. Die Paddel wurden zusammengesteckt, die Kissen geordnet, die Fressalien vorne verstaut, das Fußsteuer gerichtet. Dann hoben sie das Boot gemeinsam ins Wasser. Es war genau acht Uhr, und von Ferne schlug es vom Turm einer kleinen Kirche.

»Vor genau zehn Jahren muß Gerda zum letzten Mal gepaddelt sein«, sagte die Oma. »Gerda, wir denken an dich! Und an Gerhard auch.« Dabei richtete sie, obgleich überzeugte Atheistin, den Blick zum Himmel hinauf. Manfred stellte sich vor, wie Onkel Gerhard irgendwo bei Kattowitz in der Erde lag, in einem Massengrab, ein Skelett.

Er hielt das Boot fest, und sein Freund Gerhard machte sich ans Einsteigen. »Die Hände beide an den Süllrand, die Füße immer in der Mitte auf der Leiter lassen.«

»Ja, Käpten!«

Dann schwang sich Manfred selber ins Boot, und es kippelte bedenklich. Der *Rebell* war viel schmaler als die *Snark*, und verglich man beide mit Ruderbooten, so war das Faltboot seiner Eltern eher ein gemütlicher Angelkahn und der *Rebell* ein filigraner Einer. Mit ihm waren sein Vater und Onkel Gerhard des öfteren bei Langstreckenrennen gestartet, sogenannten Wertungsfahrten. Sein scharfer Aluminiumbug zerschnitt elegant das Wasser.

Los ging es. Die ersten Paddelschläge ließen das Boot in Richtung Fahrrinne schießen. Gluckernd schlugen die kurzen Wellen gegen die Gummihaut des Schiffleins. Dann verhielten sie noch einmal, um Manfreds Oma zuzuwinken. In ihrer pflaumenfarbenen Kittelschürze hob sie sich deutlich ab, winkte mit einem bunten Kopftuch zurück und war dann verschwunden.

Manfred fand es sehr behaglich im Boot und bekam auch langsam ein Gefühl für das, was man durfte und was nicht, verwuchs langsam mit seinem *Rebell*. Gerhard saß vorn, er hinten, die Steigbügel mit den beiden Schnüren, die nach rückwärts zum Steuer liefen, auf den Zehen balancierend. Auf Geheiß seines Vaters hatten sie zwischen Gummihaut und Streben ein Leinentuch gelegt. Damit der unvermeidliche Sand die Haut nicht von innen zerstörte. Da steckten und lagen nun Uhr, Personalausweis, Sonnenbrille, Sonnenöl, eine Flasche mit Margon-Tafelwasser, ein paar Bonbons und der *Wasserwanderatlas der Deutschen Demokratischen Republik*, in den er hin und wieder blickte, um zu sehen, was man beachten mußte. Die Warnungen waren rot im roten Kasten zu erkennen. Was gab es da in Schmöckwitz und Umgebung? Nichts von Belang. »Die Große Krampe ist nur in Ufernähe verschilft. Am Ostufer: Laichschongebiet.«

»Schön, daß sie hier ihre Leichen schonen«, sagte er zu Gerhard, als er dem das vorgelesen hatte.

»Was steht da bei Karolinenhof?«

»Mehrere Bootshäuser nebeneinander.«

»Na, toll.«

Langsam schafften sie es, ihre Paddel so geschickt zu führen, daß sie sich nicht ein jedes Mal kreuzten und aneinander krachten, sondern so etwas wie ein synchroner Schlag zustande kam. Für Manfreds Geschmack paddelte Gerhard ein wenig zu langsam und ohne den nötigen Mumm.

»Wir können ja radfahren«, sagte Gerhard, zu mehr Tempo und Einsatz ermahnt. »Da bin ich dann besser. Außerdem ist der Tag noch lang.«

Nach einem knappen Kilometer kamen sie an die Landzunge, auf der die Siedlungsgemeinschaft Karolinenhof ihre eingezäunte Badestelle hatte, und sahen einen beleibten Herrn mittleren Alters gerade aus dem Wasser steigen.

»Mein Vater!« rief Gerhard.

»Mann, ist der früh auf, obwohl sie gestern so lange gefeiert und so viel getrunken haben.«

Max Bugsin, der sich unbeobachtet glaubte, pinkelte in einen Strauch.

»So ein Schwein«, sagte Manfred.

Gerhard nahm ihn in Schutz. »Wenn er ins Wasser gepinkelt hätte, wär's doch noch viel schlimmer.«

»Man müßte etwas erfinden, was sich die Menschen einbauen lassen könnten, um nicht mehr andauernd auf die Toilette zu müssen«, sagte Manfred. »Statt der Fäkalien käme dann vorne und hinten nur leichter und geruchloser Rauch heraus. Und was das für sparen würde.«

Damit hatten sie Max Bugsin erreicht, begrüßten ihn und nahmen sich ein paar Minuten Zeit, ihm zuzuhören.

»Dein Vater ist ja mein bester Freund«, sagte er zu Manfred. »Freunde kann man sich ja aussuchen, Verwandte nicht. Nachher spielen wir ja wieder. Früher haben wir mit unserem Motorboot am Crossin-See gelegen, und da sind deine Eltern dann von Schmöckwitz aus hingekommen. Deine Mutter und Tante Irma kennen sich ja schon von der Schule her. Und ist das nicht schön, daß sie zwei Männer gefunden haben, die sich so gut verstehen?«

»Ja, ist es.«

»Freunde kann man sich ja aussuchen. Und ich sage immer

238

Wilhelm zu ihm, und er nennt mich Bruno. Wir spielen ja jetzt immer Karten zusammen, einmal im Monat. Haben wir es nicht gut im Leben getroffen – mit unseren Frauen?«

»Ja, habt ihr.«

»Wir haben ja auch immer gearbeitet und das Geld nicht in die Wirtshäuser getragen wie andere. Otto ist ein feiner Kerl, und ich hab' ja mal als Beizer ganz klein angefangen und mich dann hochgearbeitet. Geschenkt hat uns ja keiner was, und Nazis waren wir keine. Nun hab ich das Geschäft, da verdanke ich der Irma viel.«

Gerhard beugte sich nach hinten und flüsterte ihm zu, ob sie nicht bald weiterfahren könnten. Manfred tat so, als ließe sich das Boot der starken Strömung wegen nicht länger auf der Stelle halten.

»Tschüs, Onkel Max, grüß Inge schön und Tante Irma.«

Als sie nun weiterfuhren, erwies sich der Wasserwander- atlas doch als nützlich. »Achtung! Bei Ruder- und Motor- bootregatten auf der Dahme stromabwärts vom Gr. Rohrwall bis Regattatribüne Grünau hart rechts fahren.« Es empfahl sich also, zum anderen Ufer hinüberzupaddeln. Bevor sie das taten, las Manfred noch einmal die wichtigsten Passagen aus den »Hinweisen für das Verhalten auf den Gewässern« vor, die sich im Anhang des Kartenwerks fanden.

»Vor Antritt der Fahrt überprüfen Sie bitte den verkehrs- und betriebssicheren Zustand Ihres Bootes.«

Gerhard lachte. »Mit zwei Bohnenstangen drin!«

»Richten Sie die Fahrgeschwindigkeit Ihres Sportboo- tes so ein, daß keine Gefährdung oder Belästigung von Personen oder Beschädigungen von Sportbooten, Wasser- fahrzeugen, wasserbaulichen oder Fischereianlagen eintre- ten könnte.«

»Siehste: Also nicht so schnell paddeln, daß wir 'ne zu hohe Bugwelle kriegen.«

»Kreuzen Sie die Fahrrinne auf kürzestem Wege. Na, ma- chen wir das mal.«

So fuhren sie an der Bammelecke zum anderen Ufer hinüber, vorbei an *Schmetterlingshorst* und *Marienlust*, den beiden

Gasthäusern aus der Kaiserzeit. Jetzt konnten sie die blaß-
gelben Wagen der 86 nur noch aus der Ferne durch die Kie-
fernstämme huschen sehen.

»Zeit für die erste kleine Pause«, sagte Gerhard, als sie in
Höhe des Grünauer Strandbades waren.

Manfred sah wieder im Regelwerk nach. »Beim Anlegen an
das Ufer ist ein Kurs zu steuern, der rechtwinklig zum Ufer ver-
läuft. Gegenüber Badenden ist genügend Abstand zu halten.«

»Schade«, sagte Gerhard, denn vor ihnen stieg ein Mädchen aus dem Wasser, das sie mit der Zunge schnalzen ließ.
»Wenn ich jetzt Filmproduzent wäre, würde ich sofort auf
die zugehen und ...«

»Und ich würde dann die männliche Hauptrolle spielen und
mit ihr ...« Sie ließen ihrer Phantasie freien Lauf. Mehr war
nicht möglich, denn die Schöne wurde gerade von ihrem Mak-
ker in die Arme genommen und gehörig abfrottiert. Ihnen
blieben ihre Stullen mit Schinken und Käse.

Sie banden das Boot an einer Erlenwurzel fest, stiegen aus,
machten einige gymnastische Übungen und genossen die Rast.

»Vier Kilometer haben wir schon«, sagte Manfred. »Vier
von 31, das wären ...« Er mußte nicht nur eine Weile rechnen, sondern sogar noch mit einem Stöckchen seinen Drei-
satz in den Zuckersand kritzeln. »12,9 Prozent.«

»O Gott!« Gerhard erschrak. »Mir tut jetzt schon alles
weh, das Kreuz, die Arme ... Sollen wir nicht doch lieber
wieder umkehren?«

»Kommt nicht in Frage.«

»Guck mal: die Wolken. Es fängt gleich an zu regnen.«

»Orellana ist auch nicht umgekehrt. Komm, weiter!«

Jetzt kamen sie auf die olympische Regattastrecke von
1936, legten ein höllisches Tempo vor und spielten »Endlauf
im K 2 über 1000 Meter«. Natürlich siegten sie vor den Ungarn, Russen und Schweden. Damit hatten sie das Ende des
Langen Sees erreicht, wie der breite Schlauch der Dahme
zwischen Grünau und Schmöckwitz auch hieß, und nahmen
hinter Wendenschloß nördlichen Kurs, Köpenick entgegen.
Während der Himmel immer grauer wurde, hatten sie die

langweiligsten Kilometer in Angriff zu nehmen. Aufzupassen aber war auf die kleine Fähre, die an der Wassersportallee Grünau mit Wendenschloß verband. Rund acht Kilometer hatten sie bis jetzt, als es auf halb elf zuging, zurückgelegt, und Manfred wünschte sich von seinem Schlagmann, daß er etwas schneller paddeln möge.

»Bin ich denn Galeerensklave hier?«

»Von nichts kommt nichts.«

Um sich vom Gleichmaß, um nicht zu sagen, dem Stumpfsinn des Paddelns auf diesem Streckenteil ein wenig abzulenken, kamen sie auf die Miss Germany zu sprechen und dann, da diese Frau kaum für sie verfügbar war, auf die begehrenswerten Mädchen, die es in ihrem Umkreis gab. Gerhard schwärmte für eine Dagmar, Manfred, über die Enttäuschung mit Renate Zerndt noch immer nicht hinweggekommen, träumte im Augenblick von einer Hürdenläuferin in seinem Verein, Hannelore.

»Wie die da so in den Startlöchern knien, unsere Mädchen alle ...«

Gerhard konnte sich das so lebhaft vorstellen, daß er beschloß, auch in den TuS Neukölln einzutreten.

Sie waren derart von ihrer Phantasie gefangengenommen, daß sie gar nicht mitbekamen, wie rechts von ihnen ein anderes Boot herangeschossen kam, ein schneller Kajak-Zweier, und sie plötzlich schnitt, um zum Teltow-Kanal hinüberzuziehen.

»Paß auf!« schrie Gerhard vorn.

Manfred wußte schon, daß er ihr Boot am schnellsten abbremsen konnte, indem er ein Blatt seines Paddels einfach ins Wasser hielt, doch in seiner Aufregung tat er dies auf genau der falschen Seite. Da der Steuermann des anderen Bootes aber aufgepaßt hatte, fuhren sie ein Stückchen nebeneinander her. Vom gegnerischen Boot kam lautes Lachen.

»Onkel Erwin!« rief Manfred, der jetzt erst Erwin Krause und Tante Erna erkannte. »Wo kommt ihr denn her?«

»Wir haben doch unser Quartier da drüben am Kanal, im Postsportverein.«

Erwin Krause, DDR-Meister bei den Senioren, war als Bolzer bekannt, als einer, der spielend seine 50 km an einem Tage herunterpaddelte. Seine Frau immer mit. Und selbstverständlich saß er als der Stärkere vorne im Boot.

»Das würde ich euch auch so raten«, sagte er kritisch über die Sitzordnung im *Rebell.* »Nur die Sonntagspaddler halten das so, daß sie ihre Bräute vorne sitzen lassen.«

»Denn ein schöner Rücken kann auch entzücken«, fügte Tante Erna hinzu.

»Mein Steuerseil ist nicht so lang«, erwiderte Manfred, der natürlich davon träumte, bald einmal einen solchen Rücken vor sich zu sehen, den von Hannelore vielleicht. »Fahrt ihr auch nach Köpenick hoch?«

»Nein, wir wollen noch nach Prieros runter.«

So nahm man schnell wieder Abschied voneinander und wünschte sich, daß es weder Sturm noch Regen gab.

Manfred wollte an sich noch in den Teltowkanal hinein, denn bis zur S-Bahn-Brücke war es nur ein kleines Stückchen, und er hätte die Züge einmal gerne von unten gesehen, doch in seinem Wasserwanderatlas hieß es lapidar: Teltowkanal für Sportboote gesperrt!

»Wahrscheinlich haben sie Angst, daß ein Agent des amerikanischen Monopolkapitalismus eine Bombe an den Pfeilern anbringt.«

»Ja«, sagte Gerhard, »oben steht ja auch immer ein Soldat rum und paßt auf.«

»Warum steht der eigentlich immer Rum und niemals Cognac?« fragte Manfred. Das dauernde Zusammensein mit Dirk Kollmannsperger hatte ihn angesteckt.

Jetzt hatten sie schon die Türme Köpenicks im Blick, passierten eine ziemlich leere Badeanstalt, kein Wunder bei dem Wetter, und hielten auf die Schloßinsel zu.

»Hier im Schloß haben sie den Katte zum Tode verurteilt«, sagte Manfred, »den Busenfreund Friedrichs des Großen, als der noch Kronprinz war.« Und er hatte dabei das Zigarettenbilder-Album seines Vaters vor Augen:

BILD 61: DAS KRIEGSGERICHT IN KÖPENICK. 1730. *(Gemälde von C. Röchling.)* Nach der mißlungenen Flucht des Kronprinzen ließ Friedrich Wilhelm I. ihn und seine Mitschuldigen vor ein Kriegsgericht stellen. Die Richter aber überließen das Urteil dem König, wobei General von Buddenbrock erklärte: »Wenn Seine Majestät Blut verlangen, so nehmen Sie meines, das des Kronprinzen bekommen Sie nicht!«

»Katte ist dann in Küstrin hingerichtet worden«, fuhr Manfred fort. »Vor den Augen seines Freundes Friedrich haben sie ihn geköpft.«

Gerhard fand das nicht sonderlich spannend. »Da ist eine Abkürzung«, sagte er und schlug vor, die zu nehmen.

Manfred erregte sich über die Ignoranz des Freundes, der doch vorhatte, später einmal Lehrer zu werden und nicht, wie sein Vater dies wollte, Büromöbelhändler. »Stell dir mal vor, ich verhelfe dir zur Flucht, und dein Vater läßt mich nachher vor deinen Augen köpfen.«

»Wenn ich nachher zu deiner Beerdigung schulfrei kriege ...«

»Du kriegst gleich mein Paddel auf 'n Kopp!«

Gerhard ließ nicht locker. »Ich will den kürzeren Weg, mir tut schon alles weh.«

»Alles ja wohl nicht.«

»Leider.«

Manfred schlug sein kluges Buch auf, und da stand: Kiezgraben nur bei Hochwasser für Paddelboote befahrbar. Achtung: Flache Stelle in der Durchfahrt. Er las es Gerhard vor und sagte: »Siehste.«

Gerhard spuckte in die Dahme. »Jetzt haben wir das Hochwasser, das wir brauchen.«

Manfred zögerte etwas. »Ich weiß nicht so recht ...« Vor so einer Entscheidung hatte Orellana nicht gestanden. »Wenn wir unser Boot an einer kaputten Flasche aufschlitzen, dann ...«

»Hast du nun gesagt, daß das 'n Abenteuer werden soll – oder haste nicht?«

Das war ein Argument, das zog. »Also schön.« Manfred lenkte das Boot nach rechts in den Kiezgraben, den sogenannten Frauentrog. Noch hatten sie genügend Wasser unterm Kiel, jedoch wurde die Durchfahrt alsbald so schmal, daß F 4208 mit immerhin 5,20 m Länge nicht mehr wenden konnte. Und fünf Minuten später geschah dann das, was Manfred vorausgesehen hatte: Unter der Kiezer Brücke liefen sie auf Grund. Zwar waren sie nur ganz vorsichtig gepaddelt, aber dennoch gab es rechts vorn einen so fürchterlichen Ratscher, daß Manfred das Wasser schon ins Boot sprudeln sah. Er fluchte fürchterlich. Den Jähzorn hatte er von seinem Vater geerbt.

»Wo sind denn die Schwimmwesten?« fragte Gerhard.

»Du hast gut lachen: Dein Boot ist es ja nicht!« fauchte Manfred.

»Gut, ich steig' ja schon aus und seh' zu, daß ich's wieder flottkriege.« Gerhard stützte beide Hände auf den Süllrand und hievte sich hinaus. Barfuß natürlich, denn ihre Turnschuhe lagen gut verstaut hinten im Boot. Er machte nur ein paar Schritte im niedrigen, trüben Wasser, dann schrie er auf.

»Piranhas?« fragte Manfred.

»Nein, Scherben!« Gerhard blutete ganz schön.

»Warte!« Manfred beugte sich nach hinten, zog die Spritzdecke ab und warf ihm ein altes Handtuch und seine Turnschuhe zu.

»Das ist eine ganz schöne Schnittwunde«, jammerte Gerhard.

»Da hinten ist das Köpenicker Krankenhaus«, sagte Manfred. »Ich lauf' mal schnell hin, damit sie schon alles für die Amputation vorbereiten können.«

Gerhard humpelte zu ihm hin, und er mußte ihm den Fuß abtrocknen und dann ein Pflaster raufpappen, das ihm seine Oma sicherheitshalber mitgegeben hatte. Doch auch in Turnschuhen bekam Gerhard das Boot nicht wieder frei.

»Du mußt auch noch aussteigen.«

Manfred hatte keine rechte Lust dazu, denn unter der Brücke spazierte eine dicke Wasserratte entlang. Doch was half's. Schließlich schoben sie beide das Boot rückwärts ins tiefere Wasser zurück.

Weiter ging es, sie hatten viel Zeit verloren, und der Himmel verdunkelte sich von Minute zu Minute. Aber noch war kein Tropfen Regen gefallen. Sie umrundeten die Schloßinsel und fuhren unter der Langen Brücke hindurch. Über ihnen röhrte ein Zug der 86, der nach Schmöckwitz wollte. Manfred sah sich oben im Triebwagen sitzen, wie er gerade aufs Wasser hinunterschaute und sich und Gerhard dort im Faltboot entdeckte.

»Ich habe Hunger«, sagte Gerhard. »Wann essen wir denn Mittag?«

»Wenn wir den Müggelsee hinter uns haben. Da, rechts: Das Rathaus Köpenick. Siehste den Hauptmann?« Sie hatten das Zuckmayer-Stück in der Schule durchgenommen, und Manfred erinnerte sich an einen Satz am besten, vom Schuster Vogt auf dem Abort des Schlesischen Bahnhofs gesprochen: »›Wer scheißt denn hier solange?‹«

»Ich müßte wirklich mal«, sagte Gerhard.

»Mitten in Köpenick hier?«

»Ich glaub', ich krieg' Durchfall.« Gerhard rieb sich den Bauch.

Manfred wurde drastisch. »Den Hintern raushalten kannste nicht.«

Das Problem wurde so heiß diskutiert, daß sie gar nicht merkten, wie plötzlich zwei, drei Lastkähne direkt neben ihnen waren. An der unübersichtlichsten Stelle ihrer ganzen Tour hatten sie einen nahenden Schleppzug glattweg übersehen. Wenn sie in seinen Sog gerieten und kenterten, dann riß es sie unter den Boden eines der Kähne, und sie hatten keine Chance mehr.

Das Tuten des Schleppers war wie das wütende Brüllen eines gefräßigen Tieres.

»Links! Links!« schrie Manfred, und sie setzten alle ihre Kräfte ein. Wie mit Klebstoff hingen sie an der hochaufragenden Wand aus geteertem Holz. Wenn sie auch nur einen Deut nachließen, dann waren sie verloren. Vor ihnen ein Steg.

Gleich würden sie zerquetscht zwischen Pfählen und Bordwand.

Da war der letzte Kahn vorüber, und sie tanzten auf dem Kielwasser wie ein Tischtennisball auf einem Rasensprenger.

»Gerettet!«

»Mir ist schlecht«, sagte Gerhard.

»Mir auch.«

Trotzdem beeilten sie sich, die Köpenicker Enge so schnell wie möglich wieder zu verlassen, umrundeten die Altstadt, glitten, nun mit aller Vorsicht, unter der Dammbrücke hindurch und erreichten die Spree, um fortan Richtung Osten zu paddeln.

Auch hier war es ungemütlich. Überall Industrieanlagen und hohe Kaimauern, die man nicht erklimmen konnte. Wer hier als schlechter Schwimmer ins Wasser fiel, der war verloren. Und Manfred als ein solcher Schwimmer sah sich immer wieder, wie er, nahe am Ertrinken, vergeblich am grün bemoosten Beton Halt suchte. Die Finger hinterließen letzte Streifen.

»Ich kann's nicht mehr aushalten«, jammerte Gerhard.

»Dann mußte 's eben einhalten.« Manfred erinnerte sich an eine Fahrt im Faltboot seiner Eltern, wo er sich als Kind aus Angst vor den bösen Kommentaren seines Vaters in die Hosen gemacht hatte.

Schließlich fanden sie, als sie Hirschgarten passierten, einen Landeplatz, wo sich Gerhard ungesehen in die Büsche schlagen konnte.

»Noch anderthalb Kilometer bis zum Müggelsee«, sagte Manfred, als Gerhard wieder eingestiegen war.

»Ich krieg' langsam Blasen an den Händen«, stöhnte Gerhard.

»Dazu sind die Hände schließlich da.«

Auf der Müggelspree kamen ihnen nun mehr weiße Ausflugsdampfer entgegen, als ihnen lieb sein konnte, denn jedesmal gab es gewaltig hohe Wellen, die ihnen sehr gefährlich werden konnten, wenn sie von seitwärts kamen. Manfred mußte seine ganze Steuerkunst aufwenden, um sie kunstgerecht zu schneiden. Dann aber bog sich der Bootskörper derart durch, daß es heftig krachte und sie fürchten mußten, insbesondere ihre beiden Bohnenstangen würden brechen. Doch es ging alles gut, und sie bekamen langsam Spaß am Spiel: Wer kann den Namen eines Dampfers als erster erkennen?

»*Komet*«, glaubte Gerhard zu lesen.

»Irrtum, das ist die *Zukunft*.«

Meistens hatte Manfred recht, denn er war in den letzten beiden Jahren oft mit seinem Vater in der *Snark* auf dem Wasser gewesen und erkannte viele der Ausflugsdampfer an ihren charakteristischen Formen beziehungsweise konnte, wenn er nur den Anfangsbuchstaben entziffert hatte, leicht das Restliche erraten. Auch die Länge des Schriftzuges am Bug ließ Schlüsse auf den Namen zu. Sah das Schiff zum Beispiel wie eine weiße Kiste aus, dann war das ganz sicher der Dampfer *Seid Bereit*. Bei langen Namen lag man mit *Wintermärchen II, Friedenswacht* oder *Schneewittchen* immer richtig, und war die Aufschrift abgehackt, dann hieß *das Adolf von Menzel* oder *Professor Rudolf Virchow*. Die *Arcona* und die *Deutschland* erkannte er an ihrer schönen Form. Auch bei den anderen – *Spreetal I, Pankgraf, Horrido* oder *Komet* – hatte er zumeist das richtige Gefühl, war auch mit einigen schon selbst gefahren.

Kurz vor dem Müggelsee kamen sie noch einmal ins Schwitzen, als es nämlich so aussah, als wollte ein Boot der Wasserschutzpolizei direkt auf sie zuhalten. Sie hörten es schon: »Eure Papiere? So, ein Westberliner Bootsführer ... Ihr wollt die Werktätigen des demokratischen Berlin bei der Erholung stören ...«

Doch auch dieser Kelch ging an ihnen vorüber. Dann aber war es soweit, und sie hatten freien Blick auf den Müggelsee.

»Das ist ja wie auf 'm Meer!« rief Gerhard, und beiden rutschte das Herz in die Hose.

»Da soll'n wir rüber?« Manfred konnte sich nicht vorstellen, daß dies mit ihren schwachen Kräften und dem alten Boot zu machen war, zumal die Wellen nicht von schlechten Eltern waren. Sie trugen Schaumkämme und spülten über ihren Bug hinweg. Und nicht einmal Spritzdecken hatten sie.

»Kehren wir lieber wieder um«, sagte Gerhard.

»Das ganze öde Stück zurück? Schön wird's ja jetzt erst.« In diesem Augenblick bemerkte Manfred auch, daß der Wind wohl gedreht hatte und jetzt von hinten kam. »Wenn wir die Schirme aufspannen, kommen wir rüber, ohne daß wir paddeln müssen.«

Das ließ Gerhard die Dinge anders sehen. »Meinst du denn, das geht?«

»Warum soll das nicht gehen?«

Und wenig später flogen sie in der Tat die ewig langen vier Kilometer bis nach Rahnsdorf hinüber. Es galt nur aufzupassen, daß sie nicht mit einem der vielen Segelboote kollidierten. Da dachte Manfred manchmal mit Schrecken an das, was bei Fontane stand. Links sahen sie Friedrichshagen, und in dämmriger Ferne das Strandbad Müggelsee, rechts, wo sie dem Ufer näher waren, *Rübezahl* und die *Müggelseeperle*, zwei Restaurants, halb im Wald verborgen, von denen immer geschwärmt wurde, wenn die Erwachsenen irgendwo beim Kaffeetrinken waren.

Nach glücklicher Überfahrt klappten sie ihre Regenschirme wieder zu. Nun brauchten sie die Müggelspree nur noch wenige hundert Meter aufwärts zu paddeln, um dann rechts in den Kleinen Müggelsee einzubiegen. Gleich vor ihnen lockte ein riesiger Hang aus goldgelbem Sand, eine Ablage, wie die Berliner sagten, zur großen Rast. Noch regnete es nicht, obwohl die Wolken schon so schwarz geworden waren, daß sie jeden Augenblick zu platzen drohten. Sanft lief das Boot auf den flachen Strand. Sie stiegen aus und zogen es auf taub gewordenen Beinen ein Stückchen nach oben. Schnell waren die großen Sitzkissen, die sie aus der Schmöckwitzer Veranda mitgenommen hatten, auf dem Boden ausgebreitet, und dann ging es ans Essen, ans Präpeln, ans Spachteln. Buletten gab es mit Kartoffelsalat und als Nachtisch Griespudding mit Rhabarberkompott. So gut hatte es ihnen selten geschmeckt. Nachdem sie den letzten Bissen hinuntergeschluckt hatten, legten sie sich auf den Rücken, machten die Augen zu und schliefen beide, erschöpft wie sie waren, auf der Stelle ein.

Manfred schreckte erst wieder hoch, als er geträumt hatte, jemand hätte ihr Boot gestohlen. So ganz falsch war das nicht, denn beim Hochfahren sah er, wie zwei kleine Steppkes den *Rebell* umzuwerfen versuchten.

»He, ihr da, hört auf damit!«

Nun kam auch Gerhard wieder zu sich. »Sind wir schon zurück in Schmöckwitz?«

»Nein, aber die Hälfte haben wir ja schon geschafft.«

»Die Hälfte haben wir noch vor uns. Ich kann nicht mehr, ich lauf' nach Müggelheim und nehm' den Bus.«

»Höchstens den Leichenwagen.« Manfred griff zum Paddel und hob es hoch.

Zwei Uhr wurde es, bis sie sich wieder in das enge Boot gezwängt hatten und mit müden Armen an den vielen Gaffern vorbeipaddelten, die im Wirtshaus *Neuhelgoland* beim Mittagessen saßen. Doch nun kamen die vier Kilometer der absoluten Idylle, und es gab auf den angrenzenden Wassergrundstücken mit ihren stattlichen Sommerhäuschen eine Menge zu sehen: Familien saßen Kaffee trinkend an urigen Tischen, Kinder planschten in kleinen niedlichen Buchten, Angler stippten ihre Köder ins Wasser, Großmütter schaukelten ihre Enkelkinder auf dem Schoß, Väter spielten Federball mit ihren Söhnen, Mädchen hatten sich als Mariechenkäfer verkleidet, Enten kreuzten mit leisem Quak-Quak ihren Fluß, ein Opa kühlte sich die Füße. Die Krönung des Ganzen hieß Neu-Venedig, das hinter der Rialto-Brücke lag. Am meisten aber jauchzten sie, wenn sich bronzebraune Schöne in bunten Liegestühlen rekelten.

»Die Leute hier scheinen viel glücklicher zu sein, als es der RIAS eigentlich erlaubt«, sagte Manfred, und er träumte davon, es einmal im Leben so weit zu bringen, daß er sich hier ein Grundstück kaufen konnte. Als Westberliner ...? Völlig ausgeschlossen.

Sein Wasserwanderatlas war wenig informativ: Das Segeln ist auf der Müggelspree zwischen Kl. Müggelsee und Dämeritzsee verboten. MS *Horrido* rauschte vorüber, und vom Sonnendeck schrie ein Zehnjähriger »Mecki! Eierkopp!« zu ihnen herunter. Daraufhin stritten sie sich eine Viertelstunde lang darüber, wie das wohl gemeint sein konnte.

»Der hat dich gemeint«, sagte Manfred, »dich mit deiner Igelfrisur und dem Eierkopp dazu.«

»Denkste!« widersprach ihm Gerhard. »Der Mecki bin ich, vorne im Boot, und der Eierkopp du, hinten im Boot.«

An Hessenwinkel vorbei kamen sie nun ans Ende der Berliner Müggelspree und erblickten vor sich wie glitzerndes Stanniolpapier den Dämeritzsee, auch er einen Kilometer lang. Geradezu waren die Dächer und Türme Erkners zu erkennen, und dort ging es weiter durchs Flakenfließ zur Woltersdorfer Schleuse. Rechts von ihnen, hinter einer Landzunge von erheblicher Länge, zog sich auf seiner Karte die Spree wie ein langer blauer Wurm dahin, schlängelte sich durch Neu-Zittau und Hangelsberg hindurch bis nach Fürstenwalde und dann weiter Richtung Spreewald. Dies aber alles war verbotenes Land für einen Westberliner, und mitten auf dem Dämeritzsee war ein Prahm verankert, an dem alle Boote halten mußten, um sich kontrollieren zu lassen. Nur die DDR-Bürger durften passieren. Die rote und breit schraffierte Linie, die Grenze nicht nur zwischen Berlin und dem Landkreis Fürstenwalde, sondern auch zwischen zwei Welten, verlief mitten durch den See und am Ostufer der Spree entlang.

Manfred streckte sein rechtes Bein weit nach vorn, um sein Steuer hinten bis zum Anschlag zu ziehen, und mit einer scharfen Kurve bog F 4208 *Rebell* in den Gosener Graben ein.

»Jetzt sind wir angekommen im tropischen Regenwald«, rief Manfred, »hier fängt der Amazonas an, wir sind auf einem kleinen Nebenfluß.«

Und so unrecht hatte er nicht, denn sie kamen wirklich durch urzeitliches Land. Wie ein dichter Teppich lag Entengrütze auf dem Graben, und wo sie sich nicht halten konnte, da war das Wasser morastig dunkel oder silbern schwarz, als hätte man pulvriges Graphit hineingeschüttet. Baumstämme waren ins Wasser gestürzt, abgerissene Zweige schwammen herum. Es war unheimlich schwül, und die Luft war schwer vom Duft der vielen Blüten und des Heus, das sie auf den Wiesen ringsum aufgeschichtet hatten. Seerosen gab es, Disteln und Pflanzen, die Manfred nicht kannte und noch nie gesehen hatte. Ein Eingeborener, schwarz gekleidet, stakte auf einem flachen Kahn vorbei. Sein Hund blaffte sie an. Dann wieder war es so still, daß man die Mücken hörte. Und die Libellen, die wie blaugrüne Minihubschrauber herangeschwirrt kamen.

»Aua!« Manfred schrie auf. Eine der Bremsen hatte ihn gestochen, genau zwischen den Schulterblättern, und es brannte höllischer als bei einem Wespenstich. Er selbst konnte zwei der Viecher auf Gerhards Rücken erlegen.

Links zweigte ein schmales Rinnsal vom Hauptgraben ab, und Manfred lenkte ihr Faltboot hinein. Jetzt wurde es so eng, daß sie ihre Paddel auseinanderziehen mußten, weil sie nur noch seitwärts staken konnten.

»Steg voraus!« rief Gerhard. »Da kommen wir nicht durch.«

»Wenn wir uns hinlegen ...«

Sie taten es und streckten sich aus, Gerhard jammerte, daß er nun Manfreds Käsebeine direkt vor seiner Nase hatte. Ihre Köpfe waren nun unter dem Süllrand verschwunden, und mit den Händen stießen sie sich an den Bohlen ab, die über ihren Köpfen hingen.

»Geschafft!«

Als sie sich wieder aufgerichtet und weitere hundert Meter zurückgelegt hatten, erstarrten sie. Sie waren jetzt nach einer kleinen Biegung in weitem Wiesengelände, und in etwa fünfzig Meter Entfernung befand sich eine richtige Brücke – und auf der waren zwei Vopos postiert.

»Mensch, wir sind in der DDR!« rief Gerhard.

»Illegaler Grenzübertritt ...« Was hieß, daß sie erst mal hopsgenommen wurden, wenn man sie entdeckte, nach Erkner brachte oder zum Alexanderplatz und sie ein Weilchen schmoren ließ, bis zum nächsten Morgen wahrscheinlich, ehe man ihre Eltern alarmierte. So jedenfalls stand es immer wieder in den Zeitungen.

»Die Köpfe wieder runter«, hauchte Manfred. Und nun versuchten sie, im Liegen aus der eigentlichen DDR zurück nach Ostberlin zu kommen, rückwärts, die Paddel eingezogen und nur mit den Händen planschend. Es dauerte ewig, bis sie wieder am schützenden Gebüsch angelangt waren, und wahrscheinlich hätten sie die Posten trotz aller Vorsicht entdeckt, wenn nicht just in diesem Moment das lang erwartete Gewitter losgebrochen wäre. Sie schafften es noch bis unter den Steg, aber auch dort waren sie im Nu quatschnaß, denn zwischen den Bohlen gab es fingerdicke Zwischenräume, und ihre Schirme konnten sie ja nicht benutzen. Sie hätten es auch nicht gewagt, denn ringsum schlugen immer wieder Blitze ein. Es war die Hölle.

»Womit hab’ ich das nur verdient?« fragte Manfred mit einer Wendung, die die Älteren immer gebrauchten, wenn das Schicksal es böse mit ihnen gemeint hatte.

»Es geht alles vorüber, es geht alles vorbei«, intonierte Gerhard den alten Durchhaltesong, »und im nächsten Dezember gibt’s wieder ein Ei.«

Als Blitz und Donner etwas nachgelassen hatten, und ehe die beiden Vopos auf der Brücke wieder Posten bezogen, machten sie sich daran, ihren Rückzug fortzusetzen. Endlich konnten sie das Boot wieder drehen und mit voller Kraft voraus den Hauptgraben erreichen. Es ging unter der Gosener Landstraße hindurch, und nach einem Kilometer hatten sie den Seddin-See erreicht. Doch nun war, wie Manfred es mit einem Lieblingssatz seines Vaters formulierte, »die Kacke erst so richtig am Dampfen«, denn der Wind hatte sich abermals gedreht, kam böig von Süden her und stand genau auf ihrer Ein- bzw. Ausfahrt in den See, der sich in einer Länge von vier Kilometern von Gosen bis nach Schmöckwitz zog.

»Da kommen wir doch nie hinüber«, sagte Gerhard.

Und richtig, auch wenn sie mit aller Kraft das Paddel schwangen, reichte es mal gerade, auf der Stelle zu bleiben und nicht zurückgeweht zu werden. Sich nach Hilfe umzusehen, war verlorene Müh’, denn natürlich war das Wasser jetzt wie leergefegt. Sie ließen sich zurücktreiben ins Schilf. Was nun? Fünf war es jetzt, 17 Uhr, und ehe die in Schmöckwitz merkten, daß sie in Seenot waren, konnte es spät abends werden. Nebenan lag das Dörfchen Gosen, aber das war ja DDR, und seine Oma anrufen, konnten sie eh' nicht, die hatte ja kein Telefon. Auch die Nachbarn und ihre Freundinnen nicht, wie denn auch.

»Wären wir bloß zu Hause geblieben«, stöhnte Gerhard.

Manfred glaubte, die rettende Idee zu haben. »Wir gehen einfach an Land, setzen das Boot auf unseren Wagen und ziehen es nach Hause.«

»Fein ... Aber wie willste denn hier an Land gehen ...?«

Der Einwand war berechtigt, denn ringsum waren nur Schilf und Sumpf beziehungsweise die scharfen Steine an der Böschung des Gosener Kanals, der rechts von ihnen begann.

»Da gibt es nur eins: Wir müssen ein Stückchen auf den Seddin-See hinaus, da gibt es dann rechts ein paar Stellen im Schilf, wo man anlegen kann.«

»Da sind erst mal die Stangen und die Netze von den Fischern hier, da kommste nich durch.«

»Gleich dahinter aber.«

»Das schaffen wir nie, guck doch mal die Wellen an.«

»Wir können doch nicht ewig in den nassen Sachen rumsitzen!« Noch immer goß es in Strömen. »Das gibt die schönste Lungenentzündung.«

»Einen Tod kann man nur sterben«, sagte Gerhard.

»Dann können wir's noch mal versuchen. Komm!«

Manfred war hier schon mit seinem Vater und sogar Tante Trudchen gewesen und schätzte die Strecke, die sie nun gegen Wind und Wellen zurückzulegen hatten, auf nicht mehr als dreihundert Meter. Normalerweise war das ein Klacks, jetzt aber ein gigantisches Unternehmen. Doch sie kämpften, und sie kamen tatsächlich voran, Meter für Meter. Obwohl sie Blasen an den Händen hatten, obwohl Arme und Rücken so schmerzten, daß sie am liebsten laut losgeschrien hätten, obwohl sie die aufschießende Gischt wie mit kleinen Pfeilen traf und sie nach ein paar Minuten schon so viel Wasser ins

Boot bekommen hatten, daß sie fast mit dem Hintern im Nassen saßen.

Jetzt hatten sie den Schilfgürtel und die Fischernetze hinter sich gelassen, und vielleicht zehn Bootslängen vor ihnen lag das rettende Ufer auf der Seddinberg-Seite des Waldes. Doch nun mußte Manfred das Boot querstellen gegen die immer höher werdenden Wellen, sonst kamen sie nicht hin. Da geschah es dann. Beide warfen sich nicht schnell genug nach links, sie kippten um.

Jetzt ist es aus!

Etwas anderes konnte Manfred nicht mehr denken. Er hatte sich mit dem rechten Fuß in seinem Steuerseil verhakt. Zweimal wäre er in seinem Leben fast ertrunken. Einmal in der Badewanne und einmal im Dorfteich von Groß Pankow. Nun, beim dritten Mal, war es soweit. Er kam und kam nicht hoch. Er hatte viel Wasser geschluckt und konnte es nicht aushusten. Schwärze hüllte ihn ein. Die Nacht, die ewige Nacht. Luft, Luft! Endlich kam er hoch, doch noch immer war es finster. Wo war er, was war mit ihm? Etwas Hölzernes schlug ihm immer wieder gegen die Schläfen. Endlich hatte er es begriffen: Er steckte genau unter dem Boot.

Festhalten, am Bootskörper!

Der blieb ja oben, weil in den Enden seine Wasserbälle steckten. Er brachte es über sich, noch einmal unterzutauchen und sich nach außen zu hangeln und beide Arme um das Boot zu schlingen. Wo war Gerhard? Der schwamm ein Stück weiter und hatte große Mühe, sich über Wasser zu halten.

»Hierher!« schrie Manfred, nachdem er kräftig gehustet hatte und wieder richtig Luft bekam.

Gerhard hörte es und kam langsam näher. Manfred merkte, daß er jetzt Grund unter den Füßen hatte, und lief dem Freund quasi entgegen. Jetzt konnte sich Gerhard am Steuer festhalten, und gemeinsam liefen und schwammen sie ans Ufer.

»Uff! Gerettet.« Sie umarmten sich und sanken nieder.

Als sie sich erholt hatten, machten sie Bilanz. Gerettet hatten sie ihr Leben, das Boot, den Bootswagen und ihre Ausweise und Uhren, die fest zwischen Streben und Gummihaut steckten, verloren aber ihre beiden Paddel ihre Regenschirme, ihre Turnschuhe, den Wasserwanderatlas und die gesamten Sitzkissen aus Schmöckwitz.

Was blieb ihnen nun, als das Boot auf den Wagen zu schnallen und barfuß durch den Wald zu ziehen.

»Das sind ja nur dreieinhalb Kilometer«, sagte Manfred.

»Wenig, wenn man bedenkt, daß der Erdumfang 42 000 Kilometer beträgt.«

Auf den teils aufgeweichten Wegen brauchten sie ewig, um voranzukommen, und immer wieder blieben sie an den herausstehenden Wurzeln hängen und mußten ihr verrutschtes Boot neu festzurren. Auch hatten sie sich die nackten Zehen bald blutig gestoßen, abgesehen davon, daß ihnen die Schultern vom schweren Tragen abzufallen drohten.

Doch das größte Problem ergab sich erst, als sie »44« erreichten, die Landzunge zwischen Großer Krampe und Seddin-See, und drüben, gute sechshundert Meter entfernt, *Waldidyll*, ihren Ausgangspunkt, erblickten. Wie dort ohne Paddel hingelangen? Zwar war das Gewitter gänzlich abgezogen, und die Sonne kam wieder hervor, doch das Wasser war immer noch so rauh, daß sie keine Chance hatten, es mit bloßen Händen oder abgebrochenen Ästen zu schaffen.

»Was tun?« fragte Manfred.

»Da hinten stehen Zelte, mal sehen, ob die uns 'n Paddel borgen.«

»Oder mal winken, ob uns 'n Motorbootfahrer rüberschleppt.«

Beides mißlang, und es war schon halb acht. Sie froren jämmerlich und hätten sich am liebsten ins nasse Gras gesetzt und losgeheult. Zwar schien es ihnen, als stünde drüben am Steg seine Schmöckwitzer Oma mit ihren Freundinnen Erna, Tilly und Else, aber das konnte täuschen. Und wenn? Daß die einen fanden, der sie abholen kam, war mehr als fraglich.

Manfred rang die Hände. »Lieber Gott, bitte ...«

Gerhard gab darauf nicht viel. »Wie sagt deine Oma drüben immer: Hilf dir selbst, dann hilft dir Gott.«

»Gut, dann hab' ich eine Idee ...«

»Noch eine? Vielleicht umrunden wir nächste Woche mal die Havelberge ...?«

»Nein ... Ich schleich' mich jetzt zu dem blauen Zelt und klau' mir das Paddel, das sie uns nicht borgen wollten.« Manfred grinste.

»Wenn die das merken: die erschlagen dich.«

»Besser, als wenn sie die Vopo holen.«

»Du bist verrückt.«

»Besser verrückt als hier erfrieren.«

Gerhard hatte einen Gegenvorschlag. »Ich schwimm' rüber, Hilfe holen.«

»Das schaffst du nicht nach den Strapazen heute.«

»Doch.«

»Nein.«

»Komm, knobeln wir das aus.«

Sie streckten sich zweimal die rechte Hand entgegen, um sie dann beim dritten Mal zu öffnen. Manfred hatte einen Brunnen, Gerhard einen Stein.

»Stein fällt in den Brunnen, also geh' ich das Paddel klauen.«

Gerhard hatte stärkste Bedenken. »Die wissen doch, daß wir noch hier sind.«

»Hättest du mal mehr Karl May gelesen«, sagte Manfred. »Wir tun jetzt so, als würden wir weiterziehen, um die Große Krampe rum nach Müggelheim rauf. Wenn wir außer Sichtweite sind, bleibst du stehen und ich schleich mich bei denen an.«

So verfuhren sie dann, und fünf Minuten später war Manfred zurück, das Paddel in der Hand. »Schnell das Boot ins Wasser und weg, eh sie was merken.«

Der letzte halbe Kilometer fiel ihnen verdammt schwer, denn sie saßen tief und hart auf der Leiter im Kiel des Bootes, aber immerhin kehrten sie als stolze Seefahrer in den Heimathafen zurück.

Seine Oma nahm sie in die Arme, erst Manfred, dann Gerhard.

Manfred war schon wieder in der Lage, sie nachzuahmen: »Daß ich das noch erleben durfte!«

Die Neubauwohnung oder
Der Umzug ins Paradies

Am 30. Juni 1954, einem Mittwoch, standen kurz nach 12 Uhr mittags mehr Menschen auf den Straßen und Plätzen als selbst in der Silvesternacht beim Feuerwerk. Und das, obwohl man sie alle schon Wochen vorher gewarnt hatte, daß ihnen bei diesem Großereignis ohne die nötigen Vorsichtsmaßnahmen schwere Augenschäden oder gar Erblindung drohten. Berlin fieberte seiner ersten richtigen Sonnenfinsternis seit 1887 entgegen. »Und die nächste soll es erst im Jahre 2135 geben«, sagte Dietmar Kaddatz zu Manfred.

Es hatte rechtzeitig schulfrei gegeben, und sie standen mit Bimbo, Dirk Kollmannsperger und Balla-Balla Pankalla zusammen auf dem Hermannplatz. Um das Naturschauspiel richtig genießen zu können, hatten sie sich gestern abend mit Hilfe von Kerzen kleine Glasscheiben angerußt. Der Himmel war klar, Gott sei Dank, und pünktlich um 12 Uhr 30 begann sich der Mond von rechts oben her vor die Sonne zu schieben.

»Um 13 Uhr 50 werden wir einen Verfinsterungsgrad von 88 Prozent erreicht haben«, wußte Dietmar Kaddatz zu berichten.

Bimbo hatte, als Max Hamann mit ihnen den *Freischütz* durchgegangen war, besonders Obacht gegeben und zitierte nun mit theaterreifem Pathos die Agathe: »Und ob die Wolke sie verhülle, die Sonne bleibt am Himmelszelt! Es waltet dort ein heil'ger Wille; nicht blindem Zufall dient die Welt.«

Dann schwiegen sie alle. Ganz Berlin war in ein bläulich kaltes Licht getaucht. Die Temperatur war leicht zurückgegangen, und sie fröstelten in ihren dünnen Sachen. Die Vögel hatten aufgehört zu zwitschern und waren schlafen gegangen. Autos und Straßenbahnen hatten angehalten. Die Welt schien eingefroren zu sein. Am Himmel war die Venus zu erkennen.

Eine archaische Beklemmung schnürte sie ein, eine Ur-Angst hatte sie erfaßt: Was, wenn die Sonne nie mehr wieder richtig scheinen würde? Im Eise würde alles Leben ersterben, und die letzten Menschen würden sich gegenseitig auffressen, um den Tod, der doch unausweichlich war, ein wenig aufzuschieben.

Manfred hatte Bauchschmerzen, und das lag nicht nur an der leichten Magenverstimmung, die offenbar eine Folge der vielen Kohlrouladen von gestern abend war.

Nachdem die Sonne wieder zu alter Kraft zurückgefunden hatte, gingen sie zu viert die Allee hinunter, die ihren Namen trug, vormals Kaiser-Friedrich- und Braunauer Straße.

»Ob sie wohl die 95 auch bald einstellen?« fragte Manfred, als ihm der TM 31 U mit der Wagennummer 3486, behängt mit einem B 24, entgegenkam, Richtung Tempelhof, Attilaplatz. Seit zwei Jahren gab es auf der Sonnenallee sogar noch eine zweite Linie, die 94, pendelnd zwischen Oranienplatz und Schulenburgpark, aber mit dem heutigen Tage wurden die beiden Ku'damm-Linien eingestellt, die 76 und die 79, und durch die Buslinien 19 und 29 ersetzt. Der Kurfürstendamm, das war zwar für einen Neuköllner Jungen eine andere Welt, da fühlte er sich ebenso fremd und unsicher wie ein kleiner Angestellter im Zimmer des Chefs, aber dennoch: Er hatte das Gefühl, etwas Wertvolles verloren zu haben.

»Alle Straßenbahnen werden sie durch U-Bahnen und Busse ersetzen«, sagte Pankalla. »Damit die Autos nicht mehr so behindert werden. Wir kriegen nächsten Monat auch unseren Käfer.« Sein Vater war Kommandeur bei der Bereitschaftspolizei.

»Mehr Autos, das gibt mehr Tote«, sagte Dirk Kollmannsperger, angeregt durch einen Leichenwagen der Firma Grieneisen, der gerade aus der Hobrechtstraße kam. »Vielleicht sollte ich lieber 'n Bestattungsunternehmen aufmachen und nicht Mathe studieren.«

»An der FU haben sie gerade den Henry-Ford-Bau eingeweiht«, wußte Dietmar Kaddatz zu berichten. »Extra für uns. In drei Jahren studieren wir da.«

Manfred drückte sich gern um die Frage herum, was nach dem Abitur sein würde. Es schien ihm fast so, als würde sich jemand Gedanken um das Leben nach dem Tode machen. Einmal hatte er Angst davor, das Bestehen des Abiturs als sicher vorauszusetzen, denn: *Der Mensch versuche die Götter nicht*, und zum anderen war zwar die Schule ein Übel, aber hinterher, so fürchtete er, konnte es nur schlimmer werden. Dirk Kollmannsperger und Dietmar Kaddatz, die waren in Physik und Mathe hochbegabt, die gehörten an die Uni, aber er? Überall nur Durchschnitt. Und wenn er irgendwo eine Lehre begann, dann war das auch kein Zuckerschlecken, hörte er doch immer wieder, daß Lehrjahre keine Herrenjahre seien. *Abwarten und Tee trinken. Irgendwie wird schon alles weitergehen.*

Langsam zerfiel die kleine Gruppe. Bimbo wohnte in der Sonnenallee, gleich hinter der Tellstraße, sagte als erster adieu, und Manfred und Dirk Kollmannsperger mußten sich an der Jansastraße von Dietmar Kaddatz und Balla-Balla verabschieden, die hinten an und in der Roseggerstraße wohnten.

»Nach den Sommerferien komm' ich immer mit euch mit«, sagte Manfred. »Im September ziehen wir um zur Treptower Brücke, in 'ne Neubauwohnung.« Er freute sich schon drauf, denn von Dietmar Kaddatz konnte er viel profitieren, was die Schule betraf, und mit Pankalla viel über Leichtathletik reden – der war Kugelstoßer und Diskuswerfer beim OSC Berlin.

Dirk Kollmannsperger wohnte in der Weserstraße, und Manfred konnte ihn noch bis vor die Haustür begleiten. Blieben noch zwei Standardthemen für sie: Die Fußballweltmeisterschaft und die Mädchen. Die deutsche Nationalmannschaft hatte Jugoslawien mit 2:0 geschlagen und galt nun gegen Österreich als hoher Favorit. Im zweiten Spiel der Vorschlußrunde kämpften Ungarn und Uruguay um den Einzug in das Finale am Sonntag, aber beide waren sich einig, daß die Deutschen das gegen die Magyaren nie gewinnen konnten.

»Nach dem 3:8 in der Vorrunde kommen die doch schon mit zitternden Knien auf 'n Platz.«

Ebenso eindeutig war die Lage bei den Mädchen: Während viele andere ihres Jahrgangs, insbesondere die, die schon von der Schule abgegangen waren, »es« schon längst getan hatten, zumindest aber mit einer Freundin ins Kino gingen oder raus zum Wannsee fuhren, durften sie nur anhand der Fotos in *Film und Frau* mit der ganzen Kraft ihrer Vorstellung die Liebe genießen. Einerseits registrierten sie das mit einer gewissen Erleichterung, denn es mußte verdammt schwer sein, einer Frau immer »etwas bieten« zu können, andererseits aber war es schon deprimierend, und sie fühlten sich gehörig im Abseits, fernab vom Eigentlichen.

»Meine große Hoffnung ist ja die Hannelore«, sagte Manfred und schwärmte vom 80-Meter-Hürdenstar des TuS Neukölln.

»Bist du Mitglied da?« fragte Dirk Kollmannsperger, um sich die Antwort selber zu geben. »Klar bist du mit Glied da – vorher abschnallen geht ja schlecht. Kann ich da auch eintreten ...?«

»Ja, sicher.«

»Ich hab' früher schon immer Tussamag gemocht.« Das war ein Hustensaft.

Sie gaben sich die Hand, nicht ohne das zu einem kleinen Wettkampf zu nutzen, zum Armdrücken nach bayerischem Vorbild. Erst als ihnen die Adern an der Stirn zu platzen drohten, hörten sie auf.

»Unentschieden.«

Als Manfred dann zu Hause einen ziemlichen Kartoffelberg erst schälen und dann reiben mußte, denn es war wieder einmal Puffertag, tat ihm der rechte Arm so weh, daß er sich zwischendurch als Linkshänder betätigen mußte. So dauerte das Ganze viel länger als geplant. Und gerade, als er fertig war, auch noch das: »Brennholz für Kartoffelschalen!«

Unten auf dem Hof schwang ein vierschrötiger Bauer seine Glocke, und Manfred blieb nichts weiter, als den Eimer mit den Kartoffelschalen zu nehmen und nach unten zu eilen.

Befehl war halt Befehl. Die Eltern fanden, daß man für den nächsten Winter genügend Kleinholz zum Feuermachen im Keller haben müsse. Er selber hätte lieber in Schmöckwitz Kienäppel gesammelt. Außerdem war er nicht sehr scharf darauf, Thomas Zernicke zu treffen. Eine Prügelei hatte es seit Thomas' dramatischem K. o. nicht mehr gegeben, aber daß sie sich nun sonderlich mochten, war auch nicht festzustellen. Nur im Film fanden sich auf diese Art und Weise Freunde fürs Leben.

Die Bauersfrau auf dem gummibereiften Wagen, die den Tausch von Brennholz gegen Kartoffelschalen vornahm, war seit Jahren dieselbe. Und noch immer hing die Menge des kleingehackten Kiefernholzes, das sie in die schwungvoll ausgekippten Eimer gab, nicht von der Menge der angelieferten Kartoffelschalen ab, sondern vom Mundwerk der Leute: Je lauter jemand protestierte, desto mehr bekam er. Das konnte sie wunderbar einschätzen.

Thomas Zernicke war nicht erschienen, dafür aber Erika Jahn, die auch in der Ossastraße wohnte. Er hätte gern mit ihr im Paddelboot gesessen, doch eben dieser Wunsch war es, der ihn zurückzucken ließ, und anstatt auf sie zuzugehen und sie zu fragen, ob sie demnächst einmal Zeit hätte, verkroch er sich hinter dem breiten Rücken von Frau Jonas, die vor ihm stand. Erika anzusprechen, war ausgeschlossen für ihn, weil er sich dabei vorkam wie ein Sittenstrolch. Natürlich sehnte er sich danach, sie zu umarmen und »es« danach geschehen zu lassen, doch weil dem so war, verkroch er sich vor ihr, denn wenn es dazu kam, war das für ihn wie für sie gleichbedeutend mit einem Verbrechen. Also sah er zu den Spatzen in den Akazien hinauf statt in Erikas himmelblaue Augen.

»Lange machen wir nicht mehr«, sagte die Bauersfrau oben auf dem Wagen zu Frau Jonas und wischte sich die Hände an der Kittelschürze ab. »Wenn die Leute alle erst Zentralheizung haben …«

Manfred hätte eigentlich froh sein können, daß er dann nicht mehr nach unten traben mußte, wenn der Ruf ertönte: »Brennholz für Kartoffelschalen«, doch es machte ihn traurig. Nicht nur die Straßenbahn wurde langsam abgeschafft. Alles wurde anders. Frau Hünicke hatte sie einen Aufsatz schreiben lassen: *Was will uns Heraklit mit dem Satz »Man kann nicht zweimal in denselben Fluß treten« eigentlich sagen?* Als ihm das durch den Kopf ging, hörte er wie im Reflex Dirk Kollmannsperger brummen: »Warum kann man einem niemals zweimal auf denselben Fuß treten? Antwort: Weil er einem vorher schon einmal in den Arsch getreten hat.« Wenn alles anders wurde, dann mußte er eines Tages ohne Bimbo und Dirk Kollmannsperger leben, ohne die Schule, ohne die Eltern und die Großeltern, ohne die Ossastraße. Er war sich sicher, daß das nicht gehen würde. Was auch immer kam, es konnte nie so schön sein wie das, was war und was gewesen war.

Bis die Eltern von der Arbeit kamen, hatte er einzuholen, den Kohlenkasten neu zusammenzuleimen, Flur und Wohnzimmer zu saugen und Schularbeiten zu machen. Alles war ihm zuviel. Warum war er ausgerechnet als Manfred Matuschewski auf die Welt gekommen und nicht als Prinz Charles oder Sohn eines amerikanischen Millionärs? Warum war sein Vater nur kleiner Postbeamter und nicht so ein Generaldirektor wie Rudolf Prack im Film? Den hatten sie natürlich gesehen: *Die Privatsekretärin*, mit Sonja Ziemann. Von der hatte er dann zweimal feucht geträumt. Warum hatte er nie eine Chance, eine Frau wie Sonja Ziemann zu bekommen, sondern bestenfalls die leicht verwachsene Schusterstochter von nebenan? Warum war alles so, wie es war, und nicht ganz anders?

Auch zu Hause in der Ossastraße, als sie in der Küche saßen und wie jeden ersten Mittwoch im Monat Kartoffelpuffer aßen, war die Sonnenfinsternis das Thema Nummer eins.

Die Mutter erzählte von einer Kollegin, die geglaubt habe, eine Sonnenfinsternis könne es nur in der Nacht geben.

»Wieso denn das?«

»Weil in der Zeitung dringestanden hat, daß sich der Mond vor die Sonne schiebt – und der scheint doch nur nachts.«

Sein Vater hatte einen ganz besonderen Kommentar zur

Sonnenfinsternis: »Hab Sonne im Herzen und Zwiebeln im Bauch, dann kannste gut ferzen – und stinken tut's auch.«

»Otto, doch nicht beim Essen!«

Das gemeinsame Abendessen wurde von den Eltern genutzt, das, was sie tagsüber in Krankenkasse und Störungsstelle erlebt hatten, in kleinen Reportagen vorzutragen. Bei der Mutter gab es offensichtlich seit kurzem zwei Kolleginnen, die »wie ein Paar« zusammenlebten. Was sie aber noch mehr beschäftigte, war die Tatsache, daß der Chef ihr morgens beim Rundgang durch den Arbeitssaal nicht die Hand gegeben hatte.

Sie war ganz verzweifelt. »Hab' ich denn was falsch gemacht?«

»Er wird dich nicht gesehen haben«, vermutete Manfred. »Vielleicht hast du gerade hinterm Schreibtisch gekniet und was aufgehoben.«

»Ja, das Rundschreiben!« Die Mutter war erleichtert. Aber auch anderes bedrückte sie. »Das war vielleicht ein Tag heute! Meinst du, Herbert Neutig hat gemerkt, daß ich ein neues Kleid anhabe!? So ein Stiesel!« Dann stöhnte sie, daß ihre Oberen schon wieder alles umorganisieren wollten. »Die sitzen da in der Hauptverwaltung und brüten was aus, und uns fragt keiner. Otto, wozu bin ich eigentlich in der Gewerkschaft?« Ein Dauerbrenner waren auch ihre »Überzahlungen«. »In dem ganzen Trubel heute morgen hab ich einer Frau aus der Wrangelstraße fünfzehn Mark zuviel gezahlt. Die ist aber anständig gewesen und hat mir nachher alles wieder zurückgebracht.« Zum Schluß kam bei der Mutter immer wieder dieselbe Frage: »Wißt ihr, wer heute bei mir am Schalter war?«

»Nein, woher?«

»Der Klaus Reinicke, der von der Straßenbahn. Der läßt dich schön grüßen.«

»Danke«, sagte Manfred, »grüß ihn schön wieder, wenn er noch mal kommt.«

Nun war sein Vater an der Reihe. Er hatte sich um den Platz bei einer Fortbildungsveranstaltung beworben, doch es schien so, als würde sein Gesuch abschlägig beschieden werden. »Da steckt bestimmt wieder dieser Hayn dahinter.«

»Hayn, du Schwein«, konnte Manfred nur sagen.

Erfreulicher war, daß ihn einer seiner Kollegen zu einem Glas Wein in die Laube eingeladen hatte. »Der Siegfried Sommer. Da hinten, Köllnische Heide. Der fährt Opel.«

»Ist das der mit dem einen Bein?« fragte Manfred.

»Nein, das ist der Arnulf Schumann. Der hat sich heute den einen Schuh ausgezogen – da sind wir alle umgefallen. So was von Schweißfuß! Da produziert der eine das für den anderen mit.«

»Otto, das ist pietätlos!«

»Aber wahr. Ach so ...« Bei dem Stichwort Arnulf war ihm eingefallen, daß er etwas vergessen hatte. »Mach doch mal meine Aktentasche auf und hol den Zettel da raus.«

Manfred stand auf und ging zum Kohlenkasten, wo die braune Aktentasche seines Vaters stand. Wie immer hing ihr Trageriemen so im Weg, daß man stolperte. Sein Vater brauchte ihn aber, um die linke Hand frei zu haben. In der rechten hielt er den Stock, ohne den er sich nicht einmal innerhalb der Wohnung frei bewegen konnte. Zwischen Stullenbüchse und Thermosflasche fand sich ein eng beschriebener DIN-A4-Bogen mit einem Gedicht.

»Keiner irrt sich, unser Arni wird heut' vierzig«, las Manfred. »Soll ich das in der Schule vortragen?«

»Nein, sauber abschreiben mit deinen schönen Buchstaben aus 'm Kunstunterricht. Kriegste auch 'ne Tafel Schokolade für.«

»Ich werd' mir Mühe geben.«

Als die letzten Kartoffelpuffer auf den Teller kamen, fiel seiner Mutter noch etwas ein. »Tante Claire war ja auch bei mir am Schalter.«

»Ist sie Mutter geworden?«

»Quatsch. Sie hat uns am Sonntag nach Frohnau eingeladen: Lolo will uns ihr neues Grundstück zeigen.«

»Wo ist denn hier der nächste Frackverleih?« fragte der Vater.

»Da ist doch das Endspiel!« rief Manfred. »Hoffentlich kann ich das da hören.«

»Meinste, die haben keinen Radioapparat in ihrer hoch-herrschaftlichen Villa?«

Nachdem sie noch ein Weilchen über die Filme geredet hatten, die man unbedingt sehen mußte – *Die Faust im Nak-ken* und *Canaris* vor allem –, kam das an die Reihe, was jetzt vor allem wichtig war: Was mußte für die Neubauwohnung angeschafft werden?

»Eine Badewanne«, schlug Manfred vor.

»Die ist doch gleich drin.«

Manfred wünschte sich für sein eigenes Zimmer einen ge-polsterten Stahlrohrstuhl mit buntem Plastikbezug und eine Tütenlampe für die Wand.

»Das Wichtigste ist eine Bettcouch für dich.« Die Mutter hatte sich schon um die Prospekte gekümmert. »Hier: Sitz- und Rückenkissen mit Federkerneinlage. Mit herauszieh-barem Bettkasten. Modell Dietmar, 228 Mark.«

Der Vater wünschte sich eine Musiktruhe von Loewe Opta, Grundig oder Saba aus poliertem Nußbaum mit Goldbor-düren, Plastik-Tastaturen aus gelblich-weißer Elfenbeinimi-tation und einer Verkleidung aus goldfadendurchwirktem Brokat. »Die *Kurfürst* gefällt mir am besten.«

Die Mutter wollte eine neue Stehlampe haben, Messing-halterung, die Schirme in Laternenform aus weichem Lepo-rello-Kunststoff. »Und endlich eine Blumenbank für meinen Gummibaum.«

Das wurde dann auch so beschlossen. Nach dem Abwasch saßen sie alle im Wohnzimmer und hörten Radio. Manfred machte sich ans Werk, um dem Geburtstagsgedicht die Form einer mittelalterlichen Urkunde zu geben. Doch obwohl er sich redlich mühte, war der Vater mit dem Ergebnis nicht sonderlich zufrieden.

»Das sieht ja aus wie Arsch mit Friedrich. Das machste schön noch mal.«

»Nur, wenn ich fünf Mark dafür kriege.«

»Du kannst mir mal an der Hose schnuppern.«

»Otto, bitte!«

Murrend kehrte Manfred zum Schreibschrank zurück.

Die Mutter sang indessen: »Oh, wie wohl ist mir am Abend, bimm, bimm . . .«, und der Vater variierte den Kanon in der ihm eigenen Art: »Oh, wie wohl ist mir am Arsche, mir am Arsche . . .«

»Man muß sich ja schämen mit euch!« Die Mutter wurde ungehalten. »Wenn die Nachbarn das hören. Was sollen die denn von uns denken?«

Manfred las zu dieser Zeit das Standardwerk über die Olympischen Spiele von 1952. Das Leichtathletik-Kapitel hatte Heinz Maegerlein geschrieben, und Manfred berauschte sich immer wieder an seinen Sätzen:

Das Feuer, das über den Häuptern brannte als ewig mahnendes Symbol eines unsterblichen Glaubens, das sich widerspiegelte in den Herzen der Kämpfer, beflügelte sie, weit über sich hinauszuwachsen, neue Rekorde und mit ihnen neue gültige Maße für die Grenze des Möglichen zu setzen . . . Beglückender noch als das Trommeln schneller Beine, als das Dahinstürmen auf der Bahn, als der Flug prachtvoll hinausgeschleuderter Disken und Speere, als kraftvolle und geschmeidige Sprünge freilich steht, wenn wir dieser Tage gedenken, das menschliche Antlitz vor uns, verschönt und geadelt vom Sieg . . . Wie volle schwere Kugeln in Schalen von Erz fielen die größten Läufe in die Schale unseres Glücks und füllten sie bis zum Rand. Nicht so sehr jene, die nur kurzen Rausch schenken, deren eigentliches Kriterium in der explosiven Entfesselung der Kraft, in der in wenigen Sekunden gebannten Wildheit besteht! Viel mehr, in viel tiefere Bezirke des Empfindens hinabreichendes Erleben schenkten jene Läufe, in denen die schnellsten und ausdauerndsten Läufer der Welt in wunderbarem Rhythmus mehrfach die Bahn umkreisten . . .

Ja, ein großer Läufer wollte er werden und konnte sich gar nicht satt sehen an den schwarzweißen Fotos mit den Siegern von Helsinki. *Der Goldmedaillengewinner Stanfield startet zum Zweihundertmeterlauf.* Andrew Stanfield (USA) hatte in 20,7 Sekunden gewonnen, sein Landsmann Lindy Remigino die 100 Meter in 10,4 Sekunden. *Zielbild, Hundertmeterlauf.* Bei Remigino spannte sich das Zielband über der Brust.

Manfred rechnete. Die nächsten Olympischen Spiele gab es 1956 in Melbourne, da war er noch zu jung, um die 100 Meter zu gewinnen, aber 1960 oder spätestens 1964, da konnte er es schaffen. Sein Leben hatte letzten Endes nur einen Zweck, nur einen Sinn: Olympiasieger zu werden. Eine andere Existenz konnte er sich nicht vorstellen, ohne immer das Gefühl zu haben: Ich hab' es nicht geschafft, das Eigentliche ist an mir vorbeigegangen. Und beim Einschlafen wie beim Aufwachen, vor allem aber in der Schule, wenn die Stunden zu langweilig wurden, hatte er immer nur das eine Bild vor Augen: Wie er als Olympiasieger das Zielband zerriß und im Auslauf seine große Liebe stand, die er jubelnd in die Arme schloß. Einen schöneren Augenblick im Leben konnte es nicht geben.

»Am Sonnabend in Lichterfelde laufe ich die 100 Meter zum ersten Mal unter 12 Sekunden«, hatte Manfred schon die ganze Woche über getönt. Und noch zwei weitere Bestmarken sagte er an: Im Weitsprung wollte er über 6 und im Kugelstoßen über 12 Meter kommen. Er hatte nicht nur offiziell unter Hirschi kräftig trainiert, sondern sozusagen heimlich auch in Schmöckwitz und fühlte sich wunderbar in Form.

Sie trafen sich am Bahnhof Neukölln, oben auf dem Bahnsteig, um von dort mit der S-Bahn nach Lichterfelde zu fahren. Das war eine »Weltreise« für sie, gute anderthalb Stunden, und für Manfred war es ein erhebliches Problem, den optimalen Weg von der Ossastraße zum Treffpunkt herauszufinden, fast wissenschaftlich ging er das an. Er schrieb sich das nicht auf, hatte es aber fein geordnet im Kopf, was es da an Möglichkeiten gab:

1.) Er lief zu Fuß – immer die Fuldastraße entlang – zur Karl-Marx-Straße und stieg dort in die Straßenbahn, die 47. Fußweg zirka 800 Meter. Chance, mit einem »Panzerzug« zu fahren.

2.) Wie 1.), aber statt in die Straßenbahn stieg er »Rathaus Neukölln« in die U-Bahn-Linie C. Fußweg etwas länger als bei 1.), dafür aber etwas kürzere Fahrzeit. Chance, mit der geliebten »Tunneleule« zu fahren.

3.) Er lief – ebenfalls die Fuldastraße hinunter – zur Sonnenallee, fuhr mit der 94 oder 95 zum Bahnhof Sonnenallee und stieg dort in die S-Bahn, den Vollring, um. Fußweg nur zirka 400 Meter. Chance, einen Tw 24 zu erwischen, und nur halb so langer Fußweg. Dafür aber mußte er einmal umsteigen.

4.) Wie 3.), aber »Sonnenallee« stieg er in die 15 um. Längere Fahrzeit, aber die Freude, mit einer anderen Linie zu fahren, und die Chance, Onkel Klaus zu treffen.

5.) Er lief zur Wildenbruchbrücke und fuhr mit der 6 direkt zum Bahnhof Neukölln. Fußweg zirka 500 Meter, und er brauchte nicht umzusteigen, aber am Kanal entlang war es wegen der herumhuschenden Wasserratten immer etwas gruselig

Sich zwischen diesen fünf etwa gleichwertigen Möglichkeiten zu entscheiden, fiel ihm so schwer, daß es ihn geradezu schmerzte und er schließlich einen Würfel nehmen mußte, aber der fiel auf eine Sechs ...

»Vati, wie soll ich zum Bahnhof Neukölln fahren?«

»Mit 'nem Dampfer von der Kottbusser Brücke nach Wannsee«, kam die Antwort voller Hohn und Spott. »Dann mit der S-Bahn nach Neukölln zurück.«

Und vielleicht wäre Manfred an diesem Tage überhaupt nicht weggekommen, wenn es nicht geklingelt hätte und Dirk Kollmannsperger vor der Tür gestanden hätte, um ihn abzuholen.

»Ich will mal sehen, wie ihr's da treibt«, sagte er. »Wo trefft ihr euch denn?«

»Am S-Bahnhof Neukölln. Was meinst du: Wie kommen wir da am schnellsten hin?«

»Mit 'm Auto unten. Brauchste bloß einzusteigen. Meine Schwester hat 'n Freund mit 'm VW.«

Oben auf dem S-Bahnhof hatte sich schon die Mehrzahl der TuS-Jungen um Hirschmann und Gräbner geschart, doch als Manfred erschien, nahm keiner so recht Notiz von ihm. Das hatte er sich ein wenig anders vorgestellt. Aber der große Star war halt noch immer Hans-Jürgen Sasse, von dem Hirschi gerade schwärmte. »Das wird mal ein Sieben-Meter-Springer!« Die größte Klappe hatte natürlich Nobiling. Sogar um Dirk Kollmannsperger wurde mehr Aufhebens gemacht als um ihn.

»Schön, daß du eintreten willst«, sagte Georg Gräbner. »Du hast ja eine wunderbare Hochspringerfigur, mit der schaffst du sicher mal zwei Meter.« Das größte Hallo löste Triglav aus, der eine absolute Null war, was Springen, Laufen und Werfen betraf, aber immer die teuersten und saubersten Sportsachen trug.

Als die S-Bahn kam, setzte sich Manfred abseits von den anderen in eine Ecke, die schwer einsehbar war, und betrachtete eingehend den Flughafen Tempelhof auf der rechten und anschließend das Bahnbetriebswerk auf der linken Seite. Am liebsten wäre er ausgestiegen und nach Schmöckwitz zum Paddeln gefahren. Vielleicht hätte er es auch getan, wenn nicht an der Hermannstraße Hannelore zugestiegen wäre, blond mit blauen Augen. An Kornblumen ließ sie ihn denken, die am Rande eines Weizenfeldes standen. Aber auch sie hatte keinen Blick für ihn, tat so, als wüßte sie gar nicht, wer er war. Manfred kam sich immer kleiner vor, schrumpfte zu Däumlingsgröße.

Papestraße stiegen sie um, und Manfred, seinen Sportbeutel umgehängt, trabte am Ende der Meute unlustig zum Vorortbahnsteig hinüber. Er fühlte sich schlaff und wollte eigentlich nur eins: In Schmöckwitz liegen und lesen. Ein alter Schlager ging ihm durch den Kopf, Onkel Helmut hatte die Platte: *Kein Schwein ruft mich an, keine Sau will mich sprechen.* Gräbner, der Betreuer, diskutierte mit Wollert und Radtke die Wechseltechnik der 4 x 100-Meter-Staffel. Hirsch-

mann, der Trainer, spielte mit Siegfried Mittmann Einkriegezeck. Hannelore flirtete mit Nobiling. Dirk Kollmannsperger
saß mit Hans-Jürgen Sasse auf einer Bank und sah sich dessen
Sammlung von Jesse-Owens-Fotos an. Plötz, Meyer und
Bredel liefen gemeinsam zum Toilettenhäuschen am Ende
des Bahnsteigs. »Kommst du mit an die Rinne?« Außer ihn
fragten sie alle. Manfred dachte bitter, daß es nur einen Weg
gab, auch einmal im Mittelpunkt zu stehen: sich vor den Zug
zu werfen. Als der dann kam, flüchtete er sich sicherheitshalber hinter das Stationsvorsteherhäuschen.

»Eingelaufener Zug nach Teltow«, kam es aus dem Lautsprecher.

»Haben sie den Zug zu heiß gewaschen, daß er eingelaufen
ist?« brummte Dirk Kollmannsperger. »Hoffentlich kriegen
wir alle 'n Platz.«

Manfred konnte darüber nicht so richtig lachen. Seine
Laune wurde auch nicht besser, als sie vom Bahnhof Lichter-
felde-Ost einen halben Marathonlauf absolvieren mußten,
um ins Stadion zu kommen.

»Lichterfelde liegt ja wirklich am Arsch der Welt«, klagte
auch Triglav.

»Keine Müdigkeit vorschützen«, sagte Gräbner.

In der Umkleidekabine bekam Manfred einen Krampf im
rechten Oberschenkel und mußte von Hirschmann massiert
werden.

»Mein Krampf ist besser als *Mein Kampf*«, war Dirk Kollmannspergers Kommentar.

Gräbner wies noch einmal darauf hin, daß es bei der Deutschen Jugendmannschafts-Meisterschaft (DJMM) auch in
dieser Runde wieder darauf ankäme, mit letzter Hingabe zu
kämpfen. »Jeder Punkt zählt, und eine Kette ist nur so stark
wie ihr schwächstes Glied.«

»Wer hat hier das schwächste Glied?« fragte Nobiling. »Ich
nicht.«

»Los, raus zum Aufwärmen!«

Manfred kam aus seiner Rolle des *Lonely Wolf* nicht mehr
heraus. Beim Einlaufen hielt er sich eh immer vornehm zurück,

um nicht zuviel Kraft zu lassen, dabei immer die Mahnung seiner Mutter im Ohr: »Übernimm dich nicht!«

Die Startnummern wurden ausgegeben und mußten mit Sicherheitsnadeln am Trikot befestigt werden. Das geriet immer zu einem ziemlichen Drama, denn von den 25 Jungen hatte mindestens die Hälfte die Nadeln vergessen, und auch Gräbner hatte im Nähkasten seiner Frau nicht mehr als sieben gefunden. Man mußte sich ein revolvierendes System ausdenken. Ebenso wie bei den weißen Hosen und den blauen Hemden, die nicht alle hatten, und den Spikes. Manfred hatte seit Ostern selber welche, rote mit weißen Streifen, von Puma.

Um 16 Uhr sollten die Hundertmeterläufe gestartet werden, und als sich Manfred am Stellplatz einfand, erfuhr er, daß ihn Gräbner erst als dritten TuSler, also hinter Sasse und Meyer, gemeldet hatte, was ihn noch mehr kränkte. *Na, wartet mal, euch zeig' ich's heute!* Neben TuS Neukölln war die B-Jugend von Z 88, TuS Lichterfelde und dem SSC Südwest zur »Runde« angetreten, und da jeder Verein drei Jungen in die Wertung bringen konnte, gab es in den meisten Disziplinen große Starterfelder. Manfred kam in den vierten Lauf und hatte sich bei einem Funktionär einzufinden, der die Bahnen ausloste. In einem nicht einsehbaren Blechzylinder hatte er runde Aluminiummarken stecken, in die Zahlen von 1 bis 6 eingestanzt waren. Man hatte in alle ein kleines Loch hineingebohrt und steife Drähte durchgezogen, die oben zu einer kleinen Rundung verdrillt waren. Wer aufgerufen wurde, zog an einem der Drähte. So auch Manfred.

»Matuschewski, TuS Neukölln ...?«

»Bahn 1.« Manfred fluchte über sein Pech, denn die Innenbahn war von den Mittel- und Langstreckenläufern immer stark beansprucht und glich auch hier in Lichterfelde einem Acker.

Als er dann zum Start gerufen wurde, erschrak er, denn die Gegner aus dem Süden Berlins schienen ihm alle Giganten zu sein. Sie waren größer, bulliger, dynamischer, braungebrannter, trittschneller, muskulöser, konzentrierter und selbstsicherer als er. *Du blamierst dich bis auf die Knochen, nur weg von hier!*

»Auf die Plätze ...«

Während er niederkniete, hatte er das Gefühl, dringend pinkeln zu müssen. Auch waren die Startlöcher so angelegt, daß ihr Abstand viel zu eng für ihn war.

»Fertig ...« Der Starter hatte keine Pistole, sondern eine Klappe, das heißt, zwei stabile Bretter, die unten mit einem Scharnier verbunden waren und an ihren Außenseiten Lederschlaufen trugen.

Manfred hing so weit vornüber, daß er schon lossprintete, bevor der Startknall kam.

»Bahn 1 – Fehlstart. Beim zweiten bist du draußen.«

Das wäre ihm ganz lieb gewesen, hätte es ihm doch wegen der damit verbundenen Tragik viele Streicheleinheiten der anderen eingebracht. Lief er aber mit und wurde Letzter, blieb er weiter unbeachtet, und einige, Nobiling zum Beispiel, rissen sogar Witze über ihn.

Der zweite Start klappte, und Manfred kam schlecht weg, lief aber dann, als stünde sein Leben auf dem Spiel. Neben ihm weiß-rote Schatten, schwarze Schatten. Sie blieben zurück. Ein Hochgefühl erfüllte ihn. *Hurra! Ich bin der Schnellste von allen.* Da kamen auch die Anfeuerungsrufe seiner Kameraden. Auch Hannelore hörte er schreien, Gräbner und Hirschi. *Leg noch was zu!* Doch plötzlich hatte er das Gefühl, nur noch auf der Stelle zu treten, stehenzubleiben. Er fiel ins Kreuz, bekam die Oberschenkel nicht mehr hoch. Und die Aschenbahn wurde hart wie Stahl, die Nägel seiner Schuhe schafften es nicht mehr, sich hineinzubohren.

»Jetzt stirbt er aber!« hörte er Nobiling schreien.

Und sie zogen nun an ihm vorbei, die Schwarzen von Z 88 und die Weiß-Roten vom SSC Südwest, und das Zielband zerriß ein anderer. Er hatte das Gefühl, daß die Welt ringsum zerfiel. *Jetzt stirbt er aber.* Das war bei den Leichtathleten ein gängiger Ausdruck, wenn einer bei einem Lauf total am Ende war, aber nun schien es wirklich so zu sein. Wozu noch leben mit dieser Schande? Nachdem er vorher so getönt hatte. *Gestern noch auf stolzen Rossen, heute durch die Brust geschossen.* Wie seine Kohlenoma immer sagte.

Dirk Kollmannsperger kam und versuchte ihn zu trösten. »In hundert Jahren spricht keiner mehr darüber.«

Als alle gelaufen waren, stand fest, daß Manfred Matuschewski (TuS Neukölln) mit seinen 12,5 Sekunden nur Fünfzehnter geworden war.

Nobiling kam herbeigelaufen, eine Vereinszeitung in der Hand. »Kann ich bitte ein Autogramm haben.«

Auch im Weitsprung lief es nicht viel besser, da wurde er mit 5,61 Metern gerade einmal Neunter, und als er die Kugel in die Hand nahm, erschien sie ihm so schwer, daß er fürchtete, sich die Finger zu brechen, wenn er sie stieß, aus fünf Kilo wurden fünfzehn.

»Matuschewski – 10,43!« rief der Kampfrichter beim letzten Versuch.

»Bleibt ja noch die Staffel«, sagte Gräbner. »Du läufst auf drei. Meyer, Schäfer, Matuschewski, Sasse. Wenn ihr mindestens 48,5 lauft, können wir noch Erster werden.«

Schäfer war neu im Verein, und sie hatten die Stabübergabe kaum üben können. So kam denn auch, was kommen mußte: Als Manfred den langen Schäfer auf sich zukommen sah, überschätzte er dessen Geschwindigkeit und lief viel zu zeitig los. Also mußte er noch einmal abbremsen. Dies aber tat er sehr abrupt, und da Schäfer noch einmal beschleunigt hatte, prallten beide zusammen. Schäfer bohrte ihm den Staffelstab sonstwohin, schaffte es aber nicht, seine offene rechte Hand zu finden. Schließlich aber hatte Manfred den Stab doch irgendwie zwischen den Fingern und sprintete los, in die Kurve hinein, dem Mann von Z 88 hinterher. Sasse als Schlußläufer wartete schon. Dem mußte er den Stab mit der linken Hand übergeben. Doch da er ihn mit der rechten eh nicht recht gepackt hatte, mißlang ihm dieses Manöver. Der Stab entglitt ihm und fiel zu Boden. Aus und vorbei.

»Wär der doch bloß beim Fußball geblieben!« hörte er die anderen schimpfen.

Manfred schlich in die Kabine, um sich umzuziehen. Hannelore sah an ihm vorbei.

»Otto, ich weiß nicht, was ich anziehen soll. Ich hätte mir ein neues Kleid machen lassen sollen.«

»Wir sind doch nicht bei Hofe eingeladen worden«, sagte der Vater, als die Mutter am Sonntagmittag verzweifelt vor dem Spiegel stand.

»Doch, sind wir.« Manfred fand das schon. Wenn man den Berichten Tante Claires Glauben schenkte, dann hatten sich Tante Lolo und Onkel Kurt oben in Frohnau ein Schloß gekauft. Dorthin gebeten zu werden, durften sie sich als hohe Ehre anrechnen, denn zwischen der Ossastraße in Neukölln und dem Grünen Hof in Frohnau lagen Welten.

»Warum die uns überhaupt eingeladen haben?« fragten sie sich immer wieder.

Manfred konnte sich die Antwort denken: Bei Tante Lolo – eigentlich Lieselotte – galt sein Vater als Original, dies vor allem wegen seiner vielen Sprüche, die sich um das Anale drehten. Wenn er dringend auf die Toilette mußte und dann sagte: »Mir ist so kackrig um die Rosette«, dann blühte sie auf, weil sie sich als Künstlerin fühlte und in ihrem Haß auf das Spießbürgerliche jede Tabuverletzung jubelnd begrüßte.

Wie auch immer, sie waren bei Hofe zugelassen worden und machten sich wochenlang Gedanken über das passende Geschenk.

»Eine Flasche Sekt«, sagte die Mutter.

»Kann sein, daß sie schon eine hat«, höhnte der Vater. »Und wenn, dann muß es schon Champagner sein.«

Um ja pünktlich zu sein, machten sie sich viel zu früh auf den Weg. Über die Reiseroute war nicht viel zu diskutieren gewesen: Mit der U-Bahn, der C I, lila in der Netzspinne der BVG, bis Friedrichstraße und von dort mit der S-Bahn Richtung Oranienburg.

Manfred genoß es, mit seinen Eltern die Fuldastraße entlangzulaufen, vorbei an Krauses Elektroladen und der Martin-Luther-Kirche. Die Weserstraße war zu überqueren und danach die Sonnenallee. Hinter der Donaustraße kamen ihnen Onkel Berthold und Tante Grete entgegen.

»Wo wollt ihr denn hin?« fragte der Vater.

»Na, Albert und Emmi besuchen.« Die wohnten kurz vor der Karl-Marx-Straße in einem Hinterhaus. »Und ihr?«

»Nach Frohnau.«

Onkel Berthold verzog das Gesicht, sichtbar angeekelt. Manfred wußte warum. Onkel Berthold und Tante Claire waren Geschwister. Insgesamt hatte es bei den Quades in Kreuzberg, in der Wrangelstraße, sechs Kinder gegeben: Marie – das war seine Schmöckwitzer Oma –, Claire, Martha, Reinhold – der schon vor dem Krieg gestorben war –, Albert und Berthold. Großvater Quade, August mit Vornamen, war als begnadeter Kunsttischler in der Welt herumgereist, hatte mal in Hamburg den Luxusdampfer *Imperator* mit kostbaren Intarsien ausgestattet, mal die Luxushotels in der Schweiz und anderswo. Bei seinen Besuchen in der Heimat war dann jedesmal ein neues Kind angesetzt worden. Zwei oder drei, so hieß es, seien gleich nach der Geburt gestorben. In der Wrangelstraße hatten nicht nur Miets-, sondern auch richtige Kasernen gestanden, und dies hatte zur tiefen Spaltung der Familie Quade geführt, denn die einen – Großmutti Quade, Klara, die spätere »Claire«, Martha und Reinhold – hatten sich die preußischen Offiziere und ihre hochmögenden Gattinnen zum Vorbild genommen, die anderen aber – Großvater Quade, Berthold, Albert und Marie – haßten sie und waren Sozialisten beziehungsweise Kommunisten geworden, um sie zum Teufel zu jagen.

Das war Hintergrund, vor dem nun Onkel Berthold seinen Vater kritisch-hochmütig musterte. »Na ja, Otto, ihr Sozialdemokraten habt euch ja immer der Bourgeoisie an den Hals geworfen.«

»Lolo ist schließlich meine Cousine«, sagte Manfreds Mutter.

»Was sagt sie?« fragte Tante Grete, mit deren Schwerhörigkeit es immer schlimmer wurde.

»Daß Lolo ihre Cousine ist!« schrie ihr Onkel Berthold ins Ohr.

Tante Grete war baß erstaunt. »Seit wann denn das?«

»Seit Klara Mutter geworden ist.« Er weigerte sich, seine

Schwester Claire zu nennen, wollte diese bürgerliche Dekadenz nicht auch noch unterstützen.

»Wie, die Claire ist noch einmal Mutter geworden?« Tante Gretes Erstaunen war weiter gewachsen. »Mit 67 Jahren noch …?«

Es dauerte lange, bis sich alles aufgeklärt hatte. Sie hatte Lolo mit Gerda verwechselt.

»Du hast die zwölf Jahre im KZ gesessen«, sagte der Vater zu Onkel Berthold, »und ich kann dich schon verstehen, aber die Frohnauer, das sind doch keine Nazis, oder?«

»Das ist der Schoß, aus dem das alles mal geschlüpft ist,« beharrte Onkel Berthold.

»Wir sollten alle toleranter werden«, sagte der Vater.

»Sind wir denn keine Familie mehr?« rief die Mutter.

Manfred war ratlos. *Wer red't, hat recht,* sagten die Berliner immer. War das wirklich der Weisheit letzter Schluß? Konnte es sein, daß es die *eine* Wahrheit nicht gab, sondern alles immer eine Sache des Standpunkts war? *Ich weiß, daß ich nichts weiß.* Hatte Sokrates am Ende recht? Aber wer war man denn, wenn man nirgends Stellung bezog, sondern immer alles so lange relativierte, bis nichts mehr blieb? War man dann ein weiser Mann oder der Pudding, der sich an keine Wand nageln ließ?

Sie nahmen Abschied von Onkel Berthold und Tante Grete, und es blieb der Widerspruch: Wir gehören eng zusammen, sind uns aber furchtbar fremd.

Auf dem U-Bahnhof Rathaus Neukölln zog es immer fürchterlich, und dennoch war es wegen der kassettengegliederten Decke und den graublauen Kacheln recht gemütlich hier, für Manfred wie ein Zuhause. Nach ein paar Minuten kam eine »Tunneleule« in den Bahnhof gerauscht, einer jener Triebwagen vom Typ B1, bei dem die beiden Führerstandsfenster oval gehalten waren. Um diese Zeit – sonntags kurz nach zwei – bekamen sie alle drei einen Sitzplatz auf einer der Längsbänke. Manfred hatte das Debakel des gestrigen Tages halbwegs verdaut und genoß es jetzt, von einer Station zur nächsten durch die Tunnelröhre zu huschen. Wie im Weltraum war es, wenn das Raumschiff durch die Dunkelheit zum nächsten Fixstern eilte. Eine andere Farbe hatten sie alle, die Bahnhöfe auf dieser Linie hier: Graugelb der Hermannplatz, rot der Südstern, grün die Gneisenaustraße, grünlich auch die Kathedrale Mehringdamm, früher Belle-Alliance-Straße, blau das Hallesche Tor, ocker die Kochstraße, grün die Stadtmitte, gelbbraun die Französische Straße. Jeder Halt war ein Erlebnis für ihn. Wer stieg aus, wer stieg ein? Da gab es Männer, junge wie alte, die dicht neben den Türen stehenblieben und schnell eine selbstangemaßte Macht auszuüben begannen. Sie konnten einem helfen, die schwergängigen Türen aufzuziehen, indem sie mit an den Griffen zogen, aber auch genüßlich zusehen, wie andere, vor allem ältere Frauen und Kinder, sich quälten und Angst bekamen, daß der Zug weiterfuhr, bevor sie ausgestiegen waren. Andere drängelten ganz fürchterlich und setzten die Ellbogen ein, um einen Platz in der Ecke zu kriegen. Kinder kämpften um die Klappsitze, die an den stets fest verschlossenen Durchgangstüren zu den anderen Wagen hingen.

Kochstraße war der letzte Bahnhof im Westsektor, aber sie merkten nicht, daß sie nun im Ostsektor waren. Erst Friedrichstraße, als sie in die S-Bahn überwechselten, war ein neuer Fahrschein zu kaufen, Preisstufe 3, 30 Pfennige, diesmal in Ost.

Sein Vater erinnerte ihn an die letzten Tage des Krieges. »Da hat der ganze Nord-Süd-Tunnel unter Wasser gestanden, nachdem die Nazis den Tunnel unter dem Landwehrkanal gesprengt hatten. Über hundert Leichen sind nachher geborgen worden.«

Manfred bekam weiche Knie und eine Gänsehaut, als er sich vorstellte, wie er hier unten um sein Leben rannte – und das Wasser ihm erst bis zu den Knöcheln reichte, dann bis zum Knie und schließlich bis zum Hals. Über ihm die Tunneldecke. Und alles im Scheine langsam erlöschender Taschenlampenbirnen. Er erinnerte sich an ein Foto in der Zeitung, wo Bahnbeamte mit dem Ruderboot durch den Tunnel fuhren. Das alles war erst vor neun Jahren passiert, gestern also und dennoch schon vor Ewigkeiten. Wann denn nun? Wieder hatte Manfred das Gefühl, daß kein Mensch die Welt begreifen konnte. So wenig wie die Maus, die da unten über den ölig schwarzen Schotter huschte, begreifen konnte, daß dies hier die Berliner S-Bahn war.

Der Zug aus Richtung Süden kam wegen der engen Kurven auf diesem Streckenabschnitt langsam in den Bahnhof geschlichen. Zu Manfreds großer Freude war es ein Nietengesicht der Baureihe 165 mit den Oberwagenlaternen über dem Führerstand. Sie stiegen ein, und in der knappen halben Stunde bis Frohnau gab es eine Menge zu sehen und zu reden. Hinter dem Nordbahnhof, früher – wie Manfred erfuhr – Stettiner Bahnhof, kamen sie wieder aus dem Tunnel heraus, und hinter der Station Humboldthain sah man rechter Hand den Hochbunker mit seinen Türmen, die keiner sprengen konnte.

»Gleich stehengeblieben für den nächsten Krieg«, sagte der Vater.

Die Mutter hatte da keinerlei Hoffnung. »Meinste, der hält 'ne Atombombe aus?«

Manfred hatte das Gefühl, daß sie alle schon ihr Urteil empfangen hatten, ihr Todesurteil, und das Leben nur noch ein Warten auf die Hinrichtung war. Russen und Amerikaner, irgendwann würde es losgehen, und Berlin in der Mitte bekam am meisten ab. Fast alle glaubten das. Er sah sich in den S-Bahn-Tunnel flüchten. Das Wasser stieg.

»Gesundbrunnen!«

Manfred blickte zur Ringbahn hinüber. Der Vollring faszinierte ihn besonders. Immerzu fahren und niemals ankommen. Welch schönes Thema für einen Aufsatz bei Frau Hünicke.

Sein Vater zeigte nach links. »Da oben ist der Hertha-Platz, da ist Hanne Sobeck groß geworden, an der ›Plumpe‹.«

Manfred hatte sein Lichterfelder Leichtathletik-Debakel noch immer nicht verwunden und überlegte, ob er nicht doch wieder Fußball spielen sollte. Obwohl er selbst nicht mehr kickte, hatte er natürlich die Tabellen noch im Kopf. Meister der Saison 53/54 war wieder einmal »sein« BSV 92 geworden. Vor Minerva 93. Leider hatte der BSV im Ausscheidungsspiel um die deutsche Meisterschaft im Olympiastadion gegen Hannover 96 mit 1:2 verloren. Nur, und das gegen den späteren deutschen Meister.

»Hoffentlich machen die in Frohnau nachher das Radio an«, sagte Manfred. Heute nachmittag stieg ja in Bern das große Endspiel um die Fußballweltmeisterschaft. »Aber gegen die Ungarn haben wir ja sowieso keine Chance ...«

»Ich möchte mal zu den *Insulanern* gehen«, sagte die Mutter, »wenn die Aufnahme ist.« Sie hatte die Eigenschaft, immer das zu sagen, was ihr gerade durch den Kopf ging, egal worüber die anderen gerade sprachen.

Für Manfred, der alles, was die S-, die U- und die Straßenbahn betraf, in sich hineinstopfte wie andere Süßigkeiten, waren die nächsten drei Stationen von höchstem Interesse, denn überall zweigten Strecken ab: Bornholmer Straße nach Bernau, Schönholz nach Velten und Wilhemsruh nach Basdorf, das war die »Heidekrautbahn«. Er nahm sich vor, alles einmal abzufahren, träumte sogar von einem Leben, wo man nur in der S-Bahn saß und fuhr. Als S-Bahn-Fahrer vielleicht? Als Straßenbahnfahrer hatte man ja keine Zukunft mehr.

Komisch fand er immer, daß es Wittenau zweimal gab, einmal als Wittenau (Nordbahn) und einmal als Wittenau (Kremmener Bahn).

»Früher hat es gar kein Wittenau gegeben«, sagte der Vater, »da war das Dalldorf hier. Anfang des Jahrhunderts haben sie's dann umbenannt, weil in Dalldorf die Irrenanstalt war und die anderen immer blöd gegrinst haben, wenn einer gesagt hat, daß er aus Dalldorf kommt.«

»Bis zum Krieg hat es mal eine Straßenbahn gegeben«, fügte die Mutter hinzu, »die 68, die ist von Dalldorf nach Herzberge gefahren, wo die andere Irrenanstalt war. Das war die ›Irrenbahn‹. Als Tante Claire noch in Lichtenberg gewohnt hat, da ist die immer dicht bei ihr vorbeigefahren.«

»Ah, darum sagt Oma immer, daß sie meschugge ist.«

Nach Wittenau (Nordbahn) kam Waidmannslust, wo sie

ein Weilchen auf den Gegenzug zu warten hatten. Das zweite S-Bahn-Gleis war 1945 von den Russen demontiert worden, und der eingleisige Betrieb führte immer zu Verspätungen. Endlich ging es weiter, und sie erreichten Hermsdorf.

»Die nächste ist dann Frohnau«, sagte Manfred.

Als die ältere Dame gegenüber, Typ englische Gouvernante, nicht unsympathisch, dies hörte, warnte sie die Matuschewskis.

»Passen Sie bloß auf, daß Sie nicht noch weiterfahren – als Westberliner. In Hohen Neuendorf hat die Vopo eine Kontrollstelle eingerichtet, und wenn Sie da erwischt werden, geht's Ihnen schlecht.«

»Wir wollen ja nach Frohnau«, sagte die Mutter mit einigem Stolz, »meine Cousine hat sich da ein Grundstück gekauft mit einer Villa drauf.«

»Aston Villa«, sagte Manfred. Das war nach dem FC Sunderland sein Lieblingsverein in England.

»Nicht Aston Villa«, korrigierte die Mutter, »sondern Villa Lolo.«

»Was denn!?« Ihre Banknachbarin lachte so laut, daß sich alle nach ihr umdrehten. »Sie auch? Ich auch! So ein Zufall!«

Die Mutter war sichtlich irritiert. »Was denn: Sie sind auch eine Cousine von Lolo?«

Manfred verdrehte die Augen: Das hätte man im Laufe der Jahrzehnte wohl bemerken müssen.

»Keine Cousine, sondern eine alte Freundin aus der Kurstraße, die Alexa.«

Die Mutter stand auf und gab ihr die Hand. »Angenehm, ich hab' schon viel von Ihnen gehört, und auch im Kino hab' ich Sie schon mal gesehen.«

Manfred glaubte nicht, daß das stimmte, wußte aber, daß sich Tante Lolo gern mit Künstlerinnen und Künstlern umgab, und warum sollte da keine Filmstatistin darunter sein?

Alexa jedenfalls kannte sich aus in Frohnau und schlug vor, am Bahnhof den A-12er zu nehmen. »Zu Fuß ist es ein Kilometer zu laufen, und da Sie ...« Sie zeigte auf den Stock seines Vaters.

»Gut gefahren ist besser als schlecht gelaufen«, sagte der Vater.

Als sie am Ludolfingerplatz auf den Bus warteten, erzählte ihnen Alexa einiges über den Ort. »Frohnau – gleich Frohe Aue – ist ja auf dem Reißbrett entstanden. 1907 hat der Graf Guido Henckel Fürst von Donnersmarck dem Baron Werner von Veltheim einen Teil der Stolper Heide abgekauft und darauf die Gartenstadt Frohnau errichten lassen.«

Manfred haßte die preußischen Junker ebenso, wie er gerne einer von ihnen gewesen wäre. Manfred von Matuschewski. Und wenn er die Frohnauer Villen sah, dann dachte er nur eins: Alle enteignen und den Armen übergeben. Am besten ihm.

»Die Sommerreise erspart, wer in frischer Waldluft auf eigener Scholle wohnt, so hieß es damals in der Werbung. Anfangs konnte man steuerfrei hier wohnen, und ein kleines Gedicht hat es auch gegeben.« Alexa dachte nach. »Dicht bei Berlin ihr Plätzchen hat / Frohnau, die neue Gartenstadt. / Sie liegt so schmuck im grünen Park, / Und wer da wohnt, spart manche Mark. / Seit ich da wohn', brauch ich zumalen / Stadtsteuern nimmermehr zu zahlen. / Und wenn ich in den Beutel schau', / Wird mir Frohnau zur frohen Au.«

Der Bus kam. Sie stiegen ein und fuhren den Sigismundkorso hinunter, immer unter dichten Kastanien. An der dritten Haltestelle stiegen sie aus und gingen unter Alexas Führung die Benediktinerstraße entlang, um dann links in eine schmale Straße einzubiegen.

»Am Grünen Hof, da ist es ja!« rief die Mutter.

Wieder war Manfred hin und her gerissen. Einerseits haßte er die Leute, die hier wohnten, das reiche Pack, die Halsabschneider, und hätte ihnen ihre Villen am liebsten angesteckt, andererseits aber wußte er, daß er nichts anderes wollte, als auch einmal in einem dieser Häuser zu wohnen, als Arzt, Rechtsanwalt, Prokurist oder sonstwie hohes Tier.

Tante Lolo und Onkel Kurt hatten sich ein zweigeschossiges Landhaus mit vielen Erkern, Schrägen, Türmchen und Dauben gekauft. Manfred kannte so etwas nur aus den alten Ufa-Filmen, und als Onkel Kurt nun am Gartentor erschien, sie zu begrüßen, da sah er aus wie Willy Fritsch und verhielt sich auch so. Elegant küßte er sowohl Alexa als auch seiner Mutter die Hand. Tante Lolo hingegen war rundlich bis fett, trug ein sackartiges Kleid aus Batikstoffen, rauchte ihre Zigarette aus einer langen Spitze und wirkte auf Manfred wie eine Mischung zwischen einer Puffmutter, wie er sie aus vielen Filmen kannte, und einer Kabarettistin der dreißiger Jahre.

»Schön, daß du da bist, Cousinchen!« Sie umarmte die Mutter. »Nicht nur in Schmöckwitz gibt's ja einen Garten. Komm her, Otto, laß dich umarmen.«

Manfred sah den Vater in ihren Massen versinken. Als Tante Lolo ihn umfangen hielt, kam Herr Piefke, ein grauer Mischlingshund, herangejagt, sprang ihm an die rechte Wade und gab sich alle Mühe, die zu schwängern.

»Herr Piefke, hörst du wohl auf zu juckeln!« Onkel Kurt trat nach ihm.

Manfred flüchtete sich an allen vorbei in den Garten. Was er da sah, ließ ihn erst richtig glauben, daß dies ein Drehort war. »Lolos Lotterleben« oder so etwas produzierten sie hier. Das wirkliche Leben konnte so nicht sein.

Die Garagentür stand offen und ließ den Kühler eines schwarzen Mercedes erkennen. Von Zaun zu Zaun, von Baum zu Baum spannten sich Drähte mit bunten Glühbirnen, Luftballons und Girlanden. Auf kleinen Tischen standen Gläser und Getränke. An einem Teich saß ein Maler vor seiner Staffelei und zauberte ein Aquarell auf ein Riesenblatt Papier. Es zeigte das Landhaus mit Tante Claire davor. Die hatte sich wie Claire Waldoff verkleidet und sang deren Chansons. *Wer schmeißt denn da mit Lehm, der sollte sich wat schäm', Hermann heeßta* und schließlich: *An den Kanälen, / Auf den dunklen Bänken / Sitzen die Menschen, die / Sich morgens ertränken.*

Der Teich war groß und eckig, was daran lag, daß Onkel Kurt Prokurist einer Firma aus der Stahlbaubranche war, die keine runden Formen kannte. An der einen Seite stand ein echter Strandkorb, in dem eine jüngere Frau wie hingegossen lag und sich kaum bekleidet sonnte. Ihr zu Füßen kniete ein

Mann und küßte ihre Knie. Wie Manfred alsbald erfuhr, war das ein echter Arzt, ein Chirurg, der eine echte Ärztin, eine Internistin, zur Heirat drängen wollte. Am anderen Ufer des Teiches kniete ein Mädchen in Manfreds Alter, das mit den Goldfischen zu spielen suchte, die Gisela, Tochter der Ärztin. Den Rasen füllten Gäste, die aussahen, als hätten sie heute morgen noch in Windsor Castle gespeist und wären nur eben mal schnell zu dieser Party nach Berlin geflogen. Würdig die Herren, Kaufleute und Banker, schmuckbehängt und stökkelnd die Damen, die hier formvollendet Crocket spielten.

Der Garten war ewig lang, und weiter hinten brannte ein Feuer, an dem eine Gruppe lagerte, wie Manfred sie von Studentenfeten kannte – aus dem Film natürlich. Maler, Grafiker, Schauspielerinnen, Sängerinnen. Von denen wurde Alexa auch mit großem Hallo begrüßt.

Manfred stand still staunend da und wußte nicht wohin und was nun. Erst Tante Lolo erlöste ihn, indem sie alle neuen Gäste zur Besichtigung nach hinten bat.

»Zuerst aber müßt ihr meine Bäume bewundern. Die Koreatanne, die Birke, die Douglasfichte, die Weymouthkiefer, die Immergrüne Sequoie, der Weiße Hickory, die Lärche – alle neu gepflanzt. Die Bäume sind meine Kinder.« Richtige Kinder bekam sie nicht.

Ihr Haus war in den Hang gebaut, so daß das untere der drei Geschosse ebenso Parterre wie Keller war. Gleich hinter der Eingangstür hing ein Gedicht. Manfred las es trotz des unangenehmen Gefühls, Frau Hünicke sofort im Anschluß daran erklären zu müssen, was sich der Dichter dabei gedacht habe.

Nachbarn
von Oskar Loerke

Er ist ergraut beim Magistrat,
dann kaufte er sich Kressensaat.
Sein Blumenbeet blüht gelb und weiß,
die Töpfe ackert er mit Fleiß:

Der Inhalt seines Lebens ist
ein Tütchen Sand, ein Tütchen Mist.
So läuft ihm der Kalender ab,
die Mondsicheln schwarz und rot,
lateinische Namen heilig und tot,
und fährt ein schwarzer Wagen vor,
und liegt er drin fest auf dem Ohr,
dann fährt er auch noch nicht im Trab.
Wozu denn wohl? ... des Lebens Zweck;
ein Tütchen Sand, ein Tütchen Dreck.

Manfred fand es ein wenig deprimierend, nahm sich aber
vor, im Deutschunterricht bei nächster Gelegenheit den Namen Loerke ins Spiel zu bringen und dafür bei Frau Hünicke
im Kurs zu steigen.

»Oskar Loerke hat in den dreißiger Jahren hier in Frohnau
gewohnt«, erklärte ihm Tante Lolo. »In der Kreuzritterstraße 8.«

Das Haus von Tante Lolo und Onkel Kurt war im Grunde
ein Museum. Vor allem hatten sie englische Möbel und Gläser aller Art gesammelt, aber auch Nippesfiguren, Aquarelle,
Theaterprogramme, Speisekarten und Fahrscheine – dies jeweils aus vielen Ländern. Die Wände in der Küche waren bis
auf den letzten Quadratzentimeter mit blau-weißen Delfter
Tellern behangen. Im Obergeschoß gab es einen Raum, in
dem nur Bauernmöbel standen, von Tante Lolo selber mit
bayerischen Motiven bemalt. Der Clou aber war die Trinkstube im Keller, deren Decke mit Hunderten von Bierdeckeln
tapeziert worden war.

»Jeder einzeln von mir angeklebt«, erklärte Onkel Kurt.

Dies alles imponierte Manfred zwar, doch so laut »Ah!«
und »Oh!« rufen wie die anderen konnte er nicht, erst Onkel
Kurts schönste Sammlung vermochte ihn aus seiner Reserve
zu locken. Der hatte nämlich vor dem Krieg alles zusammengetragen, was in den Zeitungen über den deutschen und den
Berliner Fußball zu finden war. Manfred überflog das alles
mit heißem Herzen:

Länderkampf Deutschland – England am 10. V. 30 in Berlin. 50 000 Zuschauer. Endstand 3:3. Richard Hoffmann (Dresden) schießt das erste Tor für Deutschland. Hoffmann erzielt alle drei Treffer gegen England. Er hat erst vor wenigen Wochen bei einem Autounfall gefährliche Verletzungen erlitten und dabei sein rechtes Ohr eingebüßt. Er spielte daher mit einem Kopfverband.

Manfred begriff, daß es bereits vor dem Krieg eine interessante Welt gegeben hatte. Auch die Fußballvereine, die jetzt die Szene bestimmten, hatten damals an der Spitze gestanden. Am meisten hatte Onkel Kurt über die ewigen Duelle zwischen Hertha BSC und Tennis Borussia gesammelt. 1930 hatte Hertha die beiden Entscheidungsspiele um die Berliner Meisterschaft mit 3:1 und 2:0 gewonnen, und im Album fanden sich alle Meisterspieler mit Fotos, die sie am Arbeitsplatz zeigten: Hanne Sobeck arbeitete als Bankbeamter, andere waren Klempner, Lagerverwalter, Mechaniker, Reklamezeichner, Botenmeister oder Zigarrenhändler. Das größte aller Fotos zeigte Hanne Sobeck mit Hosen, die bis ans Knie reichten, und einem Hemd mit aufgekrempelten Ärmeln:

Hans Sobeck, Berlins volkstümlichster Fußballspieler und einer der technisch vollkommensten deutschen Verbindungsstürmer, stoppt in klassischem Stil einen Ball mit der Brust.

Heute, knappe fünfunzwanzig Jahre später, konnte man darüber nur schmunzeln. In jeder Zeit mußte das Rad neu erfunden werden, so schien es Manfred.

Der Rundgang endete auf der Terrasse, die Tante Lolo ganz besonders hergerichtet hatte. »Zur Erinnerung an Capri. Wir sind doch letztes Jahr dagewesen. Stellt euch das Punta Tragara vor, das Hotel auf den Klippen über dem tiefblauen Meer. Unten die Blaue Grotte, und die Musik dazu. Kurt...«

Und schon war Rudi Schuricke zu hören. »Wenn bei Capri die rote Sonne im Meer versinkt / und vom Himmel die bleiche

Sichel des Mondes blinkt, / zieh'n die Fischer mit ihren Booten aufs Meer hinaus, / und sie legen in weitem Bogen die Netze aus. / Nur die Sterne, sie zeigen ihnen am Firmament ihren Weg ...«

Tante Lolo hielt die Platte an. »Soweit ist es ja noch nicht: Ich zeig' euch erst mal den Weg zum Kaffeetisch. Unten im Mittelteil.«

»Capri spielte ja schon bei Theodor Fontane eine gewisse Rolle«, sagte der Kunstmaler, als sie nach unten gingen.

»Eher doch Caputh«, lachte der Vater. »Am Schwielowsee. Wanderung, Band Havelland.«

»Nein: Capri wird in *Frau Jenny Treibel* erwähnt, als die Treibels eine Landpartie machen, und der Nachmittag in Halensee fast so poetisch ausklingt wie, so wörtlich, ›vier Wochen auf Capri‹.«

»Ah, ja, ich hab's capriert.«

»Man muß jetzt nach Capri fahren«, sagte einer, »an Nord- und Ostsee sitzt ja der Plebs.«

»Kaufen Sie sich baldestmöglich ein Haus auf Mallorca, das wirft bestimmt Rendite ab – die Insel ist im Kommen.«

»Nicht doch, *Tigges* fliegt schon hin«, warnte Tante Lolo.

»Ich muß mal sehen, was ich mit meinen Siemens-Aktien mache.«

Für Manfred war das alles überwältigend, er flatterte aufgeregt herum wie ein Falter, der sich in ein hell erleuchtetes Zimmer verirrt hatte. Am Kaffeetisch saß er neben Alexa, und die unterhielt die Gäste ringsum mit dem Bericht über ihren Einsatz beim »Ostwall-Bau« Mitte bis Ende 1944. Alle Frauen in Pommern hatten sie erfaßt.

»Ich hatte in Greifswald studiert, und wir fuhren mit dem Zug nach Deutsch-Krone, das ist in der Nähe von Schneidemühl. Ich hatte das Pech, mit Sportstudentinnen zusammenzusein, die ihre hohe Leistungsfähigkeit beweisen wollten. Wir wurden mit dem Lkw an unsere Arbeitsstätte gefahren und hatten nun die Aufgabe, einen Graben auszustechen von einem Meter Tiefe und achtzig Zentimetern Breite. Man stelle sich das mal vor: Dieser Graben sollte den Durchbruch russischer Panzer verhindern. An der deutschen Ostgrenze entlang von Stettin bis in den Süden. Wir wurden kommandiert von vier Leitstellen: das war erstens die Wehrmacht, zweitens der Arbeitsdienst, drittens die Organisation Todt und viertens von den PO-Männlein, den politischen Leitern mit der braunen Tellermütze. Das waren die Gefährlichsten von allen. Bald bekamen wir neue Maße: Der Graben sollte nun einen Meter breit sein. Das ließ sich natürlich leicht machen, indem man an den Seiten was abgestochen hat. Schwierig wurde es allerdings, als ein paar Tage später ein Vertreter der dritten Organisation erschien und sagte, der Graben dürfe auf keinen Fall breiter als achtzig Zentimeter sein. Wie sollte man die zwanzig Zentimeter Sand wieder ranklatschen? Es war die sinnloseste Zeit meines Lebens.«

Manfred fand das schon spannend, noch spannender erschien ihm aber Gisela. Die war genau sein Typ, und wenn er die mal heiratete, war er ganz weit oben. Er Arzt, sie Ärztin, dann konnten sie sich auch so ein Grundstück wie dieses leisten und dennoch nach Capri reisen. Aber noch schien er für Gisela nur Luft zu sein.

Doch nach zwei Stunden lagen sie sich schon in den Armen ... Das war kein Wunder, sondern hing mit Sepp Herberger und seinen Mannen zusammen. Natürlich hatte die Mehrheit der Gäste beschlossen, Onkel Kurts größtes Radiogerät in den Garten zu tragen und dort anzuschließen. Niemand wollte sich das WM-Endspiel Deutschland gegen Ungarn entgehen lassen. Turek; Posipal, Kohlmeyer; Eckel, Liebrich, Mai; Rahn, Morlock, Ottmar Walter, Fritz Walter, Schäfer – alle kannten die Mannschaft.

Doch kaum hatte Herbert Zimmermann mit seiner Reportage aus dem Berner Wankdorfstadion begonnen, da fuhr ihnen schon der Schrecken in die Glieder: Ferenc Puskas, der »Fußball-Major«, hatte die Ungarn nach einem schweren Fehler der deutschen Abwehr in Führung gebracht.

»Noch haben sie ja 84 Minuten Zeit, den Ausgleich zu schießen«, sagte Onkel Kurt hoffnungsvoll.

Manfred nahm sich ein Glas mit Orangensaft vom Tisch

und versuchte, »per Zufall« neben Gisela zu stehen. Die saß im äußersten Kreis der dreißig Gäste – kühl, unnahbar, intellektuell – und tat so, als ginge sie das ganze plebejische Treiben, das sich Fußball nannte, überhaupt nichts an. Demonstrativ las sie ein Band mit Gedichten, *Das Große Testament* von François Villon, und das auch noch auf Französisch.

Es kam die neunte Minute, und Czibor schoß das zweite Tor für Ungarn.

»Turek, Posipal ... Ihr Vaterlandsverräter!« schrie einer, und Manfred wußte nicht genau, ob das ernstgemeint war oder pure Satire.

Onkel Kurt riß den Stecker aus der Dose und versetzte dem Radioapparat, als sei der schuld an allem, einen Tritt, der ihn über den Rasen purzeln ließ.

»Das tu' ich mir nicht an! Kommt, jetzt besaufen wir uns sinnlos!« Und er führte alle in den Keller, wo seine Trinkstube war.

Nur Manfred und Gisela blieben zurück. Er konnte nicht mehr denken, er hörte nur, wie im Film, eine Stimme aus dem Off: *Er fühlte, daß sich in dieser Sekunde sein Schicksal erfüllte. Gleich würde die kühle Schöne ihren Gedichtband sinken lassen und ihn bitten, ihr ein Glas Sekt zu holen. Beide wußten sie, daß sie heute in fünf Jahren die Frohnauer Johanneskirche als Mann und Frau verlassen würden.*

Doch Gisela – Prinzessin, höhere Tochter – nahm ihn noch immer nicht wahr. Manfred empfand das als ebenso schmerzlich wie gestern die Schlappe auf der Aschenbahn. Ein Nichts war er. Wie sprach man so ein Mädchen an? Er wußte es nicht, er traute sich nicht. Linkisch kam er sich vor, vierschrötig, unbeholfen, bäuerisch, schwerfällig, ungelenk, ungeschliffen, hölzern. Alles fiel ihm wieder ein, was sie neulich bei Frau Hünicke an synonymen Worten für plump gefunden hatten, und er suhlte sich geradezu in seinem Elend, merkte, daß es durchaus genußvoll sein konnte, der ewige Verlierer zu sein. Aber trotzdem wäre er viel lieber der strahlende Held gewesen und hätte diese Gisela im Sturm erobert. Er dachte nach: Was hätten die Männer gemacht, wenn dies ein Film gewesen wäre? Gisela mit dem Gartenschlauch vollgespritzt. Gisela auf den Rücken geschlagen und »Verzeihung, eine Mücke!« gerufen. Doch er, er ging nur zum Teich und sah den Goldfischen zu.

Da schrien sie nebenan im Garten, und als er zum Zaun lief, um zu sehen und zu hören, was es da gab, erfuhr er, daß die Deutschen inzwischen das 2:2 geschossen hatten. In der 12. Minute hatte Maxl Morlock den Anschlußtreffer besorgt, und in der 18. Minute war der Ausgleichstreffer durch Helmut Rahn gefallen. Er rannte in die Trinkstube, um den anderen das zu melden.

Und nun standen sie alle wieder um den Apparat herum. Auch als das große Zittern begann, und die Ungarn nach der Halbzeit zur Generaloffensive ansetzen. Aber Toni Turek von der Düsseldorfer Fortuna – »Toni, du Fußballgott!« – hielt alles. So wie in der letzten Viertelstunde dieses Fußballspiels hatte Manfred noch nie im Leben gebangt und gezittert. Was aber auch am Reporter lag, an Herbert Zimmermann:

… Puskas schießt, gehalten auf der Torlinie … Toni, Toni, du bist Gold wert … jetzt Deutschland am linken Flügel, Schäfer flankt nach innen, Kopfball, abgewehrt, aus dem Hintergrund müßte Rahn schießen, er schießt, Tor, Tor, Tor, Tor für Deutschland, halten Sie mich für verrückt, halten Sie mich für übergeschnappt, ich glaube, auch Fußball-Laien sollten ein Herz haben, sollten jetzt Daumen halten, viereinhalb Minuten Daumen halten in Wankdorf, 3:2 für Deutschland nach dem Linksschuß von Rahn … und die Ungarn, wie von der Tarantel gestochen, drehen den siebten oder zwölften Gang auf … und Kocsis flankt, Puskas abseits, Schuß, aber nein, kein Tor, kein Tor, Puskas abseits … der Sekundenzeiger, er wandert so langsam, wie gebannt starre ich hinüber … jetzt spielen die Deutschen auf Zeit … und die 45. Minute ist vollendet … aus, aus, aus, aus, das Spiel ist aus!

Nach dem Abpfiff von Schiedsrichter Ling lagen sich dann alle Gäste in den Armen, und Manfred nutzte die Chance, nach Tante Lolo, Alexa, Tante Claire und der Mutter auch Gisela zu küssen.

Zwei Tage nach dem Berner Endspielsieg der Deutschen gab es bei den Matuschewskis wieder etwas zu feiern, nämlich den 69. Geburtstag der Kohlenoma. Sie hatte es abgelehnt, alle am Sonnabend danach nach Schmöckwitz zu bitten, wobei ihre Begründung – »alte Bäume soll man nicht verpflanzen« – mit Schmunzeln hingenommen worden war. Diejenigen ihrer Gäste, die noch in Lohn und Brot standen, murrten, daß sie am Dienstagabend nicht so lange bleiben konnten, andererseits waren ja die Eltern beide nahebei in Kreuzberg beschäftigt, brauchten sich also nicht extra in die Bahn zu setzen.

Manfred machte sich um halb vier auf den Weg, nachdem er die notwendigsten Schularbeiten erledigt hatte. An sich wäre er ja liebend gern mit der Straßenbahn gefahren, doch das ließ sein knappes Taschengeld nicht zu. Zum Glück war es mit 21 Grad nicht gerade tropisch heiß, konnte aber jeden Augenblick zu regnen anfangen, als er die Standardroute einschlug: Ossastraße, Weichselstraße, Weichselplatz, Maybachufer, Kottbusser Ufer, Ohlauer Straße, Wiener Straße, Manteuffelstraße – das waren satte zwei Kilometer. Langweilig war der Fußmarsch nicht, denn zu sehen gab es immer etwas, und an vielen Stellen wurden Erinnerungen wach.

In einem Haus am Weichselplatz hatte er die ersten Wochen seines Lebens verbracht, bevor sie in die Ossastraße umgezogen waren.

Der Sportplatz am Maybachufer war wie ein zweites Zuhause für ihn. Als er noch in die 31. Grundschule in der Rütlistraße gegangen war, hatte hier der Schulsport stattgefunden, bei Kwasniowski, diesem fürchterlichen Kommißkopp. Und in jeder freien Minute hatte er hier mit den Jungen aus der Ossastraße Fußball gespielt, zuletzt dann mit dem 1. FC Neukölln. Jetzt trainierte er zweimal die Woche bei TuS am Maybachufer.

Nach Westen hin bildete der unverputzte Giebel eines ausgedehnten Fabrikgebäudes die Grenze des Platzes. Hier, als Tischler bei der Firma Pfaff, bekannt für ihre Nähmaschinen, hatten sein Urgroßvater August Quade und sein Onkel Albert viele Jahre schwer geschuftet, hier hatte er 1944 zusammen mit tausend anderen Kindern im Luftschutzbunker geschlafen. Zehn Jahre war das erst her, aber für ihn schon so weit weg, daß er kaum noch glauben konnte, daß es je wirklich gewesen war. Damals mußte ein ganz anderer Mensch unter dem Namen Manfred Matuschewski gelebt haben. War man nicht jeden Tag ein anderer Mensch? Ja und nein.

Hier am Maybachufer, kurz hinter der Lohmühlenbrücke, stießen drei Kanäle zusammen und bildeten ein dreieckiges Becken. Von Westen, aus der Innenstadt, kam der Landwehrkanal und ging Richtung Osten über in den Neuköllner Schiffahrtskanal, der als die kürzeste Verbindung zum Teltowkanal ausgehoben worden war. In Richtung Norden waren beide mit der Spree verbunden, dem Osthafen an der Oberbaumbrücke.

Drüben am Kreuzberger Ufer dieses Verbindungsstückes lag das Studentenbad. Dort in der Ratiborstraße war er jedoch noch nie gewesen, durfte er auch nicht, denn irgendwie fürchteten sie auf der Neuköllner Seite, ihre heranwachsenden Kinder könnten sich in Kreuzberg anstecken, das heißt, mit einem proletarischen Bazillus infizieren, die Jungen also zu früh mit den Mädchen und mit dem Trinken anfangen, Schläger und Eckensteher werden und auf die schiefe Bahn geraten, die Mädchen schnell ins Gerede kommen.

Über den Landwehrkanal, von Neukölln nach Kreuzberg, hatte man auf einer filigranen Brücke ein Riesenrohr verlegt, und an dem sah er nun einen alten Schulfreund aus der Rütlistraße hängen, den dicken Dieter Purwin.

»Hallo, Dieter!«

Vor Schreck fiel der dicke Dieter ins Wasser und blieb für eine Weile untergetaucht, konnte aber schließlich ans Ufer schwimmen.

»Tut mir leid«, sagte Manfred.

»Macht nischt.« Dieter Purwin zeigte lachend auf seine Badehose. »Ick wollte sowieso baden gehen. Aber die Brühe hier ...!«

Daraufhin sahen sie sich nur noch verlegen an. Obwohl sie über Jahre hinweg auf derselben Bank gesessen hatten, waren sie sich fremd geworden. Manfred war erschrocken, wie schnell das ging. *Aus den Augen, aus dem Sinn.*

Blieb nur die übliche Frage: »Was machste 'n jetzt?«

»Ick lerne Koch«, antwortete Dieter Purwin.

»Ich seh' dich noch, wie du in den Keller gerannt bist, wenn's Nachschlag gegeben hat. Na, jetzt kannst du dir ja selber was Besseres kochen.«

»Ja ... dann mach's man gut!« Dieter Purwin sah seine neuen Kameraden drüben winken und sprang ins Wasser, um zu ihnen zurückzuschwimmen.

Manfred ging weiter. An der Glogauer Brücke wechselte er auf die andere Seite des Landwehrkanals, nicht ohne einen Blick links in die Pannierstraße zu werfen. Hier war seine Mutter 1910 geboren worden, noch in Rixdorf. *In Rixdorf is Musike* ... Ein Zug der Linie 26 E kam die Glogauer Straße herauf. Der Triebwagen war vom Typ T 24 und trug die rot unterstrichene Nummer 5782, wie Manfred sofort im Kopf notierte, am Dach die Reklame für Schmolke-Schuhe. Behängt war er mit einem museumsreifen Beiwagen, einem seltenen Exemplar des Typs B 21. Schade, daß Onkel Klaus nicht an der Kurbel stand.

Weiter ging es. Ruinen gab es noch viele, insbesondere in der Ohlauer und der Reichenberger Straße, aber immer stärker begann die Reklame die Straßen zu beherrschen. Das fraß sich richtig hinein ins Gehirn und konnte jederzeit so abgespielt werden wie ein Schlager von der Schellackplatte.

Was ATA putzt, wird blank und licht. Ja, ohne ATA geht
   es nicht.
DORNKAAT zum guten Bier – DORNKAAT aus
   Kornsaat.

Scharlachberg MEISTERBRAND – Deutscher Weinbrand
PIKO-Schuhe kaufen – billiger als barfuß laufen!
Im SCHMOLKE-Schuh geht's laufend besser
Berlin trinkt DUJARDIN – Imperial Weinbrand – Triple
  Sec Curaçao
PALM-Zigarren – Ein Begriff für Qualität
PERSIL die vollendete Wäschepflege
Leicht und bekömmlich muß sie sein – wie die
  OVERSTOLZ vom Rhein
Das Bohnern geht jetzt kinderleicht mit WAXA
So kommt Ihr schneller ans Ziel, benutzt das
  GOGGOMOBIL!
Ja, ja, LINDES, LINDES – LINDES, ja, der schmeckt!
MOUSON LAVENDEL mit der Postkutsche
Trinkt CHARLOTTENBURGER PILSNER
Wer LUX raucht, weiß warum
Täglich echte Kaffeefreude NESCAFE ... auch koffeinfrei!
FEWA – besser denn je!
BOSCH Zündkerzen thermo elastic
Schon lange ein Begriff STÄNDE WAPPEN
STILLER für Millionen Füsse die passenden Schuhe

Dazu noch überall: *Original Jägermeister, Leiser, Karstadt, Phoenix Reifen, Kaliklora Zahnpasta, Wegena, Jacobi »1880«, Boenicke-Zigarren, Der Abend, Schultheiss Bier, Berliner Kindl, Grieneisen, C & A, Mercedes Benz, Ford, Telefunken, Peek & Cloppenburg, Gebrüder Manns, Siemens Rundfunkgeräte, Doka-Tee, Bullrich-Salz, Pre, Graetz Radio, KaDeWe, Hertie* und vieles andere mehr. Manfred begriff allmählich, was die Welt im Innersten zusammenhält. Daß man diese Vokabeln lernte und behielt, war viel wichtiger als zu wissen, was *obvious* oder *sanity* hieß. Zugleich befiel ihn die ungewisse Angst, daß er niemals soviel Geld haben würde, sich das alles zu kaufen.

Auch daß seine Kohlenoma in einem Mietshaus wohnte, das schon fast eine Bruchbude war, stimmte ihn wenig euphorisch. Wer garantierte ihm denn, daß er im Jahre 2007, wenn er 69 war, feudaler wohnte? Vielleicht noch ein wenig schlimmer.

Er packte das Usambaraveilchen aus, das er ihr gekauft hatte, suchte unter den drei Klingelknöpfen den mit dem Namen Matuschewski heraus – Tetzlaff und Lange hießen die anderen beiden Frauen, die mit ihr die Wohnung teilten – und drückte ihn anhaltend. Die Kohlenoma eilte herbei, ohne aber schon die Kette abzuziehen.

»Wer ist denn da?«

»Der Bezirksbürgermeister«, Manfred ahmte gekonnt die tiefe Stimme von Willy Kressmund nach, im Volksmund als »Texas-Willy« bekannt. »Ich will Ihnen zum 70. Geburtstag gratulieren, Frau Matuschewski.«

»Ich werd' doch erst 69, Herr Bürgermeister.«

»Dann lassen Sie mich trotzdem mal rein.«

Als er ihr mit dem Küßchen auf die rosa Wange gratulierte, strömte ihm noch immer der Duft ihres Kohlenkellers in die Nase, vermischt mit 4711 und Mottenpulver. Und ihr schwarzes Kleid glich sehr der Kittelschürze, in der sie früher ihre Briketts verkauft hatte.

Manfred wurde ins Zimmer geführt, das Wohn-, Schlaf- und Eßzimmer in einem war, und er begrüßte die, die schon am Kaffeetisch saßen: die Schmöckwitzer Oma, Onkel Helmut, Tante Irma und Peter sowie Fritz und Frieda Syke, Tante Gerdas Schwiegereltern, die gleich nebenan in der Muskauer Straße zu Hause waren. Es gab einen einzigartig guten Mohnkuchen. Den zu backen, hatte die Kohlenoma in ihrer Zeit als Dienstmädchen gelernt, als sie »in Stellung« gewesen war.

Die Unterhaltung wurde zunächst allein von der Schmöckwitzer Oma bestritten, die den anderen minutiös ihren Sonntag schilderte: »Gegen sieben kam die Zeitung, ich blieb gleich auf und nahm dann von den kleinen Sträuchern die Johannisbeeren ab und kochte Saft. Vier Flaschen wurden es. Als ich gerade Kartoffeln schälen wollte, kam Tante Trudchen. Zum Mittag buk ich uns Kartoffelpuffer, von denen ich vier und Trudchen drei mit Apfelmus aß. Später kamen noch die liebe Tilly, Erna und Else, und wir spielten diesmal alle

Schlesische Lotterie, wobei ich elf Pfennige gewann. Zwischendurch pflanzte ich noch fünf Tomatenpflanzen um, die bei den Gurken gewachsen waren.«

Eine Flasche des besagten Johannisbeersaftes hatte sie der Kohlenoma zum Geburtstag geschenkt, dazu noch zwei selbstgehäkelte Deckchen.

Als es jetzt klingelte, erschienen die Eltern und wurden mit Hallo begrüßt.

»Wer zu spät kommt ... Wir haben euch schon alles weggegessen«, rief Tante Frieda.

»Stimmt ja gar nicht!« Das Geburtstagskind lief in die Küche, um neuen Streusel- und Mohnkuchen heranzuschaffen. »Und Kaffee ist auch noch da.«

Die Schmöckwitzer Oma nutzte die Gelegenheit, um die Tasse zu heben. »Gerda, wir denken an dich.«

Allmählich verlagerten sich die Gewichte, und Fritz Syke übernahm die Gesprächsführung. Rentner war er jetzt, hatte aber vor dem Krieg sein Geld als Vertreter verdient, konnte also reden und hatte viele skurrile Geschichten auf Lager.

»Neulich hat es bei uns in der Küche so komisch geknistert, geraschelt und geknispelt, ich schaue in den Ausguß – und erblicke die kleinen Zähnchen einer Ratte.«

Manfreds Mutter schrie auf. »Fritz, mir vergeht der Appetit!«

»Sie war ja gar nicht in der Küche, sie wollte nur, stak da im Rohr und konnte nicht mehr zurück, wollte sich durch die Gummidichtung durchfressen.«

»Und was hast du gemacht?«

»Ihr Salzsäure auf den Kopf gegossen.«

»Tierquäler, du!« lachte Tante Irma.

»Hätte ich sie rausholen und dressieren sollen?«

»Ein Kollege von mir hat das mal anders gemacht«, wußte Onkel Helmut zu berichten. »Der hatte die ganze Küche voller Ratten und ist sie nicht mehr losgeworden. Ganz verzweifelt war er schon. Auch der Kammerjäger hat ihm nicht helfen können. Da hat er eine Ratte gefangen, mit Benzin übergossen und dann angesteckt. Und die hat so gequiekt, daß die anderen Ratten sich das gemerkt haben und nicht mehr wiedergekommen sind.«

Die Frauen schrien auf vor Abscheu und Ekel.

»Ja, Ratten sind intelligente Tiere«, sagte die Schmöckwitzer Oma.

»Ratten übertragen ja auch gefährliche Krankheiten«, sagte die Kohlenoma – und damit waren sie endlich bei dem Thema, das bei allen Geburtstagsfeiern im Mittelpunkt stand. Tante Frieda hatte Gicht und zeigte nicht nur ihre Finger, die voller Knoten waren, sondern auch ihre Zehen. Die Schmöckwitzer Oma litt unter einem Bruch, der öfter heraustrat, und man diskutierte des längeren, wo es die besten Bruchbänder gab. Das Geburtstagskind litt unter Angina pectoris und führte ihnen einen Anfall vor, in dem sie gottserbärmlich hustete und röchelte. Fritz Syke litt unter Arthrose und mußte sich beim Gehen, damit die Schmerzen im rechten Knie nicht noch größer wurden, eines Krückstocks bedienen.

»Wie der alte Fritz«, warf Manfred ein. Sofort hatte er das eine seiner Zigarettenbildchen vor sich, aus den *Bildern Deutscher Geschichte*, wo Friedrich der Große, auf seinen Krückstock gestützt, auf einem Acker stand und einer bunten Schar von Bäuerinnen und Bauern neuen Mut zusprach:

BILD 92: AUFBAUARBEIT NACH DEM 7JÄHRIGEN KRIEGE
»DER KÖNIG ÜBERALL« (Gemälde von Warthmüller.) Verhältnismäßig schnell gelang es Friedrich, die vielen Kriegsschäden zu heilen. Unermüdlich widmete er sich dieser Aufgabe und überzeugte sich alljährlich durch Inspektionsreisen von ihrem Fortgang. In den östlichen Gebieten wurde eine ausgedehnte Kolonisation durchgeführt.

Außerdem hatte Fritz Syke, wie er freimütig gestand, mit einem Hodenbruch zu kämpfen.

»Ja, ja«, lachte da Onkel Helmut. »Das Suspensorium hat für Onkel Fritz noch nicht den vorgeschriebenen Sitz.«

»Helmut!« rief Manfreds Mutter. »Es sind Kinder im Zimmer.«

Das Gesicht Fritz Sykes hatte es Manfred angetan, und als er später Eddie Constantine im Kino sah, da war das für ihn der wiederauferstandene Fritz Syke. Braun gefärbt war es vom vielen Rauchen, pockennarbig, das Gesicht eines Chicagoer Gangsters aus der Al-Capone-Zeit.

Nach dem Kaffeetrinken folgte die Lieblingsbeschäftigung aller Geburtstagsgäste: Zu zweit im Fenster zu liegen, ein Kissen unter den Ellenbogen, und zu schauen, was unten auf der Straße zwischen Hochbahn und Muskauer Straße geschah. Manfred hatte da immer ein wenig Hemmungen, denn das Fensterbrett war ziemlich niedrig, und er sah sich schon hinunterstürzen.

Ein Telegrammbote kam, eine Sensation in der Manteuffelstraße, und brachte ein Glückwunschtelegramm aus Essen. »Von Emma!« Das war die Schwester der Kohlenoma, die aus Steinau an der Oder kam, nahe Breslau, und mit ihren Kindern – Tochter Elfriede, Schwiegersohn Walter und Enkelkind Bernd – jetzt im Ruhrgebiet lebte. »Dabei hat sie '45 gesagt, daß sie ins Wasser gehen würde, wenn die Russen kommen.«

»Wenn ich mal ins Wasser gehen sollte, dann ins *Danziger Goldwasser*«, sagte Fritz Syke mit deutlicher Anspielung auf den beliebten Likör, in dem echte kleine Goldplättchen schwammen.

»Ja, du Suffkopp, gibt ja gleich welchen.« Die Kohlenoma lief schon zum Schrank.

Als Peter anfing, sich zu langweilen, wurde Manfred beauftragt, mit ihm zu spielen. Er entschied sich für Fußball. Zwar hatten sie keinen Ball, aber ein Paar Wollsocken tat es auch.

»Icke bin Toni Turek«, sagte Peter und stellte sich vor den großen Kleiderschrank, dessen Vorderfront das Torgeviert ergab.

»Und ich Fritz Walter.«

»Fritz Walter«, rief da die Kohlenoma, »den hab ich schon als Jungen gekannt.«

Manfred hätte sich fast an die Stirn getippt. »Der kommt doch aus Kaiserslautern und du aus Tschicherzig.« Das lag an der Oder im jetzt polnischen Teil der Mark Brandenburg und war von den Nazis umgetauft worden, in Odereck, wie der Vater öfter schon erzählt hatte.

»Wetten?« fragte die Kohlenoma.

»Ja, um drei beschissene Betten«, entfuhr es Manfred.

»Wozu haben wir dich bloß auf die höhere Schule geschickt!« schimpfte die Mutter.

Die Oma war inzwischen zur Kommode gegangen und hatte ein vergilbtes Formular herausgenommen, DIN A5 mit lila Stempel und blauer Schreibmaschinenschrift. »Da, du alter Scheesenbeutel!«

Manfred hielt eine Mitteilung des Sozialamtes der Stadt Gnoien in der Hand, was in Mecklenburg lag, wie Fritz Syke wußte, und las den Text laut vor: »Frau Anna Matuschewski, Berlin SO 36, Manteuffelstraße 36. Wie Ihnen bereits telegrafisch mitgeteilt wurde, verstarb vor kurzem Ihr Bruder Fritz Walter. Er hatte sich am 29. Oktober 1947 aus dem Altersheim entfernt und konnte nicht wieder aufgefunden werden. Am 6. November wurde er auf dem Weg nach Bäbelitz im Wald an einem Baum liegend gefunden. Er war tot. In der letzten Zeit war er anscheinend geistig nicht mehr ganz klar ...«

»... geistig nicht mehr ganz klar«, wiederholte Tante Irma und sah sowohl Onkel Helmut als auch Manfred und seinen Vater an, »hoffentlich ist das nicht erblich bei euch.«

Man drohte, sie aus dem Fenster zu werfen. Mit einem komischen Gefühl im Magen gab Manfred das Schreiben zurück. Wie würde er einmal enden? Auch so wie dieser Fritz Walter, der ja offensichtlich sein Großonkel war? Oder wie sonst? Starb er an Krebs, durch die Atombombe, bei einem Unfall?

Inzwischen erklärten sie den Sykes noch einmal, wie aus Anna Walter in Tschicherzig beziehungsweise Odereck Anna Matuschewski in Berlin geworden war. Sie hatte sich als bildhübsches, aber armes Bauernmädel vom Sohn des reichsten

298

Grundbesitzers schwängern lassen, einem Wilhelm Schwalbe, und war, als Otto, Manfreds Vater, auf die Welt gekommen war, »abgefunden« worden, weil eine Heirat zwischen zwei so ungleichen Menschen ausgeschlossen war. Mit ihrer Abfindung, einigen tausend Goldmark, hatte sie später in Berlin trotz ihres »Wechselbalgs« doch noch einen Mann bekommen, den Holzarbeiter Friedrich Matuschewski, und mit dem hatte sie dann in Kreuzberg einen Kohlenhandel mit angeschlossenem kleinen Fuhrgeschäft eröffnet. Friedrich Matuschewski war dann Mitte der dreißiger Jahre an Krebs und am Suff verendet, nachdem er das angesammelte Vermögen auf der Rennbahn in Hoppegarten durchgebracht hatte.

In Erinnerung an die Szene, die zur Existenz von Otto und damit auch Manfred Matuschewski geführt hatte, sangen sie dann alle: »Man müßte noch mal zwanzig sein und so verliebt wie damals, und irgendwo am Wiesenrain vergessen die Zeit ...« Und Tante Irma setzte mit einem anderen Schlager noch einen drauf: »So was Schönes machst du nie mit mir, nie mit mir, nie mit mir. Ach, das find' ich gar nicht nett von dir ...« Und ein Weilchen später, als alle ihr Glas mit dem *Danziger Goldwasser* geleert hatten, stimmte der Vater sein Lieblingslied an: »Es war einmal ein treuer Husar, der liebte sein Mädel ein ganzes Jahr, ein ganzes Jahr und noch viel mehr, wo nahm der Kerl die Kraft nur her ...«

Zum Abendbrot, inzwischen war auch die dicke »Pate Pauline« aus Werneuchen eingetroffen, gab es die obligaten Stullen mit gekochtem Schinken, Schabefleisch und Hackepeter, dazu noch Mohnpielen nach schlesischer Art. Zu trinken hatten sie *Löwen-Böhmisch* für die Erwachsenen und Malzbier für Manfred und Peter bereitgestellt. Gesprächsthema war dabei das Reisen, wer wo schon war und gerne noch gewesen wäre. Die Kohlenoma war nie richtig verreist gewesen, die Schmöckwitzer Oma schwärmte von der ersten und einzigen Urlaubsreise ihres Lebens – »mit Großmutti Schulze nach Bad Altheide« –, die anderen nannten Orte im Harz und Thüringer Wald. Da fielen die Eltern schon gewaltig aus dem Rahmen.

»In zehn Tagen geht's nach Farchant«, sagte die Mutter.

»Das liegt bei Paten-Garmischkirchen«, fügte die Schmöck-witzer Oma hinzu.

»Garmisch-Partenkirchen, Mutti!«

»Ja, sage ich doch.«

»Und Manfred darf mit.«

Er nickte und gab sich alle Mühe, so auszusehen, als ob er sich gewaltig freute. Das war schon schön, mit den Eltern und Neutigs nach Bayern zu fahren, aber noch schöner wäre es gewesen, mit TuS Neukölln eine Wettkampfreise nach Schweden zu machen – am allerschönsten aber wäre es gewesen, mit Gisela und ihrer Mutter nach Capri zu verreisen. Was war Farchant schon gegen Capri?

Du sollst nicht immer so undankbar sein!

Inzwischen hatten sie begonnen, die Kohlenoma mit ihren kleinen Sprachfehlern tüchtig durch den Kakao zu ziehen.

»Mutter, sag mal Omnibus«, wünschte sich Otto, ihr ältester Sohn.

»Na: O*n*nibus.«

»Mutter, sag mal Knochen«, bat sie Helmut, ihr jüngster Sohn.

»Na: C*h*nochen.«

Dann stießen sie alle an auf ihr Wohl und sangen: »Wer ißt im Winter kaltes Eis? Tante Anna. Wer ißt im Sommer heißen Reis? Tante Anna.«

Und Fritz Syke hielt eine kleine Rede auf das Geburtstagskind, die in eine Parodie auf Billy Graham mündete, den amerikanischen Evangelisten, »das Maschinengewehr Gottes«, der vor zehn Tagen im Olympiastadion vor 80 000 Menschen gepredigt hatte.

»Der Herr behüte dich, Anna Matuschewski ... mit einem Hut von Karstadt. Die Blinden werden wieder gehen, und die Lahmen werden wieder sehen können, wenn ihr mir folget.«

Manfred hatte kein so gutes Gefühl dabei. *... die Wege des Herrn sind richtig, und die Gerechten wandeln darin; aber die Übertreter fallen darin.* So hatte er es im Konfa bei Pfarrer Sorau gelernt. *Tue von dir den verkehrten Mund und laß* *das Lästermaul ferne von dir sein.* Die Strafe traf sicher auch ihn, wenn er mit den anderen lachte.

Seine Mutter mußte auf die Toilette und ging auf den Flur hinaus. Der sah aus wie der Schacht einer Kohlengrube. Schwarzgrau war die Decke, und die Wände waren vollgestapelt mit Briketts. Die elektrischen und die Gasleitungen lagen offen, und die 15-Watt-Lampe in der Mitte hatte keinen Schirm. Die Türen der Damen Matuschewski, Tetzlaff und Lange waren kackbraun gestrichen. Das Klo lag am Ende des Ganges und war nur durch eine löchrige Bretterwand vom übrigen Bereich getrennt. Um eine eigene Beleuchtung einzusparen, hatte der Hauswirt oben zwischen Bretterwand und Decke einen handbreiten Spalt gelassen, durch den das Licht von draußen einfallen sollte – ein Fenster gab es selbstverständlich nicht. Es war aber nicht viel Licht da zum Einfallen, so daß die Frauen, wenn sie auf die Toilette mußten, immer eine Taschenlampe mitnahmen. Aber auch die Männer wurden dazu angehalten. »Damit ihr nicht immer auf die Brille pinkelt.« Was übertrieben war, denn es handelte sich um ein reines Kastenklo, das keine Brille hatte.

Zehn Sekunden, nachdem seine Mutter losgezogen war, erschütterte eine Schrei das Haus. »Eine Ratte!«

Sie stürzten alle auf den Flur.

»Eine dicke fette Ratte!« wiederholte die Mutter, schreckensbleich.

»Fritz, deine Krücke!« schrie Tante Frieda. »Tu sie erschlagen!«

»Als ich den Deckel hochgeklappt habe, ist sie rausgesprungen, mir fast ins Gesicht, und hier in den Flur gelaufen. Die muß noch hier sein, irgendwo.«

Die Jagd begann. Abgestellte Kartons wurden von der Wand gerückt, einige Kohlenstapel fielen um.

»Wo mag sich das Biest bloß versteckt haben?«

»Bindet euch die Hosenbeine zu«, warnte Tante Frieda die Männer, »sonst rennt sie bei euch hoch und beißt euch was ab.«

»Dann bist du die Ottilie!« rief Onkel Helmut mit Kastratenstimme seinem Bruder zu.

Manfred, dem die Mutter die Angst vor Ratten vererbt hatte, hielt sich vornehm im Hintergrund.

»Da ist sie!« schrie Tante Irma.

Und tatsächlich kam in diesem Augenblick ein graues Etwas hinter dem Gaszähler hervorgeschossen. Eine Riesenratte. Manfred lief es eiskalt den Rücken hinunter, und er hatte weiche Knie.

»Zu Fritz hintreiben!« rief Onkel Helmut.

»Fritz, erschlag sie!«

Da ging eine der Türen auf, und Frau Tetzlaff erschien, schon im Nachthemd und mit Lockenwicklern.

»Meine Katze! Sind Sie denn verrückt geworden!? Komm, Miezi, komm bei Frauchen.« Sie hatte das Tier erst seit wenigen Stunden.

Danach wurde es noch eine tolle Feier, und Manfred riet seiner Mutter, doch an Gerhart Hauptmann zu schreiben, auch wenn der längst tot sei, und ihn zu bitten, sein Stück fortan *Die Katzen* statt *Die Ratten* zu nennen.

Farchant – Südbayern – 3 km vor Garmisch. So stand es auf der Vorderseite eines graugrünen Prospektes, der – vor dem steil aufragenden Wettersteingebirge – ein Dorfkirchlein mit Zwiebelturm zeigte. In den letzten Wochen hatten ihn die Matuschewskis immer wieder auf- und umgeblättert, sich nicht satt sehen können an der Dorfstraße, am Schwimmbad, an Alp- und Zugspitze und an den Kuhfluchtfällen. Den Text konnte Manfred sehr schnell auswendig hersagen und mußte es auch immer wieder tun, wenn die Neutigs kamen.

»Drei Kilometer vor Garmisch-Partenkirchen, mit dem es durch halbstündlichen Omnibusverkehr verbunden ist, liegt Farchant, ein stilles Alpendorf im Werdenfelser Land und einer der schönsten Orte des Loisachtales.« So gab es Manfred wieder. »Grüne Matten, große, zum Teil noch unberührte Wälder und die Bergriesen des Wettersteingebirges, von der Dreitorspitze, Alpspitze, dem Hochblasen, den Waxensteinen bis zur Zugspitze, bilden die herrliche, einen Besuch lohnende Umgebung. Auf vielfachen Wanderwegen, Spaziergängen sowie Ausflügen erschließt sich ein köstliches Stück Natur. Ruhe und Entspannung gewährt das Dorf (700 ü. d. M.) …«

Endlich war der Tag gekommen, wo sie frühmorgens um halb sechs am Fehrbelliner Platz standen und auf den Reisebus der Firma »Niagara-Reisen« warteten. Gerda Neutig hatte sie ausfindig gemacht und für alle gebucht. Wer nicht kam, war ihr Bus. Sie begannen zu jammern, denn es war bekannt, daß man an der Grenze um so länger warten mußte, je später es wurde.

»War das wirklich ein Reisebüro, wo du gewesen bist?« fragte Herbert Neutig seine Frau.

»Nein, 'ne Fleischerei«, kam es giftig zurück. Gerda Neutig war beleidigt, denn sie war die Sekretärin eines hohen Gewerkschaftsbosses und hatte für ihren Chef schon viele Reisen bei »Niagara« gebucht.

»Nie mit Agara«, sagte Manfred, auf den sein Freund Dirk Kollmannsperger schon reichlich abgefärbt hatte.

»Wie lange dauert es, wenn wir zu Fuß gehen?« fragte der Vater.

»Ich ruf mal an.« Herbert Neutig suchte sich eine Telefonzelle, um es zu versuchen. Nach zehn Minuten kam er ohne greifbares Ergebnis zurück. »Hat niemand abgehoben.«

»Wenn wir geflogen wären, hätten wir schon längst abgehoben«, sagte die Mutter.

»Hin wird mit dem Bus gefahren und zurück geflogen«, hielt Gerda Neutig fest. In ihrer Gruppe durfte jeder seine Ansicht äußern, und wer ihrer Meinung war, bekam auch recht. Und da immer alle recht haben wollten, waren sie stets ihrer Meinung.

Es wurde langsam halb sieben, und sie übten sich weiter in Geduld. Mit ihnen warteten an die vierzig andere Berlinerinnen und Berliner, die nach Eschenlohe, Oberau, Farchant und Garmisch-Partenkirchen wollten.

303

Manfred versuchte, die Eltern zu trösten. »Erna Kühnemund ist als junges Mädchen auch in Farchant gewesen – und da hat sie zwei Tage gebraucht, bis sie dagewesen ist.«

»Meinst du, uns wird's anders gehen?« fragte Herbert Neutig.

Die Frau, die mit ihren Koffern neben ihnen stand, hatte aufgehorcht. »Erna Kühnemund, die kenn' ich auch, ist das nicht die, die herumzieht und Korsetts verkauft?«

»Ja.«

»Die kenn' ich von Oberschöneweide her, da hab' ich mal gewohnt.«

»Ach, in Oberschweineöde«, lachte der Vater.

»Ja, ja, Berlin ist ein Dorf«, stellte die Mutter fest, und man kam ins Gespräch, da die Schwester der Dame auch bei der Krankenkasse arbeitete, allerdings in Tempelhof.

Um sieben Uhr geschah dann das Wunder: Der »Niagara-Bus« rollte um die Ecke und erwies sich, in den blaugrauen Farben stürzender Wasser gehalten, als supermodern.

Der Fahrer sprang vom Bock. »Entschuldigung für die Stunde Verspätung, aber mein Getriebe ist so automatisch, daß es den Pichelsberg für den Großglockner gehalten hat.«

»Das kann ja heiter werden«, sagte die Frau aus Oberschweineöde.

Erst ging es ans Einladen der Koffer, was der Gehilfe des Fahrers besorgte, dann ans Einsteigen, wobei einige nicht nur hofften, sondern auch beteten, einen Platz in der ersten Reihe zu bekommen. Da sowohl Neutigs als auch die Eltern zusammensitzen wollten, stand fest, daß Manfred von ihnen abgetrennt wurde, was er aber durchaus als Chance sah, denn es waren unter den Wartenden auch zwei Mädchen in etwa seinem Alter, die er recht reizvoll fand. Wenn die dann müde wurden und sich bei ihm ankuschelten ...

»Das Kind kommt in die dritte Reihe rechts ans Fenster!« rief der Fahrer.

»Hier!« Der Vater wollte Manfred nach vorne schieben.

»Hör auf!« Böse, auch weil die beiden gleichaltrigen Mädchen kicherten, schlug ihm Manfred den Arm zur Seite.

»Wer seinen Vater schlägt, dem wird mal die Hand aus dem Grab rauswachsen«, kommentierte Gerda Neutig.

»Das Kind ... Wo ist das Kind?« Der Fahrer wurde langsam ungeduldig.

»Hier ist kein Kind«, meldeten mehrere.

»Da muß aber eins sein ... Wir haben extra den Platz auf dem Radkasten dafür vorgesehen ...« Er blätterte in seinen Papieren. »Hier ... sechs Jahre alt ... ein gewisser Manfred Matuschewski.«

Neutigs und die Eltern jubelten, Manfred selber war verzweifelt. »Ich kann doch mit meinen langen Beinen nicht die ganze Fahrt über auf dem Radkasten sitzen!«

Der Fahrer konnte nicht umhin, ihm recht zu geben. »Da ist was dran. Das muß ein Schreibfehler sein: Da hat einer die Eins vor der Sechs vergessen. Tut mir leid. Aber vielleicht ist einer von den Herrschaften mit kurzen Beinen so nett und tauscht mit ihm ...« Damit hatte er ganz eindeutig Gerda Neutig gemeint. Doch die reagierte nicht, ebensowenig wie die sieben, acht anderen, die in Manfreds Augen ausgesprochen zwergwüchsig waren. So durfte er denn die ganze lange Reise über das herrliche Gefühl genießen, die Knie fast am Kinn zu haben. Zu allem Unglück setzte sich auch noch die Dame aus Oberschöneweide neben ihn, und die war nun keine schicke Sekretärin von knapp dreißig Jahren, sondern eine herbe Krankenschwester aus dem Neuköllner Krankenhaus, die auf die Sechzig zuging und als einziges Hobby das Rätselraten hatte. Das führte dazu, daß sie Manfred, da ihr Allgemeinwissen eher dürftig war, schon auf der Avus zu löchern begann.

»Deutsche Filmschauspielerin mit L?«

»Ruth Leuwerik.«

»Danke.«

»Bitte.«

»Möchtest du eine von meinen Gurken?« Die aß sie, kaum daß sie Platz genommen hatte, schmatzend aus ihrem Glas. »Selber gezogen, selber eingelegt, na?«

»Nein, danke.« Manfred hatte nur den Wunsch, ungestört

305

aus dem Fenster zu sehen oder das mitgebrachte Buch zu lesen, den dicken Schinken *Götter, Gräber und Gelehrte.*

»Der wird ja reichen bis Farchant«, sagte Manfred zu Neutigs und seinen Eltern, die hinter ihm plaziert worden waren, damit sie das »Kind« immer im Auge haben konnten. »Wo der Bus so schleicht, sind wir sowieso erst morgen da.«

»Gut beobachtet«, meinte Herbert Neutig.

Da sie so spät gestartet waren, mußten sie gut anderthalb Stunden in Dreilinden stehen, wo die Einreise in die DDR abzuwickeln war. Als die Grenzer prüfend durch den Bus gingen, kam das Gefühl auf, als würde gleich einer von den Westberlinern aus dem Bus gezerrt und erschossen werden. Manfred wußte, daß das weit überzogen und hysterisch war, und dennoch registrierten es fast alle.

Endlich ging es weiter Richtung München, wenn auch stockend, denn immer wieder hatte der Fahrer Schwierigkeiten mit seinem neuen Getriebe und konnte auch kleine Steigungen nur im Pferdekutschentempo nehmen. Die Fahrt wurde zur Langeweile hoch drei, und fast sehnte er sich nach einer Schulstunde bei Hager oder Meph. Die einzige Abwechslung kam in der Gegend von Dessau, wo ihm Herbert Neutig erzählte, daß hier auf der besonders breiten Autobahn der berühmte Rennfahrer Bernd Rosemeyer bei einem Rekordversuch ums Leben gekommen sei.

»Deutscher Schwimmer mit R?« fragte ihn seine Nachbarin.

»Erich Rademacher.«

»Danke.«

»Bitte.«

So etwas wußte er aus den Zigaretten-Bildchen-Alben seines Vaters: *Die Welt in Bildern*, »eine Sammlung alles dessen, was den gebildeten Menschen interessiert«. Erich Rademacher war »der König der Brustschwimmer«, und bei einer Amerikareise hatte ihn sogar der Präsident Coolidge im Weißen Haus empfangen.

Die Langeweile, die zunehmenden Sitzbeschwerden und die ihn ständig nervende Krankenschwester aus Oberschweineöde waren aber nur kleine Probleme im Hinblick auf das, was Manfred nun immer stärker quälte: Er mußte dringend pinkeln, konnte aber nicht, da der Bus auf der Interzonenautobahn nicht halten durfte und die Bordtoiletten erst noch darauf warteten, erfunden zu werden. Es kniff und biß in der Blase ganz fürchterlich und schrie gebieterisch nach sofortiger Entleerung.

»Ich kann es nicht mehr aushalten«, sagte er zu den Eltern.

»Dann mußt du's eben einhalten«, riet ihm der Vater.

Nur seine Nachbarin nahm seine Nöte ernst. »Du machst ja schon ganz schön Wassertreten«, sagte sie. »Das ist nicht gut, da kann man an Harnverhaltung sterben.«

»Das tu' ich auch …«, stöhnte Manfred, denn wegen der gesprengten Saalebrücke war ein großer Umweg über holprige Landstraßen zu fahren, und sie konnten die Grenze bestenfalls in einer halben Stunde erreichen.

»Paß mal auf, mein Junge …« Die herbe Dame neben ihm gab sich konspirativ und flüsterte nur noch. »Hier, mein Gurkenglas …« Das hatte sie inzwischen leergefuttert, und in dem ohnehin schon uringelben Sud schwammen nur noch einige Kräuter.

Manfred begriff das Angebot sofort, konnte aber nur, rot anlaufend, stammeln, daß das doch nicht ginge. Nicht wegen der Spritzer, die auf die helle Hose gehen konnten, sondern weil es sein Schamgefühl nicht zulassen wollte. Wie stand er denn da: als Exhibitionist, als Schwein.

»Gott, Junge, was meinst du, was ich da nicht schon alles gesehen habe! Und ob nun Glas oder Ente … Komm, ich breite meine Zeitung aus und dann …«

Das Vorhaben gelang, und es war eine wonnige Erlösung von einer Wahnsinnsqual. Das volle Gurkenglas kam unter den Sitz. Keiner merkte was. Manfred bedankte sich und versprach, seiner Retterin verstärkt beim Raten zu helfen.

Endlich hatten sie den Grenzübergang erreicht: Töpen/ Juchhöh. Was für ein Name. Aber zum Juchhe gab es keinen Anlaß, denn auch an der zweiten Grenze dauerte es ewig, und da der Bus zwischen Hof und Ingolstadt immer wieder wegen irgendeiner Reparatur am Rastplatz halten mußte, erreichten sie ihr Ziel erst kurz vor Mitternacht.

Im Fremdenheim Schmieder an der Esterbergstraße war man aufgeblieben, um auf sie zu warten. Manfred war völlig fertig und nahm schon gar nicht mehr wahr, daß Frau Schmieder bei seinem Anblick einen schrillen Schrei ausstieß: »Woas, dös is das Kind?« Natürlich hatte man ein Kinderbettchen für ihn vorbereitet. Es dauerte eine Ewigkeit, bis man eine Schlafcouch aufgetrieben hatte, und es wurde 1 Uhr 25, bis sie endlich das Licht ausmachen konnten. Manfreds letzter Blick galt dem Gemälde über seinem Kopf. Es zeigte Ludwig II. von Bayern mit einem Spruch darunter: »Dem Vaterland starbst Du zu früh, Dein treues Volk vergißt Dich nie.« Er schlief gut, obwohl der Vater kräftig schnarchte und die Mutter im Schlaf mit schwierigen Krankenkassenpatienten verhandelte.

Am Morgen riß seine Mutter die Vorhänge auf, breitete die Arme aus und rief beim Anblick des Wettersteingebirges mit bühnenreifer Emphase das aus, was sie sich schon seit Weihnachten vorgenommen hatte: »Meine Berge!«

Der Vater war da weniger poetisch. »Wenn's wirklich deine Berge wären, könnten wir 'n Teil davon verkaufen und sehen, was wir mit den Millionen machen.«

Als sie mit Neutigs beim Frühstück saßen, begann es zu regnen.

»Das ist ja herrlich!« rief Herbert Neutig und fügte, als die anderen sich fragten, ob er plötzlich geisteskrank geworden sei, schmunzelnd hinzu, daß er schon in Berlin eine Regenversicherung abgeschlossen habe. »Je stärker es regnet, desto mehr Geld kriege ich wieder.« Als ehemaliger Bankbeamter wisse er, wie man richtig spekulierte, auch an der Wetterbörse.

An der Wand des Frühstücksraums hing eine Urkunde, der zu entnehmen war, daß Hans Schmieder, ihr Wirt, von Haus aus gelernter Tischler war und aus Dayton/Ohio stammte. Seine Eltern, so erklärte er ihnen, seien ausgewandert in die USA, ihn aber hätte es wieder in die alte Heimat gezogen. Dabei sah er gar nicht bayerisch aus, war weder ein Klotz noch trug er Lederhosen, eher erschien er ihnen wie der Zwil-

308

lingsbruder von Fritz Schäffer, dem Bundesfinanzminister mit der CSU-Herkunft.

»Da schaust«, sagte Hans Schmieder zu Manfred. »So hohe Berge wie wir in Farchant, die habt ihr nicht in Berlin.«

Manfred war nicht auf den Mund gefallen. »Wenn wir aber Berge hätten, dann wären die viel höher als Ihre hier.«

Schmieder erzählte ihnen einiges über den Ort und daß es hier sogar eine Ärztin gebe, die in die SPD eingetreten sei.

»Das ist sicherlich der Untergang des Abendlandes«, sagte der Vater mit leiser Ironie.

»Gut beobachtet«, fügte Herbert Neutig hinzu.

Gerda Neutig schnupperte an der Erdbeermarmelade und befand, daß die etwas »muffig« roch.

»Paß mal auf, daß du nicht muffig riechst«, lachte ihr Mann.

Sie konnten es gar nicht erwarten, zur ersten Wanderung aufzubrechen. Alles war neu, alles war fremd, mit jedem Meter ergaben sich neue Blickwinkel, war etwas zu entdecken. Es hatte aufgehört zu regnen, und über dem Kramerplateau rissen schon die Wolken auf. Als sie auf der Loisachbrücke standen, erfaßte sie die Sonne mit einem wärmenden Scheinwerferstrahl.

Manfred sah in das aufschäumende, dahinschießende Wasser hinunter. »Hier mal mit dem *Rebell* langfahren ...«

Auch sein Vater bekam leuchtende Augen. »Wildwasser, ja, das ist mal mein Traum gewesen. Aber jetzt mit meiner steifen Hüfte ... Aus und vorbei. Man müßte zwei Leben haben, mindestens.«

Die zweite Sensation nach der Loisach war für sie der Bahnhof Farchant, der sich gleich rechts an der Mühldörflstraße befand. Es war die Strecke München – Garmisch-Partenkirchen – Mittenwald – Innsbruck, und andauernd war die Schranke unten.

Als sie warten mußten, nahm Manfred einen murmelgroßen Stein und zielte damit auf die erste Schiene. Er traf, und von der ersten Schiene sprang der Stein auf die zweite Schiene.

Manfred verbeugte sich. »Beifall bitte! Vom nächsten Winter an können Sie, meine sehr verehrten Damen und Herren, diese einmalige Leistung im Zirkus Saure Sahne bewundern. Ein Tritt ist frei.«

»Das kann doch jeder«, sagte Herbert Neutig und probierte es. Natürlich ohne Erfolg, nicht einmal die erste Schiene traf er. Auch Manfreds Vater hatte keine Chance. Den ganzen Urlaub über versuchten die beiden Männer, Manfreds Kunststück nachzumachen, teilweise mehrmals am Tag, doch keiner der beiden schaffte es.

Im Bahnhof hielt der Zug. Manfreds Begeisterung ging in Ekstase über. »Eine E 16, Manno!« Berlin war ja, was die Eisenbahn betraf, tiefste Provinz, und obwohl er Elektroloks aus den Katalogen kannte, hatte er nie so recht geglaubt, daß es sie denn wirklich gab. »Fahren wir nach Innsbruck mit der?«

»Wenn du schön artig bist.«

Manfred schluckte kurz und träumte davon, mit TuS Neukölln auf einer Wettkampfreise zu sein, mit Hannelore in einem Zelt zu liegen. Oder mit Gisela. Die hatte ihm versprochen, einmal zu schreiben, aber er glaubte nicht daran, daß sie es tun würde. Bei anderen klappte es immer, bei ihm aber nie. Warum bloß? Dabei war er doch attraktiver, stärker und klüger als die meisten anderen. So schön die Ferien mit den Eltern und mit Neutigs waren, es blieb ein feiner Schmerz. Das Eigentliche war etwas anderes, war Händchenhalten und Flirten, dies blieb nur ein schöner Ersatz. Aber warum war das so? Warum lief sein Leben so, wie es lief, warum nicht anders? Warum fuhr Gunnar Hinze mit Kathrin Kindler nach Schweden und er »nur« mit seinen Eltern?

Du bist ja so was von undankbar, du solltest dich wirklich was schämen!

Der Zug fuhr ab, und in Manfreds Beinen zuckte es. Ein Sprung, und er lag vor der Lok. Dann war er erlöst von allem.

Sie gingen durch das Dorf, und an der stark befahrenen B 2 begann nun ein Streit, der drei Wochen dauern sollte: »Wo essen wir denn heute?«

»Beim *Alten Wirt*!« rief der Vater.

»Nein, bei *Kirchmayer*!« beharrte Gerda Neutig.

»Na, für dich ist es doch egal, wo's dir nicht schmeckt.« Es wurde richtiggehend polemisch.

»Ich bin für die Kuhflucht«, sagte Manfred.

»Ich würde am liebsten nach Garmisch reinfahren«, bekannte die Mutter. »So 'n Olympiaort, da ist doch alles schikker.«

Sie vertagten die Entscheidung und beschlossen, erst einmal das Kirchlein in Augenschein zu nehmen, was dann auch mit vielen Ahs und Ohs geschah.

»Die wünsche ich mir zu Weihnachten in Öl!« rief Gerda Neutig.

»Wer soll 'n das bezahlen?« fragte Herbert Neutig und verfiel, da seine Frau Halbjüdin war, ins Jiddische. »Nu, wenn de geheiratet hättst den Rothschild, dann mechten wa hab'n 'ne Chance, aber nich mit mir, wo ich bin armes Schwein bei der Krankenkasse.«

Otto Matuschewski hatte eine Idee. »Ich hab 'n Kollegen, den Klemperer, dessen Frau malt die schönsten Bilder von 'ner Postkarte ab.«

Gerda Neutig eilte zum nächstbesten Kiosk, um sich eine auszusuchen. Dann stiegen sie hinter dem Friedhof zum Waldsaumweg hinauf, genossen den Blick auf Farchant hinunter und lernten die Namen der Berge auf der anderen Seite des Loisachtals: Wank, Fricken, Esterberg und Krottenkopf.

Herbert Neutig setzte sich so auf einen Brunnen, bei dem das Wasser aus einem Rohr herausschoß und von einem Holztrog aufgefangen wurde, daß es aussah, als hätte er einen Riesenpenis. Die beiden Frauen kreischten, Manfred wandte sich ab, sein Vater machte viele Dias.

Der Kollege der Mutter liebte es, sich in einem fort mit Manfred zu kabbeln. Das geschah zwar alles sehr heiter, dahinter steckte aber auch der Wunsch, allen zu zeigen, daß er in der Lage war, es mit jedem höheren Schüler aufzunehmen, was Intelligenz und Wissen betraf, obwohl er es selber kein Abitur hatte. Weil der Krieg gekommen war und seine Eltern kein Geld hatten. Manfreds Vater hatte den Quizmaster zu spielen. Hier oben am Fuße des Schafkopfs sollte es darum

311

gehen, wer im zweiten Kabinett Konrad Adenauers welches Ressort verwaltete.

»Inneres?«

»Gerhard Schröder, CDU!« schrie Manfred.

»Ernährung?«

»Heinrich Lübke, CDU.« Herbert Neutig zog gleich.

Der Kampf wogte hin und her. Während Manfred Wirtschaft und Ernährung am ehesten zusammenbekam – Ludwig Erhard (CDU) beziehungsweise Viktor-Emanuel Preusker (FDP/FVP) –, war Herbert Neutig beim Verkehrs- und beim Arbeitsminister ein wenig schneller und nannte Hans-Christoph Seebohm (DP) und Anton Storch (CDU).

»Und nun die Frage, die alles entscheidet ...« Der Vater machte es spannend. »Post?«

»Hans Schuberth, CDU!« rief Manfred und wurde postwendend zum Sieger gekürt, doch Herbert Neutig protestierte, da das eine unfaire Frage gewesen sei, denn als Sohn eines Postlers habe Manfred dies viel eher wissen können als er. Den Preis, ein Eis, habe deswegen nicht er, sondern der Quizmaster zu besorgen.

»Du kannst mir mal an der Hose schnuppern«, sagte der Vater daraufhin.

Sie beschlossen umzukehren und vor dem Mittagessen noch zu den Kuhfluchtfällen zu laufen.

Ein schönes Spielchen war es auch, vor den Häusern mit den Schildern »Zimmer frei« stehenzubleiben und im Ortsprospekt, den Herbert Neutig immer mit sich führte, die Preise zu vergleichen. Bei den Privatvermietern lag der Bettenpreis ohne Frühstück und Bedienung durchweg zwischen 1,50 und 2,50 DM, und für das Frühstück hatte man zwischen 1,00 und 1,50 DM zu zahlen. Komisch war, daß die Bayern immer erst den Nach- und dann den Vornamen schrieben. Sie stimmten ab, wer den schönsten bayerischen Namen hatte, und es siegte Englniederhammer Jakob vor Ficklscherer Elise und Schnitzbauer Kreszenz.

Zur Stärkung für den Aufstieg zu den Kuhfluchtwasserfällen (rot markiert) kauften sich Herbert Neutig und der Vater in der Alpspitz-Apotheke einen *Ahnentrunk*, laut Schaufensterwerbung »ein Alpenkräuterbitter nach einem hundertjährigen Rezept. Eine schöne Reiseerinnerung froh verlebter Ferientage.«

Manfred, typischer »Flachlandtiroler«, war erstaunt, wie schnell er trotz des scharfen Trainings bei Hirschmann außer Puste war, als die ersten Steigungen kamen. Dabei hatten sie wegen der Kriegsverletzung des Vaters nun wirklich kein großes Tempo drauf. Auch befiel ihn die Angst vor Kinderlähmung und Lungenentzündung, wenn er schweißüberströmt neben grünbemoosten Felsen stehenblieb, tief im Schatten des Waldes, und die Temperatur so tief sank, daß er sich wie im Kühlhaus vorkam.

Herbert Neutig erklärte ihnen, warum die Kuhfluchtwasserfälle Kuhfluchtwasserfälle hießen. »Weil die Bauern bei Überfällen auf ihr Dorf mit ihren Kühen hierher geflüchtet sind.«

»Gut beobachtet«, sagte Manfred.

Seine Mutter hatte inzwischen etwas entdeckt und schrie: »Da wächst ein Edelweiß!«

Der Vater bückte sich spontan und trotz der Warnung von Gerda Neutig, daß das Pflücken eines Edelweißes unter Todesstrafe stünde. Da er aufgrund seiner steifen Hüfte nicht ohne weiteres in die Knie gehen konnte, sondern Kopf und Rumpf im rechten Winkel abbeugen und sich dabei auf den Stock stützen mußte, zerriß ihm beim Herausstrecken des Gesäßes seine neue hellgraue und sündhaft teure Gabardinehose auf einer Länge von gut und gerne dreißig Zentimetern.

»Otto!« Der Entsetzensschrei der Mutter hätte auch nicht lauter sein können, wenn er in die Schlucht gestürzt wäre.

Doch der Vater, ein Gemütsathlet ohnegleichen, meinte nur lakonisch: »Das war kein Edelweiß, das war nur 'n Stück Bonbonpapier.«

»So kannst du doch nicht nach Hause gehen!« Margot Matuschewski war entsetzt, denn in regelmäßigen Abständen kamen ihnen andere Wandergruppen entgegen, alles distinguierte Leute. Aber nicht die entgegenkommenden Touristen waren ja gefährlich, sondern vielmehr diejenigen, die auf der Überholspur waren ... und weil der Vater so langsam war, wurden sie von wirklich allen überholt. »So kannst du nicht mehr gehen!« wiederholte sie.

»Dann grabt 'n Loch und verbuddelt mich hier«, schlug der Vater vor.

»Das geht nicht«, wandte Manfred ein. »Der Fels hier ist so hart, daß wir ohne Dynamit nicht weiterkommen. Soll ich zur Apotheke runterlaufen und welches holen?«

Daß er damit ein Selbsttor geschossen hatte, kapierte er sehr schnell, denn die Mutter rief sofort: »Dynamit nicht, aber Vatis andere Hose.« Manfred maulte. »Das ist fast 'ne Stunde hin und zurück.«

»Das wirst du doch mal für deinen Vater tun können.«

»Ja«, sprang ihr Herbert Neutig bei. »Wo deine Eltern wie ein Schwalbenpärchen sind. Die Jungen sitzen im Nest, und sie rackern sich ab, um das Futter ranzuholen.«

»Kinderlose Eltern wissen das ja am besten«, blaffte Manfred los.

»Du-hu!« Drohend hob die Mutter die Hand.

»Laß den Jungen«, sagte der Vater, »das geht doch auch so.«

»Das geht nicht so!« Die Mutter, von Gerda Neutig unterstützt, war entschlossen, hart zu bleiben. »Wenn die Leute Otto so mit zerrissener Hose sehen, dann zerreißen sie sich doch drei Wochen lang den Mund über uns. Ohne mich, da fahr' ich lieber nach Berlin zurück.«

So trabte Manfred denn los, ehe die Sache weiter eskalierte. Vielleicht ließ sich dem Ganzen sogar etwas Positives abgewinnen, wenn er es als Crosslauf-Training nahm.

Mit neuer Hose dann machten sich alle wieder an den Abstieg und entschieden sich, beim *Alten Wirt* zu Mittag zu essen.

Es war das erste Mal in seinem Leben, daß Manfred mit den Eltern im Restaurant saß und in einer Speisekarte blätterte. In Berlin war das völlig unvorstellbar für ihn, und er kannte es eigentlich nur aus alten Ufa-Filmen, wenn die Her-

314

ren Albach-Retty, Birgel, Forster, Fritsch oder Klingler galant und mit vollendeten Tischsitten ihre Eroberungen machten. Das war der Hauch der großen weiten Welt, sich bedienen zu lassen und nicht selber einkaufen, kochen und abwaschen zu müssen.

Die Speisekarte enthielt manche Überraschung und bedurfte an einigen Stellen erst eines Dolmetschers, denn sie wußten nicht, was sich hinter den Begriffen Beinfleisch, Bries, Geselchtes, Kalbsschäuferl, Krautwickerl, Kronfleisch, Rannen und Wammerl verbarg.

»Möchst a Reiberdatschi?« fragte sein Vater mit dem Versuch, dies möglichst bayerisch auszusprechen.

»Keine Ahnung – was is'n diss?«

»Na: Kartoffelpuffer, Mann!«

»Ja, möcht ich, da weiß man, was man hat«, sagte Gerda Neutig.

Die anderen entschieden sich für Einheimisches. Manfred fragte, ob er sich eine Schlachtschüssel bestellen durfte und bekam das genehmigt. Trinken durfte er eine *Bluna*, während die Erwachsenen Bier bestellten. Bis auf Gerda Neutig waren dann auch alle sehr zufrieden. Die schnüffelte nur so intensiv und lange wie ein Parfümeur an ihren drei Kartoffelpuffern, sprich: Reiberdatschi, und sprach dann ein vernichtendes Urteil: »Das schmeckt ja grausam.«

Manfred fand, daß sie ihren Beruf als Sekretärin verfehlt hatte: Sie hätte Essenvermieserin werden sollen. Wenn der *Alte Wirt* so eine wie sie jeden Tag zum Kirchmayer schickte, aß da bald keiner mehr.

Als es ans Zahlen ging und der Vater einen neuen grünen Zwanzigmarkschein in der Hand hielt, hatte Manfred wieder das Gefühl, es nie im Leben zu schaffen, auch einmal mit Frau und Sohn in einem dieser Lokale zu sitzen und das Geld dafür zu haben. Zuerst einmal: Wer sollte ihn schon heiraten? Wo er es nicht einmal geschafft hatte, daß eine von denen, in die er sich verknallt hatte, mit ihm ins Kino ging. Und zweitens: Unvorstellbar, daß er ein Studium oder eine Lehre anständig zu Ende brachte.

»Jetzt hau ich mich in die Falle«, sagte der Vater, als sie das Restaurant verließen, »und horche die Matratze ab.«

Auch die anderen drei freuten sich auf ihr Mittagsschläfchen, nur Manfred nicht, er zog einen Flunsch. Aber allein hier durch die Gegend stromern, das mochte er ebensowenig.

»Geh doch ins Schwimmbad«, schlug Herbert Neutig vor.

»Alleine?«

»Uns ist das Wasser zu kalt«, sagte die Mutter.

Der Vater kam mit einem Vorschlag: »Wenn du Langeweile hast, dann zieh doch deine Sachen aus, setz dich daneben und paß auf, daß sie dir keiner klaut.«

Also legte sich Manfred auch ins Bett, und wider Erwarten war er schon eingeschlafen, kaum daß sein Vater, was er immer tat, seinen Stock in die erstbeste Ecke fallen ließ.

Als sie sich um 16 Uhr im Aufenthaltsraum wiedersahen, goß es in Strömen.

»Gehen wir Kaffee trinken«, schlug Gerda Neutig vor. »Gleich am Bahnhof ist ja 'n Café, und wenn wir die Schirme aufspannen, werden wir nicht naß.«

»Gut beobachtet«, sagte ihr Mann, schwang den Riesensäbel, der über seinem Bett gehangen hatte, und spielte einen Türken, der Wien erobern wollte.

»Steck den wieder in die Scheide«, ermahnte ihn seine Frau.

»Da steck' ich gerne was rein«, lachte er.

»Herbert!« rief die Mutter und wies auf ihn. »Es sind Kinder hier.«

Manfred ging schon mal vor die Tür.

Im Café war es trocken, warm und gemütlich. Manfred durfte sich ein Stück Käsesahnetorte, ein Glas Tee mit Zitrone und anschließend noch einen Eisbecher mit Früchten bestellen. In dem mochte ein Schuß Rum zuviel gewesen sein, wie auch immer, je länger er hier saß, desto wunderbarer erschien ihm die Serviererin. Klein und zierlich war sie, blond und blauäugig und vom Gesicht her eher eine Slawin oder Finnin, exotisch hier in Bayern. Sie trug eine schlichte weiße Bluse, einen engen schwarzen Rock, helle Nylonstrümpfe und Pumps. Manfred war völlig weg und seufzte leise. Keine ihrer Bewegungen ließ er sich entgehen. Wenn jetzt die gute Fee erschienen wäre, um ihm zu sagen, daß er drei Wünsche frei hätte ...

Laß mich zehn Jahre älter sein, mach mich zum Olympiasieger über hundert Meter und laß diese Frau meine Frau werden.

Nein, es hätte ihm schon gereicht, an die Stelle des Chefs zu treten und dieses Café hier zu erben, sie an seiner Seite zu haben. Ingeborg hieß sie. Gott, warum war er er und kein anderer, einer, der das alles hatte?

Tief deprimiert verließ er das Café und stand lange sinnend auf der Loisachbrücke.

Sie beschlossen, den Bus zu nehmen und nach Garmisch-Partenkirchen zu fahren. Die Busse waren weiß und dunkelgrün lackiert und trugen alle Namen. Der, in den sie stiegen, hieß Ferdl und wurde Manfreds Lieblingsbus. Im Olympiaort von 1936 wäre Manfred am liebsten sofort zur Sprungschanze gelaufen, doch statt dessen mußte er sich mit den vier Erwachsenen Schaufenster ansehen. Das war für ihn qualvoller als eine Stunde bei Frau Müller, Hager oder Meph. Erst als sie am Bahnhof angekommen waren und er die blauweiße Zugspitzbahn entdeckte, war die Welt wieder halbwegs in Ordnung. Auf seinen Vorschlag hin fuhren sie mit der Bundesbahn nach Farchant zurück. Viel Bahn tat ihm immer wohl.

Das Abendbrot hielten sie sich selbst, wie die Mutter das ausdrückte. Danach spielten die Erwachsenen unten im Gästezimmer Rommé und leerten ihre Flasche *Ahnentrunk,* während Manfred im Bett lag und sich sehr einsam und verlassen fühlte. Daran änderte auch die Lektüre des Ceram-Buches wenig, die Beschreibung, wie die Azteken-Priester den Menschenopfern das Herz bei lebendigem Leibe aus dem Körper rissen. Als er es gar nicht mehr aushalten konnte und etwas brauchte, was mit Lust verbunden war, nahm er sich ein großes und frisch gebügeltes Taschentuch aus dem Schrank und dachte intensiv der Reihe nach an Renate, Gisela und

Hannelore, vor allem aber an die Serviererin vom Bahnhofs-Café, an Ingeborg. Das half, hatte aber den großen Nachteil, daß am nächsten Morgen im Fremdenheim Schmieder die Toilette so rettungslos verstopft war, daß sie den Spengler holen mußten. Auch schimpfte die Mutter den Vater aus, daß er nun auch noch sein schönstes Taschentuch verloren hatte, eines mit dem eingestickten Monogramm O. M. …

Doch vorerst ahnte noch niemand etwas von der bevorstehenden sanitären Katastrophe, und kurz vor Mitternacht standen alle fünf noch einmal auf dem großen umlaufenden Balkon, um sich die Sterne anzusehen.

»Das da ist der Jupiter!« rief Herbert Neutig, der die Gabe hatte, sich stets für unfehlbar zu halten.

»Quatsch, das ist die Venus!« Manfred war sich da absolut sicher, denn von der Schmöckwitzer Oma hatte er etliche Bücher von Bruno H. Bürgel, dem »Arbeiter-Astronomen« geschenkt bekommen. »So hell kann nur die Venus sein.«

Herbert Neutig holte sein Fernglas aus dem Zimmer. »Das ist der Jupiter. Ich kann ja sogar drei der Galileischen Monde sehen.«

»Das ist die Venus, denn die hat eine scheinbare Helligkeit von −3 bis −4«, was er einmal in der Schule bei Hager gehört hatte, »der Jupiter aber nur von −2, also viel weniger als der Stern da oben.«

Als sie immer heftiger aufeinander einredeten, kam von unten aus dem Garten die Stimme von Hans Schmieder. »Ja, sans denn alle närrisch die Berliner: Das ist kein Stern, das ist das Licht vom Zugspitzhotel.«

Von da ab wurden sie beide etwas kleinlauter, wenn es darum ging, wer recht hatte. Auch waren sie oft zu erschöpft, um sich noch lange zu streiten, denn die Tage waren angefüllt mit Wanderungen und Ausflügen. Mal ging es über den Philosophenweg nach Partenkirchen, mal über den Waldsaumweg nach Garmisch. Oberau stand auf dem Programm, der Pflegersee, die Reschbergwiesen, die Ruine Werdenfels, der Kreppbach, Grainau, die Partnachklamm. Mit den Bergbahnen ging es zum Kreuzeck, zur Zugspitze und zum Wank

hinauf. Von dort aus liefen sie sogar zu Fuß über die Ester-
bergalm nach Farchant zurück, was Manfred die Erfahrung
einbrachte, daß auch das Bergablaufen sehr anstrengend sein
konnte. Der Höhepunkt aber sollte eine große Autotour
werden, bei der sie alles »abklappern« wollten, was so in der
Nähe lag und ihnen gerade eingefallen war: Eibsee, Reutte,
Wieskirche, Ettal, Oberammergau, Linderhof.

»Da nehmen wir uns aber 'n Privatwagen«, sagte Gerda
Neutig, »und fahren nicht mit dem Plebs im Rundreisebus.«
Die Wahl fiel auf Alois und seinen schwarzen Mercedes.
Da Reutte schon in Österreich lag, mußten sie nach Garmisch
aufs Rathaus gehen und sich eine Bescheinigung holen, ohne
die der Grenzübertritt verboten war.

»Woas, fienf!?« fragte der entsetzte Beamte, als er sie sah.

Als sie morgens um 9 Uhr in Farchant losfuhren, goß es
wie aus Kübeln, und es sollte den ganzen Tag nicht wieder
aufhören. Aber nicht diese Tatsache machte Herbert Neutig so wütend, sondern sein Anruf bei der Regenversicherung, wann er mit der Rückzahlung rechnen könne. Antwort: Es seien erst zehn Prozent der nötigen Regenmenge an-
gefallen.

So blieb der größte Spaß bei dieser Tour der Automarken-
Wettkampf zwischen Manfred und Herbert Neutig.

»Ich wette, daß die Hälfte aller Autos, die uns entgegen-
kommen VWs sind«, sagte Manfred.

»Und ich wette, daß die anderen Marken zusammengenommen in der Überzahl sind.«

Kilometer für Kilometer starrten sie aus den regenver-
schleierten Fenstern, um einen Wagen zu entdecken, der ihnen
einen Punkt einbringen konnte.

»Ein BMW 501!« rief Herbert Neutig. »17 zu 16.«

»Ein VW-Cabrio!« schrie Manfred. »17 zu 17.«

Sein Vater hatte ein gutes Gedächtnis, was Zahlen betraf,
und erzählte, daß sich sein Kollege Herbert Sommer gerade
für 4 710 DM einen Volkswagen gekauft habe, weil ihm der
Opel Olympia mit 6 825 DM zu teuer gewesen sei.

»Wer heute kein Auto hat, der zählt ja nichts mehr«, sagte

die Mutter. »Aber Otto kann mit seiner steifen Hüfte und seinem Bein keinen Wagen fahren.«

»Höchstens einen fahren lassen.«

»Otto!«

Manfred hatte eine Lösung für das Problem. »Dann stellen wir einfach 'n Schild an den Straßenrand und schreiben drauf: ›Hier ist der Parkplatz der Familie Matuschewski. Wir könnten uns auch ein Auto leisten, wenn wir wollten!‹«

»Auf Kredit sicher.«

»Ein Ford Taunus, da hinten an der Ecke.« Herbert Neutig ging mit 18 zu 17 in Führung und konnte mit einem Gutbrod und einem Borgward seinen Vorsprung weiter ausbauen, ehe sie zwei Käfer überholten und Manfred wieder hoffen konnte. Als sie abends nach Farchant zurückkehrten, hatte Herbert Neutig allerdings mit 50 zu 43 gesiegt.

Langsam hakten sie alles ab, was sie sich vorgenommen hatten, und seine Mutter sprach davon, daß sie nun langsam Heimweh bekäme nach ihrem Berlin, doch Manfred hoffte, daß dieser Urlaub nie zu Ende gehen würde, denn er hatte eine panische Angst, ins Flugzeug zu steigen. Flugzeug, das hieß für ihn nur Tod und Verderben. Flugzeuge hatten ihm Bomben auf den Kopf geworfen, Flugzeuge waren brennend abgestürzt, Tiefflieger hatten ihn beschossen. Für die Eltern und für Neutigs aber war das Fliegen von München nach Berlin etwas absolut Großartiges, die letzte Bestätigung dafür, daß sie es endgültig geschafft hatten, nicht mehr zu den armen Leuten zu zählen. Viele Jahre ihres Lebens hatten sie nicht einmal den Groschen für die Straßenbahn gehabt und weite Strecken laufen müssen, jetzt nun konnten sie so reisen wie früher nur Marlene Dietrich und der Herr Direktor. Als *Doppelverdiener* konnte man sich vieles leisten.

Seit langer Zeit betete Manfred wieder – vielleicht war das Kruzifix überm Bett daran schuld –, daß der Tag seines ersten Fluges niemals kommen möge, und wenn doch, daß er dann nicht abstürzen möge.

Als sie in München-Riem aufs Flugfeld kamen und er die silberne Maschine der PANAM mit den vier Propellern sah, kam er sich vor, als würde man ihn zur Hinrichtung führen. Und er hörte schon, wie Frau Dr. Schaudin in der Aula die Trauerrede hielt: »Er hat sterben müssen, bevor er richtig zu leben begonnen hatte.« Nicht einmal eine Freundin hatte er »besessen«. Keine Karte von Gisela. Die hatte das Versprechen von Frohnau lange vergessen. Betäubt war er von allem, wie ein Lamm ließ er sich zur Schlachtbank führen.

Die Leute meinten es gut mit ihm, und er bekam einen Platz am Fenster. Auch das noch. Irgendwie fiel die Plastikscheibe sicherlich heraus, und er wurde in die Tiefe gerissen. Die Motoren wurden angelassen, der Rumpf der DC erzitterte. *Lieber Gott, laß mich bitte lebend wieder rauskommen aus dem Ding!* Der Start ... Unaufhaltsam geschah es mit ihm ... Die Welt unten schrumpfte zusammen, schon flogen sie über München hinweg. Wenn jetzt eine Klappe aufging und er nach unten fiel ... Die Maschine bockte, als es in die Wolken ging.

Seine Mutter schrie auf. »Nein, ich will doch noch was von meiner Neubauwohnung haben!«

Jetzt stürzten sie ab!

Die Vater versuchte sie zu beruhigen. »Der Pilot will heute abend noch mit seinen Kindern spielen, keine Angst.«

Langsam realisierte Manfred, daß die Maschine eine Menge vertrug, kam aber nicht an gegen den bohrenden Gedanken: Jetzt! Fast war er erstaunt, noch am Leben zu sein. Essen und trinken wollte er nichts, auch auf die Toilette wagte er sich nicht. Er begriff aber auch, daß Zeit etwas sehr Relatives war, denn objektiv waren es nicht einmal zwei Stunden bis Berlin, aber ihm schien dieser Flug zwei Jahre zu dauern. Und er formulierte für sich einen Spruch, der ihm zeitlebens nicht mehr aus dem Kopf gehen sollte: Jeder Flug ist ein verdeckter Selbstmordversuch. Darum gab es so viele Menschen, die immer wieder flogen.

Es gab noch ein paar schlimme Momente für ihn. Als er einen schmalen Ölfilm über die rechte Tragfläche rinnen sah und fürchtete, die Turbine würde jeden Augenblick in Flammen aufgehen. Als sich der Flügel übermäßig durchbog und seiner Meinung nach jeden Augenblick abbrechen mußte. Als er das Gefühl hatte, einer der inneren Propeller würde sich lösen, durch die dünne Aluminiumhaut des Rumpfes schlagen und ihn köpfen.

Doch entgegen aller Wahrscheinlichkeit setzten sie pünktlich in Tempelhof auf, nachdem er vorher aus dem Fenster noch das Neuköllner Rathaus bestaunt und sogar das Dach seiner Schule ausgemacht hatte.

Die beiden Großmütter waren gekommen, sie abzuholen.

»Nun bist du wieder da, mein Junge«, sagte die Schmöckwitzer Oma.

Ihm war so, als wäre er nie in Farchant gewesen. War er wirklich – oder hatte er das alles nur geträumt?

Freitag, den 24. September, sollte umgezogen werden, doch sie hatten die Schlüssel schon eine Woche vorher bekommen und trugen die zerbrechlichen Sachen nach und nach selber in die neue Wohnung an der Treptower Brücke, weil sie den Fuhrleuten nicht trauten. »Dreimal umgezogen ist wie einmal abgebrannt«, sagte die Kohlenoma. Auch sonst gab es einiges zu tun. Bei der Wohnungsbaugesellschaft mußten sie die Bescheinigung eines Kammerjägers vorlegen, daß ihre alte Wohnung in der Ossastraße frei von Ungeziefer war, was seiner Mutter nach dem Wanzenbefall zur Einsegnungsfeier einen ziemlichen Schrecken einjagte. Der Kammerjäger hieß noch immer Kuhweide und wurde diesmal Gott sei Dank nicht fündig.

Manfred hatte immer wieder seine Sondereinsätze, wenn die Handwerker etwas vergessen oder auszubessern hatten. »Das Blech auf dem Balkon ist nicht richtig festgelötet.« – »Ich schicke Ihnen den Klempner vorbei, morgen ab drei.« – »Manfred, du gehst gleich nach Schulschluß in die neue Wohnung ...« So lief das. Alle anderen wohnten schon im Haus, nur sie zogen wegen der Urlaubsreise einen Monat später ein. Das war gut für ihn, denn allein im leeren Neubau hätte er sich doch zu sehr gefürchtet. Andererseits war es schon blöd, wenn sie ihn alle so anstarrten. Wie einen Einbrecher.

Und wie auf der Bühne mußte er sich nach allen Seiten hin verbeugen und guten Tag sagen, nur damit es dann hieß: »Der Manfred Matuschewski, das ist aber ein netter Junge.« Wenn die Mutter das hörte, war sie immer sehr stolz auf ihn.

Öfter war er also nach der Schule nicht in die Ossastraße, sondern mit Dietmar Kaddatz aus seiner Klasse und Peter »Balla-Balla« Pankalla aus der 11b zur Treptower Brücke gelaufen, denn beide wohnten in beziehungsweise an der Roseggerstraße, was nur eine Straßenecke entfernt war.

Mit Balla teilte er ja die große Leidenschaft für die Leichtathletik, und weil Pankallas schon einen Fernseher hatten, freute er sich ein Loch in den Popo, als Balla ihn fragte, ob er nicht einmal bei ihm übernachten wolle. Vater Pankalla, vormals Major der Wehrmacht und nach der Spaltung Berlins Ausbilder bei der Bereitschaftspolizei in Lankwitz, war ebenso kahlköpfig und massig wie Consolini, der berühmte italienische Diskuswerfer, der 1952 in Helsinki mit 53,78 Metern Silber gewonnen hatte, wie Manfred wußte. Auch Frau Pankalla war dick und dunkelhaarig wie eine Mamma aus Neapel. Das alles täuschte aber, denn die Pankallas waren so deutsch und zackig, wie es im Buche stand. Gebetet wurde zwar beim Abendbrot nicht, aber auf dem Tisch stand ein handgeschnitzter Teller aus der BDM-Zeit von Gudrun Pankalla. *Unser täglich Brot gib uns heute.* Das schien Manfred in diesem Hause weniger als demütige Bitte gemeint, denn als Befehl an Gott, fehlte nur noch der Zusatz *Verdammt noch mal!*

»Schon Pläne nach der Reifeprüfung?« wurde Manfred von Herrn Pankalla gefragt.

»Nein, aber nolens volens werde ich ja etwas machen müssen.«

»Deutscher, sprich deutsch!«

»Wohl oder übel.«

Herr Pankalla mißbilligte diese Unentschlossenheit. »Ein junger Mensch muß von einer großen Idee getragen werden, schon früh einen kühnen Lebensentwurf wagen, das muß er!«

»Ihr Sohn hat es gut, das ist ja auch der geborene Sportlehrer und Trainer.«

»Mein Sohn geht zur Bundeswehr, wenn die denn endgültig gekommen ist.« Seinen Informationen zufolge sollte es im Mai nächsten Jahres soweit sein. »Endlich. Die verfassungsrechtlichen Voraussetzungen sind ja glücklicherweise durch die Grundgesetzänderungen vom März dieses Jahres schon geschaffen worden.«

Manfred erschrak. Der Gedanke, einmal Soldat werden zu müssen, war schrecklich für ihn. Blieb nur zu hoffen, daß er als Westberliner nicht mußte. Daß einer freiwillig in die Kaserne wollte, konnte er nicht fassen.

Endlich saßen sie vor dem Fernseher, endlich einmal konnte er Irene Koss auf dem Bildschirm sehen, wie sie das Programm ansagte. Das Kino zu Hause zu haben, war phantastisch. Jeden Tag Filme, Fernsehspiele, Sport und Nachrichten. Ohne daß man ins Kino rennen mußte. Und keiner hustete einen an oder verdeckte einem die Sicht.

Theodor Heuss war zu sehen, der Bundespräsident, den sie vor kurzem zum zweiten Mal gewählt hatten, in Berlin sogar.

»Ein wunderbarer Mann«, sagte Frau Pankalla.

»Hm ...« Manfred fand das gar nicht. Auch Theodor Heuss hatte für Hitlers Ermächtigungsgesetze gestimmt und damit einem der größten Verbrecher aller Zeiten in den Sattel geholfen. Wie konnte man einen solchen Menschen jetzt bejubeln? Manfred hätte es besser gefunden, wenn sich dieser Theodor Heuss still und leise verkrümelt hätte.

Unverfänglicher waren die nächsten Themen: Fußball, Film und große Wäsche. Herr Pankalla fand es herrlich, daß es nach Tasmania 1900, dem 1. FC Neukölln und dem VfB Britz mit Südstern 08, dem überraschend starken Neuling, einen weiteren Neuköllner Verein in der Berliner Amateurliga, der höchsten Spielklasse, gab. Frau Pankalla freute sich über ihre neue Waschmaschine und wiederholte mit sichtlichem Stolz den Werbeslogan, von dem sie sich hatte leiten lassen: *MIELE in vier Minuten blütenweiße Wäsche, am besten MIELE.*

»Mille gracie«, fiel Balla ein und berichtete, daß er angefangen habe, Italienisch zu lernen. »Damit ich von der Lollo leichter mal 'n Autogramm kriege.« Das war die Folge eines Kinobesuchs in der »Filmbühne Wien«, wo sie Gina Lollobrigida mit Vittorio de Sicca in *Liebe, Brot und Fantasie* gesehen hatten.

»Mir hat ja die Leuwerik besser gefallen«, bekannte Frau Pankalla.

Manfred ging seltener ins Kino, erinnerte sich aber an die großen Plakate, die überall hingen: *Bildnis einer Unbekannten*, 3. Woche! Marmorhaus. Ruth Leuwerik, O. W. Fischer. Ein Film von Helmut Käutner.

Nach dem Abendessen ließen sie sich alle vor dem Bildschirm nieder, um *Die Pension Schölermann* zu sehen. Eine Sendung mit Peter Frankenfeld gab es leider nicht. Danach wurde noch ein zünftiger Skat gedroschen, wobei Herr Pankalla natürlich gewann. Dann ging es schlafen. Für Manfred wurde im Wohnzimmer ein Feldbett aufgestellt, das dem Fundus der Polizeikaserne entliehen worden war.

Am nächsten Morgen gab es zum Frühstück von Mutter Pankalla schon geschmierte Stullen: unten Margarine und darüber selbstgemachte Marmelade. Etwas, was Manfred im wahrsten Sinne des Wortes »zum Kotzen« fand, aber tapfer kaute und hinunterschluckte. Im Weigerungsfalle hätte Major Pankalla ihn wahrscheinlich eigenhändig ausgepeitscht.

Es war ein simpler Tatbestand, aber so klar wie an diesem Morgen war es ihm noch nie geworden: Andere Leute lebten anders als sie. Instinktiv ging er immer davon aus, daß alle so sein mußten wie sie, die Matuschewskis, um glücklich zu sein, daß nur sie das Richtige taten und dachten, eben das Maß aller Dinge darstellten. Nur so war die Welt als Einheit denkbar. Nun aber hatte er begriffen, daß zwar alle gleich, aber dennoch anders waren. Es verwirrte ihn. Wie kam er dahin, nur er selber zu sein, wer war er eigentlich? Dies hier war auf alle Fälle nicht die Welt, von der er fühlte, daß es seine war: Zum Polizisten und Soldaten war er nicht geboren, und er fand es unter Pankallas Fuchtel ziemlich bedrückend.

Endlich war es Zeit, sich auf den Schulweg zu machen. »Halt mal meine Mappe.« Auf der Treppe wollte ihm Balla noch sein großes Kunststück vorführen. Am Ende des schön geschnitzten Treppengeländers stand nämlich auf einer Stele eine bombastische Siegesgöttin aus Ebenholz. Daß sie in den Nachkriegsjahren nicht verheizt worden war, grenzte an ein Wunder. Auf diese Göttin nun hechtete Balla-Balla zu, umarmte sie mit einem Tarzan-Schrei und wirbelte an ihrem glattpolierten Körper so herum, daß er die Kurve zur Tür auf wirklich optimale Art und Weise nahm. Manfred klatschte Beifall und gab dem Freund die Mappe zurück.

Draußen, an der Ecke Sonnenallee und Roseggerstraße, stand schon Dietmar Kaddatz und wartete auf sie. Da er nicht gerne lief, scheute er die fast zwei Kilometer bis zur Albert-Schweitzer-Schule und schwärmte statt dessen von einer Erfindung, die er einmal machen wollte: »Knopfdruck, und du entmaterialisierst dich hier und wirst dann in der Klasse wieder zusammengesetzt. Brauchen wir keine Straßen und Verkehrsmittel mehr.«

»Ich will aber meine Straßenbahn haben«, widersprach ihm Manfred, denn gerade fuhr eine 94 vorbei, ein »Stube und Küche«-Wagen, behängt mit einem B 25.

Es machte Spaß, mit den beiden in Richtung Hermannplatz zu laufen. Man konnte dieses und jenes bequatschen, sich die Welt angucken und nach hübschen Mädchen Ausschau halten. Schaufenster, Litfaßsäulen und Wände waren mit Werbung zugekleistert.

Es ist eine Freude, bei MÖBEL-HÜBNER zu kaufen!
REICHELT NORDSTERN 3 Spitzenleistungen,
 3 Schlager:
Kaffee Exquisit, Kaffee Rekord, Kaffee für Alle
125 Gramm 3.75, 125 Gramm 3.20, 125 Gramm 2.75
1x probiert wird jedem klar: JACOBS KAFFEE
 wunderbar
Blick in den Herbst, Blick ins KADEWE
Über 10 000 zufriedene Kunden jährlich MÖBEL KUNST

MÖBEL-KRIEGER zwei Häuser, ein Begriff: Moabit –
  Neukölln
Berliner gerne Mollen zischen mit einem
  SCHARLACHBERG dazwischen.

Manfred schluckte das wie ein Medikament, das sich im
Körper auflöste und sein Denken und Tun beeinflußte.

NORA Radio Fernsehen … erlesen in Leistung und Linie
Pudding für die Sonntagslaune DR. OETKER
Nimm DARMOL, du fühlst dich wohl
Titania-Palast Kurzes Bühnengastspiel … noch 'n Gedicht
  HEINZ ERHARDT

Den hätte Manfred gerne gesehen, und dessen Gedichte fand
er um vieles besser als die Verse der Herren Goethe, Schiller,
Trakl oder Rilke.

Gegenüber vom Inn-Sportplatz, wo Manfred vor Ewigkeiten an der Hand der Mutter das Schlittschuhlaufen erlernt
und sich später als Handballtorwart seiner Schule hervor-
getan hatte, ging eine Haustür auf, und ein Mädchen erschien,
das so schön war, eine Gina Lollobrigida der Sonnenallee,
daß er es nur mit Dichterworten wiedergeben konnte: *Still
anbetend muß ich steh'n …* Schwarzhaarig war sie und hatte
ihre Mähne in einem Pferdeschwanz gebündelt, trug ein
schlichtes weißes Kleid mit korallenrotem Gürtel und Schuhe
in derselben Farbe und hatte bronzebraune Beine, wie man
sie sonst nur auf Reklamefotos fand.

»Sylvia,« schrie eine Frau oben vom Balkon, »hast du deine
Brote eingepackt?«

»Ja-ha!« Die Schöne winkte nach oben und lief dann über
die Straße, um vor dem alten Rixdorfer Polizeipräsidium an
der Ecke Wildenbruchstraße auf die Straßenbahn zu warten.

Manfred begann schon jetzt, den langen Weg von der neuen
Wohnung zur Schule zu genießen und drehte im Kopf den
immergleichen süßen Film der ersten Begegnung. Seine Mutter warf ihr die Stullenbüchse hinunter, und er, Torwart des

327

1. FC Neukölln wie der Jugend-Nationalmannschaft, fing sie auf und reichte sie ihr. »Ich danke Ihnen.« – »Das wollen Sie doch nicht alles allein essen?« – »Wenn Sie brav sind, kann ich Ihnen ja was abgeben.« – »Ich weiß ja gar nicht, wo Sie frühstücken …« – »Kommen Sie in meine Firma, da ist ein kleiner Park in der Nähe.« So lief das immer ab, bis sie dann die letzte Straßenbahn verpaßte und alles kam, wie es kommen mußte.

An der Ecke Pannierstraße pickten sie noch Bimbo auf, der in seiner alten grünen und über den Knien abgeschnittenen Wehrmachtshose auf sie wartete und an einem Kanten kaute. Pannierstraße, Donaustraße, Karl-Marx-Straße – nun war es nicht mehr weit.

Nach den großen Ferien hatte Manfred, wie fast die ganze Klasse, alle Mühe, in der Schule wieder Tritt zu fassen. Er hatte alles verdrängt und war nun überrascht, daß noch alles genauso war wie vor langer, langer Zeit. Als er das dunkle Gebäude der Albert-Schweitzer-Schule sah, dieses U, das sich zur Karl-Marx-Straße hin nur wenig öffnete, fühlte er sich wie eine Ratte, die im Versuch ein elektrisches geladenes Gitter berührte und einen Schlag erhielt: Nie wieder hin, diesen Ort für immer meiden. Keine Neugierde trieb ihn her, keine Hoffnung und Lust auf Erkenntnisgewinn. Auch da, wo er wirklich etwas wissen wollte, in Geschichte beispielsweise, hätte er sich das viel lieber zu Hause auf dem Sofa angeeignet, per Schulfunk oder Buch. Diese ganze Schule ließ sich nur ertragen, wenn man sie nach dem Minimax-Prinzip als Spiel betrieb, Spannung allein daraus bezog, daß man mit minimalem Aufwand den maximalen Gewinn einstrich, also das Abitur als Sieg errang, ohne dabei auch nur ein Quentchen Energie mehr zu verbrauchen als eigentlich nötig.

Dieser Maxime folgend hatte Manfred seine Hausaufgabe bei Tante Emma natürlich vergessen. Die »Hessesche Normalform«, die sie durchgesprochen hatten, interessierte ihn nicht die Bohne, was ihn einzig und allein interessiert hätte, wäre die Normalform von Helmut Rahn gewesen. Tor, Tor, Tor, Tor! Wenn er das schon sah, es ängstigte ihn wie ein tödlicher Virus, es erfüllte ihn mit mehr Abscheu als ein Haufen Hundekacke:

$$x \cdot \cos \alpha + y \cdot \sin \alpha + k = 0$$

Aber ausgerechnet ihn rief Tante Emma an diesem Mittwoch, es war der 13. September 1954, nach vorn an die Tafel.

»Matuschewski, was ist mit der Regel ...?«

»Natürlich hat er sie nicht«, brummte Dirk Kollmannsperger.

»Wieso?«

»Weil er als Mann geboren worden ist.«

Als strenge Katholikin hätte ihn Tante Emma nun ins Klassenbuch eintragen müssen (»Dirk Kollmannsperger stört den Unterricht durch Bemerkungen, die das Schamgefühl verletzen«), als gutmütiger Mensch aber grinste sie nur. »Was ich auch von Ihnen hoffe, Dirkine Kollmannsperger.« Womit sie die Lacher auf ihrer Seite hatte. »Also, Matuschewski, Regel eins.«

Manfred begann zu stottern. »Der Abstand eines Punktes ... Der Abstand eines Punktes ...« Hilfesuchend ging sein Blick zu Dirk Kollmannsperger hinüber, aber der war viel zu weit entfernt. »Der Abstand eines Punktes ...«

»Nun sind es schon drei Punkte ... und der Abstand zu einer Fünf wird immer kleiner.«

Da hörte er Henriette Trettin, die wie immer in der ersten Reihe saß, flüstern. »... von einer Geraden ist positiv, wenn der Punkt ...«

Laut und mit sichtbarem Stolz, daß es ihm nun doch noch eingefallen war, wiederholte er: »... von einer Geraden ist positiv, wenn der Punkt ...«

Nun soufflierte Henriette wieder »... und der Nullpunkt auf verschiedenen Seiten der Geraden liegen ...«.

»... und der Nullpunkt auf verschiedenen Seiten der Geraden liegen ...« Auf diese Art und Weise konnte er auch den negativen Abstand definieren, alles an die Tafel schreiben und mit einer Drei in Tante Emmas Zensurenbüchlein wieder Platz nehmen.

Der zweiten Stunde sah er vergleichsweise gelassen entgegen, obwohl von Entwarnung noch nicht die Rede sein konnte, denn sie hatten Geschichte bei Fräulein Klews, und die war nur dann zu fürchten, wenn es am Wochenende Krach gegeben hatte – mit Hager, ihrem Klassenlehrer. Obwohl sie sich – Gerda Klews und Gerhard Hager – nach Kräften mühten, ihre intime Beziehung streng geheim zu halten, weil sie natürlich wußten, welche Lästermäuler ihre Schüler waren, verging kaum ein Tag, an dem sich die pubertierenden Knaben nicht fragten, ob sie »es« denn beide auch in der Schule taten, womöglich auf der Lehrertoilette. Geradezu zwanghaft dachten sie das, so daß sie manchmal beim Dialog mit Fräulein Klews einen roten Kopf bekamen.

Göttinnen und Götter waren sie, die Lehrerinnen und Lehrer, kamen vom Olymp, dem Lehrerzimmer, Stunde um Stunde herabgestiegen, um das Füllhorn ihres Wissens auszuleeren, aber gleichzeitig doch bloß wieder Menschen, und die Schülerinnen und Schüler ließen nichts aus, sie viel kleiner zu machen, als sie wirklich waren, zu lächerlichen Figuren mitunter, um das Machtgefälle zwischen sich und ihnen zu vermindern. Nicht wirklich, denn das Recht, über Sein oder Nichtsein zu entscheiden, blieb ja auch dem größten Trottel, aber im Bewußtsein allemal.

Gerda Klews war nicht nur eine attraktive Frau, sie hatte auch einen speziellen Sinn für Erotik und genoß es, von den jungen Männern angestarrt zu werden, »lüstern«, wie man sagte. Deren Lüsternheit war ihre Lust, und so lag stets das gewisse Prickeln in der Luft, wenn sie – mit ihren Pumps klikkend und klackend – ins Klassenzimmer kam. Man erhob sich, sie lächelte.

»Nicht so steif, meine Herren!«

»Was doch die Voraussetzung ist …«, brummte Dirk Kollmannsperger.

Sie überhörte es wohlwollend. »Setzen Sie sich. Was treiben wir heute miteinander? Griechische Geschichte. Keine Geschichte ohne Zahlen, ohne Daten. Ohne sie begreifen wir nicht, was womit zusammenhängt. Also: Freiwillige vor!« Alle Jungen hatten ihre Hände oben. »Danke, danke. Aber das zu verkraften, schaffe ich nicht.«

»Sie werden doch bezahlt dafür«, sagte Gunnar Hinze mit kecker Stimme.

»Aber viel zu schlecht. Ich mach's nur des Spaßes wegen ... daß ich Lehrerin bin. Nun, fange ich mal mit den Damen an.«

»Sappho auf Lesbos, aha«, warf Guido Eichborn ein.

»Gut aufgemerkt, Eichborn. Wann lebte denn Sappho, eigentlich Psappho, die größte Lyrikerin des Altertums?«

Nur Manfred wußte es. »Um 600 vor Christus.«

»Gut, Nobiling.«

»Matuschewski!« rief Manfred ein wenig gekränkt.

»Seit wann heißt denn Nobiling Matuschewski?« fragte Fräulein Klews.

»Seit Nobiling von der Schule abgegangen ist«, erklärte ihr Dirk Kollmannsperger.

»Ach so, danke. Also, Dirk Kollmannsperger, dann fahren wir mal fort.«

»Nach Capri?«

»Nein, nach Athen. Wann stellte Drakon die bürgerliche Rechtsgleichheit aller Ionier in Attika her?«

Dirk Kollmannsperger wußte es nicht und suchte Zeit zu gewinnen. »Ja, ehe Sie mir mit drakonischen Strafen drohen ...«

»Sechshunderteinundzwanzig«, flüsterte Manfred.

»... da antworte ich kurz-klar-wahr: Sechshunderteinundzwanzig.«

»Womit Sie absolut richtigliegen.«

»Schön, bei Ihnen richtig zu liegen.«

Sie strahlte und hatte funkelnde Sternchen in den Augen. »In der Tat.«

»Was tat der Inder?« fragte Dirk Kollmannsperger.

Fräulein Klews ließ ab von ihm. »Das frage ich mal den Guido, Sie, Dirk, sind mir zu erschöpft: Was tat der Inder in dieser Zeit, also im siebenten Jahrhundert vor der Zeitenwende?«

Guido Eichborn hatte gerade auf Henriette Trettins Knie gestarrt und schwamm ein wenig. »Äh ... nun ...«

Sie hakte sofort ein. »Ähnun, war das einer der vedischen Götter?«

»Varuna war einer.«

»So ist es. Aber Ähnun?«

»Nein.« Ihr Ernst irritierte ihn. »Doch ... auch.«

»Ja, der Gott der Füllwörter, der Gott derer, die nichts Genaues wissen. Ach, Eichborn ...« Sie öffnete die linke Hand und tat so, als würde sie etwas kneten. »Sie sind weich wie eine Pflaume.«

»Womit wir beim Höhepunkt wären«, sagte Dirk Kollmannsperger.

War die Geschichtsstunde das reinste Vergnügen, so schlug die Stimmung nach der großen Pause schnell wieder um, als Fräulein Pausin mit depressiv nach unten gezogenen Mundwinkeln den Klassenraum betrat. Sie galt als gemütlich, gab auch meistens gute Zensuren, konnte aber die, die sie auf dem Kieker hatte, ganz schön abstürzen lassen. Wie Guido Eichborn beispielsweise, der deshalb auch meinte, sie sei eine Schweicke, eine Kreuzung zwischen Schwein und Schnecke.

»Wir wollen uns heute noch einmal den Ameisen zuwenden.«

»Warum nicht mal den Bemeisen?« fragte Dirk Kollmannsperger.

Fräulein Pausin blinzelte träge in seine Richtung. »Das sind Sie gewesen?«

»Nein, ich bin nie eine Bemeise gewesen.«

Fräulein Pausin gähnte. »Bimbo, Sie wiederholen einmal, was wir über die Große Rote Waldameise gesagt haben.«

»Die Formica rufa ...«

»Rufa rufa.«

»Die Rufa in der Wüste ...« Dirk Kollmannsperger konnte es nicht lassen.

»Logorrhoe«, merkte die Lehrerin an, die so lakonisch sein konnte wie keine zweite in Neukölln. »Redseligkeit, Folge fehlender sprachlicher Selbstkontrolle. Mal den Hausarzt fragen.«

»Die Große Rote Wald*ameise* ...«, wollte Bimbo fortfahren, scheiterte aber an seiner Unfähigkeit, bestimmte Worte richtig zu betonen.

»Ameise!« rief Fräulein Pausin.

»Ja ... Sie bewohnt die mitteleuropäischen Laub- und Mischwälder, bevorzugt in Nadelwäldern feuchte und schattige Standorte, hab' ich mal gelesen. Länge acht bis neun Millimeter, Färbung auf dem Rücken weinrot ... Der Staat der Roten Wald*ameise* umfaßt 50 000 bis 500 000 Einzeltiere, hab' ich mal gelesen ...« Bimbo hatte gerade eine Phase, in der er alle seine Ausführungen mit dieser Floskel schloß.

Manfred fragte sich, warum er dies alles wissen sollte, hatte auch das Gefühl, daß sein Gehirn wie ein Eimer war, der langsam überfloß, wenn man zuviel hineinkippte. Die weiteren Minuten wurden wieder zur Tortur. Er bekam regelrechte Juckanfälle, schwitzte übermäßig und hatte nur den einen Wunsch: Raus hier. Um sich wach zu halten, dachte er an all die Mädchen, die in seinen heißen Träumen eine Rolle spielten: Renate, Hannelore, Gisela – und Bärbel, die Tochter seiner Ärztin. Was zur Folge hatte, daß er sich sehr nach vorn gebeugt erhob, als Fräulein Pausin ihn überraschend an die Tafel rief, und schnell so tat, als wären seine Schnürsenkel aufgegangen. An der Tafel aufgehängt war der unbeschriftete Schnitt durch einen Bienenstock.

»Matuschewski, Sie erklären uns das mal.«

Da er sich bei Waldemar Blöhmer in Rahnsdorf, der ja die Imkerei als Hobby betrieb, schon umgesehen hatte, gelang ihm dies zur Zufriedenheit der Lehrerin. »Schwarz gezeichnet sind die Brutzellen, weiß die Honigzellen und punktiert die Pollenzellen. Und bei den Zellen haben wir im Längsschnitt untereinander: Ei, Rundmade, Streckmade und Puppe.«

»Danke, sehr schön, setzen.« Sie machte sich eine Notiz in ihrem grünen Taschenkalender. So ging das weiter, einer nach dem anderen kam dran.

Manfred wußte nicht mehr ein noch aus vor Langeweile. Eine richtige Qual war das. Alles in ihm schrie danach, aufzuspringen und aus der Schule zu laufen, hinaus in die Stadt, wo Leben war. Um sich ruhigzustellen, machte er sich daran, die U-Bahnhöfe aller Linien in einen schnell skizzierten Netzplan zu schreiben. Linie AII, rot: Krumme Lanke, Onkel Toms Hütte, Oskar-Helene-Heim, Thielplatz, Dahlem-Dorf … Noch spannender war es, sich vorzustellen, als Fahrer vorn im Führerstand zu sitzen und von Krumme Lanke bis Pankow (Vinetastraße) zu fahren, bis Podbielskiallee im Einschnitt, dann hinter dem Wittenbergplatz auf die Hochbahn überzuwechseln und vor dem Potsdamer Platz wieder unter die Erde zu gehen. Bis Spittelmarkt war er schon gekommen, als es in der Klasse wieder etwas lauter wurde.

»Dietmar Kaddatz, Sie sind so nett und führen uns einmal den Schwänzeltanz vor.«

»Das ist ja die Höhe«, merkte Dirk Kollmannsperger leise an. »… daß nun der Dietmar hier sein Schwänzel tanzen lassen soll. Das melde ich der Bundesprüfstelle für jugendgefährdende Schriften.«

Die Klasse tobte.

Ohne jegliche Regung griff sich Fräulein Pausin das Klassenbuch und verpaßte Dirk Kollmannsperger einen Tadel. »… stört die Arbeit in der Klasse durch dauernde unqualifizierte Bemerkungen unsittlichen Inhalts.«

Dietmar Kaddatz war inzwischen an die Tafel getreten und hatte zur Kreide gegriffen. »Beim Schwänzeltanz geht es um den Winkel Sonne – Zielort, den die heimkehrende Biene ihren Artgenossinnen anzeigen will. Die Quartiermacherbiene tanzt längere Zeit und paßt dabei den getanzten Winkel ständig dem sich verändernden Sonnenstand an.«

Alles hat einmal ein Ende. Das war Manfreds einziger Trost. Und tatsächlich, die Klingel schrillte auch diesmal wieder, obwohl er das schon gänzlich ausgeschlossen hatte. Der Unterschied zwischen der Schule und einem Gefängnis schien ihm gering zu sein.

In der Pause von der dritten zur vierten Stunde kam Gunnar Hinze, ihr Vertrauensschüler, mit einer frohen Botschaft in die Klasse gelaufen: »Englisch fällt aus, dafür gehen alle in die Aula – Generalprobe von Hamanns Schüleroper. Danach – sechste und siebente Stunde – Sport auf dem Platz oben, Columbiadamm. Hier sind die Diktathefte ...« Whisky hatte gemeinerweise schon vierzehn Tage nach Ferienende eines schreiben lassen.

Manfred bekam sein Heft auf den Tisch geworfen und schlug es auf. Was er sah, war eine Orgie in Rot.

Dictation – The Boat Race
It was a bright, hot day in June. Mrs. Dodd and Julia sat in a (an) open carriage by the brink of the Thames at one of its loveliest bends, nearly opposit(e) the winning-post. They eyed with interest and curio(u)sity the wealth of hues (youth), beauty, statue (stature), agiliety (agility), gaity (gaiety), and a good temper. That the two great universities Oxford and Cambridge had powered (poured) out upon that banks; all dressed in neat, but easy-fitting clothes, cut in the hide (height) of the facion (fashion), or else in jerseys white or striped, and flanel (flannel) trousers, and strow (straw) hats or closs (cloth) caps of bright and various hues.

The visitors looked down the river, and could just discern two whitish streaks on the water, one on each side of the litte (little) farely (fairy) iland (island), and an great black patch on the bank. The thrattening (threatening) streaks were the two racing boats; the black patch was about a hundred Cambridge and Oxford men, ready to run and hallo with the boats all the way. Others stood in nodds (knots) at various distances, ripe for a shorter yell and run when the boats should come up and down them. The natives and country visitors abbed (ebbed) and flowed up and down the bank, with no settled idea but of getting in the way as much as possible, and of getting knocked into the Thames as little as might be.
19 mistakes 5 Wi.

Das war ein harter Schlag für Manfred, und als er es nachher oben in der Aula auszählte, fand er die Sache furchtbar ungerecht, denn von insgesamt 229 Wörtern in diesem Diktat, die Überschrift mit eingeschlossen, hatte er 210 richtig ge-

335

schrieben, das waren immerhin 83 Prozent, und nur 17 Prozent falsch. Anstatt, daß sich Whisky darüber heftig freute, gab er ihm nun eine Fünf ...

Max Hamanns Schüleroper hieß *Der Trittbrettfahrer* und handelte von einem ebenso stinkfaulen wie dümmlichen Gymnasiasten, der bei seinem Freund, einem gutmütigen Genie, fürchterlich schmarotzte. Die Rolle des dummfrechen Trittbrettfahrers hatte Hamann witzigerweise mit Dietmar Kaddatz besetzt und die des Genies mit Bimbo. Manfred hatte er wegen seiner fehlenden Gesangeskünste außen vor gelassen, und Dirk Kollmannsperger haßte er auf eine ganz subtile Weise.

Auf dem Weg zur Aula hinauf schritt Manfred neben Bimbo her, und er konnte ein ganz schöner Deubel sein. »Paß im ersten Akt bloß auf deine letzte Strophe auf«, mahnte er den Freund.

»Wieso?«

»Daß du da nicht Hoden statt Boden singst.« Das Textbuch kannte er, Hamann hatte es allen Klassen lange ausgehändigt. »›Soll ich sehen, wie sein Vater ihn vertrimmt, / wie er sich vor Schmerz am Boden krümmt.‹ Boden, Bimbo, nicht Hoden, auch wenn Carola neben dir und er dir steht.«

»Mach mich doch nicht verrückt damit!«

»Man muß sich da sehr vorsehen. Pfarrer Sorau hat mal in einer Predigt von der h-Meß-Molle statt von der h-Moll-Messe gesprochen. Sieh dich bloß vor. Boden, Boden, Boden.«

»Laß mich in Ruhe!«

Die Aula war gefüllt mit Klassen aller Altersstufen, Chor und Orchester hatten die Plätze eingenommen, und als schließlich auch die Chefin erschien, ging es pünktlich los. Das Dirigieren seines Werkes hatte Hamann dem besten seiner Schüler überlassen, einem gewissen Körner, der in die 12. Klasse ging. Er selber saß am Flügel.

Als Dirk Kollmannsperger Hamann spielen hörte, stöhnte er auf. »Da muß mein Schwager her.«

Manfred guckte dumm. »Wieso? Der ist doch bei der Sittenpolizei.«

336

»Eben. Wie dieser Lackaffe da das Instrument vergewaltigt, das gehört doch vors Gericht.«

Manfred litt eher unter den schrillen Flötentönen, mit denen Carola Keußler wohl andeuten sollte, daß der Trittbrettfahrer nicht mehr richtig piepte.

Nun kam Dietmar Kaddatz aus der bei Kuno gemalten Kulisse und erläuterte in einer längeren Arie, was ihn denn zum Abschreiben trieb.

»Ob Vokabeln, Formeln oder Zahlen, / alle sind sie für mich nur Qualen. / Doch zugleich will ich viel Einsen haben, / damit sich meine Eltern daran laben. / Und komm' ich mit 'ner Fünf nach Haus, / holt mein Vater seinen Siebenstriemer raus! / Darum bin ich immer nur in Trab, / darum schreib' ich immer wieder ab.«

Manfred hatte das dumpfe Gefühl, daß Hamann beim Texten seiner kleinen Oper ein Vorbild gehabt haben mußte, einen aus der 11a: ihn möglicherweise.

Nun trat Bimbo auf den Plan, und Manfred beugte sich zu Dirk Kollmannsperger hinüber. Sie saßen beide auf der Empore und hatten einen guten Blick auf die Bühne.

»Wollen wir wetten um ein Eis zu zwanzig nachher bei Giuseppe?« Das war der Italiener, der direkt neben der Schule seine Eisdiele eröffnet hatte.

»Worum?«

»Daß ich von hier oben aus Bimbo unten auf der Bühne mit meinen Gedanken so beeinflussen kann, daß er Hoden singt statt Boden.«

»Der doch nicht, der weiß doch gar nicht, was das ist.«

»Nur mit der Kraft meiner Gedanken«, fuhr Manfred fort. »Wie Strahlen schicke ich sie runter, und da dringen sie Bimbo ins Gehirn. Ich schaffe es!«

»Du schaffst es nicht.«

Topp, die Wette galt. Manfred streckte den Daumen vor die Augen und fixierte Bimbo, der zu singen begann wie weiland Richard Tauber. Die Chefin war ganz weg.

»Gott, er ist ein armer Wicht, / kann nicht viel, begreift das alles nicht. / Ich muß ihm helfen Tag für Tag, / weil ich ihn und seine schönen Worte mag. / Soll ich sehen, wie sein Vater ihn vertrimmt, / wie er sich vor Schmerz am ... Hoden krümmt.«

Krach, aus. Die Chefin sprang auf. »Stier, sind Sie von Sinnen?«

Nicht nur die Schülerinnen und Schüler lachten sich halbtot, sondern auch die Lehrer, Fräulein Klews allen voran. Sie beugte sich zu Frau Hünicke hinüber: »Die Hoden vom Stier sind ja die wunderbarste Delikatesse, die es gibt. Wir waren im Sommer in Spanien. *Testiculo de toro.*«

Die Chefin war so erbost, daß sie die Generalprobe schon für abgebrochen erklären wollte.

Manfred erschrak. Wahrscheinlich hielt Bimbo nicht dicht. Ob sie dann seinen Vater wieder einmal ins Rektorat zitieren würden?

»Anstiftung zum unsittlichen Falschgesang«, sagte Dirk Kollmannsperger. »Hauptsache, sie kastrieren dich nicht.«

»Einen Tadel werd' ich mindestens kriegen.«

Max Hamann behielt die Nerven und bot der Chefin an, die inkriminierte Passage so zu ändern, daß nichts mehr passieren konnte: »Soll der Stier eben singen: ›Soll ich sehen, wie sein Vater ihn verhaut, / ihm den Weg ins Glück verbaut.‹«

»Gut, weitermachen.«

Nun kam die Moral von der Geschicht': Der Vater des Genies wird nach München versetzt, die Familie zieht um – und der Trittbrettfahrer, plötzlich auf sich selbst angewiesen, scheint verloren. Es war ein herzzerreißendes Duett.

»Ich kann ihm nicht länger nützen«, sang Bimbo, den Tränen nahe. »Ihn vor Lehrerzorn beschützen.«

Und Dietmar Kaddatz entgegnete mit viel Trauer in der Stimme: »Ich kann's nicht glauben, kann's nicht fassen, / das große Glück hat mich verlassen. / Was nun, was nun, / mein, Gott, was soll ich tun!?«

Manfred fiel ein Stein vom Herzen, das gewonnene Eis ließ er sich aber, als sie auf dem Weg zum Sportplatz waren, von Dirk Kollmannsperger sehr wohl bezahlen.

Dort dann am Columbiadamm hatte Manfred seinen großen Auftritt. Schädlich wollte das schöne Wetter nutzen, um alle noch einmal, ehe sie der Winter in die Halle trieb, hundert Meter laufen zu lassen und ihnen Zensuren zu geben. Zum Sport waren sie aus organisatorischen Gründen zusammengefaßt, und die Jungen beider 11. Klassen wurden von Schädlich betreut, während Frau Hünicke die Mädchen scheuchte.

Schädlich liebte es im allgemeinen, eine ruhige Kugel zu schieben und ließ seine Jungen fast immer Fußball spielen. Er selbst gab sich mit der Rolle des Schiedsrichters zufrieden, pfiff aber nur selten, weil er sogar das zu anstrengend fand, und verblieb vornehmlich im Mittelkreis. Nur einmal im laufenden Schuljahr hatte er eingreifen müssen. Da war Manfred über den ganzen Platz geeilt, den Ball am Fuß, schnell und trickreich, phantastisch, und hatte das 1:0 für seine Mannschaft schon sicher gehabt. Doch, den Blick auf Tor und Torwart gerichtet, hatte er den letzten Mann des anderen glattweg übersehen: Pille Schönlein. Das war nun der steifste aller steifen Böcke, ein total unbeweglicher Klotz mit dem Bewegungsradius einer Statue. Doch wie eine Tipp-Kick-Figur, ohne auch nur einen Schritt zu tun, hatte ihm Pille den Ball vom Fuß gespitzelt – und alle hatten gegrölt. Beim Eckball dann hatte Manfred Pille Schönlein »aus Versehen« kräftig auf den Fuß getreten und war von ihm im Gegenzug ebenso kräftig geohrfeigt worden. Was Schädlich nicht nur gezwungen hatte, zu ihnen hinzulaufen und Frieden zu stiften, sondern auch, darüber nachzudenken, ob es nicht bequemer für ihn war, die Jungen anderswie zu beschäftigen.

»So, heute lauft ihr mal«, sagte Schädlich, als sich seine etwa fünfundzwanzig Schüler im Halbkreis um ihn aufgebaut hatten, und blickte suchend nach einem, an den er alles delegieren konnte. Doch bevor er einen ausgucken konnte, kam Frau Hünicke auf ihn zugeeilt.

»Du, kannst du mir nachher mal den Matuschewski abtreten?«

»Er soll lieber selber abtreten«, murmelte Dirk Kollmannsperger, der Schädlich schon deshalb nicht mochte, weil der nichts vom Basketball hielt, seiner Lieblingssportart, und nur selten spielen ließ.

»Den Matuschewski«, Schädlich war erstaunt. »Wieso?«

»Ich will die Barbara Agricola noch ein bißchen Weitsprung trainieren lassen ... Für das Neuköllner Schulsportfest in der nächsten Woche. Matuschewski ist da ja der große Könner.«

»Wird abkommandiert.«

Manfreds Blick wurde verschwommen, und Frau Hünicke war plötzlich Aphrodite, die Göttin der Liebe, die ihm da die große Chance bot, mit Bärbel Agricola allein zu sein, also zumindest in und an der Sprunggrube. Und er sah sich schon, wie er ihre Arme nahm und streckte und ihr den Sand vom Höschen klopfte.

Schädlich fuhr fort, nach einem zu suchen, der die Arbeit für ihn machte, und nachdem nun schon die Kollegin Hünicke den Manfred für besonders fähig erachtet hatte, fiel ihm die Wahl nicht schwer: »Matuschewski, du bist ja Sprinter, du machst das mal.«

Manfred fühlte sich abermals geehrt. »Ja ... also ... nun ... Wir brauchen einen zum Stoppen: Das machen Sie mal selber ... und einen zum Starten: Das macht Pille, der kann ja sowieso nicht mitlaufen. Fünf Läufe machen wir, eingeteilt wird nach dem Alphabet.«

Das gab Proteste, besonders laut aber wurde Klaus Zeisig. »Ich will mit dir in einem Lauf sein, du sollst mich ziehen.«

Es stellte sich heraus, daß sich alle von Manfred »ziehen lassen« wollten, das heißt, sich bessere Zeiten versprachen, wenn sie in seinem Windschatten liefen.

Das war zwar süß und ehrenvoll, doch Manfred hatte Angst, hinterher keine Kraft mehr für Bärbel zu haben.

Es imponierte allen, auch den Mädchen, wie er da fünfmal hintereinander die hundert Meter lief und immer erster war. Die Rolle des Stars war schon etwas, an das er sich gewöhnen konnte. Und während die anderen dann für den Rest der Doppelstunde Fußball spielten, übte er mit Barbara Agricola Anlauf, Sprung und Landung. Und das machte er so gut, daß sie sich, als sie nach ihrem letzten Versuch das Bandmaß anlegten, um mehr als dreißig Zentimeter verbessert hatte.

Bärbel war voller Dankbarkeit. »Wenn ich Mittwoch Erste werde, kannst du dir was wünschen von mir.«

Manfred Matuschewski und Peter Pankalla hatte der Ehrgeiz gepackt, und um bei den Bundes-Jugendspielen 1954 gut abzuschneiden, hatten sie noch zwei extra Trainingstage in Schmöckwitz eingelegt. Der Preis für einen Sieg bei den Bundes-Jugendspielen war eine Urkunde. Sieger war jeder, der im Dreikampf aus Hundertmeterlauf, Kugelstoßen (5 kg) und Weitsprung mehr als 45 Punkte erreicht hatte. Er bekam eine »Sieger-Urkunde«, die vom Regierenden Bürgermeister von Berlin unterschrieben war. 1952 hatte Manfred eine solche Urkunde mit der Unterschrift Ernst Reuters erhalten. Wer aber mehr als 60 Punkte auf dem Konto hatte, durfte sich sogar über eine Urkunde freuen, die ein geprägter goldener Bundesadler zierte und die Unterschrift des Bundespräsidenten trug. Die vom Vorjahr hing bei Manfred neben dem Schreibschrank an der Wand:

EHREN-URKUNDE

Bei den Bundes-Jugendspielen 1953
zu *Berlin-Neukölln* am 8. 9. 53
errang *Manfred Matuschewski*
Jahrgang *1938*
im *DREIKAMPF*
einen Sieg
Als Anerkennung gebe ich diese Urkunde.
Bundespräsident Theodor Heuss

Eigentlich aber waren sie beide als Profis des Vereinssports über das erhaben, was die Amateure da trieben. Dennoch war das Ganze von einigem Reiz für sie, weil sie dabei die besonderen Glanzlichter waren und insbesondere die Mädchen immer wieder staunten, wie schnell sie liefen und wie weit sie stießen. Und darum wollte auch ein jeder von ihnen, bei aller Freundschaft, liebend gerne Erster sein. Und Manfred sah dem Wettkampftag im Neuköllner Stadion noch einmal mit besonderer Spannung entgegen, denn natürlich hatte er das Versprechen von Barbara Agricola nicht vergessen können: »Wenn ich Mittwoch Erste werde, kannst du dir was wünschen von mir.« Und der Film aus der Serie *Erste Begegnung* war auch schon abgedreht. Letzter Versuch von Bärbel im Weitsprung. Sprang sie 4,25 Meter und mehr, dann hatte sie gewonnen. Er stand neben der Sprunggrube und hoffte, daß seine Blicke, daß seine Liebe sie bis zur Fünf-Meter-Marke tragen würden. Sprung. »Fünf Meter zehn!« hörte er den Kampfrichter rufen. Barbara kam auf ihn zu und umarmte ihn. »Nur dir hab' ich das zu verdanken.« – »Nicht doch.« – »Doch-doch. Und du erinnerst dich an mein Versprechen?« – »Ja. Ich hab' keine Nacht mehr richtig schlafen können.« – »Dann komm heute abend zu mir. Meine Mutter ist nicht da.«

Sein eigener Wettkampf geriet dabei zur Nebensache. Lässig gewann er die hundert Meter in 12,2 und bekam 24 Punkte dafür. Auch im Weitsprung hatte er trotz mäßiger 5,30 die Nase vorn und konnte weitere 23 Punkte kassieren. Damit lag er zwar mit erheblichem Abstand vor Peter Pankalla, doch der konnte die Kugel drei Meter weiter stoßen als er, und damit war noch nichts entschieden.

Balla-Balla jammerte, daß er nichts zu trinken hatte. »Dietmar Kaddatz hat mir was mitbringen wollen, ist aber nicht gekommen.«

»Vielleicht ist er befreit, wie Bimbo, und die beiden sind irgendwo ins Museum gegangen.«

»Nein, der ist zwar 'n bißchen schwach auf der Brust, aber vom Sport befreit haben sie ihn nicht.«

»Macht nichts, kriegste von mir was ab.«

Manfred lief zu Frau Hünicke hinüber, die die Liste für die Mädchen des 38er Jahrgangs führte, und konnte in Erfahrung bringen, daß Bärbel bei den Mädchen Zweite war, aber nur ganz knapp hinter der Ersten lag. Und der Weitsprung war bei ihr tatsächlich als letzte Übung offengeblieben. Bis es soweit war, konnte es noch etwas dauern, denn das Springen einer anderen Gruppe zog sich endlos hin. Zu ihr hinzugehen und mit ihr zu sprechen, wagte er nicht, denn sie stand in einer Gruppe kichernd plappernder Mädchen, und er war, als er sie in ihren kurzen Turnhosen lange genug angestarrt hatte, so voller unzüchtiger Gedanken, daß er doch nur mit rotem Kopf herumgestottert hätte.

Als er dann im Kugelstoßring stand, fiel es ihm schwer, sich so zu konzentrieren, daß er wenigstens zehn Meter stieß. 9,88 und »Übergetreten«, das waren seine ersten beiden Versuche, während Peter Pankalla erheblich über 13 Meter gestoßen hatte und nun im Kampf um die Spitze in Neukölln mit fünf Punkten führte.

»Matuschewski, letzter Versuch.«

Manfred nahm die Kugel auf, und die fünf Kilo kamen ihm wie ein halber Zentner vor. Sollte doch Balla gewinnen. Aber der war auch scharf auf Barbara Agricola, das wußte er. *Reiß dich zusammen! Wer sich die Welt mit einem Donnerschlag erobern will, der darf nicht warten, bis ein anderer vor ihm blitzt.* Also! Er bückte sich schnell entschlossen nach rechts, knickte mit dem Knie etwas ab, holte mit dem linken Bein viel Schwung, schnellte nach vorn und suchte die Kugel bis in den Himmel zu stoßen. Das gelang nicht ganz, aber seine 10,48 Meter gleich 19,5 Punkte reichten aus, um den Freund mit einem Punkt zu schlagen. Sie gratulierten und umarmten sich.

Jetzt hatte er Zeit genug, sich an die Weitsprunggrube zu stellen und zu sehen, wie Barbara sprang. Die ganze Albert-Schweitzer-Schule war herbeigeeilt, sie anzufeuern. Es ging ums Prestige. Doch sie schien sehr nervenschwach zu sein, übertrat beim ersten Versuch und sprang beim zweiten lächerliche 3,95. Manfred lief der Schweiß den Rücken runter. Es war wie ihm Film; den Titel hatte er schon: *Die Sekunde, in dem sich sein Schicksal entschied.* Sprang sie einen halben Meter weiter, dann wurde sie seine Frau, dann studierte auch er Medizin, dann eröffneten sie beide die größte Klinik Europas und bekamen zusammen den Nobelpreis für die Entdeckung eines Mittels gegen Krebs. So ganz klar dachte er dies nicht, doch in seinem Gefühl mischte sich alles zum großen Traum des Lebens.

Da lief Bärbel an und sprang. Weit, sehr weit. Das war der Sieg! Eine halbe Stunde zuvor war er es gewesen, jetzt sie – genau wie die Zatopeks in Helsinki bei den Olympischen Spielen. Alle Träume wurden wahr.

Er wollte sich durchkämpfen zu ihr, ihr gratulieren und sie an ihr Versprechen erinnern. »Wenn ich Mittwoch Erste werde, kannst du dir was wünschen von mir.« Er zögerte. Was sollte er sich denn wünschen von ihr? Verdammter Mist, das hatte er ganz vergessen, sich das zurechtzulegen. Er konnte doch nicht sagen: »Ich will dich erst küssen und dann ...« Was ging denn überhaupt? Eis essen, ins Kino gehen. Nein, Theater war besser. Oder mit ihr Boot fahren in Schmöckwitz. Ja, es war ja noch warm genug am Wochenende. *Wochenend und Sonnenschein ...*

Da sah er Frau Dr. Schaudin von der Tribüne kommen, die Chefin, über die Radrennbahn stolpern und auf Frau Hünicke zuhalten.

»Sofort alles abbrechen, es geht nicht mehr. Auf dem Weg hierher ist ein Schüler überfahren und getötet worden.«

»Um Gottes willen, wer denn ...?!«

»Der Dietmar Kaddatz aus der 11a.«

Nichts würde mehr so sein, wie es vorher gewesen war, das spürten sie. Sicherlich, sie alle hatten im Krieg schon Tote gesehen, aufgehäufte Leichen mitunter, und in ihren Familien war in jenen Jahren viel gestorben worden, doch wie alle jungen Menschen lebten sie mit dem Gefühl, unsterblich zu sein. Aber nun hatte es einen von ihnen erwischt, und alles stürzte ein. Sie schworen sich, ein Jahr lang nicht mehr Fahrrad zu fahren, denn Dietmar Kaddatz war in der Hermannstraße von einem Lastwagen überrollt und grausam getötet worden.

Es war ein Spätsommertag wie aus dem Bilderbuch, als sie ihren Klassenkameraden zu Grabe trugen. Und das auf dem Friedhof, der direkt an ihren Schulhof grenzte. Ausgerechnet ihn hatte es getroffen, der der weitaus begabteste von allen war, vielleicht wirklich ein Genie.

Alle hatten sie ihre schwarzen Einsegnungssachen angezogen und zogen mit gesenktem Kopf und feuchten Augen die Wege entlang. Doch bei allem Schmerz konnte Manfred eine heiße Freude nicht verbergen: *Ich* lebe noch.

»Vater im Himmel«, begann der Pfarrer, »all die formelhaften Worte, die wir uns zurechtlegen im Angesicht des Todes von Dietmar Kaddatz – sie gefrieren uns jetzt auf den Lippen, denn der Mensch, von dem wir nun Abschied nehmen – er hatte sein Leben noch nicht gelebt, er war noch so jung, er hatte die Spanne seines Lebens noch lange nicht durchmessen. Hilflos und ohnmächtig müssen wir erfahren, wie der Tod hier schon so früh nach dem Leben eines Menschen griff. Vater im Himmel, wir suchen in dieser Stunde nach einem Halt, der uns nicht im Abgrund unseres Leides und der Trauer versinken läßt ...«

Manfred schaffte es nicht, der Trauerrede zu folgen, er dachte nur noch an Dietmar Kaddatz, der da vorne lag im braunen Sarg, zerquetscht sein Kopf, und wie er sich gefreut hatte, jeden Morgen mit Pankalla und ihm zur Schule zu gehen, schnell das Abitur zu machen und endlich auf der Universität das Eigentliche zu hören, ein zweiter Otto Hahn zu werden, Werner Heisenberg, Max Planck oder Albert Einstein gar, geglaubt hatte, allemal das Zeug dazu zu haben.

»So tröste du uns, Herr, unser Vater ...«

Nein, da gab es keinen Trost, da gab es nur den Zorn über einen Gott, der dies geschehen ließ. Wenn es denn überhaupt einen gab.

Wie in Trance erlebte er das Weitere, trat ans Grab, sprach den Eltern sein Beileid aus, warf die drei Hände Sand auf den Sarg hinunter. Dann liefen sie nach Hause, wortlos weiterhin, warfen sich aufs Bett und starrten an die Decke, bis der Abend kam.

Das Leben geht weiter. Es war ein selten dämlicher Spruch, und Manfred zuckte immer zusammen, wenn er ihn hörte, doch irgendwie stimmte er ja. Hatten sie in den Tagen nach der Beerdigung noch ständig an Dietmar Kaddatz gedacht, so erschraken sie schon eine Woche später, wenn sie sich klar machten, daß sie gar nicht mehr an ihn gedacht hatten. Und bei Manfred war es der Umzug, der jetzt den Alltag beherrschte.

Der Tag X kam immer näher, und Manfred mußte bei den Nachbarn klingeln und fragen, ob sie noch alte Zeitungen hätten, man brauchte alles, was sich finden ließe. Teller, Tassen, Gläser wurden einzeln eingepackt, insbesondere die Sammeltassen, die Krieg und Evakuierung überstanden hatten. Der »Umzugsmann« war schon vor dem Urlaub in der Ossastraße gewesen und hatte alles berechnet, und eine Woche vorher wurden auch die Faltkartons gebracht.

»Ich hätte nie geahnt, daß wir soviel Krempel haben«, sagte die Mutter

»Ja, ja, in sechzehn Jahren sammelt sich allerhand an«, bemerkte der Vater altersweise.

Tante Trudchen, die mithalf und zur Aufbesserung ihrer kargen Rente ein paar Mark dafür bekam, erinnerte sich an einen Fall aus ihrer Bekanntschaft im Wedding: »Die Kompatzkis, die sind auch als letzte eingezogen in 'ne Neubauwohnung, und als sie jekommen sind, da ham die andern in die Fenster gehangen und sich lustig jemacht über sie, weil se alles so alte Klamotten jehabt ham.«

Seine Mutter zuckte zusammen: Das war der größte aller ihrer Alpträume. Aber das Geld, sich alles neu zu kaufen, das hatten sie nicht. Schon der Schrank für Manfreds Zimmer war viel zu teuer gewesen. Da gab es nur eine Lösung für sie. »Am besten, wir ziehen ein, wenn's dunkel ist.«

Der Vater tippte sich an die Stirn. »Nachts, ja! Meinste, da kriegste 'n Spediteur?«

Aber Tante Trudchen war noch nicht am Ende. »Und wißt ihr, wat mit die Kompatzkis dann passiert is?«

»Nee, woher, inner Zeitung gestanden hat's ja nich.«

»Die sind wieda rausjeflogen aus die neue Wohnung, weil se asi... aso...«

»Asozial!« half sein Vater aus.

»Ja, asozial jewesen sind. Immer im Hinterhaus, ohne Bad und so und laut, da ham se viel Ärjer jekriegt.«

Die Mutter stöhnte auf. Das war auch ihre große Angst, daß sie in der neuen Umgebung aus dem Rahmen fielen, zumal einer ihrer höheren Vorgesetzten im Nebenhaus wohnen sollte und in die Wohnung darüber »der Liebetruth« eingezogen war, einer ihrer Kollegen von der VAB am Oranienplatz.

»Wo das Haus so hellhörig ist.«

»Kriegen die sicherlich 'n Herzschlag, wenn ich mal etwas lauter einen ziehen lasse«, sagte der Vater in seiner drastischen Art.

Fast bedauerten sie nun, aus ihrer alten Höhle in der Ossastraße für immer rauszumüssen, doch es war schon so, wie Tante Trudchen sang: »Aber der Wagen, der rollt ...«

Am Umzugstag selber war es denn gar nicht mehr so sentimental. Manfred verließ das Mietshaus Ossastraße 39 wie sonst auch, um zur Schule zu gehen, und auf dem Rückweg schloß er sich ganz selbstverständlich Balla-Balla an. Weit mehr als doppelt so lang war sein Schulweg nun geworden, eine gute halbe Stunde dauerte es jetzt von der Wohnung bis zum Klassenzimmer, doch er sah es als gute Trainingsmöglichkeit.

Vor der Apotheke Roseggerstraße Ecke Sonnenallee nahm er Abschied von Balla-Balla – Dietmar Kaddatz erwähnten sie mit keinem Wort, sie fürchteten es, an ihn zu denken – und ging dann ein paar hundert Meter Richtung Kanal, überquerte die Stuttgarter und die Weserstraße, um dann in die Werrastraße abzubiegen und über die Ulsterstraße und das Weigandufer zur Treptower Brücke zu kommen. Er ging fast ein wenig ängstlich geduckt, fühlte sich wie ein Tier im fremden Revier, hatte das diffuse Gefühl, hier gar nicht sein zu dürfen, weil das Gebiet anderen gehörte. Gleich kamen sie auf ihn zugestürzt, um ihn wieder wegzuhacken.

Das Haus an der Treptower Brücke war von einem Berliner Stararchitekten errichtet worden, sah aber aus, als hätte man einen Schuhkarton grau gestrichen und ein paar grün umrandete Löcher hineingeschnitten. »Macht doch nichts, daß das von außen so häßlich aussieht«, hatte sein Vater gemeint. »Wenn man drin ist, sieht man's doch von außen nicht.« Drei Aufgänge gab es, ihrer war ganz hinten, und davor stand auch ein Möbelwagen ihrer Firma. Manfred war ein wenig verblüfft, seine Klappcouch auf dem Rasen stehen zu sehen. Daneben die alte Stehlampe aus dem Wohnzimmer, die er immer selbst repariert hatte und die mit ihrem vielen schwarzen Isolierband eigentlich auf die Müllkippe gehört hätte. In der gleißenden Sonne sah das wirklich schäbig aus, und die Mutter mochte mit ihrer Annahme gar nicht so unrecht haben, daß die neuen Nachbarn jetzt glaubten, sie kämen geradewegs aus einer Nissenhütte, aus dem Obdachlosenasyl.

Er begrüßte die Umzugsleute, lief im Slalom um die schon abgeladenen, aber noch nicht nach oben getragenen Faltkartons herum, betrat den Hausflur und blieb erst einmal stehen, um sich mit Hilfe des Stillen Portiers zu informieren, wer denn alles hier wohnte. Von oben nach unten waren dies:

Teichner	Wachsmuth
Liebetruth	Münsinger
Matuschewski	Bernhard
Brunow	Radicke
Rasch	Lachmund

Seine große Frage war die, ob es in einer dieser Familien nicht eine Tochter gab, die für ihn geschaffen war. Film ab: »Entschuldige, aber hab' ich dich nicht gestern bei uns auf dem Schulhof gesehen?« – »In der Albert-Schweitzer-Schule?« – »Ja.« – »Ich dich auch. In die 10a geh' ich da, seit wir hergezogen sind.« – »Ich in die 11a.« – »Dann kannst du mir ja immer bei den Schularbeiten helfen.« – »Ja, gerne. Gleich nachher. Und dann kannst du dir ja auch mal mein neues Zimmer angucken.«

»He, junger Mann, Platz da!« Seine Klappcouch wollte nach oben.

Manfred stieg ebenfalls hinauf. Das Treppenhaus war kahl und sah, obwohl hellblau gestrichen, nach Fabrikgebäude aus. Das lag daran, daß es hier kein schönes gedrechseltes altes Geländer gab wie in der Ossastraße, sondern nur einen Handlauf aus Stahl und ein dickes Käfiggitter. Das alte Messingschild aus der Ossastraße, das sein Vater mitgenommen und hier schon wieder angeschraubt hatte, paßte gar nicht zum nüchternen Ambiente.

Aber sein eigenes Zimmer riß alles wieder raus. Elf Quadratmeter hatte er ganz für sich allein. Unvorstellbar. Da konnte er lesen, ohne daß einer ihn fragte, wie denn die Hauptstadt von Kolumbien hieß, da konnte er Radio hören, ohne sofort ermahnt zu werden, es leiser zu stellen, da konnte er sein Billard aufstellen und spielen, ohne auf den teuren Teppich zu achten, da konnte er sich lustvolle Gefühle verschaffen, ohne Angst zu haben, daß sie ihn dabei erwischten. Und sich endlich eine stationäre Modelleisenbahn bauen. Das war das Paradies!

Am liebsten hätte er sofort begonnen, sich häuslich einzurichten, doch von der Mutter kamen schon die ersten Weisungen: »Manfred, schließ die Lampen an, Vati kann nicht so lange auf der Leiter stehen. Dann gehst du einkaufen, wir haben nichts zu essen hier.«

Er machte sich ans Werk, assistiert vom Vater. Die Haken steckten schon im Beton, und die Drähte in die Lüsterklemmen zu schieben und dann festzuschrauben, war kein Problem. Nur im Schlafzimmer hing die Lampe etwas schief, weil oben in die Abdeckung zu viel Draht hineinzustopfen war.

»Macht nichts, das scheißt sich weg«, sagte der Vater.

»Otto, hier kannst du dich nicht mehr so gehenlassen!« rief die Mutter. »Hier wohnt ein anderes Publikum als in der Ossastraße hinten.«

Daß dem so war, konnte Manfred beim Einkaufen nicht unbedingt feststellen. Beim Schlächter Emil Galow in der

Treptower Straße sagten die Frauen ebenso wie bei Rausch in der Weichselstraße nicht »Bief«, wenn sie »Corned Beaf« kauften, sondern »Beff«, »hundert Gramm Corned Beff, bitte«. Und bei der Bäckerin Rumland – dick wie eine Jazzsängerin, asthmatisch schnaufend, urgemütlich – verlangten sie auch hier ganz ordinär einen Liebesknochen und kein Eclair. Obst und Gemüse gab es bei Frau Zierach, von der er schon beim Schlächter gehört hatte, daß sie keinen Mann mehr hatte und frühmorgens alles selber mit einem kleinen Lieferwagen vom Fruchthof holen mußte. Sie sah Manfred an, daß er zu den Mietern der neuen Häuser gegenüber gehörte und schenkte ihm eine Packung Feigen.

»Au, schön«, sagte Manfred, »da wird sich meine Mutter freuen, weil die immer so harten Stuhlgang hat.«

Die Mutter freute sich allerdings kaum, als Frau Zierach sie zwei Tage später ganz laut fragte, ob denn die Feigen ihrem harten Stuhlgang schon abgeholfen hätten. Dies noch viel weniger, weil gleich zwei Kollegen mit ihr im Laden waren: Kieser, ihr zukünftiger Chef, und Willy Liebetruth.

Auch eine Drogerie gab es ein paar Schritte weiter, nur der Blumenladen war ein Stückchen weiter Richtung Sonnenallee. Der Inhaber, überaus freundlich und kundig, hieß Spiller, wurde aber von seinem Vater wegen seines Körperwuchses stets Spillrich genannt.

Die größten Schaufenster weit und breit hatte aber Steinhoff, der Lebensmittelladen. »Bei Steinhoff und am Rheine, da gibt's die besten Weine!« So stand es am Schaufenster.

Als er mit der schweren Einkaufstasche den Fahrdamm überquerte, sah er seinen Vater oben auf dem Balkon stehen und runtergucken. Normalerweise wären es bis nach oben nur noch ein paar Meter gewesen, da das Haus den Eingang aber auf der Rückseite hatte, waren noch gut und gerne 150 Meter zu schleppen. Das ärgerte ihn, machte ihn aber zugleich erfinderisch.

»Hol doch mal die Wäscheleine und wirf sie runter. Ich komm dann schnell nach oben, und wir ziehen gemeinsam alles hoch.«

»Sehr pfiffig.« Sein Vater hatte immer Spaß an solchen Sachen.

Und so zogen sie denn fünf Minuten später die Einkaufstasche mit lauten »Haurucks!« über die Balkonbrüstung, die sich bedrohlich durchbog, aber hielt. Auf der Straße blieben Leute stehen und klatschten. Auch das Haus gegenüber bedachte sie mit reichlich Beifall. Plötzlich aber hakte die Tasche fest, und fast wäre die Wäscheleine gerissen. Als Manfred sich über die Brüstung beugte, sah er, daß sich die Tasche am Balkon der Leute unten ihnen rettungslos verfangen hatte. Eine locker herabhängende Schnalle saß im Gitter fest und war auch durch noch so geschicktes Manövrieren von oben nicht mehr herauszuziehen.

»Da mußt du schon nach unten gehen und klingeln«, sagte sein Vater. »Ich sichere inzwischen hier oben das Seil.«

Ohne diese Panne hätte die Mutter sicher nichts gemerkt, nun aber war sie furchtbar aufgebracht. »Was soll'n denn die Leute von uns denken!? Man muß sich ja schämen mit euch.«

Was blieb Manfred anderes übrig, als zu Brunows hinunterzugehen und kurz zu klingeln. Mit klopfendem Herzen stand er da. Wenn das in einem Film geschehen wäre, würde jetzt die Tür aufgehen und das Mädchen erscheinen, von dem er schon so lange träumte. Helga, Jutta, Monika, Gisela, Ursula, Evelyne, Ingeborg.

Aber das Leben war kein Film, und es öffnete keine Traumfrau, sondern ein Mann, wie sie ihn in der Karikatur immer als Angehörigen der englischen Lower-class zeigten: Gedrungen, mit rötlichem Haar und einer Fahne aus Bier und Korn, im Hinblick auf Körperbau und Haut sehr an ein Schweinchen erinnernd.

»Entschuldigung«, stammelte Manfred. »Wir sind die neuen Mieter über Ihnen – und unsere Einkaufstasche hängt an Ihrem Balkon.«

Herr Brunow starrte ihn an und sah nicht so aus, als würde er das auch nur annähernd begreifen können. Auch als er ein paarmal an seiner Zigarre Marke Siedlerstolz gezogen hatte, wollte ihm die Erleuchtung nicht kommen. So rief er denn ins Innere der Wohnung: »Luise, kommst du mal?«

Als er das Wort Luise hörte, machte es bei Manfred erst mal Klick, und er hatte sofort, als wär's ein Dia, ein Bild vor Augen, das in seinem geliebten Zigarettenbildersammelalbum in der Abteilung *Das Zeitalter der Befreiungskriege* fest eingeklebt war.

BILD 116: KÖNIGIN LUISE: 1776–1810. *(Gemälde von Lotzmann.)*

Im Unglück entwickelte die damals 30jährige Königin jene erhabenen Züge edler Haltung und warmherziger Opferbereitschaft, die ihr Andenken im deutschen Volke verklären, zu voller Reife. Aus ihrer glücklichen Ehe mit Friedrich Wilhelm III., die ein Muster bürgerlicher Schlichtheit und Sittenreinheit war, sind sieben Kinder hervorgegangen.

Aber diese Luise hier an der Treptower Brücke war ganz sicher eine fette alte Schlampe, die fürchterlich loskeifen würde, und Manfred trat schon einen Schritt zurück, bevor es soweit war.

Doch was dann in der Tür erschien, war ein Mädchen seines Alters, ebenso blond und pausbäckig wie die Königin Luise im Album und dazu pumperlgsund, wie sie das in Farchant immer ausgedrückt hatten. Manfred stockte der Atem. Das war nicht der Typ, der ihm feuchte Träume brachte, sondern der gute Kamerad, mit dem man durch dick und dünn gehen konnte. Aber dennoch und vielleicht gerade.

»Ich bin der Manfred von oben.« Und ohne jede Scheu schilderte er ihr sein Malheur. Schon war sie auf dem Balkon und hatte alles in Ordnung gebracht.

Manfred bedankte sich und strahlte sie an. Luise. *Freude, schöner Götterfunken…* Innerlich jubelnd eilte er wieder nach oben, und es gelang ihnen, die Tasche nun vollends hochzuhieven. Als er sie ostentativ in die kleine Küche geknallt hatte, waren die Umzugsleute gerade abgezogen, und man konnte, ehe es weiterging mit dem Auspacken und Einräumen, eine Kleinigkeit essen. Knüppel mit Hackepeter gab es zur Feier des Tages. Es war noch warm genug, um auf dem Balkon zu sitzen.

»Hier sitzt man ja wie auf 'm Präsentierteller«, stellte die Mutter fest.

»Sehen und gesehen werden«, meinte der Vater, und auch Manfred fand es schön, daß man die Leute auf der Straße so offen beobachten konnte. Das war schon ein großer Unterschied zum Hinterhaus, wo man von allem abgeschottet war. Da der Balkon nur zur Hälfte von einer hüfthohen Brüstung umgeben war, ansonsten aber ein festes Gitter aufwies, an dem oben Gestelle für die Blumenkästen angebracht waren, hatte man auch beim Sitzen einen freien Blick auf das Geschehen zehn Meter weiter unten. Auch Tante Trudchen und die Kohlenoma, die zum Helfen herbeigeeilt waren, fanden das herrlich. Die Schmöckwitzer Oma kam wenig später. In ihrem Tagebuch sollte der Umzug den folgenden Niederschlag finden:

Nacht 4°, am Tage 17°. Heute wieder besseres Wetter. Ich schlief sehr schlecht und stand um 7 Uhr auf. Um 10 Uhr holte mir von der Post meine Rente. Um 12 Uhr aß meine Kohlrabi und dazu Rhabarber, und um ½ 1 fuhr zur Margot, Otto und Manfred, Neukölln, Treptower Brücke, und wünschte mit einem Blumenstrauß aus dem Garten viel Glück in der neuen Wohnung. Ich besserte dann 1 Laken aus, nähte 2 Scheibengardinen und verkürzte bunte Gardinen für die Küche. Dann nähte 4 Stufen in den Stores fürs Wohnzimmer, der 7½ m breit ist. Um ½ 11 war damit fertig. Manfred brachte mich im Dunkeln zur S-Bahn. Ich fuhr dann von Sonnenallee zum Umsteigen nach Treptow und war um Mitternacht wieder zu Hause.

Manfred bekam den Auftrag, die Schütte für den Koks, den die Umzugsleute aus Versehen nach oben gebracht hatten, und einen nicht mehr verwendbaren Hocker in den Keller zu tragen.

»In den Keller?« fragte er.

»Ja.« Der Vater buchstabierte ihm das Wort. »Du könntest das auch auf den Dachboden tragen, doch den gibt's hier nicht, wir haben 'n Flachdach.«

Wie manche Leute eine Spinnenphobie hatten und in Panik gerieten, wenn sie eines dieser Tiere sahen, so fürchtete sich Manfred vor allen Kellern. Schuld daran war der Keller in der Ossastraße. Verbaut war er, ohne Licht und voller Ratten. Und in den Bombennächten des Krieges hatten sie da gehockt, im Luftschutzkeller, und auf den Tod gewartet. Jeden Augenblick konnte alles einstürzen, konnte die Decke herunterkommen, sie zermalmen.

Mühsam machte er sich klar, daß sie das Jahr 1954 hatten, daß er kein Kind mehr war und daß der Keller hier im Neubau licht und luftig war. Alles sauber und pikobello. Aber die hölzernen Verschläge für die einzelnen Mieter gab es noch immer, und an ihrem hing das alte schwarze Vorhängeschloß, das sie aus der Ossastraße mitgebracht hatten. Als er es jetzt in die Hand nahm, ging sein Blick sofort nach hinten, denn auch hier stand sicher einer, der ihn erschlagen wollte. Ein großer dunkler Schatten. Und kaum wagte er sich in den schmalen Verschlag hinein, der ihnen gehörte, denn da war sicher einer, der ihn einsperren wollte. Er erledigte alles, was zu tun war, in panischer Hast, als befände er sich auf einem Schiff, das zu sinken drohte.

Erst oben auf dem Balkon kam er wieder zu sich. Doch viel Zeit zum Verschnaufen blieb ihm nicht.

»Da sind ja die beiden Lampen für den Flur!« rief die Mutter. Sie hatte sie schon seit Stunden in allen möglichen Kisten und Kartons gesucht. »Die hab ich extra gekauft. Manfred, machst du die mal an? Neben dem Spiegel.«

»Ja-ha!« Lincoln hatte alle Sklaven abgeschafft – bis auf einen.

»Dreh aber vorher die Sicherung raus«, erinnerte ihn der Vater, der schon am Schreibschrank saß und seine Briefmarken beguckte.

»Siehst du nach, ob sie beim Umzug einen Sprung bekommen haben?«

»Paß mal auf, daß du keinen bekommst.«

Manfred machte sich ans Werk. Die Sache war komplizierter, als er sich das gedacht hatte, denn die beiden Leuchten waren schwer aufzuschrauben, und die Schräubchen, um die Drähte festzumachen, waren viel zu klein. Immer wieder rutschte einer raus und berührte die Messingabdeckung. Er fluchte gewaltig. Auch hatte der Architekt keinen besonderen Anschluß vorgesehen, und er mußte eine Steckdose anzapfen, die dicht neben dem Zähler hing. Endlich aber war er fertig und bat die Mutter, die beiden Leuchten neben dem Spiegel feierlich in Betrieb zu nehmen. Die Sicherung hatte er wieder hineingedreht, die Glühbirnen in der Kammer und im Bad brannten wieder, und das Radio spielte.

»Zieh mal an der Strippe hier.«

Sie kam herbeigeeilt, und auch der Vater, Tante Trudchen und die beiden Großmütter wollten sich den feierlichen Akt nicht entgehen lassen und standen in der angrenzenden Tür.

»Jetzt kommt der große Augenblick, wo der Elefant sein Wasser läßt«, sagte der Vater.

Die Mutter blickte verzückt und zog, als wäre die Wochenschau dabeigewesen, mit grazil gekrümmten Fingern an der dünnen weißen Schnur.

Ein Blitz, ein Schrei, Dunkelheit und Stille.

»Klassischer Kurzschluß!« rief der Vater. »Die Sicherung is rausgeflogen.«

Manfred riß die Drähte aus den Lampen. Trotz aller Mühe mußte sich einer von ihnen gelöst und die anderen berührt haben.

»Macht nichts«, sagte der Vater. »Mit des Geschickes Mächten läßt kein ew'ger Bund sich flechten. Drehen wir erst mal 'ne neue Sicherung rein.« Doch als er dieses getan hatte, flammten die eingeschalteten Lampen noch immer nicht auf, und auch das Radio funktionierte nicht. »Warum denn das?« Darauf konnte es nur eine Antwort geben: »Die Haussicherung ist auch mit rausgeflogen.«

Die Mutter wurde bleich: »Jetzt haben sie im ganzen Haus keinen Strom mehr?«

»Nein. Außer sie haben 'ne Taschenlampenbatterie.«

»Und der Strom der Zeit, der fließt auch immer«, sagte Manfred und bewies damit, daß er bei Frau Hünicke doch einiges gelernt hatte.

Seine Mutter holte aus, um ihm eine runterzuhauen. »Deinetwegen kriegen wir jetzt fürchterlichen Ärger, und alle reden über uns.«

Manfred tauchte schnell nach unten ab, konnte aber ihre Bedenken nicht zerstreuen, denn überall im Haus gingen nun die Türen auf, und die Leute fragten ihre Nachbarn, ob bei ihnen auch alles ausgegangen sei. Es gab ein ziemliches Tohuwabohu, und einige sagten, sie würden schnell noch loslaufen, um sich mit Kerzen und Taschenlampen einzudecken, ehe die Dunkelheit käme.

»Man muß sich ja wirklich schämen«, sagte die Mutter.

»Wieso denn?« fragte Tante Trudchen. »Weiß doch keiner, daß wir das waren.«

»Genau.« Der Vater teilte ihre Meinung. »Das kann doch überall passiert sein.«

Die Schmöckwitzer Oma war darüber richtig empört. »Man muß doch dazu stehen, was man verbrochen hat.«

»Los!« Die Mutter riß die Tür auf und stieß ihn ins Treppenhaus. »Du rufst jetzt, daß du es warst und entschuldigst dich.«

So stand dann Manfred im frisch getünchten Treppenhaus und schrie nach oben wie nach unten: »Entschuldigung, wir waren es. Ich hab den Kurzschluß ... Wir bringen aber alles wieder in Ordnung.«

Zum Glück kam Herr Liebetruth gerade vom Dienst und bot sich an, mit Manfred zusammen den Hauswart zu suchen. Der wohnte in der Ulsterstraße, war aber nicht zu Hause, wie die Nachbarin wußte. Als sie ihr erklärten, sie müßten

356

unbedingt den Schlüssel für den Sicherungskasten im Keller haben, wurde ihnen verraten, daß die Frau des Hauswarts bei einer Freundin zum Kaffeetrinken wäre, in der Weserstraße aber. Sie erfuhren auch Hausnummer und Namen und liefen los. Nach einer Stunde war alles wieder im Lot, aber die Mutter litt unsagbar unter allem, denn nun war sie *unangenehm aufgefallen*, und das war so ungefähr das Schlimmste, was ihr im Leben begegnen konnte.

Der Vater hatte sich inzwischen ungerührt darangemacht, den Badeofen »zu bestücken«, wie er das nannte, also mit dem ganzen angefallenen Einwickelpapier und den zerrissenen Pappen für genügend heißes Badewasser zu sorgen, denn auch Tante Trudchen und die beiden Großmütter, die über keine Bademöglichkeit verfügten, wollten in die Wanne steigen. Bis es soweit war, hatte Manfred aber noch zusätzlich einige Briketts aus dem Keller zu holen.

Am schönsten sang dann Tante Trudchen in der Badewanne, doch auch Manfred genoß es, im warmen, vom Bademittel blaugefärbten Wasser zu liegen und dahinzudösen. Dummerweise aber war das Schloß defekt, und als die Mutter draußen sagte, sie würde gleich kommen und nachsehen, ob er sich auch richtig wusch, stürzte er zur Tür, um sie zuzuhalten. Sie stemmte sich dagegen, er stemmte sich dagegen.

»Machst du mal auf!«

»Nein. Ich kann mich selber abseifen.«

»Kannst du nicht.«

»Kind«, hörte er die Schmöckwitzer Oma sagen. »Der Junge ist in der Pubertät, und du solltest sein Schamgefühl jetzt achten.«

Damit war die Sache ausgestanden. Zum Abendbrot gab es noch ein Gläschen Sekt für alle, so richtig sollte die Wohnungseinweihung mit guten Freunden erst nächsten Sonnabend gefeiert werden. Manfred brachte die drei älteren Damen noch zur Bahn, wobei der Weg entlang der Gasanstalt auch etwas war, was ihn das Fürchten lehrte.

Kurz nach Mitternacht löschte er das Licht und schlief danach so tief und fest, daß er den Wecker überhörte und erst gegen halb neun hochschreckte, als der Vater nebenan im Bad furchtbar lange spülte. O Gott, die Schule! Er hatte verschlafen. Er stürzte ins Bad und prallte zurück, weil es fürchterlich stank.

»Kann ja gar nicht stinken«, wehrte sich der Vater, »ist ja ganz frisch.«

Die Mutter stand in der Schlafzimmertür, auch sie hatte sich den halben Tag Urlaub genommen, und rieb sich die Augen. »Nanu, hast du keine Schule heute?«

»Doch.«

»Na und? Es ist gleich neun.«

Manfred wand sich. »Gar nicht dasein ist besser als zu spät zu kommen.«

»Du bist aber nicht krank.«

»Wenn Vati auf 'n Entschuldigungszettel schreibt, daß ich heftigen Durchfall hatte ...«

»Ja, durchfallen wirst du, beim Abitur.«

»Aber nicht, wenn ich am Sonnabend vier Stunden fehle.«

So ging das noch ein Weilchen hin und her, bis sich der Vater dann wirklich bereit fand, ihm den Entschuldigungszettel zu schreiben. Sie frühstückten dann gemütlich, wenn auch frierend und im Mantel auf dem Balkon. Die Mutter hatte sich das so gewünscht. Ganz ausgeschlafen waren die Eltern nicht, denn schon in aller Herrgottsfrühe wurden dem Lebensmittelladen auf der anderen Straßenseite die Milchkannen angeliefert, und das hatte fürchterlich gescheppert.

Nach dem Frühstück gingen sie spazieren, einmal am Kanal entlang bis zum Weichselpark und auf der anderen Seite wieder zurück. Am Elsensteg lag ein Lastkahn aus Hamburg, wo man billig Äpfel kaufen konnte, und an der Wildenbruchbrücke hatte ein alter Dampfer festgemacht. *Hoffnung*, entzifferten sie.

Manfred hatte den alten Wohnzimmerschrank der Eltern ins Zimmer gestellt bekommen und räumte ihn ein. Als er damit fertig war, holte er sich den Küchentisch aus der Ossastraße, den sie jetzt nicht mehr gebrauchen konnten, aus dem Keller nach oben, um die Platte für die Modellbahn zu nutzen.

Los ging es mit dem Zeichnen und Planen. Einen Bahnhof an einer Hauptstrecke wollte er haben, eine Gleisharfe zum Rangieren und eine abzweigende Nebenbahn, die hinauf ins Gebirge führte.

Eine Woche später, Sonnabendnacht, geschah dann das, was die Mutter so befürchtet hatte: Brunow, der Nachbar unter ihnen, riß die Tür auf und schrie fürchterlich: »Das lasse ich mir nicht mehr länger bieten von Ihnen! Ich werde alle Hebel in Bewegung setzen, daß Sie wieder rausfliegen hier!«

Was war geschehen? Zuerst einmal hatten die Gäste, die zuerst gegangen waren, mächtig angeheitert alle, über die Namen neben den Klingeln viel gespottet und gelacht. Über Rasch und über Lachmund vor allem.

»Rasch, Liebling, ich kann's gar nicht mehr erwarten!«

»Was raschelt da im Stroh?«

»Ist das aber eine Überraschung!«

»Wenn der Rasch sich mal beim Schreiben seines Namen vertippt, dann kommt Arsch heraus. Arsch Rasch.«

»O wie lacht dein Mund.«

»Was ist das Gegenteil von Lachmund?«

»Weinarsch!«

Das hatte Brunow aus dem Schlaf gerissen, und in seiner Erregung war er auf den Balkon gelaufen, um eine Zigarre zu rauchen und sich wieder zu beruhigen. Doch da hatte es ihn voll erwischt. Max Bugsin nämlich, mit viel Alkohol im Blut und noch mehr Bier in der Blase, hatte die Toilette andauernd besetzt gefunden und sich dann in seiner großen Not an das Gitter auf dem Balkon erinnert, durch das sich ohne Mühe hindurchpinkeln ließ. Die Straße unten war ja leer.

»Nächste Woche sind Sie wieder draußen hier!« schrie Brunow und rubbelte sich den Kopf. »Und jetzt hol' ich die Polizei!«

Auf die Plätze, fertig, los!

Den ersten großen Krach in der neuen Wohnung gab es schon bald nach dem Einzug. Auslöser war eine Frage von Dirk Kollmannsperger, locker hingeworfen bei der ersten sonntäglichen Billardrunde an der Treptower Brücke.

»Kommste mit zur Tanzschule?«

Manfreds Reaktion war nicht nur überzogen, sie war geradezu hysterisch: »Eher lass' ich mir die Beine abhacken, als daß ich tanzen gehe. Wenn's nach mir ginge, sollte man die alle abreißen, die Tanzschulen! Und wenn ich 'ne Bombe hätte, dann …!«

Für ihn gab es eine ganz einfache Gleichung: Das deutsche Bürgertum ist böse und verbrecherisch – das wußte er spätestens, seit er Wolfgang Staudtes *Untertan* gesehen hatte –, und Sinnbild des bösen und verbrecherischen deutschen Bürgertums war der Gesellschaftstanz. Typen wie Diederich Heßling wurden auch und ganz besonders in Tanzschulen zum dem gemacht, was sie dann später waren: Vollstreckungsgehilfen unmenschlicher Systeme, Schreibtischtäter, Mörder. Am liebsten lief er in Schmöckwitz herum, ungewaschen, ungekämmt, im alten Khakihemd, und alle Menschen, die gelackt waren und geschniegelt, erfüllten ihn mit Abscheu und Angst.

Umgekehrt nun fing für seine Mutter der Mensch, der Mann, erst da an, wo er sich in Frack und Smoking zeigte und bei Sekt und guter Laune elegant zu plaudern und zu tanzen verstand. *Das ist meine Welt – und sonst keine …*

Verständlich, daß sie sich bei dieser Ausgangslage heftig in die Wolle kriegten.

»Alle gehen doch zur Tanzschule«, rief sie, nachdem sie Dirk Kollmannspergers Frage zufällig gehört hatte.

»Ich bin nicht ›alle‹, ich bin ich«, war Manfreds Entgegnung.

»Das macht man eben so, daß man tanzen lernt.«

»Was *man* tut, muß *Man*fred nicht machen.«

Nun kam auch der Vater herbeigeeilt. »Stell dir doch mal

vor: Du bist bei deinem Vorgesetzten eingeladen und kannst nicht tanzen.«

»a) will ich nie in meinem Leben einen Vorgesetzten haben, und b) würde ich nie mit einem tanzen, wenn ich einen hätte.«

Das nun brachte die Mutter vollends zur Weißglut. »Was zieht man sich denn hier heran: einen Anarchisten! Da gibt man sich nun solche Mühe mit dir und rackert sich ab von morgens bis abends – und das ist der Dank.« Sie begann zu weinen.

Manfred fand die Szene entsetzlich, zumal sie nicht allein waren, und sie tat ihm auch leid. Aber kapitulieren? Auf keinen Fall. Lieber eine andere Strategie versuchen. »Wo soll ich denn die Zeit hernehmen? Schularbeiten sind doch wichtiger – oder? Meinst du, ich möchte überall 'ne Fünf haben?«

Da fiel ihm ausgerechnet sein Freund in den Rücken. »Bei Mathe helf ich dir ... dann kannste mitkommen.«

»Nein, ich geh' nicht!« Wie ein bockiges Kleinkind stampfte Manfred mit dem Fuß auf.

Sofort klopfte Ewald Brunow unten mit dem Besenstiel gegen die Decke. Schon das Umherlaufen beim Billard hatte ihn in seiner Sonntagsruhe gestört.

»Immer hat man nur Ärger mit dir«, klagte die Mutter. »Tu's doch mir zuliebe, bitte geh hin!«

Was blieb Manfred weiter übrig, als am Montagnachmittag zur Tanzschule zu fahren und sich anzumelden. Er hatte begriffen, was die Mutter immer meinte, wenn sie sagte: *Du bist nicht allein auf der Welt.* Nur zum kleinen Teil hatte der Mensch seinen freien Willen, in der Hauptsache war er dazu gezwungen, das zu tun, was andere von ihm erwarteten. Was richtig war, das bestimmten die, von denen man abhängig war: die Eltern, die Lehrer, die Vorgesetzten, die Politiker. Tat man, was sie wollten, dann wurde man belohnt, tat man es nicht, dann bestraften sie einen. Das war es, was die Welt im innersten zusammenhielt, und so einfach war es. Was aber war mit Albert Camus, über den sie bei Frau Hünicke gesprochen hatten, und seiner Formel: *Auflehnung gibt dem Leben seinen Sinn.* Hätte er sich also gegen die Tanzschule auflehnen müssen, um Sinn in seinem Leben zu haben? Ja, er hätte, das fühlte er genau. Das wäre wahre Charakterstärke gewesen. Aber dann wäre die Mutter wieder in Tränen ausgebrochen und hätte ihm pausenlos vorgeworfen, undankbar zu sein. Und das durfte er nicht, denn: *Du sollst deinen Vater und deine Mutter ehren* ... So stand es in der Bibel, so hatte er es bei Pfarrer Sorau gelernt, und dieses »ehren« hieß ganz sicher auch, daß man seinen Eltern dankbar zu sein hatte für all das, was sie einem Gutes taten. *Du willst doch mal ein nützliches Mitglied der menschlichen Gesellschaft werden – oder?* Dazu wollten sie ihn machen, das war Ausdruck ihrer Liebe – und warum litt er so darunter? Er begriff, daß alles ein Vexierbild war: Man konnte es Liebe und Fürsorge nennen, aber auch so sehen, daß sie ihn nur abrichteten, damit er später ein guter Beamter oder Angestellter wurde, der fröhlich Konrad Adenauer wählte und damit auch die Deutsche Bank, Siemens, AEG und Borsig.

Mit diesen Gedanken fuhr er nach der Anmeldung in der Tanzschule, die in der Jonasstraße war, zu Tante Claire in die Oppelner Straße, also von Neukölln nach Kreuzberg, um die Brille zu holen, die seine Schmöckwitzer Oma dort bei ihrer Schwester wieder mal vergessen hatte.

Fahren war Erholung pur für ihn. Wie immer hatte er auch für diese innerstädtische Reise eine Reihe von Routen durchgerechnet:

1. Mit der S-Bahn von Neukölln auf dem Vollring bis Ostkreuz, von dort bis Warschauer Straße, dann mit der Hochbahn, der grünen B I/B II bis zum Bahnhof Schlesisches Tor, wo die Oppelner Straße ihren Anfang nahm.

2. Mit der U-Bahn von Neukölln (Südring) auf der lilafarbenen C I bis Hermannplatz, dann mit der blauen Linie D nach Kottbusser Tor und von dort mit der grünen B I/B II von der anderen Richtung her bis Schlesisches Tor.

3. Mit der Straßenbahn der Linie 26 von der Karl-Marx-Straße zur Haltestelle Glogauer Ecke Reichenberger Straße, von wo es aber – durch den Görlitzer Tunnel – rund 800 Meter bis zu Tante Claire waren, während er bei den Mög-

lichkeiten 1 und 2 nur an die 300 Meter zu Fuß zurückzulegen hatte.

Es wurde eine schwierige Geburt, und er kam zu keinem klaren Entschluß. Schließlich war das Problem nur per »Gottesurteil« in den Griff zu bekommen: Sah er die 26 kommen, wenn er um die Ecke Jonasstraße bog, dann nahm er sie, sonst ging er zum S- und U-Bahnhof Neukölln und wollte dort genauso verfahren, wenn ein S-Bahn-Zug oben auf dem Damm oder auf der Brücke auszumachen war. Allerdings nur einer aus der Richtung Treptower Park/Köllnische Heide, denn der aus Richtung Hermannstraße wäre ja seiner gewesen, und er hätte ihn nicht mehr schaffen können. Das war alles verdammt kompliziert.

Zum Glück für ihn kam aber die 26 Richtung Görlitzer Bahnhof gerade angerumpelt. Wie üblich ein Triebwagen der Serie T 24, der Tw 5860, aber wiederum nicht mit Onkel Klaus vorn an der Kurbel. Dennoch erkämpfte sich Manfred den geliebten Platz links vom Fahrer und prüfte genau, ob der auch alles richtig machte, dabei die Stimme seines Verwandten im Ohr: »Langsam über die Kreuzung fahren, ausschalten, wieder auf fünf, so ... Bis zur sechsten Fahrstufe haben wir die Serienschaltung, ab dem siebten Fahrkontakt die Parallelschaltung. Das ist so, um die Geschwindigkeit zu erhöhen. Nun schalte mal rüber auf sieben, aber bei sieben und acht nicht so lange stehenbleiben. Neunter, zehnter, elfter ... So ist gut.«

Es ging die Karl-Marx-Straße hinunter, und sie kamen an seiner Schule vorbei. Gerade stieg Frau Müller in den Kabinenroller von Bulli Wendt, und es sah aus, als würde ihr Kopf, lang wie sie war, oben durch die Plastikhaube stoßen. Er hoffte nicht gerade auf eine Gehirnerschütterung, aber hätte es kaum bedauert, wenn der Lateinunterricht morgen früh ausgefallen wäre. Hermannplatz – Karstadt. Sonnenallee – kein Bimbo auf dem Balkon. Pannierstraße – das Haus, in dem die Mutter auf die Welt gekommen war. Glogauer Brücke – Blick auf den Maybach-Sportplatz, wo TuS jetzt trainierte, Blick auf das Fabrikgebäude, wo er im Luftschutzkeller gesessen hatte. Fast hätte er vergessen, an der Reichenberger Straße auszusteigen.

Zehn Minuten später war er bei Tante Claire. Sie wohnte im Seitenflügel, und zwar ganz oben »unterm Dach juchhee«. Im Treppenhaus bröckelte der Putz, und es roch intensiv nach Urin, Weißkohl und Erbrochenem. Die Stufen waren ausgelatscht, und die Teile des Treppengeländers, die man im kalten Winter 1946/47 verheizt hatte, waren durch rostige Wasserrohre ersetzt worden, die man irgendwo ausgebaut hatte. Kinder schrien, Radios lärmten, und im zweiten Stock keifte eine jüngere Frau. »Wenn de noch mal mit die Moni pennst, schneid' ick dir den Pimmel ab, haste det kapiert, heh!?« Der Mann, den sie meinte, jammerte nur. »Jib mir meine Bettdecke wieda!« Eine ältere Frau, offenbar die Schwiegermutter, hatte den passenden Kommentar dazu parat: »Es friert im wärmsten Rock der Säufer und der Hurenbock.«

Manfred genoß diese Szene, verstand aber nicht so ganz, warum Tante Claire, die doch auch den »Hang zum Höheren« geerbt hatte, so lange in dieser Bruchbude blieb, wo sie es doch in Frohnau hochherrschaftlich gehabt hätte. Ihr Klingelknopf hing an zwei weißen Drähten, die aus dem Türrahmen ragten.

Als sie in der Tür stand, sah sie wie eine Zigeunerin aus, nur daß ihr Haar schlohweiß war und nicht kohlrabenschwarz. Aber ihre dicken Ketten, ihr weiter roter Rock und ihr schwarzer Umhang, selbstgehäkelt, paßten ebenso ins Bild wie ihr Krückstock.

Manfred bückte sich, um die beiden Gabeln aufzuheben, die über Kreuz auf der Türschwelle lagen.

»Laß sie liegen!« rief Tante Claire und hob beschwörend die Hände.

»Wieso 'n das?« staunte er.

»Das ist mein Abwehrzauber, damit die Hexen meine Schwelle nicht überschreiten können.«

»Aha …« Manfred begann sich etwas unwohl zu fühlen, als er Tante Claire in das Innere ihrer Höhle folgte. Ihre anderthalb Zimmer waren bis zur Decke angefüllt mit Trödel.

Zwar war sie im Krieg ausgebombt worden, hatte aber den größten Teil ihrer Habe noch aus der großen Wohnung in der Lichtenberger Roederstraße retten können. Da gab es viele Vertikos und Schränke, auf denen sie Lampenschirme gelagert hatte, kaputte Puppen von Tante Lolo, Spielsachen von Onkel Rudi, ihrem Sohn, der noch immer als vermißt gemeldet war, Bügelbretter, Zeitungen, Alben, Pokale, Regenschirme, Glühbirnen, Statuen aus Marmor und Jade, Radioapparate – und noch vieles andere. Auch die Schränke quollen über von dem, was sich in dreißig Jahren angesammelt hatte, nach der Heirat mit »dem Dicken«, ihrem Mann, der als Direktor einer Maschinenbaufirma nicht schlecht verdient hatte.

»In Frohnau würde ich nur mein kleines Zimmerchen haben und müßte mich von allem trennen«, sagte sie. »Außerdem hab' ich erst heute wieder geträumt, daß Rudi dieses Jahr zu Weihnachten zurückkommen wird. Und er hat ja nur diese Adresse von mir. Wenn er kommt, und mein Name steht nicht mehr an der Tür, was dann?«

Manfred verstand das. Nicht so ganz hingegen begriff er, warum auf dem Nachttisch eine nachgemachte Krone lag und an der Wand ein großes Farbfoto von Königin Elizabeth II. hing. Aber das stand wohl damit in Zusammenhang, daß die Schmöckwitzer Oma von ihrer jüngeren Schwester immer sagte, sie sei »meschugge«.

Obwohl es gerade 17 Uhr sein mochte, brannte auf ihrem Wohnzimmertisch schon eine Kerze.

»Als die vorhin so komisch geflackert hat, da wußte ich gleich, daß du kommen würdest«, sagte sie. »Denn wenn die Kerze flackert, ist das ein Zeichen, daß Besuch im Anmarsch ist.«

Manfred lachte und wies auf die Brille seiner Schmöckwitzer Oma, die direkt daneben lag. »War ja nicht schwer zu erraten, daß ich die holen würde.«

Tante Claire schrie auf. »Sieh mal, wie das Wachs an der Kerze runterläuft!«

»Ja und?«

»Da steht der Tod eines nahen Verwandten bevor.«

Manfred lachte. »Das ist doch finsterer Aberglaube.«

Tante Claire wehrte das entrüstet ab und kam ihm mit dem *Faust*: »›Wir sind so klug, und dennoch spukt's in Tegel.‹ Wir Menschen verstehen eben nicht alles, was zwischen Himmel und Erde passiert, und außer der Welt, die wir wahrnehmen, existiert noch eine andere, wo die Geister herrschen. Und die muß man sich geneigt halten.« Darum nahm sie auch, wenn Furcht sie befiel, eine Brennessel in die Hand, zusammen mit einer Schafgarbe. Manfred sah beides auf ihrem Nachttisch liegen. Und über ihrem Bett hing eine große Haselrute. »Das schützt vor Lebensgefahr und vor Behexung.«

Manfred registrierte es mit Staunen und suchte nach weiteren Beweisen, daß sie eben »meschugge« war. »Und das Stückchen Käse, das an deinem Hals hängt?«

»Das schützt vor dem bösen Blick.« Und in der Küche habe sie viele Knoblauchzehen aufgehängt, die vor Zwergen, Hexen und Vampiren Schutz böten.

»Ah, so …« Manfred kratzte sich den linken Unterarm, wo sich seit einigen Tagen etwas Ausschlag zeigte.

»Warte mal!« Tante Claire kramte in einem Schrank und holte eine alte Keksdose heraus, in der sich trockene Erde befand. »Die machen wir jetzt naß und streichen sie rauf.«

»Deine Blumenerde?« Manfred war da skeptisch.

»Das ist keine Blumenerde: Die stammt vom Friedhof Baumschulenweg. Wenn man sich mit Friedhofserde einreibt, verschwinden Gicht und Ausschlag.«

»Nein, danke.« Manfred behielt dann doch lieber seinen Ausschlag. Auch von Tante Claires Pfefferminztee mochte er nicht so gerne trinken, denn der sah ein wenig aus wie Urin, und man konnte ja nicht wissen, ob sie nicht auch so etwas trank, um ganz bestimmte Geister milde zu stimmen. Gänzlich unheimlich wurde es ihm, als in der langsam hereinbrechenden Dämmerung auf dem Dach des Hauses gegenüber eine Schar Krähen landete.

»Davon hab' ich letzte Nacht geträumt«, stieß er hervor.

»Kind, um Gottes willen!« Tante Claire kreuzte schnell

beide Zeigefinger. »Erscheinen einem Krähen im Traum, wird es bald ein Unglück geben. Ich habe Angst um dich und deine Eltern.«

Beklommen steckte Manfred die vergessene Brille der Schmöckwitzer Oma ein und suchte das Weite. Natürlich war das für ihn alles »totaler Quatsch«, dennoch wartete er tagelang auf das Unglück, das Tante Claire prophezeit hatte.

Als er am Abend mit Balla und seinem Vater im »Marmorhaus« saß, hatte er Angst, die Decke würde plötzlich herabstürzen und ihn erschlagen. Zum Glück war der Film so spannend, daß er seine Ängste bald vergaß. *Die Caine war ihr Schicksal* – in der Schule sagten sie alle »Der Kahn war ihr Schicksal« – mußte man gesehen haben. Humphrey Bogart als Commander Queeg war große Klasse. Die Mutter war nicht mitgekommen und wollte den Inhalt von ihm nacherzählt bekommen, was er immer furchtbar fand.

»Also, es geht um die Frage: blinder Kadavergehorsam oder ... na ja, daß die Unteren in der Hierarchie was tun müssen, wenn ihr Chef 'n Versager ist und alles den Bach runtergeht.«

»Mein Chef ist schwer in Ordnung.«

»Ja, Mutti, nur mal so ... Also, da ist der Krieg im Pazi ...« Die Silbe »fik« in Gegenwart seiner Eltern auszusprechen, fiel ihm schwer, und er machte schnell den »Pazifischen Ozean« daraus. »Als die da auf der *Caine* sind, kommt ein neuer Commander an Bord, der Queeg, und der ist 'n Paranoiker, also 'n Geisteskranker. Und als die Japaner sie angreifen, müssen sie ihn absetzen, sonst geh'n sie alle hops. Das wird dann von der Marine als Meuterei angesehen, und sie kommen alle vors Kriegsgericht.«

»Das wär nichts für mich, ich guck mir lieber *Rosen-Resli* an. Wenn das hier bei uns kommt, im ›Lux‹, in der ›Kamera‹, in der ›Passage‹ oder im ›Ili‹. Geh doch mal mit der Luise ins Kino, die ist ja so nett!«

»Ich geh' lieber mit Balla oder Dirk Kollmannsperger.«

»Das ist doch nicht normal.«

Manfred lief aus dem Zimmer und knallte die Tür zu. Sicherlich wäre er mit ihr ins Kino gegangen, aber er konnte doch nicht so ohne weiteres bei Brunows unten klingeln und sie fragen. Wenn sie dann nein sagte, war er doch blamiert bis in alle Ewigkeit. Zwar waren die Eltern am Tage nach dem Skandal mit Max mit einer Flasche Dujardin zu Brunow gegangen und hatten sich entschuldigt, aber dicke war die Freundschaft dennoch nicht. Sollte er ihr schreiben? *Schreibste mir, schreibste ihr, schreibste auf MK-Papier.* Er tat es formvollendet:

Liebes Fräulein Brunow,
wegen des großen Ärgers mit Ihrem Vater wage ich es nicht, bei Ihnen zu klingeln und Sie zu fragen, ob Sie am Freitag mit mir und meinem Freund Balla-Balla Pankalla ins Kino kommen würden. Es gibt 08/15 und soll sehr aufschlußreich sein für das, was in Deutschland passiert ist. Einfacher mit unserer Verabredung wäre es ja, wenn Sie jetzt schnell mal aus dem Fenster gucken würden, denn ich habe Sie ja direkt unter mir.

Als er das geschrieben hatte, zerknüllte er den Brief und flüchtete sich in einen tröstlichen Stoizismus: Wenn Gott/wenn die Götter wollten, daß er eine Freundin haben sollte, dann sorgten sie schon dafür, wenn nicht, dann eben nicht, und dann war es eben besser für ihn. *Der Mensch denkt, Gott lenkt.* In Übereinstimmung mit sich selbst war er nicht, wenn er krampfhaft nach der großen Liebe suchte. Vernünftig war es, die Affekte zu bekämpfen und zu warten, bis die richtige Zeit gekommen war. Der Vater sagte das viel prosaischer: *Haste Glück, machste dick.* Dennoch, es brannte in ihm.

So saß er »nur« mit seinem Vater, Balla, dessen Vater und Dirk Kollmannsperger im »Lux«, Sonnenallee Ecke Teupitzer Straße, sah die Verfilmung des Kirst-Romans, litt mit dem Kanonier Vierbein und freute sich darüber, wie der Gefreite Herbert Asch, wie Joachim Fuchsberger die Kommißköppe ärgerte, den Wachtmeister Platzek, den »Schleifer«, und den Hauptwachtmeister Schulz. Ex-Major Pankalla fühlte sich ziemlich auf den Schlips getreten, während sein Vater fand, daß die Wehrmacht mit ihren menschenverachtenden Prinzipien schon richtig kritisiert worden sei.

»Und du?« Balla sah ihn an.

Manfred konnte das, was ihn bewegte, nicht so recht in Worte fassen. Er war gegen den Krieg und gegen alle Soldaten – und gegen die Nazis erst recht –, aber dennoch hatte ihn das ganze Treiben in der Kaserne mächtig fasziniert. In einer Armee Offizier zu sein, etwas zu gelten, befehlen zu können, zu schaffen, daß das alles funktionierte – das mußte herrlich sein. Alles war sicher und berechenbar und voller Nestwärme. Man war umgeben von guten Kameraden und hatte zu Hause eine propere Frau, die stolz auf einen war. Von seiner Mutter ganz zu schweigen. Die hätte sich vor Freude in die Hosen gemacht, wenn sie in VAB zu ihr gesagt hätten: »Was denn, Frau Matuschewski, Ihr Sohn ist Major geworden?«

In seinen Tagträumen aber spielte die Kaserne keine Rolle, da drehte sich nun alles um die Frage, was es in der Tanzschule für Mädchen geben würde. »Darf ich bitten, Fräulein?« – »O ja, ich habe mich schon die ganze Zeit darauf gefreut, mit Ihnen zu tanzen, Herr Matuschewski, Manfred. Sie tanzen wirklich fabelhaft.« – »Aber nur mit Ihnen. Sie hatten bestimmt schon Ballettunterricht.« – »Sie machen mir vielleicht Komplimente.« – »Nachher im Café könnten sie noch schöner sein.« – »Warum erst nachher?« – »Meinen Sie wirklich, wir sollten vorher schon …?« – »Kommen Sie, ich kann es gar nicht erwarten.«

Als er dann in Reih und Glied mit seinen Altersgenossen auf der einen Seite stand und die Mädchen gegenüber aufgereiht waren, war es nicht ganz so romantisch. Zuerst einmal hielten Tanzlehrerin und Tanzlehrer, offensichtlich ein Ehepaar, Reden von solcher Länge, daß ihm die Füße vom langen Stehen schmerzten.

»Tanz ist der Ausdruck der Lebensfreude«, erklärte der Tanzlehrer.

Manfred sah es eher als schmerzhafte Übung zur Abrichtung des Menschen und dachte beim Anblick des Mannes eher an den alten Schlager *Schöner Gigolo, armer Gigolo ...*

Seine Frau nahm den Faden auf: »Jeder Mensch ist ein Tänzer. Tanz und Kampf sind die ersten Fertigkeiten des Wilden. Tanzen ist die Bestätigung des Seins, Tanz verschafft uns eine Art Rausch.«

Dirk Kollmannsperger, der neben Manfred stand, murmelte, daß er eine Coca bräuchte. »Coca-Cola vor dem Tanz, hebt die Stimmung, senkt den Schwanz.«

Nach allgemeinem Blabla über Sitten und Bräuche kam die erste praktische Übung: Die Herren sollten auf die Damen zugehen, die an der gegenüberliegenden Stirnseite des Saales standen, sich vorstellen und sie galant zum Tanz bitten.

Das Kommando kam: »Bitte sehr, die Herren.«

Manfred hatte von Anfang an ein Mädchen ins Auge gefaßt, das der Sylvia aus der Sonnenallee zum Verwechseln ähnlich sah, und spurtete nun los wie beim Hundertmeterlauf. Natürlich war er drei, vier Meter vor den anderen am Ziel und wollte gerade mit seinem Verslein beginnen, als der Tanzlehrer brüllte: »So wie der Herr da mit dem krummen Rücken, so machen wir das nicht!«

Manfred zuckte zusammen. Krummer Rücken ... Schön, er ging manchmal etwas vornübergebeugt, aber daß man ihn gleich als Monster hinstellte! Alle lachten und mußten zurück auf die Ausgangsposition.

Beim zweiten Anlauf blieb Manfred absichtlich ein wenig zurück, um nicht noch einmal den Zorn des Maîtres auf sich zu ziehen, bekam nun aber prompt jenes Mädchen ab, das vielleicht den edelsten Charakter hatte, aber nach außen hin das geltende Schönheitsideal bei weitem verfehlte. Strafverschärfend war noch, daß sie Gudrun hieß.

Als die Exerzitien der ersten Stunde zu Ende waren, schloß der Tanzlehrer mit den neckischen Worten: »Wer von den Herren seine Dame nach Hause bringen möchte, der darf das ruhig tun – in allen Ehren bitte.«

Manfred wollte nicht und mußte, da Dirk Kollmannsperger sein Geleit der Sylvia-ähnlichen Dame erfolgreich angetragen hatte, allein nach Hause trotten. Wieder einmal litt er darunter, kein Glückskind zu sein.

Um aber bei der nächsten Tanzstunde glanzvoll dazustehen, kaufte er sich in der Bickhardt'schen Buchhandlung in der Karl-Marx-Straße das Buch *Tanz im Selbstunterricht* von R. Keller. Schon das Vorwort fand er erhebend. »Wir gehen nicht zu weit, wenn wir behaupten, daß Tanzen heute zur Allgemeinbildung gehört. Wir alle kennen den Tänzertyp, der alles, gleichgültig, ob Wiener Walzer, Tango oder Foxtrott, in gleichem Rhythmus tanzt. Er hat sich seine Schritte selbstgemacht und wendet sie eben bei jedem Tanz an.«

Manfred dachte da an das, was die Erwachsenen bei den vielen Feiern immer machten, und kam zu dem Schluß, daß kein einziger der Herren mehr als diesen Einheitsschritt beherrschte. »Es kommt ihm gar nicht zum Bewußtsein, daß er nicht nur eine komische Figur auf dem Parkett abgibt, sondern auch eine grobe Unhöflichkeit der Dame gegenüber begeht, die er zum Tanz gebeten hat und die diese Tortur über sich ergehen lassen muß.«

Auch das fand er wenig überzeugend, denn meistens waren es die Frauen, die unbedingt das Tanzbein schwingen wollten, und wenn sie dann in den Armen ihrer Herren hingen, guckten sie eher verzückt denn gequält. »Der Neuling wird in diesem Buch eine gute Stütze für seine ersten Schritte auf dem Parkett finden ...«

Also waren die 4,40 DM doch keine Fehlinvestition für ihn. Da sie in der nächsten Tanzstunde mit dem Langsamen Walzer beginnen wollten, legte er sich eine Platte auf, auf deren Etikett English Waltz geschrieben stand, und begann mit Hingabe zu üben.

Die Skizze für die Startstellung sah urkomisch aus und erinnerte ihn an Old Shatterhand, wie der beim Untersuchen einer Fährte war. Ein Fußabdruck war schwarz, der andere weiß. Es dauerte ein Weilchen, bis er begriffen hatte, daß der schwarze Abdruck den linken und der weiße den rechten Fuß des Herrn meinte; bei den Damen war es umgekehrt. Aufmerksam las er alles, was über den »Gehschritt vorwärts für den Herrn« aufgeschrieben stand: »Beachte die aufrechte Körperhaltung, wobei die Knie leicht gelockert, aber nicht gebeugt sind. Bringe das Körpergewicht nach vorn. Schwinge den rechten Fuß von den Hüften ab vorwärts, den Boden zuerst mit Ballen, dann mit Ferse berührend, wobei die Spitze etwas angehoben wird. Beachte aber, daß die linke Ferse vom Boden abgehoben wird, wenn der rechte Fuß an der Spitze des linken Fußes vorbeigeht ...«

O Gott, er mußte erst einmal eine Cola trinken, ehe er sich an den »Grundschritt links vorwärts« machte. »Schritt 1: Gehe mit dem linken Fuß vorwärts auf Ferse. Erhebe am Ende des ersten Schrittes den linken Fuß auf Zehenspitze. Schritt 2: Gehe mit dem rechten Fuß seitwärts und leicht vorwärts auf Spitze. Schritt 3: Schließe den linken Fuß zum rechten auf Spitze, aber nicht zu schnell. Am Ende des 3. Schrittes senke den linken Fuß ab.«

Manfred tat das alles bis zur totalen Erschöpfung, und als er dann beim Ernstfall Gudrun den Arm um die Taille legte, war er nicht nur gefaßt, sondern voller Zuversicht, das Wohlwollen des Meisters zu finden. Doch als es dann zur Sache ging – »Dreivierteltakt – Betonung auf dem ersten Schlag!« –, schrie Gudrun auch schon auf: »Mann, du trittst mir ja die Zehen ab!«

»Halt!« rief der Tanzlehrer und stoppte auch die übrigen Paare. »So wie dieser Herr da, so wollen wir das nicht machen. Das ist falsch hoch drei. Aber da wir ja aus solchen Fehlern am besten lernen können, soll er uns das, was er eben gemacht hat, bitte noch einmal vorführen.«

Da verlor Manfred jede Contenance. Mit einem lauten »Sie können mich mal!« ließ er Gudrun stehen und stürmte aus dem Saal.

Draußen auf der Straße schossen ihm die Tränen in die Augen, und er fühlte sich so elend wie lange nicht mehr. Alles war nun verpatzt. Das schöne Geld seiner Eltern war zum Fenster rausgeschmissen, und, was viel schlimmer war, bei jeder Party saß er als Nichttänzer in der Ecke und durfte zusehen, wie ihm die anderen die Mädchen wegschnappten.

Nicht tanzen können erschien ihm wie eine Behinderung, als hätte er ein zu kurzes Bein oder eine steife Hüfte.

Was nun? Es war schon früh dunkel geworden und nieselte stark. Wo sollte er hin? Wenn die Eltern merkten, daß er die Tanzstunde geschmissen hatte, war der Teufel los. Der einzige Trost wäre die Schmöckwitzer Oma gewesen, aber bis zur ihr raus war es gut und gern eine Stunde. Zu Bimbo und Balla traute er sich nicht, weil deren Eltern ihn nicht verstanden hätten, und Gerhard wohnte zu weit weg. So lief er ziellos durch die Straßen und quälte sich mit der Frage, ob es richtig gewesen war, davonzulaufen. Vielleicht hätte er den Tanzlehrer anblaffen sollen, diesen Fatzke, daß er aufhören sollte, ihn zu beleidigen. »Sonst steht über Ihr komisches Verhalten morgen was in der Zeitung, mein Vater ist Redakteur!« Oder: »Wer ist denn hier unfähig, Sie oder ich!?« So wäre er gerne gewesen, war er aber nicht. Aber immerhin besser so, als wenn er dageblieben wäre und sich die Frechheiten dieses Lackaffen weiterhin gefallen lassen hätte.

Im dünnen Anzug fror er erbärmlich. Am liebsten hätte er sich auf eine Stufe gesetzt und losgeheult. Jetzt halfen nur noch die Durchhalteparolen, die sich bei ihm in all den Jahren festgesetzt hatten: *Morgen sieht schon wieder alles ganz anders aus. Es wird noch einmal ein Wunder geschehen ... Neue Lose, neues Glück.* So landete er schließlich im »Aki« und tröstete sich damit, daß andere es noch viel schlimmer hatten als er. Überall auf der Welt gab es ja Krieg, Hunger, Elend und Verzweiflung.

Zehn Stunden hatte der Tanzkurs dauern sollen, und nun mußte er an acht Sonnabenden hintereinander seinen Eltern etwas vorschwindeln ...

Die Pleite mit der Tanzschule blieb aber nicht das einzige, was im Winter 54/55 bei ihm und im Verwandten- und Bekanntenkreis total daneben ging, und immer wieder mußte er an Tante Claires düstere Prophezeiung denken: »Erscheinen einem Krähen im Traum, so wird es bald ein Unglück geben. Ich habe Angst um dich und deine Eltern.«

Es sollte wirklich eine richtige Pechsträhne werden. Zuerst erwischte es seinen Vater. Der wollte an einem Sonntagmorgen nichts weiter als den Aufwischeimer in die Kammer bringen, die in der Verlängerung ihres Flures zwischen seinem »kleinen Reich«, so Oma Schmieder, und dem Schlafzimmer seiner Eltern lag. Diese Kammer war ein stetes Ärgernis, denn sie sah ständig »wie ein Saustall« aus. Diesmal lag das Bügelbrett mitten im Weg, und beim Versuch, es aufzuhängen, riß sein Vater Dübel und Haken aus der Wand und bekam einen wahren Tobsuchtsanfall, als er eine abgestellte Vase vom Hocker riß und dabei zertrümmerte. Als er die Scherben aufheben wollte – vielleicht ließ sich alles noch kleben –, fegte er mit dem Ärmel seines Jacketts etliche Blechdosen mit Schrauben und Nägeln vom alten Küchenbord und stieß sich beim Bücken den Kopf am herabhängenden Staubsaugerrohr. Daraufhin griff er sich alles, was nicht niet- und nagelfest war, und pfefferte es in den Korridor hinaus.

»Otto!« rief Manfreds Mutter voller Entsetzen, denn sie wußte, daß er – ansonsten eher in sich gekehrt und eine Seele von Mensch – sehr jähzornig werden konnte, wenn das Faß am Überlaufen war. »Vergiß dich nicht.«

»Diese dauernde Unordnung hier!« Damit riß er die hölzerne Stehleiter hoch, die quer vor dem Werkzeugschrank lag, und fegte mit ihr die Lampe von der Wand. Die Glassplitter trafen ihn mitten auf der Glatze, und er blutete so sehr, daß Manfred zu Radickes, die schon ein Telefon besaßen, hinunterlaufen mußte, um eine Taxe zu rufen. Mit der fuhren sie dann zum Notarzt, der die Wunde nähte.

Wieder zu Hause, legten sie sich erst einmal hin, um den Schrecken zu verdauen und ein Stündchen zu schlafen. Kaum waren sie eingedruselt, da klingelte es, und als Manfred öffnete, stand draußen eine kleine, liebe Hutzelfrau von den Zeugen Jehovas und wünschte die Mutter zu sprechen. Die nun hatte ihm befohlen, die Frau, die schon mehrmals dagewesen war, um Gottes willen nicht in die Wohnung zu lassen und ihr auszurichten, sie sei krank. Manfred tat es.

»Von Herzen alles Gute für deine Mutter«, sagte die fromme Hutzelfrau. »Der Herr möge dafür sorgen, daß sie bald wieder gesund ist.«

»Danke«, sagte Manfred und schämte sich für seine Lüge. Die alte Dame hatte wirklich ein liebes Gesicht. Menschen, die ihr Leben so konsequent ausrichteten, erfüllten ihn mit einer gewissen Hochachtung, auch wenn er sich andererseits halb totlachen konnte, wenn Max Bugsin die Heilsarmee nachmachte und sang: »Es ist Kraft in dem Blut, es ist wunderbare Kraft in dem Blut des Heilands drin.« Nun ja …

Manfred träumte abermals von schwarzen Krähen, und prompt erwischte es seinen Freund Balla als nächsten.

Wie an jedem Montagmorgen wartete er auch am 29. November an der Ecke Roseggerstraße/Sonnenallee am roten Feuermelder, doch als ihm der Blick auf die Armbanduhr zeigte, daß es schon 7 Uhr 32 geworden war, klinkte er doch die Haustür auf, um nachzusehen, wo Balla steckte. Seit er an der Treptower Brücke wohnte, war Peter Pankalla noch nie zu spät gekommen, denn: *Fünf Minuten vor der Zeit ist des Soldaten Pünktlichkeit.*

Da kam aber Balla schon die Treppe hinuntergestürmt und warf sich mit einem Jubelschrei seiner Göttin entgegen, jener hölzernen Statue, die am Beginn des Geländers auf einer Stele stand.

Doch diesmal gab sie ihm keinen Halt, sondern … Manfred sah Balla mit ihr davonfliegen, und der Freund hielt sie so an sich gepreßt, als wäre er ein Stürmer beim American Football, der zum Touchdown ansetzte. Balla brach sich zwei Rippen, die Göttin das Genick.

»Umgekehrt wäre es schlimmer gewesen«, sagte Herr Pankalla später. »Die gebrochenen Rippen, die steckt der Peter doch weg wie nichts. Ein Indianer kennt keinen Schmerz.«

Sie bekamen heraus, daß der Hausmeister die Göttin am Abend zuvor abgeschraubt hatte, um sie zu einem Restaurator zu bringen.

Balla brauchte eine Woche lang nicht zur Schule zu gehen, aber auch Manfred verschaffte sich dadurch zwei freie Tage, daß er beim Hochsprungtraining neben die Matte geriet, mit dem rechten Knie auf den harten Boden knallte und nur mühsam humpeln konnte.

»Du Armer, du«, sagte die Mutter, »da kannst du ja am Sonnabend gar nicht zur Tanzstunde gehen.«

»Ja, leider«, stöhnte Manfred.

»Wenn de Pech hast, verlierste das Wasser aus der Kiepe«, sagte der Vater und erzählte die Geschichte von einer seiner Kolleginnen, Susanne Niemegk. »Das ist die ›keusche Susanne‹ bei uns, weil sie so moralinsauer ist und nie 'n Spaß mitmacht. Fräulein Niemegk also hat wegen ihrer schwachen Lunge eine Kur beantragt und muß deswegen zum Röntgen. Unterwegs bekommt sie Durchfall und rennt in ihrer Not in einen Hausflur. Zu spät. Da zieht sie einfach den Schlüpfer aus und wirft ihn weg. Beim Röntgen der Lunge muß sie sich ja nur oben freimachen, denkt sie. Doch dann will die Ärztin sie von Kopf bis Fuß untersuchen, und da kommt dann raus, daß sie keinen Schlüpfer anhat. Als die Ärztin das merkt und sie vorwurfsvoll anblickt, wird sie knallrot und bekommt einen Herzanfall.«

»Und woher weißt du das?«

»Das spricht sich rum, und sie liegt im Krankenhaus. Der Gedanke, daß die Ärztin sie für ein leichtes Mädchen halten konnte, hat sie glattweg umgeworfen.«

»Bei uns in 'ner anderen Bezirksstelle konnte letzten September der Chef keine Rede halten, als einer Jubiläum hatte«, fiel seiner Mutter ein.

»Warum das, hat er sein Manuskript vergessen?«

»Nein, er hat vorher auf der Toilette nicht aufgepaßt und sich vorn die ganze Hose vollge ... macht.«

»Hätte er doch rufen können, daß ihm einer seiner Untergebenen 'ne trockene Hose borgt«, meinte Manfred.

Der Vater schüttelte den Kopf. »Da hätt' er doch allen Glanz verloren.«

»Ach Gott«, sagte die Mutter, »es passiert soviel, und wir wissen nicht, was mit Oma ist.«

Die Schmöckwitzer Oma war vor einer Woche zu ihrer

jüngeren Tochter, zu Tante Gerda, und deren Familie nach Polen gefahren. Schon Wochen vorher hatte sie von nichts anderem mehr gesprochen, und bei allem Verständnis für sie und ihr großes Abenteuer war seinem Vater doch der Satz entfahren: »Mann, is das ein Arschaufreißen mit dieser Reise nach Polen.«

»Jetzt im Winter in Polen, wo sie kein Wort Polnisch spricht und die Polen die Deutschen doch noch hassen werden«, barmte die Mutter.

»Noch ist sie in Polen nicht verloren«, sagte Manfred im Stile von Dirk Kollmannsperger. Doch da waren sie wieder, die Krähen aus seinen Träumen ...

Zu Weihnachten aber war die Schmöckwitzer Oma glücklich wieder zurück, und ihre Berichte füllten den ganzen Heiligabend.

Am ersten Weihnachtsfeiertag, als Tante Trudchen und die Kohlenoma kamen, folgte die erste Wiederholung, und am zweiten Weihnachtsfeiertag, als Onkel Helmut mit seiner Familie in Neukölln eingefallen war, die zweite, immer mit denselben Formulierungen:

»... vor Frankfurt/Oder wurde dann die Lokomotive defekt, so daß wir erst um Viertel zehn dort ankamen. In Posen mußte ich auf einen anderen Bahnsteig, wo mir aber ein Herr aus dem Coupé tragen half. In Breslau mußte ich bis halb zwölf auf die Weiterfahrt warten, waren aber alle sehr nett zu mir im Wartesaal. Ich war um halb eins in Mietkow, wo Gerda mich auf dem Bahnhof herzlich begrüßte. Seit neun Jahren hatte ich sie ja nicht mehr gesehen. Sie ließ dann durch bekannte Dorfbewohner Bescheid sagen, und Leszek kam mich mit dem Pferdefuhrwerk abholen.«

Auch über die Rückfahrt von ihren Kindern wurde in derselben epischen Breite berichtet:

»... von Reppen an habe ich allein im Coupé gesessen. In Kunowitze die Paß- und Zollkontrolle. Es wurde alles kontrolliert und gutgeheißen. Ebenso in Frankfurt/Oder. Ich hatte mitgebracht: Bilder von allen, eine Flasche Weißwein, Mohrrüben, Zwiebeln, Knoblauch, Äpfel, Birnen und Quitten. Von

Frau Plutowa eine Ente und einen Hahn, auch fünf belegte Semmeln.«

Die Mutter umarmte die Oma. »Schön, daß du wieder da bist, Mutti. Otto, gieß doch einmal Sekt ein, das müssen wir feiern, daß unsere Pechsträhne nun vorüber ist. Wir hatten schon Angst um dich. Als du weg gewesen bist, ist ja dauernd was passiert bei uns.«

Als sie zwei Glas Sekt getrunken hatte, drehte seine Mutter mächtig auf und gab Weisung, eine Platte aufzulegen. »Jetzt tanz' ich mal mit meinem lieben Sohn – mal sehen, was der alles so gelernt hat.«

Was blieb Manfred übrig, als sich ins Unvermeidliche zu fügen und ein stilles Gebet zum Himmel zu schicken.

Der Vater hatte einen Foxtrott aufgelegt, was viel zu schnell für Manfred war. Die Rettung sah er nur noch darin, den Clown zu spielen. Also hopste er wie ein Wilder herum. Das ging so lange gut, bis er mit dem rechten Fuß auf die Teppichkante geriet, abrutschte und zu Boden ging. Das alleine wäre ja nicht sehr schlimm gewesen, schlimm war aber, daß er mit dem Knie voll auf den linken großen Zeh seiner Mutter knallte. Dort krachte und knirschte es recht unheilvoll, und der Arzt im Urban-Krankenhaus konstatierte einen Bruch und mußte ihr den Nagel ziehen.

Manfreds Knie hingegen schmerzte kaum. Eher die Tatsache, daß er nach seinem Geständnis ein Vierteljahr kein Taschengeld bekam.

Tante Claires Krähen …

Als letzten traf es den Schneider des Vaters. Den hatte Otto Matuschewski aufsuchen müssen, um sich für die anstehende Silberhochzeit einen neuen Anzug *bauen* zu lassen. Trotz seiner steifen Hüfte und den dadurch unterschiedlich langen Beinen war der schnell angemessen, und sie hatten sich anschließend noch ans Schachbrett gesetzt, der großen Leidenschaft des Neuköllner Hinterhofschneiders. Doch als der Vater ihm einen Turm mit dem Springer schlug, brach der Schneidermeister plötzlich zusammen und starb noch auf dem Weg ins Krankenhaus an Herzversagen.

»Nun kann sich Otto einen neuen Schneider suchen«, sagte die Mutter. »Hoffentlich klappt das noch bis zur Silberhochzeit.«

Seit Manfred von der olympischen Devise des »Schnellerhöher-weiter« gepackt worden war, hatte sich Schmöckwitz zur bevorzugten Trainingsstätte entwickelt, und jedes Wochenende, vor allem aber in den Ferien, übte er dort. Da nun aber der Wettkampf als das beste Training galt, kam er auf die Idee, die Jugend der Welt, bestehend aus Balla-Balla Pankalla, Dirk Kollmannsperger und Gerhard Bugsin, zu speziellen Meisterschaften nach Schmöckwitz zu rufen. An sich hatte die Premiere dieser Großveranstaltung schon am 4. Juli 1955 stattfinden sollen, doch da hatte es kurz vor dem ersten Startschuß ein schweres Unwetter gegeben. In Schmöckwitz hatte die Kreuzung am »Konsum«, da wo die Straßen aus Zeuthen und Eichwalde das Adlergestell trafen, kniehoch unter Wasser gestanden, und am Ostberliner Falkplatz war sogar ein 13jähriger Junge von einem Blitz erschlagen worden. So hatte man die »1. Schmöckwitzer Leichtathletikmeisterschaften« um eine Woche verschieben müssen, und zwar auf den Sonnabend vor der Silberhochzeit seiner Eltern, was zwar ungünstig war, wegen der bevorstehenden Schulferien aber nicht mehr anders ging.

Vorgesehen waren zehn Disziplinen, die zugleich den Zehnkampf bildeten, für den Manfred in langer Heimarbeit eine detaillierte Tabelle ausgearbeitet hatte: 15 Meter, 15 Meter Hürden, Weitsprung, Weitsprung aus dem Stand, Kugelstoßen (6 ¼ Kilo), Kugelstoßen aus dem Stand (4 Kilo), Diskus (2 Kilo), Speer (800 Gramm) und 30 Meter. Die ersten drei Disziplinen fanden auf dem sandigen Weg zwischen roter Sommerlaube und Gartentor statt, wobei der Weitsprungbalken – fünf in den Boden eingelassene Kalksteine – zugleich die Ziellinie bildete. In gehöriger Entfernung hatte man den Boden spatentief umgegraben, was leider dazu führte, daß sich die liebe Tilly, ahnungslos eintretend, den Knöchel verstauchte. Beim 30-Meter-Lauf wurde hinten an der Pumpe gestartet, und man mußte in einer S-Kurve um die Laube laufen. Stätte des Hochsprungs war Manfreds alter Zoo, der zu diesem Zwecke eingeebnet wurde. Mit seinen Tieren aus Blei mochte er sowieso nicht mehr spielen. Austragungsort der Wurfdisziplinen war das »Schmöckwitzer Waldstadion«, das heißt die schräg in Richtung Waldidyll in den Grünauer Forst geschlagene Schneise.

Manfred eröffnete die Veranstaltung mit einer kleinen Rede, die mit einem pathetischen Aufruf endete: »Möge diese Veranstaltung ihre 25. Folge erreichen und wir dann immer noch die alten Freunde sein!« Die Zuschauer – die Oma, Tante Trudchen, Erna Kühnemund, Else Zastrau und Otto Wegener, der Nachbar, der stets am Zaun stand und lauerte – klatschten Beifall.

Doch schon beim ersten Lauf stand ihre Freundschaft auf dem Spiel, denn es gab nur eine Stoppuhr, und zum anderen mußte mangels eines objektiven Kampfrichters immer einer von ihnen selber stoppen. Als Manfred nun niederkniete, war Gerhard der Starter, und Balla durfte stoppen.

»Auf die Plätze …« Gerhard, der wie ein echter Starter extra auf eine Fußbank gestiegen war, sprach dies mit hohem Ernst. »Fertig …« Und dann kam der Startschuß aus einer Knallplätzchenpistole.

Manfred stampfte durch den Sand und warf die Brust ins Zielband – einen Bindfaden, der zwischen zwei Speeren hing. Leider hatte ihn Balla so hoch gespannt, daß er Manfred fast strangulierte, jedenfalls noch wochenlang die Frage an ihn ging, ob er wohl versucht habe, sich aufzuhängen.

»Drei-Komma-drei«, sagte Balla nach einem Blick auf die Stoppuhr, die aus Ruhla kam und ein wenig vorsintflutlich wirkte.

»Du hast ja nicht mehr alle!« rief Manfred und tippte sich an die Stirn. Der Rekord stand bei 2,9 Sekunden, und er als Profi-Sprinter des TuS Neukölln lief doch nicht plötzlich vier Zehntel schlechter. »Du hast ja auch erst gedrückt, als ich schon an der Gartentür war.« Also weit hinter dem Ziel.

Das Kampfgericht, das aus ihnen selber bestand, trat nun

zusammen und entschied nach längerer und teilweise erregt geführter Debatte, daß Manfred noch einmal starten durfte und immer der die Stoppuhr bedienen sollte, der am wenigsten Aussichten hatte, die beste Zeit zu laufen.

»Immer ich«, sagte Gerhard, fand sich aber schnell mit seiner Rolle ab. Zum Starter wurde Balla bestimmt, weil der aufgrund der militärischen Tradition seiner Familie sicherlich am besten mit der Pistole umgehen konnte.

Wieder kniete Manfred in den beiden Löchern nieder, die sie am Rondell vor der Laube gegraben hatten. Doch diesmal wurde es ein Fehlstart, und Balla mußte ihn zurückschießen.

»Hier wird nicht geschossen!« schrie daraufhin Otto Wegener vom Nachbargrundstück zu ihnen herüber. »Die DDR ist ein Staat des Friedens.« Dies in vollem Ernst.

Wiederum berieten sie. Otto Wegener als eingefleischtem Kommunisten war es zuzutrauen, daß er zur Vopo lief – und dann erschien womöglich der Abschnittsbevollmächtigte und nahm sie mit, als »westliche Kriegstreiber«, denn allesamt kamen sie ja aus dem kapitalistischen Ausland. Also wurde die Knallplätzchenpistole beiseite gelegt, und der Startschuß entfiel zugunsten eines lauten »Los!« bei gleichzeitigem In-die-Hände-Klatschen.

Schließlich standen Sieger und Plazierte fest, und die liebe Tilly als Ehrenjungfrau durfte die Medaillen überreichen. Manfred hatte mit dem neuen Schmöckwitzer Rekord (NSR) von 2,8 Sekunden gewonnen und bekam nicht nur 500 Punkte dafür, sondern auch die Goldmedaille, die ein Westgroschen aus Messing war. Die Silbermedaille, einen Ostgroschen aus Aluminium, und 450 Punkte für seine Zeit von 3,0 Sekunden hatte Dirk Kollmannsperger errungen, und die Bronzemedaille, ein Westpfennig, fiel an Balla (3,1 Sekunden und 425 Punkte).

Weiter ging es mit dem 15-Meter-Hürdenlauf, wo es die beiden Böcke zu überwinden galt, die ansonsten die Tischtennisplatte trugen. Hier gab es keine besonderen Zwischenfälle, außer daß Gerhard sich das Schienbein aufratschte. Schwierigkeiten bekamen sie erst wieder beim Diskuswerfen, denn das Gerät stammte noch aus den sportlichen Tagen von Manfreds Großvater Oskar, der 1937 verstorben war. Bei jeder Landung fiel der Diskus auseinander und mußte mittels eines Hammers erst mühsam wieder zusammengefügt werden. Sonst aber herrschte Friede, denn aufgrund ihrer spezifischen Begabungen gewann mal der eine, mal der andere. Manfred war der beste Läufer, Dirk Kollmannsperger sprang am weitesten und höchsten, und Balla war unschlagbar mit dem Diskus und den beiden Kugeln. Gerhard war ein guter Verlierer, dies aber auch, weil er sich eines Titels sicher wähnte, der Medaille im Speerwerfen.

Doch da wollte ihm keiner der ersten beiden Würfe so richtig rausrutschen, und vor seinem letzten Versuch war er mit enttäuschenden 31,91 nur Zweiter hinter Balla, der es auf immerhin 33,34 Meter gebracht hatte.

»Eigentlich dürfte man das Wort Speer gar nicht mehr in den Mund nehmen«, philosophierte Dirk Kollmannsperger in Anspielung auf Hitlers Baumeister Albert Speer, »und müßte es entnazifizieren in Wurfholz oder so.«

»Ruhe, bitte!« Gerhard konzentrierte sich und stellte sich dabei vor, Cyril Young zu sein, der amerikanische Olympiasieger von Helsinki (73,78 Meter). *Ich will die Hälfte davon werfen, ich will die Hälfte davon werfen!* Was ihm wohl auch gelungen wäre, wenn er nicht versucht hätte, im Kopf 73,78 durch zwei zu teilen. Einmal lenkte ihn das ab und zum zweiten verrechnete er sich zu seinen Ungunsten, so daß der Speer schon bei 34,89 in den Waldboden fuhr und nicht erst bei 36,89 landete. Dennoch waren das ja an die dreieinhalb Meter weiter, als Balla geworfen hatte, und Gerhard jubelte schon.

Doch Balla protestierte. »Gilt nicht: Der Speer hat vorher 'n Kiefernzweig berührt, und das hat ihn weitergetragen.«

»Das ist doch Blödsinn!« erregte sich Gerhard. »Dadurch issa vorher runtergefallen, sonst wär's noch viel weiter gewesen.«

»Ich möchte mal die Filmaufnahmen sehen«, sagte Dirk Kollmannsperger.

Wieder mußte das Kampfgericht zusammentreten, und das entschied nach hitziger Debatte, Gerhard noch einmal werfen zu lassen. Der schaffte dann auch trotz der großen nervlichen Belastung 33,37 und freute sich ungeachtet der Bemerkung Ballas, daß man wohl das Bandmaß ein wenig zu locker gehalten habe, wie ein Schneekönig über seine Goldmedaille.

Doch die Stimmung blieb gereizt, und beim Hochsprung, nun wieder im Garten, schien der Wettkampf kurz vor dem Abbruch zu stehen. Als nämlich Manfred die Wahnsinnshöhe von 1,30 Meter übersprang, hing danach die Wäscheleine, die er mächtig touchiert hatte, auf 1,15 durch.

»Gerissen!« schrie denn auch Balla, sein schärfster Konkurrent, was den begehrten Zehnkampftitel betraf.

»Quatsch, die hängt doch noch dran!« Links und rechts der Sprunggrube hatten sie ihre beiden hölzernen Speere in die Erde gerammt und daran die Schraubzwingen befestigt, die beim Tischtennis für das Netz da waren. Auf denen nun lag die Wäscheleine.

»Wenn das eine Latte gewesen wäre, wäre sie runtergefallen«, argumentierte Balla.

»Es war aber keine Latte, denn wir haben keine Latte«, hielt Manfred dagegen.

»Ich habe morgens immer eine Latte«, warf Dirk Kollmannsperger ein.

»Das bringt uns auch nicht weiter«, meinte Gerhard.

»Richtig, denn was deren Höhe und Länge angeht…«

»Hör doch mal auf damit!« rief Manfred. Die Sache war zu ernst für diese pubertären Späße. Außerdem hatte er Angst, daß seine Eltern, die gerade mit der 86 angekommen waren, dies mitbekamen.

Nach kurzer Begrüßung wurde weiter beraten und schließlich entschieden, daß die Leine nach dem Sprung nicht mehr als zwei Zentimeter durchhängen durfte.

So hatten sie ihren großen Zehnkampf gegen 19 Uhr glücklich zu Ende gebracht, und Manfred hatte mit 5275 Punkten vor Balla, Dirk Kollmannsperger und Gerhard gesiegt. Die beiden anderen Neuköllner fuhren mit der 86 nach Hause, und Gerhard schwang sich aufs Rad, um baldmöglichst in Karolinenhof zu sein, wo er noch die Tomaten zu wässern hatte. Manfred sank schon vor Sonnenuntergang erschöpft ins Bett.

Daher aber war er am nächsten Morgen schon hellwach, als seine Eltern noch in tiefem Schlummer lagen. Sie schliefen alle drei oben im großen Zimmer, er auf der Liege am Fenster, seine Eltern im Doppelbett am Ofen. Er traute sich nicht, aufzustehen und nach unten zu schleichen, denn wenn er sie wach gemacht hätte, wäre es nicht ohne viel Geschimpfe abgegangen. Außerdem erwarteten sie sicher, daß er ihnen als ihr einziges Kind als erster gratulierte. Andererseits fand er es furchtbar, sich womöglich noch drei Stunden im viel zu weichen Bett herumwälzen zu müssen, denn es war gerade halb sieben, und wenn er Pech hatte, standen sie vor zehn nicht auf. Der Vater schnarchte grausam, und immer wieder stieß ihn die Mutter mit einem wütenden »Otto!« in die Seite. Diesmal so doll, daß er aufwachte und seinen hohen Blasendruck bemerkte. Da es wegen seiner steifen Hüfte unzumutbar für ihn war, die leiterähnliche Treppe nach unten zu klettern, stand ein weißer Emailleeimer vor dem Fenster, eine geniale Konstruktion. Denn um den Austritt jener harnspezifischen Duftstoffe, wie sie nach mehrmaligen Gebrauch des Eimers durch mehrere Personen reichlich anfielen, auf ein Mindestmaß herabzusenken, war er mit einem schüsselartigen Deckel versehen, in dessen Mitte eine markstückgroße Öffnung ausgespart war, in die nur mit Geschick und längerer Übung spritzfrei zu treffen war. Da der Vater aber noch wie ein Schlafwandler war, überdies im hinderlich langen Nachthemd Großvater Quades, gelang ihm dieses Kunststück nicht, und Manfreds frei liegende Beine wurden erheblich benetzt. Nur mühsam konnte er sich bremsen, um nicht Abscheu und Empörung hinauszuschreien. Und als sich die Mutter dann wenig später auf den Eimer hockte, fand er das so peinlich, daß er sich die Decke weit über den Kopf ziehen mußte.

Wenigstens war es nun trotz des zugezogenen Vorhangs so hell geworden, daß er lesen konnte. »Die Familie Buchholz« von Julius Stinde, gefunden ganz hinten im Bücherschrank seiner Oma, war in diesem Sommer seine Lieblingslektüre, und er träumte davon, einmal ein so angesehener und gut verdienender Mann zu werden wie der »Wollenwarenhändler« Karl Buchholz in der Landsberger Straße. Kurz vor der Jahrhundertwende spielte das alles, zur Kaiserzeit, und einen Hochzeitstag gab es da auch, von Frau Wilhelmine Buchholz beschrieben: »Wenn nun unserer Hochzeitstag herankommt, dann wird jener erste Tag wieder lebendig in meiner Erinnerung, als wäre es gestern, und wenn mein Karl mich stillschweigend umarmt und mir einen innigen Kuß gibt, dann ist mir, als sei er noch mein Bräutigam, mit dem Myrtenstrauße im Knopfloch, der weißen Binde und den feinfrisierten Haaren, obgleich er jetzt nur den Schlafrock anhat und auf dem Kopfe frühmorgens ein bißchen wuschig aussieht.«

Manfred träumte von seiner eigenen Heirat und genoß dabei die Hochzeitsnacht so intensiv, daß es passierte, und er, als die Eltern nun doch überraschend früh erwachten, vor Angst, sie könnten etwas riechen, bei seiner Gratulation fürchterlich ins Stottern kam. Zwar hatte er es trockenzureiben versucht, aber ...

»Herzlichen Glückwunsch also zur Hochzeit, zur Silberhochzeit ... Und wenn ihr damals nicht ...« O Gott! Er verfärbte sich noch mehr. »... damals nicht geheiratet hättet, dann wäre ich ja auch nicht auf der Welt ...«

Es war ein geradezu schreckliches Bild für ihn, sich vorzustellen, wie die Eltern »es« getan hatten, um ihn zu zeugen, daß er ohne diese »Sauerei«, als die sie es immer hinstellten, gar nicht leben würde. »... also: Dafür danke ich euch. Bis zur Goldenen Hochzeit dann alles Gute für euch, Glück und Gesundheit.« Küsse für beide. »Und das Gedicht für euch, das kommt dann später.«

Gott sei Dank, das war nun überstanden. Er eilte nach unten, um im Schuppen die befleckte Schlafanzughose gegen die saubere Badehose zu wechseln.

Mit Tante Trudchen, der lieben Tilly und der Schmöckwitzer Oma zusammen wurde dann auf der »Platte«, dem
Quadrat aus festem Zement am rechten Zaun zwischen
Haus und Komposthaufen, zum Frühstück geschritten. Alle
gratulierten, und am Blumenstrauß hing eine große 25 aus
silberner Pappe.

Anschließend bekam Manfred, der viel lieber im Liegestuhl gelesen hätte, den ehrenvollen Auftrag, sich aufs Rad
zu setzen, nach Karolinenhof zu fahren und den Wein zu
holen, den Max Bugsin irgendwo billig erstanden hatte.

Er maulte etwas. »Die können doch den nachher mitbringen, wenn sie kommen.«

»Ich brauch' den Wein vorher, um die Bowle anzusetzen.«
Basta!

Also gehorchte er und traf gerade in dem Augenblick bei
Bugsins ein, als Gerhard und Inge ein Wettrülpsen begannen. Wer konnte es am lautesten und vor allem am längsten? Manfred wollte auch mitmachen. So standen sie denn
zu dritt am Gartenzaun und produzierten Geräusche, die die
Nachbarn gegenüber in Verwunderung versetzten: »Mensch,
jetzt hört man die Frösche am Teich bis hierher quaken.«

Gerhard gewann zwar, dafür wurde ihm aber derart
schlecht, daß er sich erst einmal in die Laube zurückziehen
und hinlegen mußte.

»Was machen wir nun?« fragte Inge, denn jede Minute
konnte Tante Lore in Karolinenhof auftauchen, eine Cousine
ihrer Mutter, die gleich nach dem Kriege ausgewandert war
und nun in Perth, Australien, lebte. »Die hat sich doch im
letzten Brief so gefreut, daß ihr kleiner Gerhard ihr als erster
entgegengelaufen kommt.«

Tante Irma hatte eine tolle Idee. »Dann schicken wir eben
Manfred vor.«

»Das merkt die doch«, wandte Inge ein.

»I wo«, sagte Max Bugsin, »die hat doch Gerhard seit zehn
Jahren nicht gesehen.«

So ging es noch eine Weile hin und her, aber als Tante Lore
dann am Gartenzaun stand und klingelte, groß und hübsch

wie Rita Hayworth, da bekam Manfred, der sich noch immer beträchtlich zierte, einfach einen Stoß ins Kreuz und schoß nach vorn.

»Hallo, Tante Lore!« Manfred riß das Tor auf.

»Gerhard, mein Junge!« Sie drückte ihn an sich, und Manfred sah sich in einem jener französischen Filme, wo junge Männer von reifen Frauen in die Kunst der Liebe eingeführt wurden, nein, eher als ein Antonio oder Balduino, wie sie in den Romanen von Jorge Amado vorkamen und mit ihren Vätern ein Freudenhaus besuchten. Auf alle Fälle war es eine schöne Rolle, die ihm Bugsins da verschafft hatten, und er genoß den engen Körperkontakt. Vielleicht zu sehr, vielleicht aber war es auch, wie sie später mutmaßen sollten, »die Stimme des Blutes«, höchstwahrscheinlich aber das verhaltene Grinsen auf den Gesichtern der anderen, jedenfalls stieß ihn Tante Lore plötzlich von sich weg und rief aus, daß er doch unmöglich Gerhard sein könne. Und wie auf ein Stichwort hin kam nun auch der echte Gerhard aus der Laube geeilt.

Manfred packte den Wein in sein Körbchen und machte sich auf den Weg zurück nach Schmöckwitz, immer noch mit dem Ausdruck höchsten Entzückens im leicht geröteten Gesicht.

Es gab eine Menge zu tun und zu helfen, aber dennoch fand er Zeit, vor dem Eintreffen der Gäste noch ein paar Runden Mini- oder Gartengolf zu spielen und zu versuchen, seinen Rekord von 32 Schlägen zu brechen. Zehn Blumentöpfe hatte er an allen Ecken und Enden vergraben, und los ging es direkt an der elektrischen Pumpe, neben der dann auch das letzte Loch zu finden war. Doch da ihn die Mutter immer wieder zu Sondereinsätzen rief, fand er seinen Rhythmus nicht und spielte immer nur par, erreichte also gerade den Platzstandard von 40 Schlägen.

Ab drei trudelten dann alle ein; bis auf Tante Lolo, Onkel Kurt und Tante Claire kamen sie mit der Straßenbahn. Zumeist stiegen sie paarweise aus der 86 und wurden drüben an den Karnickelbergen, wo die Haltestelle war, von Manfred in Empfang genommen. An Geschenken kamen etliche

Sammeltassen und bergeweise Besteckteile von WMF zusammen, was sich die Eltern auch gewünscht hatten.

Zum Kaffeetrinken saßen dann alle wieder an der Tischtennisplatte und zwei dazugestellten Tischen. Die Mutter trug mit Stolz den Kranz der Silberbraut, und der Vater sah im neuen schwarzen Anzug so nobel aus, daß die liebe Tilly voller Anerkennung meinte, nur ihr Vater, gewesener Oberkellner im *Adlon*, hätte ihr noch besser zu gefallen gewußt. Als sich das Silberpaar dann küßte, klatschten alle.

»Fünfundzwanzig Jahre mit derselben Frau, das ist schon eine Leistung«, sagte der Vater und holte hinter dem Verschlag mit der elektrischen Pumpe einen Strauß mit 25 roten Rosen hervor, um sie der Silberbraut zu überreichen. Formvollendet wie im alten Ufa-Film. Wieder klatschten alle, und die Jüngeren sangen dann unter der Regie von Max Bugsin: »Schenk deiner Frau doch hin und wieder rote Rosen. Bring ihr Blumen, die ihr Herz erfreu'n. Schenk ihr auch Anemonen, Nelken und Mimosen, und sie wird dir dafür sicher dankbar sein.«

Da wollte der Chor der älteren Damen, bestehend aus Manfreds Schmöckwitzer und der Kohlenoma, Tante Trudchen, Tante Claire, Tante Martha und der lieben Tilly, nicht zurückstehen und entschloß sich, auch ein Liedchen zu Gehör zu bringen: »Freut euch des Lebens, solange das Lämpchen noch glüht ...«

Als das verklungen war, blickten sich alle in der Runde um, denn eigentlich war ja jetzt der Auftritt eines Festredners fällig. Doch da keiner der Herren – auch Herbert Neutig, Max Bugsin und Waldemar Blöhmer nicht – etwas vorbereitet hatte, wurde Manfred gebeten, sein großes Gedicht nicht erst am Abend, sondern schon jetzt beim Kaffeetrinken vorzutragen.

Manfred bekam vor lauter Aufregung richtiges Herzrasen. Das hier war viel, viel schlimmer, als in der Klasse an die Tafel zu treten. Und mit seiner Dichtkunst war es nicht weit her. Es dauerte lange, bis er den Kloß im Hals herausgehustet hatte. Siedendheiß war ihm, und viel zu oft versprach er sich.

Meinen lieben Eltern zur Silberhochzeit

Im Jahre neunundzwanzig,
da fand sich
im schönsten Südosten der Stadt
ein junges Paar,
das bis zu diesem Jahr
Freud und Leid miteinander getragen hat!

Unter dem roten Banner,
da gewann er,
der sich Otto nannte,
seine Margot,
die schnell und flott
seinen wahren Wert erkannte.

In des Saales Glanze
beim wiegenden Tanze,
erfüllte sich Amors größte Idee.
Otto, klein und dick,
war das große Glück!
Erna und Julius waren passé.

Grundstück und Boote
wurden Gebote
und verbanden fester als Zinn
Wassermann
mit Zwilling dann.
Das Leben zeigte seinen schönsten Sinn.

Ein Leben ging,
ein anderes fing
zur gleichen Zeit zu wachsen an.
Als Mannilein den ersten Ton gebrüllt,
war stolzer Eltern Wunsch erfüllt.
Ein kleiner Wicht, ein weiter Weg zum Mann.

Und diesem Jungen –
nicht immer ganz gelungen –
bleibt es überlassen,
seinen Dank
mit Überschwang
in Verse hier zu fassen.

Als Manfred an dieser Stelle angekommen war, hätte er am liebsten aufgehört und wäre in den Wald gelaufen, denn der Beifall war mäßig, die meisten seiner Zuhörer schienen nicht ganz folgen zu können und dösten vor sich hin, und die Eltern hatten offenbar ganz etwas anderes erwartet, denen war das offensichtlich furchtbar peinlich, was er da so kompliziert gereimt hatte. Auch wußten viele nicht, wer Erna und Julius waren: die »Verflossenen« seiner Eltern, und daß er mit »dem Leben, das gegangen war« seinen Großvater gemeint hatte, den Mann der Schmöckwitzer Oma.

Dem Anlaß entsprechend hatte er 25 Strophen zu Papier gebracht, war sich aber darüber im klaren, daß es eine Katastrophe gab, wenn er die alle vortragen würde. Lediglich die Schmöckwitzer Oma lächelte lieb und genoß seine dichterischen Hervorbringungen, allen anderen aber drehte sich ganz offensichtlich der Magen um, als er nun weitermachte und beim Ablesen der einen schon immer prüfte, ob sich die nächste Strophe nicht streichen ließ.

Dann im großen Schatten,
da hatten
sie das Glück an die Angst verloren.
Das nackte Leben
war einziges Streben,
als der Wahnsinn zum Führer geworden.

Unermeßlich schwere Stunden,
unvergeßliche Sekunden
brachten Stacheldraht und fremdes Land.
Das Heulen der Bomben

in den Katakomben,
als der Tod stets neben uns stand.

Doch der Nebel zerfiel,
die Sonne gewann das Spiel,
ließ vergessen Trennung und Krankenlager,
Abende ohne Licht,
Körper mit Fliegengewicht,
Mut und Rippen waren nicht mehr mager.

Heute sind 25 Jahre vergangen,
Ihr seid die meisten zusammen gegangen!
Wenn der eine zweifelnd geweint, der andere gelacht.
Viele Mühen,
aber immer wieder neues Blühen
haben viele Tage, viele Wochen Euch gebracht.

Beide jetzt Beamte,
Eure Rechte: angestammte!
Jedes Jahr die Reise nach Farchant,
Bundesbürgers Wunderland
auch hier seinen Eingang fand,
Wohlstand, der bis dato unbekannt.

Im Kreise der Lieben,
die noch geblieben,
mag es Euch gelingen,
Zufriedenheit
zu zweit
für weitere Jahre zu erringen.

Und zum Schluß
nun der Silberhochzeitskuß!
Geheiligt sei der Blick zurück
und ein dreifaches Hurra,
daß nicht vieles schlimmer war!
Getrunken wird auf neues Glück!

Stimmen verklärt,
Kuchen verzehrt,
im vereinten Chore rufende Gäste:
» Wunderbar!
Noch einmal: Hurra!
Bis zum goldnen Hochzeitsfeste!«

Gott sei Dank, er hatte es überstanden. Schweißgebadet und mit weichen Knien lief er zu den Eltern hin, um sie zu küssen.

»Bravo!« rief die Schmöckwitzer Oma, doch die anderen schwiegen eher etwas betreten und werteten seinen Auftritt als eine Art peinliche Entgleisung.

»Wir danken allen, die heute gekommen sind«, sagte der Vater.

»Und auch für die Geschenke«, fügte die Mutter hinzu.

Herbert Neutig erhob sich nun. »Stoßen wir an auf unser Silberpaar, auf unsere Margot und unseren Otto!«

Das taten sie, und die Schmöckwitzer Oma versäumte es nicht, ihr Glas in Richtung Polen zu schwenken. »Gerda, wir denken an dich!«

Inzwischen hatte Gerda Neutig, die alle Schlager auswendig konnte, ein Lied angestimmt, bei dem die alten Ehepaare feuchte Augen bekamen: »Ich hab' mich so an dich gewöhnt, ich hab' mich so an dich gewöhnt, an die Art, wie du beim Küssen deine Augen schließt und mir dennoch, ach so tief, in meine Seele siehst. Ich hab' mich so an dich gewöhnt, hab' mich so an dich gewöhnt. Wenn du lachst, dann lach' ich mit, was kann ich weiter tun, wenn du weinst, dann ist die Welt für mich vorbei, wenn du müde bist, dann fühl' auch ich, ich muß mal ruh'n, wenn ich denk', dann denk' ich immer für uns zwei. Ich hab' mich so an dich gewöhnt, ich hab' mich so an dich gewöhnt.«

Manfred litt sehr darunter, daß er sich mit seinem kunstvollen Gedicht so überhoben hatte, und es kränkte ihn tief, daß es keinen Beifallssturm gegeben hatte. Er begriff aber auch, daß man sehr schnell auf die Schnauze fliegen konnte, wenn man sich bemühte, originell zu sein und nicht das Übliche zu bringen. Es brauchte eine Weile, bis er sich wieder fing.

Lachen konnte er erst wieder, als Max Bugsin, der das Nachthemd seines Vaters beziehungsweise Urgoßvaters entdeckt hatte, auf die inzwischen abgeräumte Tischtennisplatte kletterte und dort wie ein Toter auf der weißen Decke liegenblieb.

»Was machst du denn da?« fragte Manfreds Mutter.

»Der trainiert für seinen neuen Beruf«, war Gerhards Antwort.

»Will er nicht mehr mit Büromöbeln handeln?«

»Nee, der wird Mannequin für Totenhemden.«

Max Bugsin sorgte aber auch kurze Zeit später noch einmal für erhebliches Gelächter, als er nämlich mit total bepinkelter heller Hose aus dem kleinen Toilettenhäuschen kam, wo Manfred für die Männer, damit die nicht immer die Brille beschmutzten, seitwärts unter dem Fenster einen kleinen Trichter angebracht hatte.

»Max, du hast wieder vergessen, den Deckel hochzuklappen!« schrien alle.

Er setzte sich schnell wieder hin, um alles trocknen zu lassen. Überhaupt zeigten die Erwachsenen allesamt keine Neigung, sich irgendwie zu bewegen, zu baden oder spazierenzugehen, und auch Minigolf und Karten spielen wollten sie nicht, nur dasitzen und quackeln. *Durch Reden kommt eine Unterhaltung zustande.* So einer der Sprüche seiner Mutter. Manfred selber formulierte es Inge gegenüber mit Descartes: »Ich rede, also bin ich.« Alle hatten sie etwas zu erzählen, und Manfred hatte das Gefühl, daß die Ereignisse dadurch, daß man über sie nachher immer wieder redete, recht eigentlich erst stattfanden.

Die Kohlenoma erzählte in ihrer einfachen Sprache, aber mächtig aufgeregt dabei, von der Einweihung des Trümmerfrauendenkmals in der Hasenheide, zu der man auch sie eingeladen hatte. »Das war am 30. April, am 30. April war das. Auf dem Berg oben, auf der Rixdorfer Höhe.«

»Du bist eben immer auf der Höhe, Annekin!« rief Tante Claire dazwischen.

»Ja, und der Kurt Exner war da, der Bürgermeister von Neukölln, und der hat mir die Hand geschüttelt.«

»Und seitdem hast du dir die nicht mehr gewaschen«, lachte Onkel Albert.

Nun mochte auch die Schmöckwitzer Oma nicht länger schweigen und berichtete in homerischer Breite, wie denn nun Gerda mit ihrer Familie in Polen auf dem Dorfe lebte und es verstanden hatte, sich als »die Deutsche« durchzubeißen. »Für die Lehrerin hat sie genäht, und der Leiter der landwirtschaftlichen Kooperative, der Pluto, ist zu ihr gekommen, um von ihr etwas über Bücher und übers Theater zu hören.«

»Pluto – ist das nicht der Höllenhund?« warf Manfred ein.

»Nein, der äußerste Planet des Sonnensystems«, sagte Waldemar Blöhmer, immer bemüht, seine Bildung ins rechte Licht zu rücken. »Merkur, Venus, Erde, Mars, Jupiter, Saturn, Uranus, Neptun, Pluto.«

Tante Grete, die immer schwerer hörte, verstand das wieder einmal völlig falsch. »Blut ... O! Wo denn? Wer hat sich verletzt?«

»Keiner!« schrie ihr Tante Emmi ins Ohr. »Mariechen war in Polen bei der Gerda, und da heißt einer Pluto.«

»Schrei doch nicht so«, bat sie Tante Grete und nickte. »Ich hab schon verstanden: die Gerda lebt jetzt mit dem Pluto zusammen. Und wo ist der Leszek geblieben?«

»Der Leszek ist immer noch ihr Mann.«

»Und außerdem hat sie noch den Pluto?«

»Nein, das ist der Vorsitzende von der LPG da auf 'm Dorf in Polen.«

»Ah, ja.« Tante Grete strahlte wie ein Honigkuchenpferd. »Die Gerda sollte mal mit dem Pluto nach Berlin kommen, in unseren neuen Tierpark in Friedrichsfelde. Den haben sie letzte Woche eröffnet. Alles freiwillige Aufbaustunden. Jugendliche und Werktätige, alle zusammen. Ich hab' auch mitgemacht. Berthold hat gleich hinter dem Oberbürgermeister gestanden. Bei der Eröffnung. Friedrich Ebert ist das gewesen.«

»Unser Regierender Bürgermeister heißt jetzt Otto Suhr«, schrie ihr Tante Claire, ihre Schwägerin, ins Ohr. »Bei uns im Westen. Von der SPD. Nicht mehr Walther Schreiber von der CDU.«

Manfreds Vater nutzte die Chance, um anzumerken, daß Walther Schreiber der schwächste Bürgermeister gewesen sei, den sie je gehabt hätten. »Nicht mal zum Leiter einer Sparkassenfiliale hätte's bei dem gereicht.«

»Man kann noch so dumm sein: Tritt man in eine Partei ein, kommt man im Nu nach oben«, sagte Herbert Neutig.

»Treten Sie doch auch mal ein«, sagte Manfred, und alle erschraken und warteten darauf, daß er von seiner Mutter eine gescheuert bekam.

Hätte er wohl auch, denn sie hob schon den Arm, doch ein schriller Aufschrei der Schmöckwitzer Oma rettete ihn.

»Pfui Deibel, stinkt es hier!«

Und in der Tat, es war nicht auszuhalten. Ein plötzlicher Windstoß wehte eine solche Duftwolke vom Nachbarn herüber, daß sich alle die Nase zuhalten mußten. Otto Wegener düngte wieder einmal. Natürlich nicht aus gärtnerischer Notwendigkeit, sondern um die Feiernden zu ärgern, zumal die überwiegend aus dem Westen kamen, was ihm als Genossen gar nicht behagte.

Gerda Neutig hatte wiederum den passenden Schlager parat, spielte Mona Baptiste und brachte alle dahin, mitzusingen: »Heut' liegt was in der Luft, in der Luft! Mir ist so komisch zumute, ich ahne und vermute: Heut' liegt was in der Luft, ein ganz besond'rer Duft, der liegt heut' in der Luft!«

Aber die heitere Einlage konnte die Lage nur für kurze Zeit entschärfen, dann gewann der Ärger wieder die Oberhand.

»Müssen Sie denn jetzt Ihre Jauche ausbringen!?« schrie Waldemar Blöhmer über den Zaun. »Wir sitzen hier beim Kaffeetrinken.«

Doch ihre Proteste fruchteten nichts, Wegener jauchte ungerührt weiter, und zwar immer dicht am Zaun, damit ihm nichts von dem entging, was man drüben sprach.

»Da helfen nur noch unsere Waffen«, sagte Peter und holte

sein Katapult aus der Tasche. »Ick beschieß den jetz' mit runtajefallene Äppel.«

Was er denn auch tat, ehe er von denen gebremst werden konnte, die entweder friedfertig oder überängstlich waren.

»Aua!« schrie zwar Otto Wegener, ohne aber an Kapitulation zu denken.

Inzwischen hatte Onkel Helmut seinen Stiefsohn entwaffnet. Dafür aber schaltete nun Manfred die Elektropumpe ein, riß den Gartenschlauch hoch und näherte sich mit einem scharfen Strahl mehr und mehr der Stelle, zu der Otto Wegener seine vollen Jauche-Eimer trug. Und die Attacke wäre auch von Erfolg gekrönt gewesen, wenn der alte Schlauch nicht das getan hätte, was er immer tat: er platzte. Genau da, wo Tante Martha saß, die vornehmste aller vorhandenen Damen. Sie kreischte wie eine Gouvernante beim Anblick eines Exhibitionisten und mußte von Onkel Erich ins Haus geführt werden, um ein Beruhigungsmittel zu nehmen und sich total umzukleiden.

Dennoch eskalierte der Streit. Als nämlich Manfred eine Fliegenspritze mit Wasser lud und, flankiert von Gerhard und Peter, auf Otto Wegener zustürzte, ergriff der zwar die Flucht, riß aber beim Rückzug einen Stapel Bretter um, von dem er wußte, daß darunter ein Rattennest war, an das er sich noch nicht herangewagt hatte. Die Rattenfamilie, plötzlich ihrer Heimstatt beraubt, spritzte auseinander, und ein besonders fettes Familienmitglied verirrte sich auch zur Festtafel, wohl in der Absicht, unter der lang herunterhängenden weißen Tischdecke Schutz vor weiterer Verfolgung zu finden. Da nun gerieten die anwesenden Damen in eine solche Hysterie und Panik, daß die liebe Tilly einen kleinen Herzanfall erlitt und Digitalis brauchte. Waldemar Blöhmer endlich erlegte die Ratte mit dem Stock, den er Manfreds Vater schnell entrissen hatte.

»Manfred, nimm den Spaten und vergrab sie, schnell.« Doch Manfred mit seiner Rattenphobie vermochte das nicht.

Peter half ihm. »Ick mach' det schon.« Schon hatte er die tote Ratte am Schwanz gepackt und auf den Spaten gelegt –

aber nicht, um sie zu vergraben, sondern sie über den Zaun zurück zu Otto Wegener zu schleudern. Dort klatschte sie auf ein kleines Tischchen, wo seine volkseigene Bierflasche stand und wo er gerade andächtig im *Neuen Deutschland* blätterte. Die Silberhochzeitsgäste jubelten, es war ihr Sieg.

Als sich alle wieder ein wenig beruhigt hatte, bemühten sich die Männer, diesen kleinen Krieg um Jauche und Ratten in größere Zusammenhänge zu bringen. Manfred verfolgte es mit Spannung.

Herbert Neutig, Westberliner, ansonsten aber apolitisch, tat den Eröffnungszug. »Da sieht man mal wieder, wie richtig es ist, wenn man sagt: Es kann der Frömmste nicht in Frieden leben, wenn's dem bösen Nachbarn nicht gefällt.«

Onkel Berthold, Ostberliner und als Funktionär der SED stellvertretender Bezirksbürgermeister von Friedrichshain, hakte sofort ein. »Darum ist die DDR ja auch Mitglied des Warschauer Paktes geworden.«

»Gott sei Dank sind wir in der NATO«, sagte Onkel Helmut. »Die Pariser Verträge. Und der Ami is mal auf unserer Seite. Mit die Amis kann man keinen Krieg verlieren.«

»Von deutschem Boden soll nie wieder ein Krieg ausgehen!« rief Onkel Albert, der zwar in Westberlin wohnte, aber SED-Mitglied war.

»Und außerdem gehört Westberlin nicht zur Bundesrepublik«, fügte Onkel Berthold hinzu.

»Und Ostberlin nicht zur DDR!« hielt ihm Waldemar Blöhmer entgegen. Er wohnte zwar in Ostberlin, war aber Lehrer im westlichen Neukölln. »Das Viermächtestatut gilt für ganz Berlin, für alle vier Sektoren. Gucken Sie mal auf die Straße raus: Da drüben steht doch das Schilderhaus an der Grenze zwischen Ostberlin und der DDR, und Sie müssen Ihren Ausweis vorzeigen, wenn sie nach Zeuthen wollen.«

»Kinder, streitet euch nicht!« rief nun die Schmöckwitzer Oma und schaffte es mit ihrer Energie denn auch, die Blöcke aufzulösen und alle zum gemeinsamen Spaziergang zu bewegen, zur Schmöckwitzer Brücke natürlich. Anschließend wurde im nahen Wald Fußball gespielt, und dann fanden sich auf dem Grundstück einige Skat- und Rommérunden zusammen.

Manfred saß mit seinem Vater, Herbert Neutig und Onkel Helmut zusammen. Muntere Reden und Sprüche begleiteten sie, wieder politisierten sie nach Kräften, tauschten sich aber auch über die Sportereignisse aus.

»Haste gesehen: Rot-Weiß Essen, wie die deutscher Meister geworden sind? 4:3 gegen Kaiserslautern, Jungejunge!« Onkel Helmut kriegte sich vor lauter Begeisterung kaum noch ein und gab Manfred statt der zehn elf Karten.

»Ich hab' nur das Autorennen gesehen«, sagte Herbert Neutig, während neu gegeben wurde, und meinte den Doppelsieg von Weltmeister Juan Manuel Fangio und Karl Kling beim Großen Preis von Frankreich in Reims. »Unsere ›Silberpfeile‹, da kommt keiner mit.«

»Schade, daß der Ascari tot ist.« Alberto Ascari war im Mai in Monza bei einer Trainingsfahrt ums Leben gekommen.

»Sterben ja viele in diesem Jahr«, sagte Herbert Neutig, während er seine Karten sortierte und prüfte, ob er einen Grand riskieren konnte. »Im April Albert Einstein, im Juni Max Pechstein, im August Thomas Mann ...«

»Hauptsache Manfred Matuschewski ist noch am Leben«, lachte Manfred.

Das Reizen begann, aber spielen wollte nur der Vater. »Karauschen mit Maibutter«, sagte er an.

Es wurde ein Routinespiel, obwohl er die anderen verdächtigt hatte, »Maurermeister« zu sein, und er gab Onkel Helmut Gelegenheit, seiner Hoffnung Ausdruck zu verleihen, daß auch Konrad Adenauer bald das Zeitliche segnen möge. »Damit endlich mal Pulletiek auch für die kleinen Leute gemacht wird, vonne SPD.«

»Das kann man doch keinem wünschen, daß er stirbt.« Herbert Neutig war indigniert.

»Wat kann 'n dem als frommen Katholiken Besseret passieren?« fragte Onkel Helmut.

»Unser größter Kanzler!« rief Herbert Neutig. »Ich bitte Sie.«

Manfred litt wieder einmal unter der Ambivalenz seiner Gefühle: Einerseits wünschte er Konrad Adenauer zum Teufel, andererseits war das auch sein Kanzler, der Kanzler aller Deutschen, und schlecht ging es ihnen ja nun wirklich nicht, siehe diese Feier mit den vielen Torten, dem Kaßler, dem Sekt und der Bowle.

»Det dieser Brentano nu Außenminister wird, ick weeß nich...« Onkel Helmut hatte Bedenken gegen Heinrich von Brentano. »Heinrich, mir graust vor dir.«

»Brentano, das ist doch ein großer Name«, sagte Manfred. »Clemens von... Bettina von...« Er erinnerte sich genau an den Tag, wo Frau Hünicke mit ihnen über *Des Knaben Wunderhorn* gesprochen hatte, weil sie da ausgerastet war, als Dirk Kollmannsperger eine kleine Bemerkung über die Qualitäten seines körpereigenen Wunderhorns gemacht hatte. »Wo ist das Klassenbuch!? Kollmannsperger, das ist nun schon der dritte Tadel in diesem Jahr.«

Die nächsten anderthalb Stunden verliefen bei Bowle und Weinbrand sehr harmonisch, dann jedoch gab es drei Schmerzensschreie. Den ersten stieß Gerda Neutig aus, als sie Manfreds schwarze Vier-Kilo-Kugel mit einem Gummiball verwechselte und eben mal kurz ihrem Mann an den Bauch schießen wollte. Der zweite kam von Tante Irma, Irma Matuschewski, die von einer Wespe in den linken Unterarm gestochen wurde, und der dritte gemeinsam von den Quade-Brüdern, Berthold und Albert, als sie bemerkten, daß sie irrtümlich einen West-Weinbrand getrunken hatten. Manfred kam nicht ganz dahinter, ob das wirklich echt war oder nur gespielt und tiefere Ironie. Dies auch deswegen, weil er es war, der den vierten Schrei ausstieß. Und das kam so:

»Vierzig«, sagte ihm der Vater, nachdem sie sich beim Reizen immer weiter hochgetrieben hatten.

»Ja...« Manfred konnte ruhig bleiben, denn er hielt den Null ouvert des Jahrtausends in der Hand: Die ganze Kreuz-Flöte, also alle acht Karten von Kreuz-Sieben bis Kreuz-As und dazu noch die Herz-Sieben und die Pik-Sieben. Das war absolut wasserdicht, und dieses Spiel hätte auch der dümmste

Bauer nach Hause gebracht, denn was auch ausgespielt wurde, er konnte darunter bleiben, und die anderen bekamen den Stich.

»Vierundvierzig«, sagte der Vater.

»Bei langer Farbe ohne Sieben wird von Null davongeblieben«, warnte Onkel Helmut.

Darüber konnte Manfred nur lachen. »Vierundvierzig, ja.«

»Dann spiel mal«, resignierte der Vater und schob ihm den Skat hinüber.

Manfred ignorierte die beiden Karten, er brauchte sie nicht. »Null ouvert Hand!« rief er.

»Null auf 'm Pferd, na schön.« Der Vater sortierte seine Karten neu, Onkel Helmut ebenso.

»Wer kommt?« fragte Manfred, dem die Hände etwas zitterten, so aufgeregt war er, denn gewann er, dann waren den anderen 59 Miese anzuschreiben, und da Onkel Helmut, Herbert Neutig und der Vater schon 410, 455, beziehungsweise 470 davon hatten, er aber nur 390, war er, da ihr Spiel bis minus 501 verabredet war, der strahlende Sieger.

»Wer kommt?« wiederholte der Vater. »Immer die Sau, die grunzt.«

Das war Manfred selber. Siegestrunken ging seine Hand zur Herz-Sieben. Wenn er die ausspielte, mußten sie übernehmen, und wenn er dann nach dem ersten Stich die Karten offen auf den Tisch legte, dann konnten sie nur noch verzweifelt stöhnen: »Omaspiel!« und ihm ihre Glückwünsche aussprechen. Sie hatten ja auch nicht die allergeringste Chance, ihm einen Stich anzuhängen. Doch in seiner Aufregung griff Manfred daneben, erwischte nicht die Herz-Sieben, sondern die Kreuz-Sieben – und da konnte ja keiner drüber, es war sein Stich. Was als völlig unmöglich zu gelten hatte, war eingetreten: er hatte dieses Spiel verloren. Und damit die ganze Partie, denn für einen verlorenen Null ouvert aus der Hand gab es 2 x 59 = 118 Augen, und er kam damit auf minus 508.

»Verdammte Scheiße!« schrie er, feuerte die Karten auf den Tisch und sprang herum wie Rumpelstilzchen. Die anderen lachten sich halb tot. Insgesamt aber war es eine wunderschöne Feier, und die letzten Gäste fuhren erst mit der letzten 86 wieder nach Haus, also weit nach Mitternacht.

Am nächsten Morgen gab es eine Menge aufzuräumen, doch die meiste Mühe hatte Manfred mit seinen Golflöchern im vorderen Teil des Gartens, denn in die hatte Max Bugsin – was nach seiner Panne im Toilettenhäuschen auch verständlich war – des öfteren seine prall gefüllte Blase entleert und mit dem scharfen Strahl für tiefe Krater gesorgt.

Obwohl es ihm im Deutschunterricht verleidet wurde, las Manfred viel, er verschlang wahllos alle Bücher, die ihm vor Augen kamen, mit Ausnahme jener, die er für die Schule lesen mußte, und er stieß in den unergründlichen Tiefen des Schmöckwitzer Bücherschrankes auch auf Hermann Hesses Kindheitserinnerungen *Der Lateinschüler*, wo es über die Schule unnachahmlich treffend hieß: »Hier wird das Dasein zuerst zum Bild der Welt im kleinen, hier treten die Gesetze und Maßstäbe des ›wirklichen‹ Lebens in Kraft, hier beginnt Streben und Verzweifeln, Konflikt und Bewußtsein der Person, Ungenügen und Zwiespalt, Kampf und Rücksichtnahme und der ganze endlose Kreislauf der Tage.«

Der ganze endlose Kreislauf der Tage…

Nichts sehnten sie mehr herbei als das Ende dieser Tage, auch jetzt im September 1955, als sie immerhin schon in der 12. Klasse saßen, der Unterprima, wie man früher sagte, aber zugleich fürchteten sie nichts mehr als dieses Ende, das Abitur mit seinen Prüfungen, ein Ende mit Schrecken. Denn hatten sie bisher nur die Müggelberge zu besteigen gehabt, so warteten, wie es ihm schien, alsbald die Alpen auf sie.

Ein bißchen erträglicher war es aber geworden, seit anstelle des grimmen Hager Frau Mickler die Klasse übernommen hatte, und sie war, obgleich sie das üble Fach Mathematik unterrichtete, mütterlich und mild. Doch auch sie durfte nicht, so gern sie es getan hätte, aus einem Ungenügend, einer Sechs, ein Ausreichend machen, eine Vier. Nur eine Fünf lag im Bereich ihrer Möglichkeiten. Aber auch damit waren, wie sich absehen ließ, etliche Schülerinnen und Schüler nicht mehr zu retten.

Manfred allerdings brauchte sich keine Sorgen zu machen, denn solange Dirk Kollmannsperger neben ihm saß, hatte er in den Haus- wie Klassenarbeiten stets null Fehler und kam nur deswegen nicht auf eine glatte Eins, weil er im Mündlichen allzu oft ins Stottern geriet. Was Frau Mickler ihnen erzählte, das verstand er schon lange nicht mehr – wie die ganze Klasse mit Ausnahme von Irene Schwarz, Henriette Trettin, Guido Eichborn und Dirk Kollmannsperger. Dies nun wiederum hatte zur Folge, daß sie nur noch mit diesen vier Auserwählten sprach und diskutierte, für sie morgens in die Schule kam und nachmittags glückstrahlend wieder ging. Ihre Güte stand leider im umgekehrten Verhältnis zu ihren didaktischen Fähigkeiten.

Sie kam an diesem Morgen zehn Minuten zu spät und stöhnte. »Ich konnte nur ganz langsam fahren, weil mein Winker wieder klemmt.« Alle wußten, daß sie einen VW-Käfer fuhr, bei dem der rechte Winker seine Macken hatte.

»Das war bei unserem auch, das krieg' ich wieder hin.« Guido Eichborn ließ sich die Autoschlüssel geben und eilte auf die Karl-Marx-Straße hinunter.

Frau Mickler holte inzwischen die Hefte mit den korrigierten Klassenarbeiten aus der Aktentasche und stöhnte abermals auf. »Hätte ich Sie doch bloß nicht in der großen Aula schreiben lassen und dann noch in zwei Gruppen, a) und b). Aber das ist so angeordnet worden, und ich kann nichts dagegen machen. Leider hat es auf diese Art und Weise viele Fünfen und Sechsen gegeben ... Auch manche, von denen ich das nicht erwartet habe, sind diesmal nicht so gut wie sonst ...« Ihr Blick fiel auf Manfred. »Matuschewski beispielsweise hat diesmal auch nur eine Zwei ...«

Manfred mußte sich ein vorwurfsvolles Grinsen zu Dirk Kollmannsperger hinüber verkneifen, denn der, mächtig stolz darauf, simultan beide Aufgabenblöcke bewältigt zu haben, hatte sich offenbar bei ihm doch ein wenig verrechnet.

Die meisten der Betroffenen nahmen ihre schlechte Note

gottergeben hin, nur wenige weinten, Carola Keußler zum Beispiel, einer lief mit seinem Heft nach vorn, um zu protestieren: Peter Stier, Bimbo.

Die Aufgabe lautete: Der Scheitel einer Parabel fällt in den Mittelpunkt einer Hyperbel, ihr Brennpunkt in den rechten Brennpunkt der Hyperbel. Unter welchem Winkel und wo schneiden sich beide Kurven, wenn $a = 3$ und $e = 5$ ist? Das richtige Ergebnis war $= 21{,}9°$. Bimbo aber hatte im Heft $29{,}1°$ zu stehen und behauptete nun, dies sei ein Zahlendreher, der ihm nicht als Fehler anzurechnen sei.

»Bitte, Frau Mickler, wenn ich dafür noch einen Punkt mehr bekomme, dann habe ich eine Vier. Bei Matuschewski haben Sie doch auch 0,8 Punkte vergeben, obwohl der das nicht ganz richtig hat. Zur nächsten Arbeit kauf ich mir ein Buch, dann kann ich alles hundertprozentig. Obwohl Sie das ja so prima erklärt haben, aber ...«

»Ööööh!« höhnten sie in der Klasse, denn wenn sie etwas haßten, dann waren es Interventionen, die auf Kosten anderer gehen konnten. Und zudem noch diese Schleimerei.

Frau Mickler sank stöhnend auf den Lehrerstuhl, um Bimbos »Vier bis Fünf« in eine glatte Vier zu ändern.

In der zweiten Stunde hatten sie eigentlich Chemie bei Meph, doch der war auf Klassenfahrt, und Hager, den sie sonst erst nach der großen Pause gehabt hätten, war als Vertretung eingetragen worden.

»Sofort ist Ruhe!« rief er und klimperte und klirrte mit seinem übergroßen Schlüsselbund wieder einmal wie ein Schließer im Knast. »Daß wir heute zwei Stunden haben, ist ein Wink des Schicksals. Denn wenn wir in der nächsten halben Stunde unseren Sender fertig haben, dann können einige von uns schnell nach Hause und sehen, ob sie da etwas empfangen können.«

»Ich würde gerne mal probieren, ob Henriette was von mir empfangen kann«, sagte Dirk Kollmannsperger, und alle lachten, nur Henriette nicht.

»Bei dir wäre mir jedes Verhütungsmittel recht!« knurrte sie.

»Einverstanden!« Dirk Kollmannsperger grinste.

Hager, ganz der große Dompteur, starrte ihn an. Jeden anderen hätte er sofort vor die Tür gesetzt plus Eintragung ins Klassenbuch, aber Dirk Kollmannsperger war – seit es Dietmar Kaddatz nicht mehr gab – seine große Stütze, sein Genie. So schwieg er, ohne daß er ihm diese Provokation verzieh. *Einst wird kommen der Tag.* So lautete der Titel des Romans von Taylor Caldwell, der gerade bei ihm auf dem Nachttisch lag.

»Guck dir mal an, was der wieder für Tieffliegerringe untern Augen hat«, murmelte Guido Eichborn, der Hager nicht mochte, weil der erst Dietmar Kaddatz und jetzt Dirk Kollmannsperger ihm vorgezogen hatte. »Da hat ihn Gerda wieder ganz schön rangenommen.« Das vermutete Liebesverhältnis zwischen Fräulein Klews und Hager war immer noch ein heißes Thema.

Der Sender, den sie in den vergangenen Stunden gebaut hatten, sollte eine Reichweite von zwei Kilometern haben, und Manfred wohnte mit 1,8 km Luftlinie am weitesten von der Albert-Schweitzer-Schule entfernt, bekam also den Auftrag, nach Hause zu eilen und zu versuchen, den ASS-Funk »reinzukriegen«.

»Zu Fuß schaff ich das nicht hin und zurück«, machte Manfred geltend. »Nur mit der Straßenbahn.«

»Ja, und ...?«

»Bezahlt das denn die Schule?«

Hager verneinte es. »Da müßte man erst einen langfristigen Antrag stellen.«

»Dann können Sie's ja solange auslegen«, schlug Gunnar Hinze vor, als Vertrauensschüler zuständig für Fragen dieser Art.

»Ist nicht nötig«, sagte Manfred, der einer von Hagers offiziellen »Physikhelfern« war und die Sparsamkeit des Lehrers kannte. »Für die Wissenschaft muß man schon mal Opfer bringen.« Damit ging er und wußte, daß diese dreißig Pfennig, die er für die Hin- und Rückfahrt mit der 95 zahlen mußte, eine gute Investition in die Zukunft waren.

404

Manfred eilte also nach Hause und drehte am Heterodyn-Empfänger, bis ihm das Piepen und Rauschen in den Ohren klang, konnte aber nur einen kurzen Satz von Hager hören: »Vergessen Sie nicht, Ihre Antenne zu erden.«

Dies nun brachte er als Nachricht mit in den Physiksaal zurück und wurde dafür mit einer Eins, der am leichtesten verdienten Eins seines Lebens, reich belohnt.

In der nächsten Stunde sollte er es schwerer haben, denn da gab es Deutsch bei Frau Hünicke, und er hatte zum Thema Fontane ein kurzes Referat über den *Stechlin* zu halten. Im Vorfeld war es zu einer heftigen Kontroverse mit Dirk Kollmannsperger gekommen:

Manfred: Du mußt unbedingt auch ein Referat in Deutsch halten, sonst gibt sie dir 'ne Fünf, und du bleibst sitzen.

Dirk Kollmannsperger: Ich hab' in Mathe und Physik hundertprozentig 'ne Eins, in Chemie wahrscheinlich auch, und in Bio 'ne Zwei.

Manfred: Aber du weißt doch genau, daß es für 'ne Fünf in Deutsch keinen Ausgleich gibt! Auch wenn du in allen anderen Fächern Einsen hättest.

Dirk Kollmannsperger: Das ist ja alles bekloppt!

Manfred: Renn doch mit dem Kopf gegen die Wand!

Dirk Kollmannsperger: Frau Mickler paßt schon auf, daß ich keine Fünf in Deutsch bekomme.

Manfred: Wenn dir die Hünicke eine Fünf geben will, dann gibt sie dir eine. Und ob sich im Lehrerkollegium 'ne Mehrheit für dich findet ...?

Dirk Kollmannsperger: Mittelmäßig und kriechend, so wollen sie uns alle.

Manfred: Aber sie haben das Sagen.

Dirk Kollmannsperger: Ich hasse diesen Mist in Deutsch. Was will uns der Dichter damit sagen? Was war sein Anliegen, als er das geschrieben hat? Sein Anliegen war sicherlich, Geld zu haben, um sich zu besaufen und in 'n Puff zu gehen.

Manfred: Sei vernünftig: Ich kenn' die meisten Fontane-

Romane und schreib dir 'n Referat über *Effi Briest*. Das brauchste dann nur auswendig zu lernen …

Dirk Kollmannsperger: Ich bin doch nicht beknackt!

Manfred: Ich mach' das gerne für dich, ich muß mich doch auch mal revanchieren für deine Hilfe in Mathe.

Dirk Kollmannsperger: Du hast ja bloß Angst, daß du in Mathe 'ne Fünf bekommst, wenn sie mich wirklich auflaufen lassen.

Manfred: Ja, auch, aber … Komm, hör auf, so stur zu sein.

Dirk Kollmannsperger: Meinetwegen.

So war das gelaufen, und so sollte es in dieser Stunde zwei Referate geben: das von Manfred Matuschewski über den *Stechlin* und das von Dirk Kollmannsperger über *Effi Briest*. Manfred sollte beginnen, und mit Eifer trug er vor, was der Vater, die Schmöckwitzer Oma und er aus diversen Quellen zusammengetragen und abgeschrieben hatten:

»Hauptort der etwas langatmigen Handlung ist ein kleiner märkischer See, der Stechlin. Fontane beschreibt ihn und seine Umgebung mit realistischer Genauigkeit und zeichnet treffend die herbe Schönheit und majestätische Ruhe der märkischen Landschaft. Besitzer des Schlosses Stechlin ist der alte Major a. D. Dubslav von Stechlin. Er zeigt eine aus dem Herzen kommende Humanität und Toleranz, trägt also die hervorstechenden Wesenszüge Fontanes selbst. Er erkennt jede wahre, freie Meinung an und plaudert gern über paradoxe Wahrheiten. Die Handlung ist spärlich und nicht sehr abwechslungsreich, der Autor malt mit seiner Detailrealistik jeden Menschen und jede Einzelheit der Natur genüßlich aus. Dadurch befaßt er sich mit vielen nebensächlichen, den Fortgang der Handlung nur störenden Einzelbildern. Seine Charaktere schildert Fontane niemals selber, sondern läßt den Leser aus Gesprächen auf sie schließen.«

So ging es drei Seiten lang, und Manfred merkte, daß Frau Hünicke dies alles gefiel. Auch die Klasse fand es gut. Insbesondere, wie er die Protagonisten mit knappen Sätzen skizzierte: den Sägemühlenbesitzer v. Gundermann, einen Emporkömmling; den sehr sozialen Pastor Lorenzen; Adelheid, die verknöcherte Domina vom Kloster Wutz; die kapriziöse Melusine; die stille Armgard, die Woldemar v. Stechlin dann heiratet.

Manfred kam zum Schluß. »Der alte Stechlin stirbt schließlich, und an seinem Grabe, wo sich noch einmal alle versammeln, faßt Pastor Lorenzen das Motto seines Lebens und Fontanes großes Credo in die Worte: ›Wir sollen das Alte würdigen, aber für das Neue recht eigentlich leben.‹ Das Ganze ist ein Buch voller Lebensweisheiten, die noch heute Gültigkeit haben, obwohl sie nicht für unsere Zeit geschrieben worden sind.«

Als er geendet hatte, klatschte Frau Hünicke anhaltend Beifall und sagte, daß sich durch Fleiß viele Defizite ausgleichen ließen. »Matuschewski, Sie haben da schon richtiggehend wissenschaftlich zu arbeiten versucht. Dabei kommt es nicht darauf an, originell zu sein, sondern das zusammenzustellen, was andere – erlauchte Geister sozusagen – schon gesagt haben. Inhaltlich möchte ich Ihnen schon eine Eins geben, aber Ihre Vortragsweise hat doch zu wünschen übriggelassen: Sie nuscheln zu sehr, flüchten sich andauernd ins Äh, nichts ist prononciert genug, die Sätze sind für ein Referat zu lang und klingen zu sehr nach Papier. Alles in allem war es eine knappe Zwei.«

Manfred fand dieses Urteil mehr als ungerecht, hätte eine glatte Eins erwartet, wagte aber nicht, Einspruch einzulegen, weil dies a) gegen seine Ehre ging und b) ohnehin nichts fruchtete. Henriette Trettin oder Irene Schwarz hätten für dieselbe Darbietung eine glatte Eins bekommen, das war sicher.

Nun war Dirk Kollmannsperger an der Reihe, und obwohl er sich die größte Mühe gab, er konnte nicht anders, als er selber zu sein. Zwar hatte er Manfreds Text vor sich liegen, aber er schaffte es nicht, einfach vorzulesen, was da stand.

»Also, mein Thema ist das Biest, nein, Entschuldigung: die Effi Briest. Nicht die aus Briest-Litowsk, wo die Deutschen 1918 den Frieden mit dem Land des Rußes abgeschlossen haben, sondern aus Briest im Havelland. Effi, Effi, das klingt so nach Ephedrin, das ist ein Alkaloid, dem Hormon Adrenalin sehr ähnlich, aber die Dame war keine Apothekerin, sondern einfach nur so höhere Tochter.«

»Kollmannsperger, dies hier ist eine Deutschstunde in der Albert-Schweitzer-Schule: Wir sind nicht im Kabarett bei den ›Stachelschweinen‹.«

»Leider«, kam es aus dem Hintergrund.

Frau Hünicke überhörte es. »Außerdem kommt Effi Briest nicht aus Briest, sondern aus Hohen-Cremmen ...«

»Da kommt meine Tante Frieda her: aus Kremmen, vom Kremmener Damm. Also: Fräulein Briest sitzt auf der Schaukel ...« Jetzt warf Dirk Kollmannsperger doch einen Blick auf sein Manuskript und zitierte Fontane. »... mit lachenden braunen Augen, voller Übermut und Grazie ... natürlicher Klugheit ... Lebenslust und Herzensgüte ... Ach, du meine Güte! Da kommt nun der Herr Baron von ... aus ... Insterburg...«

»Instetten!«

»Instetten, meinetwegen, und will mit ihr nicht in Stätten wie dieser Leben, sondern irgendwo anders ... Vierzig Jahre ist der Mann, ein alter Knacker also, und sieht das junge Mädchen da auf der Schaukel sitzen ... Da geht natürlich was in ihm vor – oder an ihm, wie auch immer –, denn ›breezy‹ heißt ja auf englisch: frisch, flott, lebhaft, keß. Nicht auf die Brust bezogen, wie man fälschlicherweise denken könnte, denn Brust ist ja gleich ›breast‹, gesprochen aber nicht ›briest‹, sondern ›brest‹, wie Brest-Litowsk.«

Was er damit erntete, waren die Lachstürme der Klasse. Und nach einem solchen Echo war er süchtig.

»Kollmannsperger, wir haben Deutsch.«

»Gut, daß Sie das noch einmal so deutschlich sagen.«

Frau Hünicke war keine Despotin, war nicht rachsüchtig, war nicht gekränkt und durchaus gewillt, ihm eine Chance zu geben. »Jetzt lesen Sie bitte einmal wörtlich vor, was in Ihrem Manuskript geschrieben steht.«

Dirk Kollmannsperger setzte sich und tat es. »Die verkrustete Konvention des alten Preußen und seine doppelbödige

Moral stehen im Mittelpunkt des Werkes von Theodor Fontane, geboren am 30. Dezember 1819 in Neuruppin, gestorben am 20. September 1898 in Berlin. In seinen realistischen Gesellschaftsromanen zeichnet er das Bild einer innerlich brüchigen Zeit. In *Irrungen, Wirrungen* behandelt er die Fragwürdigkeit von Standesheiraten, in *Effi Briest* geht es ihm um die lebenszerstörenden Folgen eines starren Sitten- und Ehrenkodexes. Wird Effi Briest im Kampf zwischen der alten moralischen Ordnung und einer neuen die große Verliererin sein? Sie möchte ihre Mutter weit übertreffen, herauskommen aus der Enge des adligen Landlebens, aus Briest, dem kleinen Nest, – und der ehrgeizige und selbstsichere Baron Geert von Instetten wird die Leiter einmal sehr weit nach oben klettern, das spürt sie, in Berlin Karriere machen und weit herumkommen in der Welt. Sie bewundert ihn und benutzt ihn sozusagen als Mittel für ihre Zwecke – nur: Liebe ist es nicht und alles andere als romantisch. Das, was sie so schmerzlich vermißt, findet sie dann beim Major von Crampas – und das Drama nimmt seinen Lauf.«

»Danke, Kollmannsperger, lassen Sie's. Das ist zwar alles gut und richtig, was Ihnen Ihr Freund Manfred Matuschewski da aufgeschrieben hat, aber der hat ja seine Zensur schon weg. Und über Ihre Eigenleistung, da breiten wir lieber den Mantel der Nächstenliebe.«

Manfred versuchte seinen Freund zu trösten, doch ehe das so ganz gelungen war, erlebte er schon sein eigenes Waterloo – bei Mäxchen Hamann nämlich.

Beschwingt, als tanzte er im Reigen, Tandaradei, stürmte Hamann in den Musiksaal, atemlos, und schwenkte eine abgewetzte braune Aktentasche in der Hand, dabei trällerte er wie in einer Oper: »Ihre Hefte, meine Damen und Herren, Ihre geistigen Säfte. Muß ich die Nase rümpfen – sind es viele Fünfen? Oder geht der Ruf nach Mainzen: Viele Einsen, viele Einsen?«

»Der gehört wirklich in 'ne geschlossene Anstalt«, murmelte Dirk Kollmannsperger.

Hamann baute sich vorn auf und teilte mit neckischen Kommentaren die durchgesehenen Hefte aus. Es ging um die Biographien großer Komponisten. Hamann war, wie sie später erfuhren, wieder einmal Vater geworden und hatte darob schon sehr viel Sekt getrunken.

»Den Stier, den lob ich mir, der bekommt für Carl Maria von Weber eine Eins und keine Vier.«

»Die Henriette Trettin kommt fröhlich mit einer Eins von Franz Schubert aus Wien.«

»Auch die Irene Schwarz ist mit Felix Mendelssohn Bartholdy ganz toll, die.«

So ging es munter weiter, bis er bei Manfred angekommen war. Da reimte er nicht mehr, da tanzte er nicht mehr, da war er nur noch böse. Eifernd wie einst Savonarola hielt er Manfreds schwarzes Heft in die Höhe. »Das wagen Sie mir anzubieten!«

Manfred duckte sich. Die Hausarbeit in Musik – Frédéric Chopin – hatte er natürlich vollkommen vergessen gehabt, total verdrängt, und erst am Tag der Abgabe – morgens um sechs – war sie ihm wieder eingefallen. Schnell war er aufgestanden und hatte abgeschrieben, wo etwas abzuschreiben war, aus dem Lexikon seiner Eltern wie von Bimbos Notizblock, denn der hatte auch erst Chopin abhandeln wollen, war dann aber zu Richard Wagner übergewechselt. In einer Dreiviertelstunde hatte er alles hingeschludert, die Eltern im Nacken, die Stulle im Mund, die Uhr im Blick.

»Ich habe mir alle Mühe gegeben.« Manfred nahm die Demutshaltung an, die von ihm erwartet wurde.

»Ja, Mühe, die vollendetste Schmiererei des Jahrhunderts bei mir abzuliefern!« Hamann warf ihm sein schwarzes Heft auf den Tisch. »Schlagen Sie's mal auf.«

Manfred tat es und war erschrocken über das viele Rot, das über seine Zeilen ausgeschüttet worden war.

Frédéric Chopin
Chopin hat sich nicht genau erinnern können, wann er ge-
*boren worden ist. (*Sie können das wohl!?*) Laut Taufu(*h*)r-*
*kunde (*mein Gott!*) war es der 22. Februar, nach eigenen*

Angaben erst der 1. März 1910 (1810!!!). Der Geburtsort lag in Polen. Es war Zelazowa-Wola bei Warschau. Chopin war also Pole (sehr scharfsinnig geschlossen!). Sein Vater war Franzose oder Pole (was denn nun?). Mit 17 (Jahren) trat er schon als Klavierw(v)irtuose auf(,) und zwar auf den Stationen (auf dem Bahnhof, wie?) Berlin (828) (das zwar erst 1244 zum ersten Mal urkundlich erwähnt wurde …) und Wien (1829). Dann folgte 1830 Paris, wo er in schöngeistlichen (… geistigen) Salons List (Liszt) und Berlios (Berlioz) traf. Später stieß er auf Majorka (Mallorca) auf Georg Sand (George). Das unglückliche Liebeserlebnis mit dieser Dichterin erschütterte ihn schwer. Daraufhin ging er nach England, wo ihn der engische (englische) Nebel an einer Lungenschwindsucht dahinraffen ließ. (Ausdruck!) Sein Schaffen beschränkt sich(,) abgesehen von 17 polnische Lieder (polnischen Liedern) und mehrereren (mehreren) Kompositionen für Violoncello(,) ganz auf das Klavier. Sein erstes öffentliches Werk, die »Don-Juan-Variationen«, begrüßte Robert Schubert (Schumann) mit dem Ruf: »Hut ab, ihr Herren, ein Genie!« Er war der Atmosphäre des Pariser Salons eng verbunden, doch in seine(r) Kunst steht er weitaus höher. Seine Werke sind Äußerungen einer feinnervigen Polennatur (wie? Sie meinen wohl Poetennatur …?), deren feinste Schwingungen er auf das Klavier überträgt. Seine Virtusität (Virtuosität) ist immer Selbstzweck, niemals Ausdruck (umgekehrt, Sie …!). Ich will mich nun, um zu zeigen(,) wie seine romantisch-poetische Klavierkunst beschaffen ist(,) mit seinen(m) Konzertrondo »Krachkowiak« (Krakowiak) beschäftigen …

So ging das noch ein Weilchen, und Manfred verfluchte sich, das alles nicht wenigstens vor Abgabe des Heftes durchgelesen und verbessert zu haben.

Hamann schäumte noch immer. »Man muß ja denken, Matuschewski, Sie hätten das mit Absicht gemacht, um mich auf die Schippe zu nehmen. Na ja, Musik, wer nimmt denn das schon ernst.«

Aha, daher wehte der Wind. »Ich nehme das sehr ernst«, beteuerte Manfred. »Musik spielt eine große Rolle zu Hause bei uns. Mein Vater ist als Geiger aufgetreten, meine Mutter hat im Kirchenchor gesungen.«

»Und sein Großvater war Kunstfurzer in Frankreich«, murmelte Dirk Kollmannsperger, der Manfred gewiß nicht schaden wollte, den es nur anwiderte, wie sich der Freund da zur Schnecke machen ließ. »Inhaltlich stimmt doch auch alles.« Er hatte den Text eben überflogen.

»Ja«, rief auch Gunnar Hinze, der Vertrauensschüler und Chef der Schülermitverwaltung, immer um seine Wiederwahl besorgt, »darum darf er keine Fünf kriegen. Auf den Inhalt kommt es doch an.«

Hamann guckte sie aus bösen kleinen Frettchenaugen an, wußte aber, daß es seinem Image als kreativer Frohnatur schon schaden würde, wenn er keine Gnade walten ließ, keine Souveränität bewies. Andererseits hatte er es satt, hier in Neukölln Perlen vor die Säue zu werfen, und er haßte solche Barbaren wie diesen Matuschewski aus tiefstem Herzen. So fand er einen Kompromiß.

»Schön«, sagte er und riß Manfred das Heft wieder weg. »Bei mir sollen Sie eine Vier bekommen, das Heft aber kommt zu Frau Hünicke – und in Deutsch wird das dann die verdiente Fünf.«

Manfred blieb nichts anderes, als das hinzunehmen, aber er war sich sicher, daß er Hamann diesen Akt nie verzeihen würde, denn dadurch war seine schöne Zwei für den *Stechlin* durch die Fünf für den Chopin quasi null und nichtig.

Doch damit war der Schrecken längst noch nicht zu Ende, denn in der letzten Stunde hatten sie Latein, und Frau Müller ließ sie nacheinander an die Tafel treten und übersetzen, was sie in der Pause angeschrieben hatte. Die Proteste, sie seien nach dem langen Tag zu sehr erschöpft, überhörte sie.

»Henriette Trettin: *Bello finito magistratus urbes restituendas curaverunt …?*«

»Nach dem Ende des Krieges ließen die Behörden die Städte wiederaufbauen.«

412

»Sehr schön. Matuschewski: *Dominus servis domum custodiendam et agros colendos traditit* ...?«

Manfred stand auf und ging mit dem Gefühl nach vorn, hingerichtet zu werden. Alles verschwamm ihm vor den Augen, und er begriff den Sinn des Satzes ebensowenig, als wäre er auf Griechisch oder Chinesisch geschrieben gewesen.

»Na ...!?« Frau Müller sah auf die Armbanduhr.

»Im Haus ...«, begann Manfred zu stottern.

»Was ist im Haus ...?«

»Da sind die Sklaven ... und die sollen auf den ... den Acker raus.«

»Eichborn ...?«

»Der Hausherr hat den Sklaven das Haus zur Bewachung und die Felder zur Bebauung übergeben.«

»Da ist zwar ein grausames Deutsch, stimmt aber insoweit. Für Sie eine Zwei, für Matuschewski eine Fünf.«

Manfred schlich auf seinen Platz zurück. Es ging das Gerücht, daß die Hälfte der Klasse sitzenbleiben würde, bevor es in die letzte Runde ging, und sechzehn waren sie nur. Nach dem heutigen Tag war er sicher vom achten auf den neunten Platz zurückgefallen, einen Abstiegsplatz.

Aber es sollte noch schlimmer kommen an diesem Tage, denn kaum hatte er sich ein wenig gefangen, ging die Tür auf, und es erschien Schädlich, um ihn zur Chefin mitzunehmen.

»Frau Dr. Schaudin möchte noch einmal mit dir sprechen, wegen deiner Weigerung ... Und weil du gegen deine Fünf so protestiert hast.«

Manfred wurde zu Ihrer Majestät geführt und war zuerst total verschüchtert, dann aber resignierte er, und der Trotz schoß in ihm hoch. Ihm war jetzt alles scheißegal. Sollten ihn doch seine Eltern von der Schule nehmen und sonstwo in die Lehre stecken. Es ging auch ohne Abitur.

Die Chefin eröffnete das Verfahren, kaum daß sie ihn, offenbar in ihrer Mittagsruhe gestört, mit ungnädigem Kopfnicken begrüßt und zur Kenntnis genommen hatte.

»Das war im August ... bei den Ausscheidungen zur 20 x 200-Meter-Staffel der Berliner Bezirke ... Sie sind trotz der ausdrücklichen Aufforderung des Kollegen Schädlich nicht ins Neuköllner Stadion gefahren, um dort an den Testläufen teilzunehmen.«

»Nein. Wozu denn? Ich bin zwei Tage vorher 24,4 Sekunden gelaufen. Das stand im *Telegraf*, und das hab' ich Herrn Schädlich auch gezeigt.«

»Und? Das entbindet Sie doch nicht von Ihren Verpflichtungen.«

»Doch. Diese Zeit ist ganz offiziell gestoppt und vom Deutschen Leichtathletikverband anerkannt worden. Damit gehöre ich zu den drei besten A-Jugendlichen in Berlin. 24,4 Sekunden! In Neukölln läuft keiner außer mir unter 25 Sekunden.«

»Wer nicht zum Test erscheint, der wird nicht aufgestellt. Ganz klar. Und deshalb ist Neukölln Letzter geworden. Mit Ihnen aber wären wir ... Insofern ist die Fünf, die sie dafür in Sport bekommen haben, durchaus berechtigt.«

»Nein, ist sie nicht, denn die hätten mich doch ohne weiteres aufstellen können, und ich wäre natürlich auch hingegangen und gelaufen.« Manfred rang die Hände.

»Um jemanden aufzustellen, braucht man aber seine Zeit!« schrie Schädlich.

»Meine Zeit lag ja vor!« schrie Manfred zurück. »Und die ist viel genauer, als wenn die Sportlehrer, diese absoluten Laien da, auf die Stoppuhr drücken. Da hat ja der Zweite manchmal 'ne bessere Zeit als der Erste.«

»Matuschewski, was erlauben Sie sich!«

»Ich erlaube mir gar nichts. Aber ich bin doch nicht verrückt geworden!«

»Das wollen Sie uns wohl unterstellen?«

Obwohl Manfred das »Ja«, das ihm auf der Zunge lag, gerade noch unterdrücken konnte, wußte er, daß er eben wieder viele Minuspunkte gesammelt hatte. Minuspunkte, die bei der großen Zensurenkonferenz am Ende des Schuljahres entscheidend werden konnten.

So war die Schule: Im Unterricht bekundeten die Lehrer immer wieder ihre stille Sympathie für den Michael Kohlhaas der Kleistschen Dichtung, in Wirklichkeit aber hatten sie kein Verständnis für einen, der gegen erlittenes Unrecht anzukämpfen suchte.

Manfred wußte, warum er sie nicht eben liebte.

Das letzte Quartal des Jahres 1955 war prall gefüllt mit Ereignissen aller Art und sollte damit enden, daß Manfred als Anführer einer Rebellion aktenkundig wurde und in seiner Entwicklung einen gewaltigen Schritt nach vorne tat.

Es verging keine Woche, wo sie nicht mindestens einmal im Kino waren. Die Besuche im »Maxim«, »Lux« oder »Ili« und vieler anderer Kinos zwischen Ku'damm und Neukölln waren die Höhepunkte der Woche, ein Ritual, eine kultische Handlung gemäß der Goethe-Maxime: *Saure Wochen, frohe Feste.* Man belohnte sich selbst dafür, wieder einmal eine Woche Leben gemeistert zu haben. Selten ging er allein ins Kino, aber nie mit einem Mädchen, einer Freundin, einer großen Liebe. So waren die Kinobesuche fast immer mit einem Tristesse-Gefühl verbunden: »Ich Armer, mich mag ja keiner«, hatte aber auch den süßen Beigeschmack des Lonely-wolf-Syndroms: »Seht her, ich bin stark genug, allein durchs Leben zu gehen.« Was so nun auch nicht stimmte, denn neben ihm saßen ja seine Eltern oder seine Freunde, Balla, Gerhard und Dirk Kollmannsperger. Zumeist immer nur einer von ihnen, als Gruppe traten sie kaum auf.

Manche Filme hinterließen ihre Spuren: Sicherlich ein Viertel der Jungen ließ sich, nachdem sie *Die Caine war ihr Schicksal* gesehen hatten, den Bürstenschnitt der US-Navy verpassen, unter ihnen auch Balla Pankalla, und *Des Teufels General* hatte zur Folge, daß noch über Jahre hinweg jede falsche Reaktion mit dem Spruch kommentiert wurde: »Irrtum, sagte der Hahn und stieg von der Ente.«

Für den letztgenannten Film hatte wochenlang ein Straßenbahnwagen geworben, der, rundum plakatiert, über die Westberliner Gleise rollte. Curd Jürgens war links und Victor de Kowa rechts vom Schriftzug DES TEUFELS GENERAL zu sehen, dies in Nazi-Fraktur geschrieben, und beide waren in

Nazi-Uniform. Manfred empfand das als ziemlich skandalös, ging aber mit dem Vater dennoch in den »Gloria-Palast«, um zu sehen, was für einen Film Helmut Käutner aus Carl Zuckmayers Stück gezaubert hatte. General Harras, Curd Jürgens, Sportsmann und Flieger aus Leidenschaft, wird Generalluftzeugmeister, erkennt 1941, daß er letzten Endes nur dem Teufel – Adolf Hitler – zuarbeitet, sieht keinen Ausweg mehr und rast mit einer Testmaschine in den Tod. Schweigend fuhren Manfred und der Vater nach Hause. Sie wußten nun ein wenig besser, warum alles so gekommen war.

Ähnlich würgend war *Der 20. Juli*, nur daß Manfred hier voller Zorn auf die Hitler-Attentäter war. »Diese Stümper! Verlierer alle! Sind Soldaten und können nicht mal 'ne vernünftige Bombe bauen, die Hitler zerreißt.« Der wahre Held war nicht Stauffenberg für ihn, sondern der Hitler-Attentäter vom Münchener Bürgerbräukeller, Georg Elser.

Mit der Mutter zusammen sah er das *Suchkind 312*, dessen Schicksal sie schon in der *Hör Zu* verfolgt hatten, und *Rosen im Herbst*, die Effi-Briest-Verfilmung mit Ruth Leuwerik, aber das brachte ihm wenig, weil er das Buch zu genau kannte, und alles viel schöner war, was bei ihm im Kopf ablief, wenn er es las. Auch konnte er sich nicht vorstellen, »es« mit der Leuwerik selber zu tun. Das war bei Doris Day nicht anders. Ganz auf seine Kosten kam er da im »Marmorhaus«, wo er sich mit Dirk Kollmannsperger zusammen an Gina Lollobrigida und *Liebe, Brot und Eifersucht* erfreute. Gerhard, der James Dean so sehr verehrte, daß er ihn in Kleidung, Haarschnitt und Sprache zu imitieren versuchte, schleppte ihn mit zu *Jenseits von Eden* und *Denn sie wissen nicht, was sie tun*. Gleich danach sahen sie auch *Zwölf Uhr mittags* und pfiffen anschließend nicht nur die High noon-Melodie – *Do not forsake me now and ever* –, sondern versuchten auch, wie Gary Cooper durch die Straßen zu gehen. Um *Die Saat der Gewalt* zu sehen, fuhr die halbe Klasse in den »Gloria-Palast«. Amerika faszinierte ihn, Amerika erschreckte ihn.

Sein erster großer Schwarm wurde Audrey Hepburn. Seit er sie in *Ein Herz und eine Krone* und vor allem in *Sabrina* gesehen hatte, hing ein DIN-A4-großes Farbfoto von ihr über seinem Bett, und er sprach täglich mit ihr. »Du, Audrey, soll ich jetzt Schularbeiten machen oder lieber zum Training gehen?« Es war nur ihr Gesicht, das ihn dahinschmelzen ließ, nie stellte er sich vor, ihr unter den Rock zu wollen.

Aber auch zum Lachen gingen sie ins Kino, wobei *Charleys Tante* in diesem Jahr den Vogel abschoß. Alle verehrten sie Heinz Rühmann, seine Kohlenoma stets den anderen voran, und *Die Feuerzangenbowle* sahen sie am Sonntagvormittag in einer Matinee. Manfred träumte noch eine Weile davon, auch einmal in eine solche Schule zu gehen, so im Mittelpunkt zu stehen wie Hans Pfeiffer und dann zum Schluß als erfolgreicher Schriftsteller auch noch seine Eva abschleppen zu können.

Was seine Phantasie am meisten erregte, war aber *Ich denke oft an Piroschka*. Dreimal lief er deswegen ins Kino und sah sich selber als »daitscher« Austauschstudent in der Puszta. Immer wieder schmückte er Unterhaltungen mit Wendungen wie »Andi, mach Signal« oder dem mehrfachen Hersagen des Ortsnamens, was er als einer der wenigen fehlerfrei konnte: Hódmezövásárhelykutasipuszta.

Weniger begeistert war er von *Ladykillers*, denn er mochte keine Krimis und fand es entsetzlich, wenn Menschen Menschen töteten – auch wenn es nur gespielte Morde waren. So mied er auch *Kinder, Mütter und ein General*, vielleicht auch, weil Frau Hünicke und Fräulein Klews ihnen dringend angeraten hatten, diesen Film zu sehen. Ebenso wenig zog es ihn ins Kino, um *Die Ratten* zu sehen – schon wenn er das Wort hörte, bekam er ungute Gefühle. *Hanussen* versäumte er, weil Astrologie und Hellseherei für ihn nichts weiter waren als »Menschenverdummung«, da wurde der Einfluß der Schmöckwitzer Oma deutlich spürbar. *Ludwig II.* interessierte ihn wenig, trotz der Ferienreise nach Bayern.

Was immer sie sahen, es hallte nach in ihren Köpfen und Herzen und trug nicht unerheblich dazu bei, sie zu dem zu

machen, was sie später waren, vor allem aber füllte es die
Leere zwischen ihnen – so wie Materie und Schwerkraft die
Sterne zu einer großen Einheit verbanden, mochten sie auch
einzeln am Himmel stehen. Dasselbe schaffte die Werbung:
Ständig warfen sie sich Reklamesprüche an den Kopf und
versuchten, sich gegenseitig darin zu übertreffen.

Schenken nennt man das Vergnügen an Dingen, welche
andere kriegen ... Darum einen DUJARDIN
Wer JACOBI 1880 trinkt, freut sich länger!
Wenn ihr besten Kaffee wollt, nehmt nur immer ONKO-
GOLD
Überall ist man sich klar: JACOBS KAFFEE wunderbar
Das strahlendste Weiß meines Lebens: SUNIL
Wer zum Feste Möbel schenkt – vorher den Schritt zu
KRIEGER lenkt! MÖBEL-KRIEGER

Das durchdrang sie wie Röntgenstrahlen, blieb aber auch in
ihnen haften und verwob sie unentrinnbar mit der Welt der
Erwachsenen.

Auch die Schlager erfüllten diese Funktion. Jeden Montag-
abend hingen sie am Radio, stellten den RIAS ein und hörten
Die Schlager der Woche mit Wolfgang Behrendt, der auch
die Nachrichten sprach. Immer wieder Freddy Quinn mit
Heimweh:

> *Brennend heißer Wüstensand,*
> *fern, so fern dem Heimatland,*
> *kein Gruß,*
> *kein Herz,*
> *kein Kuß,*
> *kein Scherz,*
> *alles liegt so weit, so weit.*
> *Viele Jahre schwere Fron,*
> *harte Arbeit, karger Lohn,*
> *tagaus,*
> *tagein,*

kein Glück,
kein Heim,
alles liegt so weit, so weit.
Hört mich an ihr gold'nen Sterne,
grüßt mir die Lieben in der Ferne,
mit Freud
und Leid
verrinnt
die Zeit,
alles liegt so weit, so weit.
Dort, wo die Blumen blüh'n,
dort, wo die Täler grün,
dort war ich einmal zu Hause.
Wo ich die Liebste fand,
da liegt mein Heimatland –
wie lang' bin ich noch allein?!

Das hatte auch deswegen so große Wirkung, weil Adenauer im September in Moskau gewesen war, um mit Bulganin zu verhandeln, und daraufhin die letzten 10 000 deutschen Kriegsgefangenen aus der Sowjetunion zurückgekehrt waren. Sein Vater, Onkel Helmut und andere, die aus der Kriegsgefangenschaft heimgekehrt waren, hatten Tränen in den Augen, wenn sie Freddys *Heimweh* hörten.

Für Manfred war ein anderer Schlager aber weitaus wichtiger – *Bonjour Kathrin*:

Bonjour, Kathrin, bonjour, ihr Melodien,
die dieser schöne Tag mir bringt.
Bonjour, Kathrin, die Melodien zieh'n
ins Herz, das nun von Liebe singt.
Die Welt ist schön,
und zwei Verliebte seh'n
am Himmel tausend Sterne stehn.
Das Ziel ist nah,
der Tag des Glücks ist da,
bonjour, l'amour, bonjour!

Da wußte Manfred, daß es auch mit seiner großen Liebe einmal klappen würde, so schlecht sich das bisher mit Renate, Gisela, Inge, Barbara, Hannelore und Luise auch angelassen hatte. Mit *Bonjour Kathrin* begann auch seine große Verehrung für Catarina Valente. Viele Male am Tag hörte er ihre Platten, und ihr Foto kam zwar nicht neben das von Audrey Hepburn, aber immer wieder ging er am Plattengeschäft in der Anzengruberstraße vorbei, wo ein riesiges Porträt von ihr im Schaufenster stand, und hielt stumme Zwiesprache mit der Angebeteten.

Fußball hatte in dieser Zeit keine große Bedeutung mehr für ihn. Ab und zu gingen sie aber dennoch zu ihrer Neuköllner Tasmania, sahen etwa im November die knappe Niederlage gegen Viktoria 89, den Berliner Meister, bei dem Herbert Neutig altes Mitglied war, oder im Dezember das stolze 4:0 gegen Wacker 04.

Am schönsten waren die Sonntage, an denen er ausschlafen konnte. Gegen halb zehn saßen sie dann am Frühstückstisch, ließen sich die weichgekochten Eier ebenso schmecken wie den Katenschinken, die Schillerlocken und die englische Orangenmarmelade, redeten über dieses und jenes und lasen dann bis zur *Stimme der Kritik* um 11 Uhr 45 und bis zum *Internationalen Frühschoppen* um zwölf im *Telegraf*. Die Ausgabe vom 27. November 1955 hatte eine besonders fette Überschrift, und Manfred las die erste Spalte vor:

MENSCHENRAUB VERHINDERT
Mutige Tat eines Polizisten und eines Zollbeamten – Vopo war auf Westberliner Gebiet

Berlin (Eigenbericht) Durch das umsichtige und mutige Verhalten eines Polizei-Oberwachtmeisters vom Polizeirevier 51 und eines Zollassistenten konnte am Sonnabend um 17.25 Uhr an der Sektorengrenze im Bezirk Wedding ein Menschenraub verhindert werden. Im Gleimtunnel, der in seiner gesamten Länge von etwa 170 Metern zum französischen Sektor gehört, waren zwei Vopos drei Meter

weit in den Bezirk Wedding eingedrungen und hatten ver-
sucht, einen 27jährigen Westberliner kampfunfähig zu ma-
chen und in den Sowjetsektor zu zerren.

»Das wird ja immer schlimmer mit denen«, sagte der Vater.
»Bloß gut, daß wir die Amerikaner hier haben, sonst hätten
die uns längst kassiert.«

Manfred überflog den Artikel. Der Mann war bei Bekannten im Ostsektor gewesen und hatte sich der Kontrolle
der Vopos durch einen Sprung in den Westen entziehen
wollen. Die Vopos waren ihm nachgestürmt und hatten versucht, ihn zurückzuzerren, wobei der Westberliner laut
»Hilfe, Polizei!« gerufen hatte. Daraufhin hatten die beiden
Beamten auf der Westseite spontan reagiert.

Der Polizei-Oberwachtmeister zog seine Dienstpistole
und sprang mit den Worten »Hände hoch!« auf die beiden
Vopos zu, die das Hasenpanier ergriffen und in den Sowjet-
sektor zurückstürmten, nachdem der Polizei-Oberwacht-
meister einen Schuß abgegeben hatte. Mit der schußbereiten
Pistole in der Hand deckte der Polizei-Oberwachtmeister
den Rückzug des von dem Zollbeamten begleiteten Über-
fallenen.

So ganz eindeutig schien Manfred die Sache nun doch nicht
zu sein, denn schließlich hatte ja der Westberliner die Sache ausgelöst. »An jeder Grenze wird man kontrolliert, das
ist nun mal so …« Darüber gerieten sie sich richtig in die
Haare.

»Wenn ich als Berliner vom Prenzlauer Berg nach 'm Wedding will, dann ist das kein Grenzübertritt für mich«, sagte
der Vater.

»Aber da ist nun mal die Grenze zur DDR«, beharrte
Manfred.

»Jetzt bist du auch schon Kommunist geworden, was!?«
fuhr die Mutter auf. »Dann zieh doch gleich rüber in 'n Osten!
Onkel Berthold wird sich freuen.«

»Zwei mal zwei ist vier«, sagte Manfred. »Auch wenn es Ulbricht behauptet.«

»Ulbricht, ich bitte dich! Ich bin Beamtin hier, da will ich nichts von Ulbricht hören.«

So ging es eine Weile hin und her, bis sie sich jeder einen Teil der Zeitung nahmen und sie friedlich weiterlasen. Es war schon was los in der Welt:

Russen zünden gewaltige Wasserstoffbombe in großer Höhe. Chruschtschow frohlockt.

Ein weiterer Transport »volksdeutscher Kriegsgefangener« aus der Sowjetunion an der österreichisch-ungarischen Grenze eingetroffen.

Professor Dr. Ernst Schellenberg, MdB: Sonderzulagen für 6 Millionen Rentner.

Die BVG rüstet für den Winter und stellt für die Straßenbahn moderne Schneepflüge bereit.

Telegraf und die Städtische Oper veranstalten: Dornröschen – Großes Ballett von Peter Tschaikowsky als festliche Aufführung für Berlins Spätheimkehrer.

... wie immer zu Weihnachten: WERTHEIM-Geschenke. Steglitz, Schloßstraße – jetzt noch größer und schöner – Rolltreppen!

Ein großes Gerät zum kleinen Preis! Neuestes Modell – Baujahr 1955/56. Drucktasten-UKW-Super Korting 610 W. 16 Kreise – 13 Röhrenfunktionen. Klangvoll durch 2 Raumklang-Lautsprecher. DM 229.– Alleinverkauf für Berlin: Radio Brée am Sportpalast.

MÖBEL sehen MÖBEL kaufen bei MÖBEL KRIEGER. Schlafzimmer »Dietlinde«. Das Zimmer, von dem Berlin spricht, ist »Dietlinde«, echt finnische Birke. Schrank 2 Meter, abschattiert und mattiert, mit ausgesuchten besonders schönen Furnieren für nur DM 698,– a. m. Glastüren lieferbar.

Hamburg mit komplettem HSV. Nord-Meister setzt alle Asse gegen Westberlins Elf ein. Hamburg (rotes Hemd, weiße Hose): Schnoor; Schemel, Klepacz; Meinke, Posipal.

Liese; D. Seeler, Stürmer, U. Seeler, Schlegel, Harden. Berlin (schwarze Hose, weißes Hemd): Posinski; Deinert, Strehlow; Jonas, Schüler, Eder; Lange, Knöfel, Taube, Wagner, Nocht. Schiedsrichter: Malka (Herden)
Pelzbesatz an Kleidern und Mänteln. Sie im schmalen Kleid. In der ruhigen und ausgewogenen Silhouette, die die Kollektionen der Berliner Modellhäuser für die Herbst- und Wintersaison auszeichnet, herrscht das schmale Kleid für alle Tageszeiten vor. Seine Linie ist sehr elegant und modelliert die Taille sanft, ohne sie allzusehr zu betonen.
Schönheitsoperation ohne Messer – PLACENTUBEX BAYERN EXPRESS – Jetzt Hochsommer in Italien! 9-Tage-Reisen nach Riccione an der blauen Adria, mit Vollpension (nur sorgfältig ausgesuchte Häuser) 190,–
... kaum glaublich diese 3 C&A-Angebote! Über 300 Mäntel in verschiedenen Formen und Farben zum Einzelpreis von nur 85 –. Als Beispiel obenstehend ein taillierter Mantel aus Mohair-Velours mit beschwingtem Rock und Indisch-Lamm-Kragen. Zu jedem Mantel gehört natürlich auch ein Hut. Als Beispiel ein Haar-Soleil-Hut mit aparter Stepperei, in den Farben der Saison ... nur 12.75. Bar gekauft – mehr geschenkt!

Die Mutter legte die Werbeseite auf den Tisch. »Nichts geht über einen Pelzmantel. Ob ich je in meinem Leben einen Pelzmantel haben werde?«

Manfred wußte nicht, was seine Eltern verdienten. Ihre Gehaltsstreifen versteckten sie vor ihm, und auch bei Gesprächen mit Neutigs und anderen Freundschaften gab es stets nur Andeutungen. Im *Telegraf* hatte er gelesen, daß das Durchschnittseinkommen der Deutschen 377 DM betrug, und er schätzte, daß sie als Beamte nur knapp darüber lagen.

»Habt ihr heute noch was vor?« fragte die Mutter.

»Mal sehen ...«

Manfred und der Vater entschlossen sich nach längerer Beratung, zum Städtespiel Berlin gegen Hamburg ins Olympiastadion zu fahren.

»Darf Dirk mit?«

»Ja, warum denn nicht?«

So erfreuten sie sich zu dritt am 2:0-Sieg der Berliner und hofften, daß es mit dem Berliner Fußball endlich einmal aufwärts ging.

Der Freund, mit dem er in diesen Monaten die meiste Zeit verbrachte, war Dirk Kollmannsperger. Das lag einmal daran, daß es ohne dessen Nachhilfe in Mathe gar nicht mehr ging. Wobei ihre Zusammenarbeit darin bestand, daß Manfred, wenn er eine Aufgabe nicht verstand, zu Dirk Kollmannsperger in die Weserstraße eilte und ihn fragte, wie das denn ginge:

$$f: x \rightarrow y = \frac{1}{2}x^2$$

»Denk doch mal nach!«

»Hab' ich ja ...« Manfred verschwieg jedoch, daß er kaum länger als zwanzig Sekunden lang versucht hatte, sich mit den Gedankengängen von Leibniz, dem Tangentenproblem und der Begründung der Differentialrechnung vertraut zu machen. Wie ein trotziges Kleinkind stampfte er innerlich auf: Ich will das nicht wissen!

Wozu sollte er auch? Lieber wollte er betteln gehen als einen Beruf ergreifen, der etwas mit Mathematik zu tun hatte. Das alles gehörte für ihn nur zum großen Programm der Erwachsenen, die Kinder zu Spießbürgern abzurichten, für ihn war das reine Dressur.

»Komm, gib schon her.« Nun schrieb ihm Dirk Kollmannsperger die Lösung auf sein Schmierpapier, damit sie endlich Schach spielen konnten. »Schreibste nachher ab.«

»Ja, danke.« Manfred wartete, bis Dirk Kollmannsperger fertig war.

Als er sich im Wohnzimmer des Freundes umsah, fiel ihm auf, daß hinter einem Schrank drei neue wunderschöne korallenrote Kleider hingen, alle nagelneu. Er staunte, denn Dirk Kollmannspergers Mutter galt als mittellose »Kriegerwitwe«, und ihr Sohn bekam in der Schule vieles umsonst, zum Beispiel die Schulmilch und Fahrscheine, wenn es an Wandertagen in den Grunewald ging. Und nun dieser Reichtum hier.

Es kam noch besser, als Frau Kollmannsperger eintrat und ein weiteres neues Kleid auf den Bügel hängte. Nun, anzeigen würde er sie nicht, daß die Kollmannspergers aber den Staat derart betrogen, fand er gar nicht gut.

»Ich geh' jetzt einkaufen«, sagte Dirks Mutter. »Wenn der Rosemann kommt, der kann die Kleider hier mitnehmen.«

»Gut, wenn der Kleidermann kommt, kann er die Rosen mitnehmen.«

Jetzt erst ging Manfred ein Licht auf: Dirks Mutter nähte die Kleider in Heimarbeit.

»Los, ans Brett. Blitzschach, damit wir noch zehn Partien schaffen, bevor wir wieder weg müssen.«

Heute hatten sie es besonders eilig, weil um 18 Uhr in einem Lokal in der Flughafenstraße der große Aufstand gegen die »Turnerriege« von TuS inszeniert werden sollte. Schon lange hatten sich die Läufer, Springer und Werfer vom TuS Neukölln geärgert, daß der Verein sie nicht eben sehr beachtete, geschweige denn besonders förderte. Schuld daran war ihrer Meinung nach Gernot Wienicke, der erste Vorsitzende, ein reiner Turner, ein Funktionär von Buddha-Format. Bei einer gemeinsamen DJMM-Runde mit der BT, dem BSV 92, Tegeler Forst und den Neuköllner Sportfreunden (NSF) am heimischen Maybachufer hatten sie am ersten Oktoberwochenende ein paar Kameraden von NSF kennengelernt und gehört, wie die von ihrem Verein und dessen Vorsitzenden geschwärmt hatten. »Nächsten Sommer will Scherwinski mit uns nach Schweden fahren.«

Da hatte Manfred aufgehorcht, denn seit neuestem war Schweden für ihn das Land seiner Träume, was vor allem daran lag, daß es ihm ein volksliedhafter Schlager von Hugo Alven angetan hatte, die *Schwedische Rhapsodie*, wo es im Refrain immer hieß: »Komm, kleines Schwedenmädel, tanz mit mir.« Nicht genug damit, daß er ständig auf allen Sendern nach dieser Melodie suchte, er hatte sich auch vom kärglichen Taschengeld die Platte gekauft, und in seinem Kopf lief tagtäglich der Film dazu ab: Er schlenderte durch die Altstadt von Stockholm und suchte die Jugendherberge, da streifte ihn der Lenker eines Fahrrades. Er verlor das Gleichgewicht und fiel aufs Pflaster. Als er sich aufrappeln wollte, sah er in das Gesicht einer jungen Schwedin, die so blond war und so schön wie Bibi Johns. »Es tut mir so leid. Ihr aufgeschlagenes Knie ...« – »Macht nichts. Hier muß ja gleich die Jugendherberge sein.« – »Was, du willst in die Jugendherberge, da wirst du verbluten. Du kommst gleich mit zu mir, mein Vater ist Arzt.« Und es stellte sich heraus, daß ihr Vater nicht nur Arzt, sondern auch Paddler war und ein wunderschönes Grundstück draußen in den Schären hatte. »Da müssen Sie unbedingt mitkommen und mit Gunilla paddeln.«

Manfred wollte also unbedingt mit NSF nach Schweden fahren, war sich aber im klaren darüber, daß das sportlich ein Fiasko werden würde, denn die Jungen im weiß-roten Dreß waren äußerst leistungsschwach. Aus dem kläglichen Haufen ragte nur einer heraus, den sie Kuhmeyer nannten und der wohl in Wirklichkeit Kurt Meyer hieß. Aber wie sollten der und er eine 4 x 100-Meter-Staffel bilden? Was dann kam, war pure Eigendynamik.

»Den Kuhmeyer müßten wir in unserer 4 x 100 haben«, sagte Hirschmann, denn beim TuS fehlte ihnen der vierte Mann neben Sasse, Heier und Matuschewski, einer, der deutlich unter 12 Sekunden laufen konnte.

»Und der Scherwinski müßte uns nach Schweden mitnehmen«, sagte Hansjürgen Sasse, der Architekt werden wollte und sich gern Städte anschaute, die nicht vom Krieg verwüstet waren.

Da hatte Manfred seinen Einfall: »Treten wir doch alle geschlossen über zu NSF!«

Hirschi, der Trainer, bezahlt von TuS, tippte sich an die Stirn. »Bist du verrückt! Das gibt doch in Neukölln einen Bürgerkrieg, denn TuS, das ist die alte bürgerliche Turnbewegung, und NSF, das sind die Arbeiter, die sich erdreisten, auch Sport treiben zu wollen, siehe deren rote Hosen.«

Da nun war Manfred vollends entschlossen, zu NSF zu gehen – und alle anderen mitzunehmen.

Jetzt war es soweit. Angespannt ging er mit Dirk Kollmannsperger in Richtung Tagesstätte. Auf der Sonnenallee wäre er
fast in eine »Isetta« gelaufen. Die sah man jetzt immer öfter
auf den Straßen. Sie redeten über die Katastrophe beim Autorennen von LeMans, wo es 82 Tote gegeben hatte, und diskutierten dann über Ludwig Erhards Motto *Wohlstand für
alle*.

»Wenn ein Auto zehntausend Mark kostet«, sagte Dirk
Kollmannsperger, »und alle ein Auto haben, dann ist alles
für den einzelnen viel weniger wert als zehntausend Mark,
weil alle es haben. Also sind alle viel unzufriedener als jetzt,
weil ihr Geld viel weniger wert ist als heute.«

»Außerdem sind die Straßen so voll, daß keiner mehr Auto
fahren kann«, fügte Manfred hinzu. »Also sollte man das
Autobauen lassen. Aber dann kommt die Wirtschaft nicht in
Schwung.«

Zwanzig A-Jugendliche von TuS saßen schon bei ihrer Faß-
brause, als sie das Hinterzimmer eines kleinen Lokals betraten, und warteten auf das, was Manfred, der sie herge-
rufen hatte, nun sagen und verkünden würde.

Aber auch Manfred wollte erst einmal etwas trinken. Als
er schließlich aufstand, zitterten ihm nicht nur die Knie, ihm
wurde auch richtig schwindlig, so daß er sich am Tisch festhalten mußte. *O Gott, warum hab' ich das alles angeleiert!?*
Er wollte nichts weiter als nach Hause gehen und im neuen
hobby lesen, dem *Magazin der Technik*. Er griff noch einmal,
um Zeit zu gewinnen, zum Glas mit seiner Sportmolle und
nahm einen großen Schluck.

Da ging die Tür auf, und Hirschmann erschien. Auch das
noch. Das schnürte ihm erst recht die Kehle zu, denn der
Trainer war nicht nur ein erbitterter Gegner ihres Übertritts,
sondern auch noch angehender Lehrer. Und in der Schule war
Manfred einer, der immer Minuspunkte machte, wenn es um
das »Mündliche« ging. Kaum war er aufgestanden, da war es
aus mit ihm: absolute Leere im Gehirn, und unter dem Zwang,
unbedingt etwas sagen zu müssen, Kluges auch noch, begann
er fürchterlich zu stottern. Frau Hünicke hatte sich einmal zu

der Bemerkung hinreißen lassen, daß er der genialste Äh-Macher sei, den Neukölln je gesehen habe.

»Äh …«, begann er nun prompt. »Ich bin heute … Wir sind heute … Weil … Also, wir sind heute hier, um … Ich begrüße erst einmal unsern Trainer …« Das brachte den ersten Beifall und machte ihm ein wenig Mut. »Wo fange ich an …?«

»Am Ende«, rief Lothar Heier. »Dann sind wir eher fertig.«

»Gut.« Manfred freute sich. »Dann stelle ich den Antrag, daß wir zum 31. Dezember austreten, also aus TuS, und ab 1. Januar eintreten bei NSF.«

Alle jubelten, und Manfred strahlte. Kein Zweifel, er durfte sich als großer Sieger fühlen. Doch da hatte er die Rechnung ohne Hirschmann gemacht.

»Halt!« rief der Trainer und sprang auf. »So geht das nicht, und ohne Diskussion schon gar nicht. Was ist denn das für 'ne Demokratie! Bevor das Volk entscheidet, müssen die Argumente auf den Tisch. Zumindest muß einer pro Übertritt sprechen und ein anderer kontra. Erst dann kann abgestimmt werden.«

Damit hatte er sie alle überzeugt, und Manfred als Versammlungsleiter blieb nichts anderes übrig, als kleinlaut zu fragen, wer denn gegen den Übertritt sei.

»Ich«, rief Hirschi und legte auch gleich los. »Das könnt ihr doch Georg Gräbner nicht antun, daß ihr ihn jetzt alle verlaßt. Er war doch der beste Übungsleiter, der sich denken läßt, ein echter väterlicher Freund, und die Jugend-Leichtathletik-Abteilung von TuS ist sein Werk, sein Lebenswerk. Nicht einmal eingeladen habt ihr ihn. Ich will mich kurz fassen: Bleiben wir bei TuS, halten wir Gräbner die Treue, verhandeln wir mit dem Präsidium, mit Herrn Wienicke, und fordern mehr Geld für uns. Dann werden wir 1956 die Besten in Berlin!«

Alle zwanzig klatschten, und Manfred spürte, daß sie nun gegen den Vereinswechsel waren. *Das war wohl 'n Schlag ins Wasser, wie, da hast du dich aber ganz schön lächerlich gemacht.* Er war schon dabei, mit weinerlicher Stimme zu

sagen: »Na, schön, dann lassen wir's eben«, als sein Kampf-
geist erwachte.

»Das ist doch sentimentaler Quatsch!« hörte er sich
schreien. »Gräbner ist nicht unser Vater, und wenn, dann
wird es Zeit, daß wir uns endlich abnabeln von ihm. Keiner
bestreitet ja, daß er viel für uns getan hat – und wir unter-
schreiben gleich alle einen Brief, daß wir ihm auch dankbar
sind, aber eines dürfen wir niemals vergessen: Er ist von
Hause aus Turner und hat es nicht verstanden, sich gegen
Wienicke durchzusetzen.« Manfred konnte es nicht fassen,
daß er es war, der da so fließend redete. Das konnte nur ein
anderer sein, und dessen Lautsprecher war er. »Wir alle
hassen doch das Turnen, und wollt ihr ewig das Anhängsel
von einem Turnverein sein!?«

»Nein!« schrien einige.

»Das wär ja auch bekloppt!« schob Manfred nach und
wuchs weiter über sich hinaus. »NSF ist unsere Zukunft, gemeinsam mit denen – ich denke da nur an Kuhmeyer – werden wir unheimlich stark, da zittern alle vor uns: der SCC,
der OSC. Und im Sommer geht's nach Schweden. Die Mädchen da warten schon auf uns. Da muß ja schon einer mit
'nem Klammerbeutel gepudert sein, wenn er da nicht mitmachen will. Klar, der kann ja bei Wienicke Barrenturnen machen, während wir in Schweden schwimmen gehen … In der
Mittsommernacht …« Und er erinnerte sich an Ulla Jacobsen,
wie sie nackt ins Wasser stieg. »*Sie tanzte nur einen Sommer*,
ihr wißt doch …«

Die Jungen klatschten und kreischten, und nur Hansjürgen Sasse hatte einen Einwand, allerdings einen ganz entscheidenden. »Ohne Hirschi sind wir nur die Hälfte wert, und
wenn Hirschi bleibt, dann bleib' ich auch.«

Da kam Dirk Kollmannsperger Manfred zur Hilfe. »Hirschi muß mit. Wer ist dafür?«

Einundzwanzig Hände gingen hoch.

Nun war Manfred schnell und ließ den Trainer gar nicht
mehr zu Worte kommen. »Wer ist unter diesen Umständen dafür, daß wir geschlossen zu NSF gehen?« Wieder waren alle

Hände oben. »Der Antrag ist einstimmig angenommen.« Und er schlug mit der flachen Hand auf den Tisch. »Beschlossen und verkündet.«

Die Folge war, daß es im Dezember unter der Überschrift *Kleinkrieg um Jungen* einen Artikel im *Telegraf* gab, nachdem Wienicke vorher im TuS-Mitteilungsblatt Rainer Hirschmann die Schuld an allem gegeben und ihn als »Wolf im Schafspelz« und »Renegaten der sportlichen Idee« verunglimpft hatte. »Da nun die Gruppe geschlossen den Verein gewechselt hat und der Trainer seinen bisherigen Schützlingen gefolgt ist, um sie weiter unter seiner Obhut zu haben, gab es einen Sturm im Wasserglas.« So der *Telegraf*, der sich voll hinter Hirschmann stellte. »*Die Wahl* haben die Jugendlichen *allein* getroffen ...«

Manfred war entzückt darüber, daß sich Spuren seines Handelns nun auch in der Presse fanden, ärgerte sich allerdings, daß sie ihn als den Anführer nicht besonders gewürdigt hatten. Auch Gernot Wienicke tat es nicht, als man unter der Überschrift *Noch einmal: Kleinkrieg um Jungen* seine Erwiderung brachte. Gleichviel, Manfred war glücklich, dies bewegt zu haben. *Sieh an: Wenn du willst, dann kannst du ja!*

Blieb das ungute Gefühl im Hinblick auf Gräbner. Als er ihn zufällig auf dem Hermannplatz traf, ging er auf ihn zu und wollte ihn um Entschuldigung bitten.

Georg Gräbner sah an ihm vorbei. »Tut mir leid, junger Mann, wir kennen uns nicht.«

Das schmerzte, und noch viel später im Leben, wenn Manfred sich von anderen verraten fühlte, mußte er an Georg Gräbner denken und meinte, das Schicksal würde ihm jetzt heimzahlen, was er damals verbockt hatte.

Von jetzt an hatte Manfred nur noch ein Ziel, dem er alles unterordnete: Er wollte die hundert Meter unter elf Sekunden laufen und Berliner Meister der A-Jugend werden. Er wurde Sklave seines Willens, war aber glücklich dabei. So lange jedenfalls, bis er glaubte, dies alles mit dem Leben bezahlen zu müssen.

Mehrmals in der Woche trainierte er, im Winter in der Halle und im Frühjahr und Sommer in Schmöckwitz, vor allem aber bei Hirschi im Neuköllner Stadion. Da blieb wenig Zeit für Schularbeiten.

Chemie war die Hölle und Meph ihr Folterknecht. »Nennen und beschreiben Sie die wichtigsten Aminosäuren.« Mit dem Widerwillen eines Kindes, dem sie Lebertran einflößten, schrieb er in sein kariertes Heft:

Die wichtigste Aminosäure ist die Aminoessigsäure oder der Glykokoll: CH_2NH_2COOH. Der Schmelzpunkt liegt mit 323° ungeheuer hoch. Der Zusammenhalt ist durch einen räumlich extrem großen Dipol sehr stark ...

Es klingelte, und er eilte zur Tür. Draußen stand schon wieder, es wurde langsam eine Plage, die Zeugin Jehovas, die partout mit seiner Mutter sprechen wollte, die liebe alte Hutzelfrau. Manfred zuckte zusammen, denn nie hatte er es übers Herz gebracht, ihr zu sagen, daß seine Mutter mit ihrer Sekte garantiert nichts zu tun haben wollte. So war es dann gekommen ... Von Besuch zu Besuch war es seiner Mutter schlechter gegangen, und seit Ostern lag sie nun im Krankenhaus. Jedenfalls seinen Worten zufolge, obwohl sie in Wahrheit putzmunter war und am Schalter ihrer Krankenkasse den Wöchnerinnen pausenlos Stillgeld und anderes bewilligte.

Das konnte so nicht weitergehen. Lieber ein Ende mit Schrecken. Und außerdem hatte er heute wegen dieser verdammten Chemie furchtbar schlechte Laune, hatte sich die Augen rot gerieben, um mit seiner Müdigkeit fertigzuwerden, sah recht mitgenommen aus an diesem Nachmittag im Frühsommer 1956. Und so kam es, daß die Frau mit dem *Wachtturm* in der Hand das Schlimmste annehmen mußte.

»Oh!« rief sie. »Ist Ihre Mutter gestorben?«

Da ritt Manfred der Teufel, und er nutzte die Chance, um diesen Besuchen mit all ihrer deprimierenden Vergeblichkeit ein für allemal ein Ende zu bereiten und die arme Frau nicht länger belügen zu müssen.

»Ja.«

»Mein herzliches Beileid. Aber trösten Sie sich: Denn der Herr verstößt nicht ewiglich, er betrübt zuweilen wohl, doch er erbarmt sich alsbald wieder in seiner großen Güte. Der Herr ist mein Teil, spricht meine Seele; darum will ich auf ihn hoffen und für deine Mutter beten.«

»Danke, ja ...« Fast hätte er noch, bevor er die Tür wieder schloß, mit freundlichem Grinsen gesagt, daß er's seiner Mutter gern ausrichten würde. Er fühlte sich elend. Egal. Die Frau würde das verkraften, es war ihr Risiko. Aber es tat ihm leid. Ihr Seelenheil hing ja davon ab, möglichst viele Leute zu retten.

Du bist ja beknackt!

Ja, was hatte er davon, die Welt aus der Sicht dieser Frau zu sehen. Nun, er tat es ganz einfach und litt darunter. Außerdem: Wenn das ein böses Omen war. *Mit so etwas spaßt man nicht!*

Chemie, Weitermachen! Die wichtigste Aminosäure war die ... die ... ah, ja, die Aminopropionsäure: CH_3CHNH_2 $C00H$.

Er schaltete den neuen Radioapparat der Eltern ein und freute sich am Zucken des magischen Auges. Gerade sang Caterina Valente: »Poco, Poco, Pocola, es sind zwar viele Mädchen da, doch leider nicht die eine, die ich meine ... Ich weiß, was / ich weiß, was / ich weiß, was dir fehlt: / ein Mann, der dir keine Märchen erzählt ...«

Es klingelte erneut. Diesmal war es Balla-Balla, der sozusagen von seinem Vater in Marsch gesetzt worden war, denn seit kurzem war Manfred stolzer Eigentümer einer Luftdruckpistole, und bei den ersten Wettkämpfen im Flur hatte sich herausgestellt, daß Peter Pankalla, vorgesehen für den Offiziersberuf – und nach Meinung seines Vaters auch prädestiniert dafür – ein furchtbar schlechter Schütze war und regelmäßig hinter Manfred, Dirk Kollmannsperger und Gerhard den vierten Platz belegte.

»Deine Chance ist das! Erst einmal bekommst du eine Brille – und dann gehst du täglich üben zu Matuschewskis.« –

»Kann ich nicht selber eine Luftdruckpistole …?« – »Zu teuer. Und unnötig.«

Nun also hatte Balla seine »Schießbrille« auf, und Manfred holte die Schießscheibe aus der Küche, weil sie auf dem Brett befestigt war, auf der seine Mutter immer den Teig ausrollte. Sie wurde an der Kammertür festgebunden und von der Korridorlampe angestrahlt. Geschossen wurde von der Wohnungstür aus, das waren gute vier Meter.

»Paßt auf eure Augen auf!« Da sich hartnäckig das Gerücht hielt, daß sich Jungen regelmäßig die Augen ausschossen, mußten sich alle, die nicht am Drücker waren, in der Küche aufhalten, also seitlich hinter dem Schützen. Schenkte er den Worten der Mutter Glauben, lief etwa ein Drittel der bundesdeutschen Jungen mit Glasaugen durchs Leben. Deswegen hatte sie lange gegen seinen Wunsch nach einer Luftdruckpistole opponiert, und die Schmöckwitzer Oma war entsetzt gewesen. »Wir sind doch Pazifisten: Die Waffen nieder! Kennst du nicht Bertha von Suttner?«

»Ich will doch keinen Feind damit erschießen – und deine Bertha von Suttner erst recht nicht –, sondern nur ins Schwarze treffen.«

»Jede Pistole ist ein potentielles Mordinstrument.«

»Dann müßtest du ja überall herumlaufen und die Brotmesser einkassieren.«

Außerdem konnte man mit dieser Waffe keinen erschießen. Es war ein Uraltmodell, das nicht mit Luft-, sondern nur mit Federdruck funktionierte, und geschossen wurde nicht mit Kugeln, sondern mit kleinen eisernen Pfeilspitzen, an denen bunte Püschel steckten. Sie kannten vier Disziplinen: Stehend, sitzend, liegend und »laufender Keiler«, eine Übung, bei der einer das Ausrollbrett an einer Strippe aus Manfreds Zimmer über den Korridor ins Schlafzimmer seiner Eltern zog. Dabei gab es immer heftige Wortgefechte, weil der Keiler nach Ansicht des Schützen stets zu schnell gezogen wurde. Wenig olympisch war auch die Disziplin »sitzend«, wo der Kampfrichter streng darauf achtete, daß der Schütze sich nicht zu weit nach vorn reckte, sondern den Rücken hübsch an die Lehne des Küchenstuhls preßte. Dirk Kollmannsperger hatte den Vorschlag gemacht, als fünfte Disziplin das Tontaubenschießen einzuführen, aber die ersten diesbezüglichen Versuche mit hochgeworfenen Tischtennisbällen hatten nur dazu geführt, daß Manfred von seinem Taschengeld eine neue 40-Watt-Birne hatte kaufen müssen und nur um Haaresbreite einer Ohrfeige entging.

Balla hatte als erster seine Zehnerserie zu schießen und war aufgrund seiner Brille auch guter Hoffnung. Doch bei den ersten drei Schuß traf er nur einmal die Scheibe.

»Eine Drei!« schrie Manfred, der alles fein säuberlich notierte. Die anderen beiden Geschosse steckten lustig rot und blau in der frischgestrichenen weißen Kammertür.

»Mann, ich krieg' wieder Ärger mit meinen Eltern!« rief Manfred und fügte bissig hinzu, daß Balla bloß nicht zur Bundeswehr gehen sollte. »Mit dir verlieren die doch jeden Krieg.«

»Seit wann schießen Generäle selber?« fragte Balla.

»Hauptsache sie *er*schießen sich selber«, brummte Manfred. »Aber rechtzeitig, bevor der Krieg losgeht.«

»Ohne Bundeswehr und NATO stehen wir der planetaren Bedrohung aus dem Osten wehrlos gegenüber«, sagte Balla und meinte es ernst.

Manfred gewann den Wettkampf haushoch mit 4:0. Eine Revanche war nicht mehr möglich, weil Kuhmeyer schon unten stand und rief: »Manne, Training, Tempo!« Balla wäre auch gerne mit zum Training gekommen, durfte aber auf Weisung seines Vaters bei den NSF-Jungen nicht mittrainieren. »Du bist vom OSC und hast bei so 'nem Popelverein nischt zu suchen, verstehen wir uns?« – »Ja.«

Da Dirk Kollmannsperger die Kleider seiner Mutter ausliefern mußte, trabten Manfred und Kuhmeyer alleine los. Von der Treptower Brücke bis zum Neuköllner Stadion waren es knappe vier Kilometer, und Manfred wäre liebend gern mit der S-Bahn gefahren, doch der Sportkamerad hatte nicht das Geld dazu, und die Solidarität gebot, mit ihm Seit' an Seit' zu schreiten. Die ganze Treptower und die Hertzberg-

straße hinauf, über Richardplatz, Karl-Marx- und Hermannstraße hinweg, um dann in die Warthestraße einzubiegen.
Manfred kam es vor wie ein Marathonlauf, aber mit Kuhmeyer gab es viel zu bequatschen. Seine Eltern waren im Krieg
ums Leben gekommen, und seine Großeltern hinten in der
Elsenstraße zogen ihn auf. Er hatte das Glück oder das Pech,
ganz wie man wollte, nicht mehr zur Schule zu gehen und befand sich in der Ausbildung zum Versicherungskaufmann.

Erstes Thema war die große Internationale Bauausstellung
im Hansa-Viertel am Tiergarten, die im nächsten Jahr eröffnet werden sollte und für die sich Kuhmeyer mächtig interessierte. »Mann, über tausend Wohnungen bauen die da und
'n Hochhaus mit über 17 Stockwerken. Architekten aus aller
Welt. Und 'ne Sesselschwebebahn is da und 'ne extra Bahn
fährt rum.«

Manfred ging diese Schwärmerei ziemlich auf die Nerven.
Er hatte nur die ersten Fotos gesehen, wo Frauen, die noch
so aussahen wie die Trümmerfrauen der Nachkriegsjahre, Lo-
ren über Feldbahngleise zogen, genauso wie damals, sich dann
aber von diesem Thema abgewandt, weil es ihm Angst einjagte. Eine solche Wohnung konnte sich nur einer leisten, der
ein nützliches Mitglied der menschlichen Gesellschaft war,
wie es immer hieß, also brav-bieder-bürgerlich war und das
machte, was alle machten: sich ein- und anpaßte, seine Ar-
beitskraft verkaufte und alles tat, was sein Arbeitgeber wollte –
Wes Brot ich ess', des Lied ich sing' –, der aktuellen Mode folgte,
sich »gemütlich« einrichtete, ein Auto hatte und ein »kleines
Frauchen«. Das war eine Schreckensvision für ihn, zugleich
aber auch seine Wunschvorstellung. Dieser Widerspruch
quälte ihn. Er beneidete Kuhmeyer, für den das alles selbstverständlich war. Ebenso leicht tat er sich beim Thema Auto.

»Wenn ich ausgelernt hab', kauf ich mir gleich 'ne Isetta«,
verkündete er. »Oder 'n Janus.«

Seit Dietmar Kaddatz' Tod haßte Manfred Autos und sah
sie als Mordwaffen an. »Wozu denn 'n Auto, fährt doch jetzt
überall die U-Bahn hin.« Diese Bemerkung bezog sich auf
die Verlängerung der U-Bahn-Linie C I, die seit Mai nicht

mehr an der Seestraße, sondern erst am Kurt-Schumacher-Platz ihre Endstation hatte. »Und in zwei Jahren geht se sogar bis Tegel raus. ›Das Teufelspack, es fragt nach keiner Regel, / wir sind so klug, und dennoch spukt's in Tegel.‹« Bei Frau Hünicke hatten sie gerade mit dem *Faust* begonnen.

Kuhmeyer war noch immer bei seinem großen Traum vom ersten eigenen Wagen. »Am besten aber, ich koof mir gleich 'n Taunus und fahr mal bis Monaco damit.« Seit Fürst Rainier im April die Grace Kelly aus *High noon* geheiratet hatte, wollten sie alle dahin. Manfred, der das als einziger nicht wollte, kam sich beinahe abartig vor.

Dazwischen kamen sie immer wieder auf das zu sprechen, was die Sportwelt seit dem 17. Juni bewegte: Hans Günther Winklers heldenhafter Ritt auf Halla, der Wunderstute, in Stockholm.

»Mann!« Kuhmeyer hatte leuchtende Augen, als er das erzählte. »Hat der 'n Leistenbruch mit 'nem Bauchdeckenriß und stöhnt vor Schmerzen … Das Pferd macht im zweiten Umlauf alles ganz alleine … null Fehler. Olympiasieger issa!«

Als sie dann im Neuköllner Stadion angekommen waren, fühlte Manfred sich schon ziemlich erschöpft, blühte aber, als es richtig losging, schnell wieder auf … Hirschi scheuchte sie schon beim Warmmachen ganz gehörig über den Rasen. Manfred genoß es, akzeptiert zu werden und einer der drei Stars zu sein, mit Sasse zusammen, der ein hervorragender Weitspringer war, und Wollert, der über die 1000 Meter zu den Besten in Berlin gehörte. Am meisten hing er mit Gerhard zusammen, der sich bei NSF vom Speerwerfer zum Mittelstreckenläufer gewandelt hatte, aber auch mit Kuhmeyer und Dirk Kollmannsperger. Der aber, wie gesagt, fehlte heute – und das nicht nur wegen des Botenganges für seine Mutter.

»Was ist denn mit dem?« fragte Hirschmann.

»Der ist völlig von der Rolle.« Der Grund dafür lag auf der Hand: im März war er sitzengeblieben.

Im Mittelpunkt des Trainings standen heute Sprint und Staffel. Die Berliner Meisterschaften waren nicht mehr fern, und ihnen galt ihr ganzes Sinnen und Trachten. Sasse und Wollert hatten alle Chancen, aufs Treppchen zu kommen, und Manfred gab man gute Endlaufchancen über 100 Meter, als sicherer Favorit auf einen Titel galt aber nur ihre 4 x 100-Meter-Staffel mit Heier, Sasse, Matuschewski und (Kuh-) Meyer. So übten sie heute nicht nur Start und schnellen Antritt, sondern vor allem den Wechsel: Nach hinten sehen, warten, bis der andere den Fuß auf die Markierung gesetzt hatte, dann losprinten wie ein Wahnsinniger, die Hand nach hinten strecken, wenn das »Hepp!« des anderen kam, und hoffen, daß man den Stab noch packen konnte, bevor die Wechselmarke überlaufen war. Manfred bekam den Stab von Sasse und hatte ihn an Kuhmeyer weiterzugeben. Zwar hatte Sasse eine erheblich bessere 100-Meter-Zeit als Kuhmeyer, aber der war der weitaus bessere Kämpfer, was für einen Schlußläufer das Wichtigste war.

Es klappte immer besser, als Manfred plötzlich aufschrie. Bei einer unglücklichen Bewegung hatte er sich den Stab aufs rechte Knie geschlagen, und nun pikte es.

»Die Nadel!« Sein Erschrecken war gewaltig.

Das war vor fünf Jahren an seinem Geburtstag passiert. Auf dem Teppich war seine Eisenbahn aufgebaut gewesen, und sie hatten auf dem großen Oval ein Lokomotiv-Wettrennen veranstalten wollen. Als seine Lok dabei umgekippt war, hatte er sich auf die Knie fallen lassen, um sie schnell wieder aufzugleisen. Doch im Teppich hatte – mit der Spitze nach oben – eine dicke Nadel gesteckt, eine Nähnadel, und die saß nun bei ihm im rechten Knie, steckte wie ein eingeschlagener Nagel fest im Knochen – wie fest aber? »Lassen wir es, das geht auch so«, hatte der Chirurg erklärt, nachdem es ihm mißlungen war, sie herauszuoperieren. »Allerdings – eines Tages kann sie sich durchaus mal lockern.« – »Und dann?« – »Wenn sie ins Herz gelangt, würde das den Tod bedeuten.«

Manfred sank ins Gras. Glitt die Nadel schon durch seine Adern? Er fühlte sie, ein winziges U-Boot im Körper. Was tun? Sofort ins Krankenhaus fahren? Er sah sich schon im Operationssaal liegen.

»Is was?« fragte Hirschi.

»Nein ...« Kam er ins Krankenhaus, waren alle Träume geplatzt. Er betastete sein Knie, fuhr mit den Fingerkuppen die Furche seiner Narbe entlang. Sollte er sich nicht doch lieber röntgen lassen? Er lag auf dem Rücken, hatte die Augen geschlossen und war unfähig, eine Entscheidung zu treffen. Wie damals beim Bandwurm hatte er Angst davor, sich mitzuteilen, er kam sich vor wie ein Ertrinkender, der lieber still versank, als die Leute am Ufer mit seinen Hilferufen zu behelligen. *Es wird schon gutgehen ...*

So sagte er nichts und zog nach dem Training mit den anderen ins Lokal in der Warthestraße, um die gewohnte große Sportmolle zu trinken. Ein bißchen bedrückt war er schon, aber die anderen waren zu sehr mit sich selber beschäftigt, als daß sie es gemerkt hätten.

Die Stimmung war glänzend, und sie sangen, als sie wieder und wieder ihre Meisterschaftschancen besprachen, alle im Chor: *Eventuell, eventuell ...* Davor gab es aber noch einen Fünfkampf und eine Runde bei der DJMM.

Der Fünfkampf wurde auf dem Sportplatz an der Katzbachstraße Ecke Dudenstraße ausgetragen, da, wo vor knapp drei Jahren Manfreds Karriere begonnen hatte. Und was war aus ihm seither geworden! Aber so richtig genießen konnte er das nicht, denn da war ja die Nadel im Knie, die ständige Bedrohung. Zwar war seit dem ersten schmerzhaften Piken im Knie nichts weiter passiert, aber das mußte nicht unbedingt heißen, daß die Nadel noch immer fest im Knochen steckte, das konnte auch bedeuten, daß sie vom Blut durch seine Adern geschwemmt wurde und nun irgendwo steckte, wo er es gar nicht merkte. Bis sie dann zur Herzklappe kam und ...

Weil er sich ständig ans Knie faßte, fragte ihn Hirschmann, was er denn habe. Schon wollte er die Wahrheit sagen, als plötzlich Scherwinski, der Betreuer, auf sie zugelaufen kam. »Kinder, die absolute Katastrophe: Sasse ist heut' morgen ins Krankenhaus gekommen. Tbc – das muß der sich auf den feuchten Baustellen geholt haben.«

Im ersten Augenblick waren sie entsetzt. Mitgefühl mischte sich mit der Trauer um die 4 x 100-Meter-Staffel, die ohne Hansjürgen Sasse niemals zu gewinnen war, denn Werner Schütz, der Ersatzmann, hatte eine Bestzeit von 11,9, während Sasse 11,6 gelaufen war, und drei Zehntelsekunden, das waren etwa drei Meter, die sie gegen Z 88, ihren schärfsten Konkurrenten, verloren.

Doch Hirschmann machte ihnen wieder Mut. »Wenn sich jeder von euch jetzt um nur eine Zehntel verbessert, habt ihr das wieder drin.«

Manfred hustete. Sollte er sich schon mit Sasses Tbc angesteckt haben? Wie seine Mutter neigte er zur Hypochondrie. Jetzt wo alle mit Sasses schwerer Krankheit beschäftigt waren und lang und breit die Frage erörterten, ob seine Tuberkulose nun offen sei oder nicht, hatte er mit seiner lumpigen Nadel keine Chance mehr, irgendwie Gehör zu finden. Also behielt er es für sich.

»Auf die Plätze ...«

Er rückte den Startblock zurecht. Das war schon etwas anderes als die Löcher vor drei Jahren. Ganz unerwartet erfüllte ihn ein Gefühl von Kraft und Unbesiegbarkeit, war er ein Herkules.

»Fertig ...«

Er hob das Hinterteil und schob sich so weit nach vorn über die Linie, daß die Finger schmerzten. Nur so gelang es, quasi in den Schuß zu fallen und wie ein Panther davonzuschnellen, wenn auch nur auf die Gefahr eines Fehlstarts hin. Da war der Schuß.

»Los!«

Fast knickte er weg, dann aber trommelten seine Füße die ersten Meter hinunter, und als er merkte, daß sein Vorsprung immer größer wurde, flog er mit langen Schritten über die Bahn. Er zerriß das Zielband weit vor den anderen. Nach dem Auslaufen kam der Kampfrichter auf ihn zu, der seine Zeit genommen hatte.

»Was hab' ich?« keuchte er.

»Weiß ich nicht.«

Vor der Beratung des Kampfgerichtes hielt man die Zeiten immer zurück, um auszuschließen, daß der Zweite eine bessere Zeit angesagt bekam als der Erste. Dann aber stand es fest: »Matuschewski, NSF, 11,5.«

Das war neue persönliche Bestzeit, das war neuer NSF-Vereinsrekord. Manfred tanzte über die Bahn, und alle umarmten sie ihn. *Freude, schöner Götterfunken / Tochter aus Elysium.* Das war für ihn das einzig Sinnvolle, was er in Hamanns Musikunterricht gelernt hatte. Dieser Siegestaumel war ein Moment, wie ihn auch Goethe empfunden haben mußte bei seinem *Verweile doch! Du bist so schön!* im Faust. Und das alles trotz der Nadel im Körper ...

Nun schauten auch die Gegner aus den anderen Vereinen mit Respekt zu Manfred hinüber, und nachdem er auch im Weitsprung mit 5,74 Metern die beste Leistung erzielt hatte, führte er mit einem so großen Vorsprung die Fünfkampfwertung an, daß man ihn schon als den sicheren Sieger handelte. Zwar büßte er im Hochsprung, der ihm gar nicht lag, mit nur 1,42 Metern viele Punkte ein, blieb aber weiterhin in Front und war im Kugelstoßen mit einer Weite von 10,45 Metern ganz gut, so daß er im abschließenden Tausendmeterlauf nur drei Minuten und zehn Sekunden laufen mußte, um der große Sieger zu sein.

»Die rennt doch meine Oma im Schlaf«, sagte Hirschi.

Zweieinhalb Runden waren zu laufen. Am Start fühlte sich Manfred ganz frisch und locker. Klaus Wollert als Spezialist auf dieser Strecke stand neben ihm. Wenn er sich auf den ersten fünfhundert Metern hinter dem hielt, brauchte er dann nur noch auszutrudeln.

Der Startschuß kam, und es lief alles wie geplant. Hirschmann schrie zwar »Du bist zu schnell«, aber Manfred fühlte sich so blendend, daß er es ignorierte. Den Sieg im Fünfkampf konnte ihm keiner mehr nehmen.

Bei 600 Metern aber pikte es wieder im Knie, noch schlimmer aber waren die Stiche in der Lunge, und von einem Meter auf den anderen ging nun gar nichts mehr. Es war alles nur noch eine einzige Qual. Die Lungen schmerzten, und er hätte sie herauskotzen können, die Beine waren nur noch aus Blei. Draußen auf der Straße sah er einen gelben Doppeldeckerbus. Um alles in der Welt hätte er jetzt da auf dem Oberdeck sitzen und Eis essen wollen. *Gib endlich auf!* Doch auch dazu fehlte ihm der Mumm. So schleppte er sich weiter, stampfte mit schmerzverzerrtem Gesicht durch den Scheitelpunkt der Kurve. Nahm das überhaupt kein Ende mehr? *Ich sterbe, wenn ich weiterlaufe, ich sterbe.*

Nun, das tat er zwar nicht, aber bei der Zeit, in der er schließlich über die Ziellinie wankte – 3:19,8 –, blieb für ihn in der Endwertung nur der 22. Platz.

Dieser Fünfkampf hatte dann auch zur Folge, daß er bei DJMM am nächsten Wochenende sein nächstes Fiasko erlitt. Aber auch andere traf es an diesem Tage – im Poststadion und auf dem Wege dorthin.

Knut Kunze, ihr bester Werfer, konnte nicht starten, weil er sich auf dem U-Bahnhof Turmstraße den Speer durch den Mittelfußknochen seines rechten Beines gebohrt hatte. Das Gerät in der Hand, war er mit der Rolltreppe nach oben gefahren und hatte die eiserne Spitze sicherheitshalber vorn auf seinen Turnschuh gestellt, um damit nicht in die Fahrtreppe zu geraten. Ein paar Meter vor dem Ende der Rolltreppe war nun aber die Decke so niedrig geworden, daß der Speer mit seinen 2,20 Metern oben anstieß und sich in Knut Kunzes Fuß bohrte. Statt im Poststadion verbrachte er die nächsten Stunden im Krankenhaus Moabit.

Nicht ganz so schlimm erging es Wilsnack und Hering, den beiden Stabhochspringern. Die hatten ihren Stab im Bahnhof Neukölln nicht durch die Tür der S-Bahn bekommen und, durch die Schreie des Stationsvorstehers in Panik versetzt, hastig versucht, ihn durch die heruntergelassenen Fenster ins Abteil zu schieben. Dabei hatte er sich derart verklemmt, daß der Zugverkehr für zehn Minuten unterbrochen werden mußte und ihnen die Benutzung der Bahn verboten wurde. So kamen sie schließlich ohne Stab ins Stadion und schafften mit fremden Geräten kaum die Anfangshöhe.

Noch mehr Pech aber hatte Gerhard, Manfreds ältester

Freund. Der war mit Margrit, einer neuen Freundin aus Wilmersdorf, zum Wettkampf gekommen und wollte ihr zeigen, was ein Held der Aschenbahn ist. Bei NSF war er von einem mittelmäßigen Speerwerfer zu einem guten Mittelstreckler umgeschult worden. Für seinen großen Auftritt hatte er weder Kosten noch Mühen gescheut und sich am Freitag ein prachtvolles Paar Turnschuhe gekauft – solche, wie sie die Meister trugen. Margrit, auch von Manfred gehörig bewundert, schmolz dahin. Jedenfalls so lange, bis Gerhard in die dritte Kurve kam. Dort nämlich trat ihm ein Gegner derart kräftig in die rechte Wade, daß er auf die Aschenbahn stürzte und blutend liegenblieb. Die Sanitäter kamen angelaufen, luden ihn auf die Bahre und trugen ihn an der Tribüne vorbei, auf der Margrit saß. Zu allem Überfluß waren nachher auch noch seine nagelneuen Turnschuhe verschwunden, und er mußte barfuß und humpelnd, auf Margrit gestützt, den Heimweg antreten.

Viel trösten konnte Manfred ihn nicht, denn er war zu sehr mit sich selber beschäftigt.

»Auf die Plätze ...« Wieder kniete er nieder zum Hundertmeterlauf, in der Hoffnung, dem Traumziel der 11,0 Sekunden diesmal noch näher zu kommen.

Doch kaum hockte er in den Blöcken, da ging ihm die Konzentration flöten, er mußte so dringend pinkeln, daß ihm fast die Blase platzte. Dabei war er gerade erst auf der Toilette gewesen. Unmöglich, jetzt zum Starter zu gehen und zu sagen »Momentchen bitte, ich muß erst mal.«

»Fertig ...«

Als er nun hochkam, passierte das zweite Malheur: Er bekam einen Krampf im rechten Oberschenkel und ging noch einmal nach unten. Doch der Starter sah das nicht und schoß. Was blieb Manfred übrig, als dem Feld hinterherzueilen, um für seine Mannschaft wenigstens noch ein paar Punkte zu retten? Schließlich wurde er noch Dritter, die Uhren zeigten aber nur 11,9 Sekunden. Damit war ihm die Generalprobe für die Berliner Meisterschaften gründlich mißlungen. Auch im Weitsprung und im Kugelstoßen landete er unter »ferner liefen«. Dort aber geschah etwas, was sich bestens für einen Besinnungsaufsatz bei Frau Hünicke geeignet hätte.

Die Mannschaft brauchte dringend Punkte, um in der Bestenliste ganz weit oben zu landen und vom Berliner Verband zu den deutschen Mehrkampfmeisterschaften entsandt zu werden. Und bei ihren Rechnereien hatten Scherwinski und Hirschmann ihn bei der Kugel mit 10,50 Metern angesetzt, was er mit der 6¼-Kugel an sich auch locker schaffte. Nur heute nicht, da waren bis zum letzten Versuch 9,76 Meter die Grenze für ihn.

»Los, im letzten noch mal alles reingelegt!« rief Scherwinski.

»Und diesmal mehr aus der Hüfte heraus«, riet ihm Hirschmann.

Manfred nahm die Kugel auf, spielte noch ein wenig mit ihr, um sich zu suggerieren, daß sie leicht sei wie ein Gummiball, trat dann in den Ring und knickte, die Kugel oben in die Halsbeuge gepreßt, den Körper nach rechts unten weg. Volle Konzentration. Jetzt! Er sprang nach vorn und gab sich alle Mühe, die Kugel bis zur Sonne hochzustoßen. Doch das gelang ihm nicht ganz, verkrampft wie er war. Bei etwa 9,60 bohrte sie sich in den Sand. »Scheiße!« Aus war es mit der Fahrt zu den deutschen Meisterschaften.

Da aber rief der Kampfrichter, der das Bandmaß hielt: »Zehn Meter sechzig!« Erschöpft vom stundenlangen Messen, ehrenamtlich noch dazu, hatte sich der alte Herr um einen glatten Meter geirrt.

Manfred wollte sofort hinspringen, um das richtigzustellen, doch Scherwinski hielt ihn fest. »Bist du denn beknackt?«

»Ich mach' das nicht mit!«

»Du tust es nicht für dich, sondern für deine Kameraden.«

Manfred schlich sich davon, belastet mit einem ziemlich schlechten Gewissen, und war nachher richtig froh, daß sie trotz dieses Betruges ihr Ziel nicht erreicht hatten, es fehlten 21 Punkte.

Ein kleiner Trost war nur die Staffel, wo sie in der Besetzung Matuschewski, Schütz, Heier und Meyer in 45,0 Sekunden den ersten Platz belegten. Trotz Sasses Ausfall gab es keine Staffel in Berlin, die sie gefährden konnte. Die Meisterschaft hatten sie schon in der Tasche.

Endlich war es Donnerstag geworden, und die Berliner Meisterschaften begannen. Bis zum Sonntag sollten sie sich hinziehen, denn traditionsgemäß fanden die Staffel-Endläufe der Jugendlichen immer im Rahmen des ISTAF statt, des großen internationalen Stadion-Festes der Leichtathleten an olympischer Stätte. Das Wichtigste für Manfred war damit die 4 x 100-Meter-Staffel, denn vor 30 000 Zuschauern zu laufen und zu siegen, das war schon ein Traum.

So waren sie denn, als am Sonntagvormittag im Poststadion zum Vorlauf aufgerufen wurde, trotz ihrer Favoritenstellung überaus nervös und übten beim Warmlaufen wieder und wieder die Wechsel. Das große Trauma aller Sprinter war es ja, den Stab fallen zu lassen. Man bekam schon feuchte Hände, wenn man daran dachte. Entweder man lief zu früh los oder zu spät, entweder man hatte den Arm zu früh nach hinten gestreckt oder zu spät, und wenn es ganz schlimm kam, ließ man ihn gerade in dem Sekundenbruchteil nach hinten schnellen, wo der andere einem den Stab hinhielt. Das Ergebnis war dann, daß man ihm das Staffelholz wegschlug und zusehen mußte, wie es in weitem Bogen auf die Aschenbahn fiel. Kurzum, bei einer Staffel machte einer der vier immer etwas falsch.

Hirschmann gab die Aufstellung für den ersten Vorlauf bekannt. »Heier, Meyer, Schütz und Matuschewski.«

Kuhmeyer protestierte. »Ich lauf doch immer Schluß.«

»Ich will nachher im Olympiastadion den stärksten Mann am Schluß haben.«

»Ich kann keine Kurve laufen«, maulte auch Werner Schütz, ein langaufgeschossener Phlegmatiker, der Manfred Germar ähnlich sah.

»Wir sehen mal, wie es läuft.« Schiefgehen konnte ja nichts, denn in ihrem Vorlauf waren nur schwächere Vereine, und die BT-Staffel, die als zweite einkommen würde, war fast zwei

Sekunden schlechter als ihre. Außerdem hatte Lothar Heier die Bahn zwei gezogen, und von da ließ sich ja alles bestens kontrollieren. Die zerstampfte Innenbahn blieb frei.

Zunächst klappte auch alles. Heier hatte einen prima Start, und der Wechsel zu Kuhmeyer war optimal. Manfred stand am letzten Wechsel im Pulk der ungeduldig wartenden Schlußläufer von kleinen Vereinen wie ASV, Rehberge und BSV 92 und konnte alles, was sich auf der Gegengeraden tat, ganz gut verfolgen. Auch Kuhmeyer lief blendend, das Olympiastadion lockte sehr. Doch da ... Manfred konnte es nicht glauben ... Da humpelte Kuhmeyer ganz plötzlich, hatte sich gezerrt, konnte den Stab gerade noch übergeben ... aber als letzter, mindestens fünf Meter zurück. Das aufzuholen war nie und nimmer möglich, obwohl Werner Schütz so durch die ungewohnte Kurve fegte wie sonst nur Heinz Fütterer. Als vierter bekam Manfred den Stab. *Aus der Traum! Das schaffen wir nicht mehr.* Die ersten der vier Vorläufe kamen automatisch zum ISTAF ins Olympiastadion, und sonst konnten nur die jeweils zweiten noch hoffen, denn die beiden zeitschnellsten der zweitplazierten Staffeln durften das Starterfeld noch auffüllen. Wurden sie nicht mindestens Zweiter und liefen eine gute Zeit dabei, dann war alles aus und vorbei, dann konnten sie nach Hause fahren. Aber sie lagen weit zurück, zu weit.

Da gab Manfred alles, lief das Rennen seines Lebens und holte auf, schluckte einen nach dem anderen, lag schon auf Platz drei und ... Nein, da war die Ziellinie schon. Voller Wut warf er den Staffelstab auf die Aschenbahn ...

Das nun hatte zur Folge, daß zehn Minuten später fünf würdige Herren in weißen Kampfrichteranzügen an der Ziellinie knieten und den kleinen Krater suchten, wo der Stab in der ziegelroten Asche aufgeschlagen war. Da der Zweitplazierte wegen Überschreitens der Wechselmarke disqualifiziert worden war, ging es nun um die Frage, wo der Staffelstab aufgekommen war: Hatte er den Boden *vor* der Ziellinie berührt, dann hieß das: Disqualifikation auch für NSF, weil das zu werten war, als hätten sie den Stab verloren, war er jedoch erst *hinter* der Linie aufgekommen, dann bekam zwar Manfred Matuschewski eine Verwarnung wegen unsportlichen Verhaltens, die NSF-Staffel durfte aber ins Olympiastadion fahren und im Endlauf starten.

Bange Sekunden vergingen. Manfred, Schütz, Heier und Hirschmann standen eng beieinander, Kuhmeyer lag neben ihnen am Boden und wurde von Scherwinski massiert.

Endlich kam das Urteil. »Ein paar Millimeter hinter der Linie!«

Sie lagen sich in den Armen, doch ihre Stimmungskurve ging sofort wieder steil nach unten. »Kurt wird am Endlauf nicht teilnehmen können.« Der Arzt bestätigte es. Kuhmeyer war also außer Gefecht, und so hektisch Scherwinski und Hirschmann auch am Telefon hingen, sie konnten keinen NSFler mehr finden, der die hundert Meter wenigstens in 12,3 bis 12,5 Sekunden laufen konnte. Blieb ihnen nur Klaus Wollert, der am Vortage über die 1000 Meter auf dem dritten Platz gelandet war.

Wie auch immer, sie durften beim ISTAF starten und schafften es, in der Besetzung Wollert, Schütz, Heier und Matuschewski Vizemeister zu werden.

»Der Sieg ist nichts, Teilnahme ist alles«, sagte Hirschmann.

Die 100 Meter wurden im Mommsenstadion ausgetragen, und zwar am späten Donnerstagnachmittag. Da Manfred den ganzen Tag über in der Schule gehockt hatte, fühlte er sich schlapp und müde. Die lange Anfahrt mit der S-Bahn bis Eichkamp tat ihr übriges, so daß er nicht etwa heiß war auf den Vorlauf, Bäume ausreißen wollte, sondern nur hoffte, einer Blamage zu entgehen. Die Konkurrenten vom OSC, SCC und BSC schienen im übermächtig zu sein, strotzten vor Kraft und Siegeswillen. Doch seinen Vorlauf gewann er souverän, trudelte aus und lief dennoch 11,6 Sekunden.

Im Endlauf dann schoß er aus den Blöcken wie Morrow oder Murchison und hatte zur Hälfte der Strecke einen Vorsprung von zwei Metern und mehr. *Sieg! Das ist der Sieg! Ich bin Berliner Meister!* Fünfundsiebzig Meter. Die anderen holten etwas auf, doch er führte noch immer klar und deutlich. Neunzig Meter. Die Meute blieb noch immer hinter ihm, alles war klar.

Da geschah es. Der Stich in der linken Brust, der Schmerz. *Die Nadel war im Herzen angekommen!* Alles drehte sich, versank in schwarzem Nebel, er brach zusammen.

»Die Nadel!« rief er, als er wieder zu sich kam.

»Welche Nadel?« fragte der Arzt.

Manfred erklärte es ihm. Doch als sie ihn röntgten, stellte sich heraus, daß die noch immer fest im Knochen steckte.

»Dann ist es nur der Kreislauf gewesen.«

»Kann ich nie mehr laufen?«

»Doch, organisch bist du gesund.«

Das ergaben auch die weiteren Diagnosen. Und so schaffte er es denn auch, während der Schwedenreise 11,1 Sekunden zu laufen und damit schnellster Berliner in der A-Jugend zu sein, aber Meister war er nicht geworden.

»Der Sieg ist nichts, Überleben ist alles«, war Hirschmanns Kommentar.

Sein oder Nichtsein

Meph hatte recht gehabt. Von den 46 Schülerinnen und Schülern, die im September 1951 in der 8a gesessen hatten, waren genau acht übriggeblieben, die nun in die Zielgerade einbogen, um ihr Abitur zu machen. Aber der Vergleich mit einem Wettkampf, auch einem Marathonlauf, schien Manfred nicht ganz geglückt, und Dirk Kollmannsperger, den es ja ganz zuletzt auch noch erwischt hatte, sprach immer vom sechsjährigen Krieg, in dem viele gefallen – nämlich durchgefallen – wären. Tapfer gehalten bis zur 13a hatten sich: Hansi Breuer, Guido Eichborn, Kathrin Kindler, Manfred Matuschewski, Utz Niederberger, Peter Stier, Henriette Trettin und Irene Schwarz. Dies in alphabetischer Folge, wie sie auch im Klassenbuch standen. Daß auch Bimbo diese Runde der letzten acht erreicht hatte, galt als die größte Sensation. Aber er hatte es meisterhaft verstanden, seine eher geringe Begabung durch unendlichen Fleiß und ein erhebliches Maß an Kriecherei zu kompensieren. Immer signalisierte sein Gesicht das, was Goethe seinem Schüler im *Faust* in den Mund gelegt hatte: »Ich bin allhier erst kurze Zeit, / Und komme voll Ergebenheit, / Einen Mann zu hören und zu kennen, / Den alle mir mit Ehrfurcht nennen.«

Viele der anderen, die gescheitert waren, hatten weder die eine noch die andere Tugend Bimbos an den Tag legen können, zum Beispiel Ute Keußler, Eva Senff, Jutta Böhlke, Erika Jahn, Peter Junge, Detlef Schafstall, Klaus Zeisig und Dieter Manske. Wieder andere waren ausgesiebt worden, Ingolf Nobiling und Thomas Zernicke, um nur diese beiden zu nennen, weil sie – bei fehlenden Fähigkeiten wie mangelndem Leistungswillen – den Lehrern frech gekommen waren oder aber, wie Adolf Geiger etwa, sich nicht verkneifen konnten, ständig den Klassenclown zu spielen. Einige waren auch ganz einfach weggezogen oder hatten die Schule geschwänzt, und Dietmar Kaddatz war einem Verkehrsunfall zum Opfer gefallen.

Als Sensation aber wurde es empfunden, daß zwei der überragenden Schüler der 12a nicht in die Abiturientenklasse versetzt worden waren: Dirk Kollmannsperger und Gunnar Hinze. Beide mit einer Fünf in Deutsch. Manfred ließ sich nicht ausreden, daß es sich dabei um Racheakte handelte. Beide hatten Lehrerinnen und Lehrer provoziert und ihnen ihre Mittelmäßigkeit unter die Nase gerieben. Dirk Kollmannsperger sah sich als das große Genie in Mathe und Physik, und Gunnar Hinze, langjähriger Vorsitzender des Schülerparlaments, war ein begnadeter Rhetoriker und ein politisches Talent, das den Lehrern die Hölle heiß machte. Immer wieder stellte er sie bloß, und wenn etwas zu organisieren war, dann klappte es bei ihm viel besser als bei ihnen.

Beide hatten es zu weit getrieben, hatten sich, manchmal arrogant und selbstgefällig, zu weit aus dem Fenster gelehnt und sich aufgrund ihrer Talente wie Verdienste für unschlagbar gehalten, zumal sie im Kollegium genügend Verbündete zu haben glaubten. Doch sie hatten sich verrechnet. Als die Lehrer, die sich am tiefsten gekränkt fühlten, die Machtfrage stellten, war die Sache schnell entschieden, und beide durften sich auf die Ehrenrunde begeben. Die Fünf in Deutsch, subjektiv wie keine andere Note, war ein scharfes Schwert, eine Waffe, auf die man sich verlassen konnte.

Aber auch Peter Pankalla war sitzengeblieben, mit Fünfen in Latein, Französisch und Mathe und keinem Ausgleich dafür. Nun hatten Manfred und er gänzlich unterschiedliche Pläne, fingen morgens zu anderen Stunden an und hörten nachmittags mal früher und mal später auf, so daß sie den langen Schulweg nur noch selten gemeinsam zurücklegen konnten.

Nichts war mehr so schön wie ehemals.

Zu den acht Überlebenden aus dem Jahr 51 waren noch zwei Sitzenbleiber gestoßen – Dieter Schnell und Reinhard Heiduck –, so daß die 13a nun immerhin zehn Köpfe zählte. Das war immer noch zu wenig für einen ganz normalen Klassenraum, und so hatte man sie in eine flugs umgebaute Toilette im ersten Stock verfrachtet, gleich neben Kunos Reich. Die berühmte Gemeinschaft waren sie noch immer nicht, lediglich eine Ansammlung von zehn Individualisten, von denen sich mitunter zwei, höchstens aber drei zu kurzzeitigen Zweckbündnissen zusammenfanden, mehr nicht. Bei den Mädchen hatte keine die *beste Freundin* in der Klasse, und bei den Jungen gab es auch nur *gute Kameraden*, aber keine Seelenverwandtschaften höherer Art. Das, was ihn, Manfred, mit Bimbo beziehungsweise mit Dirk Kollmannsperger verband, war schon – wörtlich gesprochen – das höchste der Gefühle.

Vorherrschend in der 13a war eher ein subtiler Kampf aller gegen alle, wobei sich von Stunde zu Stunde und von Interessenlage zu Interessenlage Koalitionen bilden konnten, die schnell wieder zerfielen. Man traf sich morgens um acht, erlebte die Zeit bis halb zwei, als würde man zusammen mit Leuten, die man nur vom Grüßen kannte, zufällig in derselben U-Bahn sitzen, und stob beim letzten Klingeln auseinander, froh darüber, sich erst wieder am nächsten Morgen sehen zu müssen. Frau Mickler, die weiterhin als Klassenlehrerin fungierte, vermochte da wenig zu ändern, verhinderte aber mit ihrer mütterlichen Art auf alle Fälle Schlimmeres.

Die beiden Neuen veränderten den Charakter der Klasse auch nur unwesentlich. Einerseits waren sie älter und erhabener, im Umgang mit den Lehrern auch erfahrener, wußten vor allen Dingen, was demnächst »rankommen« würde, hatten also daher mehr Prestige und einen erheblichen Vorsprung, aber andererseits waren sie zu sehr als Sitzenbleiber und Versager abgestempelt, um sich noch zu Führerpersönlichkeiten aufwerfen zu können.

Dieter Schnell war groß und schlank und hätte mit seiner zurückgenommenen Art als Sohn eines englischen Konservativen durchgehen können. Er war intelligent, charmant und wortgewandt, wirkte älter und reifer als alle anderen Jungen in der Schule und sogar als mancher Lehrer und war nur wegen seiner sprichwörtlichen Faulheit hängenblieben. Er hielt es für unter seiner Würde, Schularbeiten zu machen und sich in der Klasse mit hochgerecktem Ärmchen zu melden.

Reinhard Heiduck, aus einer zerrütteten Familie kommend, war das genaue Gegenteil von Dieter Schnell. Er war der typische *Halbstarke*, wie man ihn aus dem Film mit Horst Buchholz und Karin Baal in Erinnerung hatte, rotzig, nie um einen guten Spruch verlegen und immer bereit, zuzuschlagen, wenn er anders nicht weiterkam.

Während Manfred einen der beiden Neuen, Dieter Schnell, sehr schätzte, verspürte er von Anfang an eine heftige Abneigung gegen Reinhard Heiduck, was vor allem daran lag, daß dessen Name dem von Reinhard Heydrich, einem der schlimmsten NS-Mörder, zum Verwechseln ähnlich war, er aber auch – blond, mit kantigem Schädel und graublauen Möwenaugen – in jedem Film einen guten SS-Mann abgegeben hätte. Von den anderen in der Klasse hatte er sich seit Jahren ein festes Bild gemacht.

Bimbo, Peter Stier, vierschrötig, massig, wenig begabt, war schon sichtbar vorgealtert, aber liebenswert und so verschroben wie etwa seine Tante Claire. Mit seiner kurzen Hose aus grünem Wehrmachtstuch, seinem Sprachfehler – sein z hörte sich immer noch wie ein speichelfeuchtes ß an –, seiner opahaften Umständlichkeit und seiner Gabe, alles falsch zu verstehen, was die Lehrer sagten, brachte er komödiantische Züge ins Spiel.

Henriette Trettin war hochintelligent, zielstrebig und äußerst attraktiv, aber auch gefährlich, männermordend. Manfred träumte davon, von ihr erwählt zu werden, hatte aber zugleich große Angst vor ihr. Wer ihr verfiel, so schien es ihm, der war verloren. War es sein Pech, war es sein Glück – sie schenkte ihm keinerlei Beachtung. Dazu stand er zu oft als Trottel da, wenn ihn die Lehrer prüften, und daß er ein guter Sportler war, kümmerte sie wenig. Konnte auch sein, daß er zu kompliziert für sie war.

Irene Schwarz war das saubere, blitzgescheite deutsche Mädel schlechthin. Immer solide, lernte sie alles mit fotografischem Gedächtnis, wußte alles, konnte alles, ohne aber dabei originell zu wirken oder gar geistreich. Als es auf das Abitur zuging, war sie schon verlobt, und zwar mit ihrem Buddelkistenfreund. Alles war zu planen. Manfred hatte Achtung vor ihr, aber bis zum Abitur kaum ein Wort mit ihr gewechselt.

Kathrin Kindler war klein, fast ein Erdnuckel, und fiel durch nichts weiter auf als durch ihre absolute Unauffälligkeit. Das mochte auch daran gelegen haben, daß sie als Freundin des baumlangen Gunnar Hinze nie aus dessen Schatten getreten war. Erst jetzt, als der nicht mehr in der Klasse saß, nahm man sie richtig wahr. Sie hatte ein liebes Gesicht, und Manfred hatte schon immer eine Schwester wie sie gewollt, kam aber auch mit ihr nie so richtig zusammen.

Hansi Breuer nahm niemand seine achtzehn Jahre ab. Dazu fehlten ihm gut und gerne zwanzig Zentimeter Körpergröße und eine tiefere Stimme. Pausbäckig war er und schien mit seinen roten Apfelbäckchen direkt der Werbung für Zwieback oder Lebertran entsprungen. Da er bei den Lehrerinnen durchweg Muttergefühle erweckte, kam er immer mit viel besseren Noten davon, als er sie eigentlich verdient hätte. Das machte die anderen ein wenig neidisch, auch Manfred.

Guido Eichborn war weizenblond und weich. Still und versonnen saß er da, immer ungewiß schmunzelnd, immer mit dem Blick einer Sphinx und *very sophisticated*. Ständig bastelte er an irgendwelchen Schaltungen herum, versuchte, sich selber einen Fernseher zu bauen. Manfred und er blieben sich über die Jahre hinweg fremd, ohne etwas gegeneinander zu haben.

Utz Niederberger schließlich hätte Guidos Zwillingsbruder sein können. Auch er war introvertiert, ein Tüftler durch und durch, nie aggressiv, aber von seiner großen Familie, in der er den im Krieg gebliebenen Vater zu ersetzen hatte, so in Anspruch genommen, daß er in der Klasse als absoluter Einzelgänger galt. Manfred hatte zwar einmal mit ihm in Schmöckwitz Tischtennis gespielt, war ihm aber auch dadurch nicht nähergekommen.

Diese zehn Individualisten nun wollten das Abitur in Angriff nehmen, etwas, was der Kulturwüste Neukölln an sich wesensfremd war. Das Abitur machte man ja, um anschließend zur Uni zu gehen – und Akademiker waren in Rixdorf, Buckow, Britz und Rudow so dünn gesät und so exotisch, daß man – wie beispielsweise Manfreds Vater – nur staunend fragen konnte: *Wie kommt Kuhkacke aufs Dach?*

Frau Hünicke war weiterhin bemüht, der Klasse germanistisches Gedankengut schmackhaft zu machen, und da hatte in der 13. Klasse der *Faust* im Mittelpunkt zu stehen.

Sie schlug ihr rot-golden eingebundenes Bändchen auf. »Wir fahren fort mit der Schülerszene. Studierzimmer, ab Vers 1990. ›Im ganzen – haltet Euch an Worte! / Dann geht Ihr durch die sich're Pforte / Zum Tempel der Gewißheit ein.‹ Bimbo, Sie lesen den Schüler, Heiduck, Sie den Mephistopheles.«

»›Doch ein Begriff muß bei dem Worte sein‹«, begann Bimbo, zuverlässig wie immer.

»Meph«, fuhr Heiduck fort. »›Schon gut! Nur muß man sich ...‹«

452

Frau Hünicke ging dazwischen. »Heiduck, Sie sollen nur das lesen, was da steht!«

»Bei mir steht aber Meph-Punkt«, beharrte Heiduck.

»Meph haben wir erst in der dritten Stunde«, sagte Manfred und spielte damit auf den Chemielehrer an, auf Dr. Mann. Immer öfter sprang er jetzt für Dirk Kollmannsperger in die Bresche.

Frau Hünicke blieb sachlich. »Auf dem Theater sprechen die Schauspieler weder die Regieanweisungen mit, noch sagen sie vor jedem Satz, wer sie sind und wie sie heißen.«

»Schade«, bemerkte Henriette Trettin, »dann würde ich mich manchmal im Stück besser zurechtfinden.«

»Beim Fußball ist das einfacher: Da haben alle Rückennummern hinten drauf.« Manfred hielt das für einen originellen Vorschlag, das moderne Theater transparenter zu machen.

»Rückennummern kann man kaum vorne drauf haben«, befand Hansi Breuer.

Auch Dieter Schnell wachte nun auf. »Ich hab' mal eine Frage, Frau Hünicke, zu den Regieanweisungen...«

»Ja, bitte.«

»Ein Stückchen weiter unten in der Hexenszene steht bei Mephistopheles als Regieanweisung: ›Er macht eine unanständige Gebärde.‹ Was heißt das bitte?«

Frau Hünicke stöhnte auf. »Schnell, das haben Sie mich letztes Jahr auch schon gefragt. Ich hoffe nur, daß Sie es im nächsten Jahr nicht zum dritten Mal tun.«

»Was heißt es denn nun?« wollte Guido Eichborn wissen.

»Das wissen Sie doch ganz genau.«

»Woher denn? Ich bin klein, mein Herz ist rein.«

Frau Hünicke schlug mit dem *Faust* kräftig auf den Tisch. »Heiduck, weiter bitte!«

»›Schon gut!‹«

»Wie!?«

»Steht hier.«

»Ach so, ja. Schon gut. Weiter!«

»›Nur muß man sich nicht allzu ängstlich quälen; / Denn eben, wo Begriffe fehlen, / Da stellt ein Wort zur rechten Zeit sich ein. / Mit Worten läßt sich trefflich streiten, / Mit Worten ein System bereiten … ‹«

In der zweiten Stunde hatten sie Mathematik, und das war es, was Manfred nun immer in Panik versetzte, obwohl es in der letzten Klasse viel moderater zuging als in den fünf Schuljahren davor. Irgendwie fühlten sie sich mit den Lehrern in Kumpanei verbunden, waren sie doch als Abiturjahrgang etwas ganz Besonderes und stellten die Ernte dar, die ihre Pädagogen ein halbes Jahrzehnt lang gehegt und herangezüchtet hatten. Sie waren die Auswahl, die Elite. Und wenn die Lehrer sie nun tadelten und kein gutes Haar an ihnen ließen, stellten sie sich ja selber ein Armutszeugnis aus – also hielten sie sich zurück. Auch wenn sie nie vergessen machten, wer hier das Sagen hatte und letztendlich über Sein oder Nichtsein entschied.

»Matuschewski …« Frau Mickler hatte ihn schon im Blick, kaum daß sie eingetreten war. »Sie kommen jetzt mal an die Tafel und erzählen uns etwas über Kurven zweiter Ordnung.«

»Ah, Gina Lollobrigida!« rief Reinhard Heiduck und deutete mit beiden Hände an, worauf er anspielte.

Manfred baute sich vorne auf und ließ jede Hoffnung fahren. »Kurven zweiter Ordnung sind …«

»… die Gesamtheit der Punkte in der Ebene …«, flüsterte Henriette Trettin, die, der Raum war ein enger Schlauch, dicht hinter ihm saß.

Doch Frau Mickler hatte es gehört. »Henriette, wenn Sie Dirks Funktion übernehmen wollen, dann sagen Sie mir bitte Bescheid.«

Henriette wurde rot und schwieg.

Manfred griff den Strohhalm dennoch dankbar auf. »Als Kurven zweiter Ordnung bezeichnet man die Gesamtheit der Punkte in der Ebene …« Weiter kam er nicht, er hatte nicht die geringste Ahnung. Dirk Kollmannspergers Ausfall war eine Katastrophe für ihn.

Nachdem sie weitere zehn Sekunden gewartet hatte, vollendete die Lehrerin den Satz. »… in der Ebene, deren Koor-

dinaten einer Gleichung der Form F (x,y) = Ax^2 + Bxy + Cy^2 +
Dx + Ey + F = 0 genügen. Matuschewski, was bezeichnen denn
die Koeffizienten A, B, C dabei?«

Auch das wußte Manfred nicht, wie denn auch.

»Irgendwelche reellen Zahlen«, gab sich Frau Mickler
schließlich selbst die Antwort. »Und nun mal ganz real zu
Ihnen: Jahrelang haben Sie nur von Dirk Kollmannsperger
gelebt, von ihm schmarotzt, wenn man so will, und nun
stehen Sie da und sind verloren. Ich kann Ihnen nur eines
sagen: Wenn Sie sich nicht furchtbar auf den Hosenboden
setzen, gibt das beim Abitur eine glatte Sechs für Sie. Und wo
schreiben Sie noch …? Außer in Deutsch und Englisch, wo
man ja auch ganz leicht danebenliegen kann?«

»In Physik«, würgte Manfred hervor.

»Und lassen Sie da nur eine Aufgabe kommen, wo es ohne
Mathematik nicht geht …« Frau Mickler seufzte. »Sicherlich werden wir nichts unversucht lassen, Sie alle durch das
Abitur zu bringen, Sie sind ja quasi unsere Kinder, die wir
hochgepäppelt haben, aber wir sind nicht Herr des Verfah-
rens, das Sagen beim Abitur hat die Schulrätin, und das ist
nun mal Frau Dr. Dohser.«

»Der Bulldozer«, sagte Reinhard Heiduck.

Sein oder Nichtsein, das war hier die Frage.

Und die Waage schien sich immer mehr in eine Richtung
zu neigen, die für Manfred gar nicht vorteilhaft war, denn als
Fräulein Pausin davon Kenntnis bekam, daß man ihn in Mathematik als Trittbrettfahrer ausgemacht hatte, setzte sie seine
Note in Bio, immer eine Zwei, automatisch auf Drei herunter,
ohne ihn noch einmal geprüft zu haben. »Warum soll es bei
mir anders gewesen sein? Wer einmal blufft, der immer blufft.«

Manfred schäumte und bekniete seinen Vater, zu Frau Dr.
Schaudin zu gehen, um diese himmelschreiende Ungerechtigkeit aus der Welt zu schaffen, doch der weigerte sich. »Das
hat doch keinen Zweck, damit bringst du nur alle anderen
gegen dich auf und machst es noch schlimmer, als es ist.«

Auch seine Mutter war dagegen. »In welchen Geruch kommen wir denn da … Daß wir das vielleicht gutgeheißen haben.

Nein, du: Die Suppe, die man sich eingebrockt hat, die muß man auch auslöffeln. Wenn du nicht immer auf den Sportplatz gelaufen wärst, sondern statt dessen gelernt hättest … Da rackert man sich für dich ab, damit du das Abitur machen kannst – und das ist nun der Dank dafür.«

Sie intervenierten also nicht, und seine Chancen sanken von Tag zu Tag. Glücklicherweise waren Latein, Musik und Kunst in der 13. Klasse weggefallen, und so brauchte er weder Mäxchen Hamann noch Frau Müller weiterhin zu fürchten, der er aber trotz allem dankbar dafür war, daß sie ihm noch eine schöne Vier gegeben hatte, die gleichbedeutend mit dem Erwerb des »Kleinen Latinums« war. Und ohne dieses Gütesiegel des deutschen Geisteslebens ließ sich ja vieles nicht studieren.

Nun kam Meph, und die nächste Runde im Überlebenskampf war eingeläutet. Und wieder war es Manfred Matuschewski, der an die Tafel mußte. Seit sie so wenige in der Klasse waren, kam man andauernd ran. Auch war jetzt kein Verlaß mehr auf die alte Weisheit, daß die Einäugigen unter den Blinden die Könige waren, denn mit dem Übergang von der 12. in die 13. Klasse hatte man sich ja rigoros von allen geistig Blinden getrennt, und jetzt waren Bimbo, Reinhard Heiduck und er in vielen Fächern die Träger der roten Laterne. Manfred sehnte sich nach den Zeiten zurück, wo Jürgen Feurich, Ingolf Nobiling, Dieter Manzke oder Peter Junge hier vorn gezappelt hatten und er sich köstlich amüsieren konnte. Nun war es an ihm, die Rolle des Schülers von der traurigen Gestalt angemessen auszufüllen. Aber auf der Aschenbahn hatte er das Kämpfen gelernt.

»Matuschewski, Sie erläutern uns jetzt bitte mal, wie die katalytische Ammoniakverbrennung funktioniert … Wie nennt man das noch?«

»Das Ostwall-Verfahren«, schmetterte Manfred in den ansteigenden Chemiesaal hinaus, glücklich über das gefundene Korn, und konnte nicht verstehen, daß sich die meisten in der Klasse, aber auch Meph, vor Lachen gar nicht mehr einkriegen wollten.

»Wir haben im Augenblick nicht Geschichte, sondern Chemie«, klärte ihn Meph mit leicht ziegenhaftem Meckern auf. »Und der Mann heißt nicht Ostwall, sondern Ostwald, Wilhelm Ostwald.«

»Ostwald, Entschuldigung, ich hab' da an eine Tante denken müssen ...« Alexa, damals in Frohnau.

»Nun denken Sie einmal an Onkel Wilhelm. Durch was hat der sich ausgezeichnet?«

»Durch ein Gemisch von Luft und Ammoniak ...«

»Interessant. Und was hat er damit gemacht?«

»Das hat er erhitzt und dann verbrannt zu NO beziehungsweise NH_3 ...«

»Na, sagen wir: NO_2, dann stimmt das schon.« Meph schien milde gestimmt, und die Ursache dafür war ganz augenscheinlich Henriette Trettin. So wie er sie ständig musterte, konnte für ihn nur gelten: *fallen in love.*

Manfred machte weiter. »Das gibt dann ...« Unter Aufbietung aller Fähigkeiten und Kräfte schrieb er die entscheidende Formel an die Tafel:

$$2\,NH_3 + 2\tfrac{1}{2}\,O_2 \rightarrow N_2 + 3\,H_2O$$

»Sehr schön, auch wenn Sie zweierlei vergessen haben ...«

»...?«

»Henriette ...«

»Wir brauchen Platin als Katalysator und dazu noch Wärme.«

»Wir brauchen Platin als Katalysator und dazu noch Wärme«, wiederholte Meph mit der schmelzend tirilierenden Stimme des frisch Verliebten.

»Ja, in der Tat: Wir brauchen Platin als Katalysator und dazu noch Wärme«, verkündete Manfred mit so viel Überzeugungskraft, als hätte er eben eine nobelpreisreife Entdeckung gemacht.

»Ich gebe Ihnen eine Drei dafür«, sagte Meph. »Aber nur unter einer Bedingung ...«

»Ja ...« Manfred guckte, als hätte er einen IQ weit unter 70.

»Daß Sie mir hoch und heilig versprechen, nie einen Beruf

zu ergreifen, der auch nur das geringste mit Chemie zu tun hat.«

»Chemielehrer beispielsweise ...«

»Wer war das?« Dr. Mann war schon auf dem Sprung, diese Gotteslästerung gnadenlos zu ahnden.

»Ich«, sagte Henriette Trettin.

»Wunderbar!« Meph hüpfte vor Freude ein wenig in die Höhe. Das schätzte er: Junge Frauen, die mit dem Feuer spielten. Und auf Henriette Trettin hatte er schon ein Auge geworfen, seit sie am Ende des letzten Schuljahres als Chemiehelferin zu ihm gestoßen war.

Diese Hürde also war genommen, und Manfred war einmal mehr sehr stolz auf seine Kunst des *muddling through*. Bei Hager in der nächsten Stunde war es da schon schwerer. Der Physiklehrer erschien ihm immer mehr als Menschmaschine: völlig unempfindlich für Gefühle. Hatte jemand bei einer Arbeit 19,9 Punkte – und brauchte 20,0, um noch eine Vier zu bekommen, dann war es für Hager undenkbar, die Punktzahl aufzurunden und den Kandidaten damit noch zu retten. Das machte Manfred Riesenangst, und mit ihm auch den beiden Sitzenbleibern sowie Bimbo und Kathrin Kindler, also der Hälfte der Klasse. Mochten die anderen auch sagen, daß Hager damit total berechenbar sei und sich nie hinreißen lassen würde, Schüler, die er nicht ausstehen konnte und die über seine unglückliche Beziehung zu Fräulein Klews gelästert hatten, irgendwie zu benachteiligen, ihnen vielleicht nur eben jene 19,9 Punkte zu geben, wo sie 20,0 verdient hatten.

Auch in Physik bestand für Manfred die Gefahr einer Fünf im schriftlichen Abi, obwohl er in diesem Fach, relativ gesehen, durch seine Modelleisenbahn mit ihren Trafos, Spulen und Gleichrichtern ebenso wie durch die Tätigkeit seines Vaters im Telefonsektor eine Menge wußte, was die Elektrotechnik betraf. Aber leider gab es da ja noch Schall, Licht, Wärme und Mechanik, und da stand es mit ihm nicht gerade gut. Und wenn Hager etwas von Photonen erzählte, verstand Manfred überhaupt nichts mehr.

»Die Photonen in einer monochromatischen elektromagnetischen Welle der Frequenz v haben die Energie E = $h \cdot v$, wobei h das Plancksche Wirkungsquantum ist, und den Impuls $p = h \cdot v/c$, wobei c die Lichtgeschwindigkeit ist.«

Auch Whisky, Dr. Wimmer, bei dem sie heute die letzte Stunde hatten, schien Manfred nicht zu den Schülern zu rechnen, denen man die Empfehlung geben konnte, Dolmetscher oder Übersetzer zu werden. »Ihr Englisch, Matuschewski, entspricht dem Niveau eines Londoner Dockarbeiters im Alter von etwa dreieinhalb Jahren«, war sein Fazit, wenn er Manfred sprechen hörte oder seine Niederschriften las. »Am besten, Sie ergreifen einen Beruf, wo man kein Englisch braucht: Opernsänger vielleicht, da müssen Sie nur italienisch können.«

Dann begann Whisky mit dem, was an Langeweile nicht mehr zu übertreffen war: *The development of parliamentary government.*

»Matuschewski, *when were the principles of a democratic franchise established in England?*«

»*After the Reform Act 1832 the franchise ...*« Nicht *franchise*, sondern »*so'n Scheiß*« hätte Dirk Kollmannsperger jetzt gerufen; er fehlte Manfred sehr. *Wozu muß ich den ganzen Mist nur lernen?* »*... the franchise*, das Wahlrecht ... *was far from being ...* gleich, gleich? ... *equal, yes, or universal, because it was only made for the upper middle classes and the lower classes in the town.* Erst, erst ... *the 1918 act gave voices ...*«

»*Votes!*«

»*... gave votes to all males at the age of twenty ...*«

»*Twenty-one.*« Whisky grinste. »Wenn ich Sie so sehe, muß ich immer an Kenia denken: Mau-Mau.« Das war der schwarze Geheimbund, der die Engländer aus Kenia vertreiben wollte. »Machen Sie das mit dem Parlamentarismus weiter bis zum nächsten Donnerstag.«

»Da fällt Englisch aus, da haben wir Sport-Abitur.«

»*Our Lord bless you.*«

Das Sport-Abitur Teil I (Leichtathletik) fand im Neuköllner

Stadion statt, Manfreds zweitem Zuhause. Frohen Mutes fuhr er mit der S-Bahn hin. Bei der großen Reise der Neu-köllner Sportfreunde nach Malmö und Lund hatte er zwar kein Schwedenmädel gefunden, war aber mit 11,1 Sekunden neue persönliche Bestzeit gelaufen. Hier nun, wo die Gegner nur aus den beiden 13. Klassen seiner Schule kamen und in der Mehrzahl unsportlich waren, mal zu dick und mal zu spillrig, fühlte er sich wie ein Profi unter Laien, eben über-legen. Es war ein schönes Gefühl, einmal nicht als Dämlack an der Tafel zu stehen und ausgelacht zu werden oder, siehe Tanzstunde, den schönen Satz zu hören: »So wie dieser Herr da, so wollen wir es nicht machen.«

Es war ein herrlicher Spätsommertag, und bei der trocke-nen Bahn traute er sich zu, eine Zeit um die 11,0 zu laufen, zumal die Mädchen in der Nähe waren, und Henriette Tret-tin ihm zugelächelt hatte.

»Auf die Plätze...«, sagte Schädlich, die große Klatsche in der Hand. Es war ein bedeutsamer Augenblick für alle, der Startschuß für ihr Abitur, das Ziel aller Ziele.

Hansi Breuer und Guido Eichborn knieten neben Man-fred, und er fürchtete, sie könnten sich schon bei dieser Übung einen Wadenkrampf holen. Die anderen beiden Starter des ersten Laufes kamen aus der Parallelklasse. Beim »Fertig...« sah er Dirk Kollmannsperger und Balla Pankalla auf der Tri-büne stehen und ihm zuwinken. Die 12. Klassen hatten heute frei. Er konnte nachfühlen, wie schwer es ihnen fallen mußte, ihren ehemaligen Mitschülern zuzusehen, die ihre Abitur-prüfungen begannen, während sie noch ein ganzes Jahr zu war-ten hatten.

Das lenkte Manfred ab, aber trotzdem hatte er einen gu-ten Start und flog über die Bahn. Sein Vorsprung war riesig, er war sich sicher, mindestens 11,3 gelaufen zu sein, eher aber noch schneller als bei seinem Rekordlauf in Malmö letz-ten Monat. Sein Gefühl für Zeiten und Weiten war gut aus-geprägt, und er hatte sich nie um mehr als zehn Prozent ge-irrt.

Die Lehrerinnen und Lehrer, die im Pulk am Ziel standen,

verglichen ihre Stoppuhren. Hager, Meph, Frau Hünicke, Bulli Wendt und Graf.

»Der Sieger: elf-neun«, sagte Hager.

»Zehn-neun!« schrie Dirk Kollmannsperger, der in den Innenraum gekommen war. »Ich hab mitgestoppt.«

Das Lehrerkollegium trat erneut zusammen, und die Umstehenden wurden von Frau Müller so weit zurückgedrängt, bis sie außer Hörweite waren.

Nach drei Minuten wurden die Zeiten bestätigt. Was Manfred betraf, so blieb es bei 11,9 Sekunden und einer Punktzahl von 21,5. Manfred kochte vor Wut und war sich sicher, daß Hager schon beim Kommando »Fertig« auf die Uhr gedrückt hatte oder aber erst, als er die Ziellinie längst passiert hatte. Fraglich war nur, ob er das mit Absicht getan hatte oder nur, weil er in solchen Dingen keine Übung besaß. Dirk Kollmannsperger und Balla waren für die erste Möglichkeit, zumal die Lehrer als Zeit für Hansi Breuer 12,4 festgehalten hatten, der aber erst mit guten fünfzehn Metern Rückstand eingekommen war, also mindestens anderthalb Sekunden später. Daher war eine Zeit von 10,9 für Manfred recht wahrscheinlich.

Ballas Version schien am plausibelsten. »Der Hager stoppt und sieht die 10,9 auf seiner Uhr. Noch nie ist aber einer beim Sport-Abitur unter 12 Sekunden gelaufen. 10,9 kann also nur heißen: seine Stoppuhr ist kaputt. Und so korrigiert er deine Zeit einfach auf 11,9, was ja immer noch 'ne Fabelzeit ist.«

Was blieb Manfred, als sich damit abzufinden. Lustlos absolvierte er sein restliches Programm, sprang 5,85 Meter weit, was ihm weitere 24,5 Punkte einbrachte, und kam mit der Fünf-Kilo-Kugel auf 10,98 Meter und 19 Punkte. Im abschließenden Tausendmeterlauf hätte er also spazierengehen können ... und tat das in den ersten beiden Runden auch. Gemütlich trabte er um die Bahn und ließ Utz Niederberger ruhig ziehen. Dreißig Meter lag der vor ihm, als es in die letzte Kurve ging. Da packte Manfred noch einmal der Ehrgeiz, und er setzte zu einem Schlußspurt im Sprintertempo

an. Unter dem Beifall der Menge zog er kurz vor der Ziellinie
an Utz vorbei, siegte in 3:09,0 und kam insgesamt auf viel
mehr Punkte, als zu einer glatten Eins nötig gewesen wären.

Die erste Hürde des Abiturs hatte er also mit Glanz und
Gloria genommen.

Langsam kam bei Manfred Wehmut auf, und obwohl er die
Schule nun weiß Gott nicht liebte, ertappte er sich immer
öfter bei der bangen Frage, was denn in einem Jahr mit ihm
war, wo er da wohl stecken würde. Kein Abendessen verging, ohne daß seine Eltern ihn traktierten.

»Hast du dich denn nun entschieden, was du nach dem
Abi machen willst?«

»Nein ...« Am liebsten hätte er geantwortet, daß er gar
nichts machen wolle, doch das traute er sich nicht.

»Langsam wird es Zeit mit den Bewerbungen«, mahnte
seine Mutter.

»Vielleicht will der Junge doch etwas studieren«, sagte sein
Vater, der stolz gewesen wäre, den Sohn als Studenten zu
sehen. »Und dann kommst du als Postrat zu uns und mistest
den Augiasstall mal tüchtig aus. Siehe Hayn, das Schwein.«

Manfred stocherte in seinen Kartoffelpuffern herum. Zum
ersten Mal in seinem Leben schmeckten sie ihm nicht. Daß
er seinen Vater rächen sollte, war verständlich, aber eher hätte
er sich einen Strick genommen, als daß er zur Post gegangen
wäre.

»Geh doch zur BVG«, schlug seine Mutter vor, »du hast
doch so ein Faible für U- und Straßenbahn.«

»Das ist ja eine Schnapsidee«, fand sein Vater. »Lieber soll
er Sportlehrer werden, Sport studieren und Sport und Geschichte unterrichten.«

Manfred nickte. »Würd' ich ja gerne machen, nur ... mit
'ner Fünf in Turnen kann ich nicht Sportlehrer werden.« Sein
Königsweg war ihm verbaut.

»Bewag ist auch nicht schlecht«, spann seine Mutter ihren
Faden weiter. »Strom braucht man immer.«

Manfred wurde nun regelrecht giftig. »Und du wirfst dann

den Fön rein, wenn ich in der Badewanne liege. Ich will nicht mein ganzes Leben im Büro verkümmern.«

»Da setz dich doch gleich mit 'm Hut vors Rathaus und geh betteln«, keilte seine Mutter zurück. »Wir sind nun mal keine Millionäre und müssen sehen, daß wir von unserer Hände Arbeit leben können. Du mußt doch auch mal eine Frau ernähren können.«

Manfred war nun jeder Appetit vergangen. »Ich will keine Frau ernähren ...«

Seine Mutter fuhr auf. »Was denn: Du willst nie eine Frau besitzen ...!?«

Er haßte diesen Begriff. »Doch, mehrere sogar.« Fast hätte er eine gescheuert bekommen.

Sein Vater versuchte es noch einmal von vorn. »Wenn du studieren willst, dann kannst du studieren, aber du mußt schon wissen, was ...«

»Das weiß ich eben nicht!« schrie Manfred. »Ingenieur – da bin in den Naturwissenschaften zu schwach. Deutschlehrer – da kapier' ich die Grammatik bis heute nicht. Sprachen – da mußt du mal Whisky hören.«

»Apotheker, Bankkaufmann, im Reisebüro, Senatsbeamter, bei der AOK, bei der BFA«, der Vater zählte alles auf, was naheliegend war. »Bei der Zeitung, beim Rundfunk, Buchhändler, Fluglotse, Pilot, Arzt, Zahnarzt, Richter, Staatsanwalt – dir stehen doch alle Wege offen.«

»Mit dem Abitur doch nicht mehr ...« Er dachte da an S-Bahn- oder Straßenbahnfahrer. Das wäre er liebend gern geworden. Oder Elektroinstallateur wie sein Großvater aus Schmöckwitz, den er nicht mehr kennengelernt hatte. Vielleicht auch Kunsttischler wie Urgroßvater Quade. Maler, Feinmechaniker, Werkzeugmacher – alles hätte er mit Freude angepackt, und als geborener Handwerker fühlte er sich auch. Doch das Abitur, das warf ihn aus der vorbestimmten Bahn. Auch als Modelleisenbahnverkäufer wäre er glücklich durchs Leben gegangen, als Eigentümer eines kleinen Kiosks mit Zeitschriften, Getränken und Süßigkeiten ebenso. Aber als Akademiker sah er sich nicht, das war für einen vom Hinterhof, wie er es war, widernatürlich. Seine Begabung hatte sich für ihn als Fluch erwiesen, sie entwurzelte ihn.

Manfred schwieg und beneidete alle, die schon mit zehn Jahren gewußt hatten, was sie werden wollten, ebenso wie die Klassenkameraden von früher, die alle etwas Ordentliches lernten. Jürgen Feurich wurde Versicherungskaufmann, und die verdienten ja später mal eine Riesenstange Geld. Detlef Schafstall wurde Zahntechniker, und wenn er in zwanzig Jahren einmal ein eigenes Labor besaß, brachte er es noch zum Millionär. Ebenso wie Gerhard Bugsin, wenn der die Firma seiner Eltern übernahm. Klaus Zeisig wurde Installateur für Gas-Wasser-Sanitär (beziehungsweise, wie er es ausdrückte: Gas-Wasser-Scheiße) und Peter Junge Filmkaufmann.

»Was machen denn die anderen aus deiner Klasse?« fragte seine Mutter, nun wieder ganz pragmatisch.

»Irene Schwarz will Mathe studieren, Henriette Trettin Chemie, Guido Eichborn und Utz Niederberger Physik, Kathrin Kindler Jura ...«

»Rechtsanwalt, das wär doch was.«

»Nein, Rechtsverdreher will ich nicht werden.«

»Und Bimbo?«

»Bimbo will zur Post.«

»Dann bewirbst du dich da auch«, bestimmte seine Mutter. »Und außerdem noch bei der Bewag und der BVG.«

»Und bei Siemens kann er's ja auch versuchen.« Sein Vater dachte an Onkel Erich, der es dort, hochgeachtet, bis zum Oberingenieur gebracht hatte. »Das ist doch schon mal eine gute Empfehlung.«

»Ich will kein Siemens-Indianer werden!« Manfred blieb trotzig.

Seine Mutter hatte nun Tränen in den Augen. »Willst du denn nie ein nützliches Mitglied der menschlichen Gesellschaft werden? Was sollen denn die anderen von uns denken?«

Manfred war verzweifelt. Es gab keinen Beruf, der ihn irgendwie reizte. Weder wollte er in Konstruktionsbüros stehen noch in der Verwaltung seine Zeit absitzen, wollte keine Patienten behandeln, keine Kunden bedienen, keine Klienten betreuen, wollte weder Arbeiter noch Angestellter noch Beamter sein. Und in einer solchen Stimmung hatten sie ihm nun die Pistole auf die Brust gesetzt. Er hatte nur noch eine Chance – und die bestand darin, durchs Abitur zu fallen. Aufschub für ein ganzes Jahr. Ein verlockender Gedanke ...

Oder ...? Er war in der Stimmung, sich wie Petronius die Pulsadern aufzuschneiden, den Arm in eine Schale mit warmem Wasser zu legen und langsam dahinzudämmern, hinüber in ein Leben, wo er nicht gezwungen war, einen ungeliebten Beruf zu ergreifen, oder etwas zu studieren, was ihn gar nicht interessierte – nur um später einmal ein nützliches Mitglied der menschlichen Gesellschaft zu werden und eine Frau besitzen zu können ... Er haßte diese Sprache ebenso wie sich und seine Gegenwart und seine Zukunft.

Sein großer Trost war in diesen Augenblicken einzig und allein Marianne Hold. Seit er sie als »Fischerin vom Bodensee« gesehen hatte, war er verknallt in sie und hatte ihr Foto nicht nur neben seiner Bettcouch zu hängen, sondern küßte sie jeden Abend und redete mit ihr.

»Ich weiß nicht, was ich machen soll ...«

»Komm doch zu mir an den Bodensee.«

»Ja, morgen, und ich bring' mein Faltboot mit.«

»Ich liebe dich.«

»Ich dich noch viel mehr. Ich kann es ohne dich keinen Tag länger aushalten.«

»Mir geht es genauso wie dir.«

»Wir sind eben füreinander bestimmt.«

»Manfred ...«

»Marianne ...«

Am Sonntag kam seine Schmöckwitzer Oma nach Neukölln, und auch sie wurde in die Diskussion miteinbezogen.

Aber sie hatte nur einen Kalenderspruch von Lu Ssün parat. »Soll Interesse am Beruf entstehen, muß man ihn mehr als das eigene Leben lieben.«

»Dann laßt mich Straßenbahnfahrer werden!« rief Manfred.

»Dafür hat man sich nun abgerackert, daß du das Abitur machen kannst …!« Seine Mutter hatte schon wieder Tränen in den Augen.

»Straßenbahnfahrer ist doch Quatsch«, sagte der Vater, »wo es in ein paar Jahren bei uns keine Straßenbahn mehr gibt.«

»Dann eben S-Bahn-Fahrer.«

»Die gehört doch zum Osten«, wandte seine Mutter ein. »Und wenn du nicht in der SED oder in der SEW bist, schmeißen sie dich raus.«

Der Vater verstärkte dieses Argument auf seine Art. »Da kannste getrost einen drauf lassen.«

Seine Oma versuchte es noch einmal mit Güte. »Und wenn du vor dem Studium ein Handwerk lernst – Handwerk hat immer goldenen Boden.«

»Mutti!« Seine Mutter hörte das nicht gerne. »Da hätte der Junge ja gleich von der Volksschule abgehen können.«

Auch diese Diskussionsrunde mußte abgebrochen werden, und andere Themen wurden angesprochen: Der Aufstand in Ungarn – von sowjetischen Panzern blutig zusammengeschossen, 190 000 Flüchtlinge; der Suez-Krieg – die Israelis besetzten die Sinai-Halbinsel und marschierten bis zum Suez-Kanal, England und Frankreich griffen Ägypten an, die USA und die UdSSR drohten mit ihren Atombomben; die steigenden Flüchtlingszahlen von Ost nach West – am 20. September schon war der einmillionste Flüchtling aus der DDR im Notaufnahmelager Marienfelde eingetroffen und hatte um Asyl gebeten, man baute Tausende von Wohnungen, um alle unterzubringen.

»In zehn Jahren sind alle gegangen«, sagte Manfred, »und Oma ist die letzte in der DDR.«

»Ich war immer für den Frieden.« Sie ließ sich nicht aus der Ruhe bringen. »Ohne die DDR hätte es schon längst wieder Krieg gegeben. Bei uns ist auch nicht alles schlecht – und im Westen ist nicht alles golden.«

Am späten Nachmittag gingen sie ins Kino, sahen den *Hauptmann von Köpenick* und waren restlos begeistert, insbesondere von Heinz Rühmann. Die Folgen dieses Films waren unterschiedlich. Während der Vater nun ein jedes Mal, wenn jemand die Toilette blockierte, mit einem Zuckmayer-Zitat reagierte, mithin einem Stück Hochliteratur – »Wer scheißt denn hier so lange!?« –, quälte sich Manfred wieder mit der Ambivalenz des Phänomens herum: Einerseits fand er die ätzende Kritik am verkrusteten preußischen Staat und der hinrissigen Vergötterung des Militärs gut und treffend, andererseits aber hatte er sofort die Zeitmaschine eingeschaltet und sich in die Rolle eines kaiserlich-preußischen Offiziers hineingedacht: Das war seine große Sehnsucht, etwas zu gelten, hoch im Rang zu stehen, umgeben von Dienstboten, umschwärmt von den Töchtern des Landes.

Nach Kino und Abendessen, zu dem sich auch seine Kohlenoma eingestellt hatte, spielten sie wieder *Schlesische Lotterie*, auch als *Gottes Segen bei Cohn* bekannt.

Manfred war bedrückt. Zu vieles quälte ihn. Das Abitur. Die Frage: Was dann? Und vor allem: Bald war er neunzehn, und eine richtige Freundin war noch immer nicht in Sicht. Aber das war es nicht allein. Seine Wehmut rührte auch daher, daß er in diesem Herbst voll begriffen hatte, wie vergänglich alles war, daß seine Kindheit, seine Jugend langsam versank wie eine Stadt im Meer. Und eines Tages würden sie für immer und ewig auf dem Grunde dieses Meeres ruhen – als sein Vineta. Neukölln, Schmöckwitz, seine Schule, seine Großmütter – mit allem ging es zu Ende. Und war nicht aufzuhalten. Vorüber, vorbei. Unwiederbringlich. Und dessen war er sich sicher: Was auch immer kam, es würde nie mehr diesen Zauber haben.

Es war furchtbar, erwachsen zu werden. Genauso furchtbar, wie geboren zu werden. Aber da hatte er noch schreien dürfen, jetzt ging nicht einmal das. Was blieb ihm, als in eine Art Koma zu verfallen: Sollten die anderen mit ihm machen, was sie wollten.

»Du bewirbst dich also bei der BVG, bei der Bewag, bei der Post und bei Siemens«, sagte seine Mutter.

»Ja.«

Wie man Bewerbungen schrieb, das hatten sie schon vor Jahren bei Frau Müller geübt. Anschreiben, beglaubigte Zeugnisabschrift, Paßfoto, aus.

Als die Briefe dann im Kasten steckten, fühlte er sich maßlos erleichtert, glich einem Angeklagten, der den quälenden Prozeß nun endlich hinter sich hatte und glücklich war, für ein paar Jahre in der Zelle die ersehnte Ruhe zu finden.

Als er am Montagnachmittag aus der Schule nach Hause kam, fand er im Flur das Tagebuch der Schmöckwitzer Oma. *Das hat sie wohl vergessen in der Eile ...* Wie alle Berliner dachte er in solchen Fällen immer an den Refrain der *Insulaner*. Sollte er oder sollte er nicht ...? Nein. Nur die Eintragung von gestern ...

Nachts 6°, am Tage 9°, trübe mit Regenschauern. Ich stand bei Margot um 7 Uhr auf. Hatte schlecht geschlafen. Margot war gleich nach 7 Uhr ins Büro gegangen. Wie sie es wünschte, machte ich gleich nach dem Frühstück die Hälfte des aus Schmöckwitz mitgebrachten Rosenkohls fertig. Ich wusch noch das Abendgeschirr ab und machte die Betten. Weckte um ½ 9 Uhr Manfred, der im Wohnzimmer auf dem Fußboden geschlafen hatte. Wie er sagte, gut. Um ¼ 10 fuhr ich nach Hause, wo ich um 11 Uhr in meinem Heim wieder eintraf. Von Erna K. fand ich einen Zettel mit Willkommensgruß, hatten sie und Else gestern mit mir Rommé spielen wollen, mich aber leider nicht angetroffen. Zuerst heizte ich tüchtig ein, dann schrieb ich an Gerda 1 Brief und ging damit zur Post. Wollte meine Lebensmittelkarten von Frau Zimmermann abholen, doch war diese nicht zu Hause. Traf noch Anni Bart. Sie kam noch mit, und gab ich ihr ein Stückchen polnische Wurst von Gerda. Holte dann vom Konsum verschiedenes ein. Zum Abendessen kochte ich 1 Maggisuppe und aß Rührei mit 2 Schrippen dazu. Saugte Sofa und Fußboden ab. Wusch mir die Haare und wickelte sie. Um Mitternacht dann zu Bett.

Manfred war nicht einmal neunzehn Jahre alt und sehnte sich dennoch nach einem Leben, wie es seine Oma führte, den Tagen voller Gleichmaß, abgeklärt und weise, besonnen und besonnt. Er sehnte sich danach, alles schon hinter sich zu haben: Bewag, BVG, Post oder Siemens, das ganze Berufsleben, den täglichen Kampf, all den Gefühlskram mit Liebe, Ehe und Glück, die Angst um die Kinder, die Angst, mit dem Geld nicht auszukommen, die Angst vor der Atombombe und dem Bürgerkrieg der Deutschen.

»Jetzt müßte es einen großen Ruck geben«, sagte er zu Marianne Hold, »und das Jahr 2009 müßte angebrochen sein.«

Da war er dann so alt wie seine Schmöckwitzer Oma jetzt, 71 Jahre, und wollte so leben wie sie. In Schmöckwitz, in ihrem Häuschen.

Es klingelte, und Frau Liebetruth stand vor der Tür, um ihm zwei Stücken Kuchen zu bringen. »Als Vorgeschmack für den Sonnabend, und damit es keiner vergißt.«

»Danke sehr ...« Manfred freute sich, weil er nun keine Brühnudeln zu essen brauchte.

Die Liebetruths wohnten über ihnen und bestanden nicht nur aus ihm und ihr, sondern auch noch aus Oma Schmieder, ihrer Mutter, seiner Schwiegermutter, die direkt über Manfred ihr Zimmer hatte. Herr Liebetruth hieß Willy und hatte eine gewisse Ähnlichkeit mit dem HB-Männchen aus der Werbung *(Wer wird denn gleich in die Luft gehen? Greif lieber zur HB!)*, Frau Liebetruth trug den Vornamen Elvira, war anderthalb Kopf größer als er und hatte alles fest im Griff, zumal sie – beide arbeiteten wie Herbert Neutig und seine Mutter bei der Krankenkasse – auch ranghöher war als er.

»Das sind alle drei liebe Menschen«, hatte seine Schmöckwitzer Oma gefunden, und seine Mutter ließ keinen Anlaß aus, um zu betonen, wie *gefällig* die Liebetruths doch seien. Nun waren die Matuschewskis zum ersten Mal eingeladen, und Manfred sollte mitkommen.

Er war wieder einmal hin- und hergerissen. Einerseits war

es schön, daß er nicht allein unten saß und Trübsal blies, andererseits hätte er viel lieber mit Marianne, Hannelore, Uta, Bea, Renate, Bärbel oder Gisela auf der Couch gesessen und geschmust und das getan, was seiner Meinung nach in seinem Alter schon alle getan hatten, nur er noch nicht.

Der Vater freute sich, daß es so schön nah war zu den Liebetruths. Seine Mutter hatte sich fein herausgeputzt und war aufgeregt wie vor einem Rendezvous. Auch Manfred war gezwungen worden, sich in Schale zu werfen: Strickjacke (Parallelo genannt), weißes Hemd und Schlips.

Sie klingelten, und als Frau Liebetruth öffnete, bekam sie einen großen Blumenstrauß und eine Flasche *Asbach Uralt* überreicht.

Wie immer, wenn er eine fremde Wohnung betrat, fand Manfred das erregend. Vielleicht sollte er an einen Beruf denken, wo man viel in fremde Wohnungen kam. Gasmann, die Zähler ablesen. Quatsch, aber Kriminalbeamter vielleicht ... Am aufregendsten mußte es sein, wenn man als Einbrecher kam und alles durchwühlen durfte. Aber das überlebte seine Mutter nicht, wenn er im Ausweis stehen hatte: Beruf Einbrecher.

Natürlich roch es hier ganz anders als unten bei ihnen. Nach Kampfer, nach schlecht verbrannten Kohlen und nach Tier. Oma Schmieder hatte einen Wellensittich namens Ännchen, der von jedem extra begrüßt werden mußte.

Manfred mochte keine Wellensittiche als Haustiere, im Zoo schon. Sie flatterten ständig umher, wirkten krankhaft überaktiv und kleckerten ihre grauweißen Häufchen überallhin. Auch auf Torten und Kuchen.

»Macht nischt, wird ja wieder abgewischt«, sagte Oma Schmieder, als ihrem Ännchen dies Malheur passierte, und nahm ihr fein umhäkeltes Seidentaschentuch, um alles sorgsam abzutupfen. »Tatsache ist ja mal, daß Wellensittiche außerordentlich reinlich sind.«

Manfred war hin- und hergerissen. Auf der einen Seite war die Buttercremetorte, die Frau Liebetruth gebacken hatte, ein Gedicht, eine originale Variation der Gattung Schwarzwälder Kirsch, und auch ihr goldbrauner Käsekuchen sah sehr lecker aus, andererseits aber war davon auszugehen, daß Ännchen ihre kleinen Kothäufchen allüberall abgesetzt hatte, wahrscheinlich auch schon in den Teig. Und die Papageienkrankheit konnte tödlich sein. Wieder war der Vogel am Werke.

»Das ist nicht das Ännchen von Tharau«, sagte der Vater, »das ist das Ännchen von Kackau.«

»Für den Jungen haben wir auch Kakao«, sagte Oma Schmieder. »Tatsache ist ja mal, daß Kinder das am liebsten trinken. Mein Ulli wollte mit zwanzig noch immer seinen Kakao.«

Manfred überlegte und kam dann auf die Idee, sich sein Stück Torte so ungeschickt zu nehmen, daß die obere und wahrscheinlich mit Ännchens Fäkalmasse verseuchte Schicht in den halbvollen Aschenbecher fiel und von Frau Liebetruth sofort in den Mülleimer verfrachtet wurde.

»Sie haben aber aufgetischt!« sagte seine Mutter. »Da möchte man ja von jeder Sorte gleich vier Stücken essen!«

»Machen Sie nur, Frau Kollegin«, lachte Herr Liebetruth, »schließlich hat ja die Freßwelle offiziell begonnen.«

Nach dem Kaffee wurde sofort mit dem Spielen begonnen. Canasta hieß die neue Mode, eine Weiterentwicklung des guten alten Rommé. Nicht nur um die kompletten Folgen einer Farbe – beispielsweise Kreuz 7, 8 und 9 – ging es nun, sondern zugleich auch um das Sammeln von mindestens drei Karten aller vier Farben – also etwa der Kreuz 9, der Karo 9 und der Herz 9. Als Joker galten auch die Zweien, und mit den schwarzen Dreien konnte man den Haufen der abgelegten Karten sperren, während die roten Dreien sofort jubelnd herausgelegt wurden, weil sie besonders viele Punkte brachten. Man beschloß, paarweise zu spielen, und das Los brachte Herrn Liebetruth mit seiner Mutter, Frau Liebetruth mit seinem Vater und ihn mit Oma Schmieder zusammen.

Oma Schmieder war nun sicherlich eine ganz reizende ältere Dame, doch sie war nicht in der Lage, sich zu konzentrieren, wenn es darum ging, richtig an- und aufzulegen, den

Haufen zu sperren und nicht ausgerechnet die Karten zu sammeln, die sich nicht mehr komplettieren ließen, weil alles, was man brauchte, schon abgelegt war. Nicht daß sie das Spiel nicht verstanden hätte, aber sie war in einem fort am Erzählen. Vom Erzgebirge, wo sie mit ihrem Mann, einem AEG-Kaufmann, gelebt hatte, vor allem aber von Ulli, ihrem Sohn, der im Krieg gefallen war.

»Tatsache ist ja mal, daß er sehr begabt war, Herr Matuschewski, als Maler!« Manfred mußte aufstehen, um Ulli Schmieders erstes und einziges Ölgemälde zu bewundern: Berglandschaft mit Auerhahn und Hütte.

»Sehr schön«, sagte Manfred und dachte, daß Kuno dafür höchstens eine Vier gegeben hätte.

»Und in allen Handwerken war er zu Hause. Und Tatsache ist ja mal, daß mein Schwiegersohn keinen Nagel in die Wand schlagen kann.«

Der kleine Herr Liebetruth tat Manfred leid, und er nahm sich vor, als Entlastungszeuge aufzutreten, wenn er seine Schwiegermutter eines Tages erdrosselt hatte.

»Vati, leg doch bitte mal die Herz 10 ab, wir haben viel zu wenig Punkte.«

»Du kannst mir mal an der Hose schnuppern«, lachte sein Vater.

»Otto!« Seine Mutter war echt erbost. »Man muß sich ja schämen mit dir.«

»Mein Mann war auch so«, sagte Oma Schmieder, »aber Tatsache ist ja mal, daß er doch ein herzensguter Mensch war und so geschickt in allem.«

»Ja: A-E-G!« rief Herr Liebetruth. »Aus Erfahrung gut.«

»A-E-G: Auspacken – einschalten – geht nicht«, variierte sein Vater.

»Tatsache ist ja mal, daß wir uns da sehr wohl gefühlt haben …« Oma Schmieder begann des längeren von der Weihnachtszeit zu schwärmen, die doch im Erzgebirge einzigartig war.

Das Ergebnis war vorauszusehen: Oma Schmieder und Manfred verloren haushoch und mußten jeder 34 Pfennige

in die Kasse zahlen. Wenn eine genügend große Summe zusammengekommen war, wollte man gemeinsam eine Dampf-
erfahrt von der Kottbusser Brücke zum Wannsee machen.

»Tatsache ist ja mal, daß ich billiger wegkomme, wenn ich
gleich den ganzen Dampfer miete«, sagte Manfred, doch
seine stille Ironie blieb ohne Echo.

Nach der zweiten Runde, in der Oma Schmieder und Manfred wiederum als Verlierer ausgerufen wurden, räumte man
die Karten ab und deckte den Abendbrottisch. Frau Liebetruth hatte sich schon vor Tagen bei Manfreds Mutter nach
seiner und seines Vaters Lieblingsspeise erkundigt und erfahren, daß dies Schabefleisch sei. Obwohl knapp bei Kasse,
hatte sie ein halbes Pfund davon gekauft, bei Galow gegenüber am Sonnabendmorgen frisch durchgedreht. Sicherlich, beide verdienten bei der Krankenkasse, und Oma
Schmieder bekam keine schlechte Rente, aber wegen der zu
erwartenden Kinder, zwei hatten sie geplant, wurde immer
schon gespart.

Oma Schmieder zögerte nicht, diese Strategie zu verteidigen. »Spare in der Zeit, so hast du in der Not.«

»Spare in der Not, dann hast du Zeit dazu«, verbesserte der
Vater.

»Achtung, Achtung!« rief Herr Liebetruth. »Die Sensation des Abends: Der Schabefleischberg. Extra für unsere
lieben Gäste, die zu uns aufgestiegen sind.«

Manfred und der Vater hatten miteinander geflüstert und
sich vorgenommen, nun vor Freude aufzuspringen und sich
wie zwei hungrige Tiger auf das Fleisch zu stürzen. Doch als
sie das Schabefleisch nun sahen, sanken sie schreckensbleich
auf ihre Stühle zurück. Um Ruhe zum Kartenspielen zu
haben und nicht in der Küche stehen zu müssen, wenn es im
Zimmer gerade urgemütlich war, hatten Frau Liebetruth und
Oma Schmieder das Schabefleisch schon vor sechs, sieben
Stunden zubereitet. Nicht einmal in den Mülleimer werfen
konnte man das, fuhr es Manfred durch den Kopf, da würden die Müllwerker prompt in den Streik treten.

Er schickte einen Blick des Entsetzens zu seinem Vater hin-

473

über, der Vater schickte ihn ungeöffnet zurück. Beiden war klar, daß sie nur eine Wahl hatten: Entweder dieses verwesende Fleisch mit gut gespieltem Entzücken hinunterzuschlingen – oder aber die junge Freundschaft mit den Liebetruths platzen zu lassen. Die hatten sich solche Mühe gegeben und waren so liebe, nette Menschen. Auch die Mutter hätte ihnen diesen Affront nie verziehen: So was macht man nicht!

»Das ist ja herrlich, da hau' ich gleich mal rein!« rief der Vater also und verdrehte die Augen in höchster Seligkeit. »Aber ich will Manfred nicht alles wegessen.«

Und platsch, schon hatte Manfred eine Riesenportion Aas auf seinem Teller.

»Immer her damit«, rief er. »Als Sprinter brauch' ich das. Du aber auch ...« Und er klatschte seinem Vater den Rest auf den Teller.

»Bedankt euch mal bei Frau Liebetruth, daß sie euch so verwöhnt«, mahnte die Mutter.

Sie taten es, und Manfred sagte sich im stillen, daß ja Geier, Wölfe, Hyänen und selbst Löwen Aasfresser waren und dabei kräftig gediehen. *Augen zu und durch!* Es war schrecklich, zumal er auch noch ständig höchstes Wohlbehagen zeigen mußte. Er kam sich vor wie ein Eiskunstläufer, der sich gerade das Wadenbein gebrochen hatte, aber mit eingefrorenem *cheese* auf den Lippen weiterlaufen mußte.

Zu allem Überfluß fiel ihm auch noch, als er den letzten Bissen des *Leichen- oder Todesfleisches* glücklich unten hatte, eine Bio-Stunde ein, in der Fräulein Pausin etwas über Lebensmittel-, genauer gesagt: Fisch- und Fleischvergiftung vorgetragen hatte: »Entscheidend sind nicht wie bei den Pilzen die Giftstoffe, die in den Nahrungsmitteln selbst enthalten sind, sondern entscheidend ist die Infektion mit den Krankheitserregern im Fleisch, im Fisch, die den Typhusbakterien ähneln und als Salmonellen bezeichnet werden. Typhusähnliche Krankheitsverläufe sind dabei durchaus möglich, Todesfälle nicht ausgeschlossen.«

Manfred war nahe dran, zur Seite wegzukippen, als der

Schwindel ihn packte. Gestorben, weil die Etikette es verlangte.

Aber auch seinen Vater schien die Panik ergriffen zu haben, denn er ließ sich von Herrn Liebetruth einen Kognak nach dem anderen eingießen und animierte auch Manfred, kräftig mitzutrinken, was er ansonsten nie getan hätte. Klar, er hoffte, die Krankheitserreger aus dem *Leichenfleisch*, die sie nun im Körper hatten, mit Alkohol abzutöten, ehe sie ... Alkohol desinfizierte ja.

So kam es, daß Manfred, der Weinbrand, Wein und Schnäpse bislang immer nur fingerhutweise zu sich genommen hatte, zum ersten Mal in seinem Leben betrunken war. In der ersten Phase versetzte ihn das in die Lage, ein perfektes Englisch zu sprechen. Und zwar tat er es auf dem Klo, wenn ihm nicht gerade so schlecht war, daß er über dem Waschbecken hing und sich erbrach.

Als er dann später das Fenster aufriß, um sich als Walter Ulbricht ans deutsche Volk zu wenden, schleppten ihn Herr Liebetruth und die beiden jüngeren Frauen nach unten und legten ihn auf den Boden vor seine Couch.

Dort schlief er bis zum nächsten Mittag und fühlte sich nach dem Aufwachen so elend, daß er den großen Schwur ablegte, nie wieder in seinem Leben einen Tropfen Alkohol anzurühren.

Noch am nächsten Sonnabend, als sie bei Bugsins waren, wurde ihm schlecht, als er Onkel Max und seinen Vater Weinbrand trinken sah. Anlaß des Besuchs war die Nachfeier von Inges Geburtstag.

Auch Bugsins waren ja vor zwei Jahren umgezogen, von Treptow im sowjetischen nach Wilmersdorf im amerikanischen Sektor, und zwar in die Koblenzer Straße, nähe Bundesplatz.

Sie liefen zum Bahnhof Sonnenallee, hinten an der Gasanstalt vorbei, und fuhren mit dem Vollring bis Wilmersdorf.

»Hier hat mal die Knef gewohnt«, sagte seine Mutter, als sie ausstiegen und vom Bahnsteig aus in die Bernhardstraße sehen konnten.

»Wenn hier die Stadtautobahn gebaut wird, reißen sie alles ab«, sagte Manfred. »Frage: Wo kommt da ihr Koffer hin?« Und er sang: »Ich hab' noch einen Koffer in Berlin ...«

»Wenn ich mal irgendwo 'n Koffer stehen lasse, ist auch was los«, erklärte der Vater.

»Otto, wir sind hier nicht allein!«

Sie gingen ein Stück die Wexstraße entlang und überquerten dann den Bundes-, früher Kaiserplatz, und Manfred fiel ein, daß sich auch Erich Kästners Emil mit seinen Detektiven hier in der Kaiserallee getummelt hatte.

Die Koblenzer Straße war ruhig und gediegen bürgerlich, und wenn Manfred die Wohnungen und die Lebensart der Liebetruths und die der Bugsins miteinander verglich, dann war ihm, als wären sie letzten Sonnabend in Wanne-Eickel gewesen und nun in Paris gelandet. Schon der echte Perser im großen Zimmer in der Koblenzer Straße war offensichtlich wertvoller als die gesamte Wohnungseinrichtung der Liebetruths zusammengenommen. Die Möbel hatten Stil, Chippendale, wie Tante Irma erklärte, und alles war halt »vornehm«, aber unaufdringlich. Bugsins hatten zwar Geld, doch sie protzten niemals damit, und zur Kaste der Neureichen gehörten sie nicht.

Manfred war klar, daß man einen solchen Lebensstandard nur erreichen konnte, wenn man selbständig war, am besten ein Geschäft hatte und ein paar Angestellte, die einem mehr einbrachten, als man für sie ausgeben mußte. *Und ist der Handel noch so klein, so bringt er mehr als Arbeit ein.* Andererseits konnte man auch pleite gehen, wohingegen Beamte wie seine Eltern oder Liebetruths sicher sein konnten, pünktlich ihr Geld auf dem Konto zu haben. Allerdings höchstens halb soviel wie die Bugsins ...

Für Manfred waren das essentielle Gedanken. Ging er zu Siemens und zur Post – da war er zur Prüfung eingeladen worden, während Bewag und BVG schon abgeschrieben hatten –, dann hatte er sein sicheres Einkommen, aber nie so viel, daß er so leben konnte wie seine Verwandten in Frohnau oder die Bugsins hier in Wilmersdorf. Zog er es aber vor, an der Freien Universität zu studieren und Zahnarzt, Rechtsanwalt, Apotheker oder Diplom-Kaufmann zu werden, dann hatte er die Chance dazu. Doch seine Angst vor der FU war riesig, da gehörte ein Neuköllner vom Hinterhof nicht hin, da blamierte er sich so, wie sie es in den Filmen immer zeigten, wenn der Tölpel vom Lande in den Salons reüssieren wollte. *Iß nix Fisch mit Messer. Vorsicht Kurve: Messer aus 'm Mund. Dies ist eine Auster und kein Tennisball, mein Herr.*

Inge sah wunderbar aus, und Manfred verfluchte den Umstand, daß sie vier Jahre älter war als er. Trotzdem. Wie schön wäre es gewesen, wenn ihre und wenn seine Eltern sie beide schon lange, wie in anderen Ländern üblich, verkuppelt hätten. Mit Inge hätte er sein Glück gefunden, und es wäre ihm die ganze elende Suche nach Freundin und Braut erspart geblieben. Und Gerhard, sein ältester Freund, wäre sein Schwager geworden.

So aber geriet die Gratulation auch nicht anders als bei Gerda Neutig. Manfred war wieder einmal vom Leben enttäuscht. Ja, wenn er Millionen in die Ehe eingebracht hätte und die Firma Bugsin damit die Nummer eins in Berlin geworden wäre ... So aber war er ein armer Pennäler, ein Hungerleider aus Neukölln, der nicht einmal zum Ladenschwengel taugte.

Am langen Tisch hatte sich schon Inges Verwandtschaft versammelt, und Manfreds Laune besserte sich schnell, denn eine solche Ansammlung von Charakterrollen gab es selbst in guten Filmen nicht.

Inges Großvater mütterlicherseits, der Firmengründer, wirkte wie ein Filmmogul aus Hollywood, verfügte als gelernter Vertreter auch über eine gleichermaßen angenehme wie durchdringende Stimme und konnte reden wie ein Buch, kannte alle Witze, die im Umlauf waren.

»Steh' ich gestern beim Schlächter, meckert da eine Frau über das viele Fett am Kotelett. Sagt der Schlächter: ›Früha konnte det Fleisch nich fett jenuch sein, und heute soll ick det Fett wieda abschneid'n. Da braten Se sich doch Mückenbeene und keen Schweinekotelett.‹«

Seine Gattin hieß dummerweise Hulda, und da sie seine

zweite und viel jüngere Gattin war, eine Ex-Sekretärin, die alle nicht so richtig leiden konnten, rezitierte Max Bugsin immer gern den schönen Vers: »In einem Puff zu Fulda, da steht das Holzbein der Hure Hulda.« Manfred verstand das nicht, denn er empfand sie als sehr angenehm, fast ein wenig englisch, und sie erschien ihm als der ideale Ausgleich für ihren Mann, der ein wenig laut und bramarbasierend war, wenn auch durchaus sympathisch.

Da stand er ganz im Gegensatz zu Bernhard Großkreutz, Max' Cousin, Inges und Gerhards Onkel. Der handelte mit Autozubehör und war ein Neureicher, wie sie ihn im Kabarett zeigten, eine perfekte Parodie. Im maßgeschneiderten dunklen Anzug, das schwarze Haar mit viel Pomade festgeklebt, erschien er als die mißglückte Kreuzung eines Londoner Bankers mit einem Gangster aus Chicago, und selbst bei seinen besten Freunden war er nur der Bernie Großkotz aus Berlin. Seine Frau hieß Helga und sah leidend aus. Man tuschelte, Großkotz habe eine Jüngere und wolle sie, die sein Geschäft in harten Zeiten eigentlich aufgebaut habe, in Kürze verlassen.

»Neulich war ich mit Helga in Paris«, erzählte Großkotz, während er sich eine doppelte Portion Sahne auf den Apfelkuchen klatschte, »und bin abends noch alleine spazierengegangen. Helga war auch dazu zu müde ... Kommt mir eine junge und sehr hübsche Prostituierte entgegen. ›Hundert Dollar‹, sagt sie, doch ich will nicht mehr als zwanzig Dollar dafür lockermachen. Schade, aber da mußten sich unsere Wege leider trennen. Am nächsten Abend komm ich mit Helga die Straße lang, wo sie immer steht. Da erkennt sie mich und flüstert mir zu: ›Gratuliere! Das ist die Richtige für zwanzig Dollar.‹«

Bis auf Helga und Tante Irma wollten sich alle ausschütten vor Lachen.

Zu Inges – und Gerhards – Verwandten gehörten auch noch »Oma und Opa«, das war Max' Mutter, Oma Poch, Minna Poch, und sein Stiefvater. Oma Poch hatte wie immer vor dem Essen, auch wenn es nur der weiche Kuchen war, ihr Gebiß aus dem Mund genommen und Ober- wie Unterteil malerisch neben ihrem Teller plaziert. Opa Poch, der »dicke Poch«, wäre im Winter 1945/46 um ein Haar verhungert – total abgemagert, geistig verwirrt und schon im Koma hatten sie ihn in einer Ruine gefunden –, litt seither unter der traumatischen Angst, eines Tages wirklich an Unterernährung zu sterben und häufte sich deswegen schon bei Beginn einer jeden Mahlzeit den Teller so voll, wie es eben ging. Fünf Stücken Kuchen hatte er bei sich auf dem Teller liegen, als Manfred ihn begrüßte. Beide Pochs waren recht schmuddlig, und Max erzählte hinter vorgehaltener Hand, daß sie sich alle, wenn sie »Oma und Opa« besuchten, vorher einen Brechdurchfall zulegten, um dort nichts essen zu müssen.

Komplettiert wurde die Geburtstagsrunde von Ilka, Inges bester Freundin, die in Ostberlin zu Hause war und zu den besten Kugelstoßerinnen der DDR gehörte.

Nach dem Kaffeetrinken kam Balla-Balla, aber nicht als Geburtstagsgast, sondern als Mitglied des CC MaPeGe, des Canasta-Clubs Manfred-Peter-Gerhard, der am heutigen Sonnabend seinen Spieltag hatte und darauf trotz Inges Feier nicht verzichten wollte.

Schnell zogen sie sich ins Nebenzimmer zurück und begannen ihr Turnier. Dabei aber wurden sie immer wieder von Gerhards Großvater und Onkel Bernie gestört. Der Großvater, der schon eine Menge Kognak intus hatte, baute sich neben ihnen auf und erzählte entweder die Story, wo ihm als jungem Turner der BT als erstem die Riesenwelle am Reck gelungen war, oder, was Manfred stets erschaudern ließ, wie sie ihm als Schüler mit einem Pfeil das rechte Auge ausgeschossen hatten. Zum Beweis dafür nahm er sein Glasauge heraus und hielt es den drei Jungen hin. »Das hat es mir erspart, Soldat zu werden, und da hätte ich dann wahrscheinlich mehr verloren als nur das eine Auge.« Diese Vorstellung wiederholte er in Abständen von höchstens einer Stunde.

Onkel Bernie dagegen war ausschließlich an Gerhards Liebesleben interessiert. »Ich hab dich neulich im Kino mit deiner neuen Flamme gesehen.«

»Das wird Dagmar gewesen sein. Das ist aber nur 'ne Klassenkameradin von mir.«

»Ah, so nennt man das jetzt. Aber, Jungens, wenn ihr mal wissen wollt, wo's langgeht: Ich hab' da 'n paar Adressen für euch.«

Sie machten weiter und stritten sich so laut um eine noch rechtzeitig oder doch schon zu spät abgelegte Karte, daß Max Bugsin ins Zimmer gerannt kam, weil er Angst hatte, sie würden sich prügeln.

»Gwasselnse nich so garrierd«, sagte Manfred. »Mir Leibzcher sitzen hier seit heite frieh, spiel'n Gorten und machen geen Verdruß.« Seit Walter Ulbricht in der DDR an die Macht gekommen war, versuchten sie immer wieder, mit Fistelstimme zu sächseln wie er.

»Nu ja, de Welt is ieberall gemietlich.« Auch Max Bugsin konnte es.

Gerhard legte eine Platte von Elvis auf, *Love me tender*.

Manfred dachte an seine Modelleisenbahn. »Ob ich mir wirklich wünschen soll, daß mein Tender mich liebt ...?«

Dann sagte Balla: »Mach mal Pause. Trink Coca-Cola«, und sie gingen in die Küche, um es zu tun. Manfred hätte gern, wie sonst immer bei Bugsins, eine Partie Tischtennis gespielt, doch die Erwachsenen waren nicht bereit, ihnen den Tisch dafür bereitzustellen.

Nach dem Abendessen spielten sie nicht wieder Canasta, sondern setzten sich vor den Fernsehapparat. Alle fieberten der Sendung entgegen: *Zwei auf einem Pferd. Das neue Fernsehquiz mit Hans Joachim Kulenkampff. Eine Übertragung aus dem großen Sendesaal des Hessischen Rundfunks, Frankfurt am Main.*

Inge hatte zwei Theaterkarten geschenkt bekommen und fragte Manfred, ob er mitkommen würde.

»Au ja!« Er freute sich. Zuletzt hatten sie zusammen den *Besuch der alten Dame* gesehen, im Schiller-Theater, und er hatte es genossen, mit ihr durchs Foyer zu gehen. Durchs Feuer wäre ihm noch lieber gewesen. »Was gibt es denn?«

»*Das Tagebuch der Anne Frank*.«

»Da komm' ich mit.« Wenn er in der Schule durchblicken

ließ, daß er sich dieses Stück aus freien Stücken angesehen hatte, gab das einen dicken Pluspunkt bei Frau Hünicke.

Und – Zufall oder Fügung? – in Gerhards Radio, das noch lief, sang jetzt Caterina Valente: »Steig in das Traumboot der Liebe, / fahre mit mir nach Hawaii! / Dort auf der Insel der Schönheit / wartet das Glück auf uns zwei.«

Manfred war zwar mehr für Capri, aber dennoch lief bei ihm im Kopf einer seiner schönsten Filme ab: Die Firma Bugsin & Co. stand vor dem Konkurs, und alle – Tante Irma, Onkel Max, Gerhard und Inge – waren reif für den Bettelstab. Da kam er im großen Mercedes vorgefahren, sein Chauffeur lief um den Wagen, riß die Tür auf und machte einen tiefen Diener: »Bitte sehr, Herr Generaldirektor ...« Er stieg aus und ging ins Büro, wo die Bugsins saßen und weinten. »Siemens ist bereit, euch mit einem Kredit von 100 000 Mark wieder auf die Beine zu helfen, und will von heute ab alle Büromöbel nur noch bei euch kaufen. Ich als Vorstandsvorsitzender habe grünes Licht für diese Lösung gegeben – allerdings gibt es da eine Bedingung ...« – »Und die wäre ...?« – »Inge wird meine Frau.« Da fielen sie ihm alle um den Hals.

Manfred beschloß, am nächsten Dienstag zum schriftlichen Eignungstest nach Siemensstadt zu fahren.

Manfred stand auf dem Bahnhof Sonnenallee und wartete auf die S-Bahn. Diese Station war Teil des Vollrings, und egal, aus welcher Richtung der erste Zug kam, er konnte ihn nehmen, denn bis Jungfernheide, wo er umsteigen mußte, dauerte es in beiden Richtungen genausolange, etwa eine halbe Stunde.

Es kam der Südring, er stieg ein und fand einen Fensterplatz. Einen solchen zu ergattern, war immer mit einem kleinen Glücksgefühl verbunden. Da konnte man sich ans warme Holz ankuscheln, die Arme aufstützen, raussehen, dösen, lesen oder schlafen. Heute riß er, noch ehe sie losfuhren, die Zeitung aus der Kollegmappe, denn beim Frühstücken hatte er das Neueste von den Olympischen Spielen aus Melbourne nur überfliegen können.

Die 100 Meter hatte nicht er, Manfred Matuschewski aus Berlin, in 10,5 gewonnen, sondern Bob Morrow aus den USA, und der andere Manfred, Manfred Germar aus Köln, war mit 10,9 Fünfter geworden. »Germar verweist den zweiten Neger, Agostini aus Trinidad, auf den letzten Platz.« Aber immerhin gewannen die Deutschen im Laufen fünf Silbermedaillen: Christa Stubnick aus der DDR über 100 Meter in 11,7 und über 200 Meter in 23,7 Sekunden, jeweils hinter Betty Cuthbert, Australien; Gisela Köhler, ebenfalls aus der DDR, über 80 Meter Hürden in 10,9; Karlfriedrich Haas aus Nürnberg über 400 Meter in 46,8 und Klaus Richtzenhain aus Leipzig über 1500 Meter in 3:42,0 Sekunden. Dazu kam noch die vielumjubelte Bronzemedaille von Marianne Werner aus der Bundesrepublik, die die Kugel 15,61 Meter weit stieß. Die Siegerin Tamara Tyschkewitsch aus der Sowjetunion kam beinahe einen Meter weiter und brachte mit ihren 254 Pfund Lebendgewicht fast das Podium zum Einstürzen, als man ihr die Goldmedaille umhängen wollte. Es gab wieder eine gesamtdeutsche Mannschaft, und wenn einer siegte – wie zum Beispiel Helmut Bantz im Turnen am Langpferd –, dann wurde Beethovens *Freude, schöner Götterfunken* gespielt.

Manfred las die Sportberichte mit einer Inbrunst, wie sie sich seine Lehrerinnen und Lehrer über die letzten sechs Jahre hinweg immer gewünscht hatten – auf ihre Texte bezogen. Die aber hatte er immer nur – vom Fach Geschichte einmal abgesehen – murrend und widerwillig zur Kenntnis genommen. Und die Sportseite versetzte ihn nicht nur in eine quasireligiöse Verzückung; was er da las, behielt er auch über Jahrzehnte hinweg im Kopf.

Hinter dem Bahnhof Tempelhof hatte er das Vergnügen, am Backsteinklotz der Bundespost vorbeizufahren. Dort, wo sein Vater im Krieg im RPZ, dem Reichspostzentralamt, gearbeitet hatte, war er vor ein paar Wochen gewesen, um einen wunderschönen Aufsatz zu schreiben: *Warum ich Beamter werden möchte.* Trotzdem hatte ihn die Post nicht haben wollen, denn in der mündlichen Prüfung war ihm bei der Frage nach dem Inhalt des *Zauberbergs* nicht eingefallen, daß dies ein Roman war, noch dazu einer von Thomas Mann, und er hatte – mit dem *Tannhäuser* und dessen Venusberg total auf der falschen Fährte – eine Antwort gegeben, die dem gestrengen Oberpostrat gar nicht schmecken wollte: »Na, leichte Mädchen.« So war er denn also auf dem Wege zum Postinspektor glücklicherweise an der letzten Hürde gescheitert, an der Hochliteratur, wohingegen sie Bimbo genommen hatten. Zwar zählte auch er nicht zu den Auserwählten, die in der Heimat bleiben durften, aber für einen Platz bei der OPD Köln hatte es allemal gereicht. Fehlte nur noch, daß Bimbo wirklich sein Abitur schaffte, doch das war unsicher genug, denn ihre Klasse bestand zu vierzig Prozent aus Wackelkandidaten: Bimbo, Reinhard Heiduck, Dieter Schnell – und Manfred Matuschewski. Manfreds große Hoffnung war, daß sie im Zweifelsfalle nicht alle vier durchfallen ließen, weil das dem Ruf nicht nur der Schule, sondern des ganzen Berliner Schulsystems zu sehr geschadet hätte.

Mit der Post also war es nichts, da konnte er aufatmen, und er hoffte eigentlich auch, bei Siemens zu scheitern. Obwohl... Er seufzte. Lieber ein Ende mit Schrecken, also eine Siemens-Lehre, als ein Schrecken ohne Ende: dieses permanente Nachgrübeln über den besten Weg und die große Unlust, überhaupt etwas anderes zu machen außer dahinzudämmern und von den Almosen anderer zu leben.

Er wandte sich nun den restlichen Zeitungsseiten zu. »Elvis the Pelvis« ließ weiter die Kassen klingeln und war dabei, 1956 zehn Millionen Platten zu verkaufen. In New York wetterte Kardinal Spellman gegen den Film *Baby Doll*. »Dieser Film ist der schmutzigste Reißer, der je aus Hollywoods Hexenküche kam.« Das, was er mit seinen Eltern gesehen hatte – *Kein Platz für wilde Tiere* –, kam da viel besser weg.

Seine Aufmerksamkeit wurde dann aber ganz und gar von dem in Anspruch genommen, was es linker Hand zu sehen gab. Zwischen Hohenzollerndamm und Halensee flitzten nun die Autos neben den Gleisen entlang. Das erste Teilstück der neuen Stadtautobahn war gerade feierlich dem

Verkehr übergeben worden. Manfred sah die Wagen jeden Augenblick zusammenkrachen. Lieber saß er in der sicheren S-Bahn.

Er steckte die Zeitung weg und holte sein neues *hobby*-Heft vor, um es schnell noch durchzublättern. Was ihm zuerst ins Auge sprang, war die Werbung.

Was den Frauen an uns Männern gefällt. MENNEN gepflegt, das spricht für sich! Mennen Skin Bracer. Wenn beim Rasieren was »passiert«, wird es gleich desinfiziert!
Brüssel baut den »Turm zu Babel«. Das höchste Bauwerk der Welt – Ein gigantisches Projekt für die Weltausstellung 1958.
Brisk-frisiert machen Sie den besten Eindruck. BRISK hält Ihr Haar in Form. Frisiercreme.
Mißstände im deutschen Patentwesen. Wir meinen, daß im Interesse der Allgemeinheit und der freien Betätigung der schöpferischen Kräfte im deutschen Patentwesen neue Wege beschritten werden müssen.
Lufthansa-Piloten tragen JUNGHANS-CHRONOME-TER. Junghans-Chronometer – aus der Hand des Meisters – erhält man nur im Uhrenfachgeschäft.
Ölfieber im Golf von Mexiko. Bohrtürme im Ozean – Arbeitsbedingungen der Mannschaften sind hart – »Bohrinseln« mit allem Komfort.
Großer Markt für kleine Autos.

Das las er, obwohl er Autos ja eigentlich mit Haß verfolgte, weil es sein konnte, daß sie ihn bei Siemens danach fragten. Waren 1952 gerade mal 88 Kleinwagen produziert worden, so rechnete man 1956 schon mit 100 000. *Isetta, Goggomobil, Messerschmitt-Kabinenroller, Fuldamobil* – die kannte er. Was gab es noch? Den *Janus* von Zündapp, den *Spatz* aus Nürnberg, den *Pfeil* von Brütsch. Das Goggomobil-Coupé kostete mit einem 250-Kubik-Motor 3620 DM. Er versuchte, sich das einzuprägen, und blätterte weiter.

*AERO-Commander – das fliegende Klassenzimmer. Ein
Reiseflugzeug mit der Ausrüstung und dem Komfort eines
Verkehrsflugzeuges.*

*MERCEDES Rein Orient – Wer mit Liebe gedenkt, bedenkt,
wenn er schenkt: »Lieber leichter, lieber MERCEDES« –
denn die MERCEDES ist leicht, doch hocharomatisch –
das ist der beliebte Mercedes-Charakter.*

*Ein Königreich für einen Parkplatz. Wohin mit den par-
kenden Wagen? Unter die Erde oder aufgestockt in den
Himmel?*

*Der Mann »von Erfahrung« nimmt KALODERMA. Mit
KALODERMA rasiert sich's gut.*

*Die Zukunft hat im Kino schon begonnen. Der Trick-
Regisseur ist die Hauptperson jedes utopischen Filmes.*

Warten Sie nicht bis morgen – SCHWÄBISCH HALL!

*Weil seine Kinder Keuchhusten hatten, wurde Dr. Leon-
hardt zum Schöpfer des Stuttgarter Fernsehturms.*

*DKW-Hummel – das erste Dreigang-Moped. Nur DM 598,–
(ohne Tacho). Viele Jungen und Mädchen sind begeistert
von DKW-Hummel.*

*Hudson Rambler Sportler im Frack. Keine Angst vor »dicken
Amis« – auch Straßenkreuzer kann man sportlich fahren!*

*Das sanfte Feuer, die üppige Blume und der »weinige« Ge-
schmack – das sind die Merkmale des Asbach Uralt.*

Gibt es Pillen gegen Atomstrahlen?

*Die Fresko-Chirurgen von Aachen. Karlsfresken aus Trüm-
merschutt gerettet ...*

»Jungfernheide!« Er schreckte hoch, denn hier mußte man
umsteigen in die sogenannte Siemensbahn, die über Siemensstadt und Wernerwerk hinaus nach Gartenfeld führte. Jungfernheide war vielleicht der merkwürdigste Bahnhof in ganz
Berlin. Wenn man vom Südring kam und nach Gartenfeld
wollte, dann mußte man auf dem Bahnsteig B aussteigen und
auf den Zug warten, der aus Gartenfeld kam und in Jungfernheide endete. Wer nun aber einstieg und wartete, daß es
nach Gartenfeld zurückgehen würde, sah sich trotz des:

»Nach Gartenfeld zurückbleiben!«, das vom Stationsvorsteher kam, arglistig getäuscht und sprang erst einmal entsetzt vom Sitz, denn es ging mit schadenfrohem »Öööööh« der alten Motoren ab in die falsche Richtung. Bald aber bemerkte man, daß man sich irrtümlich geirrt hatte, denn nach wenigen Metern bremste der Zug nun am Bahnsteig A, wo dann der Fahrer den Führerstand wechselte, um nach Gartenfeld zurückzufahren. Hier nahm man auch die Fahrgäste auf, die auf dem Nordring angekommen waren. Manfred verfolgte dies alles mit kindlichem Staunen.

Die S-Bahn fuhr, nachdem sie die Spree überquert hatte, wie eine Hochbahn auf stählernen Stützen, und als er nun das Panorama mit all den Siemens-Gebäuden vor Augen hatte, da wurde ihm angst und bange. In diesem Imperium war der einzelne ein Nichts, bestenfalls ein Rädchen im Getriebe. *Wer noch nicht war bei Siemens, AEG und Borsig, der hat das Elend noch vor sich.* Kasernen waren das, Gefängniskästen, Zellen, Käfige. Von diesem Gefühl war er auch schon beim schriftlichen Eignungstest beschlichen worden. Da hatten sie zu mehreren Hundert im Verwaltungsgebäude am Nonnendamm gesessen und über schweren Fragen gebrütet. Der Aufsatz über die Bedeutung des »Made in Germany«, die fürchterlichen Rechenaufgaben, die endlose Reihe der Wissensfragen, die Aufgaben und Übungen, die erweisen sollten, ob man sich etwas merken konnte, ob man belastungsfähig war – und so weiter.

Zuerst hatte er sich fest vorgenommen, mit Absicht durchzufallen, um nicht zu Siemens zu müssen, dann aber hatte er sich idiotischerweise vom Ehrgeiz mitreißen lassen und sein Bestes gegeben, auch um die Eltern nicht zu enttäuschen. Weit war er trotzdem nicht damit gekommen, allzu viele Aufgaben hatte er verpatzt. Um so überraschender war dann die Einladung zur nächsten Runde gekommen. Zur dritten Runde, denn vor der schriftlichen Prüfung hatte es einen allerersten Schritt des Kennenlernens gegeben: Mit fünf weiteren Kandidaten – Frauen durften nicht zur Siemens-Elite, den sogenannten *Stammhaus-Lehrlingen* gehören – war er zum Abendessen mit drei Oberen gebeten worden. Auch da hatte er, obwohl ihn seine Mutter oft genug gescholten hatte – »Manfred, iß nicht wieder wie ein Schwein!« –, offenbar einen guten Eindruck hinterlassen. Nun nahm das Schicksal seinen Lauf.

Auf der Station Siemensstadt stieg er aus und sah im Winkel zwischen Rohr- und Nonnendamm den Riesenkomplex der Berliner Siemens-Verwaltung vor sich liegen. Das Ganze war auch deswegen so furchterregend, weil die meisten Gebäudeteile leer standen, waren doch die Siemens-Chefetagen nach dem Krieg eilends nach Erlangen und München ausgelagert worden. Manfred empfand das als schlimmen Verrat an seiner Stadt. Das war noch ein Grund, nicht zu Siemens zu wollen. Ein weiterer hieß Arnold Frantz und war der Ausbildungsleiter. Der hatte ihn bei der ersten Begegnung, als Manfred ihm vertrauensvoll erzählt hatte, daß es sein Ziel sei, einmal mindestens deutscher Meister über 100 Meter zu werden, mit maliziösem Lächeln gesagt: »Das ist nicht gut für Sie, denn wir brauchen den ganzen Menschen.« Manfred war zusammengezuckt. Dieser Spruch, das wußte er aus der Geschichtsstunde von Fräulein Klews, stammte von Dr. Roland Freisler, dem berüchtigten Präsidenten des Volksgerichtshofes, herausgebrüllt in der Verhandlung gegen einen der Angeklagten des 20. Juli 1944.

Manfred hatte das Gefühl, zu Däumlingsgröße zu schrumpfen, als er mit dem Passierschein in der Hand durch Gänge irrte, die ihn an Klöster erinnerten, an heilige Hallen. Die Angst, zu spät zu kommen und alle Chancen einzubüßen, nahm ihm den Atem. Schweiß brach ihm aus allen Poren, das Herz raste. Aber er klopfte nirgends, um zu fragen, wo der Herr Frantz in diesem Labyrinth zu finden sei. Einerseits traute er sich nicht, andererseits hoffte er, sich so rettungslos verlaufen zu haben, daß der Alptraum Siemens schon ausgeträumt war, bevor er recht begonnen hatte.

Da ertönte dicht hinter ihm eine scharfe Kasernenhofstimme. »Sie brauchen nicht so zu rennen, Sie sind erst in zwei Stunden dran.« Das war kein anderer als jener Frantz. Weil einer der Personalchefs unabkömmlich war, hatten sie seine Bewerberrunde von 10 auf 12 Uhr verlegt.

Manfred mußte nicht lange überlegen, wie er sich die Wartezeit um die Ohren schlagen sollte: Er besuchte Tante Trudchen, die fünf Minuten vom Siemens-Gebäude entfernt in der Grammestraße wohnte.

Sie hatte morgens bei »ihrem Dokter« in der Praxis geputzt und machte nun Mittagspause, um abends nach Geschäftsschluß den Bäckerladen an der Ecke gründlich zu säubern. Ihre Rente war so klein, daß es nur so für das Nötigste reichte. Klein und mit rachitischen Beinen gestraft, mühte sie sich Tag für Tag, um über die Runden zu kommen.

»Willst du ein Malzbier haben?«

»Danke, nein ...«

Manfred wußte, daß sie sich pro Woche nur eine Flasche Malzbier leisten konnte, immer am Donnerstag. Und mittwochs gönnte sie sich den anderen großen Luxus ihres Lebens: den Kinobesuch. Für Rentner war es an diesem Tag besonders billig. Sonst saß sie zu Hause und hörte Radio. Sie hatte sich den ausgedienten Blaupunkt-Apparat aus Neukölln mit nach Siemensstadt genommen. Obwohl immer an der Armutsgrenze, schien sie rundum glücklich zu sein, »glücklich und froh wie der Mops im Paletot«, und genoß ihr Leben – schließlich hatte sie es im Krieg noch viel schwerer gehabt. Zu hungern brauchte sie nicht, bekam sie doch ab und an in Schmöckwitz von ihrer Schwägerin Ostfleisch zugesteckt. Alle Möbel, die sie besaß, standen in einem Zimmer, so daß es bei ihr wie beim Trödler aussah. Das andere Zimmer hatte sie an Frau Bredel vermietet, eine ehemalige Fleischermamsell, im selben Alter wie sie.

Sie unterhielten sich über Tante Trudchens Sohn Karlchen, der in Ostberlin als Kaderleiter arbeitete, und Adolf, ihren verstorbenen Mann, einen gelernten Koch. Voller Besitzerstolz hatte Tante Trudchen dazu das Radio eingeschaltet und lauschte mit leuchtenden Augen, als sie *Tiritomba* spielten und *Tulpen aus Amsterdam*.

Gerade als Manfred einen schnell aufgewärmten Kartof-

felpuffer aß und dazu zwei Glas Leitungsheimer trank, kam
Martha Bredel – ohne vorher anzuklopfen – ins Zimmer gestürzt, baute sich vor Tante Trudchen auf und keifte los.

»Du hast mir mein Persil geklaut!«

»Das ist meins!« Tante Trudchen sprang zum Vertiko, riß
die Packung herunter und preßte sie an den Bauch.

»Der Werbemann hat die Probepackung für uns beide abgegeben.«

»Nein, die war für mich. Du hast ja deine schon unten im
Hausflur bekommen. Meinste, ich weiß das nicht?«

»Aber wenn er hier klingelt, dann ist das für uns beide.«

»Die im Hausflur war dann aber auch für uns beide.«

»Nein, die war nur für mich gedacht.«

»Ja, denkste.«

»Dann geh' ich eben zur Polizei!«

»Geh doch. Paß aber auf, daß sie dich nicht gleich dabe-
halten. Wegen meinem Kamm, den du mir nicht wiedergegeben hast.«

»Das ist mein Kamm.«

»Das ist meiner. Deinen hast du im Stadtbad liegenlassen,
das weiß ich doch von der Grabowski'n. Der hat nur so aus-
gesehen wie meiner.«

Manfred stand auf, bedankte sich und sagte, daß er nun
dringend wieder zu Siemens müsse.

Diesmal klappte es auch, und er erfuhr beim Pförtner, daß
das Gespräch direkt beim Personalchef stattfinden sollte. Er
ließ sich den Weg ausführlich beschreiben und kam auch an,
ohne sich zu verlaufen. Eine hochnäsige Vorzimmerdame
schob ihn in ein Nebengelaß und ließ ihn warten.

So saß er zehn Minuten da, zwanzig, eine halbe Stunde.
Als Lektüre gab es nur ein dünnes Buch mit dem Titel *Das
Haus Siemens*. Er mußte dringend aufs Klo. Ein ungutes Gluk-
kern im Bauch ließ ihn an Durchfall denken. Wahrscheinlich
war Tante Trudchens aufgewärmter Kartoffelpuffer nicht
mehr ganz »koscher« gewesen, wie sein Vater immer sagte.
Er versuchte das Rumoren zu vergessen und versenkte sich
in den Text des Siemens-Buches.

Aus dem kleinen Handwerksbetrieb, in dem Werner Siemens und Johann Georg Halske mit wenigen Gesellen die ersten Zeigertelegrafen bauten, ist das größte deutsche Privatunternehmen geworden. In Berlin, in zahlreichen Städten der Bundesrepublik und in vielen Ländern der Welt sind in unserem Hause 190 000 Mitarbeiter beschäftigt ... 1957 begeht die Firma Siemens & Halske unter dem neuen Chef des Hauses, Ernst von Siemens, dem Sohn Carl Friedrichs, ihr 110jähriges Bestehen. Das Unternehmen steht von neuem gefestigt da, der Anschluß an die technische Entwicklung der Welt ist wiedergewonnen.

»Herr Matuschewski, kommen Sie ...« Die Vorzimmerdame holte ihn ab, öffnete mehrere, teils schalldicht gepolsterte Türen und schob ihn schließlich in einen holzgetäfelten Raum, in dem sechs, sieben Glatzköpfe saßen, alle in dunkelblauen, schwarzen oder uniformgrauen Anzügen. Dazu Frantz, die Kanaille. Manfred fühlte sich wie Katte vor dem Kriegsgericht in Köpenick: Daß sie ihn köpfen lassen würden, schien ihm sicher. Ihre Gesichter sprachen Bände.

Einer, der von Frantz als »von Wischinski« oder so angeredet worden war, ergriff das Wort und gab seiner Freude Ausdruck, daß Manfred den Weg ins Haus Siemens gefunden hatte.

»Ihr Onkel war da Vorbild für Sie ...«

»Ja, Onkel Erich, der mit dem Grützbeutel auf dem Kopf, dem Klingelknopf, wie wir immer gesagt haben.«

Die Herren guckten indigniert, nur von Wischinski lachte.

»Daher also Ihre Liebe zur Elektrotechnik.«

Manfred lief rot an. »Nein, da ist wohl eher meine Modelleisenbahn dran schuld.«

Auch damit hatte er seine Position nicht wesentlich verbessert, und der nächste Fauxpas sollte auf der Stelle folgen.

»Was gibt es denn noch für große Elektrofirmen in Deutschland?« fragte einer mit einem Riesenschmiß über der rechten Wange.

Da schoß Manfred los. »Bosch, Telefunken, AEG.«

»Wer hat denn die AEG gegründet?«

»Walther Rathenow.«

»Wie?«

»Na: Rathenow.« Manfred wußte nicht, was das sollte. Der mit dem Schmiß lachte spöttisch. »Dann stamme ich also aus ihm?«

Manfred verstand gar nichts mehr. »Dann sind Sie sein Sohn?«

Jetzt prustete die ganze Versammlung los, und Frantz belehrte ihn dahingehend, daß der Gründer der AEG den Namen Rathenau getragen habe, Rathenow hingegen eine Stadt an der Havel sei.

Weiter ging es. Alles im Eilverfahren, denn das nächste Bewerberdutzend saß schon in der Kantine und wartete. Den Arbeitsminister – Anton Storch, CDU – kannte Manfred zwar, brachte aber bei der Frage, woraus denn Messing bestünde, Zinn und Zink durcheinander – »na, aus … aus Kupfer und Zinn«, und löste abermals Kopfschütteln aus, als ihm, nach der Produktpalette von Siemens-Reiniger befragt, »na, Staubsauger!« entfuhr. Das Werk in Erlangen stellte aber medizintechnische Geräte her, das weltberühmte BETATRON zum Beispiel, mit dem man tiefliegende Tumore bestrahlte und bekämpfte.

Er spürte genau, daß sich die Waage immer mehr zu seinen Ungunsten neigte. Die Glatzköpfe blickten schon auf ihre Armbanduhren. Alles hing nun von der letzten Frage ab.

Man bat Frantz, Manfred eine Aufgabe zu stellen, da sich ja das kaufmännische Rechnen im Schriftlichen als seine große Schwäche erwiesen habe.

Nun ist alles aus. Mehr konnte Manfred nicht denken.

»Nehmen Sie den Bogen hier und schreiben Sie mit … Zur Produktion von 2 800 Tafeln Schokolade benötigt man beim Einsatz von 16 Fertigungsautomaten 21 Stunden. Welche Zeit benötigt man beim Einsatz von nur 12 Fertigungsautomaten, wenn man 5 000 Tafeln Schokolade produzieren will?«

Manfred verschrieb sich schon beim Notieren der Zahlen. Auf die starrte er nun. Vor chinesischen Schriftzeichen hätte er genauso hilflos dagesessen. Es ging einfach nicht, er war total blockiert. *Das ist das Ende.* Was ihm blieb, war nur, sich mit Anstand aus der Affäre zu ziehen, das hieß, einen demütigen Bückling zu machen und geknickt von dannen zu ziehen.

Nein, da packte ihn der Jähzorn, und als Frantz ihn mit einem »Na!?« aus der Trance gerissen hatte, wurde er patzig. *Ihr könnt mich alle mal am Arsche lecken. Zu euch Ärschen will ich nie im Leben!*

Und ohne daß ihm recht bewußt wurde, wer da redete, hörte er sich auftrumpfend sagen: »Ich will doch nicht zu Siemens, um den Leuten Schokolade anzudrehen, ich will denen Turbinen und Sender verkaufen.« Damit stand er auf. Wenn das kein starker Abgang war ...

»Der ist prima, den nehmen wir!« rief von Wischinski – oder wie immer er hieß.

Seit fest stand, daß er zu Siemens gehen würde, war bei Manfred, was die Schule betraf, die Luft vollkommen raus. Was mußte er sich da noch Mühe geben? Nicht nur, weil sie ihn in Siemensstadt nahmen, was immer er für einen Notendurchschnitt hatte, sondern auch wegen der zunehmenden Geringschätzung, die Bimbo und er in den nächsten Tagen und Wochen von ihren Mitschülern erfuhren. »Was denn, du studierst gar nicht?« Das hieß im Klartext: Mann, bist du denn bescheuert, freiwillig in der Kreisklasse zu spielen, wo dir doch die Oberliga offensteht?

»Wie, Matuschewski, Sie gehen zu Siemens?« Von seiten der Lehrer war die Botschaft nicht minder deutlich: Da haben wir uns nun sechs Jahre lang mit Ihnen herumgequält, um Sie auf den Weg zum Akademiker zu bringen – und nun tun Sie uns das an, Lehrling bei Siemens! Da sind wir aber sehr enttäuscht von Ihnen.

Das schriftliche Abitur rückte immer näher, und er hatte mit dem Lernen noch immer nicht so richtig angefangen.

Bimbo hingegen und die anderen Wackelkandidaten büffelten von früh bis spät. Eine nie gekannte Lethargie hatte ihn befallen, und er nannte es »meine Schlafkrankheit«. Wozu das alles? Wozu war er auf die Welt gekommen? Doch nicht, um bei Siemens Rechenknecht zu werden.

Auch hatte er jetzt des öfteren ungewisse Herzschmerzen, was aber auch daran liegen konnte, daß sie überall in den Kinos und im Fernsehen gezeigt hatten, wie sich der Berliner Arzt Werner Forßmann ein Schlauchkatheter durch die Ellbogenvene ins eigene Herz geschoben und dafür den Medizin-Nobelpreis bekommen hatte. Schon wenn Manfred sich das vorstellte, wurde ihm schlecht.

Zum Sport ging er noch regelmäßig, obwohl auch da seine Motivation auf dem Nullpunkt war. Wie sollte er denn noch Kraft und Zeit zum Training haben, wenn er tagaus, tagein im Siemens-Gefängnis hockte und einen fetten Hintern bekam?

Ihm war, als hätte sein eigentliches Ich die Hülle seines Körpers verlassen und sich nun ein ganz anderes Wesen dort eingenistet. Seine Einheit war dahin, alles hatte einen Sprung bekommen, alles zerbrach.

Es wurde noch schlimmer, als sie kurz vor Weihnachten spätabends Besuch von Onkel Helmut bekamen. Er sah ganz aufgelöst aus, und sie erschraken.

»Mutter liegt im Krankenhaus.«

Seine Kohlenoma war mit der Hochbahn von einem Besuch in der Urania nach Hause gekommen und auf der Station Görlitzer Bahnhof die Treppe hinuntergestürzt. Die Feuerwehr war gekommen und hatte sie ins Krankenhaus gebracht, wo man einen Oberschenkelhalsbruch festgestellt hatte.

»In ihrem Alter kommt man damit nicht wieder auf die Beine«, sagte seine Mutter, »da bleibt dann nur das Pflegeheim.«

Heiligabend fuhren sie, als es schon dunkel wurde, zu dritt mit der 94 zum Kottbusser Tor und liefen von dort zu Fuß zum Mariannenplatz, wo das Bethanien-Krankenhaus gelegen war. Seine Mutter war hier großgeworden, hatte in der Muskauer Straße gewohnt und im Chor der Thomaskirche gesungen. Manfred begriff das alles nicht. Daß ein Mensch einerseits immer derselbe war, was ja auch im Ausweis stand, andererseits aber doch ständig ein anderer. Seine Mutter war jetzt 46 Jahre alt, und was hatte sie mit der jungen Frau gemein, die mit 18 Jahren – so alt wie er – hier im Park mit ihrem Freund Julius *poussiert* hatte?

Beim Pförtner mußten sie nach seiner Kohlenoma fragen, bekamen die Zimmernummer genannt und begaben sich ins Labyrinth des großen Krankenhauses. Alles war weihnachtlich geschmückt. Der Geruch nach Lysol und Exkrementen war eigenartig durchmischt mit dem Duft von Äpfeln und Nüssen. Durch den Flügel, in dem seine Oma lag, zog gerade ein kleiner Chor aus Jungschwestern und sang Weihnachtslieder. Damit alle es hörten, hatte man die Türen der Krankensäle weit geöffnet. Ein Pfarrer las die Weihnachtsgeschichte.

»... und es waren Hirten in derselben Gegend auf dem Felde bei den Hürden, die hüteten des Nachts ihre Herde. Und siehe, des Herrn Engel trat zu ihnen, und die Klarheit des Herrn leuchtete um sie; und sie fürchteten sich sehr. Und der Engel sprach zu ihnen: Fürchtet euch nicht! Siehe, ich verkündige euch große Freude, die allem Volke widerfahren wird, denn euch ist heute der Heiland geboren, welcher ist Christus, der Herr, in der Stadt Davids ...«

Manfred, der bei dem Wort *Hürden* noch innerlich gelästert hatte – Frage: »An welcher Stelle der Bibel ist von Leichtathletik die Rede?« –, war nun doch ergriffen von dem, was er da hörte. Nur dieses war die eine große Hoffnung.

»Ehre sei Gott in der Höhe und Friede auf Erden und den Menschen ein Wohlgefallen.« Der Pfarrer war am Ende, sprach noch ein paar persönliche Worte mit den Kranken und eilte dann weiter.

Sie fanden seine Kohlenoma sehr gefaßt in einem Vierbettzimmer. Onkel Helmut mit seiner Familie und Sykes hatten sie schon besucht, und auf ihrem Nachtschrank häuften sich die Apfelsinen und die Traubensaftflaschen. Ihre Wange war stachlig, als Manfred sie küßte. Klein und zerbrechlich lag sie da, fast wie ein Kind. Manfred versuchte, sich die Kette klarzumachen, an deren Ende er Weihnachten 1956 an ihrem Krankenbett stand: Wie sie im Sommer vor 55 Jahren als blutjunges Mädchen mit Wilhelm Schwalbe, ihrem Liebhaber, am Ufer der Oder gelegen hatte. Wäre es da nicht passiert, hätten sie da nicht seinen Vater gezeugt, stünde er in dieser Sekunde nicht hier an ihrem Bett, das vielleicht schon ihr Sterbebett war.

Aber es ging ihr gut, vielleicht würde es noch einmal werden. Sie saßen auf der Bettkante, abwechselnd, und sprachen über dieses und jenes, wie schön sie es wieder haben würde, wenn alles ausgeheilt sei. Alles sollte leicht erscheinen.

»Ich will doch noch sehen, wie mein Manfred heiratet und ich Urgroßmutter werde.«

Manfred sah sich selber im Sterbebett liegen. So fern er war, eines Tages kam er doch, dieser Augenblick, und wenn er da war, im Jahre 2010 vielleicht, war alles Leben, diese lange Linie, zu einem Punkt geschrumpft, zum Traum.

Sie wünschten ihr noch alles Gute, versprachen ihr, am zweiten Weihnachtsfeiertag wiederzukommen – »Morgen ist ja Helmut dran« –, und liefen dann schweigend durch die Straßen zur Haltestelle zurück. Ein als Weihnachtsmann verkleideter Student huschte in einen Hausflur. Sie zählten die Weihnachtsbäume, an denen die Kerzen schon brannten.

Als sie nach Hause kamen, saß die Schmöckwitzer Oma schon im geschmückten Zimmer. Liebetruths hatten sie gehört und ihr, wie verabredet, die hinterlegten Schlüssel gegeben und alles erzählt. Auch sie war bestürzt. »Armes Annekin!«

Den Weihnachtsbaum, der dichte Zweige hatte und mit Kugeln, Lametta, hölzernen Engeln und Osram-Kerzen übervoll behangen war, hatte Manfred am Vormittag ganz allein geschmückt. Auch gekauft hatte er ihn, dabei aber übersehen, daß er ziemlich schief gewachsen war.

Erst wurde Kaffee getrunken und der Weihnachtsstollen angeschnitten und probiert, dann folgte die Bescherung. Die

Mutter schwang ein kleines Glöckchen, dann durften Manfred, der Vater und die Schmöckwitzer Oma das Zimmer, das sie kurz vorher verlassen hatten, wieder betreten. Jetzt waren die elektrischen Kerzen eingeschaltet und, des warmen Lichtes wie des Duftes wegen, zusätzlich zwei rote Wachskerzen.

Manfred als »das Kind« mußte ein Weihnachtsgedicht aufsagen, durfte es aber diesmal bei »Lieber guter Weihnachtsmann, schau mich nicht so böse an, stecke deine Rute ein, will auch immer artig sein« belassen, da er ja soviel fürs Abitur zu lernen hatte. Dann gingen sie alle aufeinander zu, küßten sich, wünschten sich eine gute Weihnacht und machten sich daran, die Geschenke auszupacken. Natürlich tat dies die Schmöckwitzer Oma nicht, ohne vorher in Richtung Osten zu blicken und zu sagen: »Gerda, wir denken an dich und deine Familie!«

Manfred bekam eine neue 2C1-Lokomotive für seinen Trix-Expreß, ein Buch mit dem Titel *1x1 des guten Tons*, eine uralte Schreibmaschine – »für deine Arbeiten bei Siemens« – und einen Gutschein für Sakko, Hemd und Hose: »Damit du bei Siemens einen guten Eindruck machst.« Dazu den obligatorischen bunten Teller mit Äpfeln, Nüssen, Apfelsinen, Spekulatius und einer Riesenmenge *Neetzelli*-Schokoladenherzen, die hatte ein Störungssucher seines Vaters beim Fabrikanten um vieles billiger bekommen. Über die Lokomotive freute er sich, die beiden anderen Geschenke betrachtete er mit recht gemischten Gefühlen. Von der Schmöckwitzer Oma lagen Holzschnitzsachen aus dem Erzgebirge auf dem Gabentisch unterm Weihnachtsbaum, daneben ein Paar Strümpfe und das Buch *Auf der Suche nach dem goldenen Gott* von Franz Born. Manfred sagte nicht, daß sie ihm das schon einmal geschenkt hatte.

Für seine Mutter hatte er ein Holzkistchen mit Seife und Parfüm von *Mouson Lavendel* gekauft, das mit der Postkutsche, für seinen Vater den Roman *08/15* von Hans Hellmut Kirst, dazu für beide einen Gutschein für einen gemeinsamen Kinobesuch mit einem Film nach freier Wahl, eigenhändig gemalt, und für seine Oma eine Flasche Kölnisch Wasser von *4711*. Alles von seinem knappen Taschengeld.

Die Geschenke waren schön verpackt und mußten unter Freudenausbrüchen wieder ausgewickelt werden.

Der Vater bekam von der Mutter das bewährte Ensemble SOS – Schlips, Oberhemd und Socken –, dazu einige Briefmarken, die in seiner Sammlung gefehlt hatten, und eine Flasche Asbach Uralt. Er bedankte sich beim Weihnachtsmann mit Küßchen und Umarmung.

Beide zusammen hatten sich ein Ölgemälde geschenkt – *Farchant vor dem Wettersteinmassiv* –, das eine Kollegin seines Vaters, Gertrud Klemperer, von einer Postkarte abgemalt hatte.

Für die Oma hatten sie ein neues Kleid und zwei Kittelschürzen ausgesucht. Dazu erhielt sie einen abgelegten Mantel seiner Mutter. Weiterhin Waschpulver, Seife und Eau de Toilette.

Der Clou des Abends aber war der Pelzmantel, der völlig überraschend für die Mutter hinter dem Weihnachtsbaum lag. Sie war vollkommen weg und hatte Tränen in den Augen.

»Jetzt ist bei uns der Reichtum ausgebrochen!« rief Manfred.

Ganz so war es nicht, denn sein Vater hatte den Mantel billig von einem Kollegen gekauft, dessen Frau im Sommer an Darmverschluß gestorben war. So wurde es doch noch ein schönes Weihnachtsfest. Im Tagebuch seiner Schmöckwitzer Oma las sich das später wie folgt:

24. Dezember – Montag
Es schneite fast den ganzen Nachmittag. Scharfer Ostwind.
Nachts 3° minus, am Tage 1° minus.
Schlief sehr schlecht und hatte gestern abend rechtsseitig über der Hüfte Schmerzen bekommen, die nicht besser geworden waren. Nach dem Einheizen zog meine Betten ab und lüftete sie im Zimmer bei offenem Fenster. Bezog sie dann nach dem Frühstück. Machte dann mein Zimmer

sauber. Mittags aß zum Weißbrot 2 Rühreier. Wusch das Geschirr von drei Tagen ab und machte die Küche sauber. Dann seifte ich mich am Ofen ab und zog mich gut an. Packte dann alle Weihnachtsgeschenke ein. Für Otto: 1 große Flasche Rhabarbersaft. Für Margot: 1 gestickte Decke, Garn dazu – 3,60. 1 Frottéhandtuch – 6,60. 1 Reibe – 2,20. Für Manfred: 1 Pferdchen in Holzschnitzerei – 8,–. Ein Kalender in Holzschnitzerei – 4,–. 1 Paar Strümpfe – 4,94. 1 Buch über den Amazonas – 3,85. Um 4.10 Uhr fuhr ich los und traf in der Elektrischen noch Erna, die zu ihren Geschwistern wollte. Gegen ½ 6 Uhr war ich in Neukölln. In der Treptower Straße waren elektrisch brennende Kerzen aufgestellt, der Schnee glänzte in ihnen, die Glocken läuteten, es war ein schöner Weg zu den Kindern, der mich festlich und froh stimmte. War ich aber zu Tode erschrocken, als ich sie nicht antraf. Nach meinem vergeblichen Klingeln, kam aber Frau Liebetruth sofort nach unten geeilt, gab mir die Schlüssel und überbrachte mir die traurige Botschaft von dem schweren Schicksalsschlag, den Annekin erlitten hat. Als die Kinder dann aus dem Krankenhaus kamen, setzten wir uns gemeinsam an den Kaffeetisch und ließen uns Margots Kuchen munden. Danach wünschten wir uns frohe Weihnachten und erfreuten uns gegenseitig mit lieben Geschenken. Ich war über alles hochbeglückt. Zum Abendbrot aßen wir das Gänseklein, dann spielten wir bis 11 Uhr Canasta.

25. Dezember – Dienstag
Nachts 5° minus, am Tage 3° minus und etwas Schnee.
Ich schlief ganz schlecht, blieb aber bis ½ 9 liegen. Ich hörte Margot aufstehen und zog mich dann auch an. Machte die Ente sauber und füllte sie mit Äpfeln. Margot ließ sie dann im Ofen braten. Wir frühstückten beim Schein der Weihnachtsbaumkerzen und freuten uns über den schönen Baum. Otto hatte gestern noch 2 Buntfilmaufnahmen von uns 4en gemacht. Da kam Herr Radicke, ein Nachbarn, der schon über einen Fernsprechanschluß verfügt, nach

oben und teilte uns mit, Tante Trudchen ließe uns sagen, Manfred möchte sie doch aus Siemensstadt abholen, da sie bei der Schneeglätte nicht allein laufen könne. Manfred fuhr auch gleich los und kam um $\frac{1}{2}$ 1 mit Trudchen zurück, worüber mich sehr freute. Wir ließen uns dann alle den gut geratenen Gänsebraten mit Rotkohl schmecken. Zum Nachessen hatte Margot eine Geleespeise aus verschiedenen Früchten (Äpfeln, Apfelsinen, Bananen und Kirschen mit Weißwein dazu) gemacht, die uns allen sehr gut schmeckte. Margot und Trudchen wuschen alles ab, und Manfred übernahm das Abtrocknen. Ich stopfte derweilen 5 Paar Strümpfe und unterhielt mich mit Otto. Gegen $\frac{1}{2}$ 5 kam dann Helmut mit Irmgard und Peter. Den Kaffee hatte Margot schon gebrüht und den Tisch gedeckt gehabt. Nun schmeckten Kaffee und Kuchen wieder allen sehr gut. Margot hatte 1 Käsetorte, Mohnkuchen und »kalten Hund« gebacken gehabt. Wir spielten dann alle Schlesische Lotterie und hatten viel Spaß dabei. Zum Abendbrot hatte Margot reichlich Wurst, Käse und Fischkonserven und dazu Selleriesalat. Zum Zutrinken Tee und nachher noch verschiedene Gläschen Cognac. Wir spielten nach dem Essen nochmals bis 11 Uhr. Dann gingen bis auf Trudchen alle nach Hause. Ich schlief mit dem Heizkissen.

26. Dezember – Mittwoch
Nacht 7° minus, am Tage 6° minus, scharfer Ostwind.
Ich schlief in dieser Nacht endlich mal gut bis 7 Uhr fast durch, doch blieb ich noch bis $\frac{1}{2}$ 9 liegen. Margot war auch schon im Gange. Nach dem Waschen usw. tranken wir um $\frac{1}{2}$ 10 Kaffee, und wusch ich dann das Geschirr vom gestrigen Nachmittag und Abend mit Trudchen zusammen alles ab, während Margot verschiedene Sachen plättete. Manfred hat eine Schreibmaschine bekommen, die von Frau Neutigs Mutter alt gekauft worden war. Da übte Manfred schon gestern am Vormittag und heute wieder, es macht ihm sehr viel Spaß. Ich sollte mit Trudchen nach Siemensstadt fahren, lehnte aber ab, da ich in

der rechten Seite noch immer Schmerzen hatte. Auf Zureden der Kinder mußten wir noch Mittag mitessen. Margot hatte schon am Heiligenabend Kalb- und Schweinefleisch geschmort, wovon wir einen Teil mit dem restlichen Rotkohl zusammen aßen. Als Nachspeise gab es die übriggebliebene Gelatine-Fruchtspeise. Manfred und Otto dichteten noch zu einem Geschenk für Neutichs verschiedene Verse, die Manfred mit der Schreibmaschine schrieb. Von Elisabeth aus New York war ein Paket für mich gekommen, wovon den Speck, Konfekt und Butter nach Schmöckwitz mitnahm; auch vom bunten Teller nahm alles mit. Nachdem sich Margot, Otto und Manfred umgezogen hatten, brachten sie Trudchen und mich um 3 Uhr zur Elektrischen. Gegen ½ 5 war ich wieder in Schmöckwitz und freudig überrascht, als bei mir Schnee gefegt und Asche gestreut war. Ich heizte gleich ein, da nur 5° waren, und abends nochmals. Räumte die Tasche aus und meinen Schrank ein. Las noch in einem Roman von Strittmatter und schlief dann gegen 12 Uhr ein.

Zwischen Weihnachten und Neujahr und sogar in der Silvesternacht, wo seine Eltern bei Liebetruths feierten und er nur kurz zum Anstoßen nach oben ging, versuchte Manfred für das Abitur zu lernen, doch er kam nur mühsam voran. Integral und Differential, Logarithmusfunktionen und Kurvendiskussionen, wovon er kaum etwas verstand, widerten ihn derart an, daß er das Lehrbuch *Im Zaubergarten der Mathematik*, das noch von seinem Vater aus der Gauß-Schule stammte, voller Wut zerriß und in den Ofen warf. Klar, rächte sich nun, daß er jahrelang nur von Dirk Kollmannsperger abgeschrieben hatte. In Mathe war ihm die Fünf so sicher wie das Amen in der Kirche. Auch in Englisch sah es nicht viel besser aus. Tagelang paukte er Vokabeln, hatte aber immer das Gefühl, daß es genau die waren, die er nachher bei der Arbeit nicht brauchen würde. Außerdem ließ sich sein Stil kaum noch verändern, er blieb holprig und schlecht. Wo Whisky ein geschliffenes Essay erwartete, da konnte er ihm nur das tumbe Stottern eines Hinterwäldlers bieten. In Physik dagegen glaubte er sicheren Boden unter den Füßen zu haben. Zwar verstand er nicht alles, war aber in der Lage, dies Verständnis vorzutäuschen. In Deutsch gab es nicht so viel zu lernen, da mußte man hoffen, eine gute Tagesform zu haben. Nur den *Faust* und die *Iphigenie auf Tauris* ging er mehrmals durch. Was seine Chancen angingen, standen sich zwei Einschätzungen diametral entgegen.

»Immer wenn Frau Dr. Dohser dabei ist, gibt das eine Durchfallerquote von zwanzig Prozent«, sagte Bimbo. »Und das sind zwei von uns. Du und ich.«

»Quatsch«, hielt Dirk Kollmannsperger dagegen. »Die haben doch schon vorher gesiebt und wollen der Bulldozer nun zeigen, wie gut ihr seid. Da helfen sie euch doch auf die Sprünge und vermeiden alles, das euch und sie blamieren könnte.«

»Dein Wort in Gottes Ohr.«

Dann, kaum hatte das neue Jahr richtig begonnen, war es soweit. Es war wie bei einer Operation, vor der man sich schrecklich fürchtete: Zuerst tröstete man sich damit, daß ja der Tag, an dem sie stattfinden sollte, noch so fern war, unwirklich fern, doch dann kam er immer näher, unaufhaltsam, und schließlich war er da. Man wollte fliehen und konnte nicht mehr, fühlte sich nur noch ferngesteuert von einem fremden Willen, der doch der eigene war.

Bei jeder der vier Abitur-Klausuren war es dasselbe Ritual. Sie standen beisammen und redeten und waren sich doch fremd, alles Einzelkämpfer. Für Irene Schwarz war alles nur ein Kinderspiel, und auch Henriette Trettin nahm es so locker wie eine Weitspringerin, die fünf Meter sprang und nun die Qualifikation mit 3,50 zu bestehen hatte. Wie bunte Schmetterlinge schwebten die beiden durch den Kunstraum, in dem die Klausur stattfand, weil er so weiträumig war, daß man nicht voneinander abschreiben konnte, und plapperten in einem fort wie bei einer großen Fete. Ihre Souveränität raubte den Schwächeren den letzten Nerv. Wie dußlig und schwerfällig waren sie dagegen, Tölpel unter Tänzerinnen.

Bimbo war von tomatenroter Gesichtsfarbe und klagte über Herzbeschwerden. Manfred mußte dauernd pinkeln gehen und zog auf der Toilette seine Kladden und Spickzettel heraus, um nachzuholen, was er in sechs Jahren versäumt hatte. Dieter Schnell stand in einer Ecke und betete. Reinhard Heiduck erzählte einen säuischen Witz nach dem anderen, während Utz Niederberger über seinem Steckschach brütete und sich mit einem seltenen Endspiel abmühte. Kathrin Kindler, an sich auch eine Todeskandidatin, versuchte sich unsichtbar zu machen. Wenn sie keiner wahrnahm, konnte sie auch keiner treffen. Damit hatte sie sechs Jahre lang überlebt. Guido Eichborn schließlich lächelte nur immer stillvergnügt in sich hinein, war die Gleichmut in Person: Bestand er das Abitur, dann war es gut, bestand er es nicht, dann war das genauso gut. Was machte das schon.

Das Procedere war immer dasselbe: Die Chefin kam in den Raum gerauscht – im Fach Physik war es des aufgebauten Versuchs wegen der Physiksaal –, im Schlepptau den jeweiligen Fachlehrer, der den versiegelten Umschlag mit den Aufgaben in den Händen hielt. Sie sprach jedesmal ein paar erbauliche Worte und gab dann feierlich das Zeichen, den Umschlag aufzureißen. Der Lehrer tat es ... und tat dann sehr erstaunt, als er die Aufgaben überflog, obwohl er sie ja selber eingereicht hatte. Aber es hätte ja sein können, daß sie von Frau Dr. Dohser und ihren Schulräten geändert worden waren, was aber Gott sei Dank selten geschah.

In Deutsch gab es das, was Frau Hünicke sorgsam mit ihnen vorbereitet hatte. Für den großen Aufsatz standen drei Themen zur Auswahl:

1. Vergleichen Sie die Art der Kritik bei Heine und Lessing

2. Wie stehen Sie zu dem Ausspruch: »Ein politisch Lied! Ein garstig Lied!« (Goethe, *Faust*)

3. Interpretieren Sie den 4. Akt der *Iphigenie auf Tauris*. Wie kommt es, daß die Iphigenie in die Worte ausbricht: »Es fürchte die Götter das Menschengeschlecht«?

Da saß er nun und hatte die Qual der Wahl. Minutenlang starrte er wie gelähmt auf seine Thermosflasche mit dem Tee,

auf den Apfel, die Schokoladenherzen und das aufblasbare
Glücksschwein, das ihm die Liebetruths morgens überreicht
hatten. Von jedem Thema hatte er ein wenig Ahnung, von
keinem aber so viel, daß er sich zutraute, einen ganzen Vormittag darüber zu schreiben. Die Minuten verrannen, er
konnte und konnte sich nicht entscheiden. Bei den anderen,
Bimbo und Reinhard Heiduck ausgenommen, flog der
Füller schon übers Papier. Manfred dämmerte dahin. Unten
auf dem Hof spielten sie Fußball, offenbar eine ausgefallene
Stunde nutzend. Frau Hünicke riß das Fenster auf und
mahnte Ruhe an. Hinten auf dem Friedhof waren sie dabei,
neue Gräber auszuheben. Er mußte an Dietmar Kaddatz denken. Der hatte keine Chance mehr, seinen Aufsatz zu schreiben.

Das gab Manfred den Impuls, wenigstens die ersten Gedanken mit dem Bleistift festzuhalten, Schmierpapier gab es
genug. Er fing mit dem ersten Thema an, weil das den Vorteil
hatte, daß man nicht groß schwafeln mußte. Lessing, schrieb
er, ist rational, geht aus von der klaren Vernunft, zielt auf die
Ratio des Lesers. Heine: vom Gefühl ausgehend, das Gefühl
ansprechend. Anderthalb Seiten hatte er schon fertig, als ihm
klar wurde, daß sein Aufsatz ein klares Plädoyer für Heine
und fast eine Haßtirade gegen Lessing werden würde. Da
ließ er dann die Finger davon, denn wenn er schrieb, daß er
Lessings *Nathan* fürchterlich penetrant und stinklangweilig
und seine *Minna* als selten dämlich und verstaubt einstufte,
dann war ihm eine Fünf mehr als sicher.

Auch mit dem dritten Thema hatte er so seine Schwierigkeiten. Wenn er die inneren Kämpfe der Iphigenie und die
Versuchungen, denen sie ausgesetzt war, mit seinen Worten
wiedergab, dann klang das nicht so bedeutsam, wie Frau
Hünicke es wünschte, sondern eher hohl und albern. Aber
anstatt es gleich zu lassen, schrieb er dennoch die erste Seite
nieder, bis er merkte, daß es wirklich nicht ging.

Blieb ihm nur das zweite Thema, und er hoffte, daß ihm
dabei seine Liebe zur Politik und zur Geschichte zugute
kommen würde. Aber die Zeit war ihm längst davonge-

laufen. So war es eigentlich viel zu wenig, was er als Reflexion über das Goethe-Zitat schließlich zu Papier brachte, obwohl ihm der letzte Absatz sehr pathetisch geriet:

Wie kann ein Staatsbürger die Politik garstig finden, die Macht, die ihn aus der Anarchie in die rechtliche Ordnung führt und ihm genügend persönliche Freiheit gibt? Er müßte sich dann selbst hassen, denn er ist hier ein Wassertropfen, einer der vielen, die später die Allmacht des Stromes ausmachen. Jede Politik ist in ihrer gesunden Form ein Streben zum Verbessern, zum glücklichen Leben, denn die krankhafte Form wird vom Rad der Geschichte überrollt, und warum soll man die Kraft, die eigentlich das Gute will, verabscheuen? Mag die Politik oberflächlich als abscheuliches Gespenst erscheinen, aber sie bestimmt den Weg der Menschheit – und wir dürfen sie nicht verneinen, denn dann vernichten wir den inneren Glauben an Frieden und Glück.
Die Politik hat garstige Seiten, wir müssen aber versuchen, diese zu vernichten oder aber zu ignorieren, dürfen uns nicht von ihnen erdrücken lassen. Nicht das vereinzelte Schlechte soll das Bild bestimmen, sondern das umfassende Gute. Wir dürfen nicht vergessen, daß uns erst Gemeinschaftspolitik ein menschlich-kulturelles Leben ermöglicht.

Als er den Aufsatz vor dem Abgeben noch einmal überflog, fand er das alles ziemlich grausam. Von dem Gedanken, mit einer Zwei in Deutsch die zu erwartende Fünf in Mathe ausgleichen zu können, konnte er sich wohl verabschieden.

Sah es in Deutsch schon finster aus, so geriet ihm denn die Mathematik zur Katastrophe. Als er die Aufgaben las, kam es ihm vor, als würde die Latte beim Hochsprung auf zwei Meter liegen, er aber höchstens in der Lage sein, 1,45 zu bewältigen:

1. Legen Sie das »Tangentenproblem« dar, das Johann Gottfried Leibniz (1646–1716) zur Begründung der Differentialrechnung veranlaßt hat.

2. Ein Schiff hat 12 h Bordzeit, die Position 38° 50'N, 12° 17'W und steuert 245° rw mit 14 sm/h Fahrt. Welchen Schiffsort erreicht es um 19 h?

3. Diskutieren Sie die Kurve $f(x) = 3x \cdot e^{-\frac{1}{2}x^2}$.

Es kam noch eine weitere Aufgabe, in der es um irrationale Zahlen ging, aber die las er schon gar nicht mehr. Am liebsten hätte er leere Blätter abgegeben, doch er wußte, daß ihm das Frau Mickler sehr übelgenommen hätte. Wenn einer schon unterging, dann bitte mit fliegenden Fahnen. Also kämpfte er und gab sich alle Mühe.

Vielleicht schaffte er es, die zweite Aufgabe wenigstens ansatzweise zu lösen. Dabei hoffte er auf sein überdurchschnittliches geographisches Wissen. In der Nähe des 38. Breitengrades lagen Sizilien, Alicante, Cartagena, Athen, Japan, Philadelphia und San Francisco. Und am 12. westlichen Längengrad? Da mußte er länger nachdenken, obwohl es nur Europa sein konnte, fand dann aber, daß allein die Südwestspitze Irlands so weit in den Atlantik reichen konnte. Allerdings war da schätzungsweise der 52. Breitengrad ... Also lag das Schiff nicht im Hafen, sondern befand sich irgendwo auf hoher See. Er malte sich aus dem Gedächtnis eine Karte aufs Papier. Wo etwa traf der 38. Breitengrad auf den 12. Längengrad? Da hatte er's: Vor der portugiesischen Küste. Und sieben Stunden, da konnte es in Lissabon sein. Hurra! Damit konnte er seine Berechnungen so variieren, daß sie ihm schließlich richtig erschienen.

Auch an Leibniz und der Kurve versuchte er sich in der verbleibenden Zeit und war dann eigentlich guter Hoffnung, es noch mit einer Vier geschafft zu haben.

Obwohl ... Als die Arbeiten eingesammelt wurden, lag sein Glücksschwein schlaff auf dem Tisch, unmerklich war ihm die Luft entwichen. Ohne mit den anderen über die richtigen Lösungen zu reden, machte er sich auf den Heimweg. So blieb ihm noch die Hoffnung.

In Physik lief es gut für ihn, jedenfalls so, daß er glaubte, mit einer Drei rechnen zu können. Das lag vor allem daran, daß ihm Henriette Trettin geholfen hatte. Und das bei Hager, der von sich behauptete, bis jetzt jeden Betrugsversuch unterbunden und unerbittlich geahndet zu haben. Die Aufgaben gingen queerbeet durch die ganze Physik:

1. Machen Sie sich mit der vor Ihnen aufgebauten Versuchsanordnung vertraut, messen Sie die Widerstände R_1, R_2 und R_3 und berechnen Sie dann den unbekannten Widerstand R_x mit Hilfe der Wheatstone-Brücke.

2. Erläutern Sie den schematischen Aufbau eines Fernsehapparates.

3. Was besagt der Doppler-Effekt?

4. Zeichnen und erläutern Sie den Strahlenverlauf in einem Spiegelteleskop.

5. Was ist gemeint, wenn Sie lesen: Sauerstoff $0,0829 \cdot 10^{-6}$?

Daß bei der fünften Aufgabe das elektrochemische Äquivalent gemeint war, das wußte er, und auch bei den Aufgaben 2, 3 und 4 hatte er so viel Wissen gespeichert, daß er sich so aus der Affäre ziehen konnte, wie es der *Abend* immer anpries: *Kurz – klar – wahr.* Aber mit der ersten Aufgabe, da zögerte er und wagte sich nicht an den Versuchstisch vor. Nur Henriette Trettin und er hatten als Wahlfach Physik genommen, die anderen schrieben ihre Arbeit in Biologie oder Chemie. Da er Meph geradezu haßte, war der für ihn nicht in Frage gekommen, und zu Fräulein Pausin, die ihn so mies behandelt hatte, wollte er auch nicht gehen. Von Hager, dem er im 12. Schuljahr treu und ergeben als sogenannter Physikhelfer gedient hatte, versprach er sich am meisten.

Da ging Henriette Trettin nach vorn, und als sie ihren Versuch beendet hatte, blinzelte sie ihm unmerklich zu. Hager hatte nichts gesehen. Als Manfred dann am Versuchstisch stand, sah er, daß Henriette die Krokodilklammern so liegengelassen hatte, daß er gar nicht anders konnte, als richtig zu messen. Er war ihr unendlich dankbar dafür.

In Englisch aber war er von allen guten Geistern verlassen. Drei Themen gab es, und alle schmeckten ihm gleich wenig:

1. Explain the Commonwealth formula of 1949 and recent trends of the British Commonwealth.

Für das britische Weltreich hatte er nie ein besonderes Interesse entwickelt, sich höchstens gefreut, daß es – siehe Indien – so schön am Zerfallen war, und alle Kolonien gehörten für ihn auf der Stelle abgeschafft.

2. Should death penalty be abolished or not?

Über die Todesstrafe zu diskutieren, hielt er für unsinnig, weil sich alles in einem Wort zusammenfassen ließ: Abschaffen. Außerdem waren hierbei zig englische Texte zu lesen.

3. »Escape is a way that leads to nowhere.« Examine to what extent this assertion might have been chosen by Tennessee Williams as a motto for his play *The Glass Menagerie*.

O Gott! Natürlich hatte er das Stück nie gelesen, dafür war er lieber zum Training gegangen.

Was also tun? Er entschied sich nach langem Grübeln für das Todesstrafen-Thema, weil es sich da am besten schwafeln ließ. Die Quellen, die es auszuwerten galt, verstand er allerdings nur zum geringsten Teil und ließ sie daher außen vor, als er zu formulieren und zu fabulieren begann:

Now the death penalty engages the English publicity. Old England will reform his jurisdiction and I will try to give a picture from this discussion.

I refuse the death penalty with the following arguments: I think it's horrible to imagine, that I'm a prisoner for myself waiting to be killed by an official person (die Vokabel für Henker fiel ihm nicht ein). *A murder is a murder, whether he is individual or administrative, becauce nobody is authorized to destroy human life. If the judge has made a fault, it is impossible to correct it and awake a dead man into life again. But there are politicians which say yes to the death penalty. They do it to collect more voices and appell* (ob das die Vokabel für appellieren war, wußte er nicht so genau) *to the lower instincts of the people.*

So ging das noch ein Weilchen weiter, und er war sich sicher, daß Whisky bei der Lektüre seines Textes nicht gerade in Jubelschreie ausbrechen würde. Irgendwie wurde er nun doch von Scham und Reue gepackt: Warum nur hatte er die ganzen

Jahre immer jede überflüssige Anstrengung vermieden? Zu spät, jetzt kam das dicke Ende. In Physik und in Deutsch hatte er als Vornote jeweils eine Drei, da konnte auch bei einer Fünf im Schriftlichen nichts mehr anbrennen, aber in Englisch und Mathematik wurde es brenzlig, wenn zur Vornote Vier eine Fünf im Schriftlichen kam, denn mit dieser Notenkonstellation kam er automatisch ins Mündliche – und das wurde von Frau Dr. Dohser, *the bulldozer*, geleitet, der Gnadenlosen, die von Hause aus Englischlehrerin war. *Death penalty* gleich Todesstrafe, wie passend. Vor dem Mündlichen gab es aber noch das Sport-Abitur. Hoffentlich fiel er da vom Reck und brach sich das Genick.

Das Sport-Abitur war für ihn in der Tat von größerem Schrecken als alles andere, denn hierbei konnte er nicht nur das Gesicht verlieren, sondern auch seine Gesundheit. Er hatte Angst vor den Schmerzen: Wenn er sich beim Abgang vom Reck die Schienenbeine so blutig stieß und schrammte, daß es noch nach Wochen weh tat und brannte, wenn er sich beim Sprung das Ende des Pferdes in die Hoden rammte und um seine Männlichkeit zu fürchten hatte, wenn er beim Bodenturnen mit dem Kopf derart auf den Boden krachte, daß seine Halswirbel nachher nur noch knirschten.

Nun, als er dann tatsächlich in die Halle lief, war er blaß und hatte tiefe Ringe unter den Augen. Voller Neid dachte er an Bimbo, der – vom Sport befreit – zu Haus im Bett lag und schlief. An der Fensterseite saß der Prüfungsausschuß auf einer langen Bank und war begierig auf das Schauspiel, das nun folgen sollte: Frau Dr. Schaudin, Frau Mickler, Frau Hünicke, Fräulein Klews, Fräulein Pausin, Dr. Mann, Dr. Wimmer und ganz außen Hager. Schädlich, der an sich dazugehörte, war ja als Übungsleiter im Einsatz.

»Zuerst wollen wir uns aufwärmen«, sagte er, als alle Jungen der beiden Abiturklassen angetreten waren. »Dieses und die nachfolgende Gymnastik wird Matuschewski leiten.«

Manfred war zunächst erfreut über diese Auszeichnung, Schädlich meinte es also gut mit ihm und bedankte sich damit für die viele Hilfe, die er ihm im Sommer bei der Leichtathletik geleistet hatte. Andererseits war er aber auch entsetzt, denn keiner hatte ihm gesagt, daß ihm hier und heute die Aufgabe des Vorturners zufallen sollte. Da galt es, fix zu improvisieren, und das gelang ihm nur zum Teil, denn es war entsetzlich, aber er konnte sich plötzlich nicht mehr an das erinnern, was er bei TuS und NSF jahrelang gemacht hatte.

Wie auch immer, das ging ja noch, aber dann kamen die richtigen Pleiten, und alle lachten über ihn, die Mädchen wie die Lehrerinnen und Lehrer.

Beim Pferdsprung nahm er gewaltigen Anlauf, entwickelte auch außergewöhnlichen Schwung, hob aber trotzdem kaum vom Boden ab und krachte derart gegen das Gerät, daß er es aus der Verankerung riß und meterweit verschob. Seinetwegen mußte dann ein Bock aufgestellt werden. Aber auch den überwand er erst beim dritten Versuch.

Am Reck gelang es ihm nicht, mit einer Flanke über die Stange zu kommen. Immer wieder blieb er hinten mit den Füßen hängen und flog wie ein Sturzkampfbomber auf Schädlich und die beiden Freunde aus der 12. Klasse zu, die zur Hilfestellung angetreten waren: Balla Pankalla und Dirk Kollmannsperger. Alle vier wälzten sich dann am Boden, während die Zuschauer kreischten wie sonst nur beim Catchen.

Der Höhepunkt war indessen seine Bodennummer. Da kam er nach drei Rollen vorwärts so weit von den Matten ab, daß er auf die Lehrerbank zurollte und dort eine derartige Panik auslöste, daß Fräulein Klews nach hinten fiel und sich den Hinterkopf stieß, was Hager nutzte, auf die vermutete Beule zu pusten und »Heile, heile!« zu rufen.

Doch Schädlich hielt weiter zu Manfred und wollte auf keinen Fall, daß er, sein Sportstar, mit einer Fünf nach Hause ging. So ließ er ihn beim abschließenden Basketball, wo eigentlich jede Körperberührung als Foul zu ahnden war, so agieren, als hätten sie American Football gespielt. Manfred stieß seine Gegner zu Boden, schlug ihnen die fangbereiten Arme weg, umklammerte sie wie beim Freistilringen, trat ihnen auf die Füße, wenn sie hochspringen wollten, schaffte es aber Mal um Mal, den Ball zu erobern und zum gegnerischen Brett zu stürmen. Da traf er dann fast immer, denn bei NSF hatten sie oft mit den Basketballern des Vereins zusammen trainiert, und diese Basketballer waren Nationalspieler und vielfache Berliner Meister.

So kam er beim Sport-Abitur mit einem blauen Auge davon und hoffte, daß dies ein gutes Omen war.

Als der große Tag dann aber kam – Sein oder Nichtsein –, da hatte er kaum noch Hoffnung, es zu schaffen, denn es ging das Gerücht um, daß Frau Dr. Dohser diesmal ganz besonders scharf durchgreifen wollte.

Schon um vier Uhr morgens war er wach, teils wütend, weil er nun den ganzen Tag müde sein würde, teils froh, weil er zwei Stunden mehr zum Lernen hatte. Keiner wußte ja, in welchem Fach er drankommen würde, und so lernte er noch in allen Fächern, die in Frage kamen.

Um sechs standen die Eltern auf, um ins Bad zu gehen, schnell zu frühstücken und dann abzuziehen in Richtung Post beziehungsweise Krankenkasse.

»Mach uns keine Schande«, sagte die Mutter. »Wozu bin ich die ganze Zeit arbeiten gegangen?«

Sein Vater betrachtete ihn mit Wohlgefallen. »Da haben wir also den ersten Matuschewski, der es schaffen wird: Vom Acker zum Abitur, von der Kuh zur Kultur. Viel Glück, mein Sohn!«

Dann gingen sie, und Manfred war allein. Sekundenlang spielte er mit dem Gedanken, alles Geld zu nehmen, sich in die Bahn zu setzen und … Ja, und dann? Darauf gab es keine Antwort. Also: *Augen zu und durch!* Er sah auf das Bild von Marianne Hold. »Bitte, denk an mich und hilf mir!«

Nachdem er alle verfügbaren Lehrbücher, Hefte und sonstigen Aufzeichnungen in seinen alten Fußballerkoffer gepackt hatte, zog er los. Vielleicht kam er erst am Nachmittag dran und konnte die Zeit noch nutzen, alles durchzugehen. Diesmal leistete er sich sogar den Luxus, mit der Straßenbahn zum Hermannplatz zu fahren. *Nobel geht die Welt zugrunde.*

Im alten Klassenraum war die ganze 13a noch einmal versammelt. Zum letzten Mal. Wehmut kam auf, obwohl sie sich noch immer nicht mochten. Trotzdem verabredete man sich zur Abiturfeier am Freitagabend bei Henriette in der Wohnung. Von den Lehrern sollte nur Frau Mickler eingeladen werden.

Die Spannung war unerträglich geworden. Wer kam in welchem Fach ins Mündliche? Wem wurde gesagt, daß er aufgrund der Vornoten und der Ergebnisse des schriftlichen Abiturs gleich nach Hause gehen konnte?

Die gesamte Schule befand sich im Ausnahmezustand. Für alle unteren Klassen fiel der Unterricht heut' aus, und es war unwirklich still in den weiten Fluren, auf den Treppen, in den Sälen und Räumen, totenstill. Manfred hörte seine Armbanduhr ticken.

Frau Mickler holte sie ab, um sie ins Lehrerzimmer zu führen. Vorbei am eingelegten Bandwurm, vorbei am Albert-Schweitzer-Brief. Die Tür zum Kunstraum stand offen, und es roch nach den Linolschnitten der Achtkläßler.

Mit klopfendem Herzen standen sie dann im Lehrerzimmer und sahen am endlos langen Tisch den Prüfungsausschuß mit Frau Dr. Dohser an der Spitze. Eine Frau wie Hilde Benjamin, die ebenso gefürchtete wie gehaßte Justizministerin der DDR.

Laßt, die ihr eintretet, alle Hoffnung schwinden! Interpretieren Sie diesen Dante-Vers.

Was dann geschah, verfolgte Manfred nur noch wie ein angeschlagener Boxer, er war nicht mehr dabei, sondern stand als Fremder völlig unbeteiligt am Fenster und sah zu, was hier passierte. Das meiste rauschte an ihm vorbei, nur soviel bekam er mit, daß noch niemand gescheitert war und er in zwei Fächern anzutreten hatte: in Englisch und in Mathematik. Das bedeutete, daß er in beiden Fächern eine Fünf geschrieben hatte, in Deutsch und Physik aber offenbar genau die Vornote, eine Drei, getroffen hatte. Es war schlimm, hätte aber noch weit schlimmer kommen können.

Beim Hinausgehen flüsterte ihm Frau Mickler noch zu,

daß er die beste von fünf Fünfen geschrieben habe. Bimbo, Dietmar Schnell und Reinhard Heiduck hatten sogar in drei Fächern eine Fünf geschrieben und mußten noch öfter als er zum Bulldozer ins Zimmer. Irene Schwarz und Henriette Trettin waren vom Mündlichen befreit und konnten die Glückwünsche zum bestandenen Abi schon entgegennehmen. Beide liefen gleich zum Hermannplatz, um ihren Eltern die frohe Kunde per Telefon mitzuteilen.

Die anderen schmorten noch. Manfred war völlig abgetreten, als Kuno ins Klassenzimmer kam, um ihnen Mut zuzusprechen.

»Und was machen Sie nachher?« fragte er Manfred.

»Ich gehe Tischtennis spielen.«

»Wie – damit kann man heute schon Geld verdienen?«

»Nein, zu meinem Freund Gerhard nach Hause.«

»Ach so!«

Das Ganze erinnerte ihn an Kriegsfilme, wo die Gefangenen darauf warteten, daß man einen nach dem anderen abholte und zur Richtstätte führte. Binde vor die Augen, ein letztes Gebet, Schuß und Schluß.

Schreckensbleich kamen die ersten zurück. Bimbo hatten sie in Biologie eine Fünf verpaßt, weil er sich, als alles auf der Kippe stand, minutenlang wortreich über die Giftdrüsen der Weberknechte ausgelassen hatte – diese aber leider von Natur aus keine hatten. Kathrin Kindler war in Englisch gescheitert, weil sie John Galsworthys Theaterstück *Strife* nicht richtig interpretieren konnte.

»Matuschewski bitte!« Hager war die Aufgabe zugefallen, die Delinquenten abzuholen.

Schweigend trottete Manfred neben ihm her. Was ihn am meisten quälte, war die Tatsache, daß draußen das Leben so weiterging, als geschähe hier nichts. Die 3 quietschte in der engen Kurve zur Hobrechtstraße, die Leute hasteten die Karl-Marx-Straße entlang. Nichts weiter als diese absolute Normalität wünschte er sich. Jetzt in Schmöckwitz im Boot sitzen und über den Seddinsee fahren.

Er war längst nicht mehr Herr des Geschehens, alles geschah nur noch mit ihm. Wenn er handelte, dann nicht aufgrund irgendwelcher Überlegungen und Strategien, sondern nur noch blind-mechanisch als Folge früher einmal festgelegter Schaltprogramme.

Manfred hatte dasselbe Gefühl wie im letzten Herbst bei Siemens: da saß ein Kriegsgericht. Ein bißchen tröstete ihn, daß diesmal auch Frauen zu Gericht über ihn saßen und daß er sie alle kannte. Bis auf Frau Dr. Dohser. Und die sah in der Tat so aus, wie sie ihm beschrieben worden war: Ein Bulldoggengesicht, ein Bulldozer.

Dr. Wimmer, Whisky, überreichte ihm eine alte *Times* und blinzelte ihm zu: Ich kann nichts dafür, ich bin auf deiner Seite, aber ...

Manfred nahm die Zeitung und wartete, bis ihn Frau Dr. Dohser aufforderte, doch einmal die Spitzenmeldung vorzulesen.

»*This is the marriage ... the wedding of Queen Elizabeth ...*«

Der Bulldozer setzte an, ihn niederzuwalzen. »Im Englischen, mein Herr, kennt man das *Ti-äitsch*. Was Sie sprechen, ist aber ein hartes S, wie im deutschen Wort *Masse*. Ein Abiturient sollte sich aber aus dieser herausheben. Lesen Sie weiter!«

Manfred tat es, versprach sich aber so oft, daß er schon nach zwei Sätzen zu hören bekam: »*When did you last have your eyes tested?*« Als er sich aufs Nuscheln verlegte, um seine Defizite besser zu kaschieren, kam sofort ihr: »*Don't try these tricks on me!*«

Nachdem er in dieser ersten Runde kaum Punkte hatte sammeln können, wurde er nun mit dem Theaterstück konfrontiert, an dem sich schon Kathrin Kindler die Zähne ausgebissen hatte.

Whisky war allerdings so lieb, ihm die Frage auf Deutsch zu stellen, damit er zumindest die verstand. »Was passiert im ersten Akt von *Strife ...*?«

»*What happens in the first act*«, wiederholte Manfred, um damit a) anzuzeigen, daß er das gut übersetzen konnte und

b) Zeit zu gewinnen, denn sein Dilemma war, daß er das Stück nicht gelesen hatte und nun auf das zurückgreifen mußte, was er während des Unterrichtes aufgeschnappt hatte. *»It plays in Wales ... and the ... and the ...«* Er kam nicht auf das Wort für Inhalt. *»... and the intention of the author is to show us a strike. We have a chairman and poor workers.«*

»Who is the leader of the workers?«

»...«

»Please, describe John Anthony, the chairman.«

»...«

»Was fällt Ihnen ein, wenn Sie hören: *To be or not to be ...?«*

War Manfred nur total verwirrt, schwamm er rettungslos, oder wollte er nur witzig sein, um zu retten, was zu retten war, verleitet durch seinen Erfolg in der Siemens-Runde? Jedenfalls lachte er und sagte: *»The bee is ...* die Biene und *to ...«*

Weiter kam er nicht. Frau Dr. Dohser platzte schon los: »*This place is filthy! Scram!*« Mit einer knappen Handbewegung scheuchte sie ihn aus dem Lehrerzimmer.

Erst draußen auf dem Flur kam Manfred wieder zu sich. Seine Knie waren so weich, daß er sich an die Vitrine mit dem Bandwurm lehnen mußte. Sein rechtes Augenlid zuckte. Er eilte auf die Toilette. Durchfall.

Englisch Fünf, *mangelhaft*. Das stand nun fest bis ans Ende seiner Tage. Und jetzt hing alles von der Mathe-Prüfung ab. Wenn er da auch mit einer Fünf aus dem Lehrerzimmer kam, war er durchgefallen. *Diese Schande.*

Im Klassenraum gab es auch kaum Trost oder Aufmunterung. Jeder war zu sehr mit dem eigenen Überleben beschäftigt und hatte seine Freundinnen und Freunde anderswo, nicht hier.

Manfred zog sich auf die Treppe zurück, setzte sich auf die Stufen und ging die Aufzeichnungen durch, die Dirk Kollmannsperger ihm überlassen hatte, wieder und wieder, alles, was in den letzten Schuljahren drangewesen war.

Dann holte Hager ihn. Eben schlug es zwölf. *High noon.* Nur daß er kein Gary Cooper war, leider.

Er sah Frau Mickler an und wußte, daß sie alles daransetzen würde, daß er durchkam. Neben ihr aber saß Frau Dr. Dohser – und die würde alles daransetzen, die Quote der Ausfälle dem Berliner Durchschnitt anzupassen. *Eine Prüfung, bei der keiner durchfällt, ist wertlos für mich.* So ein Zitat von ihr im *Telegraf.*

Frau Mickler verfuhr sehr sanft mit ihm. »Drehen Sie sich bitte einmal um und gehen Sie zur Tafel.«

Manfred tat es und sah dort auf der einen Seite ein Koordinatenkreuz mit einer Tangente und auf der anderen zwei römische Zahlenreihen: MCDXCVI und MCMLVII.

»Stellen Sie sich vor, Sie stehen vor einem Gebäude und sehen dort zwei Jahreszahlen: Das Jahr, in dem das Gebäude errichtet worden ist, und das Jahr seines Wiederaufbaus.«

»Pssst!« machte Frau Dr. Dohser.

Manfred schaltete schnell. Wenn der Bulldozer Frau Mickler bremste, dann hieß das, daß sie etwas zu viel verraten hatte. War also die eine Zahl das Jahr, in dem sie gerade lebten: 1957. Aber welche? Da er natürlich wußte, daß VII gleich sieben war, schoß er schnell: »Die letzte Zahl meint das Jahr 1957.«

»Richtig!«

Manfred atmete auf. Die erste Hürde war also schon genommen. »Und die zweite ...« Er überlegte fieberhaft, versuchte die Entsprechungen zur ersten Zahl zu finden. M war 1000, D war 500, C war 100. »Also ... 1666.«

»Nein.« Ihm wurde mitgeteilt, daß er zweierlei übersehen hatte. »XC ist gleich 90, und CD ist gleich 400. Also muß herauskommen?«

Er verhedderte sich mehrmals und wollte partout nicht auf das Jahr 1496 kommen. Sein guter erster Eindruck war schon wieder dahin.

»Bleiben wir bei den Zahlen«, fuhr Frau Mickler fort. »Was gibt es denn für Zahlenarten?«

Mit allem hatte Manfred gerechnet, nur damit nicht. Das hatten sie gleich am Anfang in der 8. Klasse gemacht, bei Tante Emma noch. Frau Mickler hatte es besonders gut gemeint mit ihm, aber dadurch besonders schlimm gemacht.

»Zahlen, ja ...« Manfred hatte keine Ahnung, wo er ansetzen sollte, wußte aber, daß Schweigen immer das Schlechteste war. »Es gibt negative Zahlen, es gibt Brüche ...«

»Ja, schön – und wie gewinnt man die?«

»Wie man die gewinnt?«

»Ja.«

Manfred starrte an die Tafel. Aber da stand die Antwort nicht. Jede Sekunde dehnte sich zur Ewigkeit. Gott, wie gewann man Zahlen. »Die ... Die Urmenschen haben die Finger genommen ...«

»Ja, und weil sie Naturmenschen waren, sind das dann auch die ...«

»Die ursprünglichen Zahlen.«

»Nein, die natürlichen Zahlen.«

»Die natürlichen Zahlen, ja.«

»Na bitte. Ausgezeichnet!« So wie Frau Mickler es sagte, sollte es nicht ironisch oder zynisch klingen, Manfred fühlte aber, daß die anderen es eher so verstanden. »Gibt es noch andere Zahlenarten ...?«

»Wenn Sie so fragen: ja.«

»Und welche?«

» ...«

»Nicht alles auf dieser Welt ist rational«, half ihm Frau Mickler.

Es nutzte aber nichts, die irrationalen Zahlen fielen ihm nicht ein, und auch den Unterschied zwischen relativen, rationalen und reellen Zahlen bekam er nicht beziehungsweise nur mit ihrer Hilfe zusammen.

Vier oder Fünf, das war hier die Frage, Sein oder Nichtsein, und alle im Raum wußten, daß der Zeiger seiner Waage im Augenblick mehr auf die Fünf zeigte als auf die Vier. Die letzte Frage mußte alles entscheiden.

Manfred hatte das Bild eines Stabhochspringers vor Augen. Melbourne. Auf 4,50 lag die Latte. Letzter Versuch. Bob Richards, der »fliegende Pfarrer«, machte sich bereit. Riß er die Latte, war er ausgeschieden.

»Matuschewski, Sie sehen die Zeichnung an der Tafel. k ist

516

eine ebene Kurve, die rote Linie also. Nun kommentieren Sie mal weiter ...«

Manfred holte noch einmal tief Luft, dann lief er los, auf die Latte zu ... »Die Tangente t schneidet die x-Achse im Punkt T und berührt die Kurve k im Punkt P.«

»So ist es. Nun fällen Sie mal die Subtangente ...«

Sprung. Und Manfred fühlte, daß er es schaffen würde. Er nahm das große hölzerne Rechteck vom Tisch, legte es am Punkt P an, zog die Subtangente mit einem dicken Kreidestrich und hörte sich aus weiter Ferne sagen: »Wir nennen die Projektion der Strecke PT auf die x-Achse die Subtangente der Kurve zum Punkt P. Es ist also die Strecke TP die Subtangente zum Punkt P.«

»Absolut richtig!« Frau Mickler freute sich. »Ich sage ja: Er kann's!«

»Wir danken Ihnen«, sagte Frau Dr. Dohser, und diesmal klang es viel freundlicher.

Manfred stürzte auf den Flur und umarmte Bimbo. »Ich hab' bestanden!« Dann rannte auch er zum Hermannplatz hinüber, um die Mutter in der Krankenkasse und den Vater in der Post anzurufen.

»Gratuliere«, sagte seine Mutter. »Nun sieh mal zu, daß du deine Lehre auch so gut schaffst.«

»Schön, mein Sohn ...« Sein Vater sagte, er sei gerührt wie Appelmus. »Wachse, blühe und gedeihe ... Was ich nicht geschafft habe, hast du nun geschafft.«

Richtig feierlich wurde es erst am übernächsten Tage in der Aula, wo sich die Abiturienten mit ihren Eltern und den nächsten Verwandten zur Überreichung der Reifezeugnisse versammelt hatten. Alle im Sonntagsstaat.

Die Chefin begrüßte sie, dann spielten und sangen die Talente der Schule unter Max Hamanns Leitung. Dirk Kollmannsperger saß am Klavier, Balla Pankallas Baß dominierte den Chor. Danach hielt Frau Hünicke die große Rede.

»Das Motto für den heutigen Tag habe ich Johann Wolfgang von Goethe zu verdanken. In *Wilhelm Meisters Lehrjahren* findet sich nämlich der Satz: ›Der echte Schüler lernt aus dem Bekannten das Unbekannte entwickeln und nähert sich dem Meister.‹ Was bedeutet das für uns …?«

Manfred war glücklich, nicht mehr hinhören zu müssen. Wie schön, die Gewißheit zu haben, daß sie ihn nicht morgen früh aufrufen und nach dem Sinn des Goethe-Satzes fragen konnte. Welch eine Wonne, nie mehr in die Schule zu müssen.

Dann wurden sie der Reihe nach aufgerufen, gingen nach vorn und bekamen von ihrer Klassenlehrerin das Reifezeugnis ausgehändigt.

»Matuschewski …«

Er ging langsam nach vorn, voller Trauer darüber, daß er hier – außer in der Leichtathletik – nie der Held gewesen war, höchstens ein trauriger. Zu gerne wäre er als bester Schüler des Jahrgangs ausgezeichnet worden.

Frau Mickler drückte ihm das Zeugnis in die Hand. »Alles Gute für Sie.«

»Herzlichen Dank für alles.«

»Viel Glück beim Studium«, wünschte ihm Frau Dr. Schaudin.

»Bei Siemens … ja.«

Matuschewski reihte sich ein in die Schar derer, die im Alphabet vor ihm waren und ihr Zeugnis schon erhalten hatten.

Schnell glitt sein Blick über die Vorderseite seines Zeugnisses:

ALBERT-SCHWEITZER-SCHULE
Oberschule Wissenschaftlichen Zweiges
(Altsprachliches und neusprachliches Gymnasium)
Neukölln/Berlin

ZEUGNIS DER REIFE

Manfred Matuschewski
Geboren am 1. 2. 1938 in Berlin,
wohnhaft in Berlin-Neukölln, Treptower Brücke 3,
war 6 Jahre auf der Albert-Schweitzer-Schule
und zwar 1 Jahr in der Klasse 13

LEISTUNGEN

Deutsch: *befriedigend*	Mathematik: *ausreichend*
Geschichte und	Physik: *befriedigend*
Gemeinschaftskunde: *gut*	Chemie: *befriedigend*
Erkunde: *gut*	Biologie: *befriedigend*
Englisch: *mangelhaft*	Musik[+]: *ausreichend*
Latein[+]: *ausreichend*	Bildende Kunst: *ausreichend*
	Arbeitsgemeinschaft Physik:
	hat 1 Jahr teilgenommen
	Leibesübungen: *gut*

1. Notenstufen: Sehr gut, gut, befriedigend, ausreichend,
mangelhaft, ungenügend
2. Die mit der 12. Klasse abgeschlossenen Fächer sind mit +
gekennzeichnet.
Die Rückseite sah noch amtlicher aus und trug die Unterschriften all derer, die für seine Reife bürgten. Darunter prangten
das Siegel des Senators für Volksbildung, Berlin, und das seiner Schule.

Manfred Matuschewski
hat die Reifeprüfung bestanden.
Der unterzeichnete Prüfungsausschuß hat ihm das Zeugnis
der Reife zuerkannt.

Dieses Zeugnis schließt den Erwerb des Kleinen Latinums ein.

Berlin-Neukölln, den 5. März 1957

DER PRÜFUNGSAUSSCHUSS

Dr. D. Dohser
(Prüfungsleiter und Vertreter des Senators
für Volksbildung)

Dr. C. Schaudin
(Oberstudiendirektor)

Dr. Wimmer	*Hager*
Mickler	*Dr. Mann*
Hünicke	*Pausin*
Klews	*Schädlich*

Als sein Blick nach unten ging, um die Eltern und die Schmöckwitzer Oma zu suchen, zuckte er zusammen. Da saß ja auch Renate Zerndt. Und nicht nur das, sie winkte ihm zu, und er fühlte genau, daß sie nur seinetwegen nach Berlin gekommen war. Sie machte ihm ein Zeichen, nach der Feier auf ihn zu warten. Gott, war sie hübsch geworden.

Sie brauchten gar nicht mehr *Freude, schöner Götterfunken* zu spielen, er war schon so selig genug.

Die Eltern und die Schmöckwitzer Oma umarmten ihn, als die Feier zu Ende ging und sie wieder vom Podium herabsteigen konnten.

»Uns wollten sie immer von aller Bildung fernhalten und nun ...« Die Schmöckwitzer Oma preßte ihn an sich. »Mein Manfred. Daß ich das noch erleben durfte.«

»Zur Belohnung spendieren wir dir eine Reise«, sagte die Mutter. »Du kannst mit uns mit nach Capri kommen.«

Sein Vater begann zu singen: »Wenn bei Capri die rote Sonne im Meer versinkt und vom Himmel die bleiche Sichel des Mondes blinkt, zieh'n die Fischer mit ihren Booten aufs Meer hinaus ...«

Und so war es dann auch wirklich.